अलौकिकम् रामायण

संरक्षण

योगी आदित्यनाथ

माननीय मुख्यमंत्री, उत्तर प्रदेश

मार्गदर्शन

श्री जयवीर सिंह

माननीय मंत्री, संस्कृति एवं पर्यटन विभाग, उत्तर प्रदेश

निर्देशन

श्री मुकेश कुमार मेश्राम

प्रमुख सचिव, संस्कृति एवं पर्यटन विभाग, उत्तर प्रदेश
अध्यक्ष-संस्थान

श्री शिशिर

निदेशक, संस्कृति निदेशालय, उत्तर प्रदेश
उपाध्यक्ष-संस्थान

कार्यकारी संपादक

डॉ. लवकुश द्विवेदी

अलौकिकम् रामायण

कुबेरनाथ राय

ESTD.-1986

लेखश्री पब्लिकेशन | अयोध्या शोध संस्थान

सजिल्द प्रथम संस्करण : 2023

लेखश्री पब्लिकेशन

दयानन्द मार्ग, दरियागंज, नयी दिल्ली-110002

मो.- 8588048658

ईमेल : daminimaheshwari017@gmail.com

In Association with

ESTD.-1986

Ayodhya Shodh Sansthan

presents

Alaukikam Ramayana

by Kubernath Rai

ISBN : 978-93-5775-630-3

Religion/Culture

मूल्य : ₹ 2000

इस पुस्तक में प्रकाशित तथ्य एवं छायाचित्र लेखक/सम्पादक/तथ्य संकलनकर्ता द्वारा उपलब्ध कराये गये हैं। यदि किसी स्तर पर कोई तथ्यात्मक अशुद्धि संज्ञान में आती है तो उसे आगामी संस्करण में शुद्ध कर मुद्रित किया जायेगा।

आर.के. ऑफ़सेट, शाहदरा, दिल्ली-110 032 में मुद्रित

अनुक्रम

राम-गाथा 7-131

विष्णु का वृहत्साम और अश्विगाथा 11

रामकथा के मिथकीय आयाम 28

भारतीय इतिहास-दृष्टि और रामकथा 36

रामकथा का वैदिक स्नायु-मण्डल 50

दो सहोदर वीर 102

ब्राह्मण-आरण्यक संस्कृति का उत्तराधिकार 117

वानर-गाथा 133-183

पम्पासर और वानर महाजाति 135

वृषाकपि से हनुमान तक 163

हनुमान-गाथा 173

यक्ष और राक्षस 185-246

शालकटंकट पर्व 187

दशग्रीव पर्व 197

दशग्रीव की लंका 228

यक्ष और राक्षस 234

आधुनिक मन और श्रीराम 247-284

राम ही पूर्णावतार थे 249

रात्रि, ऋषि-कवि और आधुनिक मन 259

प्रिय पुत्र, अमृत लेकर ही लौटना 271

भूमिका

'ब्यापक ब्रह्म निरंजन निर्गुन बिगत बिनोद....'

ऋषियों मुनियों में यह अवधारणा अत्यन्त प्रबल है कि प्रभु श्रीराम परम आनन्द के स्वरुप हैं। इसलिए वह उन्हें परमानन्द के नाम से भी पुकारते हैं। आस्था का चर्मोत्कर्ष यह है कि जो श्रीराम से प्यार करता है, उसका जीवन भी परम आनन्द से भर जाता है। श्रीराम की प्रकृति ही आनन्द है, और आनन्द अविनाशी श्रीराम से प्राप्त होता है। श्रीराम जी का समस्त स्वरुप आनन्दमय है। विभिन्न धार्मिक एवं पौराणिक ग्रंथों में प्रभु श्रीराम के अनेक नाम प्रचलित हैं जिनमें रघुनन्दन, रमण, रामरज, रामजी, रमित, रमेश, रामदेव, रामदास, रामचरण, रामचन्द्र तथा रामानन्द जैसे अनेक नामों की चर्चा बार-बार आती है ।

प्रभु श्रीराम अपने जीवन के माध्यम से 'मर्यादा पुरुषोत्तम' के रूप में प्रेरणा के स्रोत तथा जन सामान्य के लिए एक ऐसा आदर्श बने जिसको हर व्यक्ति पाना चाहता है ।हमारी आस्था के केन्द्र में अवस्थित श्रीराम के जीवन से अंतर्वैयक्तिक समस्याओं को सुलझाने तथा समाज को स्वर्ग सा आनन्दमय एवं परिपूर्ण बनाने में मदद मिलती है। महर्षि बाल्मीकि द्वारा रचित रामायण तथा गोस्वामी तुलसीदास जी द्वारा रचित श्रीरामचरितमानस के माध्यम से आमजन को श्रीराम के उदात्त एवं गरिमामय रूप को जानने सर्वोत्तम साधन प्राप्त होता है। विभिन्न सम्प्रदायों के केन्द्र में आस्था, भक्ति एवं श्रद्धा के विभिन्न सोपानों में शैव तथा वैष्णव मतावलम्बियों की बहुतायत है जिनमें वैष्णववाद के लिए श्रीराम विशेष रूप से महत्वपूर्ण हैं । वह रामायण महाकाव्य के केन्द्रीय व्यक्तित्व हैं जो भारत सहित दक्षिण एशियाई और दक्षिण पूर्व एशियाई संस्कृतियों में ऐतिहासिक रूप से सर्वाधिक लोकप्रिय हैं। यही कारण है कि प्रभु श्रीराम के जीवन चरित्र पर आधारित रामलीला उत्सवों की श्रृंखला का उच्चतम प्रेरणा स्रोत है ।

मर्यादा पुरुषोत्तम श्रीराम की वैश्विक व्याप्ति के दृष्टिगत प्रख्यात ललित निबन्धकार और मनीषी चिंतक स्व० कुबेर नाथ राय ने अलौकिकम् रामायण की रचना कर एक ऐसा कीर्तिमान स्थापित किया है जिसमें श्रीराम के आनन्दमय चेतनास्वरूप के प्रति उनके सम्मोहन की स्पष्ट झलक मिलती है। स्व० राय रामकथा के भावात्मक और

बौद्धिक सौंदर्य के अध्ययन एवं शोध में अत्यन्त एकाग्र थे जिनकी इस कृति को प्रकाशित किये जाने का संकल्प संस्थान द्वारा लिया गया। वाणी प्रकाशन, नई दिल्ली ने इसे आकर्षक रूप में प्रकाशित कर रामकथा साहित्य के क्षेत्र में एक और नया अध्याय जोड़ा है जिसके लिए वह बधाई के पात्र हैं । सुधी पाठकों एवं शोध जिज्ञासुओं के मध्य इस कृति का समादर होगा, ऐसा विश्वास है ।

डॉ. लवकुश द्विवेदी
निदेशक, अयोध्या शोध संस्थान

राम–दर्शन

विष्णु का वृहत्साम और अश्विगाथा

"वृहत्साम तथा साम्नां गायत्री छन्दसामहम्" (गीता, 10/35)। "हे पार्थ! गायन करने योग्य श्रुतियों में मैं वृहत्साम हूँ और छन्दों में गायत्री छन्द हूँ"। 'वृहत्साम का क्या अर्थ है? गीता में पुरानी वैदिक शब्दावली को अर्थ विस्तार दिया गया है। संहिताकाल और ब्राह्मण-आरण्यक युग के प्रचलित शब्दों को उनके सीमित कर्मकाण्ड-लग्न अर्थ को एक मुक्त और व्यापक तात्पर्य देने की प्रचेष्टा ही गीता को एक सार्वभौम और सार्वकालिक महत्त्व प्रदान करती है। 'यज्ञ', 'कर्म', 'सांख्य', 'योग' आदि अनेक शब्दों की अवधारणाएँ गीता में आकर अपने मूल रूप से जुड़ी रहकर भी वृहत्तर अर्थ ग्रहण कर लेती हैं। 'वृहत्साम' शब्द का अर्थ भी इसी प्रचेष्टा को दृष्टिगत रखते हुए ग्रहण करना समीचीन होगा। यों परम्परागत रूप से 'वृहत्साम' संहिता के किसी विशेष भाग की संज्ञा न होकर सूर्य और विष्णु से जुड़े हुए मन्त्रों की एक गायन पद्धति का ही नाम है। सम्भवत: इसका प्रयोग यज्ञ के अनुष्ठान-कल्पों में और उनके बाहर भी प्रार्थनामूलक संगीत के रूप में होता था और आधुनिक कीर्तन-भजन आदि उसी प्रवृत्ति के विकसित रूप हैं। कुछ ऐसा भी लगता है कि आर्यों की मूल विचरण भूमि में जो सुमेरिया-बेबीलोन, वंक्षु की घाटी से लेकर भारतीय सप्तसिन्धु तक विस्तृत थी, कोई सुपर्ण या तार्क्ष्य संज्ञावाली योद्धा और गोपालक जाति थी, जिसका इस गायन-पद्धति से विशेष सम्बन्ध था। इसीलिए कहा जाता है कि तार्क्ष्य या सुपर्ण विष्णु के साम का वाहन है। विष्णु जब तार्क्ष्य पर आसीन होकर चलते हैं तो हवा काटते हुए उसके दोनों पंखों की ध्वनि 'रथन्तर' और 'वृहत्' सामों की अनुगूँज रचती चलती है। 'काव्य और संगीत ही विष्णु के वाहन हैं' यह तथ्य 'श्रीमद्भागवत' तक आते-आते पूर्णत: प्रतिष्ठित हो गया, यह कहकर कि भगवान भक्त के हृदय में श्रवण-रन्ध्र से प्रवेश करते हैं। सूर-तुलसी, शंकरदेव और चैतन्य महाप्रभु ने तो इसी बात को चरम पुरुषार्थ के रूप में स्थापित किया है। वल्लभ सम्प्रदाय में तो उपासना का माध्यम ही है अष्टयाम-संगीत। ये सारी बातें उसी प्रवृत्ति से विकसित हुई हैं। 'वृहत्साम' के गायन के मूल में थी और इसी गीत-संगीत का बल पाकर विष्णु सर्वोच्च देवता बन गये। अत: यह 'वृहत्साम' गायन-पद्धति निश्चय ही एक रीति-मुक्त और विधि-निषेधों से अन्य सामों की तुलना में एक मुक्त और व्यापक पद्धति रही होगी, अन्यथा उसकी यह सुदूरव्यापी भूमिका सम्भव नहीं हो पाती। यों वैदिक युग में यह पद्धति एक विशेष रीति या भंगिमा पर आधारित थी। परन्तु गीता में इसका उल्लेख एक व्यापकतर संकेत देता है। यों संहिता में वृहद्साम के साथ रथन्तर, वामदेव्य,

धर्म (यजुर्) आदि संज्ञक सामों का भी उल्लेख है। ऋग्वेद के 10वें मण्डल के सूक्त 181 में 'वृहत्साम' का उल्लेख सामवेदीय मन्त्र-संहिता के अर्थ में ही हुआ है। 'सामवेद' में 'ऋक्' और 'यजुर्' के ही गेय मन्त्रों का संकलन है (कुछ नये मन्त्र भी हैं) और इसका 'साम' नाम पड़ने का कारण भी यही है। छान्दोग्य उपनिषद् से स्पष्ट है कि 'साम' का अर्थ 'उद्गीथ' होता है अर्थात् 'गेयमन्त्र'। छान्दोग्य उपनिषद् (अध्याय 2/खण्ड 13) में अन्य कई सामों का उल्लेख है। यथा गायत्र, रथन्तर, वामदेव्य, वृहद्, वैरूप, वैराज, शक्वरी, रेवती। ये क्रमश: प्राण, अग्नि, रतिक्रिया, सूर्य, वर्षा, ऋतुचक्र, द्यावापृथ्वी और पशुजगत् की क्रियाओं में प्रतिष्ठित हैं। यहाँ पर साम का अर्थ 'सन्तुलित क्रिया योग' मात्र है। जैसे 'वृहत्साम' के बारे में कहा गया है, "उदित होता हुआ सूर्य हिंकार है, पूर्ण उदित सूर्य प्रस्ताव है, मध्याह्न कालीन सूर्य उद्गीथ है, अपराह्न सूर्य प्रतिहार है, अस्तमित सूर्य निधन है। यह वृहत्साम है जो सूर्य में स्थित है।" हिंकार, प्रस्ताव, उद्गीथ, प्रतिहार और निधन (उपसंहार) ये सामगायन के पाँच खण्ड हैं, जिनमें मूल या प्रधान खण्ड है उद्गीथ-भाग। स्पष्ट है कि छान्दोग्य परम्परा (जो सामवेद से जुड़ी है), समस्त सृष्टि-क्रिया के मध्य एक लयबद्ध 'छन्द' या 'संगीत' का आविष्कार करती है, उस को रूपक की शैली में 'साम' कहती है। दूसरी बात स्पष्ट होती है जैसे 'रथन्तर' का सम्बन्ध अग्नि से है, 'वैराज' का पर्जन्य (इन्द्र) से, वैसे ही 'वृहत्साम' का सम्बन्ध सूर्य से है। महामहोपाध्याय पं. गिरिधर शर्मा चतुर्वेदी ने अपने गीता-व्याख्यान में कहा है कि वृहत्साम सूर्य का साम है और यह सबसे बड़ा साम है। सूर्य का मूल रूप है द्यु-मण्डल का 'सविता'। यह सविता ही द्वितीय मण्डल अन्तरिक्ष में द्वादश आदित्य (गीता व्याख्यान माला: भाग 2; काशी हि. वि. से प्रकाशित) और सोम बनकर अवतीर्ण है तथा पार्थिव मण्डल में अग्नि बनकर। अत: सविता का क्रियात्मक 'साम' द्यु (स्वर), अन्तरिक्ष (भुव:), पृथ्वी (भू) तक व्याप्त है। इसी से इसके 'साम' को 'वृहत्साम' साम कहते हैं। सविता ही सगुण ब्रह्म का प्रथम व्यक्त रूप है। उसी का एक विकास है 'विष्णु' संज्ञावाला आदित्य। बाद में विष्णु का रूप विकसित होते-होते इतना व्यापक हो गया कि सोम, अग्नि, इन्द्र और वरुण की भूमिकाएँ उसी में अन्तर्भुक्त हो गयीं और वही सविता शक्ति का प्रतिनिधि अधिदेवता बन गया। इस प्रकार सविता या आदित्य से जुड़ा 'वृहत्साम' विष्णु का भी 'वृहत्साम' बन गया। यह साम लयबद्ध तालबद्ध जीवन-क्रिया के भीतर दैनन्दिन व्यक्त हो रहा है। और इस प्रकार व्यापक अर्थ में यह एक 'क्रियात्मक संगीत' है, मात्र ध्वनि-संगीत नहीं। यद्यपि अपने सीमित और मूल अर्थ में यह ध्वनि-संगीत या गायन-पद्धति ही है।[1] परन्तु गीता में इसका प्रयोग मात्र कर्मकाण्डी अर्थ में न होकर इसी विस्तृत और व्यापक अर्थ में हुआ है। इसके कर्मकाण्डी अर्थ से हमें कुछ लेना-देना नहीं है। अत: हम इस पद के व्यापक संकेतों पर और उससे जुड़े सन्दर्भों पर स्वतन्त्र शैली में विचार करेंगे।

---

1. 'वृहत्साम' एक प्रकार का मन्त्र-गान है, जिसको विशेष ढंग से गाया जाता है। यह वैदिक साहित्य का कोई अंश नहीं परन्तु (वैदिक) गायन का ही प्रकार-भेद है। —डॉ. मुकुन्दमाधव शर्मा, अध्यक्ष संस्कृत विभाग, गुवाहाटी विश्वविद्यालय (एक व्यक्तिगत पत्र से)।

'वृहत्साम' पद में महत्त्वपूर्ण शब्द है 'वृहत्', जो इस 'साम' (संगीत) की विशिष्टता का बोध कराता है। 'साम' का अर्थ तो स्पष्ट ही है। साम अर्थात् (harmony)। स्वरों की संगति से अभिव्यक्ति 'साम' या 'राग' का रूप ले लेती है। अत: 'साम' का अर्थ हुआ रागयुक्त अभिव्यक्ति अर्थात् गीत और काव्य। विस्तृत रूप में 'साम' समस्त साहित्यरूपों में प्रतिष्ठित माना जा सकता है, क्योंकि साहित्य भी शिल्प की हरेक विधा के मूल में किसी-न-किसी ढंग का 'छन्द' या 'संगति' (harmony) विद्यमान है। वैदिक मन्त्रों से लेकर ललित निबन्ध तक सभी को साम-सम्पृक्त माना जा सकता है। सभी में कोई-न-कोई 'साम' प्रतिष्ठित है। परन्तु विशेषण 'वृहत्' विष्णु या सूर्य के साम को एक पृथक् सत्ता देता है। यह विशेषण इस 'साम' को एक दिव्य परिवेश से जोड़ता है क्योंकि 'वृहत्' यहाँ पर दिव्यता का वाचक है। 'वृहत्' का अर्थ परमात्मा और विश्वात्मा दोनों होता है। यह 'विराट्' का पर्यायवाची है। 'सहस्रशीर्षा पुरुष' रूप परमात्मा से प्रथम जन्म लेता है 'विराड्' और 'विराड्' से जन्मता है 'अधिपुरुष' और अधिपुरुष ही अपने को अष्टधा प्रकृति वाली सृष्टि के रूप में विभक्त कर देता है आत्म-यज्ञ या आत्म-विवर्तन द्वारा। ('पुरुषसूक्त' में इसी थ्योरी का प्रतिपादन है और वैष्णवों ने पुरुषसूक्त को सर्वाधिक महत्त्व दिया है)। यह 'विराड्' ही 'आयतन' की दृष्टि से 'विराट्' है और 'रूप' की दृष्टि से 'विराज' है। नासदीय सूक्त का 'महाशार्बर' संज्ञा वाला तमस-रूप ब्रह्म निर्गुण निराकार था। उससे सगुण परमात्मा 'सहस्रशीर्षा' रूप में उदित होता है। उसके तीन पग 'विराड्' रूप में ऊर्ध्व स्थित हैं, एक पग 'अधिपुरुष' रूप में सृष्टि का विस्तार अर्थात् 'विश्व' बनकर स्थित है। यह 'विराड्' और 'अधिपुरुष' दोनों 'परमात्मा' (Transcendental God) और 'विश्वात्मा' (Immanent God) कहे जाते हैं। इसकी प्रसविनी और कारिका शक्ति को सांख्य 'परम प्रकृति' और 'प्रधान' की संज्ञा देता है और शाक्तागम महामाधवी या 'श्री' रूप में स्वीकृत करता है। इसकी ही विस्तार-शक्ति (विराट् या 'ह्रीं') और रूप-शक्ति (विराज या 'श्रीं') छान्दोग्य में वर्णित सारे सामों का 'मूल साम' रचती है। अत: 'बृहत्' का साम वह साम है जो सारे सामों का 'मूल साम' है, जो प्रथम सगुण ब्रह्म सहस्रशीर्षा 'पुरुष' (जो बाद में अनन्तशाही नारायण के रूप में कल्पित किये गये) का 'साम' है और यही एक अन्य वैदिक परम्परा के अनुसार द्यु-मण्डल में उद्भूत प्रथम सगुण परमात्माविग्रह सविता का 'साम' है। यही अन्तरिक्ष और धरती में आदित्य, साम और अग्नि के रूप में विभाजित होकर क्रिया-विस्तार कर रहा है। अर्थात् सृष्टि-प्रसव और सृष्टि-विकास में अभिव्यक्त होती हुई भगवद्विभूति और लीला का 'साम' ही 'वृहत्साम' है। भगवान की सारी अवतार-कथाएँ एवं विभूतियोग को व्यक्त करने वाला काव्य, साहित्य और शिल्प उस 'वृहत्साम' की अभिव्यक्ति है। 'वृहद्' शब्द सारी सृष्टि-लीला और अवतार-लीला के मध्य स्थित दिव्य तत्त्व (divinity) का वाचक है। जिस प्रकार अन्तरिक्ष (भुव:) और पृथ्वी (भू) के सारे देवमण्डल का मूल है 'द्यु' (स्व:) के सविता में, उसी तरह सारे देवताओं के सामों के मूल में है यह 'सविता' का या लोकप्रचलित शब्दावली में 'सूर्य' का वृहत्साम।

इस 'वृहत्साम' पद पर एक अन्य दिशा से भी विचार किया जा सकता। 'वृहद्' शब्द 'समूह' का भी वाचक है। बृहत्पति (बृहस्पति), प्रजापति; गणपति आदि परमात्मा-वाचक शब्दों में वृहद्,

प्रजा, गण आदि समानधर्मी शब्द हैं और इनका सरलार्थ ठहरता है जनसमूह या 'लोक'। अतः 'वृहत्साम' का एक अर्थ 'लोकसाम' भी हुआ। वैसे भी 'विश्व' शब्द का अर्थ 'विष्णु' भी होता है। विष्णुसहस्रनाम का यह द्वितीय नाम ("ॐ विश्वं विष्णुः ...") है। 'ॐ' प्रथम नाम है तो 'विश्व' द्वितीय नाम। 'विश्व' अर्थात् 'लोक'। अतः 'वृहत्साम' का अर्थ 'लोकसाम' सर्वथा समीचीन है। वैष्णव धर्म और वैष्णव संस्कृति की ऐतिहासिक यात्रा की दृष्टि से यह अर्थ भी बड़ा ही महत्त्वपूर्ण है। वृहत्साम की परिधि में 'लोक' (समूह = गण = प्रजा = वृहद्) में प्रचलित तथा लोक द्वारा अभिव्यक्त समस्त दिव्य गीत-परम्पराएँ तथा दिव्य कथा-परम्पराएँ आ जाती हैं। यों सारा आदिम काव्य और आदिम संगीत ही व्यक्तिकृत नहीं, समूहकृत अर्थात् 'अपौरुषेय' माना जाता है। परन्तु यह 'दिव्य' भी हो सकता है और 'अदिव्य' (सेक्यूलर) भी। 'वृहत्साम' में इसका अदिव्य भाग नहीं लिया जा सकता है। यहाँ पर एक तथ्य पर ध्यान बरबस चला जाता है, वह है 'रथन्तर साम' और 'वृहत्साम' का जोड़े के रूप में प्रायः उल्लिखित होना। 'रथन्तर' या 'रथन्तरण' राजमार्ग को पकड़कर की गयी यात्रा का द्योतक है तो 'वृहद्' राजमार्ग से हटकर आरण्यक और ग्राम्य पगडण्डियों पर मुक्त पगविहार का। हमें लगता है कि भारतीय कला और संगीत में कालान्तर में जो दो भेद 'मार्गी' और 'देशी' किये गये उनके मूल में यही 'रथन्तर' और 'वृहद्' का ही भेद है। 'मार्ग' का अर्थ होता है अभिजात, संस्कार-शिक्षित और क्लासिकल पद्धति तथा 'देश' का अर्थ होता है लोकाश्रयी मुक्त पद्धति। 'रथन्तरण' शब्द 'मार्ग' का संकेत देता है और 'वृहद्' शब्द विस्तृत देश-भूमि का। कहा जाता है कि विष्णु का वाहन सुपर्ण 'साम' का भी वाहन है और उसके दोनों पक्षों से क्रमशः 'रथन्तर साम' और 'वृहत्साम' की ध्वनि निकलती चलती है। रथन्तर साम का सम्बन्ध कर्मकाण्डप्रधान संस्कृत-परम्परा से है तो वृहत्साम का लोक-संस्कृति में व्याप्त लोक-परम्परा से। विष्णु का 'साम' वैदिक राजमार्ग में प्रतिष्ठित है और साथ ही लोकाश्रयी कथा और गीत की 'वृहद्' परम्परा में भी। साथ ही, यह भी तथ्य है कि जैसे सारे मार्ग-संगीत का मूल है देश-संगीत में, जैसे सारी अभिजात संस्कृति का मूल स्थित है लोक-संस्कृति में, वैसे ही सारी वैदिक राजमार्ग की साम-परम्परा (रथन्तर) का मूल किसी-न-किसी रूप में मुक्त 'वृहद्' परम्परा में ही निहित है। प्रथम चरण में यह वृहत्साम-परम्परा आर्य-लोक-संस्कृति से जुड़ी रही होगी, बाद में पौराणिक युग तक आते-आते आर्य-आर्येतर समस्त भारतीय लोक-संस्कृति से जुड़ गयी। लोकाश्रयी संस्कृति का बल पाकर ही विष्णु का 'साम' (गीत और साहित्य) सबसे वृहद् और बलशाली हो गया। सारी अवतार-कथाओं के मूल में लोकाश्रयी अनुश्रुतियाँ ही हैं। ये वैदिक मन्त्रों में भी संकेत रूप में व्यक्त हुई हैं। पुराणों में इनका संशोधित उपवृंहण वर्तमान है।

उदाहरण के लिए वैदिक अवतार त्रिविक्रम विष्णु, जो 'त्रिपादऊर्ध्व' पुरुष है, वस्तुतः अपने पौराणिक रूप में (बलिबन्धन की कथा) आर्य-लोकानुश्रुति से आया है। उसके त्रिपादविक्रम का उल्लेख भी मन्त्रों में मिलता है। परन्तु वामन द्वारा बलिछलन की पूरी कथा आर्यों के लोक-साहित्य में वर्तमान थी। यह किसी ऐतिहासिक घटना की अनुस्मृति है। त्रिपादऊर्ध्व विष्णु के तीन पगों की व्याख्या तरह-तरह से की जाती है और उनका सम्बन्ध सूर्य के दैनन्दिन 'साम' (क्रिया-वृत्त) से है। ऊर्णनाभ के अनुसार तीन पग हैं—उदयाचल, परम पद (मध्याह्न बिन्दु) और 'गयशीर्ष'

(अस्ताचल)। एक अन्य व्याख्या के अनुसार वे उत्तरायण बिन्दु, विषुव बिन्दु और दक्षिणायन बिन्दु हैं। पर सायणाचार्य लोक-प्रचलित बलिछलन की कथा से जोड़ते हैं और तीन पग हैं भू, भुव: और स्व:।

वस्तुत: सूर्य, सविता और विष्णु सम्बन्धी वैदिक मन्त्रों में सृष्टिविद्या (Cosmology) के जो 'तत्त्व' (facts) व्यक्त हुए हैं उनका लोकायत संस्करण 'कथात्मक' (fictional) था और यह आर्य एवं आर्येतर दोनों तरह की लोक संस्कृतियों से जुड़ा था। कहीं पर मूल स्रोत आर्य था तो कहीं पर विमिश्र आर्य-आर्येतर (आस्ट्रो-द्राविड़)। द्यु-मण्डल का सविता ही उत्तरकालीन पौराणिक साहित्य का नारायण या अनन्तशायी विष्णु है। सविता के एक मन्त्र में उसे 'अपां नपात्' (जल का नाती) कहा गया है। (ऋ. 1/22/6)। "हे ऋत्विक हमारी रक्षा के निमित्त 'अपां नपात्' सविता की स्तुति कर।" विष्णु जल का पौत्र है क्योंकि आदि सर्ग का वारुण-मण्डल जल (अप) प्रधान है। उसी पर सहर्षशीर्ष संकर्षण-शय्या उदित होती है और तत्पश्चात् उसपर पद्मनाभ विष्णु का अवतरण तीसरे क्रम में होता है। साथ ही विष्णु की दोनों शक्तियों सावित्री और लक्ष्मी का वाहन जलचर है हंस और कमल। ये सारे प्रतीक लोकश्रुति में उदित होते हैं। लक्ष्मी का वाहन रात्रिचर उलूक भी है क्योंकि वारुण-मण्डल 'रात्रि' रूपा है जिससे विष्णु अपनी महामाधवी (लक्ष्मी + सावित्री = श्री) के साथ उदित होता है। विष्णु का उदय आदि सर्ग के 'हिरण्यगर्भ और वारुण-मण्डल' के युग्म से होता है अत: हिरण्यमय तेजशक्ति सावित्री और वारुण 'अप' की मधुमयी शक्ति लक्ष्मी दोनों से वह युक्त है। वह स्वयं 'हिरण्यमय' और 'मधुमय' है। इसी से वह क्रमश: अग्नि और सोम बनकर अगले सर्गों में अपना अग्निसोमात्मक रूपान्तर करता है। यह अग्निसोमात्मक रूपान्तर ही लोकाश्रयी कृष्ण-कथा के रूप में आगे चलकर 'महाभारत' और 'भागवत' में विकसित हुआ। विष्णु सोमरूप में मधु-किरणों का या रस-किरणों का विस्तार करता है। सोम की किरणें धेनुएँ हैं अत: वह 'गोपा' विष्णु है। यही बात लोकश्रुति में गोपाल कृष्ण का रूप लेती है। विष्णु का यह सोमरूप या मधुमयरूप आगे चलकर उसे 'काम देवता' के रूप में भी प्रतिष्ठित करता है। हिरण्यमय, ज्ञानरूप, प्रकाशरूप आदित्य विष्णु बनता है 'स्मर' देवता। "ओऽम् त्रैलोक्य मोहनाय विद्महे स्मराय धीमहि तन्नो विष्णु: प्रचोदयात्" यह विष्णु गायत्री है। यह अद्भुत रूपान्तर घटित होता है आर्येतर लोकश्रुति के दबाव से। तमिल में विष्णु की लोक-प्रचलित संज्ञाएँ हैं: 'वेन्हू' (विष्णु) तथा 'श्री माल'। माल का अर्थ नायक, वीर, काम और विष्णु सभी होता है। यही 'माल' ध्वनिखण्ड संस्कृत के 'मार' और 'स्मर' के मूल में है जो आर्येतर भाषा-कुल से आता है—निषाद (मालय-आस्ट्रिक) या द्राविड़ स्रोत से। 'मार' का अर्थ कामदेव होता है। दुष्ट प्रकृति का काम है 'अपस्मार'। सात्त्विक प्रकृति का काम है विष्णु। "प्राणियों में धर्मानुकूल कामभाव मैं ही हूँ" (गीता)। इसी कामभाव की दिव्य कथा वृन्दावन में खेली गयी और लोकानुश्रुतियों के मध्य विकसित हुई। 'यज्ञवाराह' की कथा वैदिक संहिता के बाद ब्राह्मण युग में विकसित हुई। 'शतपथ' और 'तैत्तिरीय संहिता' में प्रजापति के अवतार के रूप में इसका उल्लेख है। बाद में विष्णु के साथ यह जुड़ी लोक-कल्पना के माध्यम से और देवासुर द्वन्द्व के पैटर्न पर हिरण्याक्ष की कथा भी इसमें आ जुड़ी। वेदों में 'वराह' का उल्लेख

अग्नि या रुद्र के रूप में है। ब्राह्मण ग्रन्थों में यह प्रजापति द्वारा जल से धरती के उद्धार की कथा है। परन्तु हिरण्याक्ष का कहीं उल्लेख नहीं है। यह हिरण्याक्ष मूल रूप से आदि सर्ग का 'वारुण-मण्डल' ही है।

वरुण की संज्ञा है 'महाअसुर'। प्रथम पर्व में 'असुर' एक अपशब्द नहीं था। बाद के विकास में इसका अर्थ हुआ 'देव विरोधी' और तब हिरण्याक्ष असुर की कथा का उदय हुआ। आदि सर्ग की महातमसा (वारुण-मण्डल) से द्यु-मण्डल के सविता द्वारा अन्तरिक्ष और पार्थिव-मण्डलों का क्रमशः उद्धार ही इस 'मिथ' के मूल में है। कहने का तात्पर्य यह लोकाश्रयी कथा और काव्य-तत्त्वों का बल लेकर ही विष्णु का 'साम' (साहित्य या गीत) विस्तार करता है और वेद तथा लोक दोनों से समान रूप में यह आहरण करता है। इस दृष्टि से 'वृहत्साम' का अर्थ 'लोकसाम' सर्वथा समीचीन है। निष्कर्ष यह कि वृहत्साम का अर्थ है वेदाश्रयी और लोकाश्रयी (मार्गी और देशी) दोनों स्तरों में प्रतिष्ठित भगवद् विभूति और लीला का काव्य तथा संगीत। इस व्यापक अर्थ में वैदिक मन्त्र, पौराणिक साहित्य, महाकाव्य से लेकर सूर-तुलसी तक का समस्त साहित्य, जो 'दिव्य' है, विष्णु के 'वृहत्साम' के अन्तर्गत आ जाता है।

2

यों तो विष्णु के सारे अवतारों की कथाएँ 'वृहत्साम' का अंग हैं। परन्तु स्पष्ट भाव से रामायण-महाभारत और भागवत वृहत्साम का सम्पूर्ण वृत्त रचते हैं। त्रेता-कथा सविता-कथा है और यह 'आदि' या 'उत्स' की कथा है। द्वापर-कथा अग्निसोमात्मक है और यह 'विस्तार' की कथा है। समस्त सृष्टि ही सविता का अग्निसोमात्मक विस्तार है। एक 'आदि' काव्य है दूसरा 'महा' (विस्तारबोधक शब्द) विशेषणधारी महाकाव्य। दोनों अपने-अपने में पूर्ण हैं। सविता की 12 आदित्यरूपी 12 कलाएँ हैं। अग्नि और सोम की चौबीस (8+16) कलाएँ हैं। अष्टधा प्रकृति की प्रत्येक कला (5 महाभूत + मन, बुद्धि, अहंकार) में वासुदेव रूप अग्नि की कला ही स्थित है। सोम की षोडश कलाएँ (15 तिथि-कलाएँ और 1 'सिनीवाली' नामक अमृता कला) हैं। कृष्ण अग्निसोमात्मक अवतार है जो चौबीस कलाओं को रसरूप (ब्रज-कृष्ण) और ऐश्वर्यरूप (महाभारत के वासुदेव) में संयुक्त भाव से धारण किये है। वासुदेव की अष्ट अग्नि-कलाओं की प्रतीक हैं उनकी रुक्मिणी आदि अष्ट रानियाँ। षोडशी कला का प्रतीक है पूर्वार्ध लीला में षोडश गोपिका-मण्डल और उत्तरार्ध में कामरूप के नरकासुर के अवरोध से मुक्त की गयी षोडश 'कुल'—कन्याओं का मण्डल। अवश्य ही पुराण कहते हैं षोडश, नहीं षोडश सहस्र कन्याएँ। परन्तु यह बात जँचती नहीं। प्राचीन काल में नारी भी एक रत्न मानी जाती थी और ऐश्वर्य को बढ़ा-चढ़ाकर वर्णन करते समय 'सोने की द्वारका' जैसे कही गयी वैसे ही यह षोडश का षोडश सहस्र बन गया। वस्तुतः ये कथाएँ आगम और निगम के गूढ़ तत्त्वों की कथात्मक प्रस्तुति मात्र हैं। बात षोडश पर ही ठीक बैठती है। कामरूप 'षोडशी' (त्रिपुरसुन्दरी, कामेश्वरी) का मण्डल है। षोडश जनजातियों की 'शासिका' कन्याएँ पुरुषप्रधान सत्ता के प्रतिनिधि शासक नरकासुर के अवरोध में थीं। यहाँ आज भी जनजातीय (tribal) सभ्यता नारीसत्ता-प्रधान है। उन दिनों प्रत्येक जनजाति की शासिका कोई

कुमारी होती थी। वह अविवाहित रहती थी। कामरूप की निषाद-किरात जातियों की भगवती थी कामाख्या षोडशी। वह भी कुमारिका ही मानी जाती है। प्रत्येक जनजाति स्वामिनी कामाख्या की एक-एक दिव्य कला का धरती पर प्रतिनिधित्व करती थी। कामाख्या या त्रिपुरसुन्दरी 'चन्द्रा' या 'सोमा'—शक्ति है। इसी से उसकी संज्ञा 'षोडशी' है। पूजापर्व आदि में मानवी जनजाति स्वामिनी ही भगवती के रूप में पूज्य होती थी। उसकी प्रशासन-शक्ति के मूल में यही धार्मिक आतंक था कि वह भगवती प्रतीक है। नरकासुर मिथिला के आर्य राजा जनक का पोष्यपुत्र था और स्वयं मिश्रित रूप का होते हुए भी पुरुषप्रधान आर्यराज-धर्म का विश्वासी भी। वह इन कुल-कन्याओं को अपनी रानी या पत्नी बनाना चाहता था। वस्तुत: 'सहस्र' शब्द का अर्थ यहाँ पर 'हजार' नहीं। यह एक समूहवाचक अर्थ में प्रयुक्त हुआ है और इसका अर्थ 'समूह' या 'कुल' लिया जा सकता है। (देखिए 'किरात नदी में चन्द्रमधु' का निबन्ध 'क्षुरस्य धारा दुर्गमपथ:')। ये '8 + 16' अर्थात् 24 कृष्णपत्नियाँ संयुक्त रूप से अग्नि और सोम की कलाओं की प्रतीक हैं, साथ ही सांख्यदर्शन के 24 तत्त्वों की भी। 25वाँ तत्त्व परमात्मा तो कृष्ण वासुदेव स्वयं ही है। इस प्रकार देखते हैं कि रामायण का साम सविताप्रधान है तो महाभारत-भागवत का अग्निसोमात्मक। प्रथम 'आदि' को व्यक्त करता है, दूसरा उसके 'विस्तार' को। राम और कृष्ण दोनों अवतार ही अपने-अपने सन्दर्भ में पूर्णावतार हैं। 12 और 24 की संख्यापरक तुलना द्वारा उन्हें बड़ा-छोटा बनाने की बात मूर्खता है। मनुष्य के दो पैर होते हैं तो जानवर के चार। दोनों ही अपनी-अपनी प्रकृति में पूर्णांग हैं। वस्तुत: रामकथा और कृष्णकथा दोनों, एक ही विष्णु के 'वृहत्साम' के 'पूर्व' और 'उत्तर' पक्ष को व्यक्त करती हैं और दोनों मिलकर 'सम्पूर्ण साम' बनाती हैं। आदि के बिना विस्तार सम्भव ही नहीं। विस्तार के बिना आदि निरर्थक है। बिन्दु की सार्थकता नाद बनकर विकसित होने में है। अकेले-अकेले बिन्दु तो शून्यावस्था के समान हैं।

विपरीत क्रम से चलें तो पहले बात महाभारत की ही आती है। यह पार्थिव-मण्डल (भू) का काव्य है और अग्निप्रधान है। महाभारत के बारे में श्री सुकथनकर महोदय, जो प्रसिद्ध पूना-संस्करण के सम्पादक हैं, का कहना है—"हम ही महाभारत हैं, 'हम' से तात्पर्य वास्तविक असली 'हम' से है" (We are It. I mean the Real We)। वे लोग जो भारतीय संस्कृति से अपने को 'बेगाना', 'बाहरी' मानने में ही गौरव समझते हैं, वे असली 'हम' नहीं हैं। महाभारत 'हम' है और रामायण 'हमारा आदर्शरूप' है। काठ की तलवार भाँजनेवाले स्वयं-घोषित 'हीरो' लोग अपने निरर्थक बुद्धिवाद को पकड़े रहें। पर जो खाँटी भारतीय है वह 'महाभारत' में अपनी यथार्थ छवि देखता है और रामायण में अपना आदर्श ढूँढ़ता है। यह पार्थिव-मण्डल का काव्य है। इसमें जल (सोम) और अग्नि दोनों रूपों में स्थित हैं वासुदेव। परन्तु इस काव्य में अग्नि-तत्त्व का ही प्राधान्य है। 'वासुदेव' शब्द 'वसु' से निकला है और अष्ट वसुओं में अग्नि ही प्रधानतम विभूति है। कृष्ण स्वयं घोषित करते हैं "वसूनां पावकोऽस्मि" (गीता)। लोक संस्कृति भी वासुदेव को अग्नि और पीपल-वृक्ष के रूप में देखती है। अश्वत्थ में अग्नि छिपे थे। यह कथा पुराणों में है। यह अग्निगर्भ-वृक्ष है। यह साक्षात् 'तप' रूप है। हरियाणा और राजस्थान अंचल में अग्नि का एक लोक-प्रचलित नाम है 'वासदे'। (पं. चन्द्रधर शर्मा गुलेरी...)।

वस्तुत: विष्णु-पूजा में इन्द्र, प्रजापति, वरुण, वसुगण, अग्नि आदि के तत्त्व समाहित हो गये। इसी से विष्णु निरन्तर वर्द्धमान होते रहे। इसके अतिरिक्त महाभारत में उनकी भूमिका ही कालाग्नि रूप है। द्वापर के अन्त में वे कालाग्नि रूप धारण करके स्थित थे। श्रीमद्‌भागवत के 11वें स्कन्ध "कालात्मना निवसता यदुदेवगेहे" तथा गीता विश्वरूप दर्शन में 'शशि-सूर्य-नेत्रम्', 'दीप्तहुताशवक्रम्' आदि कहकर उनके इस रूप का संकेत किया गया है। गीता की भाषा बिल्कुल सादी, तेजस्वी, तीक्ष्ण और लपलपाती अग्निशिखा जैसी है। महाभारत की भाषा, बिम्ब-विधान और विषय-वस्तु-तीनों को देखते हुए ही व्यास की संज्ञा 'हुताशन-मित्र' कवि दी गयी है। प्रारम्भ से अन्त तक इसमें 'भवति' (becoming) की अग्निशिखा जलती है हाहाकार करती हुई; 'भवति' का, निरन्तर 'हो रहे' यानी जन्मते-मरते, फिर जन्मते जगत् का चित्र ही 'यथार्थवाद' कहलाता है। परन्तु कोई भी भारतीय काव्य केवल 'भवति' पर समाप्त नहीं होता। केवल 'भवति' का चित्र देना 'अखबारनवीसी' है, Journalism है, साहित्य नहीं। साहित्य सदैव 'भवति' के अन्तराल में अपरिवर्तनशील शाश्वत मूल्यों का, 'अस्ति' (being) का संकेत करता है। प्रेमचन्द का कथा-साहित्य व्यास के महाभारत की ही तरह 'भवति' के हताशाजनक रूप को व्यक्त करते हुए 'अस्ति' के शाश्वत मूल्यों का मनुष्यता के उत्साह, करुणा और त्यागप्रधान रूपों का, जिनका महत्त्व किसी भी सामाजिक व्यवस्था में क्षीण नहीं हो सकता, संकेत देता चलता है। इसी से प्रेमचन्द श्रेष्ठ साहित्यकार हैं और सही साहित्यकार हैं। जो सही है, वही श्रेष्ठ है। महाभारत में 'भवति' के इस हाहाकार में 'अस्ति' की दो मुद्राएँ निरन्तर उपस्थित हैं—एक है वासुदेव कृष्ण अर्थात् 'ईश्वर' और दूसरा है युधिष्ठिर अर्थात् 'सही मनुष्य'। ये ही दो महाकाव्य की मूल प्रकृति (essence) रचते हैं। शेष सभी प्रकृति की 'विवर्तनशील सत्ता' (existence) के लिए ईंधन हैं, शेष सभी 'निमित्तमात्रम्' हैं। अस्तित्व के हाहाकार के मध्य युधिष्ठिर शान्त धीर-उदात्त पुरुष है। महाकाव्य का अन्त तो श्मशान-बोध जैसा है। लगता है कि मनुष्यता हार गयी, भगवान की गीता पराजित हो गयी। परन्तु इस अन्तिम बोध में मानवीय गरिमा की रक्षा हो है युधिष्ठिर के धीर-प्रशान्त रूप द्वारा ही।

इस महाकाव्य का उपवृंहण किया है आंगिरस भृगुओं ने जो स्वयं अग्नि के उपासक थे। भार्गव अवतार 'परशुराम' शुद्ध अग्निप्रधान हैं। परन्तु अग्नि बिना सोम के अधूरा है, तेज मधु से रिक्त होने पर दु:खद है, इसी से कृष्ण का चरित्र 'अग्निसोमात्मक' है। विश्व की सविता-शक्ति ही दोनों का उत्स है। भृगुगण अग्नि-उपासक थे। अत: उनके कल्पना-जगत् में अग्नि की स्वाहा-शिखा का सौन्दर्य नित्यरूप से वर्तमान था। इसी से जैसाकि मध्वाचार्य ने संकेत किया है, अग्नि-तत्त्व का महाकाव्य में पूर्ण आवेश हो गया है। उपमाओं और अलंकारों में अग्नि के ही बिम्ब अधिक आते हैं। "दिधक्षण्ण इव पावक:", "दीप्तं इव कालाग्नि:", "तं ज्वलन्त इव श्रिया", "जाज्वल्यमान वपुषा", "भस्माच्छन्न इवानल:", "ऋध्या प्राज्वल्यमानेन", "क्रुद्धं अग्नि र्यथा वनम्" आदि उपमाएँ महाकाव्य में बार-बार आती हैं और सारा वातावरण प्रज्वलित-प्रज्वलित-सा रहता है। महाभारत में जब किसी सुन्दर दृश्य का वर्णन आता है तो कवि उसे 'रम्यदारुण' सुन्दर कहता है। केवल रम्यता पर महाभारत के कवि का आरण्यक मन नहीं टिकता है। उसके चरित्र भी

एक-से-एक बढ़कर ज्वलन्त होम-शिखाओं जैसे हैं। भीष्म, द्रोण, कर्ण, अर्जुन, भीम, युधिष्ठिर, विदुर, गान्धारी, द्रौपदी आदि होम-शिखा जैसी हैं। गान्धारी के चक्षुओं में वह अग्नि है जो कृष्ण को भी भस्म कर सकती है। भीष्म गार्हस्थ्य के मन्दिर में प्रतिष्ठित ब्रह्मचर्य के प्रदीप्त पावक जैसे हैं। वैसे ही हैं विदुर। वैसे ही युधिष्ठिर। महाभारत की नायिकाओं के मुख्य गुण हैं—दीप्ति, कान्ति और ज्वलनशीलता। प्रधान नायिका है याज्ञसेनी द्रौपदी जो अग्नि-सम्भवा कन्या है। उसका सौन्दर्य-वर्णन करते हुए कवि अपना प्रिय उपमा-सूत्र "दीप्तां अग्निशिखामिव" का ही प्रयोग करता है। यज्ञवेदी से उत्पन्न सौन्दर्य (वेदीमध्यसमुत्पन्ना पद्मपत्रनिभेक्षण) में जो विशिष्टताएँ रहनी चाहिए वे सब उसके अन्दर विद्यमान हैं। वस्तुत: उसका तो नाम रखना चाहिए था 'स्वाहा !' ... महाकाव्य में 'सत्ता' (existence) के दो स्तर सतत वर्तमान हैं। एक तो है निरन्तर हाहाकार करके जलते हुए 'भवति' (becoming) का क्रिया-कलाप वाला सक्रिय स्तर। दूसरा है धीर-प्रशान्त-स्थिर 'अस्ति' (being) का स्तर। प्रथम स्तर में नायक बनकर विचरण करता है अर्जुन, जो अग्नि के रथ पर सवार है और अग्नि के धनुष को धारण करके चलता है। वह इन्द्र का पुत्र है। इन्द्र अन्तरिक्ष का 'विद्युत्' रूप आदित्य है जो अग्निधर्मी है। उसके साथ है कृष्ण वासुदेव। यही महाकाव्य का 'लेलिह्यमान पावक', विश्व को जीभ से चाटता हुआ भूखा अग्नि है। वेदों में परमात्मा के अर्थ में 'वासुदेव' शब्द का प्रयोग नहीं। 'वसु' अवश्य मौजूद हैं। 'वासुदेव' के रूप में परमात्मा की कल्पना आर्य-संस्कृति के लोकायत स्वर से अभिजात (मार्गी) स्तर की ओर गयी है। लोक जीवन में अग्नि एक प्रधान सम्बल है। गृहस्थी का सारा तामझाम अग्नि पर टिका है, यज्ञ-होम से लेकर पाक-क्रिया तक। पाकाग्नि को ही वैश्वदेव मानकर 'बलि' देने की दैनिक प्रथा आर्यलोक-संस्कृति का एक अभिन्न अंग थी। हमने ऊपर उल्लेख किया है कि गुलेरी जी के अनुसार पश्चिमी अंचलों में अग्नि के लिए 'वसदे' और 'वैसन्तर' (वैसन्दर) शब्द चलते हैं जो 'वासुदेव' और वैश्वानर (वैश्वानल) के ही अपभ्रंश हैं। विष्णु गृहस्थों के देवता हैं। पाकाग्नि वैष्णवाग्नि है जिससे 'पालन' क्रिया होती है। 'यज्ञशाला' और 'पत्नीशाला' (प्राग्वंश) दोनों ही 'विष्णु सहस्रनाम' में विष्णु-संज्ञाएँ मानी गयी हैं। अत: महाभारत के वासुदेव अग्निरूप हैं, इस कल्पना का मूल है लोकाश्रयी (देशी) 'वृहत्साम' में।

इस महाकाव्य का 'सूचक' है खाण्डव-दाह जो महाकाव्य के तोरणद्वार पर ही स्थापित किया गया है और पूरी 'थीम' की प्रकृति को सूचित करता है, ठीक वैसे ही जैसे 'क्रौंचवध' रामायण का सूचक है (देखिए 'महाकवि की तर्जनी')। फिर आता है लाक्षागृह-प्रसंग, फिर आती है कुटिल द्यूतक्रीडा और चीरहरण, अन्त में आता है सर्वस्वान्तक महासमर ! पूरा महाकाव्य ही एक तरह से शुरू से अन्त तक खाण्डव-दाह है और अन्तिम दृश्य रचता है 'स्त्रीपर्व' की असंख्य ज्वलित चिताएँ। व्यास ने जानबूझकर इस प्रसंग को महत्त्व देने के लिए एक पर्व का ही नामकरण कर दिया है। महाकाव्य तो यहीं समाप्त हो जाता है परन्तु लगता है कि अर्जुन का विषादयोग जीत गया और भगवान की गीता हार गयी। मनुष्यता की इस ट्रेजडी पर ही महाकाव्य नहीं रुकता। अभी दो मुख्य प्रसंग और हैं। एक है विजेता द्वारा अश्रुपात के मध्य 'मनुष्य-धर्म' का निर्मम निरासक्त विवेचन। शरशय्या पर शायित पितामह का महिमामय 'नरव्याघ्र' रूप और सामने

करुणा बरसाता हुआ उदास विजेता। ये मनुष्य के दो बड़े ही महिमान्वित रूप हैं। दूसरा चित्र है धीर-प्रशान्त मनुष्य युधिष्ठिर का सदेह स्वर्गारोहण। महाकाव्य का अन्त ट्रैजिक अनुभूति में न होकर एक धीर-प्रशान्त 'महाबोध' में होता है जो लौकिक अर्थों में सुखद भले ही न हो, गौरव-महिमा से समुज्ज्वल अवश्य है। कहने का तात्पर्य यह कि सम्पूर्ण महाकाव्य में अग्नि का 'साम' ही अपने 'अस्ति' और 'भवति' दोनों रूपों में प्रज्वलित है। बहुत काल बाद गौतम बुद्ध ने अपने दस हजार शिष्यों के सम्मुख 'अग्नि' की 'भवति'—प्रधान भूमिका का उपदेश दिया था:

"भिक्षुओ, आँखें जल रही हैं, सारा दृश्यमान जगत् जल रहा है। ...भिक्षुओ, यह आग किसकी है? यह आग है 'कामना' की।" ('सुरंगम-सूत्र')। कामना की अग्नि ही 'पार्थिव-मण्डल' की सर्वव्यापी 'वास्तविकता' (reality) है। परन्तु ब्राह्मण कवि व्यास इसी पर अपनी बात समाप्त नहीं करता और इसके मध्य 'गीता' की 'अनासक्ति' स्थापित करता है और युधिष्ठिर का धीर-प्रशान्त अविचल विवेक। 'वास्तव' के हृदय में आदर्श की अमृता-कला वैसे ही छिपी रहती है जैसे अमावस्या के गर्भ में चन्द्र की षोडशी कला 'सिनीवाली'। राजनीति को इस 'सिनीवाली' से कुछ लेना-देना नहीं है। यह तो साहित्यकार के जिम्मे सौंपा गया है कि उस 'सिनीवाली' से साहित्य और जीवन अविच्छिन्न भाव से संलग्न रहें। भले ही वह घोषित यथार्थवादी साहित्यकार क्यों न हो, इस 'सिनीवाली' को अस्वीकार करने का उसे अधिकार नहीं।

महाभारत के बाद हम श्रीमद्भागवत की कुछ चर्चा करें जो कृष्ण के अग्निसोमात्मक चरित्र की गाथा है और दशम स्कन्ध का पूर्वार्ध सोम-प्रधान है। माथुर कृष्ण 'रस' के अधिदेवता हैं। वे विष्णु के 'सोम' रूप का प्रतिनिधित्व करते हैं। श्रीमद्भागवत (हमारा तात्पर्य 'कृष्णकथा' वाले अंश से ही है) अन्तरिक्ष मण्डल का काव्य है। अन्तरिक्ष के दो अधिदेवता हैं। देवलोक के इन्द्र और पितरलोक के सोम। इन्द्र भी अग्निसोमात्मक है। वह वज्र विद्युत् (अग्नि) और पर्जन्य (सोम अर्थात् जल-तत्त्व) दोनों का प्रतिनिधि है। उसका चरित्र है 'ऐश्वर्य' रूप। यह हम कृष्ण के उत्तरार्ध चरित्र में (जो महाभारत के चरित्र की ही पुनरुक्ति है) पाते हैं। वहाँ कृष्ण अग्निसोमात्मक 'ऐश्वर्य' रूप में प्रतिष्ठित है। परन्तु पूर्वार्ध (व्रज-चरित्र) उसका 'सोम' रूप है और वैष्णव-परम्परा में यही सोमरूप कृष्ण का विशिष्टतर रूप माना गया है।

द्यु-मण्डल के 'सविता' में इसके पूर्व स्थित आदि-मण्डल (हिरण्यगर्भ + वारुण या परमेष्ठि-मण्डल) का 'मधु' तत्त्व निहित है। वही मधु-तत्त्व अर्थात् सविता का मधुमय रूप अन्तरिक्ष में 'सोम' बनकर उपस्थित होता है। चन्द्र-मण्डल सूर्य की किरणों से ही प्रकाशित होता है, यह तत्त्व वैदिक ऋषि को ज्ञात था। इसी से सोम को सविता का मधुमयरूप माना जाता है। यह सोम-मण्डल ही मूल 'मधुरा' (मथुरा) पुरी और 'मधुवन' है। इसी में सोमरूप विष्णु (सविता) विहार करता है। द्यु-मण्डल की सविता की रश्मियाँ 'गौ' हैं और उनका पालक है सोम। इसीलिए सोम 'गोपा विष्णु' है। कृष्ण इसी अर्थ में मधुवन का विहारी 'गोपाल' है। सोम की प्रिय पत्नी है रोहिणी नक्षत्र। जब रोहिणी नक्षत्र से सोम युक्त रहता है तो धरती के मधु-लोक (व्रजधाम) में कृष्ण का अवतरण होता है। 'व्रज' शब्द का अर्थ 'मेघ' भी होता है। व्रजलोक का अर्थ मेघलोक या अन्तरिक्ष भी हुआ। इसी से सोमरूप कृष्ण व्रज-विहारी है और अन्तरिक्ष में उसकी इन्द्र से

प्रतिद्वन्द्विता। सारा नक्षत्र-मण्डल एक छन्दोबद्ध 'साम' या नृत्य की शैली में चलित होता है। यही है रासलीला। वृन्दावन की नृत्यलीला के दो प्रकार हैं। एक है 'हल्लीसक' रास, दूसरा है 'शुद्ध' रास। हल्लीसक रास में नर्तकियाँ मण्डलाकार वृत्त में नाचती हैं और मध्य में एक नर्तक रहता है 'हरिवंश' और 'विष्णुपुराण' में वर्णित व्रज की रासलीला इसी प्रकार है। मण्डलाकार गोपियों के मध्य एक कृष्ण। रास का मूल रूप यही है और सोम को वृत्ताकार घेरे हुए नक्षत्रों के नित्य नर्तन का यह अनुकरण है। परन्तु श्रीमद्‌भागवत की 'रासपंचाध्यायी' में प्रत्येक गोपी के साथ एक कृष्ण या नर्तक है। यह मूल रास (हल्लीसक) का ही एक विवर्तन है और 'भागवत' में दार्शनिकता को भावात्मक रूप देने के लिए (जहाँ गोपी 'जीवात्मा' प्रतीक है) ऐसा परिवर्तन कर दिया है। पर यह रास का मूल रूप नहीं है। मथुरामण्डल के द्वादश वन द्वादश चान्द्र मासों के प्रतीक हैं। होली का त्यौहार शुद्धत: लोकायत पर्व है। 'होली' शब्द ही 'हल्लिक' (किसान) से निकला है। इसकी पूर्व रात्रि (फाल्गुनी पूर्णिमा) को 'दोलयात्रा' कहते हैं। यह 'दोलयात्रा' संज्ञा के पीछे आकाश के सोम-मण्डल की स्थिति है। फाल्गुनी पूर्णिमा को सोम उत्तराफाल्गुनी नक्षत्र का भोग करता है। इसी से इस मास की संज्ञा 'फाल्गुन' है। (मासों का नामकरण पूर्णिमा के चन्द्र के नक्षत्र विशेष से संयोग के आधार पर ही हुआ है। जैसे चैत पूर्णिमा को 'चित्रा' के साथ वैशाख पूर्णिमा को 'विशाखा' के साथ...। वैशाख मास को माधव मास और राधा मास दोनों कहते हैं क्योंकि 'विशाखा' का एक पर्याय 'राधा' भी है।) दोल पूर्णिमा के दिन सोम उत्तराफाल्गुनी नक्षत्र के साथ क्रीड़ा करता है। उत्तराफाल्गुनी भी राधा का ही एक रूप है। उत्तराफाल्गुनी वैदिक संज्ञा 'भग' है। 'भग' का अर्थ होता है नारी योनि और ऐश्वर्य। वेदों में 'राधस' शब्द कई बार आया है और वहाँ पर उसका अर्थ 'ऐश्वर्य' अर्थात् 'भग' होता है। जैसे ऋग्वेद (1/22/7) में,

"विभक्तारं हवामहे वसो: चित्रस्य राधस:।
सविर्ता नृचक्षसम्।"

(वसु (सम्पत्ति) और विचित्र-विचित्र 'राधस' (ऐश्वर्य या भोग वस्तुओं) के वितरक (बाँटनेवाले) उस सविता की हम स्तुति करते हैं जो मनुष्यों (नृ) का चक्षु-स्वरूप है।)

अगले मन्त्र (1/22/8) में सविता को 'राधांसिदाता' ('राधों' अर्थात् भोग्य सुखों का दाता) कहा गया है। अत: उत्तराफाल्गुनी का भी एक अर्थ 'राधा' ('राध' का स्त्रीलिंग रूप) भी होता है। अन्तरिक्ष में सोम और 'राधा' की दोलन-क्रीडा को ही वृन्दावन की फाल्गुनी दोलयात्रा के रूप में राधा-कृष्ण की दोलन-क्रीडा कहकर मनाया जाता है। सोम की संज्ञा 'रस' और 'मधु' भी है। कृष्ण 'रस' रूप परमात्मा है और विष्णु की संज्ञाएँ मधु, माधव आदि हैं। सोग 'रस' को परोसता है। कृष्ण भी 'मधु' का 'सूदन' (पकाने के अर्थ में) करता है। सूद शब्द का अर्थ है रसोई पाक करने वाला। (वस्तुत: 'सविता' आदित्यरूप से मधु का पाक करके सोम-मण्डल में उतार देता है और सोम अपनी किरणों से सृष्टि में वह 'मधु' परोसता है)[1] श्रीमद्‌भागवत इच्छा (ह्लादिनी)

---

1. मधु दानव का संहार भी सवितारूप विष्णु करता है। 'मधुसूदन' शब्द के दोनों अर्थ—(1) मधु का पाक करने वाला और (2) मधुदानव को मारने वाला-उन दो भिन्न परम्पराओं से आते हैं जो क्रमश: वैदिक और पौराणिक कही जा सकती हैं।

शक्ति का महाकाव्य है जबकि महाभारत ज्ञानप्रधान (संवित्) है और रामायण का क्रियाप्रधान (सन्धिनी) है। सोम इच्छाशक्ति या 'काम' का अधिदेवता है और विष्णु स्मररूप कृष्ण व्यक्त करते हैं वृन्दावन की महाभाव लीला में। यों इस स्मररूप का विकास आर्येतर लोकायत 'साम' के दबाव से हुआ है। 'स्मर' या 'मार' शब्दों के मूल में है आर्येतर शब्द 'माल'। इसका उल्लेख हम पहले ही कर चुके हैं।

रामकथा सविता-कथा है। इसकी प्रकृति सूर्यात्मक है और यह द्यु-मण्डल का काव्य है जो सगुण सृष्टि के विकास का 'आदि'रूप है। इसी से यह 'आदिकाव्य' कहा जाता है। इसका अधिदेवता है विष्णु का सवितारूप जो सोम और अग्नि के 'विस्तार' रूपों का आदिबिन्दु है। क्रियाशक्ति प्रधान होने से यह 'गार्हस्थ्य' का महाकाव्य है और इच्छाशक्ति को इसमें दबाकर यवनिका के पीछे ठेल दिया गया है। यह बात धनुर्भंग के अवसर पर ही स्पष्ट हो जाती है। रामचन्द्र ने जब धनुष तोड़ा तो उसके तीन खण्ड हो गये। वह शिव-पिनाक त्रिगुणात्मक प्रकृति का प्रतीक था जो शिव के वाम भाग में रहती है। ऊपरवाला खण्ड ज्ञान-खण्ड था जो व्योम में चला गया। नीचेवाला खण्ड इच्छा-खण्ड था जो पाताल में प्रवेश कर गया। रह गया मध्य-खण्ड जो क्रिया-खण्ड था। उसे ही राम ने धरती पर रख दिया। रामावतार में ज्ञान और इच्छा यवनिका के पीछे ठेल दिये जाते हैं। रंगमंच पर क्रियाशक्ति ही खेलती है। इस काव्य का आदर्श ही है 'अनासक्त पुरुषार्थ-योग'। यह इसीलिए गृहस्थ धर्म और नागरिक धर्म का महाकाव्य है। गृहस्थ जीवन का सम्पूर्ण वृत्त इसमें उतर आया है। परन्तु यह कथा के मानवीय धरातल के लिए ही युक्तियुक्त है। कथा के अन्दर अर्थ का त्रिपुर है। मानवीय धरातल पर यह कथा है पारिवारिक शील के आदर्शों की। अधिदैवी धरातल पर यह कथा है देवासुर-द्वन्द्व की, जिसमें राम प्रच्छन्न 'इन्द्र' हैं। परन्तु शाश्वत धरातल पर यह कथा है द्यु-मण्डल के सविता की। राम द्यु-मण्डल के सविता (सगुण परमात्मा), अन्तरिक्ष के इन्द्र तथा पार्थिव-मण्डल के राजा राम तीनों के प्रतीक हैं। सविता सूर्य का आदिरूप है। इन्द्र भी बारह आदित्यों में से एक है। राघव राम सूर्यवंशी हैं। अत: तीनों स्तर पर राम सूर्य-प्रतीक से जुड़े हैं। कथा में राम को विष्णु का अवतार कहा गया है। विष्णु आदित्य है। विष्णु ही नारायणरूप सविता तथा सहस्रशीर्षा परमात्मा भी है। सविता की प्रसविनी और कारिकाशक्ति है 'श्री'। उसी को शाक्त परम्परा में 'महालक्ष्मी' या 'महामाधवी' कहते हैं जो सावित्री और सोमा दोनों तत्त्वों का संयुक्त रूप है। परन्तु उसका सोमारूप पृष्ठभूमि में रहता है, क्योंकि महाकाव्य इच्छाशक्ति की भूमिका को गौण कर दिया गया है। 'श्री' अपने सावित्रीरूप में ही रामायण में प्रकाशमान है। सावित्री मन्त्र (ऊँ ह्रीं सावित्र्यै नम:) के सात अक्षरों के अनुरूप सात काण्ड इसमें बनाए गये हैं। सावित्री मन्त्र का अन्य रूप लोक-प्रचलित चौबीस अक्षरों की गायत्री भी है। (वस्तुत: गायत्री तो प्रात: सावित्री को ही कहते हैं, मध्याह्नवाली वैष्णवी 'सावित्री' कहलाती है और सन्ध्यावाली रुद्राणी 'सरस्वती'।)। सावित्री मन्त्र 'तत्सवितुरवरेण्यं भर्गोदेवस्य धीमहि, धियो यो न: प्रचोदयात्' ('वरेण्यं' का वैदिक उच्चारण 'वरेणियम' है) चौबीस अक्षरोंवाला है और रामायण में चौबीस हजार श्लोक हैं। रामायण की नायिका सीता 'द्यु-मण्डल' की 'श्री' (महामाधवी), 'अन्तरिक्ष' की मध्याह्न सावित्री 'वैष्णवी' तथा आदित्य विष्णु की लक्ष्मी, तथा

'पार्थिव-मण्डल' की मैथिली जनकात्मजा, यह सब कुछ है एक ही साथ। गायत्री चारों रूपों की स्थापना भी गोपनीय शैली में रामकथा में की गयी है। प्रात: गायत्री ब्रह्माणी का प्रतीक है मैत्रायणी अहल्या, मध्याह्न की सावित्री सीता स्वयं है, सन्ध्या की रुद्राणी अनसूया है। महाकाव्य की रात्रि अरण्यकाण्ड से शुरू होती है और अरण्यकाण्ड के द्वार-तोरण पर ही अनसूया-चरित्र स्थापित है। अनसूया के मुख से वाल्मीकि संकेत करा देते हैं: 'सीते; भगवती रात्रि का आगमन होनेवाला है' (देखिए अनसूया-प्रसंग)। महाकाव्य का मध्य बिन्दु पड़ता है त्रिजटा-प्रसंग का श्लोक "भर्त्तुरंकात् समुत्पत्य तत: कमललोचना..." (27/15) जो त्रिजटा-स्वप्न के वर्णन में आया है। इसके पूर्व 12000 श्लोक आ जाते हैं। यही महाकाव्य का निशीथ-बिन्दु है और त्रिजटा ही निशीथ गायत्री का प्रतीक है। सारा स्वप्न ही गायत्री मन्त्र का रूपक है। विश्वामित्र गायत्री मन्त्र के ऋषि हैं और वे ही रामचन्द्र के गुरु। यह भी संकेतपूर्ण तथ्य है। महाकाव्य का प्रथम शब्द ही 'तपस्' है ('तपोस्वाध्यायनिरतं तपस्वीनां वाग्विदांवरम्) जो सूर्यात्मक प्रकृति का है और गायत्री मन्त्र का प्रथम अक्षर भी 'त' है। 'त' 'परा सावित्री' का बीज है। जैसे सूर्य तपता है वैसे ही इस काव्य के सारे चरित्र तपते हैं। तप तेजोमय और मधुमय है। इसका मधु तेज के भीतर पककर होता है। यह तथ्य रामायण के प्रत्येक हाँ-धर्मी चरित्र में उतरता है। राम सूर्य की ही तरह 'शरण्यं सर्वभूतानां'— पुरुष हैं। सूर्य 'ऋत' का नियामक और ऋत का अनुगामी रहता है। उसके 'ऋत' (विधान या नियमचक्र) का छन्द कभी पतित नहीं होता, कभी टूटता नहीं। मनुष्य जीवन में 'शील' ही ऋतरूप है। राम के शील का छन्द कभी पतित नहीं होता। वे ऋत-मार्ग से कभी भ्रष्ट नहीं होते। इसी से उन्हें 'मर्यादापुरुषोत्तम' कहा गया है। ऋत की मर्यादा का शत-प्रतिशत निर्वाह सूर्य की ही तरह वे भी करते हैं। रावण इस ऋत को अस्वीकार करता है। फलत: वह 'अनृत' का प्रतीक बन जाता है। कथा की नैतिक पृष्ठभूमि इसी ऋत और अनृत का द्वन्द्व है। पूरी रामकथा का आवेश और उसकी गति सूर्यात्मक रखी गयी है।

अर्थ के शाश्वत धरातल पर यह सविता की प्रसविनी और कारिकाशक्ति 'श्री' (महामाधवी) को वारुण-मण्डल की सृष्टिप्राण-विरोधी 'तमस' शक्ति द्वारा अपहरण करने की चेष्टा और फलस्वरूप 'सविता' और 'तमस' के द्वन्द्व की कथा का रूपान्तर है। रावण असुर है और 'तमस' का प्रतीक है। यह तेज और मधु का आधानरूप सविता की महामाधवी का अपहरण करना चाहता है। फलत: द्वन्द्व छिड़ता है। अन्त में असुर की पराजय और मृत्यु होती है। देवी का मध्यम चरित्र (महिषासुर-वध) भी इसी 'शाश्वत तथ्य' (cosmic fact) का कथात्मक संस्करण है। वहाँ पर त्रिकोण है 'सिंह, देवी और महिषासुर' का। देवी चरित्र भुक्त इतिहास नहीं, रूपक है। परन्तु रामकथा इतिहास की एक लोकानुश्रुति पर द्यु-मण्डल की सविता-कथा का आरोपण है। रामकथा रूपक नहीं अर्ध ऐतिहासिक आख्यान (Legend) है। यह शुद्ध इतिहास नहीं बल्कि 'काव्य द्वारा संशोधित' इतिहास (embroidered history) है। उदाहरण के लिए ऐतिहासिक तथ्य इतना ही रहा होगा कि "रावण ने राम को धोखे में डालकर सीता का हरण किया।" इस तथ्य को काव्य द्वारा संशोधित (अलंकृत) किया गया स्वर्णमृग या मायामृग की 'कथा रूढ़ि' द्वारा। गाँधी जी और लेनिन पर आज के युग में भी कविताएँ लिखी गयी हैं और काव्य की शैलीगत

और अभिव्यक्तिगत माँग के कारण उनमें ऐसी काव्यरूढ़ियाँ प्रयुक्त हुई हैं जो अभिधा के स्तर पर अर्थहीन लगेंगीं। इतिहास का काव्य में रूपान्तर होने पर अभिव्यक्ति अलंकरण माँगती ही है। कमल-वन के फूलों का खरापन सोनार की कसौटी पर कसकर नहीं देखा जाता। उसके लिए दृष्टि की कसौटी चाहिए। भारतीय पुरातत्त्व के एक महापण्डित ने हाल में ही तर्क दिया है—"रामकथा ऐतिहासिक नहीं हो सकती क्योंकि उसमें वर्णित आभूषण और प्रसाधन गुप्तकाल के बाद के हैं।" तो मुझे उसकी साहित्य समझने की क्षमता पर सन्देह और उसकी बुद्धि पर तरस, दोनों होता है।

3

द्यु-मण्डल ही जगती का शिखर है। यह मध्याह्न बिन्दु पर है जहाँ अभिजित नक्षत्र की स्थिति मानी जाती है। अभिजित नक्षत्र 'मुख्य मध्याह्न रेखा' (Meridian Line) पर है। इसके ठीक विपरीत है पाताल-बिन्दु। सूर्य जब अभिजित नक्षत्र में था तो रामावतार हुआ था। "सुकुल पक्ष अभिजित हरिप्रीता"। इसके विपरीत कृष्णावतार निशीथ (मध्यरात्रि) में हुआ था। निशीथ-बिन्दु पर सूर्य की स्थिति ठीक मध्याह्न बिन्दु के विपरीत पातालगर्भ में रहती है। ये दोनों बिन्दु 'सुमेरु' और 'कुमेरु' रचते हैं। अभिजित की स्थिति इन्हीं दोनों को मिलानेवाली रेखा पर होती है। जब निशीथ-बिन्दु पर सूर्य पहुँचता है तो उसी समय कृष्णावतार होता है: "निशीथे समुद्भूते जायमाने जनार्दने। देवक्यां देवरूपिण्यां विष्णुः सर्वगुहाशयः।" (भागवत)। इस काल में सूर्य की भूमिका 'कृष्ण सूर्य' के रूप में होती है। वह धरती पर अपनी मधुमय किरणें 'सोम-मण्डल' के माध्यम से भेजता है। सोम की षोडश कलाएँ वस्तुतः 'रात्रि सूर्य' या 'कृष्ण सूर्य' की मधुकलाएँ हैं। इसी अर्थ में सोम सूर्य का ही अवतरण है। इसी बात को 'हरिवंश' और 'विष्णुपुराण' इस रूप कहते हैं: भगवान वैकुण्ठ से पातालगर्भ में उतरकर स्थित हुए और 'षड्गर्भ' राक्षसों को आदेश दिया कि वे एक-एक करके देवकी के गर्भ में प्रवेश करें। सातवें होंगे संकर्षण और अष्टम वासुदेव स्वयं। सूर्य का निशीथ-बिन्दु पर पाताल में स्थित होना ही 'वैकुण्ठ' या 'परमपद' (जो व्योम का मध्याह्न बिन्द (Zenith है) से पाताल में उतरना है। सूर्य द्वारा सोम-मण्डल को अपनी मधुकला या सोमकला देना (अर्थात् अपनी मधुकलाओं द्वारा 'सोम-मण्डल' विरचित करना, जिसे लोकदृष्टि 'चन्द्रमा' के रूप में देखती है) ही सविता या आदित्यरूप विष्णु का सोमरूप में अवतरित होना है। परन्तु संकर्षण और वासुदेव की युग्म कल्पना का मूल स्रोत लोकाश्रयी 'आगम' है, वैदिक 'निगम' नहीं। वैदिक निगम के 'सविता' और 'सहस्रशीर्षा पुरुष' के मन्त्रों में आयी सृष्टि विद्या (Cosmology) के तथ्यों से मेल बैठाते हुए लोकायत-मार्ग से आयी वासुदेव-संकर्षण की कल्पना को वैष्णव पुराणों और वैष्णव आगम ने विकसित किया है। पर मूल स्रोत है लोकायत से उद्भूत आगमशास्त्र। सारा आगम ही बीजरूप में लोक का 'साम' अर्थात् 'वृहत्साम' है। 'वृहत्साम' आगम और निगम दोनों पथों को समेट लेता है। यही उसकी विशिटता है। इसी से भगवान ने गीता में इसी को अपनी विभूति की चरम अभिव्यक्ति माना है। पाकाग्नि के रूप में वैश्वानर उपासना और बलिवैश्वदेव कर्म आर्यलोक-जीवन के दैनिक अंग थे। वसुओं की पूजा भी लोकधर्म का अंग थी। वस्तुतः संहिताओं के निम्न श्रेणी या अल्प महत्त्ववाले देवता मूलतः लोकधर्म के देवता हैं। अभिजात धर्म में इन्द्र, आदित्य, अग्नि आदि का प्राधान्य था। परन्तु ये भी अस्वीकृत नहीं थे।

अत: दो-चार छिटपुट मन्त्र इन पर भी हैं। वासुदेव की कल्पना का मूल स्रोत भी लोकधर्म ही है। शायद मूल शब्द 'वसुदेव' था। बाद में कृष्ण पर नारायणत्व का आरोपण होने से 'वासुदेव' हो गया। पाकाग्नि और गृहस्थाग्नि जीवन के सर्वाधिक निकट रहने वाला तथ्य था। यह लक्ष्मी, भोग और सुख का स्रोत था। अत: 'वसु' (जिसका प्रधानरूप अग्नि है) से जुड़े लक्ष्मी-तत्त्व का भी लोकधर्म में प्रचार हुआ। 'भू' को 'वसुधा', 'वसुन्धरा', 'वसुमती' कहा गया और नित्यकर्म में घी की सात धाराओं को दीवार पर गिराना 'वसुधारा' अभिषेक कहा गया और यह कर्म दिया गया विशेषत: नारियों के जिम्मे। अग्नि ही लक्ष्मी और ऐश्वर्य का दाता है। यह बात ऋग्वेद का प्रथम मन्त्र ही कहता है: "अग्निमीले पुरोहितम्..." (यज्ञ के पुरोहित, दीप्तिमान, देवों को आहूत करते हुए ऋत्विक् के साथ एकात्म, रत्नों को धारण करने वाले अग्नि की हम स्तुति करते हैं) (1/1/1)।

यह अग्नि-तत्त्व वसु देवता ही आगे चलकर विष्णु-वासुदेव बना। लोकधर्म की 'वसुधारा' वैदिक 'श्री' के साथ समनुरूप हुई। (श्री-यन्त्र और वसुधारा-यन्त्र की आकृतियाँ एक जैसी होती हैं)। इनसे आ जुड़ी निषाद-द्राविड़ लोकधर्म में पूज्य धान्य-लक्ष्मी और सागर-सम्भवा रत्नलक्ष्मी की कल्पनाएँ। इन सबका समाहार हुआ अनन्त नाग की शय्या पर शापित लक्ष्मी-नारायण की कल्पना में। नाग प्रतीक निश्चय ही आर्येतर है। आस्ट्रिकों (मालय-निषाद) के लिए पुराणों में 'नाग' (अर्थात् 'पार्वतीय') शब्द ही आता है। समस्त दक्षिण-पूर्व एशिया का आस्ट्रिक जगत् नाग प्रतीकों से भरा हुआ है। दक्षिण भारतीय मन्दिरों में नाग प्रतीक बहुलता से हैं। ये सारी बातें निषाद-द्राविड़ संस्कृति के अवशेष हैं। नागरूप 'संकर्षण' की कल्पना के मूल में है आर्येतर लोकानुश्रुतियाँ एवं आर्येतर बिम्ब। वैदिक बिम्बविधान में वारुण-अपमण्डल में सुप्त 'हिरण्यगर्भ' और 'सहस्रशीर्षा पुरुष' की कल्पनाएँ भी समानान्तर रूप से मौजूद हैं। अत: आर्येतर स्रोतों से अधिग्रहण करने में कोई कठिनाई नहीं। वैष्णव मिथों में आर्येतर स्रोतों से वे ही बातें ली गयी हैं जो वैदिक बिम्बों तथा अवधारणाओं से मेल खाती थीं और जिनकी आकृति-प्रकृति विजातीय नहीं लगती थी।

कालान्तर में वासुदेव-संकर्षण को 'शाश्वत युग्म देवता' का रूप दिया गया। कृष्णावतार के पूर्व के अवतारों पर भी इस तथ्य का आरोपण किया गया। राम को वासुदेव या विष्णु तथा लक्ष्मण को अनन्तनाग अर्थात् संकर्षण माना गया। जैन शास्त्रों ने हर एक वैष्णव अवतार पर यही पैटर्न आरोपित किया है। जैनधर्म में एकादश रुद्र हैं और त्रेसठ 'शलाका पुरुष' माने जाते हैं। उन 'शलाका पुरुषों की सूची में चौबीस तीर्थंकर, द्वादश चक्रवर्ती (इसमें राम और युधिष्ठिर भी हैं), नौ बलदेव, नौ वासुदेव तथा नौ प्रतिवासुदेव हैं। जैनधर्म में ये ही श्रद्धा के सर्वोच्च पात्र माने जाते हैं। जैन पुराणों के अनुसार 'प्रतिवासुदेव' (प्रतिनारायण) राक्षस या असुर नहीं बल्कि विद्याधर या राजन्य हैं। पूरी सूची इस प्रकार है—

बलदेव (संकर्षण)	वासुदेव	प्रतिवासुदेव
1. विजय	त्रिपृष्ठ	अश्वग्रीव
2. अचल	द्विपृष्ठ	तारक
3. सुधर्म	स्वयम्भू (हिरण्यगर्भ)	मारक

4. सुप्रभ	पुरुषोत्तम (नारायण)	मधु-कैटभ
5. सुदर्शन	पुरुषसिंह (नृसिंह)	निशुम्भ
6. नन्दी	पुण्डरीक (वामन)	बलि
7. नन्दीमित्र	दत्त (दत्तात्रेय ?)	प्रहरण
8. राम	लक्ष्मण	रावण
9. पद्म	कृष्ण	जरासन्ध

स्पष्ट है कि यह सूची ब्राह्मण-परम्परा के 'बलदेव-वासुदेव-असुर' त्रिकोण की सूची से कहीं-कहीं पर भिन्न है। राम को भी 'पद्म' इसलिए कहा जाता है कि कृष्णावतार में राम ही 'पद्म' बनकर अवतरित हुए थे और लक्ष्मण 'कृष्ण' थे। इसी से जैन रामायण का नाम 'पउमचरिउ' (पद्मचरित) है। स्मरण रखने की बात यह है कि जैनियों के अनुसार 'लक्ष्मण' ही वासुदेव हैं राम नहीं। सदैव 'वासुदेव' ही 'प्रति-वासुदेव' का संहार करता है। इसी से जैन रामायण में रावण-वध लक्ष्मण करते हैं यद्यपि सीता राम की ही पत्नी है। कृष्णावतार का प्रतिवासुदेव 'जरासन्ध' है 'कंस' नहीं। कंस तो माथुर कृष्ण की सोमलीला में प्रतिद्वन्द्वी था। उत्तरार्ध की वासुदेव-लीला (महाभारत) में जरासन्ध ही उनका प्रधान विरोधी था। प्रथम से सप्तम तक बलदेवों की सूची ब्राह्मण-परम्परा में अज्ञात है। 'त्रिपृष्ठ' और 'द्विपृष्ठ' की भी ठीक-ठीक पहचान नहीं हो पाती है। त्रिपृष्ठ का विरोधी अश्वग्रीव 'हयग्रीव' दानव है। यह विष्णु का 'मत्स्य'रूप या 'हयग्रीव'रूप हो सकता है। दोनों रूपों में वे 'वेद' (ज्ञान) के उद्धारक हैं। पुरुषसिंह का 'प्रतिवासुदेव' ब्राह्मण-परम्परा में निशुम्भ नहीं हिरण्यकशिपु है। इस प्रकार दोनों सूचियों में भेद है। ब्राह्मण-परम्परा (वैदिक) और श्रमण-परम्परा (वैदिकेतर) दोनों समान रूप से प्राचीन हैं और साथ-साथ चली हैं। श्रमण-परम्परा 'वैदिकेतर' होने से ज्यादा लोक-संयुक्त रही होगी। तो भी दोनों परम्पराओं की सूचियों में काफी साम्य इस बात का इशारा करता है कि दोनों का स्रोत वैदिकेतर लोकाश्रयी आगम है। यह आगम आर्य और आर्येतर संयुक्त लोकसंस्कृति से आता है और वासुदेव-संकर्षण की कल्पना मूलतः लोकधर्म के पथ से आयी है। शुद्धतः अभिजात वैदिक पथ के राजमार्ग (रथन्तर-पथ) से आयी होती तो श्रमण-परम्परा में इसको स्थान नहीं मिलता। वैष्णवधर्म दोनों परम्पराओं का निचोड़ या मधु है। इसी से विष्णु का साम 'वृहत्साम' कहलाता है।

पुनश्च

निबन्ध के प्रारम्भ में सुपर्ण या तार्क्ष्य नाम आर्य जनजाति या 'ट्राइब' का उल्लेख है। ये आख्यानविद् थे और विष्णु की गाथा और गीत (अर्थात् 'साम') के ये वाहक हैं। 'ऐतरेयब्राह्मण' में एक कथा आती है: 'सोम ही हमारे राजा थे। देवों और ऋषियों ने विचार किया 'सोम राजा को क्यों चले गये ?' वे (देव तथा ऋषिगण) कहने लगे, 'छन्दों को सुनाकर हम सोम राजा क्यों नहीं बुला पाते हैं ?' (तब दूसरी पद्धति के आविष्कार के लिए) वे लोग 'सुपर्ण' होकर तप करने लगे। इसी से 'सौपर्ण' ऐसी संज्ञावाला आख्यानविद् दिखाई पड़ा।' (सोमो वै राजाऽमुष्मिन् लोके आसीदत

देवाश्च ऋषयश्चाभ्यध्यायन्-कथमयस्मान् सोमो राजा गच्छेदित तेऽब्रुवन्-छन्दासि श्रूयां न इमं सोमं राजानमाहरेति। तथेति ते सुपर्णा भूत्वोऽतपन्। ते यत सुपर्णा भूत्वोऽतपन् तदेतत् सौपर्णमिति आख्यानविद् आचक्षते)। इस सन्दर्भ से यह ज्ञात होता है कि—

1. सुपर्ण नामक आख्यानविदों की एक जाति थी।
2. वैदिक संस्कृति के उत्तरार्धकाल में जब इन्द्र अग्नि की अपेक्षा प्रजापति और सोम अधिक महत्त्वपूर्ण हो उठे तो सुपर्णों यानी आख्यानविदों की भूमिका भी महत्त्वपूर्ण हो उठी। केवल 'मन्त्र' (उद्गीथ) देवता के आह्वान में असमर्थ रहा और धर्म को आख्यानों (कथाओं) की सहायता लेना जरूरी हो गया।
3. ये कथाएँ आदिकाल से लोकश्रुति के रूप में प्रचलित थीं और सुपर्णगण (कथाव्यास) उनकी परम्परा के वाहक थे तथा इस अर्थ में पुराण-परम्परा उतनी ही 'अपौरुषेय' तथा 'प्राचीन' है जितनी कि मन्त्र-परम्परा। पुराणों की कथा का भी कोई व्यक्ति 'कर्ता' नहीं 'स्मर्ता' है पूरा समूह, और 'वक्ता' है व्यास। ठीक वैसे ही जैसे मन्त्र स्वयम्भू है, स्मर्ता है ब्रह्मा और द्रष्टा है ऋषि। पुराण स्वयम्भू नहीं बल्कि लोकमानस में संचित ऐतिह्य इनका रिक्थ है।
4. मन्त्रों के तत्त्वशास्त्र की व्याख्या में उन आख्यानों का उपयोग सुपर्णगण करते थे। अतः ये भी 'वृहत्साम' में ही आते हैं।
5. इतिहास पुराण और नाराशंसी गाथाएँ इस 'वृहत्साम' अर्थात् मूल वैदिक साम का महायान रूप अर्थात् वृहत्तर रूप रचती हैं। इनमें 'नाराशंसी' कथाएँ मूलतः वीर-कथाएँ थीं। 'नाराशंस' का ही कालान्तर में विकसित रूप हुआ 'नृशंस'। आदिम वीरता (primitive heroism) में 'शील' तत्त्व का परवर्ती विकास अनुपस्थित रहा होगा और वह 'नृशंसता' या 'क्रूरकर्म' ही रही होगी। बाद में नाराशंसी गाथाओं में केवल युद्ध-विजय ही नहीं बल्कि दान और कीर्ति का भी समावेश हो गया। और तब जाकर नाराशंसी गाथा का रूप कीर्ति-कथा बना। इसी से नाराशंसी गाथाएँ प्रशस्तिमूलक हैं।

रामकथा के मिथकीय आयाम

महाकवि ग्येटे (गोएथे) ने एक बार कहा था कि इतिहास का निचोड़ या मधु है मिथक और मिथक का निचोड़ या मधु है रहस्यबोध। ग्येटे की यह उक्ति भारतीय मिथकों पर विशेषत: हमारे राष्ट्रीय महाकाव्यों-रामायण, महाभारत और श्रीमद्भागवत पर पूर्णत: लागू होती है। ये महाकाव्य शुद्ध इतिहास नहीं, इतिहास का 'मधु' प्रस्तुत करते हैं और पुन: इनका मधु या निचोड़ है 'रहस्यबोध'। रामायण हमारे इतिहास के भीतर निहित 'अस्ति' तत्त्व को अर्थात् 'शाश्वत' को अभिव्यक्त करता है तो महाभारत हमारे इतिहास के 'भवति'—प्रवाह के भीतर 'अस्ति' का विवर्तन-प्रवाह के भीतर 'शाश्वत' का अनुसन्धान है। सृष्टि का मूल तत्त्व है परमा प्रकृति। सांख्यदर्शन के अनुसार परमा 'प्रकृति' ही विवर्तन-प्रवाह में पड़कर षोडश या चौबीस या असंख्य 'विकृतियाँ' बनती हैं और इतिहास के घटना-प्रवाह का रूप लेती है। इतिहास 'विकृति' है, विश्लेषण है, 'भवति'—प्रवाह है, निरन्तर विवर्तन है। परन्तु इस बहुरूपी महाप्रवाह के पीछे जो नित्य है, शाश्वत है, वह सृष्टि और मनुष्य की मूल 'प्रकृति की ओर इशारा करता है और वही 'अस्ति' तत्त्व मिथक की नाभि रचता है। अत: इतिहास विकृतियों का प्रवाह है तो मिथक उन विकृतियों के भीतर अन्तर्निहित मूल प्रकृति को व्यक्त करता है। नग्न इतिहास यदि 'अस्तित्व'—प्रवाह (Process of Becoming) है तो मिथक 'मूल प्रकृति' है।

इतिहास का भी वह अंश जो चेतना-सम्पन्न होता है आगे चलकर मिथकीय आकृति ले लेता है जैसे गौतम बुद्ध या शिवाजी अथवा अपने युग में लेनिन और गाँधी। परन्तु नग्न इतिहास या तथ्यात्मक इतिहास जो घटनाओं का विस्तार मात्र है अपने-आप में महत्त्वपूर्ण नहीं। वह तो हड्डी मात्र है और हड्डी स्वयं बोल नहीं पाती जब तक कि उसके अन्तर में चैतन्य सत्ता का आवेश न हो जाये। चैतन्य का प्रवेश होने पर ही यह मुट्ठी भर हड्डी बोलने लगती है, पैगम्बर की भाषा में या कवि की भाषा में अथवा दैनिक साग-सब्जी की भाषा में स्वयं में हड्डी का कोई महत्त्व नहीं। इसी तरह इतिहास का वह अंश जिसे संकल्प और संवेग का स्रोत बनना होता है, एक मिथकीय आकृति लेता ही है। क्योंकि नग्न इतिहास तो जड़ है, तथ्यों का निर्जीव लेखा-जोखा मात्र है जबकि मिथक चेतन और उसकी अपील सीधे-सीधे मनुष्य की मूल प्रकृति से होती है। यही कारण है कि इतिहास मृत पुरातत्त्व का संग्रहालय (Museum) मात्र होता है जबकि मिथक समूह मन में निरन्तर क्रियाशील चेतना-विद्युत का 'पावर हाउस' है। इतिहास मृत पुरातन है तो मिथक मृत पुरातन के भीतर स्थित नित्य 'नव-नव जायमान' शाश्वत का चेहरा है। अत: ग्येटे का यह कथन

कि मिथक इतिहास अर्थात् मृत पुरातन का निचोड़ या मधु है, सर्वथा समीचीन है। फिर आगे ग्येटे कहता है कि मिथक का भी मधु है रहस्यबोध। हमने ऊपर कहा है कि मिथक की अपील सीधे-सीधे मनुष्य की मूल प्रकृति से जुड़ती है और मनुष्य की मूल प्रकृति के चरम तत्त्व पर यदि कुछ है तो वह रहस्य की कुण्डली ही है। अत: मिथक का रहस्यबोध की सीमा तक चला जाना एक स्वाभाविक प्रक्रिया है। मिथक की इस विशेषता के स्पष्ट उदाहरण हैं भारतीय, ग्रीक और नार्स जातियों की पौराणिक गाथाएँ।

वास्तव में इतिहास में जिसे 'मनुष्य' कहा जाता है उस मनुष्य का मनोमय रूप है 'पुरुष' और उसकी चरम प्रकृति है 'आत्मा'। तो जो इतिहास में 'मनुष्य' है वही काव्य में 'पुरुष' है और दर्शन में 'आत्मा' है। काव्य-जिज्ञासा हमें पुरुष से पुरुषोत्तम तक ले जाती है और दर्शन-जिज्ञासा आत्मा से परमात्मा या ब्रह्म तक ले जाती है। काव्य का मूल उपादान है मिथक। जब मिथक के भीतर स्थित पुरुष के माध्यम से 'पुरुषोत्तम' के संकेत उठने लगते हैं तो मिथक का रूपान्तर एक दिव्यानुभूति में एक लीला-रस में हो जाता है और इसी को ग्येटे कहता है रहस्यबोध। राम, कृष्ण और बुद्ध के मिथकों के द्वारा यह तथ्य बड़े स्पष्ट रूप में उत्पन्न होता है। 'रामायण' में रामकथा के मिथक का प्रारम्भ ही 'अथातो पुरुष जिज्ञासा' से होता है। वाल्मीकि के 'कोन्वस्मिन् साम्प्रतं लोके गुणवान् कश्च वीर्यवान्...' के साथ। प्रश्न का प्रस्थान-बिन्दु तो 'साम्प्रतं लोके' यानी समकालीन इतिहास ही है। परन्तु वाल्मीकि की जिज्ञासा 'लोक' के मध्य किसी 'लोकोत्तर' का अनुसन्धान कर रही है। वह 'पुरुष' नहीं 'पुरुषोत्तम' की पहचान चाहती है।

वांछित पुरुष की पहचान के लिए जो भी शर्तें उपस्थित की जाती हैं, जिन आयामों का संकेत किया जाता है वे मिथक को दिव्यता या रहस्य के पथ पर उन्मुख कर देते हैं। जैसे-जैसे मिथक के भीतर स्थित पुरुष की लोकयात्रा का रूप अलौकिक होता जाता है, वैसे-वैसे उसके भीतर का 'पुरुषोत्तम' अभिव्यक्त होने लगता है और अन्त में सम्पूर्ण मिथक ही एक दिव्यानुभूति बन जाता है। और जो दिव्य है, अलौकिक है वह तो रहस्य होगा ही।

अत: मिथक एक ओर तो स्थूल, हाथ से टटोलने लायक घटनात्मक इतिहास से जुड़ा है तो दूसरी ओर ध्यान और कल्पना के मध्य लब्ध रहस्यबोध से। परन्तु आधुनिक वैज्ञानिक दृष्टि केवल घटनात्मक तथ्यता को ही महत्त्व देती है और किसी भी प्रकार के रहस्यबोध के प्रति वह शंकाशील है। इसी से उसकी दृष्टि में इतिहास महत्त्वपूर्ण है, जबकि मिथक तो कल्पना-विलास मात्र है। अत: उसका कोई महत्त्व नहीं परन्तु ध्यान से देखा जाये तो यह आधुनिक मन की एक बहुत बड़ी आत्म-प्रवंचना है। डॉ. राममनोहर लोहिया ने अपनी पुस्तक 'इतिहास-चक्र' में इस भ्रान्ति को बखूबी समझा है। उनके अनुसार समाज की. मानसिक ऊर्जा के नियमन और नियोजन में इतिहास की तुलना में मिथक की भूमिका कहीं बहुत बड़ी है और सामाजिक जीवन की धारक शक्ति के हिसाब से मिथक वास्तविक इतिहास हो या न हो, एक महत्तर शक्ति है। जो हमारे दैनिक जीवन में निरन्तर संवेग और संकल्प जुटा रहा है, निरन्तर प्रेरणा दे रहा है, जो हमारे कर्मों की आकृति और प्रकृति का नियमन कर रहा है, उस जीवन्त शक्ति को 'असत्य' और 'महत्त्वहीन' कैसे कह सकते हैं? इतिहास नहीं, रामायण-महाभारत ही हमारे जीवन में संवेग और संकल्प के

स्रोत हैं। इतिहास को आधुनिक चिन्तन में 'परिवर्तन की शक्तियों का पावर हाउस' कहा गया है, परन्तु समाज केवल परिवर्तन की शक्तियों पर ही नहीं टिका है। उनसे भी महत्त्वपूर्ण है धारक शक्तियों की भूमिका। समाज और व्यक्ति के जीवन में धारक शक्ति के हिसाब से इतिहास की तुलना में मिथक की कहीं बहुत बड़ी भूमिका है। डॉ. लोहिया ने अपनी इस स्थापना को काल की इस विशिष्ट अवधारणा से जोड़कर देखा है कि प्रत्येक 'क्षण' के भीतर 'शाश्वत' प्रतिष्ठित है। इतिहास 'क्षण' का लेखा-जोखा है। मिथक उसी क्षण के भीतर 'शाश्वत' की अभिव्यक्ति है। इतिहास स्वयं धारक शक्ति नहीं बन पाता है। उस समाज को धारण करने की शक्ति तभी प्राप्त होती है जब वह किसी अतीतमुखी या भविष्यमुखी मिथक का आकार ग्रहण कर लेता है। इसी से हम कहते हैं कि नग्न इतिहास की तुलना में मिथक अधिक समृद्धतर और जीवन्त सत्य है। अकबर बादशाह या मौर्य सम्राटों की तुलना में रामायण और महाभारत के पात्र अधिक जीवन्त और प्रभावी हैं। सम्राटों का इतिहास या घटनाओं का लेखा-जोखा एक जड़ ज्ञानकोश मात्र है। परन्तु राम और कृष्ण के मिथक संकल्प और संवेग के चैतन्य स्रोत हैं। डॉ. राममनोहर लोहिया ने तो यहाँ तक कह दिया है कि मिथक को सर्वथा परित्यक्त करके न तो इतिहास को समझा जा सकता है और न इतिहास का निर्माण किया जा सकता है।

मिथक की मूल प्रकृति की चर्चा कर लेने के बाद हम इस प्रश्न पर आते हैं कि किसी मिथक की आन्तरिक ऋद्धि और प्राणशक्ति किस बात पर निर्भर है। इसका संक्षेप में उत्तर यह है कि किसी भी मिथक में उसकी आन्तरिक बुनावट के भीतर समायोजित सम्बन्ध सूत्र (Associations) जितने ही व्यापक यानी बहुआयामी और विमिश्र होंगे उतनी ही उसकी प्राण-शक्ति दीर्घजीवी होगी और उसी सीमा तक उसकी संकल्प (Will) और संवेग (Impulse) की क्षमता भी समृद्धतर होगी। यह बात रामकथा को लेकर स्पष्ट देखी जा सकती है। रामकथा भारतीय समाज की सर्वाधिक व्यापक और सर्वाधिक संकल्प-संवेग-सम्पन्न मिथक है। भारतीय समाज से हमारा तात्पर्य मात्र वर्तमान नक्शे से ही नहीं है। बल्कि वंक्षु-धारा से लेकर पूर्वी द्वीप समूह तक के सम्पूर्ण मनोमय भारत से है। यानी 'सेरे हिन्द', 'लघु हिन्दी', 'हिन्द खास' एवं 'हिन्देशिया' के साथ-साथ महाचीन तिब्बत तक। इस समूचे विशाल भूखण्ड में कुश्तन (खोतान) से लेकर कम्पूचिया तक रामकथा के भिन्न-भिन्न संस्करण पाये जाते हैं। भारत के भीतर ही बौद्ध, जैन और जनजातीय संस्करणों के अनेक रूप पाये जाते हैं। इस प्रकार इस मिथक के बहुरूपी विस्तार से इसकी आन्तरिक ऋद्धि तो समृद्धतर हुई ही है, यह तथ्य इस बात का भी संकेत देता है यह मिथक कहीं-न-कहीं किसी-न-किसी रूप में वास्तविक इतिहास से अवश्य जुड़ा है। केवल यह वाल्मीकि नामक व्यक्ति की कपोल-कल्पना होता तो इतने विस्तृत भूखण्ड को प्रत्येक जाति और उपजाति की लोक-स्मृति में इस तरह इसका दखल सम्भव नहीं होता। यह तो हुई इसके विस्तार की बात। उदात्तता और गहराई की दृष्टि से भी विचार करें तो पता चलेगा कि रामकथा भारतीय मनीषा का एक अत्यन्त विमिश्र उत्पादन है। स्थूल इतिहास के रूप में यह आर्यों की दो सांस्कृतिक धाराओं-आदिम और नव्य की संघर्ष गाथा है। रावण आदिम आर्यत्व का प्रतिनिधि है। वह प्रजापति और वैश्वानर अग्नि का उपासक है। रामचन्द्र उत्तरवैदिक संस्कृति के, नव्य आर्यत्व के और

किरात-निषाद-द्रविड़ से संयुक्त दीक्षित आर्यत्व के प्रतिनिधि हैं। कथा के स्नायु मण्डल में उत्तर वैदिक यानी उस ब्राह्मण-आरण्यक संस्कृति की भावरूढ़ियाँ हैं जिसमें विष्णु और इन्द्रादि अन्य आदित्यों का प्राधान्य प्रबलतर हो उठा था। इसके ऊपर भी निषाद-किरात-द्रविड़ लोक-कथाओं की भावरूढ़ियों की परतें चढ़ी हैं। उदाहरण के लिए जयन्त की कथा, स्वर्णमृग की कथा, वानर-गाथा, सुरसा-प्रसंग, समुद्र-सन्तरण आदि की आकृति और प्रकृति में आर्येतर लोक-कथाओं की भावरूढ़ियों और वृत्त-रूढ़ियों के संकेत मिलते हैं। सुन्दरकाण्ड और लंकाकाण्ड में वर्णित राक्षस-संस्कृति की अथर्ववेद के अभिचार-प्रधान तान्त्रिक अंशों के साथ विषयगत और अभिव्यक्तिगत समानता है। वैसे मैं मानता हूँ कि राम-गाथा अपने केन्द्रीय रूप में आर्य गाथा है। इसमें सन्देह नहीं परन्तु अपने विकास-पथ पर यह एक आर्य-आर्येतर विमिश्र लोक-संस्कृति से बहुत कुछ ग्रहण करती गयी है। फलतः अपने वर्तमान लब्धरूप में यह शुद्ध आर्य-गाथा न रहकर नव्य आर्य या 'दीक्षित आर्य' की कथा बन गयी है। जो निषाद और द्रविड़-संस्कृतियों से अंगाभिभाव से जुड़ी है। इस मिथक की बुनावट में सम्बन्ध-सूत्रों की यह विमिश्रता ही इसकी आन्तरिक शुद्धि और व्यापक संवेग शक्ति का कारण है। मूल रूप में आर्य-गाथा होते हुए भी यह सबकी अपनी बन गयी क्योंकि किसी-न-किसी रूप में सबका इसमें योगदान है।

रामकथा के तीन नाम विशेष रूप से चालू हैं: (1) 'पौलस्त्य वध', (2) 'सीता-चरित्र' और (3) 'रामायण'।

(1) 'पौलस्त्य वध' के रूप में यह एक वीर-गाथा (Heroic Epic) है। इसमें आर्य अनुस्मृति की एक व्यापक कथारूढ़ि 'देवासुर संग्राम' को ही उतारा गया है। आर्यों की परम्परा-लब्ध अनुस्मृति में देवासुर संग्राम एक अति प्रचलित स्मृति थी। एक नहीं असंख्य छोटे-बड़े संग्रामों से आर्य जाति को गुजरना पड़ा था। अकेले वराह अवतार के समय एक महासंग्राम के भीतर अठारह उपसंग्राम हुए थे। इन सारे ऐतिहासिक अनुभवों का निचोड़ या मधु देवासुर संग्राम की कथारूढ़ि में निहित है। राम-रावण संघर्ष में वही रूढ़ि सीधे-सीधे उतार दी गयी है जिसमें राम 'प्रच्छन्न इन्द्र' की भूमिका निभा रहे हैं। आर्य वीरगाथा के प्रमूल्य (Norms) त्रेता युग के अन्तिम चरण तक आते-आते विकसित अवस्था को प्राप्त हो चुके थे। आर्य महाकाव्यों का विकास 'नाराशंसी' मायाओं से कहा जाता है। 'नाराशंसी'—शब्द के मूल में है 'नृशंस' शब्द (डॉ. सुकुमार सेन)। आदिम युग में आर्य वीरता का रूप भी 'नृशंस' यानी 'क्रूर कर्म' ही था। आदिम नार्डिक आर्य स्वभाव से नृशंस रहे होंगे। जर्मनी का हिटलर उसी परम्परा का आधुनिक उत्तराधिकारी था। परन्तु रामचन्द्र नव्य आर्य हैं और वीरता का विकसित श्रेष्ठतर रूप उनके चरित्र में प्रतिपादित है। यह श्रेष्ठतर रूप भारतीय आर्य-संस्कृति के उत्तरकालीन विकास से जुड़ा है और इसका प्रामाणिक दस्तावेज है अथर्ववेद में प्रतिपादित 'जिष्णु योग'—'जिष्णु' अर्थात् 'जयिष्णु'। अथर्ववेद तक आते-आते आर्य वीरता का स्वरूप नृशंसता नहीं 'योग' बन चुका था। 'जिष्णु योग' के मन्त्रों में पुरोहित द्वारा नायक को आशीर्वाद देते समय इस वाक्य को बार-बार दुहराया जाता था 'तुम इन्द्र के ओज हो, तुम इन्द्र के सामर्थ्य हो, हम तुम्हें जिष्णु योग की उपलब्धि के लिए 'ब्रह्मयोग' से जोड़ते हैं।' इस प्रकार से उसे ब्रह्म योग (ज्ञान), क्षत्र योग (अस्त्र कौशल),

ऐन्द्र योग (पराक्रम), सोम योग (माधुर्य) और वरुण योग (ऋत यानी न्याय बोध) से मन्त्रों द्वारा जोड़ा जाता था। यह वीररस और वीरता का अत्यन्त संस्कारवान रूप है और इन मन्त्रों से परिचित कवि ही रामायण के बीज-सर्ग को पुरुष जिज्ञासा लिख सकता था। रामायण का कवि इस जिष्णुयोग के पथ पर चल कर ही नायक के चरित्र में पुरुषोत्तम का प्रतिपादन करता है और उसकी वीरता में (1) विजिगीषा, (2) रक्षा, (3) दीप्ति (सौन्दर्य), (4) प्रचोदन (प्रेरणा), (5) करुणा (माधुर्य), (6) पुरुषार्थ (पराक्रम), (7) शबलता, (8) भूमा, (9) ऐश्वर्य (पुष्टि) इन नौ गुणों की स्थापना करता है। 'मानस' के विजय रथ का बीज भी इसी मानसिक उत्तराधिकार में निहित है। 'पौलस्त्यवध' के रूप में रामकथा एक वीरगाथा है, एक 'दैवासुरम' है, परन्तु इसके प्रमूल्य नव्य आर्य-संस्कृति के अपने प्रमूल्य हैं जो आदिम 'नृशंसता' से भिन्न हैं जिसकी झलक ऋग्वेद के इन्द्र सम्बन्धी कुछ मन्त्रों में मिल जाती है। वैसे ऋग्वेद भी आदिम आर्य का साहित्य नहीं और ब्राह्मणकालीन 'नाराशंसी' गाथाओं में नृशंसता नहीं, उदारता का उल्लेख अधिक मिलता है। 'नाराशंसी' शब्द का अर्थ वीरकर्म (नृशंस) की 'गाथा' से बदलकर 'नर (पुरुष) की प्रशंसा हो गया परन्तु इस शब्द के मौलिक अर्थ का संकेत पुराना अर्थ 'नृशंस-गाथा' में ही छिपा है।

(2) 'सीता चरित्र' के रूप में रामायण शील-गाथा है। यहाँ पर भी उत्तरकालीन वैदिक संस्कृति और ब्राह्मण-आरण्यक साहित्य का उत्तराधिकार स्पष्ट है। रामायण का शील-निरूपण इस साहित्य से बड़ा प्रभावित है। उत्तरकालीन आर्य शीलाचारिकी में तीन मौलिक प्रमूल्य थे, काम, क्रतु और ऋतु। सारी बातों की विस्तृत चर्चा का यहाँ अवसर नहीं। रामकथा के ऊपर मैं एक और पुस्तक लिख रहा हूँ 'महाकाव्य की बीज-मुष्ठि' जिसमें ये सारी बातें आ जायेंगीं। रामकथा दाम्पत्य-प्रेम की गाथा है और रवीन्द्रनाथ के शब्दों में 'पारिवारिक जीवन का महाकाव्य' (Epic of Domestic Life) है। इस दाम्पत्य प्रेम के सन्दर्भ में ब्राह्मण-आरण्यक संस्कृति द्वारा निर्धारित 'काम' और क्रतु (यज्ञ) के प्रमूल्यों का स्पष्ट प्रभाव है। क्रतु या यज्ञ का व्यावहारिक अर्थ है त्याग। काम और क्रतु, भोग और त्याग दोनों का नियमन करता है देवताओं द्वारा प्रस्तावित 'ऋत' का निधान। दोनों को 'अनृत' से मुक्त रहना चाहिए अन्यथा जीवन में ट्रेजडी घटित हो सकती है। सही दाम्पत्य या काम-भोग एक यज्ञ की तरह है। पत्नी हर प्रकार के यज्ञ में आवश्यक है। ब्राह्मण ग्रन्थों की भाषा में पत्नी यज्ञ की आधी जंघा है। पत्नीशाला को यज्ञशाला के आसपास बनाया जाता था। इसका पारिभाषिक नाम था 'प्राग् वंश'। विष्णु के हजार नामों में इसे भी शामिल कर लिया गया है। 'प्राग्वंशो वंशवर्द्धन:'। पत्नी को यजमान के मन में स्थित श्रद्धा का स्वरूप भी बताया गया है। विधुर के लिए श्रद्धा ही पत्नी है, यह भी कहा गया है। ब्राह्मण ग्रन्थों में 'श्रद्धा' के अनेक नामों में कामायनी, सीता, सावित्री, संज्ञाओं का भी उल्लेख मिलता है और पत्नी को श्रद्धा, कामायनी, सीता, सावित्री का प्रतीक माना जाता था। रामकथा में दाम्पत्य प्रेम का जो स्वरूप निर्धारित हुआ है उसमें ब्राह्मण-आरण्यक ग्रन्थों में प्रतिपादित ये सारे भाव अन्तर्भुक्त कर दिये गये हैं। इनका प्रभाव आज तक चालू है। कहते हैं कि जिस जाति का यौन जीवन (Sexual Life) जितना स्वस्थ और पवित्र होता है उतनी ही वह जाति दीर्घजीवी होती है। भारतीय जाति के पारिवारिक और सामाजिक जीवन के स्वास्थ्य और पवित्रता के पीछे रामकथा का व्यापक

प्रभाव है और रामकथा में ये सारे तत्त्व ब्राह्मण-आरण्यक संस्कृति की शीलाचारिकी से सीधे-सीधे उतारे गये हैं।

(3) रामकथा का तीसरा नाम 'रामायण' सर्वाधिक प्रचलित नाम है। यही नाम वाल्मीकि के साथ जुड़ा हुआ है। उनकी 'पौलस्त्यवध' लिखने की घोषणा के बावजूद। परन्तु यह सर्वाधिक रहस्यगर्भी नाम है। इसका अर्थ होता है 'राम' नामक नक्षत्र का 'अयनवृत्त'। इस नाम के भीतर यह संकेत है कि रामायण एक नाक्षत्रिक महाकाव्य (Astral Epic) है, सूर्यगाथा है और इसकी अन्तभूमि में सावित्री तत्त्व और सावित्री विद्या की प्रतिष्ठा की गयी है। यह सब बड़ी सावधान शैली में किया गया है। रामायण सविता का महाकाव्य है। सविता उपासना के मूल मन्त्र गायत्री के 24 अक्षरों के प्रतिनिधि स्वरूप इसमें 24 हजार श्लोक हैं। नायक सूर्यवंशीय है। वह आदित्य के ही एक रूप विष्णु का अवतार भी है। सावित्री मन्त्र के रचयिता ऋषि विश्वामित्र नायक रामचन्द्र के गुरु हैं। ये तो सर्व प्रचलित तथ्य हैं, जिन्हें सभी जानते हैं। परन्तु सावित्री उपासना के सूक्ष्मतर तत्त्व भी इस महाकाव्य में बड़ी गोपन शैली में प्रतिष्ठित किये गये हैं जिनके कारण यह सौर रहस्यवाद (Solar Mysticism) का महाकाव्य बन गया है। सावित्री के चार रूपों की उपासना चलती है। प्रथम है प्रात:कालीन 'ब्राह्मणी' रूप गायत्री। दूसरा है मध्याह्नकालीन 'वैष्णवी' रूप सावित्री। तीसरा है सन्ध्याकालीन 'रुद्राणी' रूप सरस्वती। इनके अतिरिक्त तान्त्रिकों और योगियों की निशीथकालीन गायत्री तुरीया भी है जिसकी उपासना महानिशा के मध्य बिन्दु में की जाती है। ये ही चार रूप हैं। महाकाव्य में इन चार रूपों का प्रतिनिधित्व करती हैं क्रमश: अहल्या, सीता, अनसूया और त्रिजटा। रामचन्द्र अन्तरिक्ष मण्डल के आदित्य विष्णु ही नहीं, साथ-ही-साथ सारे देवताओं के मूल 'स्वर्लोक' के सविता प्रतिनिधि भी हैं। निरुक्त के अनुसार जो स्वर्लोक में सविता है वही 'भुव:' (अन्तरिक्ष) में आदित्य और सोम है और वही 'भू' (पृथ्वी) में अग्नि है। द्वादश आदित्य, सोम और अग्नि उसी सविता के ही विवर्तित रूप हैं। महाकाव्य में अहल्या जम्बूद्वीप की जड़ीभूत गायत्री का प्रतीक है। 'अहल्या' शब्द की अनेक व्याख्याएँ हैं। श्रीपाद दामोदर सातवलेकर के अनुसार जिसमें 'अहनि' अर्थात् दिवस का लय हो अथवा जो 'अहनि' (दिवस) में लय हो जाये अर्थात् सन्ध्या और उषा। डॉ. पाण्डुरंग राव के अनुसार 'अ' से 'ह' यानी पूरी वर्णमाला जिसमें लीन हो अर्थात् वाक् रूपा ब्रह्मणी शक्ति। ये दोनों व्याख्याएँ अहल्या को सौर देवता उषा, वाक् रूपा प्रात: गायत्री से जोड़ती हैं। 'ताण्ड्य' और 'षड्विंश' ब्राह्मणों में अहल्या को 'मैत्रायणी' अर्थात् 'सौर शक्ति' उषा कहा गया है और इन्द्ररूपी आदित्य उसका सनातन जार है। अहल्या-कथा बहुत बाद में इसके प्रतीकात्मक अर्थों के विपरीत एक रसमयी जार-कथा के रूप में प्रचलित हुई है। महाकाव्य के द्वार पर इस कथा को क्यों प्रस्तुत किया गया है? इसका मूल थीम से कोई आंशिक सम्बन्ध भी नहीं तो भी वाल्मीकि जैसा सावधान कवि इसे क्यों यहीं पर लाता है? वह इसलिए कि अहल्या जम्बूद्वीप की जड़िमाग्रस्त ब्राह्मी गायत्री है और उसे सविता के अवतरण रामचन्द्र द्वारा चेतन कराना आवश्यक है और इसलिए भी कि वैष्णवी गायत्री सीता के सम्पर्क में आने के पूर्व प्रात: गायत्री के इस प्रतिरूप से राम का भी जुड़ना आवश्यक था। अन्यथा 'अहल्या उद्धार' तो अरण्य या किष्किन्धा में भी स्थापित किया जा सकता था। सीता तो वैष्णवी शक्ति का

अवतरण है ही। वह स्पष्टत: मध्याह्न गायत्री है। अनसूया अत्रि पत्नी के साथ-साथ त्रिदेवों की मातृका भी बनी थी। उसने तपोबल से सरस्वती, लक्ष्मी, पार्वती को भी पुत्रवधू बना डाला था। अत: वह निश्चय ही महामाया रुद्राणी है। कवि अनसूया प्रसंग को अरण्य काण्ड के द्वार पर प्रस्तुत करता है। अरण्य काण्ड से ही महाकाव्य की प्रतीकात्मक रात्रि का प्रारम्भ होता है। अनसूया-प्रसंग महाकाव्य के भीतर काल सन्ध्या का प्रतीक है। अत: ये संकेत अनसूया को सान्ध्य गायत्री के सरस्वती रूप से जोड़ते हैं। रह गया चौथा रूप तुरीया अर्थात् रात्रि सूर्य की ब्राह्मी गायत्री। यह त्रिजटा में स्थापित है। परन्तु अत्यन्त गोपन शैली में। त्रिजटा-स्वप्न महाकाव्य के मध्य बिन्दु पर आता है। परम्परा से माना जाता है कि 21वें सर्ग का 'भर्तुरंकात्समुत्पत्य तत: कमललोचना। चन्द्र: सूर्यो मया द्रष्टा पाणिभ्यां परिमार्जती' वाला श्लोक ही महाकाव्य का मध्य बिन्दु है। सारा त्रिजटा स्वप्न ही सावित्री विद्या का प्रतीकीकरण है। 'त्रिजटा' शब्द भी गायत्री का पर्यायवाची है। देवी भागवत में 'त्रिजटा, तित्तिरा, तिष्ठा...' आदि गायत्री के नाम बताये गये हैं। सावित्री के इन चारों रूपों की विस्तारपूर्वक चर्चा मैंने अपनी पुस्तक—'त्रेता का वृहत्साम' में की है।

रामकथा में वस्तुत: राम ही नहीं, राम से जुड़ा प्रत्येक पात्र ही सूर्य के तेज और प्रकृति को धारण किये हुए है। प्रत्येक ही सूर्य की तरह अपने हृदय को जलाकर निरन्तर तप कर रहा है जिससे सृष्टि मधुमय हो सके। इस महाकाव्य का प्रथम शब्द ही 'तप' है। प्रत्येक चरित्र ही अपनी आकृति की सीमा में तेजस्वी है। वाल्मीकि ने मनुष्यत्व की महिमा के सारे रूपों को एक ही साथ लाकर उपस्थित कर दिया है। किसी भी प्रकार की सामाजिक, राजनीतिक, आर्थिक व्यवस्था में सही परिवार, सही पत्नी, सही पति, सही भाई, सही बन्धु और सही सेवक की आवश्यकता रहेगी। इसके बिना कोई भी व्यवस्था दीर्घजीवी और स्वस्थ नहीं रह पायेगी। इस दृष्टि से रामकथा से जो संवेग और प्रेरणा हमें प्राप्त होती है वह विश्व के किसी भी अन्य साहित्यिक ग्रन्थ से प्राप्त होना असम्भव है। रामकथा की विषयवस्तु आन्तरिक ऋद्धि से इतनी सम्पन्न है और हमारी परमा स्मृति (Racial Memory) को इतने स्तरों और इतने आयामों में वह अधिगृहीत किये हुए है कि किसी भी प्रकार के ऐतिहासिक परिवर्तन में, चाहे वह कितना ही प्रतिकूल क्यों न हो, इस कथा के प्रभाव को हीन कर पाना सम्भव नहीं है। यदि कोई व्यक्ति या दल ऐसा करता है तो इस आत्म-प्रवंचना के द्वारा अपनी ही शक्ति क्षीण कर रहा है।

आधुनिक साहित्य में यथार्थवाद का और इतिहास चेतना का बोलबाला है। मिथक, प्रतीक और आदर्शवाद का बाजार हिन्दी से उठ गया है और कुछ इस सीमा तक कि जीवन और साहित्य में आदर्शहीनता और अभद्र भाषा को ही कभी मुखर तो कभी मौन भाव से चरम पुरुषार्थ माना जा रहा है। इस सन्दर्भ में अपनी एक पुस्तक 'दृष्टि अभिसार' (पृष्ठ 154) में प्रकाशित अपने पुराने मन्तव्य को पुन: यहाँ पर दुहराकर अपनी बात समाप्त करता हूँ। 'यह सही है, इसे मैं सर्वथा स्वीकार करता हूँ कि तत्कालीन इतिहास-बोध से पूर्णरूपेण निरपेक्ष, सर्वथा कटा हुआ, साहित्य शाश्वत में व्योम-विहार होते हुए भी एक निरर्थक विलास मात्र है, उसकी प्रामाणिकता अधूरी है। परन्तु इसके साथ यह भी सही है कि शाश्वत मूल्यों तथा व्यक्ति की भावात्मक विशिष्टताओं को बिल्कुल अस्वीकारने वाला साहित्य भी अखबारी स्तर की कार्रवाई मात्र है और किसी भी प्रकार

की 'धारक' या 'उत्प्रेरक भूमिका से हीन है। केवल 'भवति' यानी निरन्तर परिवर्तित होते हुए परिदृश्य से, 'हो रहा है' से जुड़ा साहित्य टिकाऊ तथा महत्त्वपूर्ण नहीं हो सकता। उसे 'भवति' के हृदय में 'अस्ति' या 'है' को शाश्वत को प्रतिष्ठित करते हुए चलना होगा। महाभारत में 'भवति' का चतुर्दिक् हाहाकार है, प्रेमचन्द के साहित्य में 'भवति' की त्राहि भरी साँसें हैं, परन्तु इस 'भवति' चक्र के मध्य 'अस्ति' के शाश्वत मूल्यों के चेहरे भी प्रतिष्ठित हैं। इसी से ये कृतियाँ तत्कालीन समाचार पत्रों की अपेक्षा प्रामाणिक और कालजयी सिद्ध हुई हैं।' वंचना धनुष को धारण करने वाला राजनीतिक तथा उसकी दलगत निष्ठा की शपथ खाने वाला पत्रकार भी भले ही महज तत्काल इतिहास-बोध से अपना काम चला ले, परन्तु साहित्यकार का दायित्व कुछ बृहत्तर है। उसे कहीं-न-कहीं जाकर पुरानी प्रतिज्ञा 'सत्यं परं धीमहि' से जुड़ना ही होता है।

भारतीय इतिहास-दृष्टि और रामकथा

कृष्णावतार की ही तरह रामावतार भी युगान्त-बिन्दु की ही घटना है। कृष्ण अवतरित हुए थे द्वापर के अस्ताचल पर। राम का अवतरण भी त्रेता और द्वापर की सन्धिवेला में होता है। डॉ. पी. वी. काणे ने त्रेतायुग की अवधि निर्धारित की है 5500 B.C. से 4300 B.C. तक यानी बारह सौ वर्षों की अवधि। श्री देवसहाय त्रिवेद ने अपने प्रबन्ध 'इण्डियन क्रोनोलोजी' में रामावतार का काल निर्धारित किया है 4332 B.C.। यों रामावतार को ऐतिहासिक मानने का एकमात्र प्रमाण समस्त दक्षिण एशियाव्यापी, सम्प्रदायनिरपेक्ष, नस्लनिरपेक्ष, प्रबल लोक-विश्वास और लोकानुश्रुति है और यह कम मजबूत दस्तावेज नहीं।

सारी घटनाएँ मात्र कल्पना आश्रित होतीं तो लोक-अनुस्मृति की इतनी गहराई में जाकर प्रतिष्ठित नहीं हो पातीं। यह कथा हिन्दू-जैन-बौद्ध, ब्राह्मण-अब्राह्मण, आर्य-आर्येतर, भारतीय-वृहत्तर भारतीय, जम्बूद्वीप-द्वीपान्तर भारत, सर्वत्र लोक-विश्वास का अंग बनकर प्रतिष्ठित है, तो घटना की केन्द्रीय आकृति मिथ्या नहीं हो सकती। इसका वर्तमान रूप मिथकीय अलंकरण ले चुका है। परन्तु सत्य की मजबूत काठी नीचे अवश्य वर्तमान है।

अन्यथा यह दीर्घजीवी नहीं हो पाती। 'स्वर्णमृग' वाली बात काल्पनिक या लोककथा से प्राप्त किसी रूढ़ि का समावेश हो सकती है, परन्तु मूल घटना कि मारीच राम को बहकाकर दूर ले गया, स्वाभाविक घटना लगती है। रामायण की कोई भी ऐसी घटना नहीं जो ऊपर की अलंकृत भाषा को, काव्यत्व प्रदान करने वाले बिम्बों को, हटा देने पर असहज और अस्वाभाविक लगे। लोग तर्क देते हैं कि पाणिनि की 'अष्टाध्यायी' में 'राम' शब्द नहीं है, परन्तु वह तो व्याकरण की किताब है। कामताप्रसाद गुरु के हिन्दी व्याकरण में 'जवाहरलाल' शब्द अनुपस्थित होने का यह अर्थ नहीं कि जवाहरलाल नेहरू पैदा ही नहीं हुए थे। श्रीयुत् काशीनाथ तेलंग के अनुसार उसमें 'ऐक्ष्वाकु', 'कौशल्या', 'कैकेयी' और 'रावणि' शब्द मिलते हैं तथा गणपाठ में सौमित्र, लक्ष्मण तथा विभीषण शब्द भी हैं।[1]

---

3. देखिए, पृष्ठ (40-46) "Was Ramayan Copied from Homer" 'ऐक्ष्वाकु' (6/1/174) कैकेयी (4/1/171) 'कौशल्या' (4/1/171) 'रावणि' (1/1/57)। अन्तिम सन्दर्भ का उद्धरण पातंजलि भाष्य में भी है, परन्तु पूरे वाक्य का अर्थ विवादास्पद है। काशीनाथ तेलंग जैसे विद्वान का भी कथन है "'रावणि' यहाँ पर 'रावण-पुत्र' हो सकता है या 'इन्द्रजीत मेघनाद'। यों मैं स्वीकार करता हूँ कि इस उद्धरण का अर्थ मुझे स्पष्ट नहीं हो पाया।" पाणिनि के सूत्रों से जुड़े गणपाठों में ब्राह्वादिगण के अन्तर्गत 'सुमित्रा' (सूत्र 4/1/96), शिवादिगण के अन्तर्गत 'काकुत्स्थ' और 'रावण' शब्द (4/1/112) गहादिगण के अन्तर्गत 'सौमित्र' शब्द (4/2/ 138) का उल्लेख भी श्री तेलंग प्राप्त करते हैं।

पाणिनि की अष्टाध्यायी सम्भवत: ईसा पूर्व पंचम शताब्दी की रचना है और पातंजलि महाभाष्य ईसापूर्व प्रथम शताब्दी की। इनमें महाभारतीय चरित्रों के नाम और सन्दर्भ जिस मात्रा में आते हैं उस मात्रा में रामकथा के नाम नहीं आते। तो भी तेलंग महोदय का उपर्युक्त सन्दर्भ बताता है कि कथा पाणिनि को ज्ञात थी, परन्तु उस क्षेत्र की लोक-संस्कृति में इसका उतना व्यापक प्रभाव नहीं था जितना कृष्ण-कथा का था। रामकथा की प्राचीनता का सबसे पुराना और स्पष्ट प्रमाण 'दशरथ जातक' है जिसका मूल रूप (जो चार-पाँच श्लोकों को छोड़कर अप्राप्य है) ईसापूर्व चतुर्थ शताब्दी का है। इसका वर्तमान प्राप्त द्वितीय रूप जो चीनी भाषा से अनूदित है, ईसा की प्रथम शती का ही है।

ईसा की प्रथम शती में रामायणी कथा का समूह-पाठ प्रमाणित है विमलसूरि (प्रथम शती ईस्वी) के 'पउम चरिउ' से। इतना तो कहा ही जा सकता है कि ईसा की प्रथम शताब्दी से बहुत पूर्व रामकथा अपनी महिमा को ग्रहण कर चुकी थी और अन्य सम्प्रदायों ने भी इसका वरण कर लिया था। अत: कथा निश्चय ही बुद्ध के जन्म से कुछ पहले ही लोक-विश्वास का अंग बन चुकी थी। अन्यथा बुद्ध की मृत्यु के सौ वर्ष बाद उनके अनुचर भी इसका उपयोग करने को बाध्य कैसे होते? 'दशरथ जातक' के माध्यम से बुद्ध के पूर्व जन्म में 'रामपण्डित' होने का दावा करने की क्या जरूरत पड़ती? वस्तुत: रामकथा की ऐतिहासिक प्रामाणिकता का दावा यही परम्परागत लोक-विश्वास ही है जिसका आलेख ईसा पूर्व के समानान्तर स्रोतों में विद्यमान है। अत: यह घटना कभी और कहीं पर हुई अवश्य है, भले ही उसका मूल रूप सरल और सामान्य रहा हो और बाद में कवियों ने सारी घटना का उदात्तीकरण कर दिया हो।

रामायण के बारे में यह उक्ति प्रचलित है कि जब वेदों के द्वारा ज्ञातव्य ब्रह्म का अवतार दशरथ-पुत्र श्रीराम के रूप में हुआ तो प्राचेतस वाल्मीकि ने वेदों का भी काव्यावतार करा दिया 'रामायण' के रूप में।

"वेदवेद्ये परे पुंसि जाते दशरथात्मजे।
वेद: प्राचेतसादासीत् साक्षाद्रामायणात्मना।"

यह भारत-प्रसिद्ध वचन है। तो भी आश्चर्य का विषय यह है कि प्रसिद्ध भाषा वैज्ञानिक डॉ. सुकुमार सेन ने अपनी पुस्तक 'राम कथार प्राक् इतिहास' में रामायण को 'शास्त्र' मानने से इनकार कर दिया है। उनका कथन है कि परम्परा से महाभारत ही शास्त्र माना जाता है, स्मृतियाँ विविध अनुष्ठानों और कल्पों में महाभारत-पाठ का ही विधान करती हैं, रामायण पाठ का नहीं, अत: रामायण शास्त्र नहीं महज 'काव्य' है। परन्तु तथ्य तो विपरीत है। अनेक अनुष्ठानों में रामायणपाठ को भागवत-पाठ जैसी महत्ता दी जाती है। श्रुति या 'श्रव्य' वचन हैं। जिन महापुरुषों का जीवन श्रुति वाक्यों को 'दृश्य' लीला के रूप में व्यक्त करता है वे महापुरुष अवतार कहे जाते हैं। श्रुति कहती है "सत्यं वद, धर्मं चर,... मातृ देवो भव, पितृ देवो भव, अतिथि देवो भव" या "मा भ्रातरं भ्रातरद्धिक्षन मा स्वसारमुतस्वसा" (अथर्व./3/30/3) अथवा, "अनुव्रत: पितु: पुत्रो मात्रा भवतु सामन्त: जाया पत्ये मधुमती वाक्यं वदतु शान्तिवाम्।" (अथर्व./ शौनक सं., 3/30/2)। ये सब श्रुतिवाक्य हैं। इस श्रुति के श्रव्यरूप को दृश्यगत प्रामाणिकता देने के लिए सगुणरूप में

प्रतिष्ठित करने के लिए, जो अजायमान प्रजापति है, अर्थात् परमात्मा है, स्वयं जायमान होता है—अजायमान होकर भी बहुरूपों में जायमान होता है—"प्रजापतिश्चरति गर्भे अन्तर जायमानो बहुधा विजायते" (यजु./माध्य./31/19) 'श्रीमद्‌भागवत' में भी यही बात स्पष्टतर भाषा में व्यक्त की गयी है: "परमात्मा का अवतार केवल राक्षसवध के लिए नहीं होता, अपितु मर्त्य मानवों को शिक्षा देने के लिए होता है। नहीं तो अपने में रमण करने वाले भगवान को सीता-वियोग का दु:ख कैसा ?"

"मर्त्यावतारात्त्विह मर्त्य शिक्षण
रक्षोवधायै न केवलं विभो।
कुतो अन्यथा स्याद् रमत: स्व आत्मन:
सीताकृतानि व्यसनानीश्वरस्य।"—(5/19/5)

शास्त्र क्या है, क्या नहीं, इसका ज्ञान एक आधुनिक भाषा वैज्ञानिक की तुलना में 'श्रीमद्‌भागवत' के लेखक के पास अधिक प्रामाणिक रूप में था, यह तथ्य है। वस्तुत: रामकथा ही नहीं सारी अवतार-कथाएँ शास्त्र हैं। वेदों की श्रुतियों को इन कथाओं के माध्यम 'वृत्यारूढ़' या 'कथावृत्त में अवतरित कर दिया गया है। इसी अर्थ में पौराणिक कथाएँ वेदों का उपबृंहण कही जाती हैं। यदि ये अवतार-कथाएँ शास्त्र नहीं हैं तो फिर शास्त्र क्या है? कोई भी ग्रन्थ 'आर्ष' और 'शास्त्र' की संज्ञा पाता है दिव्य व्यंजना, दिव्य चरित्रों और दिव्य उपदेशों के समावेश के कारण ही। रामायण तो न केवल उपदेश-प्रधान निगम है बल्कि रहस्य-प्रधान 'आगम' भी है। यह उभय 'निगमागम सम्मतं' कथा है। यह मन्त्रात्मक है। इसमें बहुत-सी बातें गोपनीय शैली में व्यक्त की गयी हैं। यह नारायणीय दिव्यता का काव्य है। अत: यह एक ही साथ 'आदिकाव्य', 'शास्त्र' और 'काव्येतिहास' (Poetic History) तीनों है। जो ब्रह्म के स्वरूप को व्यक्त करे (जैसे योनि शिशु को व्यक्त करती), वह विद्या ही 'शास्त्र' कहलाती है। ऐसे शास्त्र की योनि ही 'ब्रह्म-विद्या' या 'ब्रह्म-जिज्ञासा' का विवेचन-समाधान करती है। 'ब्रह्मसूत्र' के चौथे सूत्र 'शास्त्र योनित्वात्' में यही संकेत निहित है। जिस महापुरुष को भारतीय परम्परा 'साक्षात् विग्रहवान् धर्म' कहती है, जिसका चरित्र श्रुति वाक्यों की सगुण अभिव्यक्ति या दृश्य-लीला प्रस्तुत करता है, उसके चरित्र-काव्य के बारे में डॉ. सेन जैसे विद्वान ने (जिनके लिए अन्य सन्दर्भों में मेरे मन में अतीव श्रद्धा है) ऐसी हल्की बात कह दी कि यह 'शास्त्र' नहीं है, यह आश्चर्य का विषय है। तथ्य तो यह है कि समस्त भारत में रामायण-महाभारत-श्रीमद्‌भागवत तीनों को समान रूप से 'शास्त्र' की मर्यादा दी जाती है।

डॉ. सुकुमार सेन का यह कथन भ्रामक है कि परम्परा रामायण को 'काव्य' तथा महाभारत को 'इतिहास' मानती है। परन्तु तथ्य तो यह है कि परम्परा के अनुसार रामायण-महाभारत दोनों ही 'काव्येतिहास' हैं, अर्थात् वे 'काव्यशैली' में प्रस्तुत किये गये 'इतिहास' हैं। महाभारत को भी रामायण की तरह 'महाकाव्य' इसीलिए कहा जाता है। जिस महाभारत को डॉ. सेन इतिहास मानते हैं उसी महाभारत में 'वनपर्व' में रामायण के इतिहास होने का प्रबल प्रमाण है। 'वनपर्व' में रामकथा 18 अध्यायों में पूर्वघटित इतिहास के रूप में वर्णित है। युधिष्ठिर की वनवास-यन्त्रणा को

कम करने के लिए ऐसी यन्त्रणाभोग के पुराने उदाहरण के रूप में इस कथा का प्रयोग होता है और कथा हूबहू वाल्मीकि कृत कथा की नकल नहीं है। इससे पता चलता है कि महाभारत-रचना के अन्तिम चरण में (सम्भवत: 500 ईसा पूर्व से 200 ईस्वी के बीच) रामकथा की विविध परम्पराएँ विविध क्षेत्रों से में 'घटित वृत्त' के रूप में समादृत थीं। शान्तिपर्व और द्रोणपर्व में 'षोडश राजिक उपाख्यान' अर्थात् उन सोलह राजाओं के उपाख्यान हैं जो इतिहास का अंग बनकर पृथिवी पर कभी विचरण किये थे। उनमें एक रामचन्द्र भी हैं। द्रोणपर्व की कथा तो किसी प्राचीन गाथा-गान का एक टुकड़ा है, पूरी कथा नहीं। 'हरिवंश' बाद की रचना है, तो भी उसमें रामकथा आती है और उसमें छह श्लोकों का एक गाथा-गान है जिसमें ये दो श्लोक तो पुरानी महाभारतीय गाथा से काफी मिलते-जुलते हैं:

"श्यामो युवा लोहिताक्षो दीप्तास्यो मितभाषित:।
आजानुबाहु: सुमुख: सिंहस्कन्धो महाभुज:।।
दशवर्ष-सहस्राणि दशवर्ष-शतानि च।
अयोध्याधिपतिर्भूत्वा रामो राज्यमकारयत्।।"

—हरिवंश (1/41/150-151)

कहने का तात्पर्य यह है कि महाभारत की रचना के समय भी लोकानुश्रुति के हिसाब से रामकथा एक 'घटित इतिहास' मानी जाती रही है। इसका प्रमाण महाभ के भीतर ही है। तो फिर रामायण को इतिहास न मानने का कोई कारण नहीं।

रामायण और महाभारत की शैली में भेद है। इसका मुख्य कारण यह है कि रामायण का बहुलांश किसी एक केन्द्रीय प्रतिभा की उपज है जो मूलत: कवि स्वभाव का था, जबकि महाभारत का बहुलांश समूह प्रतिभा की उपज लगता है जिसका संशोधन-सम्पादन अवश्य एक ही प्रकार की दार्शनिक बौद्धिक दृष्टि में प्रशिक्षित कुछ लोगों ने किया है। इस शैली-भेद के कारण आधुनिक विद्वानों में एक भ्रान्ति का जन्म हो गया है कि महाभारत पुराना है और रामायण बाद की रचना है, तथा ऊपर के रामकथा के सन्दर्भ बाद में जोड़े गये हैं। परन्तु इस बात के लिए कोई ठोस प्रमाण किसी विद्वान ने नहीं दिया है। मात्र 'ऐसा लगता है' कहकर किसी-स्थापित तथ्य को विस्थापित नहीं किया जा सकता। महाभारत को प्राचीनतर कहनेवालों का कथन है कि महाभारत की कथा में आदिमता के लक्षण हैं, समाज आदिम स्वरूप और अनगढ़ सहज जीवन महाभारत में ही अभिव्यक्ति पाता है, रामायण में नहीं; भाषा में भी ऐसे प्रयोग हैं जो पाणिनि की 'स्टैण्डर्ड' संस्कृत से भिन्न हैं तथा रचना-प्रक्रिया में चारण-काव्य की शैली स्पष्ट है जो आर्यों के आदिम वीरगाथा युग (900 ई. पू. से 600 ई. पू. अर्थात् ब्राह्मण आरण्यक काल) में 'नाराशंसी' आदि रूपों में चालू थी।... ये सब बातें सही होते हुए भी हमें इन तथ्यों पर भी साथ ही साथ विचार करना चाहिए:

(1) सांस्कृतिक परिवेशों की आदिमता और परिष्कृति की तुलना इन दोनों महाकाव्यों के सन्दर्भ में तभी निष्कर्षमूलक मानी जायेगी जब सभी आर्य कबीले एक कालखण्ड में भारत में प्रवेश किये होते और सभी ही संस्कृति को लेकर आये होते। पुराने ऋग्वैदिक आर्यों से लेकर नये 'शकार्यों' तक परस्पर विच्छिन्न भिन्न-भिन्न स्थानों और कालखण्डों में आर्य कबीले आते

रहे और प्रत्येक के सांस्कृतिक विकास-स्तर और आकृति-प्रकृति एक नहीं रही। रामायण एक प्राचीनतर एवं भिन्न कबीले की सांस्कृतिक परम्परा का प्रतिफलन है, महाभारत एक भिन्न कबीले का। भारतवर्ष के इक्ष्वाकुओं की प्रकृति और सभ्यता उच्चतर और परिष्कृत है तथा महाभारतीय चन्द्रवंशियों की प्रकृति और सभ्यता में आदिम गन्ध अभी भी वर्तमान है तो इसका अर्थ यह नहीं कि केवल आदिम गन्ध के आधार पर ही उन्हें पुराना मान लिया जाये। यह तर्क तभी समीचीन माना जा सकता है यदि वे दोनों एक ही आर्य कबीले होते या एक ही स्थान से आये होते। वस्तुतः इक्ष्वाकुगण फरात नदी की उत्तरी उपत्यका या सुमेरिया से होते हुए गान्धार से सीधे सप्तसिन्धु प्रदेश में आये और वहाँ से फिर यमुना-गंगा को लाँघते हुए विदेहभूमि तक फैल गये। विन्ध्य-गंगा की उपत्यका में निषादों (मालय या नागवंशियों) से उनका सांस्कृतिक समन्वय हुआ। उनकी संस्कृति वस्तुतः आर्य-निषाद-संस्कृति है और उनकी सांस्कृतिक नदी है गंगा। इसके विपरीत चन्द्रवंशीय आर्यगण सम्भवतः सुमेरिया-फरात उपत्यका से ही चले परन्तु वे सीधे पूर्व की ओर बढ़ते गये वर्तमान ईरान-मध्य एशिया से तुषारिस्तान तक। तुषारिस्तान से होकर फिर पश्चिम, फिर दक्षिण की ओर मुड़ते हुए वे जम्बू में आये; जम्बू-कश्मीर से हिमाचल प्रदेश में प्रवेश करके 'उत्तर कुरु' की रचना की तथा हिमालय के अंचल में किन्नर-किरात संस्कृतियों के साथ उनका समागम हुआ। उनकी पूर्वज-मातृकाएँ 'अप्सरा' (आर्येतर किरात किन्नर) थीं। बाद में वे यमुना नदी के पथ से दक्षिण उतरे और दक्षिण कुरु और पाँचाल देशों को आबाद किया। इनकी सांस्कृतिक नदी है यमुना और इनकी असल नस्ल है आर्य-किरात। जब इक्ष्वाकु-संस्कृति समृद्धि के शिखर पर जाकर बिखरने लगी तो आर्यों की ही इस नयी युवा संस्कृति ने चन्द्रवंशीय संज्ञा के साथ प्रवेश किया। युवा होने के कारण तथा एक भिन्न सांस्कृतिक परिवेश में पनपने के कारण यह भिन्न प्रकृति की तथा आदिम गन्धी रही है। इनमें अपने 'उत्तर कुरु' के प्रवास के कुछ अवशेष (यथा द्रौपदी के पाँच पति) विद्यमान रहें तो क्या आश्चर्य है।.... भारतवर्ष में एक ही साथ एक ही बस्ती में 'आदिम' और 'उन्नत' दोनों तरह की संस्कृतियाँ सह-अस्तित्व में आज भी चल रही हैं।

(2) रामायण में कथा सुलझी हुई है, महाभारत जैसा उलझाव नहीं। यह भी रामायण की अर्वाचीनता का प्रमाण नहीं। कोई जरूरी नहीं कि जो उलझा और विमिश्र हो वही पुराना हो। इसका कारण यह भी हो सकता है कि रामायण का बहुलांश एक व्यक्ति की प्रतिभा की उपज है। इसका संशोधन भी व्यक्ति की प्रतिभा ने ही किया है। परन्तु महाभारत समूह-प्रतिभा की उपज है और उत्तर कालप्रवाह में इसमें ज्यादा संयोजन और परिवर्द्धन होते गये।

(3) रामायण महाभारत से पुराना है इसका एक और प्रबल पुष्ट प्रमाण है, दोनों काव्यों में वर्णित धर्म-साधना और उपासना का स्वरूप। रामायण पढ़ कर लगता है कि यह ब्राह्मण ग्रन्थों और यज्ञयागादि के चरम उत्कर्ष का युग है। प्रजापति मुख्य देवता है। इन्द्रादि देव भी वरेण्य हैं। विष्णु को एक मात्र परमात्मा का पद अभी हासिल नहीं हुआ है। नारायण (जलप्रधान देवत्व) तथा विष्णु (आदित्य) दोनों का एकीकरण नहीं हुआ है। नारायण-उपासना का उल्लेख अवश्य परन्तु लगता है वे वैदिक देव-मण्डल के बाहर की कोई उपासना है। कौशल्या का राम वनगमन के समय किये गये स्वस्तिवाचन में बहुदेववाद तथा निषादों की प्रकृति पूजा के संकेत तो हैं ही,

जिन तीन प्रधान घटनाओं को साक्ष्य देकर कौशल्या आशीर्वाद देती है (वृत्र-वध, त्रिविक्रम विष्णु, सुपर्ण का अमृत आहरण) वे चरम वैदिक युग की वीरगाथा से जुड़ी हैं। इसके प्रतिकूल महाभारत में वैष्णव धर्म का प्रतिपादन है। नारायणीय धर्म पर जोर है। विष्णु, नारायण और आभीर लोकदेवता कृष्ण तीनों का एकीकरण हो चुका है। बदरी धाम के विष्णु की आर्य-किरात विमिश्र उपासना अर्थात् ध्यानस्थ नारायण और नर की उपासना भी वैष्णव धर्म का अर्वाचीन अध्याय है। महाभारत से प्रारम्भ होता है। अत: धर्म-साधना का जो स्वरूप महाभारत में उभरता है वह रामायणकालीन धर्म-साधना की तुलना में अर्वाचीन और उत्तरकालीन है।... इन बातों को देखते हुए कोई भी स्वीकार करेगा कि रामायण महाभारत से पहले की रचना है। मेरा तात्पर्य 'मूल रामायण' और 'मूल महाभारत' से है।

वस्तुत: भारतीय इतिहास-दृष्टि आधुनिक इतिहास-दृष्टि से भिन्न रही है। भारतीय इतिहास-दृष्टि 'दार्शनिक' स्वभाववाली है जबकि आधुनिक इतिहास-दृष्टि 'वैज्ञानिक' प्रकृति की है। प्रथम की पद्धति है समन्वय, दूसरे की विश्लेषण। भारतीय इतिहास-दृष्टि से प्रस्तुत 'काव्येतिहास' पर आधुनिक वैज्ञानिक इतिहास-दृष्टि का आरोपण करने पर अनेक प्रकार की विसंगतियाँ पैदा हो जाती हैं। भारतीय दृष्टि से इतिहास में काव्य और दर्शन का अनुप्रवेश कोई बेमेल या विसंगत तथ्य (Anachronism) नहीं, बल्कि एक अनिवार्य आवश्यकता है। इस बात को ठीक से समझने के लिए भारतीय मनीषा की 'काल' की अवधारणा पर विचार करना होगा। 'काल' की भारतीय अवधारणा, 'देश' की भारतीय अवधारणा के समनुरूप चलती है। देश की भारतीय अवधारणा इस प्रकार है: एक अचल कीली 'ध्रुव' पर सारा 'देश' (space) छत्राकार रखा हुआ है। यह देश निरन्तर घूम रहा है। साथ ही ध्रुवकील भी निरन्तर अपनी ही जगह पर गतिमान है, परन्तु जगह नहीं छोड़ता। वह गतिमान और अचल दोनों है। इस पैटर्न को काल के सन्दर्भ में लागू करने पर पाते हैं कि ध्रुवकील का प्रतीक या समानधर्मी है शाश्वत काल का शान्तबिन्दु (Still centre) जिसे बौद्धों ने जगति का शिखर कहा है। यह शाश्वत भी मुर्दा या जड़ नहीं। यह गतिमय है, परन्तु अपने बिन्दु (Centre) पर ही। शाश्वत के इस शान्तबिन्दु को केन्द्र मानकर देखें तो इसके चारों ओर वृत्ताकार काल प्रवाह है जो निरन्तर भूत-वर्तमान-भविष्य की चक्रीय गति में चालू है, इसके किसी भी एक बिन्दु को शान्त होकर बैठने की फुरसत नहीं। परन्तु इस काल-प्रवाह का हर एक बिन्दु अपने 'भूत-वर्तमान-भविष्य' के प्रवाह से तो जुड़ा ही है (क्योंकि इस चक्र की परिधि का ही एक बिन्दु वह है) साथ ही अर्धव्यास द्वारा शाश्वत के 'शान्तकेन्द्र' या शान्त बिन्दु से भी यह निरन्तर जुड़ा है—इस 'शान्तकेन्द्र के महा आकर्षण से बँधे होने के कारण ही वह परिधि पर स्थित है।... इस प्रकार हम देखते हैं कि जिस प्रकार 'देश' की दुहरी गति है कि सारा विराट देश कीली पर तो अचल है परन्तु कीली से बाहर प्रत्येक बिन्दु चलायमान है, वैसे ही काल की गति भी दुहरी है। एक है 'शाश्वत' की अपने 'शान्त बिन्दु' या स्थिर केन्द्र पर गति, दूसरी है 'प्रत्यक्ष काल' या खण्डकाल की भूत-वर्तमान-भविष्य वाली गति। प्रथम है महाकाल या 'कालातीत काल', दूसरा है प्रत्यक्ष काल या खण्डकाल। समय के प्रत्येक बिन्दु पर प्रत्येक क्षण में यह महाकाल और प्रत्यक्ष काल (जिसे सुभीता के लिए 'काल' ही कहें तो कोई हर्ज नहीं) दोनों ही साथ-साथ विद्यमान हैं।

इन्हें 'निरवधि काल' और 'सावधि काल' भी कह सकते हैं। निरवधि काल ही काल की 'नेमि' रचता है और सावधि काल 'परिधि'। परिधि का हरेक बिन्दु सतत नेमि के महा आकर्षण में बद्ध है। नेमि से विच्छिन्न होने पर इस सावधि काल वाली सृष्टि ही बिखर जायेगी। जिसे आधुनिक दृष्टि इतिहास कहती है वह सावधि काल (यानी भूत-वर्तमान-भविष्य वाला 'खण्ड काल') की घटना है जरूर, परन्तु यह इतिहास सर्वदा महाकाल की नेमि (शाश्वत काल का 'शान्त बिन्दु) से जुड़ा। इस बात को दर्शन मंजूर करता है, परन्तु आधुनिक विज्ञान काल के चौथे आयाम को स्वीकृत करने के बावजूद इतिहास के क्षेत्र में इसे मंजूर नहीं कर पाया है। काल की निरवधि-सावधि, नेमि और परिधि दोनों रूपों वाली समग्र धारणा के आधार पर इतिहास के भूत-वर्तमान-भविष्य वाले दस्तावेज में भी शाश्वत काल के प्रतीक, 'मिथों' और आख्यानों का अनुप्रवेश सर्वथा वैध हो जाता है। उस हालत में इतिहास में दर्शन और काव्य का अनुप्रवेश अनिवार्य है। तब इतिहास ठेठ इतिहास जैसा न होकर 'अलंकृत इतिहास' या 'काव्येतिहास' का रूप ले लेता है। भारतीय महाकाव्यों का अध्ययन करते समय हमें काल की इस समग्रता का स्मरण रखना चाहिए। अन्यथा बहुत-सी बातें समझ न पाने के कारण हमें फालतू और विसंगत लगेंगी।

इस काल-दृष्टि के अनुसार आज 3 जुलाई, 1983 है, परन्तु इसके भीतर शाश्वत काल के रूप में सारा अतीत और सारा भविष्य भी मौजूद है। भारतीय दृष्टि प्रत्येक बिन्दु पर प्रत्यक्ष काल को स्वीकारते हुए भी उसमें शाश्वत का अस्तित्व मानती है। इस काल की दुहरी गति का बोध हम जो अनुभव-लोक की, निचली आधार भूमि में निवास करते हैं, जो मात्र परिधि पर ही स्थित है; नहीं पा सकते। इस काल की दुहरी गति का बोध उन्हें होता है जो अनुभव-लोक के शिखर पर ध्यानस्थ होकर बैठे हैं। अनुभव-लोक का यह ध्यान शिखर ही 'जगती का शिखर' यानी 'अस्तित्व का चरम बिन्दु' है। काल की परिधि पर रहने वाला मन उस बिन्दु का ही बोध कर पाता है जिसमें वह जी रहा है। परन्तु काल के शिखर (शाश्वत बिन्दु) पर बैठकर बोध ग्रहण करने वाला ऋषि या कवि समस्त वृत्त प्रवाह को सारे सत्युग त्रेता द्वापर और कलि को एक साथ एक ही बिन्दु पर अनुभूत कर लेता है। रामायण या महाभारत के कवियों ने अपने विषय का बोध इसी ध्यान-शिखर पर बैठकर विषय की समग्रता में किया है। रामकथा की घटना एक ही साथ 'ऐतिहासिक' यानी 'खण्डकाल' की घटना है जिसका नायक जन्म लेता है और अन्त में मृत्यु को प्राप्त करता है, साथ ही यह शाश्वत काल की घटना भी है जिसका नायक परमात्मा स्वयं है और वह शाश्वत है।

भारतीय इतिहास-दृष्टि किसी घटना को काल की दोनों (प्रत्यक्ष और शाश्वत) गतियों के सममेल या सम्मिलित छन्द के मध्य घटित होती हुई देखती है। इसी से त्रेताकाल में सत्युग के चरित्र उतर पड़ते हैं जो किसी शाश्वत अवधारणा के प्रतीक हैं यथा नारद, सप्तर्षि, सनकादिक या देवगण। द्वापर के भीष्म शरशय्या पर सोये हैं पर उनके चारों ओर बैठे हैं वे ऋषि-महर्षिगण जो कृतयुग, त्रेता और द्वापर तीनों युगों के हैं। शरशय्या का यह दृश्य कवि अपने ध्यानलोक के शिखर से देख रहा है और उसकी दृष्टि 'प्रत्यक्ष' वर्तमान काल से ही बँधी नहीं है। शाश्वत काल खण्डकाल से बँधा हुआ सर्वदा चल रहा है। प्रत्येक चरित्र 'ऐतिहासिक' है तो साथ ही किसी

व्यापक बोध या अवधारणा का प्रतिनिधि होने के कारण 'शाश्वत' भी है। इन्द्र, नारद, गन्धर्व और अप्सराएँ ही नहीं परशुराम, विश्वामित्र, वशिष्ठ भी त्रेता में निवास करते हुए भी द्वापर में उतर पड़ते हैं। इस विशिष्ट काल-दृष्टि का फल होता है प्रत्यक्ष यानी खण्डकाल वाली ऐतिहासिकता गड़बड़ हो जाती है और घटनाओं के तारतम्य में विभ्रान्ति-सी लगती है, आधुनिक दृष्टि वाली ऐतिहासिकता शुद्ध नहीं रह पाती और पूरे बोधखण्ड में काव्य और दार्शनिकता का अनुप्रवेश हो जाता है। भारतीय काल-दृष्टि से यह अनुप्रवेश सही है, परन्तु आधुनिक इतिहास-दृष्टि से यह अनुप्रवेश दुष्प्रवेश है और एक विभ्रान्ति की सृष्टि करता है। पर जहाँ प्रत्येक चरित्र ही ऐतिहासिक मनुष्य और शाश्वत इकाई दोनों हो, जहाँ वर्तमान के प्रत्येक खण्ड में 'शाश्वत' (अर्थात् 'अतीत + वर्तमान + भविष्य + सार्वकालिक') विद्यमान हो वहाँ पर काव्यत्व और दर्शन का प्रवेश अनिवार्य हो जाता है।

रामायण को लें। इसमें ऐतिहासिक नायक मनुष्य राम उतरते हैं अभिधा के स्तर पर। लक्षणा के स्तर पर वे 'इन्द्र-उपेन्द्र' का सम्मिलित रूप हैं। क्योंकि लाक्षणिक स्तर पर यह घटना 'दैवासुरम्' (देवासुर संग्राम) का रूप ले लेती है। व्यंजना के स्तर पर रामकथा महाचैतन्य का जीवन-मधु के उद्धार के लिए यह तमस शक्तियों से युद्ध की कथा है। 'दैवासुरम्' भी कई घटनाओं का निचोड़ या 'मधु' है। इतिहास का 'मधु' होता है 'मिथ'। अत: यह हद से हद काव्य है, इससे ज्यादा नहीं। परन्तु चैतन्य के द्वारा प्राण-माधवी का तमस से उद्धार 'मिथ' नहीं बल्कि अनेक मिथों का 'मधु'रूप एक दार्शनिक आइडिया है। यह आइडिया 'शाश्वत' काल का सत्य है। सावधि काल (इतिहास) और निरवधि काल (दर्शन) के बीच की कड़ी है काव्य का सत्य अर्थात् 'मिथ'। 'मिथ' इतिहास की ही अनेक घटनाओं का सामान्यीकरण होने के कारण मिथ्या कल्पना नहीं बल्कि इतिहास का ही एक सारभूत 'चेहरा' है। अभिधा, लक्षणा, व्यंजना, अर्थात् ऐतिहासिक, मिथकीय और दार्शनिक तीनों को जिस भूमि पर स्थापित करके परस्पर युक्त किया गया है, वह भूमि है वैदिक सृष्टि-विद्या (Vedic Cosmology) की भूमि।

वैदिक सृष्टि-विद्या के अनुसार 'द्यु' के देवता सविता का 'अन्तरिक्ष' में आदित्य (इन्द्र, विष्णु आदि) तथा सोम के रूप में अवतरण होता है। जो 'भू' पर 'राम' है वह है अन्तरिक्ष (भुव:) के आदित्य (इन्द्र, विष्णु) का अवतरण और आदित्यगण हैं द्यु (स्व:) के सविता का अवतरण यह सृष्टि-विद्या वैदिक आर्यों ने कल्पित की और पुनर्जन्म की धारणा के समानान्तर 'अवतार' की धारणा का विकास किया। सम्भवत: यह विकास आर्य चिन्ता और आर्येतर विश्वास के समन्वय का प्रतिफलन है। जो हो, परन्तु 'देश' (व्योम) के तीनों पुरों स्व:, भुव:, भू: के मध्य एक ही सत्ता की सक्रियता ही रामायण मिथ में अर्थ का त्रिपुर रचती है और अभिधा पर का 'इतिहास', लक्षणा पर स्थित काव्य और व्यंजना पर स्थित दार्शनिक श्रुति तीनों परस्पर संयुक्त हो जाती है। अवतार की बात लोक-विश्वास में केवल विष्णु से ही जुड़ी है, इन्द्र से नहीं। इसी से राम को विष्णु का ही अवतार बताया गया है। परन्तु काव्य में राम की भूमिका 'प्रच्छन्न इन्द्र' की है। रामकाव्य 'दैवासुरम्' की ही एक 'काट' उपस्थित करता है। दूसरी बात यह कि विष्णु और इन्द्र दोनों में अभेद है। दोनों ही आदित्य हैं।

विष्णु के सारे अवतार 'अप्रत्यक्षत:' इन्द्र के भी अवतार हैं। यह तथ्य आर्ष मत के अनुकूल है। विष्णु का एक प्रसिद्ध मन्त्र है "प्रतद् विष्णुस्तवते वीर्येण मृगो न भीम कुचरो गिरिष्ठ"। प्रसिद्ध भाष्यकार उवटाचार्य ने इसे इन्द्र का मन्त्र मानकर इसकी व्याख्या की है: "सर्वैरेते: मृगादिभि: पदै: इन्द्रो विशिष्यते। स हि विष्णोरुपमानं भवितुमर्हति। मृगो न-मृजूष शुद्धौ। शुद्धोऽपहतपाप्मा इन्द्र: कुचर:, कौ पृथिव्यां चरति इति कुचर: मत्स्य कूर्मरूपेण इन्द्र: पृथिव्यां चरति।"... महीधराचार्य भी ऐसा ही लिखते हैं, "कुचर:; मत्स्य कूर्मादिरूपेण इन्द्र: पृथिव्यां चरति।" अत: इन्द्र और उपेन्द्र (विष्णु) में कोई प्रभेद नहीं। परन्तु वैदिकोत्तर लोकायत और पौराणिक परम्परा के दबाव से इन्द्र पीछे पड़ गये, विष्णु आगे आ गये और 'अवतार' की बात केवल विष्णु से ही जुड़ी, (यहाँ तक कि वाराह अवतार, मूलत: प्रजापति का था वह भी विष्णु से ही युक्त हो गया), तो लोक-विश्वास के अनुसार रामचन्द्र विष्णु के ही अवतार हैं। परन्तु महाकाव्य के अन्दर राम वही भूमिका निभा रहे हैं जो वैदिक इन्द्र निभाता था। वे देव शत्रुओं का हनन, सावित्री-शक्ति का उद्धार और असुर संहार की क्रियाओं में प्रच्छन्न इन्द्र हैं या 'प्रच्छन्न आदित्य' हैं। अर्थ के ये तीनों पुर आर्ष कवि के लिए 'वास्तव' या 'सत्य' के तीन रूप हैं। सत्य का निरवधि-शाश्वत संस्करण भारतीय मनीषा की दृष्टि में कल्पना या प्रतीकवाद नहीं। यह उतना ही सत्य है जितना वर्तमान में लब्ध यह सावधि संस्करण। परन्तु आज यह बात नहीं। आज इतिहास जुड़ा है सावधि काल या खण्डकाल से और 'वास्तव' या 'यथार्थ' भी वही है जो सद्य: अनुभूत हो। अत: आज के पाठक को रामायण इतिहास जैसा नहीं लगता। परन्तु आर्ष दृष्टि के अनुसार यह भी 100: इतिहास है। आधुनिक अर्थ में जो इतिहास है वह रामायण का 'कच्चा माल' है, 'तैयार माल' का रंगरूप कुछ और ही है। दोनों दृष्टियों से प्राप्त परिदृश्यों में भेद है। शिखर पर खड़े होकर देखने पर जो दृश्य दिखाई देगा, वह धरातल पर खड़े होकर लब्ध दृश्य से भिन्न होगा। शिखर से प्राप्त दृश्य 'समग्र' होगा, परन्तु आकृतियाँ और रंग स्पष्ट नहीं होंगे। धरती पर खड़े होकर अवलोकन करने से जो प्राप्त होगा वह एक टुकड़ा या एक पहलू मात्र होगा, 'खण्ड' होगा, दृश्य के पीछे क्या दृश्य है यह ज्ञात नहीं हो पायेगा, परन्तु आकृतियाँ और रंग स्पष्ट होंगे। भारतीय इतिहास-दृष्टि और आधुनिक इतिहास-दृष्टि दोनों से लब्ध परिदृश्य भिन्न पड़ जाते हैं। दोनों दृष्टियों में अपूर्णता है और दोनों दृष्टियों की कुछ विशिष्टताएँ हैं। एक समर्थन में दूसरी का सम्पूर्ण अस्वीकार अन्याय है।

2

काल की अवधारणा के भेद पर आश्रित दृष्टि-भेद की हमने चर्चा की। दूसरा भेद है उद्देश्य को लेकर। आर्ष इतिहास का उद्देश्य ही आधुनिक इतिहास से बहुत कुछ भिन्न है। आधुनिक इतिहास का उद्देश्य है घटनाओं का लेखा-जोखा प्रस्तुत करना। परन्तु आर्ष अर्थात् भारतीय इतिहास-दृष्टि का उद्देश्य है 'नर' के भीतर 'नरोत्तम' की स्थापना करना। सारा बोध ही एक दिव्य ऋत-चक्र का अंग बनकर भारतीय इतिहास में (रामायण, महाभारत ही नहीं अंशत: 'राजतरंगिणी' में भी) उतारा जाता है। इसी से भारतीय इतिहासकार कवि और दार्शनिक होता है। भारतीय इतिहासकार भी मानता है कि इतिहास का विषय 'जीव पुरुष' या 'नर' ही होता है। इसी से रामायण-महाभारत ही

काव्येतिहास या इतिहास कहे जाते हैं। देवी भागवत या शिव पुराण या ब्रह्म पुराण जिनके अन्दर 'देवलीला' का प्राधान्य है और 'नर' की बात हाशिये पर ही है, इतिहास नहीं पुराण कहे जाते हैं। पर भारतीय इतिहास केवल नरलीला नहीं। यह नारायण लीला के साथ संयुक्त है। इसमें मनुष्य और ईश्वर दोनों साथ-साथ खेल रहे हैं। साथ ही, इसमें ईश्वर का अनुप्रवेश सोद्देश्य है। इसका उद्देश्य है 'नर' को 'नार' (अप, जल, भावना, मनोमय तरलता) में रूपान्तरित करना, 'नार' जैसी विमलता, तरलता, स्वाद और प्रक्षालन शक्ति से विशिष्ट 'नर' की संरचना जिससे उसके भीतर नारायण का 'अयन' स्थापित हो सके। नर के जीवन में नारायणी स्थिति का अवतरण कराना ही इस दिव्य इतिहास-लीला का उद्देश्य है। नर में नारायण की स्थापना ही 'धर्म संस्थापना' है जिसके लिए "सम्भवामि युगे युगे" का वचन ईश्वर ने मनुष्य को दिया था। यही कारण है कि भारतीय दृष्टि से 'इतिहास' की परिभाषा ही यही है:

"धर्म-अर्थ-काम-मोक्षाणां उपदेश-समन्वितः।
पूर्ववृत्त-कथायुक्तं इतिहासं प्रचख्यते।"

'जो पूर्वघटित घटनाओं के वर्णन द्वारा धर्म-अर्थ-काम-मोक्ष की शिक्षा दे वह है इतिहास। अतः केवल घटना-वर्णन नहीं, घटना के माध्यम से पुरुषार्थ का उपदेश ही इतिहास है। इसलिए नरलीला (जो मात्र घटना-वर्णन ही होती) के साथ नारायण को जोड़ा गया। नारायण नरों के बीच आते हैं और धर्म के असली स्वरूप का आख्यान अपनी चरित्र-लीला द्वारा कर जाते हैं। जिन इतिहासों में प्रत्यक्षतः अवतार-कथा या नर-लीला नहीं वहाँ भी दिव्यता का वातावरण तथा चतुर्पुरुषार्थ का उपदेश देने की चेष्टा लेखक करता है। 'राजतरंगिणी' अवतारकथा नहीं है। रन्तु प्रत्येक पृष्ठ पर अप्रत्यक्ष रूप से दिव्यता और पुरुषार्थ का बोध अभिव्यक्त होता है। स्पष्ट है कि ऐसा इतिहास लेखन सर्जनात्मक इतिहास (Creative History) होगा, आधुनिक ढंग की वैज्ञानिक रिपोर्ट नहीं। इसी से यहाँ पर सारे इतिहास ही 'काव्येतिहास' हैं। इनमें नर-गाथा में नरोत्तम की दिव्यता का आवेश देने की चेष्टा की जाती है और इनका उद्देश्य होता है 'धर्मार्थकाममोक्ष' का उपदेश। वस्तुतः यह दृष्टि बहुत कुछ आधुनिक मार्क्सवादी दृष्टि के समानान्तर (परन्तु विलोम दिशा में) जाती है। मार्क्सवादी इतिहास पद्धति में दृष्टि के केन्द्र में रहती है राजनीति तो भारतीय पद्धति में रहता है धर्म। दोनों पद्धतियाँ इतिहास मात्र व्यक्तियों और घटनाओं का ब्यौरा नहीं मानतीं। मार्क्सवादी चिन्ता इतिहास को मार्क्सवादी मूल्यों के प्रचार का साधन बनाती है, तो भारतीय चिन्ता उसे पुरुषार्थवाद के उपदेश का।

इस इतिहास-चक्र की संचालक शक्ति क्या है? इसका उत्तर मार्क्सवादी देते हैं: आर्थिक शक्तियाँ। परन्तु भारतीय जिज्ञासा अधिक गहरे में उतरकर एक मूलभूत प्रश्न उठाती है सृष्टि बनी ही क्यों? सृष्टि के जन्म का उद्देश्य क्या है? मार्क्सवाद और विज्ञान दोनों को ज्ञात नहीं कि इस विश्व-रचना के पीछे कौन-सा उद्देश्य है। उनकी समझ से यह नितान्त निरुद्देश्य है, वेश्या-योनि से निकले 'पुत्र' की तरह, अनचाहे और अपने आप सृष्टि का प्रसव हो गया ! पहले जन्म लिया 'भूत' (मैटर) फिर उसमें चेतना जन्मी उद्देश्य की बात तो तब उठती जब जन्म के पूर्व चेतना का अस्तित्व रहता। अतः सृष्टि निरुद्देश्य जन्मी है। हो गयी, तो हो गयी। बस और क्या !... परन्तु

भारतीय दृष्टि ऐसा नहीं मानती। उसने सृष्टि की कल्पना की है। "ऊर्ध्वमूलं अधोशाखा" अर्थात् इसका मूल 'शुद्ध' चैतन्य से ऊपर है, और जड़ चेतनात्मक 'विमिश्र' रूप का विस्तार जो नीचे की ओर होता है। दूसरी बात यह कि सृष्टि का आदि बिन्दु चैतन्य होने की वजह से इसके प्रसव का एक उद्देश्य है। वह उद्देश्य है 'दिव्य लीला'। सारे आस्तिक धर्म इस तथ्य को स्वीकार करके चलते हैं कि भगवद् इच्छा (Divine Will) ही सृष्टि का कारक है। और भारतीय दृष्टि साथ में यह भी स्वीकार करती है इसका उद्देश्य है दिव्य लीला। लीला के लिए लीलामंच और लीला सहचर चाहिए। इसीलिए भगवान की दिव्य इच्छा सृष्टि करती है। नारायण को लीला करनी थी अतः सृष्टि जन्मी। अन्यथा इसकी कोई जरूरत नहीं थी। सृष्टि के विकास के एक विशेष स्तर पर मनुष्य का तथा मनुष्य के विकास के एक विशेष स्तर पर इतिहास का जन्म हुआ। अतः सृष्टि की संचालिका शक्ति वह दिव्य इच्छा (Divine Will) ही है। उसी के निर्धारित 'ऋतचक्र' (खेल के कायदे-कानून) के अनुसार 'नर' भी 'निमित्त' की भूमिका में खेल रहा है। इस 'ऋतचक्र' में जब 'अनृत' का प्रवेश होता है, नर अनृत से प्रलुब्ध और बलात्कारी हो उठता है तो 'नर' के ही रूप में नरोत्तम की दिव्य इच्छा हस्तक्षेप करती है और अवतार घटित हो जाता है। यह घटना घटित होती है इतिहास के (Critical moment में) चरम क्षण में। तब नरोत्तम अपनी उपस्थिति द्वारा नर को निमित्त बनाकर (जैसे द्वापर में) या स्वयं ही निमित्त भी बनकर (जैसे त्रेता में) ऋतचक्र को दुरुस्त कर जाता है। इसे ही कहा गया है "धर्म संस्थापनार्थाय सम्भवामि युगे युगे।" भारतीय महाकाव्य इतिहास के इन चरम क्षणों को ही, जब दिव्य इच्छा नरोत्तम के रूप में अवतरित होकर हस्तक्षेप करती है, अपना विषय बनाते हैं। जब सृष्टिकर्ता परमात्मा अपने लीला-सुख के लिए अपनी विशुद्ध 'सद्' सत्ता से नीचे उतरकर 'चिद्' फिर 'आनन्द' के स्तर पर उतर आता है एक देहधारी नरोत्तम के रूप में तो हम उसे 'विभूति' या 'अवतार' के हिसाब से पहचानते हैं। यह अवरोहण ही अवतरण है। प्रत्येक अवतार के बाद इतिहास (दिव्य लीला) की विपथ-गामिनी गति दुरुस्त होकर ऋतपथ पर आ जाती है और संस्कृति-सम्भवा का नया पग-निक्षेप हो जाता है।

आखिरी बात यह कि जिस तरह देश-काल दोनों एक अचल पर गतिमान कीली पर वृत्ताकार घूम रहे हैं वैसे ही इतिहास भी 'सृष्टि-स्थिति-प्रलय' के एक बँधे पैटर्न में घूम रहा है और 'स्थिति' भी चार युगों के बँधे छन्द में घूम रही है। हर एक चक्कर पूरा होने पर दूसरे चक्कर में पुनः वे ही चारों युग (कृत-त्रेता-द्वापर कलि) आते हैं और बारबार यही पैटर्न दुहराया जाता है, ठीक वैसे ही जैसे प्रतिदिन, प्रातः, मध्याह, सन्ध्या और रात्रि जाते हैं अथवा हर एक संवत्सर में वसन्त से लेकर शिशिर तक षट् ऋतुएँ बार-बार आती हैं। जो कुछ दिवस-चक्र और संवत्सर-चक्र में घटित हो रहा है उसे देखते हुए उसी 'वृत्तीय' पैटर्न को खण्डकाल और इतिहास-चक्र पर भी लागू करना अधिक समीचीन और युक्ति-संगत ज्ञात होता है। पहले विश्व में लोकतन्त्र था 'जनजातीय गणतन्त्र' (Tribal democracy) के रूप में। उसे ठेलकर आ गया राजतन्त्र। राजतन्त्र जराजीर्ण हो गया तो पुनः आया 19वीं शती से लोकतन्त्र। पुनः लोकतन्त्र के दोष इतने प्रबल हो गये कि राजतन्त्र आ गया लगता है। अवश्य ही राजनीति की भाषा इसे राजतन्त्र न कहकर अधिनायकवाद कहती है। परन्तु 'राजा' और 'डिक्टेटर' में व्यवहारतः अन्तर नहीं होता। आज सभी विचारक मानने लगे

हैं कि 19वीं शती की Democracy का अर्थ हुआ 'लेसेफेअर' या 'स्वैराचार'। अत: कविगण की Society में 'Organization' इतना tight करना होगा कि Planning प्रशासन में किसी-न-किसी स्तर में अधिनायक तन्त्र (यानी राजतन्त्र) आ ही जायेगा। अत: इतिहास-चक्र को भारतीय दृष्टि वृत्तीय छन्द में घूमता हुआ स्वीकार करती है। परन्तु इस वृत्तीय छन्द को स्वीकार करते हुए भी दो बातों को स्मरण रखना आवश्यक है:

(1) इस वर्ष का वसन्त भी गत वर्ष के वसन्त जैसा ही था और आगामी वर्ष का वसन्त भी ऐसा ही होगा। परन्तु इसका अर्थ यह नहीं कि वर्ष और इस वर्ष के वसन्त में कुछ फर्क ही नहीं था। सामान्य प्रकृति में ये दोनों वसन्त एक होते हुए भी दैनन्दिन प्रकृति में सर्वथा भिन्न होंगे। इसी तरह प्रत्येक कल्प का त्रेता (या द्वापर या कोई युग) अन्य कल्पों के त्रेतायुग से सामान्य प्रकृति में समानुरूप होगा, परन्तु अपनी विशिष्ट प्रकृति में सर्वथा 'नया' त्रेता होगा। प्रत्येक त्रेता अपने में 'नया' होता है साथ ही 'पुनरावृत्त' भी होता है। सांस्कृतिक विवर्तन के पथ की प्रकृति तो समान होती है परन्तु पात्रों की आकृति-प्रकृति और भाषा-भूषा में भेद होता है।

(2) यदि हमारा जीवनकाल महज एक घण्टे का होता और हम वसन्त ऋतु में जन्म लेते तो यह बात हमारी मानसिक क्षमता के बाहर रहती कि यह वसन्त ऋतु चली जायेगी, परन्तु पुन: कुछ दिन बाद लौटेगी। तब उस अवस्था में हमारी धारणा रहती कि सृष्टि में सनातन वसन्त ऋतु ही रहती है और काल की गति 'एक रैखिक' है वृत्तीय नहीं। पृथ्वी पर खड़े होकर दृष्टि-निक्षेप करने वाले इतिहासकार को यही लगता है। परन्तु 'काल' के शिखर पर और ध्यानलोक के देश के शिखर पर मन को आसीन करने वाली ऋषि-दृष्टि के सम्मुख देश-काल का विराट् महाप्रवाह स्पष्ट था। वे अपनी शताब्दी या अपनी सहस्राब्दी ही नहीं, शाश्वत के महाप्रवाह की लीला को धारण करने में समर्थ थे। अत: उन्होंने स्पष्ट देखा कि काल की गति दुहरी है, प्रत्यक्ष और शाश्वत तथा इतिहास-चक्र वृत्तीय पथ पर घूमता है। इसी से उन्होंने जो इतिहास (काव्येतिहास) लिखा उसमें चालू और 'भवति' के वर्तमान के साथ-साथ नित्य और 'अस्ति' का सामंजस्य स्थापित किया तथा 'ऐतिहासिक' का लेखा-जोखा 'शाश्वत' के सन्दर्भ में रखकर उपस्थित किया।

3

इस भारतीय इतिहास-दृष्टि को समझने में 'ब्रह्मसूत्र' के कुछ सूत्र बड़े ही सहायक हैं। श्रीमद्भागवत में 'परोक्षप्रिया: देवा:' का उल्लेख है। देवता परोक्ष उपस्थिति, परोक्ष भाषा, परोक्ष नाम-रूप को प्रत्यक्ष उपस्थिति, प्रत्यक्ष भाषा और प्रत्यक्ष नाम-रूप की अपेक्षा अधिक महत्त्व देते हैं। आर्ष काव्यों में बहुत-सी बातें हैं जो गोपन हैं, जो मन्त्रात्मक हैं और जो भाषा के प्रत्यक्ष अर्थ पर खुलती नहीं, बन्द रह जाती हैं। अभिधात्मक अर्थ एक सीमा तक ही वरेण्य है। चरम सीमा तक नहीं। सारी श्रुतियाँ लक्षणाप्रधान हैं। ब्रह्मसूत्र भी मानता है कि 'श्रुति लक्षणावती' है। सूत्र (1/1/22) से सूत्र (1/1/31) तक आकाश, प्राण, गायत्री, इन्द्र आदि शब्दों के माध्यम से इस बात को स्पष्ट किया गया है। यदि आधिभौतिक प्रसंग है तो इन्द्र का अर्थ होता है 'प्राण'। यदि आध्यात्मिक प्रसंग है तो इसी इन्द्र का अर्थ होता है ब्रह्म। आधिदैविक प्रसंग में ही इन्द्र 'इन्द्र' है। यह इन्द्र

प्राण का अधिदेवता है, साथ ही 'ब्रह्म' का एक रूप है। इस प्रकार अर्थ के तीन पुर एक ही साथ चलते हैं। पुन: यही स्थापना सूत्र (1/2/23...) में 'जठरानल' और 'वैश्वानर' के सम्बन्ध में की गयी है। वैश्वानर का एक अर्थ है 'जठरानल'। जिस अग्नि से पाचन क्रिया सम्पन्न होती है वह है जठरानल। मेघनाद 'वैश्वानर' का उपासक था। इसका यह तात्पर्य नहीं कि वह पेटू था, बहुभोजी था, और 'पेट की अग्नि' की ही पूजा करता था। यहाँ वैश्वानर से तात्पर्य उस 'जठरानल' (Metabolism) से है जो सार्वभौम प्रक्रिया के रूप में पशु, पक्षी, वनस्पति और मनुष्य सब में सक्रिय है और जो पुष्टि तथा विकास का स्रोत है। यह विश्वव्यापी परमात्म-शक्ति है। अत: वैश्वानर का अर्थ है 'परमेश्वर'। जो आधिभौतिक स्तर पर सार्वभौम 'जठरानल' है, आधिदैविक स्तर पर 'वैश्वानर' है और आध्यात्मिक स्तर पर वही परमेश्वर है। इस तरह आर्ष दृष्टि अर्थ के तीनों पुरों पर विचार करती चलती है। प्रसंग के अनुसार अर्थ के किसी एक पुर को मुख्य माना जाता है और अन्य को गौण। इसी तरह भारतीय काव्येतिहास में भी अर्थ के तीन पुर विद्यमान हैं। रामायण को ही लें।

(1) आधिभौतिक या कोरा ऐतिहासिक स्तर (रामकथा)

(2) आधिदैविक या मिथकीय स्तर (देवासुर द्वन्द्व)

(3) आध्यात्मिक या दार्शनिक स्तर (सविता-प्राणशक्ति और तमस)

रामायण को जो श्रुति मानते हैं वे प्रथम अर्थ स्तर के कायल नहीं, स्थूल ऐतिहासिक घटना उनके लिए कोई महत्त्व नहीं रखती।

'ब्रह्मसूत्र' में ही यह प्रश्न उठाया गया है कि श्रुतियाँ कभी-कभी परस्पर विरोधी बातें या पूर्वापर क्रम रहित बातें करती हैं। सृष्टि की उत्पत्ति कहीं असत् और तम से कही गयी है तो कहीं 'सत्' से, कहीं कुछ और से। ऐसी अवस्था में सही तथ्य की जानकारी कैसे हो? इसके उत्तर में कहा गया है (1/4/14...) "समाकषात्"—अर्थात् सूत्रों या सिद्धान्तों को आगे-पीछे खींचकर उन्हें एक-दूसरे के समानुरूप खपाते हुए, 'सम्पूर्ण' के भीतर से सही अर्थ का आविष्कार किया जाता है अभिधार्थ में दिये गये क्रम के द्वारा नहीं। पहले का चिन्तन और बिम्ब, बाद का चिन्तन और बिम्ब दोनों को एक साथ दृष्टि में रखकर सही अर्थ खुलता है; पूर्वापर क्रम या ऐतिहासिक क्रम का श्रुतियों के अर्थ जानने में कोई महत्त्व नहीं। ऐसी अवस्था में कोरी ऐतिहासिकता ढूँढ़ते फिरते रहना तात्पर्य से दूर भी हटा सकता है।

अवतार-कथाएँ विशेषत: रामकथा और कृष्णकथा हमारी परमा स्मृति के अंग हैं। 'परमा स्मृति' से हमारा तात्पर्य Racial Memory से है। ये कथाएँ हमारी आन्तरिक संस्कृति की संरचना के ताने-बाने रचती हैं। अत: ये हमारे मनोमय इतिहास सत्य ही नहीं चरम सत्य हैं। स्थूल इतिहास की दृष्टि से इनकी सत्यता पर विवाद हो सकता है। परन्तु यह विवाद जो खाँटी या असल 'हम' (the genuine 'We') के अन्तर्गत आते हैं, उनके लिए महत्त्वहीन है। इन सब फालतू बातों के फेर में वे नहीं पड़ते। चाहे रामकथा और कृष्णकथा अथवा यीशु मसीह की कथा हो, इनके बारे में स्थूल ऐतिहासिकता को प्रश्रय देना इनके महत्त्व को हीन करना है और अपने समूह के मनोमय पुरुष की ऋद्धि को क्षीण करना है। ये कथाएँ जीवन के उस यथार्थ से

जुड़ी हैं जो शाश्वत हैं और इतिहास की सीमाओं से मुक्त हैं। आनन्द कुमार स्वामी ने एक स्थल पर लिखा है, "जब हमारी दृष्टि में मसीही धर्म की प्रामाणिकता के लिए यीशु की ऐतिहासिकता महत्त्वपूर्ण लगती है तो उस सन्दर्भ में मुझे स्मरण आता है महाभारत का एक प्राचीन भाष्यकार नीलकण्ठ। नीलकण्ठ के अनुसार, यद्यपि कृष्णलीला को इतिहास माना जाता है, तो भी इतिहास के रूप में देखने पर इस लीला का 'मर्म' हमारी पकड़ के बाहर हो जाता है। इस लीला का असल 'मर्म' बाह्य वर्णनों के ऐतिहासिक पक्ष में निहित नहीं बल्कि उन शाश्वत सत्यों पर निर्भर है जो जीव और ईश्वर के आपसी सम्बन्धों से उद्भूत होते हैं। लीला को बाह्य जगत् में घटित न मानकर मनुष्य के हृदय में घटित होती हुई मानी जानी चाहिए। यह लीला उस जगत् की है जो मूढ़ 'अन्धविश्वास' और विमूढ़ 'अन्ध-अविश्वास' (Cynicism) दोनों की पहुँच के बाहर है। वस्तुत: मसीही धर्म के लिए अच्छा होगा कि वह अपने को ऐतिहासिकता से मुक्त कर ले।" सर आनन्द कुमारस्वामी के इस आग्रह को हम ध्वनित पाते हैं महायुद्ध के बाद विकसित होनेवाले नव्य ईसाई दर्शन (Neo-Orthodoxy) में। रामकथा की ऐतिहासिकता के सन्दर्भ में महात्मा गाँधी के भी विचार ऐसे ही थे।

भारतीय महाकाव्य और पुराण कोरे इतिहास नहीं, बल्कि इतिहास से बूँद-बूँद निचोड़े गये महाकाल व्यापी 'मधु' को प्रस्तुत करते हैं। वस्तुत: भारतीय और आधुनिक दृष्टियों से 'यथार्थ' या 'वास्तव' की परिभाषाएँ ही परस्पर विलोम हैं। 'यथार्थ' या 'वास्तविक' शब्द तो नये हैं। जो 'है' उसके लिए भारतीय शब्द है 'सद्'। जो नित्य है, शाश्वत है, वही 'सद्' है। वही भारतीय दृष्टि से यथार्थ और वास्तविक है। जो निरन्तर परिवर्तनशील, मर्त्य और विनाशशील माया जगत् है वह है 'असद्' अर्थात् भारतीय दृष्टि से वह अ-यथार्थ है। परन्तु आधुनिक दृष्टि इसी अनित्य विनाशशील, परिवर्तनशील मर्त्य को वास्तविक और यथार्थ कहती है और जो भारतीय दृष्टि से सद् है वह नयी दृष्टि से काल्पनिक और अ-यथार्थ है। अत: दोनों दृष्टियों में अस्तित्वबोध की आकृतियाँ परस्पर विलोम हैं। फलत: इनकी इतिहास-दृष्टि भी परस्पर विलोम है। भारतीय दृष्टि से इतिहास 'स्मृति' का अंग है अवश्य, परन्तु यह भी माना जाता है कि स्मृति सर्वदा 'श्रुति' का अनुगमन करती है। जो तथ्य श्रुति से अर्थात् सार्वभौमता से जुड़ा नहीं है उसे भारतीय इतिहास-दृष्टि छाँट देती है। वह सब कुछ का ब्यौरा देने के फेर में नहीं पड़ती बल्कि उस सब कुछ के भीतर निहित किसी शाश्वत और सार्वभौम सत्य को ही पकड़ती है, बाकी से उसका कोई मतलब नहीं। भारतीय इतिहासकार काल पुरुष का 'रिकार्ड कीपर' या समय देवता का मुंशी नहीं। वह तो काल के भीतर धड़कती शाश्वत की नाड़ी को पहचानने और छन्दों में उसे अभिव्यक्त करने वाला कवि है। यही कारण है कि भारतीय इतिहास-ग्रन्थ कोरे इतिहास नहीं, बल्कि 'काव्येतिहास' हैं। उनकी सिसृक्षा घटना के समूचे 'गुम्फ' या पूरे 'बाह्य अस्तित्व' (Existence) से नहीं बल्कि उस घटना की 'मूल प्रकृति' (Essence) से जुड़ी रहती है।

रामकथा का वैदिक स्नायु-मण्डल

रामकथा के मिथकीय जन्म और विकास की स्पष्टत: सुनिश्चित 'रूपरेखा' प्रस्तुत नहीं की जा सकती। उसकी आकृति की सीमा रेखाओं को दृढ़ रूप से परिभाषित और स्थिर करने का प्रयास हास्यास्पद होगा, क्योंकि इस कथा का विकास सामूहिक चेतन और अवचेतन के संयुक्त प्रयास से होता है—शताब्दी-दर-शताब्दी।

तो भी जातीय महाकाव्य त्रिशंकु की तरह शून्य में नहीं घटित होते हैं। जिस प्रथम प्रतिभा ने रामायण के 'केन्द्रीय' रूप (Nucleus या 'नाभि'रूप) को प्रस्तुत किया होगा उसकी कारयित्री प्रतिभा के अन्तराल में व्यष्टिमन और समूहमन की चिन्तन भंगिमाएँ, बिम्ब, प्रतीक और भावरूढ़ियाँ रही होंगी, जो इस कथा के स्नायु मण्डल की रचना करती हैं। अब यह बात निर्विवाद मान ली गयी है कि रामकथा का जन्म संहिता युग के बाद ब्राह्मण-आरण्यक काल में हुआ था। दूसरे शब्दों में तत्कालीन कवि-प्रतिभा के भीतर जो चिन्तन भंगिमाएँ, बिम्ब, प्रतीक, भावरूढ़ियाँ आयी होंगी उनके मुख्य स्रोत रहे होंगे वैदिक साहित्य और आर्य-आर्येतर विमिश्र लोक-साहित्य। इन्हीं दो स्रोतों में रामकथा के बीज निहित हैं। मेरी धारणा है कि रामकथा की ठोस 'काठी' यानी 'ढाँचा' (जिसे 'अस्थिपिंजर' भी कह सकते हैं) तो इतिहास से आया होगा-चाहे वह इतिहास 'एक' घटना हो या 'अनेक' घटनाओं का सामान्यीकरण या 'निचोड़' हो। उसका स्नायु मण्डल आता है आर्य-वैदिक साहित्य से तथा उसकी 'शिरा-धमनी' बनाता है 'आर्य-आर्येतर' लोक-साहित्य, जो कालान्तर में चलकर 'पुराण' संज्ञा को धारण करके विष्णुगाथा और शिवगाथा का वृहत्साम रचता है। भावभूमि (शिरा-धमनी) तथा विचार-भूमि (स्नायु-मण्डल) दोनों परस्पर बद्ध और मिश्रित रहते हैं। भाव और विचार दोनों एक-दूसरे के रूपान्तर हैं। अत: 'स्नायु-मण्डल' कहने से केवल ज्ञानप्रधान 'विचार' मण्डल ही नहीं, समस्त अनुभूति और भाव भी आ जाते हैं। 'स्नायु' का शिरा-धमनी से अर्धनारीश्वर सम्बन्ध हैदृवे परस्पर शिव-शक्तिरूप हैं। तो भी स्नायु सूक्ष्म सत्ता है और शिरा-धमनी स्थूल। यहाँ पर हम रामकथा की आकृति-प्रकृति में निहित वैदिक भावसत्ता और विचारसत्ता के बीजों का संकेत दे रहे हैं इन सात निबन्धों के माध्यम से जिनका संयुक्त शीर्षक है 'रामकथा का वैदिक स्नायु-मण्डल'।

—लेखक

1. वैदिक कविता में बोध और रूपायन की प्रक्रिया

"उड़ गया अचानक लो भूधर
फड़का अपार पारद के पर
रव, शेष रह गये हैं निर्झर
टूट पड़ा भू पर अम्बर
धँस गये धरा में सभय शाल
उठ रहा धुआँ, जल गया ताल
यों जलद-यान में विचर-विचर
था इन्द्र खेलता इन्द्रजाल !"

—सुमित्रानन्दन पन्त

कवि ने यहाँ पर एक प्राकृतिक दृश्य को लेकर एक 'मिथ' की रचना की है। प्राकृतिक दृश्यों के विभिन्न खण्ड एक बिम्ब, जलदयान में विचरण करते हुए महाशौभनिक नट इन्द्र, के माध्यम से एकीकृत होकर 'एक घटना की सृष्टि करते हैं। वह घटना है किसी कुहकी देवता की नट-क्रीड़ा। परन्तु समन्वय की प्रक्रिया यहीं पर रुक गयी है और इसके आगे 'कल्पना' नहीं, 'प्रज्ञान' की भूमिका आती है। प्रज्ञान द्वारा इस माया नाट्य के वृहत्तर 'ऋत' चक्र से जो षड्ऋतुओं में व्यापक भाव से चल रहा है और सृष्टि-लीला को दिव्यता (Divinity) से जोड़ता है, वैदिक बोध तक बढ़ाया जा सकता था और उससे मनुष्य के हृदय को मांगलिक प्रार्थना के रूप में जोड़ा जा सकता था। तब यह 'मिथ' एक 'दिव्य मिथक' का आकार लेती। देवता की सृष्टिव्यापी दिव्य शक्ति और मनुष्य का मांगलिक आह्वान-ये दोनों बातें उपर्युक्त पंक्तियों में अनुपस्थित हैं। इसी से पन्त का प्रकृति-काव्य रोमाण्टिक कविता बनकर रह गया है। कल्पना से आगे की भूमि है 'प्रज्ञान' (प्रातिभ ज्ञान) और उससे आगे स्थित है दिव्य 'ध्यान लोक'। प्रज्ञान और ध्यान की भूमियों में जाकर उपुर्यक्त बोध 'अनुभूति' से ऊपर उठ जाता और दिव्य संवेग बन जाता। संवेग (Impulse) प्रेरणामूलक होता है। तब यह अनुभूति भावना का मौज-विलास न होकर 'सद्', (दार्शनिक अर्थ में) के साथ कवि का एकीकरण होती। तब वह इस मायावी नट 'इन्द्र' को 'सद्सत्ता' के रूप में वरण करता, मात्र एक कल्पित बिम्ब के रूप में नहीं। परन्तु पन्त कल्पना के ही धरातल पर खड़े हैं और उनका 'इन्द्र' एक कल्पित बिम्ब मात्र है। इसी से यह 'मिथ' होते हुए भी दिव्यता से रिक्त है। यही आधुनिक कविता और वैदिक कविता में भेद है।

वैदिक कविता अनुभूति से आगे दिव्य संवेग तक जाती है। उसका इन्द्र एक 'मायावी नट' से कुछ अधिक और कुछ भिन्न किस्म का है। वह व्योम में पर्जन्य और वज्र बनकर स्थित है। विद्युत् वनिता उसकी चपला उर्वशी है जो सविता (विष्णु) की जाँघ (अन्तरिक्ष-समुद्र) से उत्पन्न होती है। सप्त अप्सराओं के सात रंगों से वह क्रीड़ा करता है। समुद्रगर्भ में वही अग्नि बनकर स्थित है। उसका वज्र भू, भुवः, स्वः के तीनों मण्डलों में व्याप्त है। वह एक ही साथ सुन्दर, कामुक, मायावी, लीलामय होने के साथ भीम, वज्र, भीषण और निर्मम ऋतचक्र को धारण करने वाला देवता है। वह अन्तरिक्ष का सोम पीता है। वह धरती पर मनुष्यों द्वारा अर्पित सोमाहुति ग्रहण

करता है। वह जड़िमा, अन्धकार, अनुर्वरता और तमस की प्राणविरोधी शक्तियों से सार्वभौम सार्वकालिक महासमर में सेनापति की तरह निरन्तर लड़ रहा है और इसीलिए अमंगल, जड़ता, अन्धकार और मृत्यु की शक्तियों से लड़नेवाले मनुष्य का वह सहचर-सहायक और उत्प्रेरक है। उसके बल से ही मनुष्य अपने को बली समझता है, उसके अदृश्य हाथ मनुष्य के हर एक कर्म में साथ-साथ खटते ज्ञात होते हैं। और इन सब बातों से बढ़कर यह परम बोध है कि यह जो 'जलदयान' में विचरण करने वाला मायावी इन्द्र है, वही सविता के तेज में भी स्थित है और सोम की रस-किरणों में भी। अग्नि की दाहिका शक्ति में वही है और रुद्र की प्रत्यंचा पर चढ़ा संहारक बाण भी वही है। इतने सारे बोधों का समाहार कल्पना की भूमि पर ही खड़े-खड़े नहीं हो सकता। ऊपर प्रज्ञान और ध्यान के धरातलों पर चढ़ना होगा। तब अभिव्यक्त शब्दों में दिव्यता का वह संवेग, वह क्रियात्मक उत्प्रेरणा (प्रचोदन) आ सकती है जो मन्त्र-भाषा में उतरती है। मन्त्र और काव्य में यही मूल पार्थक्य है। वस्तुत: जो काव्य में एक बिम्बमात्र है वह मन्त्र में जाकर किसी व्यापक चेतना का प्रतीक बनकर एक वृहत्तर एवं संवेगप्रधान भूमिका ले लेता है और यह संवेग ही धार्मिक अनुभूति के मूल में रहता है।

धर्म एक क्रियायोग है। वह काव्य की तरह मात्र भावयोग नहीं है। अत: उसमें संवेगप्रधान अनुभूति ही खप सकती है। यह संवेग वृहत्तर व्यापक दिव्य चेतना से जाकर जुड़ता है जो विश्व की मूलाधार शक्ति से उद्भूत होती है। मन्त्र का 'इन्द्र' विश्वव्यापी मूलाधार शक्ति की दिव्य चेतना है जो महज पंक्ति के बिम्बात्मक परिवेश तक ही सीमित नहीं, इसी से यह 'इन्द्र' एक धार्मिक संवेग (क्रियात्मक प्रचोदन) लाता है जबकि काव्य बिम्ब के रूप में प्रयुक्त इन्द्र एक भावात्मक सुख देकर बुझ जाता है। श्रीनरेश मेहता ने अपनी पुस्तक 'काव्य का वैष्णव व्यक्तित्व' में इसी से कुछ मिलती-जुलती बात कही है। वैदिक कवि द्वारा प्रयुक्त 'ऊषस' शब्द बनानी के ऊपर उदित होती हुई कमनीयता और ऊष्मा का विराट् रूप व्यक्त करता है! कविता में यह महज प्रात:काल का पर्याय होगा। परन्तु मन्त्रात्मक परिवेश में पड़कर यही शब्द सृष्टि के मूलाधार किसी सविता शक्ति की सम्पूर्ण वर्चस्विता को ध्वनित करने लगता है, जो गायी जाने वाली पंक्तियों के अर्थ तक सीमित नहीं है बल्कि मन में धर्मानुभूति से जा जुड़ती है। धर्मानुभूति के क्रिया-प्रधान होने से इस 'ऊषस' बिम्ब को भी संवेग प्रधान और प्रचोदनरूप, प्रेरणारूप बन जाना पड़ता है। काव्य अनुभव के सुख पर ही खत्म हो जाता है, परन्तु मन्त्र क्रियापरक होता है। उसकी बाह्य क्रिया पर इस वैज्ञानिक युग में हम भले ही अविश्वास करें, परन्तु अन्त:क्रिया अर्थात् मान्त्रिक के आन्तरिक व्यक्तित्व का रूपान्तर तो निर्विवाद है। उसकी क्रियात्मकता का स्रोत है मन्त्र-भाषा का संवेगप्रधान होना। मन्त्र का बोध भी सामान्य काव्यबोध से भिन्न होता है और यह भेद निहित है अधिदेवता की दिव्यता में। काव्य का नायक होता है, परन्तु मन्त्र का अधिदेवता। यह सही है कि सारी ऋचाएँ इस अर्थ में मन्त्र नहीं। संहिता का बहुत-सा भाग लोक-जीवन और भुक्त इतिहास की अनुस्मृतियाँ हैं। ऋग्वेद (10/34) का अक्ष सूत्र जुआरी के यथार्थ जीवन का चित्र देता है। समापन में जुआ न खेलने का उपदेश नीतिशास्त्र का अंग है। परन्तु अन्तिम मन्त्र पासे को एक 'अपदेवता' मानकर व्यक्त की गयी प्रार्थना-वाणी है, 'हे अक्ष, हमें बन्धु जानो। हमारा कल्याण करो। हमारे शत्रु पर

तुम्हारी कोप दृष्टि फिरे। अन्य लोग तुम्हारे द्वारा फाँसे जायँ,' इस प्रकार दृष्टि सर्वत्र ही कहीं की कहीं जाकर प्रत्येक सन्दर्भ में 'रहस्य' और 'देवता' से जुड़ ही जाती है। सम्भवत: इन मन्त्रों का प्रयोग पासे के सम्मोहन में बँधे व्यक्ति के उपचार के हेतु होता था। अथर्ववेद में ऐसे अनेक मन्त्र हैं जिनका अर्थ घोर यथार्थवादी है परन्तु वे रोगों और अपछायाओं के प्रभाव के अपसारण में प्रयुक्त किये जाते थे और इस प्रकार उनको भूमिका क्रियात्मक थी।

मन्त्र आदिम मानव के द्वारा अनुभूत अद्भुत 'रस' की, अथवा लोकगीतों की शैली में व्यक्त सरल रूमानी सौन्दर्यबोध की अभिव्यक्ति मात्र नहीं। आर्य जाति के आदिम स्तर का कोई साहित्यिक रिकार्ड हमारे पास नहीं। ऋग्वैदिक आर्य विकसित मनोभूमि वाला आर्य है। यही कारण है कि मन्त्रों में सर्वत्र एक बौद्धिक तत्त्व जिज्ञासा और रहस्यबोध से युक्त दार्शनिक भंगिमा प्रारम्भ से ही विद्यमान है। अलग-अलग मन्त्रों को लें तो कुछ मन्त्र ऐसे भी हैं जो प्रकृति के मनोरम चित्रों के 'हूबहू' (Graphic) वर्णन हैं। जैसे अरण्यानी सूक्त है। परन्तु सम्पूर्ण सूक्त को एक साथ ग्रहण करने पर किसी अप्सरा कोटि की मायामयी अरण्य देवता का बोध होता है और तब मन्त्र के प्रत्येक टुकड़े में उसकी अदृश्य सत्ता का बोध होने लगता है, जो एकान्त के भीतर मोह-जाल तानते हुए, सृष्टि का पट बुनते हुए सर्वदा और सर्वत्र विचरण करती है। अरण्यानी के पीछे यह अप्सरा-बोध या देवता-बोध एक दिव्य मिथ की रचना कर देते हैं। यहाँ पर सामान्य बोध का दिव्यकरण है। परन्तु रूमानी बोध में उलटी प्रक्रिया होती है। वहाँ पर बोध का प्रस्थान-बिन्दु दिव्य या विराट् होकर भी अन्त में मानवीकरण हो जाता है केवल भाव-विलास को व्यक्त करता हुआ।

'खेंच ऐंचीला भ्रू सुर-चाप, शैल की सुधि यों बारम्बार
हिला हरियाली का सुदुकूल, झुला झरनों का झलमल हार
जलदपट से दिखला मुखचन्द्र, पलक प्रतिपल चपला के मार
भग्न उर भूधर-सा हाय, सुमुखि मैं धर देता साकार।'

यह मानवीकरण इच्छाप्रधान है, क्रियाप्रधान या प्रेरणाप्रधान नहीं। इसमें अपनी कामना का पात्र मानवी प्रेमिका स्थापित की गयी है। इसमें 'शैल की अप्सरा' अपनी अधिदैवी प्रभामण्डल के साथ स्थापित नहीं जो क्रिया या प्रेरणा को संवेग दे सके। आकृति के आयाम विराट् होते हुए भी यह चित्र 'प्रेमिका' का ही है, अधिदेवता का नहीं। इसमें रूमानियत है, दिव्यता नहीं।

वैदिक देवताओं में व्यक्तित्व का आरोपण है परन्तु एक बहुरूपी भंगिमा में। यह सारा खेल, ये सारे लीलाभाव तरह-तरह के 'मुखोश' हैं जिन्हें धारण करके देवता आता है। आगे चलकर यही बात कि 'सृष्टि' एक देवता द्वारा खेली गयी 'लीला' है इस दार्शनिक सूत्र को जन्म देती है। ये सारी लीलाएँ शुद्ध आनन्द के लिए की गयी दिव्य सत्ताओं (Divinity) की नृत्य भंगिमाएँ हैं। मरुत और पर्जन्य की लीला के पीछे सदैव लगता है कि यह आधुनिक अर्थ में प्रकृति काव्य नहीं बल्कि इसके पीछे मरुत और इन्द्र सतत खड़े हैं। वे दिखाई नहीं देते। दिखाई जो कुछ देता है वह है प्राकृतिक परिदृश्य जिसे मेघ और हवा की आपसी टकराहट के बीच वज्रपात और विद्युत् विन्यास कहते हैं। सारा बोध एक नित्य संग्राम का 'महा नाट्य' बन जाता है जिसमें असली पात्र यवनिका के पीछे शाश्वतरूप में विद्यमान है। 'इन्द्र अपने सखा मरुतों के साथ विचरण करते हैं।

इन्द्र मरुद्गणों की सहायता से बलवान होकर मानवीय संग्राम में शत्रु परास्त करते हैं और सखा मरुतों के द्वारा वृष्टि प्रेरित करते हैं। वे मरुद्गण भीम शब्दों द्वारा संग्राम में इन्द्र को उत्साहित करते हैं। इन्द्र वे का वज्र शत्रुओं को रुलाता है। वे शोभनीय जल का दान करते हैं। वे मरुतों के साथ हमारी रक्षा में तत्पर रहें। वे महान मरुद्गण गोश्रृंग भूषण धारण करके आकाश में विचरण करते हैं। उनके धनुष दशों दिशाओं में खिंचे हुए हैं। जिनके विपुल बल का द्यौ और पृथ्वी अनुधावन करते हैं, जिनके नियम से वरुण और सूर्य चलते हैं, जिनके ऋत द्वारा नदियों का प्रवाह शासित है, उन्हीं इन्द्र को और उनके सखा मरुद्गणों को हम बुलाते हैं !' ऐसी अभिव्यक्तियाँ तथा इन देवताओं से सोमपान की प्रार्थना, 'दूधपूत' देने की प्रार्थना भी बीचोंबीच गुँथी हुई रहती है। इस प्रकार सारी अभिव्यक्ति में 'इन्द्र' और मरुद्गणों का साहचर्य एवं मनुष्य जाति का इस साहचर्य से जुड़ा हुआ शाश्वत स्वार्थ इस काव्य को मात्र सौन्दर्यबोध की कविता नहीं रहने देता। ऊपर देवताओं की यह रम्य दारुण-लीला और नीचे उससे सतत जुड़ा हुआ मनुष्यदोनों मिलकर द्यावा-पृथ्वी को एक रंगमंच बना देते हैं जिसमें मनुष्य और देवता तथा चराचर सभी जुड़कर इस लीला में शामिल हो जाते हैं। वाल्मीकि ने जब आदिकाव्य लिखना प्रारम्भ किया तो इन्द्र और मरुतों की लीला उतर आयी प्रच्छन्न इन्द्र 'राम' और प्रच्छन्न मरुद्गण, हनुमान, सुग्रीव आदि में। और मनुष्य बनकर प्रत्यक्ष भाव से देवता 'अवतार' की संज्ञा को लेकर वही वैदिक अभिनय करने लगा। आदिकवि वैदिक मनोभूमि के उत्तराधिकारी ही थे।

'मिथ' केवल रूपात्मक नहीं, घटनात्मक भी साथ-साथ होता है। केवल 'रूप' होने से तो वह मात्र 'बिम्ब' है। पर बिम्ब किसी क्रिया के मध्य व्यक्त हो रहा है अत: समूची इकाई रूपात्मक न होकर 'घटनात्मक' हो जाती है। 'घटना' का रूप प्राकृतिक घटना हो या कोई दार्शनिक ढाँचा हो, या लोकाश्रयी ऐतिहासिक अनुश्रुति हो, परन्तु मिथ सदैव अपने साथ एक पूरा सन्दर्भ बनाता चलता है और इसकी प्रवृत्ति कथात्मकता की ओर होती है। कल्पित मिथ भी सर्वदा ही एक 'कथाश्रुति' बनने की प्रक्रिया में रहता है। ऐतिहासिक अनुश्रुतियों या अनुस्मृतियों पर आधारित मिथ तो अपने-आप कथाश्रुति हैं। उनकी तो कोई बात ही नहीं। यों मिथ के अग्र प्रसार की दिशाएँ रूप और घटना दोनों ही हैं। एक ओर मिथ घटनात्मक आकृति लेते-लेते कथाश्रुति या आख्यान का रूप ले लेता है जैसे आदि वराह द्वारा धरती के उद्धार का उपाख्यान और दूसरी ओर यह 'रूप' की ओर अग्रसर होते हुए प्रतीक का रूप धारण कर लेता है। जैसे रात्रि या उषा के मिथ आगे चल आगमशास्त्र के आद्यशक्ति के प्रतीकों में विकसित हो जाते हैं और 'ह्रीं' और 'श्रीं' रूप में बीज मन्त्रों की आकृति ले लेते हैं, एक सम्पूर्ण दार्शनिक विकास के साथ। आदिवराह की मूल मिथ है। 'महाप्रभंजन शक्ति', जटाजूटधारी, मरुत या रुद्र द्वारा प्रलय के अतल जल में डूबी धरती के उद्धार का बिम्ब। यह करोड़ों वर्ष घटित भौगोलिक और खगोलीय घटना का बिम्बकरण है परन्तु इस मिथ-बिम्ब की दिशा घटनात्मकता की ओर उन्मुख थी और धीरे-धीरे एक उपाख्यान विकसित हो गया। (देखिए, निबन्ध 'यज्ञवराह और रामकथा)। दूसरी ओर रात्रि और उषा तथा सोमा के प्राकृतिक मिथ दार्शनिक चिन्तन की प्रक्रिया में प्रतीक बन उठे और इसका चरम रूप व्यक्त हुआ 'श्री' सूक्त तथा कालान्तर की श्री विद्या में इस तरह हम देखते हैं कि मिथ की

विकास दिशा द्विमुखी है। इस विकास में सहायक हुआ वैदिक मिथों के देवता बिम्बों का निर्बन्ध, अनस्थिर, तरल और पारदर्शक चरित्र जिसके कारण उनके रूपों और क्रियाओं में हेर-फेर, परस्पर परिवर्तन या विकृत या उन्नीत करने में कोई कठिनाई नहीं हुई। यदि प्रारम्भ से ही इन्द्र, आदित्य, सोम आदि का बिम्ब दृढ़, अपरिवर्तनशील तथा सुनिश्चित आकृति वाला होता तो यह कालान्तर का घटनात्मक और प्रतीकात्मक विकास सम्भव ही नहीं होता।[1]

प्रथम प्रकार की मिथ जो घटनात्मक दिशा में अग्रसर होती है 'वस्तुगत' मिथ होती है जैसे प्रलय-जल से धरती का उद्धार या सहस्रशीर्षा पुरुष द्वारा आत्ममेध-यज्ञ या त्रिपाद-विक्रम या मरुत और इन्द्र का मेघों से युद्ध या जल-अवरोधक वृत्त का संहार। द्वितीय प्रकार की मिथ जो प्रतीकात्मक दिशा में गमन करती है और अन्त में आख्यान की सृष्टि न करके दार्शनिक प्रतीक बन जाती है, स्वयंगत होती है, उसके विशिष्ट अर्थ का बोध उसकी बाह्य आकृति-प्रकृति में नहीं, मन्त्रकर्ता के अपने मनोभाव में निहित रहता है। उसका अपना मनोभाव और उस मनोभाव का विवर्तन और विस्तार ही मिथ-बिम्ब को प्रतीकात्मक अर्थों की ओर अग्रसर करते चलता है। इसके उदाहरण हैं सोम के मिथ। सोम मूलरूप में वनस्पति है। उसका रसपान एक दिव्य उत्तेजना देता है। जिससे मनोभूमि का रूपान्तर एक दिव्य-बोध से सम्पृक्त-सा लगता है। यह एक स्वयंगत तथ्य हुआ। इसी दिव्य-बोध को उक्त वानस्पतिक रस में निहित मानकर 'सोम देवता' कहा गया। फिर मन की उस उदात्त अवस्था में यह सोम विश्वजीवन में व्याप्त देखा गया और चन्द्रमण्डल की सोम किरणों में इसकी अधिदेवता शक्ति का आघात कल्पित हुआ। इस प्रकार सोम का पार्थिव चन्द्रमण्डल से एकीकरण करके 'चन्द्र' (जो आर्येतर जातियों की स्त्रीलिंग देवता था 'शशि-शची' या 'चन्द्रा' रूपिणी आद्या शक्ति) को सोम देवता माना गया। फिर सोम का अर्थ दिव्यरस-प्राणरस-विश्वव्यापी 'मधु', 'अमृत' अप-तत्त्व, पयतत्त्व आदि विकसित होता गया 'सोम' प्रतीक के माध्यम

---

1. न केवल वैदिक मिथ की 'आकृति' (Form) 'मध्य के सारभूत केन्द्र' को सुरक्षित रखते हुए, निरन्तर परिवर्तनशील रही है बल्कि पुराणों में भी इस प्रवृत्ति की स्पष्ट छाया मिलती है। एक ही 'मिथ' स्कन्द-जन्म की कथा के अनेक परस्पर विरोधी रूप हैं। वैदिक ऋचाओं में मिथ का 'सारभूत केन्द्र' ढूँढ़ना और कठिन लगता है क्योंकि विभिन्न नामों या संज्ञाओं वाले, समान गुण-धर्म वाले देवताओं की क्रिया और रूप का वर्णन एक ही भाषा में होता है। सविता, आदित्य, अग्नि में सारभूतकेन्द्र है 'तेज-तत्त्व', अतः ये परस्पर विनिमय होनेवाले मिथ-बिम्ब हैं। दूसरी ओर सविता-सोम-इन्द्र में सारभूतकेन्द्र है 'मधु-तत्त्व'। इनकी क्रियाएँ भी परस्पर विनिमय की शैली में एक-दूसरे पर आरोपित होती रहती हैं। चूँकि प्रत्येक मिथ-बिम्ब का रूप और कर्म 'सीमित' और निश्चित रूप से परिभाषित नहीं है अतः प्रत्येक मिथ-बिम्ब के अन्दर विस्तार की बहुमुखी सम्भावनाएँ निहित हैं। यह विशिष्टता आगे के पौराणिक कथा-साहित्य के विकास में उपयोगी सिद्ध हुई है। वैदिक या भारतीय मिथ की इस विशिष्टता पर श्रीमती ओल्फेहर्टी लिखती हैं: "Form is perhaps the misleading word to use here, for Indian mythology impresses us with it's 'apparant' formlessness; there is no 'one' myth but a vague ectoplasmic substance whose outline constantly changes containing somewhere in it the essence of myth." ('आकृति' शब्द यहाँ निरर्थक हो जाता है क्योंकि भारतीय मिथ प्रथम दृष्टि में ऊपरी तौर पर निश्चित आकृति से रहित लगती हैं, कोई मिथ 'एक' नहीं है, बल्कि एक अस्पष्ट 'अर्ध तरल अर्ध ठोस' पदार्थ जैसी है जिसकी बाह्य रूपरेखा निरन्तर बनती-बिगड़ती रहती है, परन्तु इसी के भीतर कहीं पर मिथ का केन्द्रीय या सारभूत रूप दिया हुआ है।) इसी बात को डॉ. कृष्ण चैतन्य इस रूप में कहते हैं—'वैदिक देवताओं की आकृति 'तरल' और 'पारदर्शक' है।'

से। तब सोम परमात्मा के मधुमय और आनन्दमय रूप का वाचक हो गया जो रतिक्रिया-सुख से मोक्ष तक में निहित माना जाता है। तत्पश्चात् यह सोम सविता का अवतरण अर्थात् सवितारूप आदित्य विष्णु का अवतरण घोषित हुआ जिसकी मानवी मूर्ति बने 'भागवत' के श्रीकृष्ण। दूसरी ओर अग्नितत्त्व जो अग्नि-आदित्य-द्युलोक के सविता में समान रूप से तेज, प्रकाश, दाहकता, दीप्ति बनकर निहित था। इसी प्रकार की स्वयंगत-बोध की प्रक्रिया में पड़ गया (मूलत: अग्नि का बोध वस्तुगत था, जलती आग और तपते सूर्य की वस्तुगत अनुभूति से प्राप्त) और अग्नि का रूप विकसित होता गया 'होमशिखा→पुरोहित→यज्ञ→प्रजापति→ब्रह्मा→परमात्मा→ 'वासुदेव कृष्ण' तक। अन्यत्र भी मूलरूप में जो प्रतीक था वह घटनात्मक विस्तार करता गया। सविता द्वारा तमस से दिवस की मुक्ति, विश्व की मुक्ति और मन की मुक्ति की सहज घटना को आधार बनाकर। सृष्टि-विकास प्रक्रिया में 'सविता' (या आदित्य अथवा अग्नि जो उसी के रूप हैं) की भूमिका जड़ता और अन्धकार विरोधी थी। अत: इस प्रतीक का 'घटनात्मक' विस्तार रामकथा, महाभारतकथा, देवी के तीनों चरित्रों तथा सारी अवतारकथाओं का कथाबीज बनकर समूहमन के अवचेतन में स्थित हो गया। रामकथा 'सविता' का चरित्र व्यक्त करती है तो कृष्णकथा सविता के ही 'अग्नि-सोमात्मक' रूप का। अवश्य ही वैदिक घटनाएँ स्पष्टत: 'कथारूढ़ि' को व्यक्त नहीं करतीं। 'कथा रूढ़ि' इस सन्दर्भ में अधिक स्थूल शब्द है। सही शब्द होगा 'भावरूढ़ि'। इन कथाओं का अस्थि-पिंजर या कंकाल तो किसी-न-किसी रूप में ऐतिहासिक अवश्य है, स्पष्टत: शुद्ध व्यक्ति प्रधान इतिहास भले ही न हो। उसके ऊपर हैं धमनी-शिरा-मण्डल जो लोकायत अनुस्मृतियों और अनुश्रुतियों द्वारा रचित है और स्नायु मण्डल की रचना हुई है वैदिक 'भावरूढ़ियों' द्वारा। ये भावरूढ़ियाँ बिम्ब-विधान और मिथों के रूपकों से अनुसृत हुई हैं। पौराणिक साहित्य और महाकाव्यों के प्रबल प्रभाव का कारण यही है कि उनकी धमनी में लोकायत संस्कृति है और स्नायु मण्डल में वैदिक संस्कृति। लोक और वेद दोनों का बल लेकर वे चलते हैं। इनके पीछे समग्र सांस्कृतिक विकास की पूर्णांग भाव सत्ता है।

2. यज्ञवराह से रामकथा तक

विष्णु द्वादश आदित्यों में से एक हैं। विष्णु का उत्तरकालीन विकास आर्य एवं आर्येतर लोकाश्रयी गाथाओं को 'अवतार' की संज्ञा देकर इतना महत्त्वपूर्ण हो उठा कि शेष आदित्य, वरुण, अर्यमा, धाता, इन्द्र वगैरह अस्त हो गये, प्रजापति गणपति में विलीन गये, अग्नि दुबककर यवनिका के पीछे रह गये, रुद्र को छोड़कर शेष देवताओं को 'उड़ा हुआ सत्तू पितराय नम:' वाली श्रद्धा ही प्राप्य रह गयी। इस प्रक्रिया में सहायक हुई वैदिक देवताओं की पारदर्शक तरल आकृति जिसकी रूपरेखा पूरे वैदिक काल तक विवर्तनशील और अस्पष्ट रही। देवचरित्रों की आकृति-प्रकृति को दृढ़ साँचा मिला पौराणिक युग में। पर तब तक विष्णु पूर्णत: प्रतिष्ठित हो चुके थे 'लोक-साम' के बल पर। वैदिक 'मिथोलोजी' की इस विशिष्टता का उल्लेख करते हुए डॉ. कृष्ण चैतन्य लिखते हैं: 'वैदिक देवताओं की आकृति पारदर्शक और तरल स्वभाव की है' (संस्कृत साहित्य का इतिहास)। पुराणों तक जाकर उनकी आकृति का हरेक कण जमकर ठोस घनीभूत हो जाता है।

परन्तु वैदिक युग में प्रकृति के विविध लीलारूपों को सिर्फ उसी सीमा तक में व्यक्तित्व दिया गया है जिससे एक रूपक बाँधा जा सके और वह रूप अपने अभिधार्थ में उस रूपक के भीतर ही सही है। उसके बाहर उस रूप को सर्वात्मक प्रामाणिकता नहीं। इसी से उषा सूर्य की पुत्री है, तो अन्यत्र वधू है अथवा प्रेमिका है और कहीं पर माँ भी है। इन मन्त्रों में देवता के व्यक्तित्व से जुड़े मानवीय सम्बन्ध महत्त्वपूर्ण नहीं। महत्त्वपूर्ण है इसके पीछे का वैज्ञानिक अथवा दार्शनिक बोध और सौन्दर्य-बोध। कभी-कभी तो दर्शन की भाषा में ही यह सौन्दर्य-बोध भी उतारा जाता है। जैसे वधूरूप 'सूर्या' (सूर्य कन्या) का वर्णन, 'मन उसका तकिया था, ऋचाएँ ही उसके रथ का मण्डप थीं, ज्योतिर्मय चक्षु ही उसके अलंकरण थे...।' ऐसी भाषा कोई निश्चित सगुण और ठोस आकृति नहीं रचती। यहाँ सूर्या एक बोध-प्रतीक है; व्यक्तित्व (Person) नहीं। इसी पारदर्शिता और तरलता के कारण ही कालान्तर में वरुण, अग्नि, प्रजापति, इन्द्र और सोम की विशिष्टताओं का विष्णु के व्यक्तित्व में समाहार कर दिया गया। फलतः ये देवता निरर्थक हो गये और इनकी रूपगत, क्रियागत सार्थकता को अधिकृत करके विष्णु सर्वोच्च होते गये।

लोकायत परम्परा के दबाव से पुराणों में जब देवताओं की आकृति और प्रकृति का स्थिरीकरण हुआ तो कुछ का विरूपकरण हुआ और कुछ का उन्नयन और कुछ उस उन्नयन की प्रक्रिया में उन्नीत देव-बिम्बों (विष्णु और शिव) के अन्दर अन्तर्मुख होकर सर्वथा लुप्त हो गये या महत्त्वहीन बनकर रह गये, यथा-वरुण, वसुगण, धाता, अहिर्बुध्न्य, पूषन आदि। आर्यों की ही एक घुमन्तू और आख्यानविद् जाति थी सुपर्ण या तार्क्ष्य जो सिन्धुप्रदेश और हरयाणा तथा व्रज-मण्डल में पहले रहती थी। बाद में यह पूरे उत्तर भारत में फैल गयी।

ये ही विष्णु के वृहत्साम के वाहन थे। आर्य लोककथाओं और ऐतिहासिक अनुस्मृतियों को कथारूप में ये ही वहन करते थे। इनके अतिरिक्त चन्द्र-उपासना और देवी-उपासना करने वाले मालयनिषाद थे जो मातृ सत्ताप्रधान संस्कृति वाले थे। आर्यों के अनुप्रवेश-काल में ये मालयनिषाद द्रविड़ों से जुड़कर एक विमिश्र संस्कृति रच चुके थे। इसके अतिरिक्त भारतीय आर्य इन द्रविड़ों के सम्पर्क में वंक्षु (Oxus) की दक्षिण उपत्यका 'ख्वारेजम' में आ चुका था और संघर्ष तथा आदान-प्रदान दोनों प्रक्रियाओं से गुजर चुका था। अतः ऋग्वैदिक आर्य भी शत-प्रतिशत शुद्ध आर्य नहीं रह गया था। भारतीय आर्यभाषाएँ 'शतम्' परिवार में आती हैं जिनमें 'ट' वर्ग का अभाव होना चाहिए। परन्तु ऋग्वैदिक आर्य भाषा में भी 'ट' वर्ग की ध्वनियों का अनुप्रवेश हो चुका था। दक्षिण वंक्षु के द्रविड़ों के सम्पर्क के कारण जो आर्यों का धक्का खाकर नीचे उतर आये और सिन्धु की धार के साथ-साथ दक्षिण उतरते गये। कुछ द्रविड़ जलमार्ग से दक्षिण में पहले ही बसे थे। सिन्धु घाटी की सभ्यता ऐसे ही आर्य सम्पर्क से संशोधित द्रविड़ों की सभ्यता है। 'मध्य एशिया का इतिहास हमारे देश से बहुत घनिष्ट सम्बन्ध रखता है। द्रविड़ (फिनो-द्रविड़) जाति का, जिसने हड़प्पा और मोहन जोदड़ो के भव्य नगर और यशस्वी सिन्धु-सभ्यता प्रदान की, इनका सम्बन्ध भी मध्य एशिया से ही था। हाल के पुरातत्त्वविद् बताते हैं कि आर्यों का द्रविड़ जाति से पहला संघर्ष सिन्धु की उपत्यका में नहीं, ख्वारेजम (वंक्षु की उपत्यका) में हुआ। वहाँ (आर्य) उन्हें पराजित करके उनका स्थान लेकर (तब) भारत की ओर आगे बढ़े थे।' ('मध्य एशिया का इतिहास',

भाग-2, पृष्ठ 558-559) वस्तुतः आर्यों, शक-आर्यों तथा फिनो-द्रविड़ों तीनों की 'विचरण भूमि' (व्रज-भूमि) अरल समुद्र से सिर आमू नदियों के अंचल तक थी। यहीं पर भाषागत और संस्कृतिगत संघर्ष तथा समन्वय हो चुका था। तब वे भारत में घुसे। पहले द्रविड़, तत्पश्चात् आर्य और बहुत बाद में शक आर्य। उपर्युक्त घटना ईसा पूर्व 4000 से 3000 के बीच घटित हुई होगी। आर्यभाषा में शुरू से ही 'ट' ध्वनियों का प्रवेश तथा 'र' का 'ल' में रूपान्तर इसी के कारण है। परन्तु उनसे पूर्व पार्वतीय किरात और आरण्यक तथा सामुद्रिक निषाद इस देश में रह रहे थे। उत्तर में किरात-निषाद (हिमालय के तटवर्ती क्षेत्रों में) तथा दक्षिणा पथ में निषाद-द्रविड़ समन्वय हो चुका था। कहने का तात्पर्य यह कि भारत-भूमि में प्रारम्भ से ही लोक-संस्कृति विमिश्र रही है और लोकायत आख्यान एक विमिश्र संस्कृति की उपज है। सुपर्णगण विष्णु के साम के वाहन हैं। परन्तु विष्णु-गाथाओं में आर्येतर तत्त्वों का अनुप्रवेश आर्येतर कथाविदों के द्वारा पौराणिक काल में हुआ था। ये 'सूत' कहलाते थे। पौराणिक काल के 'सूत' वैदिक सुपर्णों के सांस्कृतिक उत्तराधिकारी हैं। महाकाव्य युग और पौराणिक काल में सागर-सम्भवा लक्ष्मी, अमृत-मन्थन, विष्णु की अनन्त नागशय्या की कल्पनाएँ (जिसका मूल रूप 'श्री रंग-विग्रह' व्यक्त करता है) आदि आर्येतर स्रोतों से विष्णु से आकर जुड़ गयीं। सुपर्णों के लोक 'साम' के साथ भृगुओं का 'अभिजात' याम भी इस प्रक्रिया में योगदान करता रहा। ये भृगुगण कवि थे। च्यवन, शुक्रवाल्मीकि आदि भार्गव ही हैं। महाकाव्यों के जनक और सम्पादक भार्गवगण ही रहे हैं और इनका सुपर्णों तथा सूतों से निकट सम्पर्क था। विष्णु-गाथा के वृहत्साम के विकास में इनकी भी महत्त्वपूर्ण भूमिका रही है। विष्णु-गाथा का विकास दीर्घकालव्यापी रहा है।

अन्तिम स्तर में आभीर और व्रज-मण्डल के गोपों की लोकगाथाएँ और लोकधर्म आते हैं जो विष्णु-परम्परा में अन्तर्भुक्त हो गये। वैदिक सुपर्णों, आंगिरस भृगुओं, पौराणिक सूतों और कालान्तर के शक-आभीर लोक-कवियों का बल पाकर ही विष्णु का साम अभिधार्थ में 'वृहद्' बन पाया है। लोकधर्म की वृक्ष-पूजा, वन-पूजा, जल-पूजा, नदी-पूजा के तत्त्व वैष्णव परम्परा में खपते गये। ब्रज अंचल के मालय निषादों और गोपों की वन देवी 'वृन्दा' या नदी देवी 'कालिन्दी' कृष्णकथा में उनकी विवाहिता पत्नी बनाकर स्वीकृत कर ली गयीं। लोकधर्म के किसी तत्त्व का उच्छेदन नहीं किया गया। वरन् उसका सन्दर्भ बदल दिया गया। उसको रखते हुए भी उस पर विष्णु की नाम मुद्रा अंकित कर दी गयी। इससे एक ओर स्थानीय लोकधर्म एक विस्तृत सांस्कृतिक आधार पाकर समृद्ध हुआ, दूसरी ओर वह विस्तृत आधार भी लोकबल पाकर आन्तरिक दृढ़ता को प्राप्त कर सका। समन्वय का अर्थ ही है परस्पर को पूर्णतर करना।

आर्यों के भी निजी लोकायत आख्यान थे। उनके आख्यानों के तथ्य वैदिक मन्त्रों में अन्तर्भुक्त हैं और ब्राह्मण ग्रन्थों में वर्णित हैं। विष्णु के कुछ अवतारों के सूत्र वैदिक मन्त्रों में भी प्राप्त होते हैं। इनमें स्पष्ट उल्लेख विष्णु के त्रिविक्रमवामन अवतार का ही है। ब्राह्मण ग्रन्थों में जल-प्लावन तथा मत्स्य अवतार का संकेत है। इसका स्रोत अन्तर्राष्ट्रीय है और सम्भवतः आर्यों के सुमेरियन प्रवास की अनुस्मृति से जुड़ा है। कच्छप-अवतार सम्भवतः आर्येतर (निषाद-द्रविड़) लोकायत पथ से समुद्र मन्थन की मिथ के साथ विष्णु के साम से आ जुड़ा है। नृसिंह, वामन और परशुराम

अवतार ऐतिहासिक अनुस्मृतियाँ हैं। ये तीनों 'बीजरूप' में भुक्त इतिहास की पगध्वनियाँ ज्ञात होते हैं। परशुराम तो निश्चय ही ऐतिहासिक भृगु-गाथा के एक अंश हैं। रामकथा-कृष्णकथा काव्य-विधा द्वारा संशोधित 'अलंकृत इतिहास' ही है। ये सारी गाथाएँ अवतारवाद के पथ से आकर विष्णु से जुड़ गयीं। सारे दशावतारों में वाराह अवतार की स्थिति कुछ भिन्न है। मत्स्य और कच्छप की तरह यह भी भुक्त इतिहास नहीं। यह आदिम सृष्टि की विकास-कथा का एक रूपक है और मूलतः यह विष्णु का अवतार है भी नहीं। यह प्रजापति (ब्रह्मा या अग्नि) का अवतार है। ब्राह्मण ग्रन्थों के युग के सर्वोच्च देवता थे 'प्रजापति'। यज्ञ और कर्मकाण्ड में यह देवता अग्रपूज्य तथा सर्वोच्च था। आज भी हवन कर्म में पहली आहुति इसी को दी जाती है। परन्तु अन्य कर्मों में प्रथम स्मरण गणपति का होता है। वस्तुतः बृहस्पति, प्रजापति और गणपति ये सब एक ही संज्ञाएँ हैं। परन्तु पुराणों की विमिश्र मिथोलोजी में इनके देवता-बिम्ब भिन्न-भिन्न हो गये और भिन्न-भिन्न कथा-परम्पराओं से जुड़कर मूल रूप खो बैठे। वैदिक 'अग्नि' का उत्तराधिकारी था 'प्रजापति' या परमेष्ठी और ब्राह्मण-आरण्यक प्रजापति का उत्तराधिकार पौराणिक परमेष्ठी ब्रह्मा को मिला। परन्तु परमेष्ठी या प्रजापति विशुद्ध यज्ञीय देवता रह गया। यह लोक साम से जुड़ा नहीं। इसी से इन्द्र, वरुण की तरह इसके महत्त्व का भी लोप हो गया और इसकी आर्यलोकायत कथाएँ आ जुड़ीं विष्णु से और यह स्वयं उनकी 'नाभि' या 'पद्मयोनि' में अन्तर्भुक्त हो गया। 'वराह' (या 'वाराह' भी चलता है) मूलतः प्रजापति का अवतार था। परन्तु बाद में विष्णु-गाथा में आकर यह कथा जुड़ गयी और आज वराह को 'विष्णु-वराह' कहा जाता है। सविता के अग्नि-सोमात्मक रूपों का समीकरण विष्णु के साथ होते रहने की प्रक्रिया में ही अग्नि के वसु और प्रजापति रूप, तथा ब्राह्मण काल के महान देवता सोम, अपनी सत्ता को विष्णु के बृहत्तर बिम्ब में विलीन कर दिये। इस प्रक्रिया में सहायक हुआ मन्त्रों के बहुदेववाद के साथ-साथ ही उसी से जुड़ा हुआ यह एकेश्वरवादी दर्शन कि सारे देवता नाम रूप-भेद के बावजूद एक ही देवता हैं। यह दृष्टिभंगी ऐतिहासिक विकास के साथ इतनी प्रबलतर होती गयी कि एक तो उपनिषदों का वेदान्त इससे उद्भूत हुआ, दूसरी ओर विष्णु और शिव को केन्द्रित करने वाले लोकसम्मत धर्म में अन्य देवताओं की आकृति-प्रकृति का समाहार करने में जो बौद्धिक एवं भावात्मक बाधा आती, वह नहीं आ पायी।

2

हिन्दू सृष्टि-विद्या का प्रस्थान बिन्दु है 'जल'। वही अप, तमस, असुर, वारुण, पारमेष्ठ्य और रात्रि संज्ञाओं द्वारा व्यक्त किया जाता है। आदिम अपोमण्डल तमसाच्छन्न रात्रिवर्णी है, असुर आकृतिवाला विराट वरुण है, स्पन्दनहीन निद्रा या योगनिद्रा है। इसी आदि जल में अग्नि तेज, हिरण्यगर्भ रूप स्वयंभू स्थित है। सृष्टि की प्रसव वेदी को यही जल के भीतर 'अग्नि-तत्त्व' का आधान ही रचता है। जल सृष्टि की 'योनि' (परमेष्ठी-मण्डल) है और अग्नि-तत्त्व या तेज-तत्त्व हिरण्यगर्भ-बीज। इस युग्म की प्रथम अवस्था सुप्त और निष्क्रिय रहती है जब यह सक्रिय होता है सगुण सृष्टि के तीन मण्डल एक-दूसरे के बाद क्रमशः प्रस्फुटित होते जाते हैं। वे तीन मण्डल हैं 'स्व' (द्यु लोक) 'भुव' (अन्तरिक्ष लोक) और 'भू' (पार्थिव लोक)। यह पार्थिव लोक ही वसुन्धरा है।

वराह अवतार की मिथ जल में लुप्त वसुन्धरा के उद्धार की मिथ है। वस्तुतः धरती के उद्धार की अथवा आदि कारण समुद्र पर धरती के अस्तित्वमान होने की दो कथा-परम्पराएँ पुराणों तक आते-आते विकसित हुई हैं। प्रथम है मधुकैटभ की कथा। मधुकैटभ के मेद से 'मेदिनी' की सृष्टि हुई। इस कथा का सम्बन्ध द्युमण्डल के प्रसवकाल से है। देवी के तीन चरित्रों का जो मिथ चक्र बाद में विकसित हुआ उसका मौलिक रूप वैदिक सृष्टि-विद्या के अन्दर व्यक्त इन तीन मण्डलों 'द्यु, भुवः और भू' में घटित होनेवाले चैतन्य और चैतन्य विरोधी जड़ता (तमस) के द्वन्द्व में निहित है। इस द्वन्द्व की एक आकृति 'रामकथा' में भी अन्तर्निहित है। दूसरी कथा-परम्परा है यज्ञवाराह या आदि वाराह द्वारा जल अतल में डूबी धरती का उद्धार। इस कथा रूढ़ि का 'रामकथा' से प्रत्यक्ष सम्बन्ध है। आदि वाराह ने अतल जल से पृथ्वी को बाहर किया था अपनी दाढ़ों पर टाँग कर। फिर उसे 'पृथुल' करके विस्तीर्ण और चौड़ी किया था जिससे सृष्टि को उस पर स्थापित किया जा सके। इसी से इसकी संज्ञा 'पृथिवी' (पृथ्वी) हुई। तैत्तिरीय आरण्यक में इस घटना का उल्लेख हैं 'समुद्धृता वराहेण कृष्णेन शतबाहुना' ! 'शत (अनन्त) बाहुओं वाले कृष्ण वराह ही 'आदिवराह' हैं।' इसका प्रथम उल्लेख इस रूप में ब्राह्मण ग्रन्थ में ही है। मन्त्र-संहिता भाग में नहीं। मन्त्र-संहिता भाग में जिस वराह का वर्णन है वह 'जटा-जूटधारी' (कपर्दी) रुद्र है अथवा अग्नि। वह विष्णु नहीं, अग्नि होने से प्रजापति से यह बिम्ब जुड़ता है: (ऋग्वेद 1/114/5)।

"दिवो वराहमरुषं कपर्दिनं त्वेषं रूपं नमसानि हवामहे।
हस्ते विभद्र भेषजा वार्याणि शर्म वर्मच्छादिरस्मभ्यं यं सत्।"

(श्रेष्ठ आहार वाले 'वराह' अर्थात् अग्नि जटाजूट वाले, सूर्य के समान तेजस्वी (देवता) को हवि देकर हम घुलोक से यहाँ आने का आह्वान करते हैं। वे अपने हाथ में वरणीय भेषज लिये हुए हमारे लिए आरोग्य-सुख (शर्म), रक्षा (वर्म) और आवास प्रदान करें।)

यह मन्त्र अग्नि या यज्ञरूप प्रजापति दोनों के लिए आ सकता है। रुद्र और अग्नि दोनों 'कपर्दी' कहे जाते हैं शिव महाभिषग् हैं। अतः मन्त्र का सम्बन्ध रुद्र से भी हो सकता है। वह दिव वराह 'विश्व' और 'अविश्व' की सीमा पर स्थित है, परन्तु है यह दिवा-मण्डल का ही पुरुष। यह वही है जो प्रथम मधुकैटभ की मिथ-परम्परा में सविता कहा गया है। यही तीनों मण्डलों (भूः भुवः स्वः) को उद्घाटित करता है आदिम रात्रि या आदिम वारुण अपोमण्डल से। सृष्टि का उद्धार अर्थात् प्रसव यज्ञ के माध्यम से हुआ। इसी से विष्णु पुराण में इसे 'यज्ञवाराह' माना गया है। इसकी रोम-रोम ऋचाएँ हैं। दाड़े ही श्रुवा है। आहुति ही इसका आधार है। इसी से यह वराह रूप है। यज्ञकाण्ड के कल्प सर्वाधिक विकसित हुए थे ब्राह्मण-आरण्यक काल में। अतः यह वराह प्रजापति था जो ब्राह्मण-आरण्यक काल में अग्नि और इन्द्र के समकक्ष या उनसे भी अधिक महत्त्वपूर्ण हो उठा था। यह अवतार 'तैत्तिरीय संहिता' में प्रथम बार उल्लिखित है (काण्ड 9, प्रपाठक 1, अनुवाक् 5):

"आपोवा इदमग्रे सलिलं आसीत्। तस्मिन् प्रजापति वायुर्भूत्वा अचरत्। स इमामपश्यत। तां वराहो भूत्वाऽहात्। तां विश्वकर्मा भूत्वा व्यमार्ट। साऽप्रथम सा पृथ्व्याभवत्। तत् पृथिव्यै पृथ्वीत्वम्।" (सृष्टि के पूर्व जल ही जल था। प्रजापति ब्रह्मा उसमें मरुतरूप धारण करके विचरण करता था। उन्होंने पृथ्वी को देखा। वे वराह बनकर उसे ऊपर ले आये। तदनन्तर विश्वकर्मा

बनकर उसे रगड़ा अर्थात् स्वच्छ किया। अब वह पृथुल होकर पृथ्वी बन गयी। प्रथन् के कारण ही पृथ्वी का पृथ्वीत्व है।) आगे बताया गया है कि उस वराह ने पृथुल भाव को ग्रहण की हुई पृथ्वी में अपने को रिक्त कर दिया। फलतः वसुओं, रुद्रों और मनुष्यों का जन्म हुआ। ('हिन्दू मिथ्स: ओल्फेहर्टी') तैत्तिरीय ब्राह्मण के अनुसार प्रजापति ब्रह्मा ने आदि सलिल में एक पद्म-पाँखुरी को देखा। सोचा, इसका कोई आधार होगा। फिर पद्मदल के नीचे के मृणाल तन्तु मूल में सूक्ष्म होकर वह प्रविष्ट हो गया और तन्तु मूल में स्थित मृत्तिकारूप पृथ्वी को कुरेदकर ऊपर ले आया और पद्म पत्र पर फैला दिया। यही फैलाने (पृथन्) के कारण वह 'पृथ्वी' कहलायी। फिर प्रजापति ने इसे जीवों की प्रसव-भूमि बनाया। इसी 'भवनात्' से यह 'भूमि' कहलायी।

'शतपथ ब्राह्मण' मिलता है: 'इयतीहवा इयमग्रे पृथ्वी व्यास प्रादेशमात्री, तामेभूष इति वराह उज्जधान' (14/1/2/11)। (प्रारम्भ में पृथ्वी का व्यास बित्तेभर ही था। एभूष नामवाले वराह ने उसे ऊपर उठाया') आगे बताया गया है कि यह प्रजापति ही वराह था और पृथ्वी उसकी प्रिय पत्नी और प्रिय आवास है (सायण भाष्य)। 'वाल्मीकि रामायण' में भी इसी परम्परा को मान्यता दी गयी है। रामायण की रचना भी ब्राह्मण-आरण्यक युग के अन्त में, या उनके अन्तिम चरण में हुई है।

'सार्वं सलिलमेवासीत् पृथ्वी तत्र निर्मितं
ततः समभवद् ब्रह्मा स्वयंभू दैवतैः सहा।।
स वराहस्ततो भूत्वा प्रोज्जहार वसुन्धराम्।
असृजच्च जगत्सर्वं सह पुत्रैः कृतात्मभिः।'

—रामायण (2/110/3-4)

वैष्णव पुराणों में 'विष्णु पुराण' ही सर्वाधिक प्राचीन माना जाता है। उसमें भी 'ब्रह्मा' संज्ञा वाले नारायण द्वारा पृथ्वी के उद्धार की बात कही गयी है। परन्तु पृथ्वी द्वारा स्तुति में उनके 'यज्ञरूप' के वर्णन के साथ-साथ कुछ श्लोक चालू विष्णु विग्रह से सम्बन्धित आ गये हैं। श्रीमद्भागवत तक आते-आते यह अवतार पूरा-पूरा विष्णु का अवतार हो जाता है क्योंकि 'यज्ञो वै विष्णुः' का सूत्र लोकमन में जड़ जमा चुका था और प्रजापति का बिम्ब विष्णु में अन्तर्भुक्त हो चुका था तब तक। 'भागवत' में पृथ्वी विष्णु की प्रिया है, प्रिय पत्नी है और असुर उसे पाताल के मल गर्त में डुबा चुका है। भगवान अपनी प्रिय पत्नी के उद्धार के लिए यह कुत्सित रूप भी धारण करते हैं और अपनी ही जीभ से चाटकर उसके अंगों को स्वच्छ करते हैं। यह प्रेम की पराकाष्ठा है कि पति पत्नी के उद्धार के लिए इस सीमा तक चला जाये। श्रीमद्भागवत विष्णु-भक्ति का काव्य है और प्रेम-धर्मप्रधान काव्य है। अतः उसकी प्रकृति के अनुसार यह व्याख्या ठीक ही है। पृथ्वी प्रजापति (या बाद में विष्णु) की पत्नी मानी गयी है, यह तो ब्राह्मण ग्रन्थों से भी विदित है। इन सारी बातों से ये निष्कर्ष निकाले जा सकते हैं—

(1) आदिवराह को 'कृष्णवराह' इसलिए तैत्तिरीय संहिता कहती है कि यह सृष्टि के आदि-मण्डल (रात्रि-मण्डल, वारुण-मण्डल, अपोमण्डल) के भीतर घटित घटना का नायक है। यह तमसारूप प्रथम महाशार्बर ब्रह्म के अन्दर निहित परमात्मा-शक्ति है। जैसे रात्रि के भीतर सूर्य (कृष्ण सूर्य) के रूप स्थित रहता है, वैसे ही आदिम तमस् में यज्ञ का रूप प्राज्वल्यमान तेजस्वरूप

नहीं था बल्कि 'यज्ञ' का रूप था रात्रि या सुषुप्ति में मुदित चक्षु 'रति-क्रिया' (उपनिषदों ने 'यज्ञ' का एक रूप रति-क्रिया में माना है और उसे भी एक 'साम (छन्द या उद्गीथ) कहा है।) तो यह 'रति-क्रिया' थी आदि हिरण्यगर्भ और रात्रि रूपा वारुण-मण्डल के मध्य ! यही था 'यज्ञ'। इससे प्रसव होता है 'द्यु, भुवः, भू' वाला विश्व और उसके विविध सार शक्ति वाले अधिदेवतागण। यह सृष्टि का उदय ही 'पृथ्वी का उद्धार' है ! यह कृष्णवराह महाशार्बर, महानिषाद रूपी आदि ब्रह्म की ही 'प्राणशक्ति' है। इसी से 'तैत्तिरीय संहिता' यह भी कहती है कि पहले जल ही जल था। उस पर 'मरुत' विहार करता था। वही 'मरुत' पुनः 'वराह' बना। आदिम प्राणशक्ति का प्रतीक था यह वराह। कथा के मूलरूप में कोई 'द्वन्द्व' नहीं है। पृथ्वी महाजलार्णव में छिपी है। बस इतनी ही बात है। ('मरुत' प्राण-प्रतीक है)

(2) वराह द्वैत प्रकृति का प्राणी होता है। जल और थल दोनों में विचरण कर सकता है: यानी यह 'Non-World' और 'World', अर्थात् 'अविश्व' (आदिम अपोमण्डल) और 'विश्व' (उद्घाटित द्यु, भुवः भू) दोनों में रह सकता है। यह वस्तुतः प्राणशक्ति का प्रतीक है। अव्यक्त अवस्था ('अविश्व'—अवस्था) और व्यक्त अवस्था (उद्घाटित विश्व) दोनों स्थितियाँ प्राणशक्ति जो 'चैतन्य' का ही एक रूप है, कभी मरतीं नहीं। अव्यक्त प्राण, काल, और संवित् (चेतना) के सारे बीज अव्यक्त परमात्मा में ही लीन रहते हैं। प्राण-काल-संवित् का त्रिपुर ही उसका हिरण्यबीज या हिरण्यगर्भ है जिसे बाहर डिम्बाकृति में आच्छादित किये हुए हैं महातमस और महासुषुप्ति। यह महातमस 'सुषुप्ति' रूप होने से 'जड़िमा' है।

(3) महावराह प्राण-प्रतीक है। सविता जो अगले विकास द्युमण्डल का नायक है तेज और मधु का प्रतीक है। तेज या मधु से भी मूलभूत तत्त्व है प्राण। प्राण आदिमतर सत्ता है। महावराह उसी प्राण का प्रतीक है।

(4) ब्राह्मण ग्रन्थों से लेकर विष्णुपुराण तक तो यह कथा 'द्वन्द्व'—हीन है। यह शुद्धतः 'अनुसन्धान' (Quest) कथा है 'द्वन्द्व' (Conflict) कथा नहीं। हिरण्याक्ष द्वारा अपहरण की बात विष्णुपुराण तक (1/4/8-11) नहीं मिलती है। यह सृष्टिकथा का अंग है। अतः सर्जनक्रिया का अधिदेवता 'ब्रह्मा' या प्रजापति ही इसका नायक है। बाद में विष्णुकथाओं के विकास का छन्द 'देवासुर द्वन्द्व' पर ढलता गया और द्वन्द्वकाल के नायक हैं विष्णु और नायिका है 'वैष्णवी' (दुर्गा-शक्ति)। अतः इसमें हिरण्याक्ष असुर का अनुप्रवेश हुआ। अब कथा के तीन कोण हो गये यज्ञ वराह (विष्णु)-पृथ्वी-असुर हिरण्याक्ष। यह विकास सुपर्णों की आख्यान-परम्परा द्वारा लोकायत पथ से हुआ। अब 'थीम' पूरी तौर पर वीर गाथा (Heroic poem) के अनुकूल हो गयी। परन्तु पहले यह सृष्टि कथा (Genesis) का एक अंग मात्र थी।

(5) रामायण की कथा में इस द्वन्द्व के साँचे का आहरण एक सचेत प्रक्रिया के रूप में हुआ है क्योंकि रामकथा के 'मानस' संस्करण में गोसाँईजी उल्लेख करते हैं कि रावण-कुम्भकर्ण पूर्व जन्म में परमात्मा (आदि सर्ग का ब्रह्म) की द्वार-शक्तियाँ जय-विजय थे। ये ही हिरण्याक्ष और हिरण्यकशिपु बने। फिर ये ही रावण-कुम्भकर्ण हुए। तत्पश्चात् उत्तरकाल में ये ही कंस-शिशुपाल हुए। यह सूचना संकेतपूर्ण है।

(6) जय-विजय परमात्मा-वृत्त के ही अंग थे। यह बात महत्त्वपूर्ण है।। महावराह द्वारा धरती के उद्धार की कथा मूलत: परमात्मा की ही प्राणशक्ति द्वारा उसी को अव्यक्त अवस्था में आवृत किये 'जड़िमा' (प्राण की चेतना विरोधी शक्ति जिसे निद्रा, रात्रि, तमस या महावारुणी, महाआसुरी आदि संज्ञाएँ दी जाती हैं) के साथ संघर्ष की कथा है। यह उस सर्ग की कथा है जब 'दो' था ही नहीं, केवल 'एक' ही अस्तित्वमान था। रूपहीन, काले महाप्रवाह जैसा, दिगन्तहीन, अछोर महातमस ही उसकी आकृति था। पर उसी के भीतर निहित था 'प्राण-काल-संवित्' के त्रिपुर का हिरण्यबीज। पुरुष-नारी की मुदित यक्ष रतिनद्ध अवस्था जैसा, सुप्तचैतन्य वाला यह 'हिरण्यबीज' और जड़िमारूप 'तमस' का युग्म वस्तुत: 'एक' ही अविभक्त, अव्यक्त शार्बरब्रह्म, महानिषादरूप ब्रह्म का स्वरूप था। अत: 'दो' था ही नहीं तो द्वन्द्व कहाँ से होगा? यह तो अपनी ही प्राणशक्ति या प्राणचेतना की अपनी ही जड़ीभूत अवस्था से लड़ी गयी लड़ाई है। अत: यह 'आत्मसंघर्ष' है। कालान्तर में जब कथा दैवासुरम्-द्वन्द्व के रास्ते की ओर ढल गयी, तो हिरण्याक्ष असुर की कल्पना आयी। परन्तु 'हिरण्याक्ष' शब्द बड़ा महत्त्वपूर्ण संकेत देता है। वह आदिब्रह्म ही 'महातमस' रूप होने से 'महाअसुर' था। इसकी 'योनि' 'हिरण्ययोनि' या 'हिरण्यगर्भ' था। 'चक्षु' का अर्थ 'योनि' लिया जा सकता है। अत: मूलरूप में 'हिरण्याक्ष' 'महाशार्बर' ब्रह्म का ही प्रतीक था। परन्तु लोकायत कल्पना में यह विरूप प्रतीक बन गया 'द्वन्द्व-कथा' के ढर्रे पर। शब्द की वैज्ञानिक तटस्थता लोकायत भावप्रधान प्रवाह में पड़कर लुप्त हो गयी। कथा का रूप 'वीरगाथा' और 'दाम्पत्य प्रेम' की कथा बनता गया। लोकायत कल्पना तटस्थ वैज्ञानिकता की ओर न जाकर लौकिक रसों की ओर जाती है। इसका उदाहरण है 'सहस्रचक्षु' इन्द्र की कथा। 'सहस्रयोनि' ब्रह्म है एक योनि हिरण्यगर्भ का सृष्टि में सहस्र-सहस्र रूपों विकसित होता हुआ रूप। यही है इन्द्र। परन्तु लोक-कल्पना इस वैज्ञानिक तथ्य को ग्रहण करने में असमर्थ रही और इसकी व्याख्या में एक रसाल श्रृंगारिक कथा, अहल्या के साथ इन्द्र का व्यभिचार, चल पड़ी।

(7) आदि वराह द्वारा जल में डूबकर पृथ्वी का उद्धार करना एक अनुसन्धान (Quest) है। इसमें अपहरण की कथा आ जुड़ती है बाद में। उपसंहार में आता है समुद्धार। यह 'थीम' पूर्णतर हो जाती है 'अपहरण, अनुसन्धान ओर उद्धार' के पैटर्न पर। इस प्रकार यह पूरी कथा रामकथा के समानान्तर पथ परर आरूढ़ हो जाती है। कथा की तीन 'सन्धियाँ' इस प्रकार देखी जा सकती हैं—

(अ) अपहरण : (1) हिरण्याक्ष द्वारा पृथ्वी का।
(2) रावण द्वारा सीता का।
(अरण्यकाण्ड)

(ब) अनुसन्धान : (1) यज्ञवाराह द्वारा मृणालसूत्र के माध्यम से पाताल-प्रवेश।
(2) वानर-प्रसंग और हनुमान द्वारा लंका में प्रवेश।
(किष्किन्धा और सुन्दरकाण्ड)

(स) उद्धार : (1) वराहविष्णु द्वारा हिरण्याक्ष-वध।
(2) राम द्वारा रावण का वध।
(लंकाकाण्ड)

दोनों कथाओं की नायिकाओं के बीच भी एक सम्बन्ध सूत्र विद्यमान है। प्रथम कथा की नायिका है 'पृथ्वी'। दूसरी की नायिका है पृथ्वी-तनया सीता। दोनों कथाओं में पुरुषार्थ की प्रेरणा का रूप भी एक ही है। वह है 'दाम्पत्यप्रेम'। 'श्री' के तीन रूप हैं—सूर्या (सावित्री), चन्द्रा (माधवी या सोमा) और पृथ्वी (श्री सूक्त')। सीता पृथ्वीपुत्री है और सावित्री तथा सोमा का संयुक्त रूप है। सीता की अवधारणा वृहत्तर होते हुए भी पृथ्वी-बिम्ब से उसका गर्भनालगत सम्बन्ध है।

विष्णु की अवतार-कथाएँ एक 'अभय हस्त' का बोध रचती हैं। वे लोकमन में वराभय की मुद्रा में स्थित हैं। साहित्य में वराभय मुद्रा की स्पष्टतम विधा है। महाकाव्य। महाकाव्य का मूल दायित्व होता है 'अभय' और 'प्रेरणा'। प्रेरणा से भी महत्त्वपूर्ण है अभय। अभय अपनी सत्ता की सुरक्षा से जुड़ा हुआ है। अभय की उपलब्धि के लिए ही मनुष्य ने समाज-व्यवस्था, अर्थ व्यवस्था और विधि-विधानों का सृजन किया है। परन्तु मनुष्य कृत मैत्री अनुबन्ध के इन सारे उपायों पर चरम भरोसा नहीं किया जा सकता क्योंकि इनके भीतर कहीं-न-कहीं स्वार्थ का कीट रह ही जाता है और वह इनको कुछ काल बाद कपटाचरण में परिवर्तित कर देता है। तब ये सारी व्यवस्थाएँ हमारे हाथ पर रोटी की जगह साँप रख देती हैं। अवदमन और यन्त्रणा के हथियार नाम-रूप बदलकर ज्यों-के-त्यों रह जाते हैं। अभय और चरम भरोसा का स्रोत ईश्वर ही हो सकता है मनुष्य नहीं। विष्णु की अवतारकथाएँ हमें इसी स्रोत से जोड़ती हैं। रामकथा विशेषरूप से अभय का स्रोत है और सारी विष्णु कथाओं में इसके भीतर समस्त सृष्टि विकास के सर्गों की उद्धारकथाओं का आवेश और उनकी प्रकृति अन्तर्भुक्त होती गयी है। सृष्टि के विकास के पूर्व या निर्गुण-निराकार ब्रह्म का अव्यक्त मण्डल, तत्पश्चात् आते हैं 'द्यु' (स्वः) 'भुवः' (अन्तरिक्ष) 'भू' (पृथ्वी)।

(1) अव्यक्त मण्डल की उद्धार-कथा का प्रतीक है महावराह द्वारा तमसार्णव से धरती का उद्धार और यह साँचा ज्यों-का-त्यों 'अपहरण-उद्धार-कथा' के रूप में रामकथा में आ गया है।

(2) द्युमण्डल की कथा है सूर्य द्वारा 'तमस' से सावित्री और सोमा शक्तियों के उद्धार के लिए द्वन्द्व। यह कथा हयग्रीव अवतार के रूप में व्यक्त होती है एक ढंग से और 'सिंह-देवी-महिषासुर' के त्रिकोण 'द्वन्द्व' के रूप में दूसरे ढंग से जिसमें 'सिंह' विष्णुरूप माना जाता है। 'हयग्रीव' अर्थात् 'अश्व'। 'अश्व' सूर्य की एक संज्ञा है और अश्वा है 'सावित्री'। सावित्री का प्रतीक वेद 'हयशीर्ष' नामक असुर अपहरण कर लेता है और विष्णु 'अश्व' रूप धारण करके, उससे युद्ध करके 'वेद' और 'लक्ष्मी' का उद्धार करता है। इन दोनों वैष्णव और शाक्त-कथाओं का आवेश 'रामकथा' में आ गया है।

(3) अन्तरिक्ष मण्डल की कथा का नायक है इन्द्र। इन्द्र 'अमृत' और 'स्वराज्य' के उद्धार के लिए देवासुर संग्राम करता है। रावण-वध-कथा मूलतः देवासुर संग्राम की 'रूढ़ि' पर चलती है और राम प्रच्छन्न इन्द्र की भूमिका लेते हैं।

(4) वामन और नृसिंह-अवतारों में पार्थिव-मण्डल पर घटित हुए इतिहास की 'पगध्वनि' (ठीक-ठीक 'इतिहास' नहीं) वर्तमान है। स्वराज्य (यज्ञ-भूमि) का उद्धार तथा भक्त (आश्रित) का उद्धार इनकी विषयवस्तु हैं। सीता पत्नीरूप से 'यज्ञभूमि' का प्रतीक है और आश्रिता है। रामकथा स्वतः एक घटित इतिहास की काव्य शैली में अभिव्यक्त है। इसमें 'आश्रित का उद्धार' के

साथ-साथ परशुरामावतार का 'दुष्ट दलन' भी आ गया है।... इस प्रकार रामकथा में सारे पूर्व घटित अवतारों की प्रकृति का आवेश उपस्थित करा दिया गया है। इसी से कथा का संकेत सार्वभौम और सार्वकालिक अर्थों वाला हो गया है। अभय और प्रेरणा दोनों की उपलब्धि के लिए भारतीय साहित्य की यह सर्वश्रेष्ठ कथा है।

(5) न केवल गीता में 'देवानामस्मि वासव: ' आदि उक्तियाँ विष्णु और इन्द्र का ऐक्य बताती हैं बल्कि 'सविता के कुछ मन्त्रों की व्याख्या में इन्द्र' को 'विष्णु' की एक उपाधि (उपनाम) मानकर श्री उबटाचार्य और महीधराचार्य जैसे प्रामाणिक भाष्यकारों ने भी लिखा है 'मत्स्यकूर्मादिरूपेण इन्द्रः पृथिव्यांचरति' (इन्द्र पृथ्वी पर मत्स्य-कूर्म आदि रूपों में अवतरित होकर विचरण करता है)। दूसरी ओर सूर्य के एक मन्त्र में उन्हें वृत्रहा, अमित्रहा 'वृत्र का संहार करने वाले, शत्रु का संहार करने वाले' कहा गया है। सूर्य अर्थात् आदित्य जो इन्द्र और विष्णु दोनों हैं। वैदिक दृष्टि की इस विशिष्टता को महाकाव्यों ने प्रत्यक्ष उत्तराधिकार के रूप में ग्रहण किया है और महाकाव्यों तथा पुराणों की कथाओं की पृष्ठभूमि में आर्येतर लोकायत का अनुप्रवेश ताने-बाने में अवश्य हुआ है, परन्तु सम्पूर्ण पट की परिकल्पना और भावविधान के पीछे वैदिक ब्राह्मण-आरण्यक चिन्तन ही सक्रिय है। इस बात को विस्मरण कर देने पर हमें महाकाव्यों और पुराणों का सही तात्पर्य प्राप्त नहीं हो सकेगा।

3. इन्द्र, मृग और हरिणी सीता

अमावस्या की काली रात में ऋषि अपने ध्यानलोक में 'जगती के शिखर' पर जा बैठा और उसे मन्त्र प्रत्यक्ष हुआ। दृश्यमान मन्त्र के भीतर उसने रात्रि सूर्यरूप इन्द्र को पहचाना है और उसकी प्रिया 'सिनीवाली' को पहचाना जिसका नाम इन्द्र ने प्यार से 'हरिणी' रखा था और फिर पहचाना उसे दबोचते हुए काले तारांकित गात्र वाले मृग को। इन्द्र ने लीलाधनुष उठाकर शर-सन्धान किया। मृग, जो वासना-पशु था, बिद्ध हो गया। हरिणी का उद्धार हुआ ! ऋषि ने कहा 'यही हरिणी है, यही 'श्री' है, यही पर्जन्य-पत्नी सीता है' (अथर्ववेद, कौशिक सूत्र)। इन्द्र और हरिणी सीता परस्पर हाथ पकड़े मृगवीथी नामक व्योमखण्ड में विहार करते हुए दृश्यमान हुए। ऋषि ने अपनी तीसरी आँख जाग्रत करके सारा दृश्य लब्ध किया। उसे लगा कि यह सारा दृश्य कोई 'मन्त्र' है जो उसके ध्यानलोक में उसे प्रत्यक्ष हुआ है फिर उसने उसे भाषा में व्यक्त किया: (ऋ.वे. 1/80/7) 'यद् धत्यं मायिनं मृगं त्वं उत्वं माययावधीर, अर्चनत् अनु स्वराज्यम्' (क्योंकि तुमने उस मायावी मृग का अपनी मायाशक्ति द्वारा वध कर दिया और स्वराज्य को गौरव के साथ लौटा लाये)। अन्तरिक्ष मण्डल में मायावी मृग का वध मायाधर पुरुष इन्द्र ने किया। इन्द्र भी एक 'भाव' मात्र है। असली नट तो है सविता। वही अन्तरिक्ष में इन्द्र और सोम दोनों 'भाव' लेता है और धरती पर अग्नि—'भाव' की भूमिका उसी की है। अत: इन्द्र भी मायाधर ही है। वह मायावी मृग को पहचान जाता है। उसके वासना रतनार चक्षुओं की भाषा वह पढ़ लेता है। उसकी लोलुप दृष्टि का शिकार उस इन्द्र (पर्जन्य) की प्रिया 'हरिणी सीता' है, यह जानकर वह मुहूर्त्तभर की न देर करके 'शर-सन्धान कर देता' है। मृग बाणबिद्ध होकर अवश्य गिर पड़ता है और 'सिनीवाली' नामक

अमृता कला, जिसका एक रूप है वह 'हरिणी', काले भूत जैसे मृग पशु के चंगुल से मुक्त हो जाती है।

अमावस्या की रात थी। मृग अर्थात् पशुतत्त्व तमस। अमावस्या का घोर तमसाकार रूप ही वह काला मृग है। अंग-अंग तारा खचित सुन्दर रूप धारण करके वह सोम की षोडशी कला को अपहृत करना चाहता है। यह सोम इन्द्र का ही प्रतिरूप है। अन्तरिक्ष में पर्जन्य की लीला करने वज्रधर भाव लेकर सविता ही इन्द्र बनता है और वही सविता सृष्टि पर अमृत बरसाने के लिए सोम बनता है। 'इन्द्र' और 'सोम' ये दोनों उस सविता के ही भाव हैं। सिनीवाली सविता की सावित्री-कला ही है। सावित्री सविता के दुर्धर्ष तेज को न सहन कर पाने के कारण 'अश्वा' बनकर अन्तरिक्ष में उतर आती है, तो सविता भी अश्व बन जाता है 'हरि' शब्द का मूल अर्थ है अश्व, सूर्य और इन्द्र। बाद में यह विष्णु के लिए चला, जब विष्णु सूर्य और इन्द्र दोनों की भूमिका अपने अन्दर लेकर लोकमन में प्रतिष्ठित हो गये। हरिणी अर्थात् अश्वा। अमावस्या में छिपी हुई सावित्री। सूक्ष्मतम सोमकला। अथर्ववेद के कवि ने इसी से इस सुन्दर पतली तन्वी, पतली लम्बी अँगुलियों वाली, सुन्दर योनिवाली आर्य कन्या के रूप में देखा है। अथर्व-मन्त्र कहते हैं: 'हे सिनीवाली, तुम देवताओं की भगिनी हो क्योंकि अन्तरिक्ष-मण्डल के प्रसव होते समय अन्य देवताओं के साथ तुम भी उद्भूत हुई हो, तुम्हारी भुजायेँ सुन्दर हैं, तुम्हारी अँगुलियाँ सुन्दर हैं, तुम्हारा योनि प्रदेश सुन्दर है, तुम विश् (प्रजा) की नायिका हो, तुम बहुजन द्वारा स्तुत हो, तुम इन्द्र के प्रति अभिगमन करती हो, तुम विष्णु की पत्नी होकर, इन्द्ररूप विष्णु को हमें 'राधः' (भग या ऐश्वर्य) देने के लिए प्रेरित करो'।[1] इन्द्र सविता के बारह आदित्य रूपों में से विष्णु की ही भाँति एक आदित्य है। सारे आदित्य वस्तुत: एक ही सविता है और वही सविता है, सोम भी। अत: सिनीवाली लोक में प्रचलित सोम की षोडशी कला कहे जाने पर भी तात्त्विक दृष्टि से इन्द्र और विष्णु की भी प्रिया वैसे ही है जैसे सोम की। वैदिक ऋषि इसी रूप में इन सम्बन्धों को ग्रहण करता है। उसकी दृष्टि में इन्द्र, विष्णु, सोम आदि भिन्न-भिन्न व्यक्तित्व नहीं। सभी एक ही सविता द्वारा धारण किये भिन्न-भिन्न लीला-भाव हैं। इन देवताओं के व्यक्तित्व का स्थिरीकरण और भेद तो पुराणों में आकर होता है।

अमावस्या की ही रात थी। एक दूसरे ऋषि ने अपने को 'जगती के शिखर पर आरूढ़ करके एक दूसरा ही मन्त्र लब्ध किया। प्रजापति अर्थात् ब्रह्मयोनिमण्डल रूप आदिम अपोमण्डल। इसी की संज्ञा असुर परमेष्ठी वरुण, रात्रि, योगनिद्रा आदि हैं। इस प्रजापति ने एक निष्पाप सौन्दर्य वाली कन्या को जन्म दिया। जिसके नाम थे सावित्री, इड़ा, सोमा, माधवी आदि। यह सावित्री देवताओं की स्वसा हुई क्योंकि अन्तरिक्ष के सारे देवता प्रजापति के पुत्र थे। यह वरुण-मण्डल या असुरतमस रूप वाले आदिम अपोमण्डल से निकली थी अत: यह उस 'महाअसुर' वरुण की पुत्री भी हुई। प्रजापति स्वयं ही वरुण-मण्डल का असुर (तमस) है। उसके अन्दर का कृष्ण पशुभाव रजोगुण का रूप धारण करके जागा। वह अपनी पुत्री पर ही कामासक्त हो उठा।

---

1. 'या विश् पत्नीन्द्रमसि प्रतीची सहस्र स्तुकाभियन्ति देवी विष्णोपत्नी भूम्यंरस्तहवीषि पतिं देवि राध से योदयस्व।'— सिनीवाली सूक्त-अथर्ववेद (काण्ड 7/अनुवाक् 4/सूक्त 2)

सावित्री ने अपना रूपान्तर मृगीरूप में कर लिया। प्रजापति के अन्दर निहित असुर भी मृगरूप धारण करके पीछे-पीछे दौड़ा। देव-मण्डल में प्रजापति की इस लोलुपता को देखकर हाहाकार मच गया। तब इन्द्ररूप आदित्य ने मृग को लक्ष्य करके शर-सन्धान किया। आर्द्रा नक्षत्र इन्द्र का वही बाण है। रोहिणी नक्षत्र है वह मृगी-हरिणी। पीछे-पीछे जानेवाला पशुरूप प्रजापति है मृगशीर्ष नक्षत्र मृग के ठीक पीछे लुब्धक नामक प्रसिद्ध तारा है जो धनुर्धर इन्द्र है। बाद में लुब्धक की किरात प्रकृति इन्द्र के बिम्ब के अग्रिम विकास से मेल नहीं खा सकी और यह सारी कथा पूषन् और फिर रुद्र के साथ जुड़ गयी ब्राह्मण काल में।

पारमेष्ठ्य वरुण असु (तमसरूप अपोमण्डल) की पुत्री सावित्री ने कामलोलुप पिता के भय से अपना रूपान्तर रोहितवर्णा हरिणी में कर लिया था। पारमेष्ठ्य-मण्डल के वरुण का यह पशुरूप था, उसका सात्त्विकरूप तो मधुमयी सावित्री स्वयं थी विश्व की प्रसविनी और प्रकाशिका। यह पशुरूप होने के कारण मृगशीर्ष कहलाया। कालान्तर में इसके समानान्तर एक लोकायत शैली में कथा विकसित हो गयी जो बदलते-बदलते दक्ष प्रजापति के बकरे के सिर की कथा बनी। बकरा यज्ञ-पशु ('अज' अर्थात् अग्नि या ब्रह्मा-प्रतीक) तथा कामलोलुप पशु दोनों साथ-ही-साथ हैं। वास्तविक यज्ञ है अपने अन्दर किसी भी नारी को देखकर मिमियाते हुए काम पशु की बलि। जीवन एक यज्ञ है। सद्कर्म ही होमशिखा है। उसी में लोलुप दैन्य से मिमियाते हुए कामभाव की आहुति ही यज्ञकर्म है। परन्तु रति-क्रिया भी एक सद्कर्म हो जाती है गृहस्थ जीवन में। रति-क्रिया भी धर्मानुकूल होने पर यज्ञ है। तब यही बकरा अज-प्रजापति है ! तब नारी ही सुन्दर ज्वलन्त अग्निशिखा है। यज्ञशाला और पत्नीकक्ष (प्राग्वंश) दोनों ही विष्णुरूप इसी से माने जाते हैं क्योंकि दोनों ही यज्ञ भूमि हैं।

त्रेतायुग का एक भार्गव कवि, जिसे लोग आदिकवि वाल्मीकि कहते हैं, पहले-पहल नये ढंग की कविताई करने लगा। ऋचा नहीं, उद्गीथ नहीं, श्लोकवाली कविताई। उसकी कविताई मन्त्र नहीं गाथा थी। अत: वह 'काव्य' कहलायी। सम्भव है कि अपने काव्य में सीताहरण-प्रसंग के अवसर पर उसे 'मायावीमृग' की कथारूढ़ि स्मरण आयी हो कि माया-मृग का वध किया था 'इन्द्र' ने अमा-असुर से सिनीवाली के उद्धार के लिए। माया-मृग का वध किया था 'पूषन्' (पहले आदित्य, बाद में रुद्र) ने पारमेष्ठ्य पशु से सावित्री के उद्धार के लिए। मृग पशुत्व का प्रतीक था और दश सिरों के ऊपर ग्यारहवाँ खर-शीश का प्रतीक धारण करने वाला रावण भी पशुत्व का ही प्रतीक है। लोक-कल्पना दश शिरों के ऊपर एक ग्यारहवाँ गर्दभ शीश की कल्पना करती है। वह बड़ी ही अर्थपूर्ण है। वाल्मीकि ने अपहरण की घटना को अधिक रोचक बनाने के लिए 'मायामृग' की कल्पना की है—'कनक देहमणिरचित बनायी !' यह परम रुचिकर मृग नायिका के सम्मुख मूर्तिमान प्रलोभन बनकर आता है। यह एक शाश्वत कथारूढ़ि है। आज के युग में भी नौकरी, कीमती उपहार या मुक्त कामसुख के अन्य प्रलोभन मायामृग बनकर नारी को प्रलुब्ध करते हैं लक्ष्मणरेखा के बाहर आ जाने के लिए। तो यह कथारूढ़ि एक शाश्वत सत्य या श्रुति है।

इसके मायामृग बिम्ब के मूल में है परम्परा से प्राप्त वैदिक मनोभूमि का उत्तराधिकार। कोई भी काव्य चाहे वह आदिकाव्य ही क्यों न हो, त्रिशंकु की तरह शून्य में नहीं उपजता है। वह परम्परा की भूमि पर ही पैर टिकाकर खड़ा हो सकता है। वाल्मीकि के सामने पूर्वकाव्य-परम्परा के दो रूप ही वर्तमान थे-सुपर्णों की लोकायत गाथाएँ और मन्त्र-साहित्य। तो यह आश्चर्य नहीं कि माया-मृग की कल्पना और नायक द्वारा उसका वध सीताहरण के सन्दर्भ में वाल्मीकि को पूर्वकाव्य-परम्परा के आवेश से ही सूझी हो। विशेषत: उस अवस्था में जब कि नायक प्रच्छन्नरूप से आदित्य या इन्द्र ही और सारी कथा 'दैवासुरम्' द्वन्द्ध की आकृति की ओर अग्रसर हो रही थी।

मूल बात है 'कामलोलुप मृग-हरिणीरूपा नायिका-तेजस्वी उद्धारक नायक' का त्रिकोण। असल घटना बिना मारीच के भी हो सकती है। राम आखेट के लिए बाहर जाते हैं। सीता की रक्षा लक्ष्मण के जिम्मे है। खलनायक कुछ दूर से राम की कण्ठ ध्वनि का अनुकरण करके लक्ष्मण को वहाँ से हटने को बाध्य कर देता है और तत्पश्चात् उनकी अनुपस्थिति से सीता को अपहृत कर ले जाता है। परन्तु घटना को रोचक बनाने के लिए 'माया-मृग' का बिम्ब लाया गया और यह कल्पना वैदिक मन्त्रों में प्रशिक्षित मनोभूमि से सम्भव हो सकी। केवल लोक-कल्पना के अनुकरण पर यह बात रामकथा में नहीं लायी गयी है। इस प्रसंग के पीछे वैदिक कविता का आवेश है। मारीच तो एक साधन मात्र है असल मायावी मृग है रावण। रावण के साथ पारमेष्ठ्य असुर प्रजापति का बिम्बगत साम्य है।

(1) दशशीशों के ऊपर एक शीश 'पशु' की कल्पना-अजशीर्ष प्रजापति के समनुरूप है।

(2) 'दशशीश' शब्द का अर्थ बहु शीश वाला। 'दश' का अर्थ बहुत होता है। अथवा बहु शीशों (बहु जीवों) के ऊपर स्थित 'मुखिया' (शीर्षस्थ) नाम का अर्थ 'प्रजापति' के निकट जाता है। अथर्ववेद में प्रजापति के लिए एक दिलचस्प मन्त्र आया है—

'ब्राह्मणो जज्ञे प्रथमो दशशीषो दशास्य:
स सोमं प्रथम पपौ स चकाराररसविषम्।'

('वह ब्राह्मणरूप प्रजापति दशमुख दशशिर वाला था, वही प्रथम जन्मा था, उसी ने प्रथम सोम का पान किया था और विष को नीरस (तेजहीन) कर दिया था-काण्ड 4, अनुवाक् 2, सूक्त 1, मन्त्र 1,) यह अग्रजन्मा दशशीश दशमुख ब्राह्मण प्रजापति है अर्थात् पारमेष्ठ्य मण्डल का महाअसुर है, जीव है, वैष्णव कल्पना का पद्मयोनि ब्रह्मा है। रामायण का खलनायक इसी परमेष्ठी की उपासना करके उससे वर प्राप्त करता है। यह भी महत्त्वपूर्ण संकेत है। यह प्रजापति त्रिगुणात्मक है। उसके सतोगुण से जन्मती है, सृष्टि की प्रसव शक्ति सावित्री जो द्युमण्डल की सविता (प्रथम सगुण ब्रह्म) की माधवी कला भी है। इसी के रजोगुण से जन्मते हैं गन्धर्व, अप्सराएँ, मनुष्य आदि। इसी के तमोगुण से असुर, राक्षस, क्रूर हिंसक पशु या मानव जन्म लेते हैं। यह परमेष्ठी देवता भी है, असुर भी। यही असुर भाव में अपनी ही पुत्री सावित्री के पीछे कामपशु होकर दौड़ता है। इसी का वध करता है इन्द्र या पूषन् नामक आदित्य और यह आदित्य सविता का ही रूपान्तर है। सावित्री मृगी बनकर अन्तरिक्ष मण्डल में, द्यु से नीचे उतर आती है और इस अन्तरिक्ष-मण्डल में सविता अपने को द्वादश आदित्य और सोमरूपों में विभक्त करके स्थित है।

अत: उसी का एक आदित्यरूप 'पूषा' उस मृग पर रुद्र बाण प्रेरित करता है। रावण के बिम्ब में परमेष्ठी के इस असुररूप का आवेश हो गया है।[1]

(3) जिस प्रकार सावित्री या माधवी (सविता के सन्दर्भ में) शक्ति का जनक है परमेष्ठी का वारुण या अपोमण्डल वैसे ही एक परम्परा के अनुसार सीता भी रावण की क्षेत्रज सन्तान है। ऋषियों की जाँघ का रक्त और रावण-पत्नी की योनि दोनों के संयोग से उसका जन्म होता है। परमेष्ठी का वारुण-मण्डल ही 'योनि' या 'क्षेत्र' रूपा है। उसी से सावित्री की मधुमय प्रसविनी कला (जिसे बाद में 'श्री' की संज्ञा दी गयी, देखिए 'प्रथम नायिका, प्रथम नायक') का प्रसव होता है, सविता के साथ-साथ उसकी ही प्रसविनी शक्ति के रूप में। ऋषि-जंघा, विष्णु-जंघा के समानान्तर है। विष्णु-जाँघ है हिरण्यगर्भ के चारों ओर स्थित वही पारमेष्ठ्य अपोमण्डल। उसी में उर्वशी, उषा, सावित्री आदि के जन्म की कल्पना वैदिक-भाव-परम्परा में की गयी है। रामकथा में इन सारी बातों का 'अधिग्रहण' नहीं बिम्बात्मक 'अवतरण' हुआ है गुणगत और धर्मगत समानताओं के आधार पर। ये सारी बातें आदिकवि की 'परमा स्मृति' (रसियल मेमोरी) का अंग रही होंगी।

अत: मारीच तो प्रतिनिधि या साधन मात्र है। वास्तविक 'मायावी मृग' तो रावण ही है। वही अमा-प्रतीक भी है और पारमेष्ठ्य असुर के कामलोलुप रूप का भी प्रतीक है।

यह बिम्ब वाल्मीकि ने सीता हरण की घटना में ही नहीं, 'पौलस्त्य-वध' की थीम के सूचक में भी प्रयुक्त किया है। महाकाव्य का मूल विषय है रावण-वध। यह अरण्यकाण्ड से लंकाकाण्ड तक विस्तृत है। अरण्यकाण्ड के द्वार पर ही इसका कथा सूचक स्थापित है। जयन्त प्रसंग के रूप में।[2] जयन्त काक बनकर सीता के स्तनों को विदारित करता है। रामचन्द्र उसे सींक-धनुष के प्रयोग द्वारा दण्डित करते हैं। कामलोलुप जयन्त रावण का प्रतीक है। यहाँ पर स्मरण करने की एक बात यह है कि 'मृग' शब्द का वैदिक-युग में अर्थ 'पक्षी' भी होता था। (डॉ. सुकुमार सेन: 'रामकथा प्राक् इतिहास', पृष्ठ 66)। अत: 'मायामृग' अर्थात् 'मायावी काक' भी। बस्तर छत्तीसगढ़ में रावण को गृध्रों का राजा कहा गया है कुछ लोकगीतों में जयन्त की कथा का रामायण की विषय वस्तु से कोई आंशिक सम्बन्ध नहीं। बिना इसके भी कथा चल सकती थी। परन्तु महाकाव्य की चरम घटना 'सीता-हरण' के पूर्व इस कथा को सचेत भाव से स्थापित किया है।

---

1. डॉ. सुनीतिकुमार चटर्जी ने होमरिक गाथा में एक दशशीर्ष असुर... का उल्लेख करते हुए दबी जबान से इशारा किया है कि दशशीर्ष रावण की कल्पना का आधार ग्रीक गाथा से आ सकता इसके लिए यूनान-बैबीलोन जाने की क्या जरूरत है: अथर्ववेद का ऊपर उद्धृत मन्त्र बताता है कि दशशीर्ष प्रजापति का 'बारुण्य' या आसुरीरूप ही कल्पना का मूल स्रोत है।

2. जयन्त-प्रसंग वाल्मीकि के अनेक प्रचलित संस्करणों में उपलब्ध नहीं (डॉ. सुकुमार सेन)। 'रघुवंशम्' में अवश्य वर्तमान है। यह तथ्य रामकथा में लोकपथ से आया है। परन्तु प्रतीकात्मक अर्थ कथा के अनुकूल है। छत्तीसगढ़ बस्तर गें 'रावन' (र'वन) का अर्थ गृद्ध होता है। जटायु-रावण युद्ध का स्रोत भी लोकमन की कल्पना हो सकती है। स्थूल घटना मात्र अपहरण ही है।

काला काक पक्षी रावण का प्रतीक है। कौआ बड़ा ही लोलुप स्वभाववाला होता है। जिस पर ललचा जाये उसे झपटकर छीन ले जाने को बराबर तत्पर। सीता के स्तनों पर चंचु आघात उसकी कामुक लोलुपता का प्रतीक है। यह जयन्त प्रकारान्तर से महाकाव्य के खलनायक रावण का ही सूचक है। अत: मृग शब्द का पुराना अर्थ पक्षी या खग लिया जाये तो भी वैदिक बिम्ब पूरा-पूरा महाकाव्य के ढाँचे में खप जाता है। सिनीवाली, रोहिणी, मृगशिरा आदि आकाशीय सत्ताएँ भी तो 'खग' ही हैं। आदित्य भी तो 'खग' हैं। 'खग' का एक अर्थ संस्कृत कोश में 'नक्षत्र' सर्वविदित है। इसी अर्थ में रामकथा एक 'नाक्षत्रिक महाकाव्य' (एस्टरल ऐपिक) है।

'पर्जन्य-पत्नी सीता' और 'हरिणी सीता' इन शब्दों के वैदिक प्रयोगों के साथ हमें यह भी स्मरण रखना चाहिए कि 'हरिणी' शब्द 'श्रीसूक्त' में महामाधवी (महालक्ष्मी) या 'श्री' के लिए भी आया है। 'हरित' शब्द से 'हरिणी' बना है (डॉ. सुकुमार सेन)। मूलत: 'हरित' का अर्थ घोड़े जैसा लाल 'रोहित' होता था। हरि का मौलिक अर्थ सूर्य और 'अश्व' है। अत: 'हरिणी' और 'रोहिणी' समानार्थक शब्द हैं। न केवल श्री सूक्त में बल्कि शकों द्वारा प्रचलित लक्ष्मी उपासना में धन की देवी थी 'हरीति' अत: समूची आर्य 'परमास्मृति' (Racial Memory) में 'सावित्री, श्री, लक्ष्मी, हरिणी, सीता, पर्जन्य-पत्नी,' ये सभी बिम्ब समानार्थी और समानधर्मी थे। रामायणकार निश्चय ही जातीय 'परमास्मृति' श्रीसूक्त के प्रथम मन्त्र से परिचित रहा होगा:

'हिरण्यवर्णां हरिणीं सुवर्ण-रजत-स्रजाम्
चन्द्रां हिरण्यमयी लक्ष्मीं जात वेदो म आवह।'

'परमास्मृति' के माध्यम से लोक-परम्परा और साहित्य-परम्परा एक बिम्बात्मक समीकरण उपस्थित करती है:

(क) पर्जन्य (इन्द्र) $\rightarrow$ सीता = धान्यलक्ष्मी $\leftarrow$ विष्णु।
(ख) इन्द्र $\rightarrow$ हरिणी = (1) चन्द्रा, सोमा $\leftarrow$ सोम
= (2) लक्ष्मी $\leftarrow$ विष्णु
= (3) सावित्री $\leftarrow$ सविता (विष्णु)

एक ओर इन्द्र और दूसरी ओर सविता अपने विष्णु और सोमरूपों से 'सीता' तथा 'हरिणी' से जुड़े हैं। इन्द्र भी विष्णु की ही तरह आदित्यरूप है। साथ ही आदित्य विष्णु के अवतार राम की भूमिका 'प्रच्छन्न इन्द्र' की भूमिका है। अत: 'सीता' के काव्यबिम्ब में सावित्री, सोमा, सिनीवाली और लक्ष्मी-तत्त्वों का समाहार हो जाना अत्यन्त स्वाभाविक है। अथर्ववेद के कौसिक सूक्त में सीता को 'पर्जन्य पत्नी'—और 'हरिणी' दोनों एक ही साथ कहा गया है। राम-पत्नी ऐतिहासिक सीता के मानवी चरित्र का साँचा कल्पित करते हुए आदिकवि के मन में 'सीता' से जुड़े समस्त वैदिक बिम्बों का आवेश वर्तमान रहा होगा।

इसी से सीता के चरित्र के अन्दर सावित्री-तत्त्व और लक्ष्मी-तत्त्व की प्रतिष्ठा सम्भव हो सकी है। कहने का तात्पर्य यह कि रामकथा का कथानक भले ही वेदों में न प्राप्त हो (और होगा भी

कैसे? रामायण की घटना ही त्रेतायुग की अर्थात् वैदिकयुग के अन्तिम चरण 'यज्ञ-काण्ड' वाले पर्व में घटित हुई है), परन्तु कथानक के ढाँचे में वैदिक भावरूढ़ियाँ, कथारूढ़ियाँ और बिम्ब-विधान का कथानक के विकास में आदि से अन्त तक प्रयोग हुआ है। आज रामायण जिस रूप में हमें प्राप्त है 'वाल्मीकि रामायण' की संज्ञा से, उसका समस्त स्नायु मण्डल, उसमें व्यक्ति अनुभूति के तन्तु, वैदिक वाङ्मय द्वारा रचित हैं।

4. पर्जन्य-पत्नी सीता और इन्द्र

'सीता' शब्द का सर्वाधिक प्रचलित अर्थ है हलरेखा या 'हराई' (भोजपुरी) जिसमें बीज का वपन होता है। इसके अर्थ में हर एक पत्नी ही सीता है। प्रकारान्तर से सीता धान्यलक्ष्मी का प्रतीक है। फसल की अधिदेवता है। यह पार्थिव 'श्री' है। (श्रीसूक्त में मन्त्र: 'गन्धद्वारां दुराधर्षां नित्यपुष्टां करीषिणीम्। ईश्वरीं सर्वभूतानां तामिहोपाहये श्रियम्।। ९।।) पृथ्वी की अधिदेवता रूपिणी 'श्री' ही पार्वती, दुर्गा और धरती माता दोनों का प्रतीक है। यह 'गन्धद्वारां दुराधर्षां'—श्री वस्तुत: जम्बू द्वीप की चामुण्डा भगवती ही है। साथ-ही-साथ यह है शस्य-पार्वती। परन्तु ये अर्थ तो आर्येतर लोकायत के माध्यम से बाद में विकसित हुए।

आर्येतर (आस्ट्रो मंगोलीय 'निषाद-किरात') लोकायत में लक्ष्मी धान की मंजरी है। निषाद-द्रविड़ लोकायत संस्कृति में वह रत्न-लक्ष्मी है और समुद्र-सम्भवा कन्या है, 'अप्सरा' रूपिणी, जिसका वाहन जलचर कमल है। वैदिक लोकायत में भी यही 'समुद्र' आदि अपोमण्डल या वारुण-मण्डल जो असुर रूपा और रात्रि रूपा है। इसलिए आर्य लोकायत के पौराणिक युग में एक रात्रिचर 'उलूक' भी ('लक्ष्मी पेंचा' जो आकार में बकरी के बच्चे इतना बड़ा होता है और रंग बिल्कुल श्वेत) इसका वाहन है। इस प्रकार लोकायत पथ से धान्यलक्ष्मी का प्रतीक सीता से आ जुड़ा और फसल की देवी 'लक्ष्मी' रूपा बन गयी। यह सीता भी 'श्री' का ही एक रूप बनकर कालान्तर में, अर्थात् ब्राह्मणग्रन्थों की रचना के समय तक लोकमन में प्रतिष्ठित हो चुकी थी।

परन्तु अपने शुद्ध वैदिक रूप में 'सीता' के दो ही संस्करण हैं—एक तो सोमरूपी विष्णु की पत्नी सीता-सावित्री जो एक ही साथ 'सूर्या' और 'चन्द्रा' दोनों है, दूसरी है पार्थिव श्री के रूप में फसल की रेखा 'हराई'। इस दूसरे अर्थ में ही वह 'पर्जन्य' (इन्द्र) की पत्नी है।

इन्द्र मेघों को ताड़ित करके जल बरसाता है और हराई को सींचता है, ठीक वैसे ही जैसे पत्नी में पति शुक्र-सिंचन और गर्भाधान करता है। वर्षा जल 'शुक्र' प्रतीक है। यह 'जीवन-रस' है। वज्र, जो इन्द्र का आयुध-प्रतीक है, आगे चलकर आगम परम्परा में 'लिंग' का प्रतीक बना। तन्त्र-भाषा में 'वज्र' का अर्थ होता है 'लिंग' और 'पद्म' का अर्थ होता है योनि। यह बात तो सर्वविदित है। 'इन्द्र' ने मायावी मृग का वध किया, इस मन्त्र की व्याख्या, वैदिक सृष्टि-विद्या (Cosmology) के आधार पर हमने 'मायावीमृग' को वारुण-मण्डल का पारमेष्ठ्य 'असुर' मानकर दी है परन्तु इस मन्त्र की एक और व्याख्या है।

उसके अनुसार—'मायावी मृग' है वृत्रासुर। वृत्र जलावरोध का प्रतीक है। जलावरोध के कारण सीता तृषित है, सीता अनुर्वर है और इन्द्र वज्र द्वारा जलावरोध का छेदन कर देता है।

फलतः सीता उर्वरा हो जाती है और उसमें फसल लहलहाने लगती है। वृत्र है कालामेघ जो जल को रोके हुए है। पर्जन्य है वर्षा का देवता। वह वज्र मारकर वर्षा कराता है।[1]

ऋषि वर्षागम की प्रतीक्षा में बैठा है। उसकी आँखें नीले सूने आसमान की ओर लगी हैं। ऊपर छूछा मेघहीन आसमान और नीचे जोते हुए खेत की प्रतीक्षारत हराई। मिट्टी में नमी नहीं है। बीज डाले जायेंगे तो 'ततहर' कर निष्प्राण हो जायेंगे। उनसे जीवन अंकुरित नहीं होगा। अतः ऋषि पर्जन्य की स्तुति करता है और वृत्रासुर प्रसंग का स्मरण दिलाकर कहता है, 'हे इन्द्र, तुमने वृत्र का वध करके सीता का उद्धार किया था'। ऋषि सोचता है कि इस पर्जन्य जैसा सुन्दर और सुखद नयनाभिराम और क्या हो सकता है? नीलवर्ण बड़ा ही नयन-मनोरम होता है। विश्व प्रकृति का यह सर्वाधिक सुखद रंग है। सृष्टि का मौलिक वर्ण तो काला 'कृष्ण' है। महाशार्बर ब्रह्म महातमसरूप था। उसकी कालिमा ऐसी थी कि अन्धकार का भी भक्षण कर चुकी थी, जबकि अन्धकार सर्वग्रासी रंग स्वयं है और सारे रंगों का भक्षण कर डालता है। परन्तु वह आदिम कालिमा महाआसुरी थी। वह तमसाभक्षी महाकालिमा थी। तब सृष्टि में न तो सुन्दर था और न असुन्दर। कुछ था ही नहीं। तो सुन्दर-असुन्दर का द्वैत कहाँ से आयेगा। तब जो कुछ था वह सत्ता से परे, स्मृति से परे, 'अभाव' (Non existent) के रूप में ही था। तत्पश्चात् 'भाव' अर्थात् अस्तित्व का आगमन हुआ। सत्ता जनमी। सत्ता में 'भवति' की प्रक्रिया चालू हुई। जीवन की षड् उर्मियाँ प्रवाहित होने लगीं। तब महाकालिमा का चेहरा हो गया सुन्दर 'साँवर रूप जिसके पीछे यवनिका में हिरण्याभ द्युति थी और वह द्युति मुक्ता छाया की तरह उस श्यामल चेहरे पर उद्भासित हो रही थी। यह 'साँवर', श्यामल चेहरा ही 'सगुण ब्रह्म' का प्रथम चेहरा हुआ। धीरे-धीरे वह श्यामाभ से नीलाभ हो गया और सविता का द्युतिमान द्यु मण्डल उद्घाटित हुआ। 'द्यु' का प्रथम रंग नीलाभ था। इसीलिए इसके अधिदेवता सविता के सारे रूपान्तरों-इन्द्र, विष्णु, रुद्र आदि का चेहरा भी नील-नील, सुन्दर-सुन्दर कल्पित होता है। इनमें भी, इन्द्र तो सबसे सुन्दर है। सुन्दरता की चरम सीमा है। नीले रंग की सुन्दरतम किस्म का नाम ही है 'इन्द्र नील'। यह नीलवर्ण राजा इन्द्र ही पर्जन्य बनकर आता है। आगे चलकर इस इन्द्र की लोकमंगलकारिणी भूमिकाएँ विष्णु में समाहित हो गयीं और वह रह गया अपने वज्र और उर्वशी के साथ भोगासक्त देवता मात्र।

उसका पर्जन्यरूप 'घनश्याम' विष्णु की शोभा के आगे मन्द पड़ गया। वस्तुतः आर्यों का आदिस्थान तुहिन तुषार और धुन्ध से ढँका था। सूर्य तब मधुमय था। मधुमय थी धूप। मधुमयी वह्नि-शिखा। अग्नि सुख और श्री का स्रोत जैसा लगता था। परन्तु भारतीय आकाश के नीचे शरद का वह आदिम आकर्षण उतना सुखकर नहीं। पहले आर्य वर्ष-गणना 'शरद' से 'शरद' तक करता था। 'जीवेम शरदः शतम्' की बात करता था। 'शरद' अर्थात् 'शर' (बाण) बनाने के लिए कण्डे (काण्ड) प्रदान करने वाली ऋतु। इसी ऋतु में शर और काश जैसी वनस्पतियाँ पुष्ट होकर फूटती हैं। परन्तु भारतीय ऋतुचक्र में वर्षा महत्त्वपूर्ण हो उठी। आर्य भी धनुष-बाणधारी घुमन्तू

1. गाजीपुर जनपद की लोक-संस्कृति में सिंचाई के कूपों के जल देवता का नाम है 'परगन्न' ('परगहन्न' भी चलता है)। साग-भाजी बोने वाली कोइरी जाति के लोग इसकी पूजा करते हैं कूप खनन के पूर्व। क्या यह 'परगन्न' उक्त 'पर्जन्य' का लोक संस्करण है? यों वैदिक पर्जन्य 'जल देवता' नहीं 'वर्षा देवता' है। वह 'इन्द्र' माना गया है।

नहीं है रहा। वह कृषक हो उठा। 'आर्य' शब्द के मूल में हिन्दी-यूरोपीय 'अर' धातु जिसका अर्थ होता है कर्षण।

आर्य माने होता है 'किसान'।किसान के लिए सुहावनी मेघमाला से अधिक सुन्दर और क्या हो सकता है? फलत: प्रमुख देवता इन्द्र और बाद में 'विष्णु' आकाश के इस मांगलिक रूप से युक्त हुए। मेघ-मास को 'भाद्र' मास कहा गया जो 'भद्र' शब्द से निकला है। 'भद्र' का अर्थ 'सुन्दर' और 'मंगलमय' होता है। इसी से हिन्दी का 'बादल' शब्द भी निकला है। 'भाद्र' > भादर > 'बादर'। भद्र पहले थे अग्नि और सोम। बाद में यह शब्द रामचन्द्र से भी जुड़ा 'राम-भद्र' के रूप में। 'भला' शब्द भी 'भद्र' भद्द[1] से निकला है। भला रामचन्द्र से बढ़कर 'भला मानुष' और कौन होगा? अत: लोक में उन्हें 'रामभद्र' कहा जाता था। शरद-विमुग्ध आर्य सविता, अग्नि और आदित्य के पूजक थे। ये सभी हिरण्यवर्ण देवता हैं। विष्णु और इन्द्र भी हिरण्यवर्ण हैं। परन्तु श्यामकाय निषादों और हिन्दुस्तानी पावस के सम्पर्क में आकर उन्हें श्यामवर्ण सुन्दर लगा और तब 'पर्जन्य' को इन्द्र रूप माना गया। विष्णु का वर्ण मेघ श्यामल माना गया।

वर्षाकाल का मनोरम वर्णन 'रामायण' में है। परन्तु इसके भी पूर्व वेदों में वर्षाकाव्य पर्जन्य सूक्तों के रूप में आता है जिनके अधिदेवता हैं इन्द्र। अथर्ववेद तक आते-आते मन्त्रद्रष्टा ऋषि का मन भी प्रकृति की सुषमा के प्रति आसक्त हो चुका था जो कि संहिताकाल के प्रथम चरण में अनुपस्थित है। अथर्ववेद का (का-4, अ. 3, सू. 5) वर्षाकाव्य हमें वाल्मीकि के वर्षा-वर्णन की याद दिलाता है। गोया एक ही इन्द्र जो वेदों की मधुमती वाङ्भूमि पर बरसा, महाकाव्य की पार्थिव भूमि पर भी बरस गया हो।

'पूर्वादि दिशाएँ वायु से संयुक्त मेघों से मिलित होवें। ये मेघ पुंजीभूत होकर दिशाओं को अपने आच्छादन से ढँक लें। जैसे सेचन समर्थ साँड़ हँकड़ता है वैसे ही वायु प्रेरित मेघ हँकड़ते हुए जलधारा से पृथ्वी को कामतृप्त करें और वह औषधियों (अन्नों) की प्रसविनी हो'।।1।।

'शोभन, दानशील मरुद्गण अनुग्रह करें। वर्षा का जल धान, जौ आदि औषधियों और पृथ्वी में वपन किये गये बीजों से युक्त हो। वर्षा की जलधारा पृथ्वी का अभिषेक करे। वर्षा की धारा से अलंकृत होकर वसुन्धरा नाना प्रकार की औषधियों के अवान्तर भेदों से ढँक जाय'।।2।।

'हे वृष्टि के अभिमानी देवता पर्जन्य, गरजते हुए वर्षाकालीन मरुद्गण तुम्हारा ही (जय) घोष करते हैं, तुम्हारी वृष्टि की बूँदें पृथ्वी को सिक्त करती हैं'।। 4।।

'हे मरुद्गण, उदधि से जल को प्रेरित करो। दीप्त और अर्चनासाधन मेघों का उद्गमन कराओ'।। 5।।

---

1. हिन्दी में एक शब्द है 'भद्दा' (विकृत)। हिन्दी की एक पुस्तक में इसे भी 'भद्र' से निकला बताया गया है। परन्तु यह बात नहीं है। यह 'भद्दा' प्राकृत 'भद्द' (भद्र) से कोई सम्बन्ध नहीं रखता। यह किरात शब्द है। किरातों की प्रसिद्ध शाखा 'बोडो' (Bodo) का ही बोड > भोद् > भोट ('भुटिया' या 'भूटान' शब्द में) रूप होता गया है। 'भोट' का ही 'भोत' ('भोथर' अर्थात् dull) और 'भोद् > भोद्दा > भद्दा तथा बोदा' शब्दों में रूपान्तर घटित हुआ है। ध्वनि साम्य के बावजूद यह भिन्न जाति-गोष्ठी का शब्द है।

'हे पर्जन्य देवता, तुम शब्द करो, मेघों के भीतर प्रवेश करके घोष करो, जल ग्रहण करते हुए जलधि का मर्दन करो, भूमि को वर्षा से सिक्त करो,... तुम्हारे द्वारा प्रेरित मेघ आवें और उनके धारासम्पात से सूर्य छिप जाय'।। 6।।

'दिशा-दिशा में विद्युत स्फुरित हो, बिजली कड़के, मेघों के संचालक वायु का दिशा-दिशा में संचार हो। हे शोभन, दानशील मरुद्गण यह मेघस्थित जल, वर्षा, विद्युत् तथा अजगर की तरह धावमान वारिधारा तुम्हें तृप्त करें और धरती को प्लावित करें'।। 10।।

'प्रजापालक संवत्सररूप सूर्य समुद्र से जल प्रेरित करने के लिए उदधि का मर्दन करे; व्यापक वेगवान अश्व की तरह मेघ का वीर्य वर्धित हो। हे पर्जन्य, इस वर्धित वीर्य वाले मेघ के साथ तुम हमारे पास आओ'।। 11।।

'हे मण्डूक कन्या, आनन्द से प्रकृष्ट शब्द करो। जिस ध्वनि से वर्षागम होता है वे घोष ध्वनियाँ करो। वृष्टिजल से सरोवर भर जायेगा और तब तुम हाथ-पैर फैलाकर यथेच्छ संतरणविहार करना'।। 14।।

'हे खण्वरवा, हे खैमरवा, हे दादुरी, तुम अपने घोष से वृष्टि प्रदान कराओ। पितरगण मरुतों को वशीभूत करके वर्षा-अभिमुखी करावें।'।। 15।।

—पर्जन्य और मरुत की वन्दना में लिखे गये ये अथर्व-मन्त्र महाकाव्यों में आये वर्षावर्णन के संवेग, घोष और प्रवाह के मूल स्रोत हैं। यही पर्जन्यरूप 'इन्द्र' वैदिक युग में सीता (फसल की हराई) का पति था। 'सीता' पर एक प्रसिद्ध मन्त्र इस प्रकार है—

'सीते वन्दामहे त्वावार्ची सुभगे भव।
यथा नः सुमना असि यथा नः सुफला भव।।'

(हे सीते, हम तुम्हारी वन्दना करते हैं। तुम हमारे प्रति सुभगा (सौभाग्यवाली) बनो और सुमना (पुष्पवती) तथा सुफला (फलवती) होने की दशा ग्रहण करके अभिमुख होओ।)

यह फसल की हराई के प्रति वन्दना है। यह सीता 'शूनासीर' (हल) द्वारा कर्षित होती है, पर्जन्य द्वारा सिंचित होती है और सूर्य रश्मि द्वारा परिपक्व फसल से युक्त होकर सुफला होती है। यह मन्त्र लोकायत संस्कृति से जुड़ा है इतिहास से नहीं। आर्यों का समस्त जीवन यज्ञभावापन्न था और किसी-न-किसी रूप में मन्त्र से जुड़ा था। कृषि भी कल्पों (rituals) से समृद्ध थी। आज भी 'यजमान' किसान का हल ठोंकने के प्रथम दिन बढ़ई आकर हल की पूजा करवाता है, 'समहुत'—कर्म का सम्पादन होता है। 'हल' को देवता मानकर एक थाली जौ या धान, गुड़, हल्दी और दही आदि अर्पित करके, जो बढ़ई का प्राप्य होता है, किसान पगड़ी बाँधकर सामने जलपूर्ण घट आदि मंगल द्रव्य रखकर मौन रूप में खेत को प्रस्थान करता है। जाते समय कोई टोके न, अतः चुपचाप जाता है, श्रद्धापूर्वक जाता है, फिर खेत को नापकर 'हलप्रवाहण' मुहूर्त के अनुसार विशिष्ट स्थल से, विशिष्ट दिशा में मुँह कर पृथ्वी पूजा करके हल चलाना आरम्भ करता है। आदिम आर्य ने 'हल' को 'इन्द्र महाराज' के रूप में देखा और इस लोकायत भाव का ही आवेश 'सीता' सम्बन्धी ऋचाओं और मन्त्रों में आ गया है। यहाँ कोई दर्शन नहीं बल्कि लोक-संस्कृति का आवेश है। आर्य कृषक और गोपालक दोनों था शुरू से ही। यों उसकी कृषि

का प्रारम्भिक रूप अस्थायी था। आज के मैमनसिंहिया बांग्लादेशी की तरह, जो जहाँ भी नदी की नयी मिट्टी पाते हैं, कृषि कर लेते हैं। 'आर्य' (इण्डो-आर्यन 'अर' धातु से) का अर्थ है कर्षण करने वाला कृषक। यों एशिया में ही यह 'आर्य' शब्द ज्यादा प्रचलित था। नार्डिक आर्यों में उनका पुराना जातिसूचक शब्द है ˇपतवे (वीरस्)। 19वीं शती के भाषा वैज्ञानिकों ने 'आर्य' शब्द को ही ज्यादा चला दिया। यह 'वीरस्' ही वीर शब्द के मूल में है। जब वह मृगयाजीवी और शर-धनुष को निरन्तर धारण करने वाला था, उस स्तर का द्योतक है 'वीर' शब्द। एशिया में वह घुमन्तू कृषक और बाद में नदी घाटी का स्थायी कृषक बना, तो शतशः 'आर्य' बन गया, 'शालीन' ('शाला' यानी घर-द्वार वाला) बन गया। यों निषाद भाषा (Austro Mongoloid) में भी वीर शब्द था जिसका अर्थ होता है 'शक्तिधर अपदेवता' या 'प्रेतात्मा'। बरम-वीर के अर्थ में यह भी हिन्दी में प्रचलित है आर्य शब्द 'वीर' (साहसी या बहादुर के अर्थ में) के साथ-साथ। हिन्दी-भाषा आर्य और आर्येतर दोनों परम्पराओं की उत्तराधिकारिणी है।... रामायण के जनक सम्भवतः ऐसे ही लोकायत कृषि-कल्पों का प्रतिवर्ष सम्पादन करते थे। कृषिकर्म की महत्ता उन दिनों सर्वमान्य थी। अतः उनका अपना नाम था 'सीरध्वज' ('सीर' अर्थात् 'हल') और यही कारण है कि उन्होंने अपनी पुत्री का नाम 'सीता' अर्थात् 'फसल-लक्ष्मी' (धान्य-लक्ष्मी) प्यार से रखा हो। बाद में महाकाव्य की नायिका के उपयुक्त एक दैवीजन्म (अयोनिजा कन्या की बात) की कथा कवियों ने उस कन्या से जोड़ दी, उसे अतिमानवीय महत्ता देने के लिए। महाकाव्य की कथा का विकास ही इस रूप में हुआ कि नायक एक ओर तो आदित्य या सविता का अवतार बनता गया, दूसरी ओर कथा में उसकी भूमिका भी 'प्रच्छन्न इन्द्र' की थी और वह त्रेतायुग के देवासुर संग्राम का अधिनायक था। अतः नायिका में सविता-शक्ति सावित्री (श्री) और पर्जन्य-पत्नी सीता के तत्त्वों का आवेश कराने के लिए ही उसके अतिमानवीय या दैवी-जन्म-रहस्य की कथा कल्पित की गयी। मानवीय स्तर पर 'सीता' एक सुन्दर शब्द था और उस काल का श्रद्धा-उत्पादक, शब्द था, अतः उक्त राजकन्या का नाम रखा गया सीता। आज सीता-चरित्र जिस रूप में प्राप्त है वह सामान्य मानवीय स्तर से ऊर्ध्व एक प्रतीक-चरित्र है और इसे प्रतीक-चरित्र बनानेवाली है महाकवि को वाङ्मयी विरासत के रूप में मिली 'परमा स्मृति' (Racial Memory)।

'सीता' (अर्थात् वैदिक अधिदेवता-चरित्र सीता) इन्द्र से ही नहीं 'इन्द्र' और 'पूषन्' दोनों से जुड़ा है। इन्द्र पर्जन्यरूप से सीता को सींचता है और 'पूषन्' अर्थात् सूर्य उसको रश्मि प्रदान कर पुष्ट और परिपक्व फसल वाली बनाता है। सूर्य-रश्मि के अभाव में खेती सड़ जाती है। अतः सीता अर्थात् फसल की रेखा से इन्द्र और पूषन् दोनों जुड़े हैं। इन्द्र के लिए एक वैदिक शब्द है 'शूनासीर' यह 'शून' और 'सीर'—दो शब्दों से बना है। 'सीर' लोहे का 'फाल' है और 'शून' काष्ठ भाग। शून शब्द का अर्थ 'सुख' एवं भग भी है। शूनासीर का अर्थ सुख का दाता, प्रेरक, उत्कर्षक होता है। यह भाव पहले इन्द्र के साथ जुड़ा था। पौराणिक युग में इस भाव का आधान विष्णु में हो गया।

परन्तु मूल वैदिक कल्पना में 'मित्रावरुण' की तरह यह युग्म देवता प्रतीक था। मित्रावरुण में तेज (पुरुषतत्त्व) और जल (नारी तत्त्व) का युग्म है। 'दो' संयुक्त होकर 'एक' है। यह मध्वाचार्य

के 'द्वैतवाद' का मूलबिन्दु है। वैसे ही 'शूनासीर' एक युग्म देवता है। मूलरूप में यह मित्रावरुण है। 'शूना' (वरुण) एवं सीर (मित्र) बाद में यह वायु और आदित्य के जोड़े के लिए आया। सायणाचार्य ने शूनासीर का अर्थ 'वायु' और 'आदित्य' का युग्म ही बताया है। अब पर्जन्य को लें। पर्जन्य की रचना होती है, सूर्य द्वारा मर्दित जलधि के वाष्प और वायु के संयोग से। अत: 'शूनासीर' का लाक्षणिक अर्थ बना पर्जन्य और इस अर्थ में यह 'इन्द्र' हुआ। फिर यह शब्द इन्द्र के ही लिए चालू हो गया।

'शूनासीरेह स्ममे जुयेथाम्। यद् दिति चक्रथु: पयो स्तेनमामुपसिंचतम्।'

(अथर्व, 3/4/2, मन्त्र 7)।

(हे शूनासीर देवता द्वय तुम क्षेत्र में हमारी दृष्टि को ग्रहण करो। जो पय (जल) आकाश में तुमने उत्पन्न किया है उससे भूमि को सींचो)-यहाँ देवता द्वय है वायु और आदित्य (सायणाचार्य)। वैदिकयुग का 'भगवान' था इन्द्र। वही 'पालनकर्ता' देव था। परन्तु वैदिकोत्तर युग का 'भगवान' हो गया विष्णु। विष्णु पालनकर्ता हुआ। विष्णु की पत्नी 'सीता' (धान्यलक्ष्मी) हो गयी। 'सीता' का बिम्ब इन्द्रपत्नी से बदलकर विष्णुपत्नी का रूप क्यों लेता है, इसका रहस्य छिपा है, विष्णु के वृहत्साम का लोकायत जीवन में निरन्तर वर्द्धमान होते रहने में। विष्णु को लोकायत और वैदिक आख्यानविदों, सुपर्णों की कल्पना और प्रतिभा का बल मिला। इन्द्रोपासना 'हीनयान' होती गयी। विष्णु-उपासना निरन्तर 'महायान' बनती गयी। अत: इन्द्रपत्नी 'सीता', सोम की 'सीता-सावित्री' तथा आदित्य की 'श्री' इन सबका समाहार होता गया वैष्णवी 'शक्ति' के रूपों में।

पुनश्च

(1) 'एको सद्विप्रा बहुधा वदन्ति' वाला तथ्य प्रत्येक वैदिक भाष्यकार स्वीकार करके चलता है। इनमें भी द्वादश आदित्यों की परस्पर पर्यायवाची स्थिति और एक ही आदित्य देवता के द्वादश रूपों के रूप में उनकी स्वीकृति सर्वमान्य थी। विशेष रूप से 'इन्द्र' और 'विष्णु' शब्दों को अनेक भाष्यकारों ने विविध स्थलों पर समानार्थक रूप में ग्रहण किया है। उदाहरण के लिए एक बहुत प्रसिद्ध मन्त्र है—

'प्रतद् विष्णु स्तवेत वीर्येण मृगो न भीम: कुचरो गिरिष्ठा:।' में 'कु' का अर्थ सायणाचार्य ने 'भूमि' या 'धरती' किया है, अत: 'कुचर' का अर्थ हुआ 'कुषु सर्वासु भूमिषु लोक भये संचारी वा' (सायण) जो भूमि या तीनों लोकों में संचरण करता है। वस्तुत: यह मन्त्र द्युलोक के सविता का है जो भूमि (कु) पर अवतरण करके विचरण करता है ('कुचर:)। यही 'अवतार' की मूलभूत कल्पना है। उवटाचार्य और महीधराचार्य ने सविता को 'इन्द्र' मानकर इसकी व्याख्या में लिखा है—

'सर्वैरेतै: मृगादिभि: पदै: इन्द्रो विशिष्यते। स हि विष्णोरुपमानं भवितुमर्हति। ...इन्द्र: कुचर:, कौ पृथिव्यां चरति कुचर:। मत्स्य-कूर्मादिरूपेण इन्द्र: पृथिव्यां चरति।' अर्थात् 'विष्णु का उपमान मृगरूपधारी इन्द्र मत्स्य कूर्मादि रूपों में पृथ्वी पर विचरण करता है।' तथ्य तो यह है कि यदि विष्णु का प्राधान्य लोक संस्कृति के माध्यम से नहीं प्रतिष्ठित होता तो सारे 'अवतार' प्रधान देवता

इन्द्र के ही अवतार कहे जाते। रामावतार में तो यह और अधिक स्पष्ट रूप में सामने आती है कि राम सीता-पति के रूप में 'पर्जन्य' (इन्द्र) हैं और 'दैवासुरम्' के 'इन्द्र' भी हैं। यद्यपि भारतीय दृष्टि से 'इन्द्र' और 'विष्णु' दोनों ही आदित्य की दो संज्ञाएँ हैं, अत: भेद या फर्क की बात उठाना ही मूर्खता है। तो भी राम को इन्द्र का अवतार (यदि अवतारवाद इन्द्र से जुड़ा होता तो) कहना अधिक युक्तिपूर्ण और ऋजु तथ्य लगता है।

(2) रामकथा की नायिका का नाम 'सीता' ही है। 'सीता' शब्द का मूल रूप 'सिता' भी हो सकता है जिसका अर्थ होगा 'गौरी' या 'मनोरमा स्त्री'। बाद में लोककण्ठ में इसका रूप 'सीता' हो गया होगा। अन्य शब्दों के साथ भी ऐसी दुर्घटना हुई है जहाँ विकृत रूप ही 'प्रकृत' मान लिया गया है। जैसे 'भयरव' का 'भैरव'।

(3) 'लांगल' (हल) का एक अभिधानगत अर्थ 'लिंग' भी होता है (शब्दकल्पद्रुम)। 'ल' के द्राविड़ रूप का उच्चारण 'ड़' की तरह होता है। इसी से इस शब्द से मिलते-जुलते उच्चारण वाला एक शब्द भोजपुरी में लिंग के लिए चलता है। महाकाव्य की सीता एक 'अयोनिजा' कन्या है। परन्तु मुझे तो लगता है कि इस लोकश्रुति का तात्पर्य मात्र इतना ही है कि इस कन्या के जन्म में किसी व्यक्तिवाचक 'योनि' का महत्त्व नहीं। महत्त्व है 'लांगल' का और यह 'लांगल' था राजा जनक का। तन्त्राचार की अनेक क्रियाओं में व्यक्तिवाचक 'योनि' देवी-प्रतीक बन जाती है। सीता के जन्म के पीछे किसी गोपन तन्त्राचार का संकेत इस प्रवाद के पीछे छिपा रह सकता है।

5. इन्द्र और पूषन् : राम और लक्ष्मण

वैदिक साहित्य में युग्म देवता का बिम्ब अति प्राचीन है। मित्रावरुण, शूनासीर, इन्द्र-पूषन्, इन्द्र-सोम, अग्नि-सोम आदि से होते हुए इन्द्र-उपेन्द्र, नर-नारायण, राम-लक्ष्मण, कृष्ण-बलराम, वासुदेव-संकर्षण, कृष्णार्जुन आदि पौराणिक स्तर तक, क्या लोकायत स्तर में आकर आल्हा-ऊदल और सँवरू (श्याम रूप), लोरिक (हल्लिक) जैसे लोक-साहित्य के नायकों तक 'युग्म'—भाव की परम्परा चलती है और इन्हें ठीक से विश्लेषित किया जाये तो मूल वैदिक बिम्ब मित्रावरुण अर्थात् 'मित्र' (तेज) 'वरुण' (अप, मधु, तमस्) के तत्त्वों का ही प्रत्येक जोड़े में सचेत या अचेत भाव से आवेश आता गया है। अचेत भाव से इसलिए कि समूल मन की 'परमा स्मृति' (तूंबपंस डमउवतल) सामूहिक चेतना में इस बिम्ब को दृढ़तापूर्वक स्थापित कर चुकी है—अत: लोक-साहित्य के पथ पर भी ये 'बिम्ब' स्वयं उतर गये हैं। मित्र है वासुदेव-तत्त्व, वरुण है संकर्षण-तत्त्व। वरुण जलरूप में अग्रजन्मा है। वासुदेव कनिष्ठ है (यद्यपि रामकथा में यह क्रम उलट गया है)। वरुण आदिम है, आसुरि है, उग्र है, मधुमय है, उत्तेजनापूर्ण है, लापरवाह, अलमस्त है। उसकी एक संज्ञा ही है 'महाअसुर'। इसी से वह संकर्षण-तत्त्व है। वैदिक देवताओं में पूषन्, मरुत, रुद्र आदि 'संकर्षण' तत्त्व वाले देवता हैं। इन्द्र, सोम, सूर्य, विष्णु आदि वासुदेव-तत्त्व वाले देवता हैं। शूनासीर युग्म में वायु और आदित्य का जोड़ा है जो संयुक्त रूप से पर्जन्य' या इन्द्र का प्रतीक होता है। यह बात हमने अन्यत्र लिखी है। इसमें वायु या मरुत 'संकर्षण' है, 'लक्ष्मण' है और आदित्य विष्णु है, रामचन्द्र है। दोनों मिलकर 'पर्जन्य' हैं और ये 'सीता' से जुड़े हैं। यह एक प्रकृति-विज्ञान की

'मिथ' मात्र है। इस पर मानवी स्थितियों और विधानों का आरोपण करना ठीक नहीं। यह मिथ एक 'भावरूढ़ि' के रूप में रामकथा में उतरी है; 'कथारूढ़ि' या 'रूपक' के रूप में नहीं कि इसको सामाजिक विधान कसकर देखा जाये। एक वैदिक मन्त्र है—

'इन्द्रः सीतां निगृहणातु तां पूषाभि रक्षतु
सा नः पयस्वती दुहानुत्तरां समाम्।'

(इन्द्र सीता को (पति-पत्नी की तरह) नीचे झुककर ग्रहण करे (या गहरी करे) और पूषा चारों ओर से उसकी रक्षा करे। यह सीता उत्तरोत्तर पयस्वती होवे।)

यहाँ इन्द्र और पूषन् दोनों सीता से जुड़े हैं अर्थात् सम्बन्ध सूत्र में बँधे हैं। परन्तु इन्द्र का सम्बन्ध भिन्न है और पूषन् का भिन्न। इन्द्र उसे पत्नी की तरह ग्रहण करता है और पूषन् उसकी सब ओर से देखभाल करने वाला 'देवर' (मित्र, बन्धु या ऐसा ही कोई और) है। गोसाँईंजी की प्रसिद्ध चौपाई का मर्म इस मन्त्र में व्यक्त हो गया है—'उभय बीच सिय सोहति कैसी। ब्रह्म जीव बिच माया जैसी।' जीव-तत्त्व को ही 'संकर्षण' कहा गया है और ब्रह्म-तत्त्व को वासुदेव (वैष्णव चतुर्व्यूह सिद्धान्त)। पूषन् भी संकर्षण-तत्त्व है और इन्द्र यहाँ पर ब्रह्म या वासुदेव-तत्त्व का प्रतीक है। अतः इस मन्त्र की 'भावरूढ़ि' रामकथा में स्पष्टतः प्रतिष्ठित हो गयी है। रामकथा में राम, विष्णु (उपेन्द्र) के अवतार हैं अवश्य। परन्तु महाकाव्य की मूल थीम का ढाँचा 'दैवासुरम्' द्वन्द्व का है और राम 'प्रच्छन्न इन्द्र' की भूमिका लेकर उतरे हैं। इस बात का स्पष्ट संकेत कौशल्या के आशीर्वाद में व्यक्त हो गया है (देखिए 'निबन्ध' 'प्रिय पुत्र, अमृत लेकर लौटना)। सतही दृष्टि से रामकथा राम और रावण का व्यक्तिगत द्वन्द्व है। परन्तु वाल्मीकि ने इसमें देवताओं और असुरों के सनातन द्वन्द्व का आवेश भरा है। उत्तरकालीन भारतीय जनता भी इसे इसी रूप में देखने की अभ्यासी है कि यह कथा बाहर इतिहास में और भीतर मनुष्य के मन में चल रहे 'शिव' और 'अशिव', शुभ और अशुभ के अविराम द्वन्द्व का प्रतीक है। अतः वैदिक इन्द्र और पूषन् की जोड़ी का अर्थ होता है महाकाव्य के राम-लक्ष्मण की युगल जोड़ी।

पौराणिक युग में पूषन् महत्त्वपूर्ण नहीं रहा। ब्राह्मण युग से प्रचलित तैंतीस देवताओं की सूची (12 आदित्य + 11 रुद्र + 8 वसु + 2 विश्वेदेवाः अथवा अश्विद्वय) में पूषन् को बारह आदित्यों में से एक माना जाता है।

सविता (द्युमण्डल) ही अन्तरिक्ष मण्डल में बारह आदित्य और सोम रूपान्तरित हो जाता है। इन्द्र, वरुण, विष्णु, आर्यमा आदि आदित्य मात्र हैं। वैदिक युग में इन्द्र नामक आदित्य का प्राधान्य था तो पौराणिक युग में विष्णु-आदित्य का हो गया।

परन्तु पूषन् का वैदिक चरित्र अग्नि (वसु) और रुद्र के निकट हैं और अनेक स्थलों पर पूषन् को 'अग्नि' तथा 'रुद्र' माना भी गया है। वेदों में पूषन् के लिए 'कपर्दी' (जटाजूटधारी) शब्द आया है जो अग्नि और रुद्र दोनों के लिए चलता है। अग्नि और रुद्र दोनों तत्त्वों का आधान वैष्णवों ने अपने चतुर्व्यूह सिद्धान्त में 'संकर्षण' में माना तथा सोम, इन्द्र और आदित्य का आधान 'वासुदेव' में। अतः पूषन् कालान्तर में विकसित संकर्षण के ही पूर्व रूपों में से एक है। पूषन् सम्बन्धी कुछ मन्त्र (ऋग्वेद, पृ. 6, सूक्त 55) इस प्रकार हैं: 'हम अपने महारथी, कपर्दी (जटाजूटधारी), अतुल ऐश्वर्य के पति, अपने बन्धु पूषन् से धन की प्रार्थना करते हैं।'

'हे दीप्तिशाली पूषन्, तुम धन के प्रवाह हो, धन की राशि हो, छाग ही तुम्हारा वाहन है, तुम स्तोता के मित्र हो।'

'हम उसी छागवाहन अन्नयुक्त पूषा की स्तुति करते हैं जो लोक में भगिनी (उषा, सावित्री-कला) का प्रणयी (जार) कहा गया है।'

'हम रात्रि रूपिणी 'माता' (विश्व-माता) के पति पूषा की स्तुति करते हैं। अपनी 'भगिनी का जार' हमारा स्तोत्र सुनो, इन्द्र का सहोदर भ्राता हमारा मित्र हो।'

इन स्तोत्रों से पता चलता है—1. पूषा मूल रूप में 'छागवाहन' अग्नि या यज्ञरूप प्रजापति था। 2. उसका उपासकों से आत्मीय भाव था और वे उसे मित्र या बन्धु भाव से ग्रहण करते थे। यह अतिशय निकटता ही 'प्रमोद वाक्य' 'भगिनी का जार' कहे जाने का कारण है। 3. पूषन् इन्द्र का सहोदर अर्थात् अदिति का पुत्र आदित्य भी है। इसी से वह उषा का जार है। आदित्य या सूर्य उषा के साथ जन्मता है, अतः भाई है। उषा उसी के प्रकाश का उद्भास है, अतः उषा उसकी पत्नी और प्रेमिका है, साथ ही वह पुत्री भी है। 'उषा' और 'आदित्य' मानवीय इकाइयाँ नहीं। ये नैसर्गिक सत्ताएँ हैं। मानवीय सन्दर्भ में प्रेमिका, बहन, माँ, पुत्री आदि सम्बन्ध 'यौन सम्बन्ध' के विधि-निषेधों के प्रतीक हैं। परन्तु यह 'यौन सन्दर्भ' की बात प्राकृतिक सन्दर्भ में नहीं उठती। बिजली का 'तार' और बिजली की 'शक्ति' में कोई यौन सम्बन्ध नहीं। परन्तु उपमा-रूपक की भाषा में कह सकते हैं कि 'बिजली' उस तार की सहचरी या पुत्री है।

पूषा की मूल स्थिति लोकदेवता जैसी रही होगी। वैदिक साहित्य से पता चलता है कि वह पशुपालों-गोपों का देवता था। ये जातियाँ अपनी लोकायत पूजाओं में ऐसे 'प्रमोद वाक्य' और 'धिक्कार वाक्य' आज भी लौकिक मन्त्रों में बोलती हैं जिन्हें ये 'कड़खा' (कर्षवाक्य या उत्कर्ष वाक्य) कहते हैं। यह देवता को उत्तेजित करके जगाने के लिए होता है। हनुमान के अनेक लोकमन्त्रों में "यदि 'अमुक' कार्य न सम्पन्न होवे तो तुम्हें धिक्कार, तुम्हारी अंजनी माँई के दूध को धिक्कार" ऐसे शालीन 'कर्षः वाक्य' रहते हैं।[1]

पूषा का आयुध था 'चक्र' और लौह-अंकुश (लोहाग्रदण्ड)। वह गोधन का रक्षक है। चोरों और पापियों का संहारक है। इन्द्र को सोमरस प्रिय है तो पूषा को घृत-सिक्त सत्तू का पुरोडाश। यह बहुत कुछ भोजपुरी लोगों की गुड़, सत्तू और घी की मिश्रित 'ढूँढी' (ढूँढि) है। काशी में गणपति का रूप पूज्य है 'ढूंढि गणेश'। अतः 'भगिनी का जार' वाली बात एक वैज्ञानिक तथ्य की प्रमोद वाक्य के रूप में अभिव्यक्ति है जो लोकदेवता होने के कारण पूषा से जुड़ गयी है।

---

1. एक लोकायत देवी मन्त्र का एक अंश इस प्रकार है (मन्त्र की अधिदेवता है 'कालकर्णी' भगवती) : "एक टुकड़ी से दो टुकड़ी। दो टुकड़ी से तीन टुकड़ी। एक टुकड़ी में नौ बीज।... जय हो माई 'रथवन्ती' की, कालकर्णी की ! रही थी कभी तू ब्रह्मा के द्वार पर। धिक्-धिक् रे माई, तूने कौन कर्म किया कि तुझे मर्त्यलोक की पूजा खानी पड़ी। माई अब तो वचन की नाम की लाज रख !" पूरा मन्त्र उद्धृत करने की आवश्यकता नहीं। हमारा तात्पर्य धिक्कार-उक्ति से ही है। यह मन्त्र हमारे गाँव के स्वर्गीय बैजनाथ गोंड का अनुभूत और सिद्ध मन्त्र था। इसकी भाषा भोजपुरी है। ऐसे ही लोकायत मन्त्रों के लिए गोसाँईंजी ने लिखा है: "अनमिल आखर अरथ न जापू। प्रगट प्रभाव महेश प्रतापू।" इसमें कुछ अर्थहीन व्याहृतियाँ हैं। अन्त में गौरी महादेव की दुहाई है, परन्तु प्रारम्भ की 'एक टुकड़ी से दो टुकड़ी आदि का दार्शनिक अर्थ भी है।

पूषा ऊष्मा (अग्नि) का देवता है। अतः यह 'अग्नि' और 'सूर्य' दोनों है। ऊष्मा (गर्मी) अग्नि और सूर्य दोनों का गुण है। अतः पूषा छागवाहन (छाग या मेष यज्ञपशु है) अग्नि और आदित्य दोनों ही हैं। यह इन्द्र का सहायक और सहोदर दोनों है, यह बात पूरे वैदिक साहित्य में बार-बार आयी है (ऋ. सू. 59, मं. 6):

'एक (पूषा) का वाहन छाग है तो दूसरे (इन्द्र) के दो दीर्घकाय अश्व। वह दूसरा (इन्द्र) इन्हीं दीर्घकाय अश्वों के साथ वृत्रासुर के संहार की क्रिया करता है'।। 3।।

'जिस समय अतिवर्षक इन्द्र वृष्टि करते हैं उस समय पूषा उसके सहायक होते हैं'।।4।।

ऊष्मा से ही वाष्प और मेघ का संचरण होता है, अतः वह पर्जन्य का सहायक है। सूक्त 58 में कहा गया है कि यह पूषा सूर्य का दूत है। इसकी हिरण्यमयी नौकाएँ (किरणें) समुद्र (अन्तरिक्ष) में चलती हैं। यह सारे प्राणियों को प्रकाशित करने के लिए लोहाग्रदण्ड लेकर नभ-मण्डलं में विचरण करता है।

पूषा को 'भगिनी का जार' या 'जार' कहने का एक ज्योतिषशास्त्रगत कारण भी है। पूषा या पूषन् आश्विन मास के सूर्य का नाम है। तब सूर्य कन्या राशि में रहता है। 'कन्या' अर्थात् अविवाहिता, कुमारी। द्वादश मास के सूर्यों से द्वादश राशियाँ पत्नीभाव से युक्त होती हैं, कन्या राशि का भोक्ता होने से यह प्रति नहीं 'जार' है। इस प्रकार पूषन् जार भाव से जुड़ा हुआ बिम्ब है। यों ये बात आज के लोकमन में खटकेगी। हम वैदिक बिम्बों को तटस्थ भाव से ग्रहण न करके मानवीय अर्थ में, मानवीय स्थितियों के सन्दर्भ में ग्रहण करने के अभ्यासी हैं। प्रसिद्ध वैदिक विद्वान महामहोपाध्याय श्रीपाद दामोदर सातवलेकर ने अहल्या प्रसंग पर लिखते हुए 'जार' शब्द के अन्य अर्थों पर ही जोर दिया है। जार का अर्थ 'गुप्त प्रणयी' तो सर्वजन विदित है ही। परन्तु इस शब्द के अन्य अर्थ होते हैं—चाटुकार, विनयी, सेवक, स्तोता, प्रशंसक तथा जीर्ण करने वाला आदि। अतः 'बहन का जार' का अर्थ बहन का भक्त या स्तोता भी ले सकते हैं, यह कहना कठिन है कि वैदिक युग में इस शब्द का वही अर्थ था जो आज हम लेते हैं। अर्थ बदलते भी रहते हैं। ऐतिहासिक और लौकिक कारणों के दबाव से उनका अर्थ 'चपटा' और 'विकृत' होता रहता है। 'पाखण्ड' शब्द पवित्र बौद्ध साधुओं के लिए कभी प्रयुक्त होता था। अशोक के एक अभिलेख में ऐसा ही प्रयोग मिलता है। पर आज उसका अर्थ अच्छा नहीं। 'हरि' शब्द का अर्थ पहले था अश्व और सूर्य, फिर हुआ सिंह और इन्द्र तथा विष्णु। आज 'हरि' माने केवल 'विष्णु'।

'हरित' का मूल अर्थ है 'रोहित'। इसी से एक सूर्य-मन्त्र में 'नमो हरित वर्णाय'... आदि मिलता है। तो आज कहना कठिन है कि यह 'जार' उस युग में ठीक-ठीक किस अर्थ का द्योतक है, 'गुप्त प्रेमी' या 'स्तुतिकर्ता' या 'उपासक' का? यों जार प्रेमिका की स्तुति तो करता ही है। परन्तु इतना निश्चित है कि 'पूषन्' की लोक-प्रचलित उपाधि थी 'भगिनी का जार'। यह पूषन् 'अग्नि' तत्त्व है अतः रुद्र और संकर्षण-तत्त्व का प्रतिनिधि है। रामकथा में 'इन्द्र' है राम तो 'पूषन्' है लक्ष्मण। लक्ष्मण संकर्षण के ही अवतार माने जाते हैं। एक अन्य प्रसिद्ध मन्त्र है और परम्परा से इसे 'रामकथा' से पण्डित लोग जोड़ते हैं। कुछ लोगों का तो मत है कि यही एक मात्र वैदिक मन्त्र है जो 'रामकथा' से स्पष्ट भाव से जुड़ा है। (डॉ. सुकुमार सेन: 'रामकथा प्राक् इतिहास')। इस मन्त्र में भी 'पूषन्' के लिए 'भगिनी का जार' ही आया है।

'भद्रो भद्रया सचमान आगात्
स्वसारं जारो अभ्येति पश्चात्
सुप्रकेतैर्द्युभिर् अग्निर्वितिष्ठन्
रुशदीमर्वणैर् अभिरामम् अस्थात्।'

(ऋ./10/3/3)[1]

"भद्र भद्रा के साथ आगे-आगे चले, पीछे 'बहन का जार' चल रहा है। समुज्वल ज्योति लेकर में स्थित अग्नि ने ज्योतिर्मय आभा देते हुए राम को द्यु विदाई दी।" डॉ. सुकुमार सेन ने यही अर्थ किया है। 'अग्नि' पिता वाचक है यह दशरथ या जनक के लिए हो सकता है। डॉ. सुकुमार सेन ने इसका अर्थ बैठाते हुए 'दस्र' और 'नासत्य' (अश्विद्वय) में प्रथम को 'भद्र' माना है और दूसरे को 'जार' तथा 'भद्रा' और 'भगिनी' शब्दों को सूर्या-सावित्री अर्थात् उषा से जोड़ा है। रामकथा के सन्दर्भ में 'भद्र' हैं राम। 'भद्रा' है सीता। 'भद्र' का एक अर्थ 'वर' तथा भद्रा का एक अर्थ 'वधू' भी होता है। 'जार' को हम 'द्विवर' (देवर) के अर्थ में ले सकते हैं क्योंकि देवर भाभी का 'उपवर' (द्वितीय वरण करने वाला) तथा चाटुकार स्तोता आदि होता ही है। अत: यह 'लक्ष्मण' के लिए आया है। इसी अर्थ में डॉ. सेन ने 'दस्र-उषा नासत्य' की त्रिमूर्ति का 'राम-सीता-लक्ष्मण' की त्रिमूर्ति के साथ समीकरण बैठाया है। वैदिक संस्कृति में 'भगिनी का जार' स्थूल अर्थ में होना असम्भव है। भाई-बहन में यौन-प्रेम कितना बड़ा पाप था वैदिक आर्य की दृष्टि में, यह बात इसी दसवें मण्डल के (जिससे यह मन्त्र लिया गया है) प्रसिद्ध 'यम-यमी संवाद' से प्रमाणित की जा सकती है। अत: यह स्थूल अर्थ तो यहाँ घटाया ही नहीं जा सकता। मेरी समझ से मन्त्र का अर्थ यह हो सकता—

"भद्र (पर्जन्य या इन्द्र) भद्रा (सीता) के साथ आगे-आगे चले। पीछे 'पूषन्' ('बहन का जार' एक लोक-प्रचलित उपाधि जिसकी है) चला। समुज्वल ज्योति लेकर द्यु में स्थित सविता (अग्नि) ने आभा प्रदान करते हुए उन्हें प्रस्थान कराया।" इन्द्र, सीता और पूषन् के सम्बन्ध में हम एक मन्त्र पहले भी उद्धृत कर चुके हैं। वही 'इन्द्र-सीता-पूषन्' का त्रिकोण यहाँ पर भी उपस्थित है। 'उषा का जार' वाली बात या तो पूषन् के लिए बहुप्रचलित 'यौगिक वाक्य' के रूप में ली जा सकती है या इस अर्थ में कि उषा को जीर्ण या दरित करके ध्वंस करके ही सूर्य का उदय होता है, अत: वह उषा का 'जार' (जीर्णकर्ता या जारक) है। यह तथ्य हमारे दैनन्दिन अनुभव की बात है।

---

1. 'कल्याण' के 'रामांक' में पृष्ठ 79 पर भी यह मन्त्र रामकथा का द्योतक बताया गया है। जिस रूप में यह मन्त्र है उसका देवता है अग्नि और ऋषि है आपत्यचित्। यह अग्नि-सम्प्रदाय का मन्त्र है जिसके अनुसार द्युमण्डल का अधिदेवता 'सविता' नहीं 'अग्नि' है अर्थात् यह ऋषि 'अग्नि' की मूल प्रकृति कहता है और सविता, आदित्य, सोम आदि को उसका विस्तार। वस्तुत: सारे वैदिक मन्त्र एक कालखण्ड, एक देशखण्ड तथा एक मानव-समूह की रचना नहीं। विभिन्न आर्य उपजातियों और कुलों की विभिन्न समयों की रचना। कोई सविता को मूल मानता था, कोई मित्रावरुण को, कोई अग्नि को तो कोई सोम या इन्द्र को। शेष देव-मण्डल को उसी मूल देवता का विस्तार कहा जाता सारे था और एक अन्तर्निहित यह सिद्धान्त सर्वमान्य था कि चाहे जो नाम रूप दिया जाए मूलत: देवता एक ही परमात्मा के नाम रूप हैं। अत: इस मन्त्र में 'अग्नि' ही जनक है। पर यह अग्नि वस्तुत: आदि सगुण ब्रह्म द्युमण्डल के 'सविता' का नामान्तर माना जाना चाहिए। वस्तुत: सविता, अग्नि, आदित्य सभी तेज-तत्त्व हैं।

पूषन् या सूर्य प्रतिदिन उषा को जीर्ण करके उदित होता है और उषा तथा सूर्य दोनों रात्रि गर्भ से निकले सहोदर हैं। अत: वे भाई-बहन हैं। इसी से 'पूषन्' (सूर्य) के लिए लोक-प्रचलित संज्ञा 'प्रमोद वाक्य' के रूप में भगिनी का जार चलती थी। यह प्राकृतिक घटना का रूपक-बिम्ब है। अत: जार का अर्थ 'प्रिय' या 'संहारक' दोनों में से जो चाहे लें। यह मानवी कथा का अर्थ नहीं।

पहले पर्जन्य जल बरसाकर सीता को अंकुरित हरीतिमा से युक्त करता है। तत्पश्चात् आती है सूर्यरश्मि की भूमिका। इसी अर्थ में 'पूषन्' सीता की चारों ओर से देखभाल करता है। उसे अपनी सेवा द्वारा समृद्ध करता है। यह है देवर की भूमिका, दास की भूमिका, भक्त की भूमिका, प्रीति पात्र की भूमिका। इसी अर्थ में 'इन्द्र-सीता-पूषा' का त्रिकोण रामकथा के 'राम-सीता-लक्ष्मण' के त्रिकोण के समानुरूप है और द्वितीय उद्धृत मन्त्र 'भद्रो भद्रया सचमान आगात्' के सन्दर्भ में भी यही त्रिकोण लागू होता है। वहाँ 'पूषा' शब्द न कहकर उसकी लोक-प्रसिद्ध उपाधि 'भगिनी का जार' कहा गया है परन्तु यहाँ कोई संकेत नहीं कि वह 'भगिनी' मन्त्र की 'भद्रा' (वधू या सीता) ही हो। इस संकेत को आरोपित करना समीचीन नहीं। पूषन् भगिनी (उषा) का जार है तो भी वह भगिनी मन्त्र की 'भद्रा' नहीं। मन्त्र की भद्रा है फसल की हल-रेखा या हराई जिसका वैदिक नाम था सीता। 'भद्रो-भद्रया...' वाले इस मन्त्र का सम्बन्ध आकाश से नहीं, धरती की कृषि से है। अग्नि जो द्युमण्डल में केतु (ध्वज) रूप में स्थित है वह है 'सविता' जो इन्द्र पूषा आदि बारह आदित्यों का जनक है और दशरथ स्थानीय माना जा सकता है। इस प्रकार यह मन्त्र राम के वनगमन के अवसर से जोड़ा जा सकता है। इस मन्त्र को रामोपासना में स्थान भी दिया है।

पुनश्च

(1) प्रारम्भ में उद्धृत मन्त्र "इन्द्रः सीतां निगृहणातु तां पूषाभिरक्षतु" का एक भिन्न पाठ मिलता है "पूषानुयच्छतु"। तब उसका अर्थ होगा 'पूषा' (अग्नि या क्वार मास का सूर्य) उस सीता को समृद्ध करके अर्पित करता है। इन्द्र पावस-सूर्य है। पूषा है शरद-सूर्य।

(2) "भद्रो भद्रया सचमान आगात्..." 'कल्याण' के 'श्री रामांक' में इस मन्त्र का उल्लेख तीन-चार लेखकों द्वारा समकथा बीज मन्त्र कहकर हुआ है। श्री विनायक चिन्तामणि वैद्य ने भी इस मन्त्र में रामकथा का बीज माना है। प्राय: विद्वानों ने इसके तृतीय चरण में सीता-अग्नि-परीक्षा की घटना को स्थापित किया है और प्रथम चरण में अयोध्याकाण्ड के वनगमन की घटना को। अत: कुछ लोगों की दृष्टि में यह मन्त्र रामायण की एक घटना का द्योतक न होकर पूरी 'थीम' का द्योतक है। पं. दीनानाथ शास्त्री इसका अर्थ इस प्रकार करते हैं (कमोबेश इसी प्रकार का अर्थ महात्मा रामसुखदास और डॉ. कृष्णदत्त भरद्वाज भी स्वीकृत करते हैं): (देखिए 'कल्याण', अंक 1, वर्ष 46, पृष्ठ 74)

'भद्रः (भजनीयो रामचन्द्रः), भद्रया (भजनीय या सीतया), सचमान (सेव्यमान संगच्छमान), आगात् (वनं प्राप्तः)। स्वसारं ('सीतां' यहाँ 'स्वसार' एक यौगिक शब्द है) ग्रहीतुं जारः (रावणः) अभ्येति पश्चात्। (ततो रावणे हते) अग्निदेवः सुप्रकेतैः (श्रेष्ठ ज्ञानयुक्तैः) द्युभिः (सीतया सह) राममभि श्यामवर्णस्य रामभद्रस्य अभिमुखं, रुशद्भिः श्वेतवर्णैः तेजोभिः अस्थात् उपस्थितः।'

श्रीराम और सीता आगे वन को गये पीछे सीता का जार (प्रेमी) रावण आया। (वह सीता का हरण कर ले गया और तत्पश्चात् उसका वध घटित हुआ) तब अग्नि ने राम की तेजरूपा पत्नी सीता को उनके सामने उपस्थित किया। इतनी घटनाओं को मन्त्र में समेटने के लिए अर्थ का द्रविड़ प्राणायाम अनिवार्य हो जाता है। इसके अतिरिक्त 'स्वसारं जार:' का अर्थ 'रावण' क्यों, यह स्पष्ट नहीं होता। एक पण्डित ने 'प्रत्येक समवयस्क नारी जो अपरिचित है, भगिनीतुल्य है' इस 'शील' के आधार पर सीता को रावण की भगिनी माना है। और 'स्वसारं' का अर्थ 'सीता' किया है। परन्तु यह बात उतनी बैठती नहीं। इससे तो अच्छा है कि आदित्य के 'पूषन्' रूप के लिए प्रयुक्त 'स्वसा का जार' को यौगिक पद मानकर इसका अर्थ 'पूषन-संकर्षण (अग्नि)' करें और संकर्षण में 'लक्ष्मण' की प्रतिष्ठा करें। पूषन् 'क्वार' मास का 'कुआँरा सूरज' है और 'कन्या' (अविवाहिता) से युक्त होने के कारण 'जार' भी है।

(3) मन्त्र स्पष्ट नहीं करता कि 'स्वसा' किसकी है? 'भद्र' (राम) की, 'भद्रा' (सीता) की अथवा 'जार' की ही। 'जार स्वसा के पीछे चलता है' (स्वसारं जारो अभ्येति पश्चात्) बस इतना ही कहा गया है।

यदि 'स्वसा' से तात्पर्य 'भद्रा' (सीता) की स्वसा है तो यह हुई उर्मिला और इसका जार 'लक्ष्मण' है। 'जार' अर्थात् प्रेमी। अग्नि विवाह की होमाग्नि है।

इस अवस्था में यह मन्त्र विवाह-प्रसंग का द्योतक होगा। इस मन्त्र का देवता भी 'अग्नि' है।

(4) इन तथ्यों के अतिरिक्त वैदिक देवशास्त्र के सन्दर्भ में जो प्रथम बात सदैव स्मरण रखनी चाहिए, वह है इन देवताओं का स्वरूप। ये वैदिक देवगण आधिदैविक और आधिभौतिक शक्तियों के प्रतीक हैं। अत: मानवीय सम्बन्धों की सेक्स-आधारित कसौटी उन पर लागू नहीं होती। उषा द्यु लोक के परासूर्य (सविता) की पुत्री, भगिनी, सहोदरा, प्रेमिका तथा अन्तरिक्ष सूर्य (आदित्य) की माता यह सब कुछ कही जा सकती है स्थान-भेद और कर्म-भेद के अनुसार। ऋग्वेद में अनेक मन्त्रों में यह कहा गया है कि अदिति ने दक्ष को पैदा किया फिर दक्ष स्वयं अदिति से जन्मा—'अदिते दक्षो अजायत, दक्षाददितिपरि' (ऋ. 10/72/4)। इस विलक्षणता की व्याख्या मानवीय आधार पर नहीं, वैदिक सृष्टिविद्या के आधार पर सम्भव है।

(5) मानवीय स्तर पर भाई-बहन का सेक्स आधारित सम्बन्ध आर्य कबीलों में अति प्राचीनकाल से ही वर्जित था। इसका प्रमाण है ऋग्वेद का 'यम-यमी संवाद'। अत: 'भगिनी का जार' वैदिक सन्दर्भ तथा वैदिक मनोभूमि से काटकर आज के अर्थ में समझने की चेष्टा एक कुचेष्टा है। विशेषत: रामकथा के सन्दर्भ में। 'दशरथ जातक' में राम-सीता भाई-बहन होते हुए भी पति-पत्नी बनाये गये हैं। परन्तु यह तथ्य शाक्य वंश के अपने निजी इतिहास का रामकथा पर आरोपण मात्र है। इस मन्त्र से उसका कोई सम्बन्ध नहीं।

6. इन्द्र और दैवासुरम्

'मत्स्य-कूर्मादिरूपेण इन्द्रः पृथिव्यां चरति'

(मत्स्य, कूर्मादि रूप धारण कर इन्द्र ही पृथ्वी पर विचरण करता है)।

—उवटाचार्य

'रामायण' शब्द का सम्बन्ध नक्षत्र-विद्या से है। इसका अर्थ है 'राम' नामक नक्षत्र का 'अयन-वृत्त'। यह सौर कथा है। यह बात अन्यत्र कही जा चुकी है। यह तथ्य नक्षत्र विद्या और वैदिक सवित्री-दर्शन के माध्यम से महाकाव्य की कथा के साथ विकास पाता रहा है। परन्तु रामायण की दो अन्य संज्ञाएँ भी हैं। प्रथम 'सीता-चरित्र', 'द्वितीय 'पौलत्स्य-वध'। ये तीन नाम इस महाकाव्य के परम्परा-प्रचलित नाम है। गोसाँईंजी का दिया नाम 'रामचरित मानस' चौथा नाम है। परन्तु यह तुलसीकृत रामायण की ही संज्ञा है। सौर कथा के रूप में यह 'सावित्री-गाथा' (सावित्री तत्त्व का महाकाव्य) है। सीता चरित के रूप में यह 'शील-गाथा' है और पौलत्स्य-वध के रूप में यह 'वीरगाथा' है। ये ही महाकाव्य के मुख्य तीन कोण हैं। यों तो यह बड़ा ही अर्थ-गम्भीर महाकाव्य है। इसमें अर्थ के अनेक पुर और उपपुर रचे गये हैं। 'गहि न जाई अद्भुद् बानी' वाली बात इस पर शतशः लागू होती है। परन्तु महाकाव्य का केन्द्र 'वीरगाथा' ही रचती है 'अरण्य' से 'लंका काण्ड' तक। यद्यपि यह वीरता किसी व्यक्तिमुखी अहंकार से नहीं जुड़ी है और प्रत्येक पग पर 'वीरता' शील से जुड़ी चलती है। वस्तुतः भारतीय दृष्टि से 'वीरता' की सर्वोत्तम अवधारणा रामकथा में ही प्रतिष्ठित है।

यह मात्र 'विजिगीषा' (विजय-आकांक्षा) का काव्य नहीं है। राम की विजिगीषा सर्वत्र एक महत्तर उद्देश्य से जुड़ी है। शिव की अशिव पर, मंगल की अमंगल पर और नृत की अनृत पर विजय ही इस 'विजिगीषा' का आधारभूत धर्म है। यही आर्य साहित्य की शाश्वत 'साहित्यरूढ़ि' या 'काव्यरूढ़ि' है। इसका आधारभूत रूप निहित है, वैदिक 'दैवासुरम्' अर्थात् देवता-असुर के द्वन्द्व में। रामचन्द्र 'प्रच्छन्न इन्द्र' हैं। वे इन्द्र का कार्य ('सुर-कार्य') करने के लिए अवतरित होते हैं। यह 'दैवासुरम्' न केवल स्थूल लड़ाई है 'स्वराज्य' के लिए; बल्कि इसे सूक्ष्म दृष्टि से दार्शनिक स्तर पर भी उपस्थित किया गया है ब्राह्मण ग्रन्थों और उपनिषदों में। यह 'धर्म' और 'प्रतिधर्म' का द्वन्द्व है। यह आत्मवाद और देहवाद का द्वन्द्व है। एक का प्रतिनिधि इन्द्र है, दूसरे का दैत्यराज विरोचन। जो प्रतिधर्म है, जो शुद्ध देहवाद है वह चरमरूप में 'ऋत' के प्रतिकूल हो जाता है। इसी अर्थ में प्रतिधर्म 'अशिव' है। आज 'प्रतिधर्म' का रूप राजनीति में उभर रहा है और भारतीय राजनीति का मुखरतम चेहरा रामकथा को इसीलिए 'दुश्मन नम्बर एक' मानकर चलता है।

इन्द्र वीर रस का अपराजेय वज्रधर देवता है, त्रिविक्रम विष्णु असाध्य-साधन का कर्ता है और सुपर्ण व्योम-मण्डल से अमृत छीनकर लाता है अन्तरिक्ष और धरती पर। वैदिक वीरता के आदर्श इन्द्र, विष्णु और सुपर्ण ये ही तीन हैं। कौशल्या अपने स्वस्तिवाचन के अन्त में इन तीनों का ही उल्लेख करके राम को आशीर्वाद देती हैं "यन्मंगलं सहस्राक्षेसर्वदेव नमस्कृते..." (अयोध्या काण्ड....)। विशेषतः राम-रावण द्वन्द्व के सन्दर्भ में इन्द्र और वृत्रासुर का द्वन्द्व तथा देवता और असुरों का 'दैवासुरम्'—द्वन्द्व' ही आधारभूत कथारूढ़ि रचता है। राम-रावण युद्ध दैवासुरम् का ही मानवी रूपान्तर है। त्रेता में देवकार्य का उत्तरदायित्व मनुष्य के कन्धों पर आ पड़ा और राम उस उत्तरदायित्व को निभानेवाले 'महामनुष्य' या 'अतिमानव' हैं। वस्तुतः ऐतिहासिक विकास की परम्परा में इन्द्र का स्थान विष्णु को न मिल गया होता और आर्य-धर्म शुद्ध आर्यत्व के पन्थ

पर विकसित हुआ होता तो रामचन्द्र को 'इन्द्र' का ही अवतार घोषित किया जाता। इन्द्र देवता प्रमुख है और उसका एक बहुविज्ञापित कार्य है वृत्रासुर-वध। यास्क के अनुसार 'दानात् द्योतनाद् दीपनाद्...' से 'देव' संज्ञा आयी है जो दाता है, द्योतक (प्रकाशक) है और जो ज्वलनशील है। दान, वाक् और रूप ! तीनों दृष्टियों से जिसकी विभूति महत् है वह है देवता ! वह मधु (सुख या पुष्टि) का दाता है, वितरक है। वह सृष्टि को अभिव्यक्त करता है और सारी अभिव्यक्तियों का प्रेरक है। वह ज्योतिर्मय प्रभा-मण्डल से प्रदीप्त है और प्रदीप्त रहने की क्षमता का स्रोत है। ऐसी शक्तियों का राजा है इन्द्र। उस पर कुल 3500 मन्त्र ऋग्वेद में हैं। इसके बाद महत्त्व आता है अग्नि का-2500 मन्त्र। तब अग्नि का एक रूप आदित्य आता है। बाद में अग्नि और आदित्य और सोम की सम्मिलित अवधारणा से 'सविता' को ही सर्वोच्च महत्त्व मिला और सविता उपासकों का सम्प्रदाय इतना प्रबल होता गया कि 'गायत्री मन्त्र' सविता-मन्त्र को ही माना गया। परन्तु आदिस्तर में इन्द्र, अग्नि, आदित्य ही प्रमुख लगते हैं। (राम गोविन्द त्रिवेदी: 'ऋग्वेद' की भूमिका)। जो हो, परन्तु प्रमुख देवता था इन्द्र ही। वस्तुत: वैदिक अभिजात संस्कृति इन्द्र को इतना महान मानती थी कि उसमें लोकाश्रयी तत्त्वों की मिलावट उसे पसन्द नहीं थी। फल हुआ कि लोकाश्रयी तत्त्व, सुपर्णों का लोकसाम और आर्येतर जनों के लोक-विश्वास विष्णु और रुद्र से जुड़ते गये। यह बात आगे के सांस्कृतिक विकास में इन्द्र के लिए प्रतिकूल होती गयी। इन्द्र बाद में मुट्ठीभर अभिजात वर्ग का सर्वश्रेष्ठ देवता बना रहा, परन्तु विशाल लोक-समुदाय में विष्णु और शिव ही लोकप्रिय तथा व्यापक बनते गये। यों भारतीय ही नहीं, अन्तर्राष्ट्रीय आधार पर भी कहा जाता है कि आर्यों के आदिम श्रेष्ठ देवता थे इन्द्र, मित्र (सविता) और वरुण, ये तीन ही। 'द्यु' का अर्थ केवल आकाश ही ज्ञात था। जब द्वितीय चरण में 'द्यु' का अर्थ 'चरम आकाश' हो गया, 'परमपद' हो गया और निम्न आकाश की संज्ञा हुई अन्तरिक्ष तथा विश्व का विभाजन द्यु (स्व:) भुव: (अन्तरिक्ष) भू (धरती) तीन भागों में हो गया तब 'द्यु' का चरम देवता बना 'सविता' प्रथम सगुण ब्रह्म तथा व्यक्त सृष्टि का प्रथम परमात्मारूप। अन्तरिक्ष तथा पार्थिव-मण्डल में तैंतीस देवताओं को स्थापित कर दिया गया। इनमें बारह आदित्य थे।

इनमें पूर्वकालिक परम्परा के आधार पर देवराज पद इन्द्र को ही दिया गया। तृतीय विकास में विष्णु नामक आदित्य का महत्त्व बढ़ने लगा और लोकाश्रयी संस्कृति के तथ्य वेदों तथा ब्राह्मण ग्रन्थों में प्रविष्ट होने लगे। ब्राह्मण युग में इन्द्र के देवराज होने के बावजूद सर्वश्रेष्ठ देवता 'प्रजापति' हुआ ! चौथे विकास में प्रजापति ब्रह्मा बन गया विष्णुरूप नारायण या द्यु की सविता की पद्मयोनि मात्र और सृष्टि-विकास की अवधारणा और सूक्ष्मतर हो उठी। यह निश्चित हुआ कि सृष्टि एक 'ऊर्ध्वमूलं अधोशाखा' महामहीरूह है जो पाँच पर्वों (पर्व अर्थात् भोजपुरी शब्द 'पोर') में फूटकर पूरा आकार लेती है।

(1) आदि सर्ग या आदि पर्व: हिरण्यगर्भ बीज तथा पारमेष्ठी अपोमण्डल का सुप्त जोड़ा। 'अव्यक्त' अवस्था। यही 'मित्रावरुण' या जल-शायी सुप्त 'नारायण' है। यह निर्गुण स्थिति है।

(2) द्युमण्डल: व्यक्त सृष्टि का प्रारम्भ और 'सविता' तथा 'श्री' का उदय। 'तमस' से द्वन्द्व। श्री=महामाधवी। 'सावित्री' और 'सोमा' दोनों का आधान 'श्री' ही है।

(3) अन्तरिक्ष-मण्डल का देवलोक-इन्द्रादि 33 देवता। इसमें सविता ही 12 आदित्य बनकर तपता है।

(4) अन्तरिक्ष-मण्डल का सोमलोक-सविता का 'सोम'रूप इसमें प्रतिष्ठित है।

(5) पार्थिव-मण्डल (धरती)-सविता अग्निरूप में प्रतिष्ठित है।

संक्षेप में यह कह सकते हैं—व्यक्त सृष्टि में तीन पुर हैं—द्यु (स्वः), अन्तरिक्ष (भुवः) तथा पृथ्वी (भू) और सविता मूल परमात्मा है[1] जो अव्यक्त नारायण (प्रथम सर्ग) का व्यक्त रूप है। आर्यलोकमन में मित्र, सविता, आदित्य और सूर्य आदि शब्द 'प्रकाश के देवता' के अर्थ में समानार्थी रहे। अतः विष्णु नामक आदित्य को इस मूल परमात्मा से एकाकार करने में कोई मानसिक बाधा नहीं उपस्थित हुई। पौराणिक युग में विष्णु को ही सर्वोच्च महत्ता मिली तो भी देवराज इन्द्र अन्त तक माना गया। 'परन्तु एक निष्क्रिय देवराज' जो विष्णु पर अपनी सत्ता के लिए सर्वदा निर्भर रहता है। तो भी सर्वदा विष्णु 'कनिष्ठ इन्द्र' (उपेन्द्र) ही कहलाता रहा है। 'इन्द्र-विष्णु' का 'ज्येष्ठ-कनिष्ठ' सम्बन्ध ही हिरण्यगर्भ-सविता और संकर्षण-वासुदेव के 'ज्येष्ठ-कनिष्ठ' पैटर्न में भी व्यक्त होता है। 'ज्येष्ठ', भोगी, निष्क्रिय, सोमपायी या योगनिद्रा में मग्न रहता है। 'कनिष्ठ' सक्रिय और संचालक रहता है। (रामकथा में ही यह क्रम उलट गया है। संकर्षण कनिष्ठ हो गया है। परन्तु जैन-परम्परा लक्ष्मण को ही 'वासुदेव' बताती है और उसके अनुसार रावण-वध लक्ष्मण द्वारा ही होता है)।

हमने वैदिक और वैदिकोत्तर देवशास्त्र के विकास का क्रम ऊपर संक्षिप्त रूप में प्रस्तुत किया है। परन्तु वैदिक युग में इन्द्र की प्रकृति मात्र भोगी नहीं है। वह देवासुर संग्राम का नेता और अपराजेय नायक है। तब श्रृंगार रस उससे जुड़ा नहीं था। वह तब वीररस का प्रतीक-पुरुष था। इन्द्र के शूर और सेनापति चरित्र को आर्य बहुत महत्त्व देते थे। 'इन्द्र ने अनेक सहस्त्र सेनाओं का वध किया था। इन्द्र ने वज्र से शम्बरासुर के निन्यानवे नगरों को एक ही काल में विनष्ट किया था। इन्द्र पुरन्दर है क्योंकि उसने शरन् नामक असुर की सात पुरियों को नष्ट कर डाला था। इन्द्र तीन प्रकार की मूर्ति धारण करते हैं (सविता, सोम, अग्नि ?) तथा हजार घोड़ों के रथ पर चलते हैं।' (सम्भवतः यह सहस्त्र अश्व रथ सहस्त्र रश्मियों का आदित्य-मण्डल है)।

इन्द्र माया जानते हैं और मायावी रूप धारण करके शत्रु संहार करते हैं। इन्द्र ने इक्कीस तट पर्वतों को तोड़ा था, उनके पंख काट डाले थे। इन्द्र ने दधीचि की हड्डियों का वज्र बनाकर वृत्र सहित आठ सौ दस असुरों को मार गिराया था। इन्द्र ही घुलोक में स्थित है, अन्तरिक्ष में तेज वितरण करता है और धरती को धारण करता है। इन्द्र जब सोमपान करके गर्जन करता है तो स्थावर-जंगम सभी काँप जाते हैं, त्वष्टा विश्वकर्मन् भी काँप जाते हैं। इन्द्र ने कहा था 'द्यावापृथिवी मेरे एक पार्श्व के भी समान नहीं है। मैंने अनेक बार सोमपान किया है। मेरी इतनी शक्ति है कि मैं चाहूँ तो इस पृथ्वी को एक स्थान से उठाकर दूसरे स्थान पर रख दूँ। मेरा एक पार्श्व पृथ्वी

---

1. यास्क के निरुक्त तक आते-आते यह देव-मण्डल की थ्योरी सुदृढ़ हो गयी थी—'पृथ्वी पर अग्नि, अन्तरिक्ष में इन्द्र (या मरुत) और द्यौ में सूर्य अर्थात् सवितृ ही देवता है' (निरुक्त 9/5) निरुक्तकाल के बाद ही महाकाव्यों और पुराणों की परम्परा का स्पष्ट प्रारम्भ होता है।

पर है दूसरा आकाश में है।' इत्यादि। एक मन्त्र में यह भी कहा गया है कि इन्द्र का वज्र नब्बे नदी-धाराओं पर विस्तृत हुआ था ! इस तरह इन्द्र की एक सर्व शक्तिशाली और परमात्मवाचक छवि ऋग्वेद के मन्त्रों से व्यक्त होती है। इन्द्र वस्तुत: आध्यात्मिक दृष्टि से परमात्मवाचक है, सविता-पर्याय है, आधिदैविक दृष्टि से अन्तरिक्ष के देव-मण्डल का देवराज है और आधिभौतिक दृष्टि से आर्य-संस्कृति का सेनापति है। इसी से आगे चलकर 'नाट्य शास्त्र' में वीर रस का अधिदेवता इन्द्र को ही कहा गया।

इन्द्र और वृत्रासुर का द्वन्द्व एक रूपक कथा है या कोई ऐतिहासिक घटना, यह कहा नहीं जा सकता। आज ही नहीं, महर्षि यास्क के 'निरुक्त' के समय भी दो मत थे। शब्दार्थवादी (निरुक्तवादी) इसे जल या वर्षा जल की मुक्ति का रूपक मानते थे। इन्द्र का अर्थ पर्जन्य लगाते थे। परन्तु इतिहासवादी उसे एक ऐतिहासिक चरित्र के रूप में देखते थे। परन्तु यह घटना इन्द्र के नाम से इतने घनिष्ठ भाव से जुड़ी है कि यह सत्य जान पड़ती है। इसके पीछे इतिहास की कोई पगध्वनि निश्चय ही वर्तमान है। काव्य-भाषा में व्यक्त रूप के पीछे कोई सहज मानवीय घटना भी वर्तमान है। प्रतीक के रूप में हम इसे इस प्रकार ले सकते हैं कि वर्षाकाल में वज्र कड़काता हुआ पर्जन्य देवता इन्द्र ही है। सम्भवत: वर्षा के सम्बन्ध में आदिम विश्वास था कि जलावरोधी और अनुर्वरता कारक आसुरी शक्तियों से हमारा देवता वज्र कड़काता हुआ हमारी फसल की 'श्री'—हमारी धान्य लक्ष्मी (सीता) के लिए युद्ध कर रहा है।

वृत्रासुर (1) तमस (2) जडिमा (3) जलावरोध (4) अनुर्वरता का प्रतीक है और वह मायावी मृग तथा 'अहि' रूप में भी व्यक्त होता है। वृत्रासुर को 'अहि' अर्थात् नाग कहना ऐतिहासिक संकेत देता है। नाग-मालय (निषाद) कुल की ओर जो आर्यों से पहले भारतीय धरती के स्वामी थे। पुराणों में वृत्रासुर का चरित महान है। वह विष्णु का उपासक भी है। उसके सामने इन्द्र की छवि धूमिल हो जाती है। विष्णु-उपासना के लोकाश्रयी विकास में नाग (मालय निषाद) और द्रविड़ तत्त्वों का प्रभूत योगदान है। सम्भवत: वृत्रासुर नागवंशीय नायक था। आर्यों के ही इन्द्र-विरोधी दल का सहायक था। पुराण आर्येतर परम्पराओं को भी ग्रहण करते गये हैं (इसी से वृत्रासुर का चरित्र नायकोपम श्रेष्ठता को धारण करता रहा और यह 'इन्द्रवृत्र' संघर्ष किसी ऐतिहासिक घटना का संकेत करता है। इन्द्र और वृत्र का संघर्ष वैदिक साहित्य में पर्याप्त महत्त्व रखता है। इसकी प्रकृति का अनुमान तथा रामकथा की आन्तरिक प्रकृति से इसका मेल निम्न उदाहरणों से देखा जा सकता है—(ऋ./सूक्त 113। मं 10)।

'उग्रतेजा इन्द्र जिस समय तुम स्तुत होने की इच्छा से अस्त्र-शस्त्र धारण करके दुर्धर्ष वृत्र के साथ युद्ध में प्रवृत्त हुए, उस समय मरुद्‌गण तुम्हारे सहायक थे। उन्होंने तुम्हारी महिमा बढ़ा दी और स्वयंवृद्धि को प्राप्त हुए।। 3।।

(रामकथा में राम 'इन्द्र' है, वृत्र 'रावण' है तथा मरुद्‌गण हैं सुग्रीवादि वानरगण जिनका सेनापति 'मारुति' है)।

'इन्द्र ने जन्म के साथ ही शत्रु-दमन किया था। युद्ध का विचार करके पौरुष की वृद्धि की: वृत्र का छेदन किया। मनुष्यों को छुड़ाया। उद्योगपूर्वक द्युलोक को ऊपर उठाये रखा है'।। 4।।

'विशाल सेनाओं की ओर इन्द्र एकाएक दौड़े। अपनी विशिष्ट महिमा से द्यावा-पृथ्वी को वश में किया। जो वज्र धाता वरुण और मित्र के सुख का कारक है, उसी लौहमय वज्र को इन्द्र ने धारण किया था'।। 5।।

'इन्द्र नाना प्रकार के शब्द करते हुए शत्रुओं का वध कर रहे थे। उनके बल-विक्रम की घोषणा करने के लिए जल निर्गत हुआ। वृत्र ने अन्धकार से स्वयं को आवृत्त करके जल को धारण कर रखा था। तीक्ष्ण तेज वाले वज्र से इन्द्र ने उस वृत्र को काट डाला'।। 6।।

('वर्षा घोर निशाचर रारी' (तुलसी)। काला मेघ ही राक्षस है। इन्द्र और पूषन् (सूर्य) इनसे युद्ध करते हैं 'सीता' (धान्यश्री) के लिए।)

'आपस में होड़ करके इन्द्र और वृत्र अपनी-अपनी वीरता दिखाते हुए महाक्रोध के साथ घोर युद्ध करने लगे। वृत्र के विनाश के बाद घना अन्धकार नष्ट हुआ। इन्द्र की महिमा ऐसी है कि वीरों में उसका नाम प्रथम लिया जाता है'।। 7।।

'इन्द्र की अभ्यर्थना में सोमरस और स्तोत्रों द्वारा देवताओं ने स्वस्तिवाचन किया (मंगलकर्म किया)। इन्द्र ने दुर्धर्ष वृत्र का वध कर डाला था। शीघ्र ही लोगों को अन्न प्राप्त हुआ। लोग दाँतों से अन्न-चर्वण करने लगे'।। 8।।

स्पष्ट है कि इन्द्र ने धान्य श्री के उद्धार के लिए अवर्षण (सूखा) और जलावरोध को मुक्त किया था। इन्द्र पर्जन्य (पावस) का देवता है। वही वर्षा कराता है। पूरा सूक्त ही इन्द्रपत्नी 'सीता' ('पर्जन्य-पत्नी' अथर्ववेद) की अवधारणा का परोक्ष संकेत देता है। साथ ही यह भी ध्वनित होता है कि राम-रावण-द्वन्द्व की विविध अन्तर्निर्हित वैदिक भूमियों में एक भूमि इन्द्र वृत्र द्वन्द्व भी है। यो वृहत्तर भूमि है—देवासुर-द्वन्द्व। इन्द्र वृत्र द्वन्द्व तो उसका एक अंश मात्र है। इन्द्र द्वारा अमृत मन्थन के समय अमृत के लिए असुरों से युद्ध, या स्वराज्य के लिए असुरों से देवासुर संग्राम जिनकी संख्या बहुत है (अकेले वराह अवतार के इस महा संग्राम में चौदह उपसंग्राम हुए थे) या शम्बर-नमूची की दैत्यपुरियों का ध्वंस आदि घटना दैवासुरम् की श्रृंखला रचती है। यह दैवासुरम् त्रेता-द्वापर तक चलता रहा। परन्तु त्रेता द्वापर में देव-मण्डल परोक्ष हो गया और प्रत्यक्ष में आ गये देवोपम और असुरोपम मानुषी चरित्र। परन्तु त्रेता द्वापर के पूर्व कृत युग में देवता और असुर प्रत्यक्ष लड़ते थे। देवताओं का नेता था अपराजेय इन्द्र और अपराजित 'उपेन्द्र' (कनिष्ठ इन्द्र) उसके सहायक थे।

राम-रावण-युद्ध का प्रारूप वैदिक दैवासुरम् से ही विकसित हुआ है। यहाँ तक कि लंका का वातावरण भी अथर्ववेद के अपदेवता-मण्डल से मिलता-जुलता है। अथर्ववेद में लोकायत संस्कृति का भरपूर समावेश हो गया है। आदि कवि का इस लोकायत संस्कृति और अथर्ववेद से घनिष्ठ परिचय होना सिद्ध होता है क्योंकि इसमें अभिचार मन्त्रों और अपसारण मन्त्रों में व्यक्त अपदेवताओं, भूत-प्रेतों, पिशाचों और कृत्याओं की जो आकृति-प्रकृति व्यक्त हुई है वह सुन्दरकाण्ड और लंकाकाण्ड के वातावरण से पूरा-पूरा मेल खाती है। रामकथा के कवि के अन्दर 'राक्षस' शब्द से जुड़े जो मनोभाव उठे थे वे उसी 'परमास्मृति' (Racial Mind) के अंग थे जिनका एक अनुलेख अथर्ववेद भी प्रस्तुत करता है। और, यह तत्कालीन लोक विश्वासों का

सर्वथा प्रामाणिक अनुलेखन है। यह सब उस युग के यथार्थवाद का एक अंग है। यथार्थवाद एक गतिशील भाव है। उस युग में भूत-पिशाच आदि उतने ही सत्य थे जितना कि अपना पड़ोसी। कुछ मन्त्रों के अर्थ इसकी झाँकी देते हैं।

'जो राक्षस हमारे नाश के लिए रात्रि में उलूकों की भाँति चलते हैं, जो विनाशकारी राक्षसी अपने शरीर को ढँककर चलती है, वे सब हमारे सोम-अभिषवकारी पाषाण (सील-लोढ़े) की कुट्टन ध्वनि से दूर हों।' (8/2/5)।

'हे इन्द्र, तू उलूकाकृति राक्षसों का विनाश कर, कुक्कुराकृति राक्षसों का विनाश कर। गृध्राकृति, चकवाकृति राक्षसों का विनाश कर। कुठार जैसे वृक्ष का छेदन करता है, मृत्पात्र जैसे पत्थर से चूर-चूर हो जाता है वैसे ही राक्षस का नाश कर (8/2/6)।'

'जो 'कु-कु' शब्द करते हैं, जो 'कुकड़ कूँ' बाँग देते हैं, जो हिंसापूर्ण कर्म करते हैं, उन पिशाचों को गर्भिणी नारी से दूर हटा दो। द्युलोक के तपते सविता को ये राक्षस सहन नहीं कर पाते हैं'।। 1।।

'जिन राक्षसगणों के पैर का पंजा पीछे है और एड़ी आगे है, जो धान-शोधन स्थलों पर विचरण करते हैं, जो गोबर में रहते हैं, जो विमत्त हैं, जो 'मुट्मुट्र' शब्द करते हैं, जिनका अण्डकोष घड़े के बराबर है जो वायुवेग से चलते हैं, हे ब्रह्मणस्पति, उनका तू विनाश कर'।।5।।

'जिनकी आँखें घोड़ों की तरह अगल-बगल हैं, जो पैरों से हीन हैं, जो क्षीण कटि वाले, जो स्त्री के साथ विहार करते हैं, जो सर्प बन चलते हैं, उनका सबका हे देवता, तू विनाश कर।'

'जो नवप्रसूता नारियों के साथ स्वयं स्त्रीरूप धारण करके शयन कर जाते हैं, वैसे गन्धर्वों और पिशाचों को हे मन्त्राभिषिक्त पीली सरसों, तुम दूर मार भगाओ।' इत्यादि। (8/3/4)

—इन घोर दर्शन वाले राक्षसों-पिशाचों की छवियों के साथ वाल्मीकि रामायण में व्यक्त त्रिजटा-स्वप्न-प्रसंग की राक्षसी समुदाय की छबियों को मिलाकर समानता को परखा जा सकता है। 'राक्षस' और 'पिशाच' शब्द रामायण काल में समान रूप से भयानकता के द्योतक थे। आर्य ऋषिगणों के मन में, विश्व में त्रिकालव्यापी एक देवासुर-संग्राम की धारणा थी, जो अहर्निश चल रही है और देवगणों से इन राक्षसों के ध्वंस की प्रार्थना भी गतिमान है। 'हे इन्द्र और सोम, राक्षसों को सन्तप्त करके उन्हें पाताल में खदेड़ो। अन्धकार रात्रि में बुद्धिमान इन राक्षसों को तुम पराङ्मुख करो। ये विचारशील राक्षस मांसाशी और घोर दर्शन हैं। तुम इनका दमन करो।—हे इन्द्र, हे सोम, द्युलोक से भूलोक तक राक्षसों के हननकारी आयुधों को संचित करो। अन्तरिक्ष में चारों दिशाओं में अपने आयुधों को प्रेरित करो।... हे इन्द्र, तुम अपने वज्र को तीक्ष्ण करो। हे अग्नि, तप्त लौह के आयुधों द्वारा तुम इन राक्षसों का पार्श्व-छेदन कर डालो।' आदि कथन पूरे अथर्ववेद में प्रारम्भ से अन्त तक बिखरे पड़े हैं। लंका के सामान्य जन समुदाय के वर्णन से तथा अशोकवाटिका की असहाय सीता को घेरकर बैठी राक्षसी छवियों से ये उक्तियाँ पर्याप्त मेल खाती हैं। राक्षसों की मायाशक्ति और उनके प्रदोष-बल का संकेत भी अथर्ववेद के मन्त्रों में मिलता है। ये सारी बातें लंका के भयावह वातावरण को व्यक्त करने वाली काव्यरूढ़ियाँ हैं। राक्षस मायावी हैं। वे मायामय युद्ध करते हैं। अथर्ववेद के अभिचार-प्रधान सूक्त यह भी संकेत देते हैं। परन्तु देवगण भी माया

जानते हैं। इन्द्र भी मायाबल से युक्त है। तो भी वैदिक कवि मानता था कि मायाबल भ्रान्ति है और यह माया असल देवशक्ति नहीं। यह मूलत: असुरों और अपदेवताओं का क्षेत्र है। इसी से इन्द्र, सोम और अग्नि को माया खण्डनकारी रूप में ही देखा गया है। देवता अपने तेज द्वारा और वज्र द्वारा इन मायावी शक्तियों को दग्ध करके सारे वातावरण को पुन: स्वस्थ तथा भ्रान्तिमुक्त कर देता है। इन्द्र, मरुत और अग्नि के बल, वेग और तेज के सामने सारी माया फट जाती है। यह काव्य-रूढ़ि राम-रावण-द्वन्द्व में कई बार प्रयुक्त हुई है।

अत: कथावस्तु के आधारभूत प्रारूप तथा कथा के वातावरण, दोनों की दृष्टि से हम कह सकते हैं कि राम-रावण-द्वन्द्व रूपान्तर है एक शाश्वत द्वन्द्व का जिसे वैदिक कवि 'दैवासुरम्' कहकर व्यक्त करता है।

7. वीर रस का वैदिक रूप 'जिष्णुयोग'

वैदिक साहित्य में वीरता को ऋत से जोड़कर देखा गया है। सही वीरता ऋत के दिव्य विधान से जुड़ी रहती है। फलत: वह अमृत के पथ की ओर नहीं जाती। ऋत से जुड़ी वीरता शूर की व्यक्तिगत वीरता नहीं रह जाती क्योंकि उसका उत्स कोई विश्वव्यापी क्षोभ और करुणा होता है और वह उसी आयाम वाले किसी विश्वव्यापी दिव्य विधान (जिसे हम 'ऋत' कहते हैं) का अंग बनकर उतरती है। शुद्ध व्यक्तिगत वीरता पर आधारित चरित्र महाकाव्योपम (heroic) नहीं हो पाते। वे ले-देकर 'ट्रैजिक' होकर चुक जाते हैं। कर्ण और मेघनाद पर सफल ट्रेजेडी लिखी जा सकती है, परन्तु सफल महाकाव्य नहीं क्योंकि इनकी शूरता व्यक्तिगत मोह और अहंकार का रूपान्तर है और किसी विश्वव्यापी दिव्य विधान से नहीं जुड़ी है, बल्कि इसके विपरीत ये अनृतचक्र के पुर्जे की तरह खट रहे हैं। भले ही ये आक्रमण में सुपर्ण की तरह असह्यवेग, पहाड़ की तरह अडिग हों, दैवी सिद्धियों से प्राप्त बल से मण्डित हों, चरित्र की दृष्टि से जितेन्द्रिय हों, तो भी ये चराचरव्यापी किसी मांगलिक 'ऋत' (दिव्य विधान) के अंग नहीं। यह 'ऋत'—चक्र (Cycle of Divine Law) 'भू, भुव: स्व:' तीनों मण्डलों तक व्यापक है और प्रत्येक मण्डल का देव बल इसमें निहित है। आदर्श वैदिक 'वीर' में सचराचर का देव बल प्रतिष्ठित होता है क्योंकि वह विश्वव्यापी दिव्य विधान से जुड़ा रहता है। रामचन्द्र और अर्जुन इसके श्रेष्ठ उदाहरण हैं। विष्णु के दश अवतार इसीलिए आदर्श 'वीर' हैं। ऋत की दूसरी संज्ञा है 'शील'। मानवीय जीवन में व्यवहारत: 'ऋत', 'शील', 'धर्म' आदि में अर्थसाम्य है। यों इन शब्दों के धातुगत अर्थों में जरा-जरा फर्क है। तो भी मनुष्य के क्षेत्र में तीनों का व्यावहारिक अर्थ एक ही होता है। अत: परवर्ती महाकाव्यों में इस वैदिक परम्परा का अनुसरण किया गया नायक को ऋत, शील या धर्म से निरन्तर युक्त रखकर।

अथर्ववेद वीरता को भी एक 'योग' (साधना-पद्धति या कौशल-पद्धति) मानता है और इसकी संज्ञा 'जिष्णुयोग' देता है। 'जिष्णु' अर्थात् 'जयिष्णु'। 'जयिष्णुं' होने का योगाचार क्या है, इस प्रश्न को 'रामचरितमानस' में तुलसी ने 'स्यन्दन' के रूपक से उठाया है। 'जेहि जय होइ सो स्यन्दन आना'। स्यन्दन के माध्यम से एक 'जिष्णुयोग' की थ्योरी मानस में बड़े सुन्दर ढंग से प्रस्तुत कर दी गयी है। महाभारत में इस जिष्णुयोग का प्रतीक-धर्मी संकेत उपस्थित है 'नर',

महारथी और 'नारायण' (चराचर में निहित देव-बल) सारथी के प्रतीक में। यह प्रतीक महाकाव्य के द्वार पर खाण्डव दाह के साथ प्रकट होता है और दृश्य-अदृश्य रूप से पर्व-प्रतिपर्व घर्घर ध्वनि से युधिष्ठिर के राज्याभिषेक तक चलता है। नर 'वीर पुरुष' है और उसका सारथी है ऋतचक्र में विहित दिव्य शक्ति, क्योंकि वह नर उस ऋतु-चक्र का एक अंग ही है, बाहरी सत्ता या 'Out sider' नहीं। वीरता के मूल में दो ही प्रेरणाएँ रहती हैं स्व-रक्षा और 'विजिगीषा' (विजय की आकांक्षा)। स्वरक्षा तो मनुष्य का पशुधर्म है। जानवर तक में है। परन्तु 'विजिगीषा' मनुष्य की विशेषता है। इसके मूल में है 'भूमा' अर्थात् 'बहुल' और विस्तृत होने की इच्छा। यह आत्मा का गुण है और मन का भी। मन की भूमा जब अहंकार से जुड़ती है तो यह वीरता 'मनसोखई' (उच्छृंखलता) या उपद्रव क्षमता मात्र होती है। यदि यह उच्चतर वृत्तियों से जुड़ती है, इसका सम्बन्ध आदर्श शूरता या वीरता से होता है। हत्या, क्रूरता, निर्ममता, ध्वंस-सुख, बलात्कार आदि वीरता के रूप नहीं हैं। कम-से-कम भारतीय महाकाव्यों ने उन्हें स्वीकृत नहीं किया है। वे अधर्म या प्रतिधर्म के रूप में खलनायकों के गुण माने गये हैं। वीरधर्म तो 'जिष्णुयोग' है। यह एक योगाचार-भूमि है। जिष्णु का अर्थ विष्णु और इन्द्र दोनों होता है। अतः यह दिव्य वीराचार है। इससे जुड़ा व्यक्ति अपराजेय होता है। 'महा अजय संसार रिपु जीति सकइ सो वीर'। यह महा अजेय योग है। इसी को अथर्ववेद जिष्णुयोग कहता है।

वैदिक साहित्य में वीरता के परम आदर्श 'इन्द्र' और कनिष्ठ इन्द्र 'विष्णु' हैं। मौर्यकाल में विष्णु की एक लोक-प्रचलित संज्ञा थी 'अपराजित' और इस नाम से उनकी लोकपूजा होती थी। इसी से यह नाम विष्णु सहस्रनाम में भी स्थान पा गया है। इस जिष्णुयोग की विजिगीषा के सचराचर के मांगलिक विधान से जुड़ी होने के कारण, इसमें चराचर सृष्टि का दिव्य बल प्रतिष्ठित माना जाता है। शूर के जिष्णुयोग को ब्रह्मयोग, क्षत्रयोग, इन्द्रयोग, सोमयोग और अपयोग (वरुणयोग) के साथ जोड़कर वीरता की एक संश्लिष्ट आइडिया वेदों में उपस्थित की गयी है जिसमें ब्रह्मतेज (ज्ञान), क्षत्रतेज (अस्त्रकौशल), ऐन्द्रतेज (ऐश्वर्य), सोमतेज (माधुर्य) तथा वारुणतेज (प्रमत्तता) सभी एक साथ प्रतिष्ठित हैं। अथर्ववेद काण्ड 10, सूक्त 5 के कुछ मन्त्र (1-6) इस 'विजिगीषा' के बलों को स्पष्ट करते हैं—

'तुम इन्द्र के ओज हो, तुम इन्द्र की सामर्थ्य हो, तुम इन्द्र के बल हो, तुम इन्द्र के पराक्रम हो। अतः 'जिष्णुयोग' (विजय प्राप्ति के योग) के लिए मैं तुमको 'ब्रह्मयोग' से संयुक्त करता हूँ।'"[1]

'तुम इन्द्र के ओज हो, तुम इन्द्र की सामर्थ्य हो, तुम इन्द्र के बल हो, तुम इन्द्र के पराक्रम हो। अतः जिष्णुयोग के लिए मैं तुम्हें क्षत्रयोग से संयुक्त करता हूँ।'

'तुम इन्द्र के ओज हो... (इत्यादि) अतः मैं तुम्हें जिष्णुयोग के लिए इन्द्रयोग से संयुक्त करता हूँ।'

'तुम इन्द्र के ओज हो... (इत्यादि) अतः मैं जिष्णुयोग के लिए तुम्हें सोमयोग से युक्त करता हूँ।'

1. 'इन्द्रस्यौज स्थेन्द्रस्य सह स्थेन्द्रन्द्र सह स्थेन्द्रन्द्र बलं स्थेन्द्रस्य वीर्यं स्थेन्द्रस्य नृम्णं स्थ। जिष्णवे योगाम ब्रह्मयोगैर्वो युनज्मि।। 1।।'—इसी प्रकार अन्तिम वाक्य को छोड़कर शेष पाँच मन्त्रों के शब्द वही हैं जो बार-बार दुहराये जाते हैं।

'तुम इन्द्र के ओज हो... (इत्यादि) अत: मैं तुम्हें जिष्णुयोग के लिए अपशक्ति (वरुण) से युक्त करता हूँ।'

'तुम इन्द्र के ओज हो... (इत्यादि) अत: मैं तुम्हें जिष्णुयोग के लिए समस्त भूतों की शक्ति से युक्त करता हूँ।' यही विष्णु के दशावतारों में व्यक्त होनेवाला वीरता का योग है। यह मात्र देहबल या सैन्यबल पर आश्रित नहीं। वस्तुत: शक्ति के विश्वव्यापी स्रोतों से बल आहरण करने की कला का नाम है 'जिष्णुयोग'। तुलसी ने भी कहा है कि जिस रथ से विजय की प्राप्ति होती है वह अन्तर की विश्व-शक्तियों के विविध बलों का एक समवाय है। जैसे बाहर एक विश्व है, वैसे ही अन्तर में भी। बाहर ऐन्द्रीकला, सविताकला, सोमकला, वरुणकला, पर्जन्य, तेज, रस और जल बनकर स्थित है तो भीतर यह ऐश्वर्य, ज्ञान, रसदृष्टि, और सरसशील बनकर स्थित है। 'ऋत' बाह्य रूप में जल है तो आन्तरिक रूप में शील। दोनों का कर्म है परिष्कृत करना। दोनों का विधायक है वरुण। वैदिक कवि जो बातें इन्द्र, सोम आदि प्रतीकों से बाह्य चराचर के सन्दर्भ में कहता है वही बातें तुलसी ने भी 'शौर्य, धैर्य, अमल-अचल मन...' आदि के द्वारा भीतरी जगत् के सन्दर्भ में कहा है। यों रामायणकार वाल्मीकि ने रथ का वर्णन नहीं किया है। यह तुलसी की ही उद्‌भावना है। परन्तु वाल्मीकि के महाकाव्य का आधार जिष्णुयोग ही है, इसका स्पष्ट संकेत प्रथम सर्ग में नायक के अन्दर अपेक्षित गुणों की चर्चा में आ जाता है। राम का वीर-विग्रह इसी जिष्णुयोग के पैटर्न पर बिन्दु-प्रतिबिन्दु विकसित किया गया है।

फिर इसी सूक्त में वीर को इसी शैली में सोम, सविता, अप (वरुण) आदि के ओज-तेज-बल आदि के रूप में प्रतिष्ठित किया गया है। तत्पश्चात् वीर के 'विक्रम' की धारणा को विष्णु के विक्रम के साथ जोड़कर देखा गया है पूरे ग्यारह मन्त्रों में। इन मन्त्रों में देवता के साथ-साथ स्वयं को 'नर-नारायण' शैली में सहचारी रूप में देखा गया है। देवता के साथ यह एकात्म्य योग एक विशिष्ट तथ्य है (वस्तुत: ये सारे मन्त्र युद्ध-यात्रा या वीर-यात्रा के अवसर पर प्रयुक्त होनेवाले 'अभिचार'—मन्त्र हैं)।

'तुम विष्णु का पग-निक्षेप (विक्रम) हो, तुम विष्णु के आक्रमण जैसे आक्रामक हो, तुम शत्रुहन्ता हो, तुम इस पृथ्वी पर 'अग्नि-तेज' को धारण करते हो। मैं पृथ्वी पर तुम्हारे अनुसरण में आक्रमण करता हूँ। जो हमसे द्वेष करते हैं, जिनसे हम द्वेष करते हैं, वे जीवित न रहें, उन्हें हम पृथ्वी से हटा दें।[1]

'तुम विष्णु के पग-निक्षेप हो, तुम विष्णु के आक्रमण जैसे आक्रामक हो, तुम शत्रुहन्ता हो, तुम अन्तरिक्ष में वायुतेज धारण करते हो। मैं तुम्हारे अनुसरण में अन्तरिक्ष में पराक्रम करता हूँ। जो हमसे द्वेष करते हैं... (इत्यादि)।'

'तुम विष्णु के पग-निक्षेप हो, तुम विष्णु की तरह आक्रामक हो, तुम शत्रुहन्ता हो, तुम दिशाओं में मनस्तेज धारण करते हो। मैं दिशाओं में पराक्रम करता हूँ। जो हमसे...(इत्यादि)।'

---

1. 'विष्णो क्रमोऽसि, सपत्नहा, पृथिवी संशितोऽग्नितेजसा। पृथिवीमनु विक्रमेऽहं निर्भजामो योऽस्मान्द्वेष्टि यं वयं द्विष्म:। स मा जीवितं प्राणो जहानु।। 25।। काण्ड 10।। सूक्त 5।। - इसी प्रकार (25 से 36) तक 11 मन्त्र विष्णु की 11 भूमियों तथा 11 रूपों को प्रतिष्ठित करते हैं। 'पृथिवी संशितोऽग्नि तेजसा। पृथिवीमनुविक्रमेऽहं' इस वाक्यांश को छोड़ शेष शब्द प्रत्येक मन्त्र में एक ही हैं। ये 11 रूप विष्णु के 11 रुद्ररूप हैं।

'तुम विष्णु के पग-निक्षेप हो! (त्वं विष्णोः क्रमो अस्ति) तुम विष्णु के दुर्वार वेग वाले, सम्पूर्ण सत्ता को दखल में ले लेने वाला आक्रमण हो, तुम शत्रुहन्ता हो (सपत्नहा हो)।' यही बातें मन्त्रों में बार-बार दुहरायी गयी है। फिर देवता को उपर्युक्त शैली में एकादश स्थितियों में एकादश तेजों के रूप में प्रतिष्ठित करके देखा गया है—(1) तुम पृथ्वी पर 'अग्नितेज' धारण करते हो और तुम्हारे अनुसरण में मैं भी पृथ्वी पर विक्रम करता हूँ। (2) तुम अन्तरिक्ष में 'वायुतेज' धारण करके स्थित हो, तुम्हारे अनुसरण में मैं भी अन्तरिक्ष में विक्रम करता हूँ। (3) तुम दिशाओं में 'मनस्तेज' बनकर स्थित हो, मैं तुम्हारे अनुसरण में दिशाओं में विक्रम करता हूँ। (4) तुम द्यु में सूर्यतेज बनकर स्थित हो, मैं तुम्हारे अनुसरण में द्यु में पराक्रम करता हूँ। (5) तुम आशाओं ('आशा' अर्थात् 'उपदिशा') में 'वाततेज' बनकर स्थित हो, मैं आशाओं में तुम्हारे अनुसरण में विक्रम करता हूँ। (6) तुम ऋचाओं में 'सामतेज' बनकर स्थित हो, मैं ऋचाओं में तुम्हारे अनुसरण में विक्रम करता हूँ। (7) तुम यज्ञों में 'ब्रह्मतेज' बनकर स्थित हो, मैं तुम्हारे अनुसरण में यज्ञों में पराक्रम करता हूँ। (8) तुम औषधियों में सोमतेज बनकर स्थित हो, मैं तुम्हारे अनुसरण में औषधियों में पराक्रम करता हूँ। (9) तुम जलों में वरुणतेज बनकर प्रतिष्ठित हो, मैं तुम्हारे अनुसरण में जलों में पराक्रम करता हूँ। (10) तुम कृषि में अन्नतेज बनकर प्रतिष्ठित हो, मैं तुम्हारे अनुसरण में कृषि में पराक्रम करता हूँ। (11) तुम प्राणों में पुरुषतेज बनकर स्थित हो, मैं प्राणों में तुम्हारे अनुसरण में पराक्रम करता हूँ। इस प्रकार देवता की पराक्रममयी स्थितियाँ एकादश हैं। एकादश भूमियों (पृथ्वी, अन्तरिक्ष, द्यु, दिशा, उपदिशा, ऋचा, यज्ञ, औषधि, जल, कृषि और प्राण) में क्रमशः देवता की एकादश पराक्रम मूर्तियाँ हैं—अग्नि, वायु, सविता, मन, वात, साम, ब्रह्म, सोम, वरुण, अन्न और पुरुष। विष्णु एकादश भूमियों पर एकादश रूपों में पराक्रमशील है। ऋषि आदर्श वीर या 'नायक' को इन एकादश भूमियों पर प्रतिष्ठित करके उसे पराक्रमशील रूप में देखता है। यह नायक के नायकत्व या 'वीरत्व' की अति-व्यापक कल्पना है जो तुच्छ हत्याकाण्ड या उपद्रव क्षमता से कहीं बहुत ऊपर की चीज है। बाद में श्रमण-परम्परा और ब्राह्मण-परम्परा में जो वीरता के आदर्श विकसित हुए उसका मूल वैदिक वीराचार की इस व्यापक भूमि में ही निहित है। 'वीर' शब्द का तन्त्रभाषा में साधनापरक अर्थ जो विकसित हुआ उसका भी उत्स यही वैदिक भाव-भूमि ही है।

रामायण की रचना जिस कालखण्ड में हुई है उसमें ये जिष्णुयोग के अभिचारात्मक मन्त्र लोक-प्रचलित रहे होंगे। राम के चरित्र को 'ऋत' यानी दिव्य विधान के मांगलिक रूप से आदि से अन्त तक संयुक्त रखा गया है। उसमें चराचर के दिव्य बलों की सर्वात्मक प्रतिष्ठा की गयी है। इन दोनों विशेषताओं के कारण रामायण के 'नायक' में अथर्ववेद के जिष्णुयोग की सम्पूर्ण प्रतिष्ठा हो गयी है। यही नहीं सूक्त के अन्त में कुछ अन्य महत्त्वपूर्ण संकेत भी हैं (मन्त्र, 39-41): 'सूर्य का आवर्त्तन अर्थात् दक्षिण दिशा में गमन होता है (उत्तरायण-स्थिति में वह क्रम-क्रम करके दक्षिण की ओर बढ़ता है) वैसे ही सूर्य के अनुकूल मैं भी चलता हूँ...ज्योतिष्मठी दिशाओं में मैं गमन करता हूँ। सप्तर्षियों के अनुकूल पथ पर मैं गमन करता हूँ। ब्राह्मणों के अनुकूल पथ पर मैं गमन करता हूँ।... इत्यादि वाक्यांश वाले मन्त्र रामकथा के सन्दर्भ में बड़े संकेतपूर्ण हैं। रामचन्द्र भी सूर्य की उत्तरायण अवस्था में दक्षिण दिशा की ओर गमन करते हैं। वे तारामण्डल, सप्तर्षि

और ब्राह्मण के अनुकूल पथ पर अर्थात् 'ऋत'—पथ पर गमन करते हैं, 'ऋत' का पालन करते चलते हैं। इस प्रकार इन मन्त्रों में रामायण की वीर-यात्रा और वीराचार का संकेत विद्यमान-सा लगता है। रामकथा वैदिक कथा नहीं है। परन्तु इसकी आकृति प्रकृति का उद्भव वैदिक मनोभूमि से होता है। इस तथ्य के सबूत हैं जिष्णुयोग के ये मन्त्र। कहने का तात्पर्य यह है कि वैदिक 'जिष्णुयोग' (विजययोग) की मुख्य विशेषताएँ 'नायक' की अवधारणा से इस प्रकार जा जुड़ती हैं। (1) सृष्टि में ऋतचक्र का जो दिव्य विधान है उसके क्षोभ और करुणा के द्वारा नायक के 'वीर कर्म' का जन्म होता है। (2) नायक ऋतचक्र के उस दिव्य विधान के 'हाँ'—धर्मी' अर्थात् मांगलिक रूप से जुड़ा हुआ, उसी के एक अंग की तरह विकास करता है। (3) नायक चराचर में निहित दिव्य बलों (अग्नि, सविता, इन्द्र, सोम आदि) से जुड़ा हुआ सक्रिय होता है क्योंकि ये दिव्य बल भी उसी 'ऋत' के अंग हैं। मनुष्य अकेले-अकेले पुरुषार्थ करने में अक्षम है। परन्तु वह जिष्णुयोग की साधना द्वारा अपने व्यक्तित्व का विस्तार करके इन सारे दिव्य बलों से अपने को जोड़ लेता है, या यों कहें कि वे सारे दिव्य बल उसके अन्दर अपने-आप प्रतिष्ठित हो जाते हैं और उसका जीवन एक 'दिव्यरथ' का प्रतीक हो जाता है जिसका वर्णन तुलसी ने 'मानस' में किया है ('जेहि जय होहि सो स्यन्दन आना)। दूसरे शब्दों में जिष्णुयोग की साधना अपने आन्तरिक 'शील' के विकास और विस्तार की ही साधना है। इसका सर्वोत्तम 'मॉडेल' भारतीय साहित्य में राम, युधिष्ठिर, अर्जुन तथा दशावतारों में मिलते हैं। (4) आन्तरिक शील की विभूति से सम्पन्न यह नायक अपराजेय होता है, क्योंकि उसके साथ उसके रोम-रोम में स्थित दिव्य शक्तियाँ जूझती हैं। (5) शुद्ध व्यक्तिमुखी या अस्मिता के अहंकार अथवा मोह से जन्मा पुरुषार्थ इस जिष्णुयोग का साधन नहीं बन सकता। वह अपने में महत्त्वपूर्ण या गरिमा सम्पन्न होते हुए भी 'ऋत' के दिव्य विधान का अनुकूल सहचर नहीं। जैसे कर्ण या मेघनाद के चरित्र में।

'मूल रामायण' (रामायण, प्रथम सर्ग) में राम के चरित्र का साँचा उपस्थित किया गया है। 'रक्षिता जीवलोकस्य धर्मस्य परिरक्षिता'। 'समुद्रमिव गाम्भीर्ये धैर्येण हिमवानिव।' 'विष्णुना सदृश्यो वीर्ये सोमवत् प्रियदर्शनः।' 'कालाग्नि सदृशं क्रोधे क्षमया पृथिवी सम। धनदेव समस्त्यागे सत्ये धर्म इवापरः।' आदि सूत्रों द्वारा इन्द्र, सोम, अग्नि, विष्णु आदि की दिव्य विभूतियों से राम के चरित्र को जोड़कर पूरी आकृति को निष्पन्न किया गया है। रामचन्द्र उस युग में अवतरित हुए थे जब सारे नैतिक मूल्य पराजित हो रहे थे और जीवन 'ऋत' के दिव्य विधान (अर्थ-धर्म-काम-मोक्ष संयुक्त चतुः पुरुषार्थ का विधान) के प्रतिकूल चल रहा था। ब्राह्मण अपना पुरुषार्थ छोड़कर श्रमण-धर्म की ओर उन्मुख था और गार्हस्थ्य अपमानित था। इस भ्रान्ति के शिकार थे गौतम। अहल्या-प्रसंग प्रारम्भ में ही इसका संकेत दे देता है। दूसरी ओर शासक एवं क्षमताशील लोग शुद्ध कामाचार और भोगवाद को ही सर्वस्व मान बैठे थे। स्वयं दशरथ धर्म के बाह्यरूप कर्मकाण्ड के प्रति अनुगत रहते हुए भी इसी ट्रेजेडी के शिकार थे। असुर-दर्शन प्रबल हो रहा था। रावण के चरित्र और क्रियाकलाप में वैरोचन के असुर-दर्शन 'देह ही आत्मा है', 'देह के बाहर आत्मा की सत्ता नहीं' का स्पष्ट विकास प्राप्त होता है। छान्दोग्य उपनिषद् की कथा में व्यक्त इन्द्र की आत्मवादी दृष्टि को 'गृहस्थ-धर्म' में, जो ऋत के दिव्य विधान के सर्वथा अनुकूल चलता है,

स्थापित करने के लिए ही रामचन्द्र का अवतार हुआ है। यही रामकथा की पृष्ठभूमि में निहित वैचारिक संक्रान्ति है। कथा की मुख्य भूमि पर तो एक लौकिक द्वन्द्व ही उपस्थित है, सीता के उद्धार के लिए राम-रावण-संघर्ष। परन्तु रावण सीता का अपहरणकर्ता ही नहीं, समस्त ऋतचक्र के दिव्य विधान की प्रतिद्वन्द्वी शक्ति के रूप में भी चित्रित है। वह समस्त देव-मण्डल का शत्रु है। वह ऋत के विधान का शत्रु है। वह अहंकार का विस्फोट है। आत्मा का ऊर्ध्वतर आरोहण और अहंकार का विस्फोट, दोनों दो तरह की बातें हैं। पहली के द्वारा व्यक्तित्व और उससे जुड़े जगत् का विकास होता है, दूसरी के द्वारा बिखराव। इस प्रकार यह द्वन्द्व उस सनातन द्वन्द्व का रूप ले लेता है जो दैवासुरम् की 'थीम' में वैदिक और वैदिकोत्तर साहित्य में बार-बार व्यक्त हुआ है। वाल्मीकि समस्त कथा को इसी दैवासुरम् के साँचे में ढाल रहे हैं जिसमें सीताहरण एक प्रसंग मात्र है। द्वन्द्व का मूल केवल सीताहरण में नहीं बल्कि समूचे विश्व-विधान या ऋत में रावण के कारण निरन्तर जन्म लेती हुई करुणा, यातना और क्षोभ में है। अत: यह वृहत्तर लड़ाई है। इसी से नायक के व्यक्तित्व के आयाम भी वृहत्तर हैं। रामचन्द्र का समस्त जीवन ही एक तरह से 'वीर रस का वेदान्त' है। क्योंकि यह वीर रस नारी-अपहरण के कारण जन्मा क्षुद्र रोष से नहीं बल्कि 'धर्मसंस्थापनाय सम्भवामि युगे युगे' की त्रिकालव्यापी प्रतिज्ञा से उत्पन्न है।

वस्तुत: रामकथा एक सर्वांगपूर्ण वीरगाथा है। परवर्ती वीरगाथा-काव्यों में दो ही रस स्थायी भाव बनते हैं—वीर और श्रृंगार। परन्तु रामकथा में वीर-करुण-श्रृंगार तीनों साथ-साथ प्रवाहित हैं। श्रृंगार तो वस्तुत: पृष्ठभूमि में रहता है। मुख्य रस हैं वीर और करुण। सही वीरता का मूल करुणा में, करुणा के वृहद् रूप 'विश्व-करुणा' में होता है। विश्व-करुणा से, ऋतचक्र के रिसते घावों से जन्मा वीर रस इस महाकाव्य में उपर्युक्त वैदिक प्रकृति का वीर रस बन जाता है। वीर रस की वैदिक प्रकृति क्या है? उसके आलम्बन (नायक) की आकृति-प्रकृति कैसी होनी चाहिए इसका कुछ आभास उपर्युक्त 'जिष्णुयोग' की व्याख्या में मिल जाता है। परन्तु पूरा स्वरूप पहचानने के लिए वैदिक संहिता के इन्द्र, अग्नि, विष्णु, आदित्य, सोम, मरुत और वरुण सम्बन्धी मन्त्रों को पढ़ना होगा और उनके स्थूल कार्यकलाप के 'मर्म' को ग्रहण करके आलम्बन में अपेक्षित विशिष्टताओं की सूची इस प्रकार तैयार की जा सकती है। ये विशिष्टताएँ वैदिकोत्तर महाकाव्यों में भी उतर आयी हैं।

(1) विजिगीषा : विजय का अदम्य उत्साह और साहस। इस उत्साह का स्रोत देवता और 'ऋत' (नियमानुशासन या शील) दोनों साथ-साथ हैं। अनृत विजिगीषा महाकाव्यों में 'प्रतिधर्म' के रूप में ही है।

(2) रक्षा : वैदिक इन्द्र या अग्नि से रक्षा और शत्रु-हनन की अपेक्षाएँ परवर्ती महाकाव्यों में नायक में स्पष्ट भाव से प्रतिष्ठित की गयी है। इसको भूत-प्रेत, अपस्मार, रोग, अरिष्ट, दस्यु, दुष्ट आदि अनेक सन्दर्भों में वैदिक मन्त्र प्रतिष्ठित करते हैं। परवर्ती महाकाव्यों में 'दुष्ट-दमन' के लिए रक्षातत्त्व का आहरण किया गया है।

(3) दीप्ति : रूप और शील दोनों की दीप्ति देवताओं में और महाकाव्य के नायकों में प्रतिष्ठित किया गया है। 'इन्द्र' शब्द का अर्थ 'दीप्तिधर' और शत्रु-दरण करने वाला दोनों है। 'इन्द्र' या 'इन्ध' का अर्थ दीप्ति या ज्वलनशीलता है तथा 'इन्' का अर्थ 'शत्रु' है। 'इन्द्र' शब्द के

मूल में 'इन्ध-धर' तथा 'इन् द्र' ('द्र'—दरण करने वाला) दोनों अर्थ विद्यमान हैं। वैदिक साहित्य का महानायक 'इन्द्र' ही परवर्ती नायकों का 'आदि प्रारूप' (Arch type) है। दीप्ति नायक का एक अनिवार्य गुण माना गया है। देव या 'दिव' शब्दों का सम्बन्ध भी दीप्ति से है। भारतीय साहित्य का कोई नायक 'कुरूप' नहीं। 'नृसिंह' और 'वराह' रूपों का भी अपना एक विराट सौन्दर्य है। तो भी असली दीप्तिरूप में नहीं, शील में ही मानी गयी है।

(4) पुरुषार्थ : त्याग और वृद्धि दोनों स्थितियों में पुरुषार्थ को निहित माना गया है।

(5) करुणा : करुणा यहाँ 'महाकरुणा' अर्थात् विश्वव्यापी स्थितियों से जुड़ी 'करुणा' का रूप लेती है। यह रोमाण्टिक (Pity) नहीं, बल्कि महाकाव्योपम (Grace) है।

(6) प्रचोदन : रक्षा के बाद यह दूसरी महत्त्वपूर्ण दिव्य विशिष्टता है जो 'नायक' में विद्यमान होनी चाहिए। महाकाव्य एक 'प्रेरणामूलक' विधा है। अत: नायक के अन्दर प्रचोदन-तत्त्व की प्रतिष्ठा आवश्यक है। तभी वह भविष्य की पीढ़ियों के लिए प्रेरणास्रोत बन सकता है।

(7) शबलता : जीवन के विविध क्षेत्रों में नायक की महिमा का विस्तार। व्यापकता इसी का रूपान्तर है। इस गुण में विष्णु विशिष्ट है।

(8) भूमा : 'वृहत्तर' और 'बहुल' होने की आकांक्षा। परन्तु यह व्यक्तिगत अहंकार के तोष या व्यक्तिगत यश (Glory) से कहीं अधिक व्यापक तत्त्व है। होमर के ग्रीक महाकाव्य व्यक्तिगत 'Glory' (यश या प्रताप) पर ही आश्रित हैं। परन्तु Virgil का Aeneid एक सामूहिक 'भूभावृत्ति' (लैटिन राष्ट्र का बीजारोपण) को लेकर चलता है। भारतीय महाकाव्यों में इसी भूमावृत्ति को व्यक्त किया गया है।

(9) ऋद्धि और पुष्टि (ऐश्वर्य) : वैदिक साहित्य में रूमानी 'भोग' के लिए जगह नहीं। वहाँ 'भोग' के स्थान पर 'पुष्टि' व्यक्त है। नायक के जीवन में रूमानी भोग का अवसर मिले, यह अनिवार्य नहीं। परन्तु गार्हस्थ्य का 'अर्थ और काम' उसके जीवन में 'ऋद्धि' और 'पुष्टि' बनकर स्थापित होता है। ऋद्धि और पुष्टि स्थल अर्थ-काम के ही सूक्ष्म और महत्तर रूप हैं। 'ऋद्धि और पुष्टि' के ही लिए प्रचलित नाम है 'ऐश्वर्य' या 'भग'। प्रत्येक नायक किसी-न-किसी रूप में 'ऐश्वर्यधर' और 'भगवान' ('भगधर') की एक आकृति लब्ध करता है। फारसी के 'बहादुर' के मूल में भी आर्यध्वनि 'भगधर' है। (सुनीतिकुमार चटर्जी: 'भारत संस्कृति')।

कहने का तात्पर्य यह कि वैदिक दृष्टि से नायक में ये ही नौ गुण, विजिगीषा, रक्षा, दीप्ति, पुरुषार्थ, करुण, प्रचोदन, शबलता, भूमा और ऐश्वर्य अपेक्षित हैं। ये नौ गुण वैदिक देवता इन्द्र और विष्णु में मौजूद हैं। परवर्ती महाकाव्यों-रामायण, महाभारत, हरिवंश, भागवत, रघुवंश आदि-के अन्दर नायकों की आकृति इन्हीं गुणों को दृष्टि में रखकर रची गयी है। ये सारी बातें भारतीय कवि की परमास्मृति (Racial Memory) का अंग रही हैं। रामायण में नायक की छवि अंकित करते समय ये सारे वीरोचित गुण सचेत या अचेत रूप से राम के चरित्र में उतर आये हैं। भारतीय वीरगाथा में सचेत या अचेत भाव से प्रत्येक नायक ही विष्णु या इन्द्र के रूप में देखा गया है। रामकथा का विकास वैदिक मनोभूमि से हुआ है। इस कथा के स्नायु मण्डल में वैदिक भावधारा के तत्त्व अपने-आप प्रतिष्ठित हो गये हैं क्योंकि यह जातीय अनुस्मृतियों का वाहक काव्य है।

भारत को छोड़कर अन्य किसी देश में इस महाकाव्य की रचना सम्भव नहीं यह बात सिद्ध हो जाती है इसके स्नायु मण्डल में निहित वैदिक भावों और बिम्बों की स्पष्ट उपस्थिति द्वारा। 'नारी अपहरण' तो एक सामान्य घटना है। हर एक देश और हर एक ट्राइब में यह घटित हुई होगी और हर एक देश और हर एक ट्राइब में इस 'कथारूढ़ि' का आश्रय लेकर कोई 'वैलेड' या कोई कहानी मौजूद होगी। परन्तु केवल 'नारी-अपहरण' के सूत्र पर न तो रामायण की रचना हो सकती है और न राम का चरित्र परिकल्पित हो सकता है। ऐसी कथा का जन्म एक समृद्ध और अत्यन्त संस्कार सम्पन्न पूर्व परम्परा के माध्यम से ही सम्भव है।

8. सोम और सीता-सावित्री

ऋषि की नजर पड़ी शिलाखण्ड के पार्श्व में उगी हुई लता वनस्पति पर ! ऋषि को लगा कि यह लता नहीं वनिता है। पतली तन्वी, छरहरी देहवाली, श्यामाभ, दक्षिणावर्त नाभि-भंगिमा में अँगड़ाई लेती हुई, शाल भंजिका जैसी कोई वनिता ! लता की देह में बाँक-पर-बाँक। पत्ती-दर-पत्ती मोड़ लेती हुई लतादेह। सबसे ऊपर की पन्द्रहवीं पत्ती के नरम टूसे आज उषाकाल में फूट चुके हैं। दोपहर होते-होते ये लाल टूसे हरिताभ हो जायेंगे। सन्ध्या को जब पूर्णिमाचन्द्र का उदय होगा तो ये रस से टस-टस भर उठेंगे ! रात-भर लता चन्द्रकिरणों में स्नान करेगी। रात-भर में पूरी लता में रस पुष्ट हो जायेगा। ऋषि को स्मरण हुआ नदी-तीर के निषाद 'लता' का अर्थ लगाते हैं षोडशी तरुणी। ये निषाद भी अजीब हैं। नदी की धार के साथ जीते हैं। नदी तट पर धान्य उगाते हैं और प्रत्येक पूर्णिमा को लाल चावल का भात, मछली और चावल की सुरा चन्द्र मण्डल को अर्पित करते हैं ! अर्धरात्रि तक विचित्र विचित्र आचार करते हैं।

सन्ध्या हुई तो ऋषि ने आकाश की ओर देखा। सोमदेवता का मण्डल उदित हुआ। ऋषि ने भक्तिभाव से उस सोम-मण्डल के भीतर अदृश्य अधिष्ठात्री देवता को नमस्कार किया। यह जो दीख रहा है वह तो देवता की दृश्यमान पंचदशी कला है। देवता तो सूक्ष्म है। इस कला के माध्यम से अपना अस्तित्व जता जाता है। उसी की कला जल में, दुग्ध में, औषधियों के रस में स्वाद रूप से व्यक्त हो रही है। पर व्योम में वह रूप या छवि की आकृति में व्यक्त है। इस पन्द्रह पत्तियोंवाली लता में उस देवता की रस कला 'पूर्णतम' है। आकाश का चन्द्र-मण्डल जैसे उसका रूप-विग्रह है वैसे ही यह लता उसका रस-विग्रह है। इसी से इसे सोमलता कहते हैं। शुक्लपक्ष में प्रतिदिन प्रतिपदा से पूर्णिमा तक एक-एक पत्ती लगती है। कृष्णपक्ष में प्रतिपदा से एक-एक पत्ती झड़ती है और अमावस्या की लता अपर्णा हो जाती है। अमावस्या की रात्रि में यह अपर्णा रुद्राणी जैसी है जो तपोरत है। परन्तु पूर्णिमा की रात्रि में यह श्री रूपा है, माधवी है, मधुमयी है। इसकी देह के अधोमूल में शुक्लपक्ष की प्रतिपदा को नरम पत्ती का लाल टूसा पुनः फूटेगा और पुनः देह धीरे-धीरे करके रसमयी होने लगेगी। निषादगण बताते हैं कि लता में एक सोलहवीं पत्ती भी है। परन्तु वह देह के बाहर नहीं फूटती। भीतर-भीतर रसनाड़ी के रूप में रहती है। ठीक वैसे ही जैसे अमावस्या में सोम की षोडशी कला निहित रहती है। सोम की अमृताकला का नाम षोडशी है। निषादगण इसे 'सिनीवाली' कहते हैं और अमावस्या को 'कुहू' कहते हैं। 'सिनीवाली' और 'कुहू' ये दो शब्द हम लोगों ने निषादों के सम्पर्क में आकर सीखे थे। निषादों की यह बात ठीक जँचती है।

हम भी तो सोमराजा को अमर मानते हैं। तो सोमराजा की कोई अमरा-अजरा कला अवश्य होनी चाहिए जिसे अमा का सर्वभक्षी अन्धकार भी ग्रास नहीं कर सकता। इन्द्र, अग्नि, आदित्य और सोम ये तो अमर्त्य सत्ताएँ हैं। भले ही वे सर्वदा दृश्यमान न हों।

ऋषि का मन कवि-मन है। उसके कवि-मानस में यह बात आती है—'यह सोमलता एक श्यामा नारी-देह की तरह है।' कवि-मन के इस अनुभव को वह ज्ञान, प्रज्ञान और आनन्द के स्तरों तक उठाते-उठाते यह अनुभव करने लगता है 'यह सोमलता तो चन्द्र-मण्डल की सूक्ष्म शक्ति 'सोमराजा' की देह है।' तब उसका कविमन बदल जाता है ऋषिमन में और वह विमुग्ध होकर मन्त्र देखने लगता है। मन्त्र देखने के बाद जो कुछ थोड़ा-बहुत वह अनुभव, स्मरण रहता है उसे ही मन्त्र-भाषा में सुरक्षित कर देता है और कण्ठस्थ कर लेता है। परन्तु मन्त्र का पूरा दृश्यमान बोध कहाँ स्मरण हो सकता है? ऋषि को इस बोध के प्राप्त करने का सर्वाधिक सुगम साधन रही यह सोमलता है। पहले लता के रस का स्वाद होठों पर और जिह्वा पर मिलता है। फिर अन्नमय स्तर से वह स्वाद प्राणमय स्तर तक पहुँच जाता है और वह रस-पान रतिक्रिया जैसा मुक्त सुख-बोध देने लगता है, फिर मन और प्रज्ञान को उत्तेजित और सुख-विकल कर देता है। धीरे-धीरे यह उत्तेजना, यह विकलता एक आनन्द की तरंग में बदल जाती है और वह आनन्द की तरंग हमें चन्द्र-मण्डल में स्थित सूक्ष्म देवता के साथ जोड़ देती है, हम अपना नाम-गोत्र वाला पार्थिव परिचय भूल जाते हैं, भूल जाती है मलत्याग और रतिक्रिया करने वाली यह देह, और लगता है कि हम ही सोमराजा हैं, हमारे समान कोई और नहीं, हमीं अन्तरिक्ष मण्डल के नायक हैं और हम पंचदशी कला का हाथ पकड़कर अन्तरिक्ष में विहार कर रहे हैं। चन्द्र-मण्डल भोग-लोक है और अमृत-भोग में हम भी साझेदार हो जाते हैं। परन्तु तभी तक जब तक इस लता के रस का आवेश प्राण-मन-प्रज्ञान पर छाया रहता है। आवेश समाप्त होते ही हम पुन: पार्थिव जीव बन जाते हैं, भय और काम का क्षुद्र पुतुल, एक नामगोत्र वाला मानुष मात्र।... इस प्रकार वह ऋषि सोम यागों में सोम का पान कर प्राय: सोम बन जाता है। सोम की भावभूमि ग्रहण कर वह कुछ काल के लिए इन्द्र और मरुतों का सखा बन जाता है। वह सोम की आहुति इन देवताओं को देता है। आहुति-शेष बचे सोम का पान कर वह इन देवताओं के सहभोज में, उनकी ही पाँत में बैठ जाता है अपनी मनोमय सत्ता में। यही कारण है कि यह सोमवनस्पति निश्चय ही सोमराजा का पार्थिव अवतार है। यह धरती पर सोमराजा का रस-विग्रह है। अत: यह भी उतना ही पूज्य और वरेण्य है जितना सोमराजा की व्योम-आकृति अर्थात् यह चन्द्र-मण्डल।

ऋषि को स्मरण आता है, पहले पहल कुछ नहीं था। न सत्ता थी, न मृत्यु थी। न भाव था, न अभाव था। कोई रंग नहीं जनमा था, कोई आकृति नहीं जनमी थी। महातमस का काला सड़ा हुआ धुआँ सारे रंगों को पी गया था। उसके भीतर थी एक अकाल, अकूल, सीमाहीन रात्रि। उस रात्रि के भीतर थी अन्तहीन जड़िमा। परन्तु उसी जड़िमा के गर्भ में सोने के दाने की तरह एक हिरण्यबीज छिपा हुआ था। वही था आदि चैतन्य, निर्गुण, अव्यक्त परम संवित्। उनके चारों ओर था रात्रि का आसुरी वारुण अपोमण्डल। यह अपोमण्डल 'जल'रूप था। यही था पारमेष्ठ्य-तत्त्व। इसमें निहित था 'मधु' या 'सोम'। सुप्त हिरण्यबीज और यह पारमेष्ठ्य 'अपोमण्डल' दोनों चिरनिद्रा में मग्न थे। यह था 'आदिसर्ग'।... तत्पश्चात् एक दिन उस हिरण्यबीज में चेतना जगी और पारमेष्ठ्य का 'मधु' विकल हो उठा। फलत: प्रसव हुआ धूम्राभनीलाभ द्युतिमय 'द्युमण्डल'

उसमें हिरण्यवर्ण सविता का उदय हुआ और उसके साथ ही उसका अंगीभूत होकर व्यक्त हो गयी उसकी कारिका शक्ति सावित्री। वह सावित्री पारमेष्ठ्य 'अप' से निकली थी अत: वह 'सोमा' और मधुमयी थी। इसी से 'माधवी' प्रकृति तथा हिरण्यमय तेज दोनों का वह आधान बनी। उसे 'महासावित्री' और महामाधवी दोनों कहते हैं। उसका रूप उषा जैसा सुन्दर था। वही प्रथम 'उर्वशी' थी क्योंकि आदिसर्ग की परमात्म-जंघा से निकली थी। परमात्मा के आदि रूप की जाँघ वह अपोमण्डल पारमेष्ठ्य ही है। यही पारमेष्ठ्य-तत्त्व 'पद्मयोनि' भी कहलाता है। तो वह आदिम उषा का रूप धारण करके उद्घाटित 'महामाधवी' महासोमा ही सृष्टि की आदि योनि है। उसी से अगले सर्ग अन्तरिक्ष (देवलोक और पितरलोक) का विकास हुआ। वह आदि सगुण ब्रह्म 'सविता' सहस्रशीर्षा पुरुष नारायण कहलाया। वह अपनी महामाधवी के सावित्री रूप से लीला करने के लिए बारह आदित्य बनकर अन्तरिक्ष में चमकने लगा और उसके माधवी-सोमारूप से लीला करने के लिए वही 'रात्रि सूर्य' या 'सोम' बनकर स्थित हुआ। सूर्य या सविता ही अमा-पक्ष में कृष्ण सूर्य' बना और शुक्ल पक्ष में 'सोम'। तो यह सोमराजा उसी सविता का अवतार है। माधवी उसी की प्रिया है जो सोलह सोमकला बनकर जीव-जगत् में विस्तार करती है। अकेले आदित्य और सावित्री अपूर्ण है। आदित्य 'अग्नि'—तत्त्व है। सृष्टि-विस्तार के लिए अग्नि, ऊष्मा, तेज, प्रकाश से ही काम नहीं चल सकता। उसके लिए मधुमय, शान्त, सरस तत्त्व का सहयोग चाहिए। वह मधुमय, शान्त और सरस है 'सोम'। सविता ही 'अग्नि' और सोम दोनों रूपों को धारण करके अन्तरिक्ष और पृथ्वी में 'अग्नि-सोमात्मक' सृष्टि का विस्तार करता है। यह सोमराजा सविता का ही 'मधुर मधुर रसराज' रूप है। इस सोम-मण्डल की माधवी शक्ति ही नदी के जल में, वर्षा जल में, अन्न में, वनस्पतियों में, पत्ती-पत्ती में, रेशे-रेशे में, फल-फूल में, नारी देह में, नारी की योनि में, पुरुष के वीर्य में स्थापित है। तेज और मधु दोनों समान रूप से अंशीदार हैं सृष्टि विकास में पुरुष के वीर्य में तेज का प्राधान्य है, नारी के योनि में मधु का। मधु की सर्वोच्च स्थिति नारी-अंग में और इस सोमलता में है। यह सोम या मधु चन्द्र-मण्डल से उतरता है और पत्ती-पत्ती और देह-देह में वितरित होता रहता है; वायु, जल, चन्द्रकिरणों और शस्य के माध्यम से। पहले मनुष्य इस सोम को एक मधुमय रस के रूप में पहचानता था इस लता के भीतर या नारी-अंग के भीतर। बाद में उसे एक 'मधुर अनुभूति' के रूप में पहचानने लगा। फिर जिज्ञासा जगी और इस 'मधुर अनुभूति' के पथ से जाकर वह जा पहुँचा उसके देवता रूप के निकट और उसे पहचाना चन्द्र मण्डल के देवता 'चन्द्र' के रूप में। चन्द्र और कोई नहीं उस पुरुष देवता सविता का ही 'सोम'रूप है। अत: हमारी भाषा में चन्द्र पुलिंलग बनकर स्वीकृत होता है।... परन्तु नदी-तटवासी निषादगण कुछ और ही कहते हैं। वे चन्द्र की उपासना करते हैं और उनका उपासना काल रात्रि है। हम सविता की उपासना करते हैं और हमारा उपासना काल प्रात: उषा है। वे कहते हैं कि यह चन्द्रमा एक नारी है। चन्द्र-मण्डल में एक सुन्दर नारीमुख है। अत्यन्त सुन्दर मुख, नासिका में बड़ी-सी 'नथ' पहने हुए, नथ के नीचे पद्म पाँखुरी जैसे लाल-लाल होठ और विस्तृत अधर, नासिका के ऊपर दिव्य-ललाट, ललाट में तीन सुन्दर आँखें, तिनपतिया बेलपत्र की तरह। निषादगण बेलपत्र को बड़ा पवित्र मानते हैं। वे कहते हैं कि बिल्व वृक्ष उस चन्द्र मण्डल में स्थित माधवी देवता का भाई है! वे कहते हैं कि समुद्र मन्थन के समय शंख और बिल्व वृक्ष के साथ चन्द्र मण्डल का उदय

समुद्रगर्भ से हुआ था और उसी चन्द्र-मण्डल में उनकी भगवती बैठी थी। वे निषादगण और कुछ ऊल-जलूल हाँकते हैं। कहते हैं असल में एक नारी देवता नहीं सोलह नारी देवताओं का व्यूह 'चन्द्रमा' है। असल जो है वह तो 'सिनीवाली' है, अदृश्य रहती है। परन्तु उसकी पन्द्रह सखियाँ एक-एक करके प्रतिदिन उदित होती हैं और रात्रि में दर्शन दे जाती हैं। मूर्ख हैं ये सब निषाद ! ये हमारे राजासोम को जानते नहीं। उसी की सोलह कलाओं को देवी-देवता मानकर कहानी गढ़ते चलते हैं समुद्र मन्थन की और सोलह अप्सरा रूपिणी 'चन्द्रा' देवताओं की।

तो इसी सोमराजा की हम यज्ञ में स्तुति करते हैं। यह हमारा सबसे निकटस्थ देवता है। यह हमारा मित्र है, बन्धु है और अन्य देवताओं को यही हमसे जोड़ता है। यह हमारे यज्ञ की देह और आत्मा दोनों है। इसी से तो हम श्रद्धापूर्वक घोषित करते हैं: 'सोमो अस्माकं ब्राह्मणानां राजा'। यह राजा है। इससे जो माँगो देता है। यह अपनी पन्द्रह कलाओं के साथ नित्य विहार करता है। परन्तु इसकी एक विरही कला भी है षोडशी कला या सिनीवाली। इसके बारे में एक कथा ब्राह्मणों में प्रचलित है। इसी सिनीवाली का वास्तविक नाम है 'सीता'। बाद में यह 'सीता-सावित्री' के रूप में विख्यात हुई क्योंकि इसकी प्रकृति भोगवती नहीं ज्ञानवती है। यह वेदवती मधुज्योति का प्रतीक है। इसे लोग 'सीता-वेदवती' या 'सीता-सावित्री' कहते हैं। यह सीता तन्वी, छरहरी, पतली उँगलियों वाली, सुन्दर भुजलता वाली सोमकला है। सारी सोमकलाएँ प्रजापति 'परमेष्ठी' की पुत्रियाँ हैं क्योंकि इनका उद्‌भव पारमेष्ठ्य अपोमण्डल से ही हुआ है। सोम षोडश कलाओं का पति है। सोम अपनी प्रतिपदा से लेकर पूर्णिमा तक की माधवी कलाओं के साथ अन्तरिक्ष में विहार करता था, परन्तु इस षोडशी कला 'सीता' का मुँह ही नहीं देखना चाहता था। शायद उसके अन्दर निहित रूप-सौन्दर्य को वह आविष्कृत नहीं कर पाया था। सीता अपने पति के व्यवहार से अत्यन्त दु:खी रहती थी। अमा में मुँह छिपाकर रुदन करती रहती थी। एक दिन सीता ने जाकर अपने पिता प्रजापति से सारी दु:ख गाथा को रो-रोकर कहा। तब प्रजापति ने अपनी प्रिय पुत्री के आँसू पोंछते हुए एक अलंकार की रचना की। ऋग्वेद की ऋचाओं से उस अलंकार की झालर तैयार की ! सामवेद के मधुमय उद्‌गीथों से उस अलंकार का त्रिकोण केन्द्र रचा और यजुर्वेद के मन्त्रों से उस अलंकार का सूत्र विरचित किया। इस प्रकार एक 'स्थागर'[1] (तगड़ी या कटि-मेखला) की रचना करके उन्होंने अपनी वेदवती ज्योति की प्रतीक उस पुत्री को उससे विभूषित किया और उसे सोमराजा के पास भेजा !... सोम की दृष्टि उस विरही कला के कटि प्रदेश पर चमकते

---

1. तुलना कीजिए, उद्धृत कथा से: 'प्रजापतिः सोमं राजानमसृजत। तं त्रयो वेदा अन्वसृज्यन्त। तान् हस्तेऽकुरुत। अथ ह सीता सावित्री। सोमं राजानं चकमे। श्रद्धामुपचकमे। सा ह पितरं प्रजापतिमुपससार। तं हो वाच। नमस्ते अस्तु भगव:। उपत्वाऽयानि'।। 1।।

'प्र त्वा पद्ये। सोमं वै राजानं कामये। श्रद्धामुपकामयत इति। तस्या उ ह स्थागरमलंकारं कल्पयित्वा। दश होतारं पुरस्ताद्व्याख्याय। चतुर्होतारं दक्षिणत:। पंच होतारं पश्चात्। षड्ढोतारं उत्तात:। सप्तहोतारं उपरिष्ठात्। सम्भारैश्च पत्निभिश्च मुखे अलंकृत्य'।। 2।। 'अस्यार्धं व व्राज। तां हो दीक्ष्योवाच। उपमा वर्तस्वेति। तं हो वाच। भोगं तु म आचक्ष्व। यत् ते पाणाविति। तस्य। उहत्तीन वेदान् प्रपदौ। तस्मा दु ह स्त्रियो भोगमैव हारयन्ते। इति'।। 3।। -तैत्तिरीय संहिता (2/3/10/1)

—इससे पता चलता है कि पुत्री सीता के मुखमण्डल को 'स्थागर' अलंकार द्वारा अलंकृत करके प्रजापति ने वशीकरण का अभिचार किया था। यह कोई आभूषण था या श्रृंगार-द्रव्य, यह कहा नहीं जा सकता। यों भाषा में कटि के एक अलंकार के लिए 'तगड़ी' (मेखला) शब्द मिलता है।

अलंकार पर गयी। फिर अलंकार से मुखमण्डल पर, फिर अंग-अंग पर ! सोम कामविह्वल हो उठा। अपनी पत्नी के इस सुन्दर रूप से आज तक वह अनभिज्ञ रहा, यह पश्चात्ताप उसके मन में हुआ। फिर वह उसकी ओर खिंच आया तथा प्रथम आलिंगन के उपहार में वह अपना सर्वस्व धन 'वेदत्रयी' को उसके हाथ में रख दिया। तभी से 'सीता' का नाम हुआ 'सीता-सावित्री' क्योंकि सोम के वेदत्रयी की स्वामिनी वही बनी। सोम की अन्य कलाएँ भोगवती मात्र हैं, परन्तु यह भोगवती और वेदवती दोनों है। यही उसकी विशिष्टतम कला है। इसे ही श्रद्धा और कामायिनी रूप में भी जाना जाता है। यह केवल बुद्धिरूपा 'इड़ा' सावित्री नहीं। यह 'श्रद्धा-सावित्री' है।[1] वेद का मर्म बुद्धि से नहीं खुलता है श्रद्धा से खुलता है। श्रद्धा के बिना ज्ञान या वेद लब्ध नहीं हो पाता है। सही ज्ञान तेजस्वी और दाहक ही नहीं साथ-ही-साथ मधुमय और सरस भी होता है। उस ज्ञान को लेकर क्या होगा जो जीवन को दग्ध करता रहे ! सीता उसी मधुमयी वेदकला का प्रतीक है। इसी से यह श्रद्धा, विनय, प्रेम और प्रीति से जुड़ी सावित्री है। यह होमानल की तीक्ष्ण, तेजस्वी शिखा जैसी नहीं, बल्कि पत्नी-कक्ष में जलते हुए दीपक के शान्त, स्निग्ध, सुखद आलोक जैसी है। यह केवल 'सोमा' नहीं और केवल 'सावित्री' नहीं बल्कि सावित्री और सोमा सन्तुलित संयुक्त रूप है। इसीलिए इसके लिए एक सुन्दर नाम कल्पित किया गया है सीता-सावित्री ! यह गार्हस्थ्य जीवन की सावित्री है। सीता शब्द का अर्थ ही होता है शस्यमती, सफला, प्रसविनी भूमि ! सीता फसल की पंक्ति रेखा को कहते हैं।

ऋषि सोचता है, अद्भुत है यह शब्द 'सीता'। 'सीता' अर्थात् 'स' (सोम) + 'ई' (योनि) + त (पराबीज या सावित्री) + आ (नारायण, जलशायी सहस्रशीर्षा)।[2] सीता का अर्थ होता है, जलशायी नारायण या परमात्मा की 'सोम योनि' रूपा माधवी शक्ति। यह श्रद्धारूपा लक्ष्मी ही है। गार्हस्थ्य बिना श्रद्धा के नहीं चल पाता। पति-पत्नी के बीच श्रद्धा, परिवार की समस्त इकाइयों के मध्य पारस्परिक श्रद्धा, विधि-विधान के 'ऋत' के प्रति श्रद्धा और देवता के प्रति श्रद्धा, श्रद्धा के इन विविध रूपों पर ही गार्हस्थ्य चलता है। परन्तु श्रद्धा शुद्ध ज्ञान पर आश्रित नहीं रह सकती। वह मधुमयी अनुभूति है। वह 'सीता' रूपा है। सावित्री की एक संज्ञा 'श्रद्धा' भी है। ऋषि को तब पता नहीं था कि भविष्य का एक आदिकवि अपने महाकाव्य की नायिका का नाम रखेगा 'सीता' और वह महाकाव्य वीरगाथा होने के साथ-साथ मधुमय गार्हस्थ्य का महाकाव्य होगा। उस महाकाव्य की नायिका भी कोई 'वेदवती' शक्ति ही होगी जो विष्णु नामक आदित्य की लक्ष्मी और सविता की महामाधवी का मानवीय अवतार बनकर लोकमन में प्रतिष्ठित होगी।

---

1. महाभारत में सावित्री की एक संज्ञा 'श्रद्धा' भी कही गयी है (शान्तिपर्व, याज्ञवल्क्य सावित्री-प्रसंग)। परन्तु उपर्युक्त उपाख्यान में 'श्रद्धा' को अन्य सोम-पत्नी बताया गया। वस्तुत: सीता, सावित्री, श्रद्धा आदि 'सोमा' शक्ति की विविध प्रतीक-संज्ञाएँ हैं।

2. वस्तुत: रामायण महाकाव्य एक विकासमान प्रक्रिया से गुजरा है। रामकथा के चरम विकसित रूप में 'सीता' द्युमण्डल की भगवती शक्ति 'श्री' का अवतरण मानी जाती है। सावित्री-विद्या की दृष्टि से इसके चार सावित्री रूपों में रूपान्तर है: गायत्री (प्रात:), सावित्री (मध्याह), सरस्वती (सन्ध्या) और तुरीया (निशीथ)। श्री-विद्या की दृष्टि से सारी 'अग्नि-सोमात्मक' महाविद्याएँ उसी का विकास हैं। शक्ति हजार-हजार रूपों में प्रसव और क्रिया के स्रोत के रूपों में स्थित है और वे सारी छवियाँ एक मूल महाछवि 'श्री' के रूपान्तर हैं। शतपथ ब्राह्मण की 'सीता-सावित्री' श्री-रूपिणी सीता के बिम्ब से प्रत्यक्ष जुड़ी है। सीता का एक पूर्वावतार 'वेदवती' कन्या के रूप में कहा जाता है। वह 'वेदवती ज्योति' सावित्री की ही प्रतीक है।

दो सहोदर वीर

दो वीर साथ-साथ, एक श्यामल और दूसरा गौरवर्ण। दो वीर एक ही साथ, परन्तु आगे-पीछे जैसे कृष्णपक्ष और शुक्लपक्ष। परन्तु दोनों मिलकर एक सम्पूर्ण अस्तित्व रचते हैं। एक को छोड़कर दूसरे की कल्पना नहीं की जा सकती। कुशल और क्षेम की तरह परस्पर पूरक। ऐसे युग्म वीर कल्पना भारतीय साहित्य और भारतीय लोकधर्म के आदि बिन्दु से ही चली आ रही है। वैदिक देव-मण्डल में ऐसे युग्म के अनेक उदाहरण हैं, जैसे मित्रावरुण, द्यावापृथिवी, भूर्भुवः तो प्रसिद्ध हैं ही। कुछ कम प्रसिद्ध जोड़े हैं, 'इन्द्रसोमौ', 'रुद्रसोमौ', इन्द्रावरुणौ तथा कालान्तर में इन्द्र-उपेन्द्र और अश्विद्वय और अश्विनी कुमारों का जोड़ा जिन्हें अलग-अलग नासत्य और दस्र कहा जाता है। इनमें अन्तिम जोड़ा अर्थात् अश्विद्वय भारतीय साहित्य की महाकाव्य परम्परा से, जो लोक और वेद के उभयनिष्ठ उत्तराधिकार से जन्मी है, अत्यन्त निकट का सम्बन्ध है। महाकाव्यों की चरित्र-कल्पना के साँचे के निकट 'इन्द्र-उपेन्द्र को छोड़कर अन्य और कोई जोड़ा इतने सटीक रूप से खपता नहीं है। ये अश्विद्वय अपने मूल रूप में लोक-देवता अथवा लोक-साहित्य के नायक थे। वैदिक देव-मण्डल में इन्हें यह स्थान बाद में च्यवन ऋषि के प्रयत्न से मिला था। कहा जाता है कि ये च्यवन ही पहले रामायणकार हैं। वाल्मीकि ने इनका अनुकरण किया है। इनका काव्यबिम्ब उस महती बिम्ब-परम्परा का आदि उत्स है जिसमें भारतीय साहित्य के सर्वश्रेष्ठ जोड़े वीर आते हैं, जैसे राम-लक्ष्मण, कृष्णार्जुन, कृष्ण-बलराम, तथा बाद में आने वाले लोक-साहित्य के आल्हा-ऊदल और सँवरू-लोरिक (लोरिक-गाथा)। यह महत्त्वपूर्ण बिम्ब विशुद्धतः आर्य लोकायत साहित्य की हिन्दी-यूरोपीय आर्य-परम्परा से, सीधे-सीधे उतरा है, और बाद में लोकायत और शालीन, देशी और मार्गी, दोनों साहित्यिक धाराओं में प्रतिष्ठित हो गया है। इस बिम्ब का ही यूनानी रूप है अगामेनन-मिनीलास (होमर) तथा नार्सरूप है इनथुरस और वोडेक (NorseEdd)। अपने मौलिक रूप में यह नायिका-रहित, रोमाण्टिकता-विहीन और शुद्धतः वीराचारी रहा होगा। आदिम आर्य रोमाण्टिक नहीं वीराचारी था। रोमाण्टिकता का अनुप्रवेश बाद वाले विकास-स्तर की घटना है, जब वह आर्येतर संस्कृति और मनोरम प्रकृति के सम्पर्क में आकर कुछ भावुक भी हो गया। 'आर्य' शब्द से पहले यूरोप में भी उदीच्य (नार्डिक) आर्य के लिए 'वीरस्' (Wiros) शब्द चलता था जिसमें उसके मृगयाजीवी जीवन का संकेत वर्तमान है। मृगयाजीवी जीवन में नारी नहीं, बगल में चल रहा वीर ज्यादा महत्त्वपूर्ण होता है क्योंकि पगपग पर मृत्यु से मोर्चा लेते हुए चलने का नाम ही तब जीवन था। 'आर्य' शब्द का प्रचलन तो मैक्समूलर के प्रभाव के कारण अधिक

हो गया। 'आर्य' शब्द के मूल में 'हिन्दी आर्य' भाषा की र्'अ' धातु है जिसका सम्बन्ध 'कर्षण' या 'कृषि' से है। लातीनी भाषाओं में अब भी इसी अर्थ में यह 'धातु' चलती है। अत: आर्य माने 'कृषक'। जो कृषक है वह शालीन है, भद्र है, मृगयाजीवी या गोपालक की तुलना में श्रेष्ठतर है। प्राचीन भारतीय साहित्य में 'आर्य' शब्द का यही विकसित अर्थ ही प्रयोग में लाया जाता है। 'आर्य' माने शालीन, भद्र, सुसंस्कृत और श्रेष्ठ। बहु विज्ञापित मन्त्र 'कुर्वन्तो विश्वं आर्यम्' में 'आर्य' शब्द 'नस्ल' या 'धर्म' के लिए नहीं बल्कि 'भद्र' या 'सुसंस्कृत' के अर्थ में ही आया है और इस वाक्यांश का अर्थ होता है "अपने चारों ओर (विश्वं) 'भद्र' (आर्य) बनाते हुए।" परन्तु आज भाषाविज्ञान और मानवशास्त्र के प्रभाव से 'आर्य' शब्द का प्रयोग 'नस्ल' और 'जाति' के लिए होता है और हम भी इसी नये अर्थ में प्रयोग करते हुए कहते हैं कि अश्विनी कुमार द्वय का बिम्ब आर्य लोकायत धर्म और साहित्य में आदि हिन्दी आर्य (Indo Aryan) युग से आये मूलस्थान में ही प्रथम-प्रथम उद्‌भूत हुआ था और तब सम्भवत: आर्य जीवन का स्वरूप मृगयाजीवी था अथवा मृगयाजीवी से गोपालक स्तर की ओर संचार कर रहा था।

एक सोवियत रूसी विद्वान वेस्वोलोद मिलर (Vesvolod Miller, 1848-1913) ने जो वेबर और रॉथ जैसे जर्मन पण्डितों के शिष्य थे और लुडविग जैसे वेदज्ञ के मित्र थे, इस दिशा में अच्छी पहल की है। उनका शोधप्रबन्ध है: "प्राचीनतम संस्कृति के सन्दर्भ में आर्य-मिथक शास्त्र"। इस शोधप्रबन्ध के प्रथम अध्याय में ही उन्होंने अश्विद्वय के युग्म को अपना विषय बनाया है और आर्य जातीय लोकधर्म में 'युग्म' या 'यमज' सहोदर उपासना पद्धति के अस्तित्व का भी संकेत किया है।

होमरिक आर्यगाथा में आगामेनन और मिनीलास, तथा नार्स गाथाओं में इन्द्र-बुध के युग्म के अतिरिक्त प्राचीन लिथुआनियन लोक-विश्वास और लोक-काव्य (बैलेड) के अध्ययन से भी यह बात प्रमाणित होती है। अश्विद्वय के युग्म में मैक्समूलर और कुहन ने सूर्य तथा वज्र (इन्द्र) के युग्म के मूल बिम्ब की कल्पना की है तथा इसे सौर और वज्र की आदिम आर्य-उपासना से जोड़ा है। परन्तु मिलर ने मैक्समूलर की बात को काटते हुए आर्य लोकधर्म में एक अति लोकप्रिय और स्वतन्त्र उपासना के सम्प्रदाय की कल्पना की है जो इन यमज देवताओं के नाम पर लोकाचार में ही चालू था।[1] यह उपासना आर्य जाति के मूल में ही, विभिन्न दिशाओं में प्रव्रजन के पूर्व ही प्रचलित थी और इसका एक निश्चित लोकाचार या कर्मकाण्ड भी रहा होगा। वस्तुत: आदिम आर्य के अपने लोक-धर्म और लोक-संस्कृति के स्वरूप का अन्तर्राष्ट्रीय संस्करण कैसा था, इसे जानने का कोई स्पष्ट उपाय नहीं। परन्तु इसकी एक कल्पना तो ऋग्वेद और शताब्दियों तक अपरिवर्तित चलने वाले लिथुआनियन लोक-काव्यों के माध्यम से की ही जा सकती है। इससे सम्बन्धित तालिका पृष्ठ 122 पर देखें।

1. A large place is given in this book to the proof that among all the Indo-European peoples prior to their setting apart, the Twin Cult was widely spread. Miller also tried to determinc thc primary ideas of this cult." (Image of India, p. 98 : G. Bongard-Levin; Moscow)। अर्थात् 'यमज उपासना' हिन्दी-यूरोपीय युग की है।

पहले निष्ठा का आधार रक्त और कुल ही था अत: सहोदर और उसमें यमज सहोदर भ्राता के प्रति निष्ठा आदिमतर है। बाद में यह निष्ठा कुल के नेता या 'इन्द्र' के प्रति विकसित हुई होगी और तब सहचर योद्धा का रूपान्तर 'अधीनस्थ' योद्धा के रूप में हुआ होगा। अत: सहोदर युग्म देवता की उपासना किसी एक देवेन्द्र की उपासना से भी आदिमतर मानी जानी चाहिए। नारी या नायिका की बात तो निश्चय ही विकास के अगले चरणों में आयी होगी। हमारा ऋग्वेद आदिम काव्य नहीं है बल्कि 'ऋग्वेद' आदिम युग के बादवाले परवर्ती विकास का अभिलेख है। पर उसमें भी नारी देवताओं का महत्त्व दूसरे दर्जे पर है और श्री तथा रात्रि तथा उषा के अतिरिक्त अन्य किसी देवता का पता नहीं। वैदिक मन्त्र-साहित्य रोमाण्टिकता से मुक्त है।

यमज वीरों या सहोदर भ्राता युगल अथवा बन्धु युगल का काव्य बिम्ब का सम्बन्ध आर्यों की आदिम वीरगाथा से जुड़ा है। तब नारी या नायिका के प्रति रोमाण्टिक निष्ठा का जन्म नहीं हुआ था। उस मृगयाजीवी या युद्धजीवी युग में सगा भाई या सहचर योद्धा किसी भी प्रेमिका या नायिका से ज्यादा महत्त्वपूर्ण था।

अश्विद्वय के मूल बिम्ब में भी नायिका को कोई स्थान नहीं था। परन्तु परवर्ती सांस्कृतिक और भावात्मक विकास में इसमें भी आगे चलकर एक नायिका आ जुड़ी। सूर्य-कन्या सूर्या अर्थात् उषा। अब बिम्ब का स्वरूप हो गया 'दो वीरों के साथ एक नायिका'। इसी प्रारूप का विवर्तन होता गया, मित्रावरुण के साथ उर्वशी, अश्विद्वय के साथ सूर्या (उषा), इन्द्र और पूषन् के साथ उषा, और महाकाव्य युग में राम-लक्ष्मण के साथ सीता, कृष्णार्जुन के साथ द्रौपदी, कृष्ण-बलराम के साथ सुभद्रा आदि और इनकी त्रयी भी उपास्य बनती गयी। ऋग्वेद के एक मन्त्र में 'दो वीरों के साथ एक नायिका' का स्पष्ट संकेत मिलता है और कुछ लोग तो इसमें रामकथा का 'बीज' भी ढूँढ़ते हैं। यह मन्त्र रामकथा का स्पष्ट संकेत नहीं देता है परन्तु इसके 'प्रारूप' को अर्थात् 'अभिप्राय' (motif) को स्पष्टत: प्रस्तुत करता है। मन्त्र इस प्रकार है—

"भद्रो भद्रया सचमान् आगात्,
स्वसारं जारो अभ्यति पश्चात्
सुप्रकेतैर् युभिरग्निर्वितिष्ठन्,
रुशदीमर्वणैर् अभिरामं अस्थात्।"

—(ऋग/10/3/3)

—(भद्र भद्रा के साथ आगे-आगे चले, पीछे 'बहन का जार' चल रहा है। समुज्ज्वल ज्योति लेकर द्यु में स्थित 'अग्नि' आभा देते हुए राम को विदाई दे रहे हैं।) रामकथा के सन्दर्भ में इसका अर्थ खींचतान कर ही बैठाया जा सकता है। यह मन्त्र 'इन्द्र-पूषन् और उषा' के लिए हो सकता है क्योंकि पूषन् को अन्य मन्त्रों में 'बहिन का जार' कहा गया है। अथवा यह अश्विद्वय और सूर्या के लिए माना जा सकता है। अग्नि 'पिता' और 'प्रजापति' रूप है। द्यु की 'अग्नि' है 'सविता' जो उषा और सूर्या दोनों का पिता है। कालक्रमानुसार इसका समीकरण इस प्रकार कर सकते हैं:

'भद्र' रामचन्द्र के साथ 'रामभद्र' के रूप में प्राय: जुड़ता भी है। भद्र (वर), भद्रा (मंगलमयी, कल्याणी अर्थात् 'वधू')। प्रत्यक्ष रूप से तो "भद्रो भद्रया..." मन्त्र अश्विद्वय के लिए ही है। ऊपर के नौ उदाहरण आर्य वीरगाथाओं के हैं जिनमें सहोदर भाइयों के बीच एक नायिका स्थापित की गयी है। नायिका की भूमिका कथा में केन्द्रीय बना दी गयी है। परन्तु यह परवर्ती विकास है। यह कभी बहन के रूप में आती है, तो कभी बड़े भाई की वधू के रूप में। परवर्ती विकास क्रमों में उसका 'वधू'रूप ही स्पष्ट है। परन्तु आदिम प्रारूपों में 'बहन' और 'वधू' दोनों का सम्मिलित रूप। परवर्ती विकास मानवीय कथाएँ हैं। अत: नायिका का रूप एक ही साथ बहन और वधू होना असम्भव है। पूर्ववर्ती प्रारूप मानुषी गाथाएँ नहीं सृष्टि की प्रतीक-विद्या को व्यक्त करते हैं। अत: वहाँ पर मानुषी नीतिशास्त्र के औचित्य का कोई प्रश्न नहीं उठता। उदाहरण के लिए इन्द्र और पूषन् दोनों ही आदित्य के दो रूप हैं। (कुंल आदित्यों की संख्या बारह है) तथा आदित्य सौर देवता है तो उषा सौर देवता की अभिव्यक्त शक्ति का एक प्रत्यक्ष रूप है। इस उषा को प्रतीक भाषा में सूर्य की सहोदरा भी कह सकते हैं, सूर्य की पत्नी भी। ऐसे कथन में 'सहोदरा' और 'पत्नी' शब्दों से जुड़े मानुषी नीतिशास्त्र वाला भाव (जो सेक्स सम्बन्धों पर आधारित है) नहीं ग्रहण किया जा सकता है। यहाँ अभिधा नहीं लक्षणा-व्यंजना द्वारा अर्थ प्राप्त होगा।

अश्विद्वय का मूल बिम्ब भी भुक्त इतिहास की मानुषी गाथा नहीं। अश्विद्वय भी सौर देवता है। 'अश्व' का एक वैदिक अर्थ सूर्य होता है। पुराणों से भी ज्ञात होता है कि सूर्य के पुत्र थे। ये सारी बातें वैदिक सृष्टि-विद्या के प्रतीक काव्य का अंग हैं। अत: सूर्या (सौर-शक्ति) उनकी माँ, बहन, वधू कुछ भी कही जाये, इससे कुछ भी बनता-बिगड़ता नहीं।

हिन्दी यूरोपीय आर्य	**हिन्दी वैदिक आर्य**	**हिन्दी वैदिक**	**नार्डिक आर्य (नार्स जर्मन)**	**आदिम ग्रीक**	**होमरीय ग्रीक**	**हिन्दी आर्य-निषाद (नव्य आर्य)**	**हिन्दी नव्य आर्य**	**हिन्दी राजपूत लोक गाथा**	**हिन्दी शक-आभीर (लोक गाथा)**
नासत्य (अश्वि)	इन्द्र	भद्र	(इन- थोरस) (इन थुरस = इन्द्रस्)	कैस्टर	आगामेन न	राम	बलराम	आल्हा	सँवरू
सूर्या	ऊषा	भद्रा	फ्रिया (Frigga) = श्री	हेलेन	हेलेन	सीता	सुभद्रा	सोना	चन्दा
दस्र (अश्वि)	पूषन्	'बहन का जार' (द्विवर के लिए व्यंग्यात्मक सम्बोधन)	वोदेन (बुध)	पोलक्स	मिनीलास	लक्ष्मण	कृष्ण	ऊदल	लोरिक

अश्विद्वय का आगमन आर्य लोकायत धर्म से हुआ है। अत: उनके वर्णन में अधिक मानवीकरण का आना स्वाभाविक है। यह मानवीकरण ही इस बिम्ब को महाकाव्यों की कथा का मूल साँचा या अभिप्राय बना देने में समर्थ हुआ है। सारे आर्य महाकाव्य, (भारती, ग्रीक,

होमरिक, नार्स आदि) मौलिक रूप से सौर-गाथाएँ (Solar-Saga) ही हैं। मैंने अपनी पुस्तक 'त्रेता का वृहत्साम' में इस तथ्य का प्रतिपादन किया है। आर्य सौर-उपासना से जुड़ी हुई जाति थी। अश्विगाथा भी सौर-गाथा का ही एक टुकड़ा है। परन्तु इसमें वीराचारी नहीं, बल्कि जनजीवन की सामान्य मनोभूमियाँ ही व्यक्त हुई हैं। युगल किशोर का सुन्दर रूप, उनका सूर्या से विवाह, उनकी भिषक् के रूप में परोपकारी भूमिका, उनका लोकजीवन से घनिष्ठ सम्बन्ध तथा हल्के-फुल्के मजाक (जैसे नल-दमयन्ती-प्रणय में) उनके वीरोचित नहीं बल्कि लोकमनोरम का ही संकेत करते हैं। सम्भवत: अश्विद्वय और सूर्या की विवाह-कथा से जुड़े मन्त्रों का मूल रूप आर्य विवाह-पद्धति के लोकाचार का एक अंश रहा हो। अश्विद्वय की गाथा यदि प्रव्रजन-पूर्व की इण्डो-यूरोपीय (हिन्दी-यूरोपीय) मानी जाये तो आगे चलकर दो सहोदर भाई की उपासना का यह बिम्ब वैदिक पथ पर उतरे ! फिर लोकायत पथ पर सुपर्णों ('तार्क्ष्य' नामक आर्य जनजाति) द्वारा वैष्णव-कथा में आ गया और फिर नया रूप लेकर पाँचरात्र धर्म के उदय-बिन्दु पर 'वासुदेव-संकर्षण' के जोड़े के रूप में उभरा। पाँचरात्रों ने इस युग्म व्यूह को चतुर्व्यूह, (वासुदेव-संकर्षण, प्रद्युम्न, अनिरुद्ध) फिर पंचव्यूह या पंचायतन में विस्तार दिया। वस्तुत: दैवासुरम् बिम्ब की परम्परा में यह सृष्टि पाँचरात्र धर्म किसी बहुत ही व्यापक लोक-धर्म (सम्भवत: हिन्दी-ईरानी) की पृष्ठभूमि से उभरा था जिसका प्रभाव जैन सम्प्रदाय पर भी पड़ा था। जैन धर्म के चौंसठ शलाकापुरुषों में आठ जोड़े (अर्थात् षोडश) पुरुषों को 'वासुदेव-संकर्षण' के प्रारूप पर स्वीकृत किया गया। यह सूची इस प्रकार है। 'संकर्षण-वासुदेव' तथा 'प्रतिवासुदेव' के रूप में आठ अवतार हैं।

विजय	अचल	सुधर्म	सुप्रभ	सुदर्शन	नन्दी	नन्दिमित्र	राम (पद्म)	संकर्षण (बलराम)
त्रिपृष्ठ	द्विपृष्ठ	स्वयंभू (वराह) (प्रजापति)	पुरुषोत्तम	नृसिंह	पुण्डरीक (वामन)	दत्त	लक्ष्मण	वासुदेव (कृष्ण)
हयग्रीव	तारक	मरक	मधुकैटभ	निशुम्भ	बलि	प्रहरण	रावण	जरासन्ध

परन्तु इसका स्वरूप अश्विद्वय की मनोरम लोकायत प्रकृति से मेल नहीं खाता, बल्कि सीधे-सीधे वीराचारी है और इसमें तीसरा जो है वह कोई वनिता या नायिका नहीं बल्कि शत्रु ('प्रतिवासुदेव') है। अत: यह 'अश्विद्वय और सूर्या' के पैटर्न पर नहीं बल्कि 'इन्द्र उपेन्द्र और वृत्रासुर' के पैटर्न पर विकसित है। इसलिए हम निष्कर्ष निकाल सकते हैं कि आदिम आर्य धर्म में सहोदर या 'युग्मवीर' की उपासना के दो रूप थे (1) वीराचारी (इन्द्र-उपेन्द्र और असुर) तथा (2) लोकमनोरम और घरेलू (अश्विद्वय और सूर्या)। 'कृष्ण-कथा' और 'रामकथा' की यह विशिष्टता है कि यों इन दोनों रूपों के अभिप्रायों (motifs) और बिम्बों का एक ही कथाभूमि में समायोजन और समाहार करती है। इसी से भारतीय गाथाओं में यह सबसे अधिक सर्वांगपूर्ण और भाव-संवेद्य सिद्ध हुई है। इसे हम इस प्रकार देख सकते हैं।

	वैदिक कथा	रामकथा	कृष्णकथा
(क)	वीराचारी-(वीर रस) इन्द्र और उपेन्द्र के प्रतिकूल असुर	'लंका'—कथा	'द्वारका/कुरुक्षेत्र'—कथा
(ख)	लोकमनोरम (प्रीति रस) अयोध्या-लीला अश्विद्वय (नासत्य और दस्र) के साथ सूर्या	अयोध्या-लीला (वात्सल्य और दाम्पत्य)	माथुर-लीला (वात्सल्य और रोमाण्टिक)

स्पष्ट है कि रामकथा 'अश्विगाथा' और 'दैवासुरम्' दोनों के leit motif जोड़कर बनी है।

2

सोवियत विद्वान वेस्वोलोद मिलर की स्थापना है कि आर्य जाति के विच्छिन्न होकर एशिया और यूरोप में विभिन्न दिशाओं में प्रव्रजन के पूर्व ही यमज देवताओं की गाथा और उपासना सारी हिन्दी-यूरोपीय जातियों में चालू थी। उसका क्या स्वरूप था, यूरोपीय प्रमाणों के साथ वैदिक प्रमाणों को समायोजित करते हुए उसने अपने शोध-प्रबन्ध में आख्यायित किया है। मूल प्रबन्ध मैंने देखा नहीं है। उसके प्रबन्ध का जर्मन से अंग्रेजी में अनुवाद है या नहीं, यह भी मैं नहीं कह सकता। अत: हम उसकी ज्यादा चर्चा नहीं करेंगे और इस यमज देवता के बारे में हम अपनी चर्चा भारतीय आर्य के ऋग्वैदिक युग से ही प्रारम्भ करेंगे। वैदिक साहित्य में अश्विनीकुमारों के बारे में पर्याप्त सामग्री मिलती है। परन्तु उस सामग्री से यह भी संकेत मिलता है कि इन्हें प्रधान वैदिक देव-मण्डल में स्थान नहीं था। इनकी उपासना मात्र लोकधर्म का अंग थी। इनका लोक-मनोरम रूप भी इसी बात का संकेत देता है कि ये वीरोचित क्रियाकलाप से जुड़े नहीं थे, अत: 'नायक' श्रेणी के देवता नहीं थे। इनका महत्त्व सामान्य जीवन से ही जुड़ा था, भैषज्य और चिकित्सा के क्षेत्र से। जिस समय वैदिक धर्म देश में चल रहा था, उस समय उपासना और ज्ञान की विविध लोक-प्रचलित 'ख्यातियाँ', वर्तमान थीं। 'ख्याति' का अर्थ 'विचारधारा' होता है। कुछ ख्यातियाँ कथात्मक थीं जिनका विकसित रूप पुराणों में व्यक्त हुआ और कुछ ख्यातियाँ सिद्धान्तपरक थीं, जो उपनिषद की विद्याओं के रूप में विकसित होती हैं। उपनिषदों की 'मधुविद्या' इसी प्रकार की एक ख्याति थी जिसे माननेवालों का एक सम्प्रदाय था जो सौर सम्प्रदाय की ही एक शाखा थी। मधुविद्या के अधिदेवता थे आदित्य और कालान्तर में विष्णु से यह जुड़ गयी। इस मधुविद्या के साथ यमज अश्विनीकुमारों का नाम भी जुड़ा है। अत: हम मान सकते हैं कि वैदिक आर्यों के भीतर यमज उपासना सौर सम्प्रदायवालों के लोकधर्म का एक अंग थी क्योंकि वैदिक पौराणिक मिथक के अनुसार ये दोनों ही अश्विनीकुमार सूर्य के पुत्र थे। सूर्य के प्रखर तेज से विकल होकर उनकी पत्नी संज्ञा अश्विनी (घोड़ी) का रूप धारण करके रहने लगी जिससे उसके पति उसे पहचान न पाये। तब सूर्य ने भी इस रहस्य को जानने के बाद अश्व का रूप धारण करके उसके साथ रतिक्रिया की। फलत: यमज सन्तान अश्विनीकुमारों की उत्पत्ति हुई। इससे यह भी सम्भावना निकाली जा सकती है कि इन यमज देवताओं की उपासना पहले स्वतन्त्र रही हो। बाद में जब इनके उपासक सौर सम्प्रदाय के अन्दर आ गये, तो इन देवताओं को सूर्य-परिवार के अन्तर्गत

करने के लिए यह कथा रची गयी हो। यह घटना आर्यों के ऋग्वैदिक युग के आरम्भ के पूर्व या आरम्भ में ही घटी होगी। यही कारण है कि ये दोनों प्रारम्भ में यज्ञ-भाग नहीं पाते थे। बाद में च्यवन ऋषि ने जो भिषग् (वैद्य)-सम्प्रदाय के प्रमुख थे इन्हें यज्ञा देवों की कोटि में प्रतिष्ठित किया। प्रारम्भ में इन्द्र से जुड़े सम्प्रदाय ने इसका विरोध भी किया था कि इस लोकायत देवता को शालीन अर्थात् यज्ञार्ह परम्परागत वैदिक देवताओं में स्थान क्यों दिया जाये। परम्परागत यज्ञार्ह देवता थे प्रजापति, द्वादश आदित्य, अष्टवसु, एकादश रुद्र, यानी बत्तीस और तैंतीसवाँ स्थान था 'विश्वेदेवा:' का जो लोकदेवताओं के समूह का प्रतीकात्मक प्रतिनिधि था। 'विश्व' का अर्थ 'लोक' होता है। अश्विनीकुमार इन्हीं लोकदेवों के भीतर आते थे। परन्तु च्यवन के प्रयत्न से इनके व्यक्तित्व की अलग पहचान स्थापित हुई और ये भी रुद्रों, आदित्यों और वसुओं तथा आदित्यों की कोटि में प्रोन्नत कर दिये गये। ऋग्वेद की ऋचाओं में जो इनका एक वीराचारी स्वरूप लब्ध होता है वह इस प्रोन्नति के बाद का है और उसमें इनकी भूमिका इन्द्र आदि के समकक्ष है। परन्तु पुराने रूप का संकेत महाभारत व पौराणिक कथाओं में वर्तमान है। (महाभारत: सुकन्या और च्यवन-कथा)।

दोनों अश्विनीकुमार वैदिक काव्य के अन्दर दो मनोहर युवकों की जोड़ी के रूप में उपस्थित होते हैं। इन्द्र और विष्णु की ही तरह ये भी धन और अन्न के दाता, सौभाग्य के दाता, मधुविद्या के आचार्य, पराक्रम और जय के देवता के रूप में प्रशंसित हैं और इनके भी रथ का एक चक्र द्युलोक का परिभ्रमण करता है तो दूसरा चक्र द्यावापृथिवी की परिक्रमा करता है। इनके सुन्दर और मनोरम रूप का बार-बार संकेत किया गया है और गन्धर्वों की तरह ये भी सुन्दर कमलपुष्पों की माला धारण किये हुए बताए गये हैं। वैदिक ऋचाओं में यह भी संकेत मिलता है कि ये सूर्यपुत्री 'सूर्या' के पति हैं और स्वयंवर पद्धति से इन्होंने इस वधू को लब्ध किया था। वैदिक सूचनाओं के अनुसार ये अश्विनीकुमार जिन्हें 'अश्विद्वय' (नासत्य और दस्र अलग-अलग नाम हैं) भी कहा जाता है (1) 'विवस्वान्' (सूर्य) और उनकी पत्नी 'सरण्यू' (पुराणों के अनुसार अश्वी रूप में 'संज्ञा') के पुत्र हैं। (2) ये पूषन् (सूर्य) के पुत्र हैं और पूषन् गोपालकों से जुड़े हुए वैदिक लोकदेवता भी थे। (3) ये सूर्या के पति हैं जिसको रथ पर बिठाकर, विदाई कराकर, ये अपने घर लाते हैं ('दो वरों के साथ एक वधू' का संकेत)। (4) ये उषाओं के भाई हैं और उषाएँ सूर्यकन्या हैं। (पुराणों के अनुसार ये सूर्यकन्या तपती के भाई हैं जिसका विवाह संवरण नामक राजा से हुआ था)। वैदिक मन्त्र और पौराणिक अनुश्रुतियाँ किसी एक व्यक्ति या एक समय की रचनाएँ नहीं हैं। मूलत: ये दोनों लोक देवता थे। अत: भिन्न-भिन्न आर्यजन जातियों में इनके बारे में प्रचलित परस्पर विरोधी मान्यताएँ इनके चरित्र में समाविष्ट होती गयी हैं। परन्तु उपर्युक्त चारों सूत्र इन्हें सौर देवता ही प्रमाणित करते हैं।

'वृहद्देवता' के अनुसार अश्विनीकुमार का सम्बन्ध 'मधुविद्या' से है। सूर्य-मण्डल में एक मधुनाड़ी है। प्रकृति और जीवन में जो कुछ मधुमय है, मधुर और स्वादिष्ट है, वह सब इसी घुलोक स्थित सविता की मधुनाड़ी का दान है। यही सोम-मण्डल को भी अमृत प्रदान करती है। सूर्य की हजारवीं किरण (चरम किरण) चन्द्रमा में, त्वष्टा नामक ऊष्मा (अग्नि) में, तथा

स्वर्ग (परलोक) तथा इहलोक में उपस्थित रहती है और वही मधु अर्थात् सोमतत्त्व की दात्री है। ('वृहद्देवता' अध्याय 3)

जो कुछ मधुर पदार्थ है, मधुर कर्म है, शरीर-मन और वाणी की जो क्रियाएँ हमें मधुमय लगती हैं, उन सभी में इसी परासूर्य (अर्थात् सूर्य की दिव्य शक्ति) का मधु झरता है। यदि यह मधुनाड़ी सक्रिय न रहे, तो संसार नीरस हो जाये, मन नीरस हो जाये, भाषा रसहीन अंकशास्त्र या आँकड़ाशास्त्र जैसी हो जाये, हमारे पारस्परिक व्यवहार यन्त्रवत् स्वादहीन हो जायँ, पंचेन्द्रियों की स्वाद-क्षमता लुप्त हो जाये। वैदिक साहित्य में 'मधु' शब्द का प्रयोग इसी वृहत्तर अर्थ में किया गया है। यह मधुविद्या पहले केवल इन्द्र को ज्ञात थी। उन्होंने दध्यंग ऋषि को इस शर्त पर दिया कि यदि वे इस विद्या को किसी अन्य को देंगे तो इन्द्र उनका शिर काट लेंगे। अश्विनीकुमारों ने ऋषि को प्रसन्न किया और प्रस्ताव किया कि ऋषि का सिर काट कर वे घोड़े का सिर लगा देंगे। फिर उस अश्वमुख से ही ऋषि इस विद्या का उपदेश अश्विनीकुमारों को देंगे। तत्पश्चात् जब इन्द्र उनका यह अश्व सिर काट डालेंगे, तो अश्विनीकुमार तत्काल अपनी भैषज्य क्षमता द्वारा ऋषि का अपना सिर उनके कबन्ध पर पुनः जोड़कर उन्हें पूर्ण कर देंगे। ऋषि ने वही किया और इन्द्र ने भी क्रोध में आकर ऋषि का सिर काट डाला। तत्पश्चात् पूर्व योजना के अनुसार अश्विनीकुमारों ने तत्काल ऋषि का असली सिर लाकर पुनः जोड़ दिया। वैदिक आर्यों के लोक-विश्वास के अनुसार ऋषि का वह अश्वशीर्ष कटकर शर्वणावत पर्वत पर जा गिरा। वहाँ से वह प्रलय-पर्यन्त प्राणियों को जीवन का आशीर्वाद देता रहेगा, फिर प्रलय में प्राणियों का लोप हो जाने पर उसी प्रलय-जल में लीन हो जायेगा। महर्षि दध्यंग भी आगे चलकर हयशीर्ष के नाम से विख्यात हुए। अश्विनीकुमार भी मधुविद्या प्राप्त करके इन्द्र आदि देवताओं के समकक्ष हो गये।

अश्विद्वय के बारे में कुछ अल्प ख्यात कथाओं के संकेत भी मन्त्रों में मिलते हैं जिनसे यह पता चलता है कि ये आर्य जाति के मृगयाजीवी, गोपालक, कृषक तथा वीराचारी इन चारों स्तरों से जुड़े लोक देवता रहे हैं और भिन्न-भिन्न आर्य शाखाओं में अपने भिन्न-भिन्न पराक्रमों के लिए ख्यात रहे हैं। अश्विनीकुमारों ने ही मनु को आकाश में स्थित प्राचीन हल दिया और उन्होंने जौ की खेती का प्रारम्भ उसी हल से किया था। ये रणक्षेत्र में भी स्तोता के शत्रुओं को पराभव देते हैं। इन्होंने वरुणालय (समुद्र) में तुग्र ऋषि के पुत्र भूज्य को बचाया था और उन्मत्त समुद्र के भीतर उनके हजार डाँड़ों वाले जलपोत की, जल से अभेद्य रहनेवाली नौकाओं द्वारा रक्षा की थी। रेभ ऋषि को जलप्रवाह पर दस रात्रियों तक तैरते रहने के बाद अश्विनीकुमारों द्वारा सहायता प्राप्त हुई और उनका उद्धार हुआ। इन्होंने ही अन्धे रिज्र (ऋग्र) और परावृज की दृष्टि शक्ति को लौटाया, विपुल के कटे हुए पैर को कृत्रिम पैर लगाकर ठीक किया, अपनी विद्या द्वारा वन्ध्या या नपुंसक ऋषि-पत्नी को हिरण्यहस्त नामक पुत्र दिया। दध्यंग ऋषि के सिर को जोड़ने की बात तो 'वृहदेवता' से प्रसिद्ध ही है। महाभारत के अनुसार महर्षि च्यवन की पत्नी सुकन्या की तृप्ति के लिए महर्षि को नवयौवन प्रदान किया। महर्षि अत्रि जब अग्निगर्भ में गिर गये थे तो अश्विनीकुमारों की स्तुति द्वारा ही उद्धार प्राप्त किया। ये सारे गुण-कर्म इन यमज देवताओं को परोपकारी और मांगलिक रूप में प्रतिष्ठित करते हैं।

इन्हें प्रसन्न करते हुए मन्त्रों में बार-बार इस बात का उल्लेख किया गया है कि इनका रथ स्तोता के लिए अन्न लाता है, सोम लाता है, धनसम्पत्ति और सुख लाता है। ये मधुमय हैं, इनका रथ मधुमय है, इनके घोड़े मधुमय हैं और ये मधुहस्त बनकर निरन्तर मधु का दान करते चलते हैं। वीरताप्रधान या नायकों द्वारा संचालित अभिजात वर्ग के देवताओं (इन्द्र, वरुण, विष्णु) आदि से इनकी प्रकृति और भूमिका सौम्यतर तथा सामान्य जनजीवन से अधिक जुड़ी हुई लगती है। ये गोपालक और कृषिजीवी संस्कृति के देवता थे और इसी संस्कृति के परवर्ती विकास में इनका सम्प्रदाय पहले सौर सम्प्रदाय में, फिर विष्णु सम्प्रदाय में विलीन हो गया और इनकी शान्त और मधुमय प्रकृति के अनेक तत्त्व विष्णु और उनके अवतारों की कथा में समायोजित हो गये। शतपथ ब्राह्मण के अनुसार अश्विद्वय द्यावापृथिवी युग्म के प्रतीक हैं। परन्तु निरुक्तकार ने इन्हें आकाशीय देवता कहा है जो सूर्योदय के पूर्व सूर्य के ही एक रूप में प्रतिदिन उपस्थित होते हैं। उषा के आगमन के पूर्व की वेला का नाम है 'नीलारुण' (भोजपुरी में 'अँधेरे मुँह' या 'झलफल' कहते हैं) और इस नीलारुण-काल में सूर्य-शक्ति दो परस्पर विरोधी गुणों से संयुक्त होकर उपस्थित रहती है। सूर्य की इस कला में दो प्रकार के धर्म होते हैं 'प्रकाश' (मित्र) और 'आर्द्रता' (वरुण) और यह मित्रावरुण की संयुक्त कला है और इसी कला के अधिदेवता हैं क्रमशः 'नासत्य' और 'दस्र' यानी अश्विनीकुमारद्वय। इसी कला की शक्ति है 'सूर्या' जिससे उनका विवाह होता है। यह सोमतत्त्व (वरुण) तथा सौरतत्त्व (मित्र) दोनों की उभयनिष्ठ कला है।

आगे चलकर विष्णु के चरित्र में इन दोनों धर्मों का समाहार हो गया और विष्णु का स्वरूप अग्नि-सोमात्मक यानी 'तेज' और 'मधु' का संयुक्त आधान बन गया तथा पूर्ववर्ती मित्रावरुण, अश्विनीकुमार आदि के तत्त्वों को उनके चरित्र के भीतर समायोजित कर दिया गया। विष्णु की वनमाला तो निश्चय ही अश्विनीकुमारों की विख्यात कमलों की माला की उत्तराधिकारिणी है ही। इनका सुन्दर किशोररूप तथा इनका सहोदर युग्म व्यूह विष्णु की दोनों प्रसिद्ध अवतार-कथाओं, रामकथा और कृष्णकथा-में उतर आये हैं। ये दो सुन्दर तरुण, दो सहोदर भाई, दो सहचर वीर, दो समान रूप और वयवाले नवल किशोर भारतीय परमास्मृति में अर्थात् आर्यजाति की जातीय स्मृति में त्रेता द्वापर से भी पूर्व, सृष्टि के आरम्भ की कथा के साथ-साथ विद्यमान थे और जातीय चेतना के केन्द्र में उपस्थित थे। रामायण और श्रीमद्भागवत में इस बिम्ब का सम्मोहन पुनः अवतार लेता है एक सर्वथा नये परिवेश में। अश्विनीकुमारों के नवल किशोर वय, उनकी सुन्दरता, उनकी श्रृंगारप्रियता, उनकी वरमाला, उनकी अलंकरणप्रियता, उनकी मधुमय कोमल प्रकृति, उनका श्री और मेधा से संयुक्त रूप, उनका परोपकारी स्वरूप, अमृत आरोग्य, सौभाग्य के दाता के रूप में उनका उदात्त चरित्र, पराक्रम और जय से युक्त उनका तेजस्वी वाहन रथ जो द्यावापृथिवी परिक्रमा करता रहता है, ये सारी बातें विष्णु और उनके अवतारों में समायोजित कर दी गयीं।

3

अश्विद्वय न केवल जोड़े वीर या सहोदर भ्राता ही हैं बल्कि वे यमज भी हैं अतः नर-नारायण की तरह रंग-रूप-आकृति-प्रकृति में दोनों बिल्कुल एक ही हैं, एक ही साँचे में ढले दो रूपों की तरह।

उनका नाम भी उभयनिष्ठ है 'अश्विनीकुमार' यद्यपि बाद में प्रभेद करने के लिए 'नासत्य' और 'दस्र' दो भिन्न नाम दिये गये। इन दोनों शब्दों के अर्थ पर विचार करें। 'नासत्य' अर्थात् 'न + असत्य'। 'जो असत्य न हो' वह है 'नासत्य'। वैदिक भाषा में परमाप्रकृति की संज्ञा 'नासत्य' है ('नासदीय सूक्त' इसके विकास को बताता है)। 'परमाप्रकृति' उस अर्थ में 'सत्य' नहीं है जिस अ में ब्रह्म 'सत्य' है। परन्तु वह 'मिथ्या' या अवास्तविक भी नहीं है इसी से 'नासत्य' कही जाती है। अत: 'नासत्य' जीवसत्ता का प्रकृति-लिप्त रूप है जो कर्ता और भोक्ता है। इसी जीवसत्ता का दूसरा रूप है 'दस्र'। 'दस्र' अर्थात् 'दह्व' ('दहर') यानी 'हृदय' या 'केन्द्र'। सत्ता का केन्द्र है प्रकृति-निर्लिप्त निर्विकार 'आत्मा'। ये दोनों साथ-साथ 'अश्व' (सविता) तथा 'अश्वा' (सावित्री) यानी सृष्टि की प्रसविनी शक्ति से नि:सृत होते हैं। दोनों यमज हैं। एक वृक्ष की डाल पर समान रूप और आकृतिवाले दो सुपर्ण पक्षियों की तरह। इन दोनों नामों में वैदिक सृष्टि-विद्या का यही गम्भीर प्रतिपादित है। परन्तु मुझे लगता है कि लोकायत पथ से उतरे यमज देवता अश्विनीकुमार के बारे में ये सारी सैद्धान्तिक ऊहापोह बाद में जोड़ी गयी और कुछ मन्त्रों को छोड़कर सारे काव्य और पुराण इन्हें अश्विद्वय के नाम से ही जानते हैं और उपर्युक्त दोनों नाम दर्शनशास्त्र से बाहर जाने पर फालतू हो जाते हैं। तथ्य तो यह है कि ये दोनों शब्द 'नासत्य' और 'दस्र' संज्ञा नहीं विशेषण मात्र है। अत: ये महत्त्वपूर्ण नहीं। ये दोनों कुमार हर एक दृष्टि से अभिन्न और समान हैं। दो तरुण किशोर, शाश्वत युवा, शाश्वत सुन्दर, सौम्य मुख, मधुवर्णी या हिरण्यवर्णी कान्ति, कण्ठ में ताजे कमलपुष्पों की माला, इस पहचान को धारण करके ये स्तोता के मन को वैसे ही खींचते हैं जैसे गाय की ओर बछड़ा जाता है। ऋग्वेद और अथर्ववेद में अश्विनीकुमारों से जुड़े मन्त्रों का सौन्दर्य ही कुछ और है। कहीं कोई उग्रता नहीं, उत्तेजना नहीं, सब कुछ शान्त, धीर और मनोरम! 'हिरण्यवर्ण' और 'मधुवर्ण' ये दो विशेषण हैं जो इन वीरों के रूप-रंग, इनके रथ और अश्वों के लिए बार-बार आते हैं। 'हिरण्य' शब्द का एक व्यापक अर्थ था 'कान्तिमान'। यह मात्र 'सुनहले' का ही द्योतक नहीं। 'मधुवर्ण' अर्थात् शहद जैसा रंग। असमिया-बांग्ला में आज भी 'मीठा-बरण' शब्द उस गोराई के लिए आता है जो स्वस्थ पीत और लालिमा का मिश्रण होती है। हिन्दी में 'गेहुआँ' रंग कहते हैं। यह आर्य श्वेत या रक्ताभ या किरातों के अग्निवर्णी पीत रंग से भिन्न है। यही खाँटी हिन्दुस्तानी गोराई है। काला नहीं, श्यामल नहीं, रक्त पीताभ और धूसर का मिश्रण। सूर्य की किरणें उग्र श्वेत होने के पूर्व मधु-पीतवर्ण धारण करती हैं। अश्विनीकुमारों के बारे में कहा गया है कि मधुवर्ण है, मधुहस्त है (अर्थात् इनके हाथ में 'मधु' यानी सुख और आनन्द बसा हुआ है), ये स्तोता को मधु अर्थात् आनन्द और सुख देते हैं, इनका रथ हिरण्यवर्ण और मधुमय है, इनके घोड़ों का रंग पद्म-मधु जैसा कपिल वर्ण है। अश्विनीकुमारों का रथ त्रिकोण आसन पर प्रतिष्ठित है। इसके चक्र कभी दो तो कभी तीन बताये गये हैं। इसका एक चक्र इनके पास रहता है दूसरे दो चक्र द्यावापृथिवी की परिक्रमा करते हैं, तथा द्युलोक का स्पर्श करते हैं। यह विश्वव्यापी सुवर्णमय रथ है। इसके छत्र और दण्ड सुवर्णमय हैं। यह रथ स्तोत्र-गान के पथ पर चलता है। यह यज्ञमण्डप में यजमान के लिए शब्दों की राह पर उतरता है। यह यजमान के लिए अन्न का, सोम का और भोग का वहन करता है। यह अन्नमय, सोममय, स्वादमय और रसमय

रथ है। इसमें तेजस्वी अश्व जुते हैं। कहीं-कहीं पर तेजस्वी श्येन (बाज) भी जुते हुए। बताये गये हैं और कृष्ण नामक ऋषि के स्तोत्र में सजे हुए अलंकृत 'रासभों' (खरों-खच्चरों) का उल्लेख है। इसी रथ को देखकर सूर्या विमुग्ध हो गयी थी और इस सौभाग्यशाली रथ के कारण ही सूर्या ने इनको पतिरूप में वरण किया था। स्तोतागण भक्तिपूर्वक कहते हैं, "हे देवता, हमारे लिए यह रथ मन्त्रों के पथ से उतरे। यह रथ हमारे पास वैसे ही आये जैसे तृषार्त हंस सरोवर की ओर गमन करते हैं, जैसे तृषित श्वेत हिरण आरण्यक जलाशय की ओर गमन करते हैं, जैसे गोवत्स अपनी माता गाय के प्रति धावित होता है।" यह देवता मूलत: लोक देवता था अत: लोकमन आशा करता है कि उसकी पुकार सुनकर अन्य लोक देवताओं की तरह यह भी स्वयं तृषार्त भाव से स्नेहपूर्वक उनके पास दौड़ता आयेगा। यहाँ दास्य भाव नहीं, बल्कि सख्य और वात्सल्य है! अर्थात् अश्विद्वय नमस्य देवता तो थे ही, परन्तु माथुर कृष्ण या रामचन्द्र की तरह बहुत 'दुलरुआ' देवता थे। एक अन्य विशेषता यह भी है कि अश्विद्वय के मन्त्रों में कुछ की तकनीक लोकगीतों से मिलती है। "मैं किसके रूप का वर्णन करूँ, यह किसका रथ है जिस पर अमुक अमुक वस्तुएँ लदी हैं," इस प्रकार की प्रश्नात्मक शैली में लोकाचार के अनेक भावों का प्रारम्भ होता है। अथवा एक सूक्त में लोकगीतों की तरह यह 'टेक' बार-बार आती है "यौष्टं सख्या मुमोचत्" अर्थात् 'अत: अश्वों की जोड़ी खोल दो !' सम्भवत: मन्त्रों के ये टुकड़े अश्विद्वय की लोकधर्मीय उपासना में प्रयुक्त 'पचड़े' या 'पँवाड़ों' से आकर ऋषि-भाषा में छान्दस रूप लेते हैं।

ऋग्वेद के अनेक कवियों में एक हैं गृत्समद। गृत्समद थे क्षत्रिय। परन्तु भार्गवों के कोप से बचने के लिए अपने को गुरु के यहाँ छिपाकर ब्राह्मणवेष धारण कर लिया। बाद में ब्राह्मण ही नहीं, ब्राह्मण के बाप 'ऋषि' बन गये और ऋग्वेद का सम्पूर्ण द्वितीय मण्डल उनकी और उनके वंशजों की रचना है। वस्तुत: आधा ऋग्वेद तो ऐसे क्षत्रियों की ही रचना है जो जन्मत: क्षत्रिय थे। पर बाद में ब्राह्मण बन गये। जैसे महर्षि विश्वामित्र या महर्षि कण्व। इससे यह भी निष्कर्ष निकाल सकते हैं कि प्रारम्भ में ब्राह्मण-क्षत्रिय एक ही जाति थी अथवा उनमें इस प्रकार का दृढ़ विभाजन नहीं था जो सूत्र ग्रन्थों की रचना के बाद आया। रक्त सम्बन्ध स्थापित करने में भी ये प्राचीन ब्राह्मण-क्षत्रिय पितरगण बड़े प्रगतिशील थे। न केवल आपस में, बल्कि ब्राह्मण-क्षत्रिय दायरे से बाहर भी जहाँ खूबसूरत चेहरा देखा, बीवी बना ली। तो महर्षि गृत्समद थे कभी सुरुचिबोध सम्पन्न राजा। अत: उनकी रचना में सौन्दर्यबोध अनूठा है। वे जब अश्विद्वय के जोड़े का वर्णन करते हैं तो उपमाओं और उत्प्रेक्षाओं की 'शोभा-यात्रा' (जुलूस) प्रारम्भ हो जाती है। ऋषि कवि कहता है:

"तुम शत्रु पथ पर वैसी ही बाधा दो जैसे दो अवरोधक शिलाएँ परस्पर सटकर खड़ी हो जाती हैं और मार्ग दुर्गम बन जाता है।

"तुम यजमान के पास आकर परस्पर सटे हुए वैसे ही बैठो जैसे एक डाल पर जोड़ा पक्षी बैठते हैं। तुम एक जोड़े (देव-प्रेरित या राजा-प्रेरित) दूतों की तरह वेग से साथ चलते हुए (अचानक) सम्मुख उपस्थित हो जाओ।

"हे अश्विद्वय, जब तुम साथ-साथ जोड़े में चलते हो तो लगता है प्रात:काल वृषभ-जोड़े साथ-साथ चल रहे हों या चौड़े मार्ग पर धावमान रथों पर दो रथी साथ-साथ चल रहे हों, या दो

सहजन्मा सहोदर साथ-साथ चल रहे हों, या दो सोलहों श्रृंगार से सजी समान रूप-वयस वाली रमणियाँ (हाथ में हाथ ले अथवा गीत गाते हुए) जोड़ा बाँधकर चल रही हों, या दो परस्पर के प्रति निष्ठावान सहकर्मी साथ-साथ चल रहे हों। जैसे दिन में दो चकवा-चकवी पक्षी युग्म साथ-साथ आते हैं, साथ-साथ तट पर उतरते हैं, वैसे तुम दोनों भी रथ के दो पहियों की तरह साथ-साथ गमनशील होते हो। जैसे चलते हुए पुरुष की दो जाँघें साथ-साथ चलती हैं, तुम दोनों साथ-साथ चलते हो।

"हे अश्विद्वय, तुम उतने सुन्दर हो जितने हमारे मन्त्र (कविता)। तुम उसी तरह जोड़े में उपस्थित होते हो जैसे दो सक्रिय हाथ या दो गतिमान जाँघें। तुम दोनों वैसे ही एक जोड़े में स्थित होते हो जैसे मधुरवचन बोलते हुए दो ओष्ठ, जैसे वात्सल्य के रस से पूर्ण युवती के दूध भरे दो पुष्ट स्तन, जैसे नाक से आती हुई प्राण-अपान दो साँसें, जैसे समान और सदृश रूप में शब्द सुनते हुए दो सावधान कान !

"हे अश्विद्वय, तुम हमारे स्तोत्र को वैसे ही तीक्ष्णधार करो जैसे धार देने वाले यन्त्र पर तलवार को तीक्ष्ण करते हैं।"

—ऋग् और अथर्व के अश्विद्वय-सूक्तों में कुछ इसी प्रकार के भाव, करीब-करीब इसी भाषा में अश्विद्वय के सूक्तों में व्यक्त होते हैं। यह वर्णन हमारी कल्पना और संस्कार-मण्डल में उसी जातीय भावबोध को प्रशस्त करता है जिसके पथ पर चलकर जातीथ मनोभूमि में राम-लक्ष्मण, कृष्ण-बलराम, कृष्ण-अर्जुन, आल्हा-ऊदल और सँवरू-लोरिक जैसे नायकों को हमारे साहित्य में उपलब्ध किया गया है। इस प्रकार के वर्णन को पढ़ते ही हमारे मन के आकाश में मित्रावरुण एवं इन्द्र-उपेन्द्र से लेकर आधुनिक शक-आभीर लोकगाथा के नायक सँवरू-लोरिक तक जोड़े-जोड़े नायकों का उदय होने लगता है। हमारे कहने का तात्पर्य यह नहीं है कि शत-प्रतिशत कार्यकारण-सूत्र से यह उद्‌भव होता है। प्रत्येक नायक-युगम का जन्म एक भिन्न परिवेश और परम्परा में होता है। उनमें कोई कार्य-कारण सम्बन्ध स्थापित करना द्राविड़ प्राणायाम होगा। हमारा तात्पर्य भावबोध के साँचे (Form) से है। जातीय मानस में अश्विद्वय एक साँचा बना देते हैं और उसी साँचे में यह नायक-परम्परा एक-एक करके हमारे साहित्य और संस्कृति में रूप ग्रहण करती जाती है। 'देशी' (लोकायत) और 'मार्गी' (क्लासिकल) दोनों क्षेत्रों में यह भावबोध का साँचा समान रूप से सक्रिय रहा है। अश्विद्वय महत् एवं लोकव्यापी काव्य-बिम्ब के प्रस्थान बिन्दु हैं। यह भी एक महत्त्वपूर्ण तथ्य है कि भार्गव च्यवन द्वारा इन्हें लोक देवता के स्तर से उठाकर क्लासिकल देवताओं की पाँत में बैठाकर 'हवि' का उत्तराधिकारी बनाया गया है क्योंकि ये भार्गव ऋषिगण लोकगाथाओं के जानकार थे और कवि थे। शुक्र, वाल्मीकि, शौनक आदि भार्गव ही तो थे। एक प्रवाद तो यह भी चलता है कि च्यवन स्वयं भैषज्य और काव्य दोनों में समान गति रखते थे और वाल्मीकि से पूर्व च्यवन ने रामायण की रचना की थी। च्यवन की रामकथा आज प्राप्त नहीं। हो सकता है कि वह मौखिक काव्य रहा हो और उनकी शिष्य-परम्परा से भार्गव गोत्री वाल्मीकि को कथा के बिम्बों का साँचा और अभिप्राय (motif) प्राप्त हुए हों। ऐसी अवस्था में अश्विद्वय के बिम्ब का राम-लक्ष्मण पर आरोपण एक सहज बात है।

4

वैष्णव भावबोध के विकास में हम एक विशेष तथ्य यह पाते हैं कि यह स्वयं अभिजात 'साम' से उद्भूत होकर भी अपने लोक 'साम' (वृहत्साम) से ही जुड़कर चलता रहा है। विष्णु मूलतः आदित्य हैं। आदित्य हैं, अतः सविता हैं। सविता हैं, अतः 'एकमेवाद्वितीयम्' परमात्मा हैं। यह तो हुआ उनके बारे में वैदिक आइडिया। परन्तु उनके चरित्र में लोकगाथा और लोक-संस्कृति से जिसे हमने लोकसाम या वृहत्साम कहा है, अनेक तथ्य आकर समय-समय पर जुड़ते रहे हैं और लोकरुचि के समानान्तर उनका चरित्र विकास और संवर्द्धन पाता रहा है। इसी के फलस्वरूप अन्य वैदिक देवता पीछे रह गये और शिव की तरह वे भी सर्वोच्च देवता बनकर पौराणिक संस्कृति में प्रतिष्ठित हो गये। वे भारतवर्ष के परमदेवता भगवान बन गये और उनका भागवत धर्म ही सर्वाधिक प्रतिनिधि रूप बनता गया। हमने पहले बताया है कि आर्यलोक-संस्कृति में एक देव-युग्म (यमजदेवता) की उपासना का लौकिक सम्प्रदाय अश्विद्वय के नाम से चलता था। इसी लोकरुचि के समानान्तर मित्रावरुणौ, इन्द्रसोमौ, द्यावापृथिवी रुद्रसोमौ आदि संयुक्त देवताओं की सृष्टि वैदिक कल्पना ने भी कर डाली थी। इसी प्रक्रिया में ब्राह्मणग्रन्थों के बनने के समय इन्द्र और विष्णु का जोड़ा, 'इन्द्र-उपेन्द्र' भी प्रख्यात होने लगा। जब विष्णु 'यज्ञ' और 'यज्ञपति' दोनों मान लिए गये तो यज्ञ के प्रधान देवता इन्द्र के साथ इनका जोड़े में आ जाना स्वाभाविक ही था। परन्तु इन्द्र को लोकसाम का बल प्राप्त नहीं हुआ। फलतः उपेन्द्र अर्थात् विष्णु का पलड़ा भारी पड़ता गया। अन्त में वे परम स्वतन्त्र और सर्वोच्च बन गये। लोकपथ अर्थात् 'आगम' से आती हुई अनेक लौकिक उपासनाओं और विश्वासों के वे स्वामी बनते गये। उनमें एक उपासना थी 'वासुदेव-संकर्षण' की युगल उपासना। अग्नि-सोमात्मक विश्व के अधिष्ठता वासुदेव का व्यूह पहले युगल मात्र था। फिर बहुत वाद में इसका स्वरूप चतुर्व्यूह, फिर पंचव्यूह। अवतारों के माध्यम से इस कल्पना का विशेष विकास हुआ। इस विकास में लोक-धर्म या लोकसाम को वहन करने वाले तीन दलों का विशेष योगदान है। (1) प्रथम दल था गीत और गाथा का आश्रय लेकर चलने वाले विष्णु-उपासक एक आर्य जन जाति का जिसकी संज्ञा थी सुपर्ण या तार्क्ष्य। ये तार्क्ष्यगण ही विष्णु की गाथा के विशेष वाहक थे और सप्तसिन्धु प्रदेश तथा मथुरा-मण्डल तक इनका विस्तार था। तार्क्ष्यगणों द्वारा ही विष्णु सम्बन्धी (लौकिक और वैदिक) दोनों प्रकार के सामों का गायन होता था और विष्णु की कीर्तिकथाओं का ये ही पुराणों की क्रमबद्ध रचना के पूर्व संवहन करते थे। मेरा अनुमान है कि पश्चिमी उत्तर प्रदेश की 'तग्गा' जाति जो अपने को त्यागी ब्राह्मण कहते हैं, इन्हीं ताक्ष्य के वंशज हैं। (तार्क्ष्य→ताक्ख→तग्ग)। (2) दूसरा दल था आर्येतर गन्धर्व-पूजक जनजातियों का। ये उत्तरकुरु, हिमालय तथा उत्तर पश्चिम के हिमालय के पाद देश में रहते थे। गन्धर्वों की पत्नियाँ अप्सरा कहलाती थीं। ये कन्दर्प देवता के उपासक थे। देवी-उपासना, तन्त्राचार तथा विष्णु के चरित्र में कामतत्त्व और सौन्दर्य की स्थापना, नर-नारायण और उर्वशी की उपासना इन्हीं का प्रभाव है। नर-नारायण के उपासकों की भूमि गन्धर्व भूमि के प्रतिवेश में थी। दोनों सांस्कृतिक दृष्टि से उत्तरकुरु से घनिष्ठ भाव से जुड़े थे और यह उत्तरकुरु (वर्तमान चीनी तुर्किस्तान और रूसी तुर्किस्तान के इलाके) ईरान और गान्धार से सांस्कृतिक योगायोग बैठाये

हुए था। इस प्रकार यह एक अन्तरराष्ट्रीय भावधारा का संयोग स्थल था। गन्धर्व-पूजक जाति इस आदान-प्रदान का माध्यम थी। महाभारत काल तक यही स्थिति रही और इसी स्थिति के विष्णु वासुदेव-नारायण तीनों एक होकर सर्वोच्च देवता बन गये। (3) इसके बाद एक तीसरा दल पहुँचा जिनके पास बालकृष्ण की लौकिक लीला गाथाएँ थीं। यह दल तार्क्ष्यों की निवास-भूमि सप्तसिन्धु और मथुरा-मण्डल में ही अपनी गोप-संस्कृति का प्रसार करके प्रभावशाली बनता गया।

यह दल था सम्भवत: शक-आर्यों का जिन्हें इतिहास में आभीर कहा जाता है और आधुनिक अहीर उनके ही सांस्कृतिक उत्तराधिकारी हैं। इनकी रूमानी लोकगाथाएँ, जो किसी किशोर वीर की बाललीला और प्रणय-लीला पर आश्रित थीं, वासुदेव कृष्ण की कथा से जुड़ गयीं। ये जिस 'किशोर' देवता की गीत नृत्य द्वारा उपासना करते थे, वह अवतारवाद का आश्रय लेकर, तार्क्ष्यों की विष्णुगाथा का अंग बन गया और मथुरा से गुजरात, गुजरात से दक्षिण भारत यह विस्तृत गाथा बढ़ती गयी। आर्येतर पुनर्जन्मवाद और अवतारवाद के विश्वासों को आर्यधर्म में स्वीकृति मिल गयी थी। फलत: इनके माध्यम से तार्क्ष्यो (सुपर्णों) की लोकगाथाएँ, गन्धर्वो की उपासना और शक-आभीरों के लोकगीतों को विष्णु के वृहत्साम (लोकसाम) से जोड़ने में सहूलियत हो गयी। आर्यों की ग्रीक-लैटिन और ट्यूटॉनिक शाखाओं में पुनर्जन्म और अवतार की बात प्रतिष्ठित नहीं हो सकी। इसी से उनकी नायक-पूजा (Hero-worship) पितर-पूजा से आगे न जा सकी। उसे देवत्व नहीं मिला। परन्तु भारतीय आर्य धर्म को आर्येतर संस्कृति की जमीन पर पनपना पड़ा था। अत: यहाँ पर वह सुविधा प्राप्त हो गयी। इसी प्रकार एक देवता से जोड़ा देवता, फिर जोड़ा देवता से देवता-व्यूह का विकास घटित हुआ। इस विकास की रीढ़ में, रामकथा और कृष्ण-कथा के सन्दर्भ में अश्विद्वय का वैदिक बिम्ब प्रतिष्ठित है।

जब जोड़े वीरों की उपासना का सम्प्रदाय चला, तो लोक-मन में सक्रिय रोमाण्टिक भावना ने इनके साथ एक नारी नायिका को भी जोड़ना शुरू कर दिया। अश्विद्वय के साथ सूर्या और मित्रावरुण के साथ उर्वशी इसी प्रवृत्ति के कारण हैं। इस दिशा में गन्धर्वो की उपासना का भी प्रभाव पड़ा है। गन्धर्व और अप्सराएँ 'कन्दर्प' (काम) की पूजा करती थीं। सम्भवत: ये गन्धर्व हिमालय की किरात-निषाद जनजातियों के पौराणिक प्रारूप (आर्क-टाइप) हैं। बदरीबन के क्षेत्र में उर्वशी अप्सरा की पूजा 'देविका' के रूप में होती है। तन्त्रग्रन्थों में बदरीबन का नाम ही देविका वन है और वहाँ की भैरवी मानी जाती है उर्वशी और भैरव है नर-नारायण युगल देवता। परन्तु देवता युग्म नर-नारायण के तपस्वी रूप के साथ उर्वशी खप नहीं पाती थी। इसी से उसका संयोग हो गया इन्द्र के साथ। क्योंकि नर-नारायण बिम्ब विराग प्रधान है। वृहत्तर विष्णुगाथा में दो वीरों के साथ एक नायिका का बिम्ब राम-लक्ष्मण के साथ सीता, बलराम-कृष्ण के साथ सुभद्रा, या अर्जुन-कृष्ण के साथ सुभद्रारूप में पूजित होने लगा। सुभद्रा बलराम-कृष्ण की बहन है, प्रेयसी या पत्नी नहीं। परन्तु पूर्वी भारत में इसी पैटर्न पर पूजा होती है। जगन्नाथ मन्दिर में यही उपासना प्रचलित है। नायिका की कल्पना बाद में आयी। यह नायिका 'राम-लक्ष्मण-सीता' के बिम्ब में 'वर' और 'द्विवर' (द्वितीय वर, भोजपुरी में 'देवर') के साथ वधूरूप में है तो 'कृष्ण-बलराम-सुभद्रा' के बिम्ब में दो भाइयों के साथ 'बहन' के रूप में। इसका अर्थ इन्द्र की पूषन् से भी बैठाया जाता है।

यह स्पष्ट विद्या के अन्तर्गत एक परिदृश्य या phenomenon को व्यक्त करता है, किसी मानवीय घटना को नहीं। पहले उद्धृत किया हुआ मन्त्र 'भद्र-भद्रा और बहन का जार' वस्तुतः अश्विद्वय के लिए है जिनमें 'भद्र' (वर) है नासत्य, 'भद्रा' (कल्याणी अर्थात् वधू) है सूर्या और 'स्वसारौ जारः' बहन का जार यानी देवर है दस्त्र। यह सम्भवतः इसलिए कि 'सूर्या' इन सूर्य-पुत्र अश्विनीकुमारों की बहन भी है। वस्तुतः यह मन्त्र उपासना-मन्त्र नहीं है, बल्कि विवाह के अवसर पर बोला जाने वाला प्रमोद वाक्य है। ऐसे प्रमोद वाक्य (जिन्हें 'गाली गाना' कहते हैं) विवाह के अवसर पर प्राचीनकाल में ही एक टोटका या अभिचार के रूप में बोले जाते थे और इनको मांगलिक माना जाता था। वैदिक काल में विश्वास था कि कुँआरी कन्या का प्रथम पति होता है सोम। वयः सन्धि के बाद इसका पति होता है गन्धर्व और युवती होने पर प्रजापति अग्नि। अग्नि इसे चौथे पति के रूप में 'वर' को प्रदान करता है। पुराना लोकविश्वास था कुछ कामुक गन्धर्व कुँआरी कन्या के साथ वातावरण में लगे रहते हैं। उनमें एक गन्धर्व विश्वावसु का विशेष उल्लेख मिलता था। ऐसे प्रमोद वाक्य या अश्लील शब्द उनकी तुष्टि के लिए होते थे जिससे वे विघ्न न डालें। अतः इस मन्त्र में 'भद्रा' यानी 'सुमंगली' (वधू) के द्विवर को 'बहन का जार' इसी अर्थ में कहा गया है। यह समझने की भूल नहीं होनी चाहिए कि सारे वैदिक मन्त्र ही देवोपासना या दर्शनशास्त्र से जुड़े हैं। उनमें बहुत कुछ और भी बातें हैं जिनका सम्बन्ध दैनिक लोकाचारों से है। इनमें बहुत से आचार तो आर्य धर्म की उत्तराधिकारी जातियों में अब भी चालू हैं। जहाँ तक अश्विद्वय और सूर्या का सम्बन्ध है, वहाँ पर तो यह अभिधार्थ में भी लिया जा सकता है। सूर्या दोनों की संयुक्त वधू के रूप में उल्लिखित होती है। और अश्विद्वय सूर्य के पुत्र हैं, सूर्या पुत्री है। एक भाई 'वर' दूसरा है 'जार' (प्रियपात्र) अर्थात् 'देवर'। आर्यों की उत्तराधिकारी जातियों में भी देवर-भौजाई के बीच मौखिक स्तर पर एक रसमय सम्बन्ध चलता है, जो श्रृंगार नहीं बल्कि 'वात्सल्य' और 'मधुर' दोनों भावों का मिश्रित रूप है।

ब्राह्मण-आरण्यक संस्कृति का उत्तराधिकार
(काम, क्रतु और ऋत)

नाट्यवेद की तरह काव्यवेद भी अपनी उद्‌भावना के लिए वैदिक संस्कृति के कल्पों और यज्ञ-उत्सवों का ऋणी है। यद्यपि उस सीमा तक नहीं जिस सीमा तक नाट्यवेद। मन्त्र-साहित्य एवं यज्ञकल्पों के माध्यम से जिन भाव प्रत्ययों का विकास हो रहा था उन्हीं का उपवृंहण हम पाते हैं महाकाव्यों की अन्तर्भूमि में। महाकाव्यों की कथा के बहिरंग का कुछ अंश आर्येतर लोक-कथाओं से भी आता है। परन्तु उनके अन्तरंग यानी 'आन्तरिक भाव जगत् और मूल्य जगत् की संरचना' यज्ञ-संस्कृति में विकसित अवधारणाओं के द्वारा ही होती है। यज्ञ-संस्कृति की मुख्य अवधारणाएँ या भाव-प्रत्यय तीन हैं: काम, क्रतु और ऋत। भारतीय महाकाव्यों की अन्तर्दृष्टि, मूल्यों का साँचा और चरित्र की आकृतिगत विशिष्टता इन्हीं तीन-काम, क्रतु और ऋत की विभिन्न प्रकृतियों और विकृतियों द्वारा बुना जाता है। महाकाव्यों का विकास ब्राह्मण-युग में हुआ और मानुषी-साहित्य की दृष्टि से यह युग था 'नाराशंसी गाथाओं का युग'। 'नाराशंसी' शब्द के मूल में है 'नृशंस' शब्द। नृशंस यानी क्रूरकर्मा अर्थात् वीर। अत्यन्त आदिमयुग में वीरता और क्रूर कर्म में विशेष अन्तर नहीं था। होमर के काव्य 'इलिअड' (Iliad) में व्यक्त वीरता और ऋग्वेद के कुछ प्राचीनतम मन्त्रों में व्यक्त वीरता वस्तुत: क्रूर कर्म के ही समानान्तर है। अत: जैसा कि डॉ. सुकुमार सेन का मत है, 'नाराशंसी' के मूल में 'नृशंस' शब्द एक ऐतिहासिक संकेत लेकर बैठा है। परन्तु इन नाराशंसी गाथाओं में जो ब्राह्मण ग्रन्थों में पायी जाती है; नृशंस वीरता या उन्मत्त विजय-अभियान का वर्णन अत्यल्प है। और ज्यादा है यजमान (नायक) की उदारता और दान-तत्परता का वर्णन। इससे ज्ञात होता है कि ब्राह्मण-युग तक आते-आते वीरता की आदिम नृशंस अवधारणा का रूपान्तर हो चुका था श्रेष्ठतर रूपों में तथा साहस एवं उत्साह के अहिंसक और सूक्ष्मतर रूपों पर वीरता को आधारित करने की प्रवृत्ति चल चुकी थी। बाद में अलंकारशास्त्रियों ने इन रूपों को ही दानवीर, दयावीर आदि संज्ञाएँ देकर साहित्य में प्रतिष्ठित किया। परन्तु इस प्रवृत्ति का बीज हम पाते हैं 'नाराशंसी' संज्ञा से गायी जानेवाली कीर्तिगाथा के अन्दर। प्रथम दृष्टि में ये गाथाएँ चाटुवाक्य-सी लग सकती हैं। परन्तु सूक्ष्म दृष्टि से देखने पर यह आदिम नृशंस नायकत्व का परिमार्जन उपस्थित करती हैं, उत्साह और साहस के श्रेष्ठतर एवं अहिंसक रूपों द्वारा। वस्तुत: ब्राह्मणपरम्परा अकेली-अकेली नहीं चल रही थी। इसकी जन्मसहोदरा दो परम्पराएँ और हैं—लोकायत पुराण-परम्परा और साधनामूलक श्रमण-परम्परा। वैदिक एवं वैदिकोत्तर ब्राह्मण-संस्कृति का चित्र ये तीनों मिलकर

पूरा करते हैं। कोई पुराण ईसा की द्वितीय, तृतीय या दशम शती में लिखा गया तो इसका अर्थ नहीं कि इसकी विषयवस्तु की कल्पना भी द्वितीय, तृतीय या दशम शती की है। बल्कि तथ्य तो यह है कि लोकायत परम्परा के माध्यम से वह विषयवस्तु ईसा पूर्व कई शताब्दियों से चली आ रही थी और कुछ मिथ तो उतने ही प्राचीन हैं जितनी कि ऋग्वेद की ऋचाएँ अथवा उनसे भी प्राचीनतर लोक-संस्कृति के कण्ठ से आती हुई अनेक पुरानी गाथाओं को पुराणों में अन्तर्भुक्त कर दिया गया है। नयी बुनावट के बावजूद धागे पुराने हैं। नाराशंसी गाथाओं का गान पौराणिक परम्परा में चालू इतिहास का ही गान है। ब्राह्मण युग में राजसूय और अश्वमेध यज्ञों के माध्यम से विजय के आयोजन होते थे और इन विजयों से जुड़ी गाथाएँ मूलत: चारण-काव्य के अन्तर्गत आती हैं। विजय के चार प्रकार जिति, अभिजिति, विजिति और संजिति, के सन्दर्भों को लेकर ही ये गाथाएँ रची जाती थीं। परन्तु श्रमण-परम्परा के प्रभाव से आर्य मनोभूमि में जीत या विजय का एक सूक्ष्मतर अहिंसक रूप भी विकसित हो रहा था। विजय के सूक्ष्मतर तथा अहिंसक रूपों में त्याग, तप, एवं शील की शूरता आदि के मध्य वीर रस को स्थापित किया गया और इस नयी दृष्टि का प्रभाव नाराशंसी गाथाओं के चारणों पर भी पड़ा। जिसके फलस्वरूप नयी वीरता के क्षेत्र में दान और यज्ञ (त्याग) को विशिष्ट रूप में देखा गया। परवर्ती भारतीय महाकाव्यों में स्थापित सूक्ष्म एवं उदात्त परम्पराएँ इस बात का संकेत देती हैं कि इसकी पूर्ववर्ती चारण-परम्परा यानी नाराशंसी गाथाओं में 'नृशंस' के स्थान पर 'उदार' का कीर्तिगान महज चाटुकारिता नहीं बल्कि वीरता की एक महत्तर दिशा का संकेत है।

ब्राह्मण-आरण्यक कालीन संस्कृति काम, क्रतु और ऋत-इन मूल्यों पर प्रतिष्ठित है। ये तीनों मूल्य महाकाव्यों में स्पष्टत: अवतरित किये गये हैं चरित्रों के माध्यम से। यह नयी उदार नाराशंसी दृष्टि का विस्तार ही वह कारण है जिसके फलस्वरूप 'नृशंस' भीमसेन या उग्र लक्ष्मण 'नायक' नहीं माने गये बल्कि नायक हैं युधिष्ठिर और रामचन्द्र। नये उदार अहिंसक आर्यशील की प्रतिष्ठा ब्राह्मण-आरण्यक युग में हो रही थी और उसी अहिंसक एवं उदात्त शूरता की प्रतिष्ठा महाकाव्यों में भी की गयी। कहा जाता है कि ब्राह्मण ग्रन्थों में मूलत: छ: प्रकार के विषयों का अध्ययन है जिनका सम्बन्ध आर्य-जीवन की कर्म प्रेरणा से है। वे छ: विषय हैं: (1) विधि अर्थात् यज्ञविधि, (2) अर्थवाद (मन्त्रों और कल्पों के विधि-विधान की व्याख्या, (3) निन्दा (विरोधी मतों का परिहार), (4) प्रशंसा (स्वमत का युक्तियों द्वारा मण्डन), (5) पुराकल्प, (6) पराकृति। अन्तिम दोनों का महत्त्व भारतीय साहित्य के परवर्ती विकास की दृष्टि से अकूत है। दुर्भाग्यवश सारे ब्राह्मण ग्रन्थ लभ्य नहीं हैं। अन्यथा महाकाव्यों की विषयवस्तु पर पर्याप्त प्रकाश पड़ सकता था। ब्राह्मण ग्रन्थों में देवताओं और असुरों के द्वारा किये गये अनेक यज्ञों का सन्दर्भ है और उनसे जुड़ी हुई घटनाओं का वर्णन भी। कई यज्ञों का मूल है दैवासुरम् अर्थात् देवों और असुरों का द्वन्द्व, यज्ञों की कथात्मक पृष्ठभूमि के अन्दर अनेक पौराणिक गाथाओं के बीज विद्यमान हैं। ये असुर भी आर्य ही थे वैसे ही जैसे देव। ब्राह्मणों और महाकाव्यों के युग के बहुत पूर्व भारतीय और ईरानी-आर्यों में द्वन्द्व और मतभेद उपस्थित हुआ। फलत: ईरानी-आर्य-परम्परा को भारतीयों ने असुर परम्परा कहा। आर्य अपने मूलस्थान से हटकर सुमेरिया-बैबीलोन के अंचल में जा बसे और

वहाँ की पड़ोसी असुर (Assyrian) जातियों को उन्होंने 'विजातीय' माना। बाद में उनके द्वारा यह 'असुर' शब्द मूल ऐतिहासिक अर्थ को खोकर 'विजातीय' या 'विधर्मी' अर्थ में प्रयुक्त होने लगा और भारतीय आर्यों ने इसी अर्थ में ईरानी-आर्य-परम्परा को भी 'असुर' कहा था। सम्भवत: ईरानी-आर्य एक परम्परा विरोधी स्वतन्त्र (प्रोटेस्टैण्ट) चिन्तन की ओर झुक रहा था जिसका चरम रूप जरथुस्त्र के नेतृत्व में व्यक्त हुआ। इसके प्रतिकूल भारतीय आर्य परम्परावादी, पुरोहित-आश्रित एवं कल्पप्रधान बना रहा। आर्य धर्म की इन दोनों शाखाओं में यह मतभेद ही 'सुर' और 'असुर' दो शब्दों द्वारा व्यक्त होता है। य ईरानी तत्त्वों एवं 'अहुर मज्द' का आर्य धर्म में अनुप्रवेश महाभारत युग के नारायणीय धर्म में पुन: घटित हुआ श्वेतद्वीप में स्थित नारायण की 'हरिमेघस' मूर्ति के रूप में। (देखिए डॉ. वासुदेव शरण अग्रवाल, 'भारत सावित्री' भाग 3)। परन्तु यज्ञकल्पों की पृष्ठभूमि में स्थित देवों और असुरों की द्वन्द्वकथाएँ परवर्ती महाकाव्यों के अन्दर वर्णित द्वन्द्वों की आकृति और प्रकृति को बहुत दूर तक प्रभावित करती हैं।

2

काम परमात्मा की पारमेष्ठ्य शक्ति है। आर्य-चिन्तन के प्रथम चरण से ही इसका महत्त्व स्वीकृत है। वेदों की मूलभूत शिक्षा थी, 'यजदेवान् (देवऋण), अधीष्ववेदान् (ऋषिऋण) और प्रजामुत्पाद्य (पितृऋण)'। इन्हें ही क्रमश: 'क्रतु', 'ऋत' और 'काम' कह सकते हैं। इनके द्वारा क्रमश: देवताओं, ऋषियों (शिक्षकों) और पितरों का आशीर्वाद जीवन में प्रतिष्ठित होता है। जो इन तीन आदेशों का पालन नहीं करता वह 'अनद्धा' यानी असद् और 'व्यर्थ' कहा जाता है। वैदिक 'काम' की आइडिया मूलत: प्राणवादी होते हुए भी अन्य वैदिक अवधारणाओं की तरह यह भी अध्यात्म तक जाती है। काम प्राण-शक्ति है। मरुत-शक्ति का ही एक स्वरूप। प्राण-संवेदन, प्राणवायु और रतिक्रिया में सक्रिय नाड़ी-मण्डल का एकात्मक सम्बन्ध है। यह बात वैदिक युग की 'श्रमण' परम्परा जो (वस्तुत: वैदिक-अवैदिक-दोनों के मिश्रित लोकमत स्रोतों से उत्पन्न होती है) प्राणवायु और कामशक्ति के सम्बन्ध को बड़ी सूक्ष्म विधि से पहचानने का प्रयत्न करती है जिससे आगे के योग और आगम शास्त्रों का विकास होता है। निगम परम्परा में भी यह सृष्टि के मूल में मानी गयी है और विष्णु की पारमेष्ठ्य शक्ति के रूप में स्वीकृत हुई है। 'कामस्तदग्रेसमवर्त्तत' (10/129/40-ऋगवेद)। यह मन्त्र 'नृसिंहतापनी' उपनिषद के भाष्य में आदि शंकराचार्य द्वारा उल्लिखित हुआ है।

यद्यपि शंकराचार्य ने इसका खींच-खाँचकर विरागपरक अर्थ करना चाहा है। परन्तु वैदिक दृष्टि से कामतत्त्व की प्रमुखता का बड़ा ही सटीक संकेत देता है। यह कामतत्त्व ही विष्णु की पारमेष्ठ्य शक्ति है। इसी को पुराणों ने अपनी बिम्ब-भाषा में नाभिपद्म या पद्मयोनि कहा है। यह सर्वाग्र में पैदा हुआ। उद्गीथ और यज्ञ दोनों रूपों में इस काम को देखा गया है। काम के उद्गीथरूप की व्याख्या छान्दोग्य उपनिषद् के द्वितीय अध्याय के 13वें खण्ड में मिलती है जिसका सार है, 'स्त्री-पुरुष का संकेत हिंकार है, पारस्परिक सन्तोष या स्वीकृति प्रस्ताव है, सह शयन उद्गीथ है, अभिमुखशयन प्रतिहार है, रतिक्रिया की समाप्ति निधन है, इस प्रकार स्त्री-पुरुष-मिथुन 'वामदेव्य' संज्ञक 'साम' की उपासना करते हैं। जो पुरुष मिथुन-भाव में इस प्रकार वामदेव्य साम

की स्थिति को हचानता है, सदा जोड़े में रहता है, उसका वियोग नहीं होता और इस मिथुनीभाव से वह सन्तान प्राप्त करता है।' आगे इसी सन्दर्भ में उपनिषद्कार यह भी कहता है, 'किसी भी परस्त्री का कहीं से भी कभी न अपहरण करे, कदाचित् भी व्यभिचार न करे-यह व्रत है।' गीता में भी 'प्राणियों में धर्मानुशासित काम मैं ही हूँ' कहकर इसी बात का अनुमोदन किया गया है। काम के दो स्वरूप होते हैं—दाम्पत्य और रोमाण्टिक, यानी मर्यादित और मुक्त। यज्ञ-संस्कृति में मर्यादित धर्मानुमोदित काम यानी दाम्पत्य-सुख को ही स्वीकृत किया गया है। यज्ञशाला में पत्नी के लिए एक विशेष कुटीर की व्यवस्था होती थी उसे 'प्राग्वंश' कहते थे जो वासुदेवरूप यज्ञाग्नि का आधान माना जाता था। ब्राह्मण-ग्रन्थों के युग में यह उक्ति प्रचलित थी—'पत्नी ही यज्ञ की आधी जाँघ है।' 'जघनार्धो वा एष यज्ञस्य यत्पत्नी' वास्तव में यज्ञ के साथ-साथ 'श्रद्धा' तत्त्व की अनिवार्य प्रतिष्ठा है। यज्ञ और श्रद्धा के बीच अर्धनारीश्वर सम्बन्ध है। यज्ञभूमि ही तीर्थराज (प्रयाग) है जिसके बारे में तुलसी लिखते हैं 'सचिव सत्य श्रद्धाप्रिय नारी।' ब्राह्मण-आरण्यक युग का एक महत् विश्वास है, 'श्रद्धा ही पत्नी है'। इसी युग में 'रामकथा' की दागवेल पड़ी थी। इसी से रामकथा काम के दाम्पत्य रूप का 'महाकाव्य' है। दाम्पत्य प्रेम ही चतुर्पुरुषार्थ का आधार माना गया है, इस कथा में। इन्द्र और अहल्या का था मुक्त या रोमाण्टिक प्रेम-इसका एक विपक्ष है तो रावण का कामुक प्रेम दूसरा विपक्ष। रामकथा में श्रद्धा तत्त्व सीता में प्रतिष्ठित किया गया है। 'यज्ञो वै विष्णुः'। राम विष्णु हैं अर्थात् सत्य पुरुष हैं तो सीता हैं 'श्रद्धा'। दोनों का संयुक्त जीवन ही 'यज्ञ' है। यज्ञ-संस्कृति में पत्नी इतनी महत्त्वपूर्ण रही कि यह प्रश्न उठने लगा, 'फिर विधुर कैसे यज्ञ करे ?" तो इसके लिए व्यवस्था देनी पड़ी: वास्तविक यजमान है 'सत्य' और पत्नी है 'श्रद्धा'। मानुषी स्थिति में सत्य और श्रद्धा को पति-पत्नी में आरोपित मान लिया जाता है। अतः श्रद्धावान अपत्नीक भी यज्ञ कर सकता है। 'अपत्नीको अग्निहोत्रं कथं अग्निहोत्रं जुहोति, श्रद्धा पत्नी सव्यं यजमानः, श्रद्धा सत्यं तदित्युत्तगं मिथुनं, श्रद्धा सत्येन मिथुन स्वर्गान् लोकान् जयतीति।' (ऐतरेय ब्राह्मण, 7/2/10)। आगे चलकर यह भी व्यवस्था दी गयी कि अग्निहोत्री 'गाय' के अभाव में (यानी गौ से प्राप्त द्रव्य के अभाव में) 'अहं श्रद्धां जुहोमि' कहकर भावनापरक आहुति दे दे, काम चल जाता है। इसी से श्रद्धा होमकृत्य का एक वैकल्पिक नाम 'भावना' होम भी है। वस्तुतः आरण्यक युग तक आते-आते यज्ञ की कल्पना 'द्रव्य यज्ञ' से ऊपर उठकर 'मानस यज्ञ' या 'भावना यज्ञ' का रूप लेने लगी थी। योगाचार में प्राण में वाक् का और वाक् में प्राण का हवन करने की बात कही गयी है, वह भावना-होम ही है। ऐतरेय ब्राह्मण और सांख्यायन आरण्यक में भी 'मानस अग्निहोत्र' का वर्णन मिलता है जिसमें 'प्राण आहवनीय है, अपान गार्हपत्य है, व्यान अन्वाहार्य है, मन वचन है, मन्यु धूम है, अर्चयिता अंगार है, श्रद्धा पय है, सत्य आहुति है और आत्मा प्रज्ञान है।' (सांख्यायन आरण्यक, 10/8)। ये सारी बातें समानान्तर रूप से अवश्य विकसित हो रही थीं, तो भी श्रद्धा को 'पत्नी' का विकल्प या अन्य 'द्रव्य' का विकल्प अभाव की अवस्था से स्वीकृत किया गया है जो अपवादस्वरूप प्रसंगों के लिए है। सामान्यतः यज्ञ-संस्कृति में 'पत्नी' को श्रद्धा का आधान मानकर ग्रहण करते थे और पत्नी 'काम' का धर्मानुमोदित स्वरूप थी। अतः पत्नी में एकता से काम और क्रतु दोनों प्रतिष्ठित थे। काम का सही स्वरूप माना गया

था 'दाम्पत्य' ही। 'जार-प्रेम', जिसे आज की भाषा में मुक्त प्रेम या रोमाण्टिक प्रेम माना गया है, ब्राह्मण-ग्रन्थों में व्यंग्य का पात्र है। अहल्या और इन्द्र की कथा वस्तुत: एक कौतुक या व्यंग्य है इन्द्र के जार-भाव की खिल्ली उड़ाने के लिए। अहल्या एक वैदिक प्रतीक है। उषा-प्रतीक। आदि पर्व के प्रस्फुटन के समय परमात्मा की इच्छा शक्ति (मधु और प्राण) का प्रतीक उर्वशी की तरह। 'गो (मित्र), तमस (वरुण)' उसका पति है और इन्द्र उसका जार। मित्रावरुण और इन्द्र उससे क्रमश: पति और जाररूप में जुड़े हैं। (देखिए लेखक की पुस्तक 'त्रेता का वृहत्साम') इस प्रतीक कथा में निहित जार-प्रेम की रूढ़ि का व्यंग्यात्मक कथारूप कल्पित किया गया ब्राह्मण-आरण्यक युग में दाम्पत्य प्रेम के विलोम रूप जार-प्रेम की खिल्ली उड़ाने के लिए। इन्द्र के लिए प्रयुक्त भाषा का एक उदाहरण देखिए, 'इन्द्रो वै यज्ञस्य देवता, तस्मादाह 'इन्द्र' आगच्छेति। हरिव आगच्छ, मेघातिथिर्मेष, वृषणश्वस्य मेने, गौरावस्कन्दिन, अहल्यायै जारेति।' (शतपथ ब्राह्मण 3/3/418, तै. आ. 1/12)। 'इन्द्र यज्ञ का देवता है। हे इन्द्र, तू आ। ऐ घोड़े स्वरूप तू आ, ऐ मेघातिथि का मेष तू आ, ऐ मेघातिथि के भेंड़े तू आ, वृषणश्व की पुत्री 'मेना' (का वेष धारण करने वाले) आ, ऐ महिष के कन्धे पर सवार आ, ऐ अहल्या का जार आ!' ऊपर के सारे सन्दर्भ ऐसे रहे हैं जिनमें क को 'विरूप' धारण करना पड़ा है। अत: यह देवता के प्रति या तो 'व्यंग्य' है अथवा 'प्रमोद वाक्य' भी ! परन्तु किसी भी अर्थ में इसे लें तो यज्ञ-संस्कृति में जार प्रेम के प्रति हेय दृष्टि का आभास मिल जायेगा। इन्द्र तो परमात्मा का वाचक है 'सहस्राक्ष:' 'सहस्रशीर्षा' पुरुष। परन्तु ब्राह्मण-आरण्यककाल के अन्त में जार प्रेम का नायक होने के कारण इसके इस विराटरूप का कुत्सित रूपान्तर हो गया 'हजार भगों का धारक'। वाल्मीकि ने दाम्पत्य प्रेम के महाकाव्य 'रामायण' में इस कथा को घुसेड़ा है इसीलिए कि वे दाम्पत्य प्रेम का 'प्रतिपक्ष' रखना चाहते थे। अन्यथा, इस कथा के शेष कथानक (सीताहरण और रावण-वध) से कोई ताल्लुक ही नहीं है। वाल्मीकि यही दिखाना चाहते थे कि गौतम का काम वर्जित 'धर्म' और अहल्या का 'जार-प्रेम' वाला 'काम' दोनों जीवन की 'ना' धर्मी और क्षयग्रस्त स्थितियाँ हैं। जीवन का सही स्वरूप है पति-पत्नी के दाम्पत्य प्रेम के माध्यम से धर्म और काम की साधना।

ब्राह्मण-आरण्यक युग ऐसा युग था जिसमें राजा को एक से अधिक पत्नी रखने का अधिकार था। इसकी झलक 'रामायण' में ही उपस्थित है दशरथ के रनिवास में प्रधान पत्नी या मुख्य रानी थी 'महिषी'। दूसरी को कहते थे 'ववाता' जो अन्य पत्नियों से सुन्दर होती थी और राजा पर उसका दबाव रहता था। तीसरी थी 'परिवृक्ता' और चौथी को 'पालागली' कहते थे। रामकथा में 'महिषी' है कौसल्या और ववाता है कैकेयी। सुमित्रा को 'परिवृक्ता' कह सकते हैं। पालागली में असंख्य शूद्र या श्रमिक वर्ग की कन्याएँ आती हैं जो महाराज दशरथ की रखैल थीं। रामायण के अनुसार मुख्य तीन रानियों के अतिरिक्त दशरथ की साठ से ऊपर भिन्न-भिन्न वर्णों की पत्नियाँ थीं। परन्तु धर्म कार्य में या महत्त्वपूर्ण भूमिका में राजा के साथ महिषी को ही बैठने का अधिकार था-भले ही वह बूढ़ी या कुरूप क्यों न हो गयी हो। यह महत्त्व प्रकारान्तर से 'एक पत्नी' के महत्त्व का द्योतक है। दाम्पत्य प्रेम का सही स्वरूप ही होगा 'एक पत्नीव्रत'। इसी आदर्श के प्रतिपादन में रामकथा का नायक भी एक पत्नीव्रत वाला तथा आदर्श पतिरूप में चित्रित होता है। सीता के

द्वितीय वनवास के द्वारा राम ने अपने को भी सीता से कम दण्डित नहीं किया। व्यवस्था रहते हुए भी दु:ख सहा परन्तु दूसरा विवाह नहीं किया, उस बहुपत्नीत्व वाले समाज में रहकर भी। वस्तुत: ब्राह्मण-आरण्यक यज्ञ में पत्नी को 'श्रद्धा' का स्वरूप मानकर ऐसी भावधारा का विकास हो रहा था कि विवाह केवल शारीरिक काम तृष्णा का साधन नहीं, बल्कि मनुष्य की सामाजिक और उससे कहीं ज्यादा आध्यात्मिक आवश्यकता है। पत्नी मात्र यौन-तृप्ति नहीं बल्कि सामाजिक धर्म का आधार है और आध्यात्मिक उन्नति का साधन है। ब्राह्मण-आरण्यक संस्कृति की यह महावाणी अत्यन्त महत्त्वपूर्ण है—'जघनार्धो वा एष यज्ञस्य यत्पत्नी' (शतपथ ब्रा. 5/2/1/8) जहाँ 'पत्नी' स्थित है वही यज्ञ की आधी जाँघ है। 'यज्ञशाला' और 'पत्नीशाला' (प्राग्वंश) दोनों को 'विष्णु' का पर्याय इसलिए माना गया। 'काम' नामक पुरुषार्थ भी एक यज्ञ है। पत्नी इसकी यज्ञ वेदी है। पुरुष का सारा गार्हस्थ्य कर्म इसकी आहुति है। यह थी ब्राह्मण-आरण्यक युग की मौलिक भावना। ऐसे युग में रचा गया प्रतिनिधि महाकाव्य दाम्पत्य प्रेम का महाकाव्य हो, तो इसमें आश्चर्य क्या है ?

3

अब हम 'क्रतु' के स्वरूप पर कुछ विचार करें। क्रतु का सामान्य अर्थ होता है यज्ञ। यह शब्द यज्ञ, परमात्मा, इन्द्र, विष्णु आदि के अर्थ में प्रयुक्त होता है। यद्यपि यह 'यज्ञ' से व्यापक शब्द है। गीता में 'अहं क्रतुरहं यज्ञ:' कहकर क्रतु और यज्ञ का प्रयोग दो भिन्न अर्थों में किया गया है (अध्याय 9/16)। शांकरभाष्यानुसार 'क्रतु' कहते हैं श्रौत कर्मों को और 'यज्ञ' पंचमहायज्ञादि स्मार्त्त कर्म-क्रिया परन्तु इस सूक्ष्म भेद के बावजूद दोनों समानार्थक माने जाते थे, साधारण बोलचाल में। वस्तुत: 'श्रौतकर्म' एक विस्तृत आइडिया है, इसमें परमात्मा का 'आत्ममेध' (पुरुष सूक्त) और विश्वव्यापी सविता शक्ति के विविध कर्मों से लेकर यज्ञ-यागादि मानवीय कर्म सब कुछ आ जाते हैं। 'ज्ञा' मूलत: 'यजन' है, परन्तु 'क्रतु' कर्म है। सम्पूर्ण 'कर्मयोग' जो किसी 'ऋत' के अनुसार या विधान के अनुसार सम्पादित हो रहा है क्रतु है। यही 'क्रतु' ही प्रारब्ध या कर्मफल का आकार लेता है। इसीलिए अन्तिम समय में 'कृतं' के साथ 'क्रतु' को भी स्मरण किया जाता है (ईशावास्य)। 'क्रतु' दिव्य या मानवीय शक्तियों द्वारा 'ऋत' के ऊपर आधारित कर्म-याग है। 'यज्ञ' भी एक तरह का 'क्रतु' ही है। क्योंकि 'यजन' एक 'कर्म' है। व्योम में सूर्य का तपना, सूर्य-मण्डल की मधुवाड़ी का औषधियों और वनस्पतियों में प्रवेश करना, सूर्य की किरणों द्वारा मधु और जीवन हरीतिमा का परिवेशन यह सब कुछ 'क्रतु' है। अग्नि जो देह में वैश्वानर बनकर बैठा है, धरमी पर हुतभुक् या गार्हपत्य अग्नि बनकर बैठा है, व्योम में आदित्य, विद्युत् और सविता बनकर कर्म-सम्पादन कर रहा है, उस अग्नि के सारे 'कर्म' ही 'क्रतु' रूप हैं। इस तरह 'ऋतु' श्रौतकर्म को कहते हैं यानी श्रुति प्रतिपादित सारे कर्म-याग को कहते हैं। यह एक अत्यन्त विस्तृत आइडिया है जबकि 'यज्ञ' शब्द सीमित रह जाता है स्मृतियों द्वारा प्रतिपादित 'यजन' कर्म तक। परन्तु बहुत कम स्थलों पर यह भेद बरता जाता है और भाषा में प्राय: दोनों शब्द पर्यायवाची हैं। हम कहते हैं 'जीवन एक यज्ञ है'। यहाँ यज्ञ का अर्थ व्यापक यानी 'ऋतु' है। भाषा में यज्ञ, याग़,

धर्म आदि शब्दों का एक व्यापक अर्थ होता है और एक तकनीकी सीमित अर्थ। तो हम 'क्रतु' का अर्थ 'यज्ञ' ही मानकर चलें तो कोई भूल नहीं होगी।

'क्रतु' का भी सीमित यानी विशिष्ट अर्थ वही है जो 'यज्ञ' का है, अर्थात् अग्नि में 'हुताशन' में देवताओं के हेतु ('इदं इन्द्राय इदं न मम') अपने विभव के एक अंश की आहुति। साधारण रूप में यह द्रव्याहुति ही होती है। ब्राह्मण-युग की उपासना का यही विशिष्ट स्वरूप है। इसके पीछे है 'देवऋण' की भावना। अग्नि को देवताओं का प्रतीकात्मक मुख माना जाता है। ब्राह्मण-आरण्यक युग का मुख्य देवता रहा है प्रजापति। प्रत्येक व्यक्ति को नित्य यज्ञ तो करना ही होता था क्योंकि उनका न करना 'प्रत्यवाय' (विनाश) ला सकता था। साथ ही कुछ 'नैमित्तिक' और 'काम्य' यज्ञ भी थे। काम्य यज्ञों में जनसाधारण के योग्य यज्ञ थे 'पुत्रेष्टि' या 'वर्षा-इष्टि' जैसे याग। काम्य यज्ञ के राजसी रूप थे अश्वमेध और राजसूय जो अपने चक्रवर्ती पद को प्रमाणित करने के लिए किये जाते थे। यज्ञ के बारे में 'शतपथ', 'ऐतरेय' आदि ब्राह्मण-ग्रन्थों में ऐसे प्रशंसा वाक्य और ऐसी उक्तियाँ हैं गोया समग्र जीवन ही बाहर-भीतर से यज्ञमय या क्रतुमय हो। 'यज्ञो वै श्रेष्ठतम कर्मम्' (शतपथ 1/9/11); 'यज्ञो वै सुतरमाणौ' (ऐतरेय 1/3/2) अर्थात् यज्ञ ही तारनहार नौका है; 'यज्ञो वै भुवनस्य नाभि' (तैत्तिरीय 3/9/5/5), 'यज्ञो वा ऋतुस्य योनि' (शतपथ 1/3/4/16), 'सुकृतस्य योनि', (ऐतेरेय ब्रा. 1/2/2)। प्रत्येक द्विज के लिए विधान था कि प्रथम जन्म मातृगर्भ से, द्वितीय जन्म उपनयन से और तृतीय जन्म यज्ञ दीक्षा से। 'तृतीयं यज्ञदीक्षायां द्विजस्य श्रुतिचोदनात्' (ऐ. ब्रा. 2/196)। यह तृतीय जन्म है मृत्यु के बाद स्वर्ग में जीवन की एक नयी कला में प्रवेश क्योंकि स्वर्गप्राप्ति का एकमात्र रास्ता यज्ञ ही है। 'पुनर्वा एवं ऋति जो गर्भं कुर्वन्ति यं दीक्षयन्ति' (ऐ. ब्रा. 1/1/3) अर्थात् ऋत्विज जिसे दीक्षा देता है उसे वह पुन: 'गर्भ' में प्रतिष्ठित कर देता है जिससे (स्वर्ग) में) उसका तीसरा जन्म हो सके। यही नहीं दीक्षित यजमान के शरीर पर घी पोता जाता था क्योंकि गर्भ चिकना होता है और दीक्षाकाल में गर्भस्थ शिशु की तरह वह मुट्ठी बाँधकर, चुप्पी साधे रहता था। गर्भ 'भग' (योनि) में रहता है तो यजमान भी 'प्राग्वंश' में सपत्नीक रहता था। (प्राग्वंश' या 'प्राचीन वंश' अग्निशाला के पास ही पत्नीशाला के रूप में स्थापित की जानेवाली झोंपड़ी का नाम है)। यज्ञ समाप्ति पर कुटी-त्याग का अर्थ है तीसरा जन्म धारण कर भग से बाहर आना।

यज्ञ की अवधारणा का विकास एक अन्य विषय में भी ब्राह्मण-आरण्यक-युग के अन्तिम चरण में होने लगा। इस प्रकार का विश्वास लोकप्रिय होने लगा कि यजमान जिस देवता का यजन करता है, स्वर्ग के बाद उसी देवसत्ता में लीन होकर उसी के अनुसार स्वरूप लेकर दिव्य जीवन को भोगता है। मृत्यु के बाद स्वर्ग में दिव्य जन्म (दिव्य जीवन प्राप्ति) से कुछ आगे की दिशा का संकेत इस भाव में निहित है। कालान्तर इसी भावधारा का विकास मोक्ष या मुक्ति के रूप में हुआ। ऐतरेय ब्राह्मण की इस घोषणा में कि 'देवतानां यजमानं सायुज्य सरूपतां सालोक्यतां गमयति', वेदान्तियों की सायुज्य, सारूप्य और सालोक्य मुक्ति-भेदों का बीज निहित है। यद्यपि दोनों में सूक्ष्म अन्तर भी है। यही नहीं, आरण्यक-युग के उत्तरार्ध में यज्ञ को केन्द्रित करके एक वेदान्त या metaphysics भी विकसित होने लगा उपनिषदों की भावधारा के समानान्तर जिसमें 'मिथक'

(mythology) और दर्शन (metaphysics) दोनों युगबद्ध थे। इस प्रवृत्ति के बीज 'यज्ञो वै विष्णुः', 'यज्ञो वै भुवनस्य नाभि' आदि वैदिक उक्तियों में विद्यमान थे। प्रारम्भ से ही सारी सृष्टि क्रिया के प्रसव और प्रस्तार में यज्ञ को केन्द्रीय रूप से देखने की परम्परा ऋग्वेद से ही चलती है ('पुरुष सूक्त')। बाद में यह माना जाने लगा कि सारे नैसर्गिक व्यापार सूर्य-चन्द्र, अग्नि-पर्जन्य-मरुत के सारे क्रियाकलाप ही 'श्रौतयज्ञ' यानी 'क्रतु' के स्वरूप हैं। फलस्वरूप 'यज्ञ' केवल यजन या उपासना नहीं रहा बल्कि एक 'दर्शन' (metaphysics) तथा एक 'रहस्यवाद' (mysticism) बनता गया। 'तन्त्र' (occultism) यानी 'रहस्यमय क्रियायोग' तो यह प्रारम्भ से ही था। 'तन्त्र' से 'दर्शन' फिर 'रहस्यवाद' की ओर प्रस्तार के बीज वैदिक संहिता में ही मिलते हैं। 'यज्ञो वै विष्णुः', 'यज्ञो वै अग्नि', 'आत्मा वै यज्ञ', 'इन्द्रो वै यज्ञ'। इन उक्तियों के समानान्तर है ब्राह्मण-आरण्यक युग का यह विश्वास 'यजमानो वै यज्ञ।' इस रहस्यवाद को अन्तिम स्तर पर जाकर विष्णु के साथ एकाकार कर दिया गया। उनकी वामन-लीला को यज्ञभूमि की प्रस्तार-लीला माना गया और 'सहस्रशीर्षा पुरुष' को, जो प्रथम देवता और प्रथम मेध्य था विष्णुरूप में देखा गया। यज्ञरूप विष्णु अपने तीनों पगों से द्यावापृथिवी को विजित करते हैं। ('यदेतेना इमां सर्वां समविन्दत तस्मात् वेदीनोम'—शतपथ, 1/2/5/7)। यज्ञ में वेदी ही त्रिलोकी का प्रतीक है और यजमान विष्णु के साथ एकाकार होकर त्रिलोकी को विजित करता है।

'यज्ञात् वै प्रजा प्रजायन्ते' (यज्ञ से ही सारी प्रजा उत्पन्न हुई है) 'शतपथ' की इस धारणा का मूल है वैदिक 'पुरुष सूक्त' जिसमें परमात्मा अपनी ही आहुति देकर 'सर्वहुत' यज्ञ करता है और विश्व-लीला की उत्पत्ति होती है। यज्ञ एक विश्वव्यापी एवं सार्वकालिक प्रक्रिया है। इसके विराट कर्मचक्र में नित्य परिवर्तनशील जीवन भी एक यज्ञ है। यज्ञ के द्वारा जीवन विकास पाता है, फिर अवसान पाता है आहुति बनकर अगले जीवन के प्रसव के लिए। चौरासी लाख योनियों का जन्म प्रवाह चौरासी लाख आहुतियाँ उस महायज्ञ की जो हमें पुनः अपने मूलस्वरूप और मूलस्रोत तक पहुँचा देती है। उपनिषदों ने जीवन की हर एक क्रिया और सृष्टि की हर एक क्रिया में 'प्रस्ताव-उद्‌गीथहिंकार, प्रतिहार, निधन और साम' के स्रोत को देखा है। जिस प्रकार सृष्टि एक दिव्य विकासमान उद्‌गीथ है, वैसे ही सृष्टि एक निरन्तर चालू 'यज्ञ' भी है। 'उद्‌गीथ' और 'यज्ञ' में दोनों प्रतीक परस्पर जुड़े हैं। इसमें कर्मकाण्ड के बढ़ते प्रभाव के कारण 'यज्ञ' की विश्वव्यापी धारणा जोर पकड़ती गयी। फसल का उगना, घास का जमना, फूल का लगना, फल का आना, दाने का पकना, फिर झड़ जाना ये सारे व्यापार ही यज्ञ हैं। षड्ऋतु का चक्र एक यज्ञ है। सूर्य, चन्द्र तथा नक्षत्रों की परिक्रमाएँ यज्ञ हैं अतिथि को भोजन-दान यज्ञ है। अपनी क्षुधा-तृप्ति यज्ञ है। सन्तान के लिए रतिक्रिया यज्ञ है। यानी सब कुछ यज्ञ की दार्शनिक और रहस्यमय धारणा में समाहित हो जाता है। ब्राह्मण-आरण्यक संस्कृति हमारी मनोभूमि के अतल में बड़े प्रगाढ़ रूप में प्रतिष्ठित है। जीवन को ही यज्ञ स्वरूप देखने की आदत इसी संस्कृति की देन है। इस संस्कृति के परिवेश में उत्पन्न हुआ महाकाव्य 'रामायण' इस 'यज्ञ' की आइडिया को इतनी गहराई के साथ स्वीकृत किये हुए है कि इसका प्रत्येक 'हाँ' धर्मी यानी सही किस्म का पात्र 'जीवन' को 'यज्ञ' की शैली में जीता है—'इदं इन्द्राय न मम' के भाव से। इस काव्य में एक-एक

व्यक्तित्व एक-एक ज्वलन्त वेदी जैसा है। किसी अन्य देश-काल में ऐसे काव्य का प्रसव सम्भव ही नहीं हो सकता।

रामकथा की प्रकृति में 'पुरुषमेध' का प्रतीकात्मक आवेश है। प्रस्थान बिन्दु है 'पुरुष सूक्त', जिसके अनुसार परमात्मा सृष्टि जैसा महत् कार्य करने में समर्थ होता है 'आत्ममेध' यज्ञ द्वारा। परन्तु हो सकता है कि यह सूक्ष्म दार्शनिक धारणा अपने मूल आदिम रूप में नरबलि जैसा निर्मम-क्रूर कारोबार रही हो। प्रत्येक जाति की एक आदिम-अनगढ़ अवस्था रही है जिसमें धर्म-साधना का रूप अनगढ़ और भदेस रहा है। आर्य जाति भी इसका अपवाद नहीं। आर्यों के आदिम स्तर में सत्ता रही होगी अन्य जनजातियों की तरह नारीप्रधान या मातृसत्ता। पुरुष रहा होगा गौण। देवता के स्थान पर 'देवी' प्रमुख रही होगी। आर्य कबीले शुरू से ही सूर्य-प्रतिबद्ध हैं। अत: उनकी देवी रही होगी 'उषा'। आर्येतर निषाद-द्रविड़ जनों की मूल भगवती 'चन्द्रमा' की तरह, आर्यों में कोई आदिम उषा-सम्प्रदाय रहा होगा जिसकी तुष्टि के लिए 'पुरुष मेध' स्थूल अर्थों में होता होगा। परन्तु आर्य जाति की उस आदिम अवस्था और लोकायत संस्कृति का कोई आलेख हमारे पास नहीं। ऋग्वेद आर्यों के आदिम मन की नहीं, विकसित मन की रचना है जब वह आदिम नारी-प्रधान संस्कृति को त्याग चुका था और उसके देवता मुख्यत: 'पुरुष' (इन्द्र, मित्र, वरुण, अग्नि, मरुत) हो चुके थे। प्राचीन दोनों देवियाँ 'उषा' और 'रात्रि' भी थीं। परन्तु अब वे गौण थीं लेकिन ऋग्वेद के एकाध उषा मन्त्रों में यह संकेत कभी-कभी उभर आता है (जो सम्भवत: बहुत पुराने मन्त्रों के 'अवशिष्ट' टुकड़े हैं)। यथा—'कस्त उष: कध प्रिये भुजे मर्त्ये अमर्त्ये कं नक्षसे विभावरी' (ऋग्वेद, 1/30/20) है, कध (स्तुति) प्रिय (देवी) उषा, तुम्हारे (ते) भोग के लिए (भुजे) कौन 'मर्त्य' बनेगा अर्थात् मारा जायेगा? हे अमर्त्ये (अमर देवी), विभावरी (रात्रि), तुम किसको अन्धकार से भर दोगी (नक्ष से)? डॉ. कोशाम्बी ने 'मिथ ऐण्ड रियलिटी' पर इस सम्बन्ध में विस्तृत प्रकाश डाला है। यद्यपि उनका अनुपातहीन, खींचतान करके स्थापित किया निष्कर्ष महत्त्वपूर्ण नहीं। तो भी आर्यों के आदिम लोकायत स्तर का संकेत तथ्यपूर्ण लगता है। परन्तु यह आदिम स्तर आर्य इतिहास के उन दिनों का है जब वे भारतवर्ष में क्या, सम्भवत: ईरान में भी प्रवेश नहीं कर पाये थे। ब्राह्मण-आरण्यक युग आदिम खूँखार आर्य-संस्कृति का युग नहीं, बल्कि आर्येतर तत्त्वों, समृद्धि, प्रकृति और भूगोल तथा कालप्रवाह में पड़कर परिष्कृत हो चुके आर्यों की संस्कृति है। तब तक 'पुरुषमेध' की मूल अनगढ़ धारणा एक दार्शनिक प्रतीकात्मक अर्थ ले चुकी थी। 'मेध' का अर्थ ही विकसित होकर 'काटकर बलि देना' तक सीमित न होकर ऊपर उठ चुका था। अग्नि में द्रव्य की आहुति 'मेध' है। भावात्मक समर्पण भी 'मेध' है। 'मेध्य' का अर्थ हो गया था 'पवित्र' या 'देवार्पण के योग्य'।

पुरुषमेध वस्तुत: एक तरह का 'सोम याग' होता था। इसकी अवधि पाँच दिन की होती थी और उसमें 'पशु आलभन' के स्थान पर 'पुरुष आलभन' होता था। वाजसनेय संहिता में पुरुषमेध में मेध पुरुषों की सूची में सत्तर से ज्यादा पेश के लोग हैं। मागध, शैलूष, कुलाल, रथकार, तक्षक, लोहार, कीनाश (किसान) और गोपालक से लेकर गणक और ग्रामणी (ग्राम-मुखिया) तक। क्या सभी कत्ल कर दिये जाते थे। तब गाँव में बचता कौन होगा? केवल पण्डितजी महाराज? ऐसा

बुद्धि-विपर्यय वाला व्यक्ति ही सोचेगा। वस्तुतः 'ये मेध्य होते थे' का अर्थ है ये 'देव-समर्पित' होते थे। यज्ञ पुरुष विश्वात्मा के प्रति समर्पित होकर ये 'पवित्र' माने जाते थे। 'मेध' शब्द का अभिधार्थ देशी-विलायती दोनों तरह के विद्वानों को धोखा दे देता है। वस्तुतः जिन्हें भारत की लोक-संस्कृति से परिचय है वे ही इसके सही मर्म को समझ सकते हैं। विदेशी विद्वान और उनके अनुधावक भारतीय भी लोक-संस्कृति से प्रायः अपरिचित रहते हैं। भारतीय लोक-धर्म में आज भी काली या दुर्गा को बकरे या भैंसे की बलि दी जाती है। कहीं-कहीं पर स्थूल अर्थों में तो कहीं पर सूक्ष्म अर्थों में पूर्वी उत्तर प्रदेश में पशु को देवता-समर्पित करके मन्त्राभिषिक्त जल छिड़ककर छोड़ देते हैं, वध नहीं करते। निशान के तौर पर उसके दक्षिण कान की नोक भर काट दी जाती है। तत्पश्चात् वह पशु देवतुल्य माना जाता है। किसी का भी खेत चरे, लोग मारते-पीटते नहीं। पुरुषमेध से भी बहुत कुछ ऐसा ही किया जाता रहा होगा। मन्त्र की एक संज्ञा 'शस्त्र भी है। यह बात बहुतों को मालूम नहीं। पुरुषमेध में मन्त्राभिषिक्त जल का ऊपर छिड़कना ही शस्त्राघात था। तत्पश्चात् उस पुरुष को मेध्य (पवित्र) मानकर छोड़ दिया जाता था और वह पुरुष समाज में कुछ विशेषाधिकार भी पाता था। वस्तुतः यज्ञ-संस्कृति के अन्तिम चरण में पुरुषमेध क्रूर कर्म न होकर एक सम्मान जैसा था। उपकरण-कर्म (मन्त्राभिषिक्त जल छिड़कना) के समय कहीं-कहीं विकल्प के रूप में मेष बलि देने की व्यवस्था थी, तो कहीं-कहीं वह भी नहीं। विकल्प बलि देने की प्रथा तो आदिम काल से चली आ रही है (रोहित शुनःशेष आख्यान)। चिन्न स्वामी का कहना है, "कस्यामपि शाखायां ऋषिदपिवा श्रौतसूत्रे 'पुरुषमेधे' पुरुषस्य हिंसा अश्रवणात्।" डॉ योगिराज बसु का कथन है कि शतपथ ब्राह्मण में यह स्पष्ट कहा गया है कि यदि पुरुषमेध में मनुष्य का वध होगा तो यज्ञकर्ता को अवशिष्ट अन्न के रूप में नर-मांस खाना पड़ेगा, इसी से मेध्य पुरुष का वध न करके 'पर्याग्निकरण कृत्य' के बाद उसे छोड़ दिया जाता था। From the term 'पुरुषमेध' some sections have been led to believe the actual human sacrifice in Vedic & Pre-Vedic age. But in the 'संहिता' there is no single passage to corroborate this conjecture' (Page 68. *India of the Age of Brahmanas'* by Dr. Yogiraj Basu : प्रस्तुत निबन्ध के इस अंश का 'मैटर' इसी पुस्तक पर आधारित है।) वस्तुतः पुरुषमेध का एक प्रतीकात्मक अर्थ ब्राह्मणआरण्यक युग में निश्चित हो चुका था। सही ढंग का जीवन 'यज्ञ' है और सही ढंग से जीवन जीनेवाला पुरुष ही 'मेध्य' है। वह सब कुछ विश्वात्मा को समर्पित करके अपना जीवनयापन करता है, अपने को 'मेध्य आहुति' मानकर। इस किस्म के जीवन का आदर्श होगा 'त्याग'। जीवन त्याग के लिए है भोग के लिए नहीं-इस आदर्श की स्थापना रामायण में आदि से अन्त तक वर्तमान है। रामायण के केन्द्र में है 'मेध-संस्कृति' या यज्ञ-संस्कृति का यही केन्द्रीय भाव जिसका प्रतीकात्मक रूप है पुरुषमेध। सृष्टि का प्रथम पुरुषमेध हुआ था 'सहस्रशीर्षा पुरुष' को मेध्य बनाकर। यह बात बीजरूप में 'पुरुष सूक्त' में कही गयी है। यही बात कथा प्रसार रूप में 'रामायण' में प्रतिपादित है। रामकथा में अर्थ के कई स्तर हैं। एक स्तर पुरुष सूक्त से भी जुड़ा है। उस स्तर पर पुरुष सूक्त 'बीज' है तो रामकथा विस्तार है।

इस पूरे विवेचन के निष्कर्ष के रूप में हम इन तथ्यों पर बल देते हैं—

(1) द्रव्य-यज्ञ का रूप ब्राह्मण-युग में सूक्ष्म और परिष्कृत हो गया था और यज्ञ को विश्वव्यापी 'क्रतुः' के रूप में देखा जाने लगा था।

(2) समस्त सामाजिक जीवन ही एक 'यज्ञ' है जिसमें पुरुष को समस्त समाज (विश्वात्मा) के प्रति अपने को मेध्य और समर्पित मानकर जीना चाहिए।

(3) 'काम' का सही रूप दाम्पत्य-काम। दाम्पत्य भी एक तरह का 'काम-यज्ञ' है, 'पुत्रेष्टि' है।

(4) दाम्पत्य-काम महज ग्राम्य सुख के लिए नहीं, बल्कि एक धार्मिक, सामाजिक आवश्यकता (सन्तान) तथा एक आत्मिक आवश्यकता (काम-यज्ञ) के लिए है। पत्नी इसीलिए महत्त्वपूर्ण है कि वह 'दाम्पत्य' का आधार है। (दाम्पत्य) प्रेम और पारिवारिक जीवन अति जाने-पहचाने और सपाट विषय हैं तो भी ब्राह्मण-आरण्यक युग की संस्कृति के भीतर अद्‌भुत महाकाव्य में यही विषयवस्तु बना। 'रामायण' के विषय में रवीन्द्रनाथ की उक्ति बहुत सही है कि यह घरेलू जीवन का महाकाव्य (Epic of Domestic Life) है।

(5) यज्ञ की एक मूलभूत धारणा है कि यज्ञकर्ता यजमान और यज्ञ-देवता (विष्णु या अन्य कोई) में अभेद यानी एकत्व स्थापित हो जाता है। 'यजमान विष्णु हो जाता है'। जीवन भी एक 'क्रतु' या यज्ञ है। जीवन को 'क्रतु'रूप में जीने वाले पुरुष के भीतर भी दिव्यविभूति या देवत्व की प्रतिष्ठा हो जाती है। सारी अवतारकथाओं के मूल्यों में यही आइडिया है। सभी अवतार-कथाएँ ब्राह्मण-आरण्यक युग में पल्लवित हुई हैं यद्यपि दो एक अवतारों के बीजरूप संकेत संहिताओं में भी हैं। 'यजमानो वै विष्णुः' का सूत्र ही इन अवतार कथाओं के मूल में है। हर एक अवतार का जीवन दल प्रतिदल 'क्रतु' के स्वरूप में उद्‌घाटित होता है। विशेषतः रामावतार की कथा का। रामावतार की कथा में इसके पात्रों के प्रत्येक कर्म के पीछे स्वाहा और 'वषट्कार' की 'इदं इन्द्राय इदं न मम' की अनुगूँज मिलती है। इसी से उन्हें दिव्यविभूति से सम्पन्न यानी अवतार के रूप में देखा गया। यज्ञ-क्रिया से जुड़े 'दर्शन (metaphysics) और रहस्यवाद (mysticism) ने अवतार की धारणा को एक आध्यात्मिक युक्ति प्रदान कर दी है।

4

अब हम 'ऋत' की थोड़ी चर्चा करें। यह शब्द वैसे सत्य का समानार्थी माना जाता है। परन्तु सत्य का 'स्थिर' परिवर्तनहीन 'अस्ति' रूप है वह है 'सत्य' तथा जो उसी का किसी नियमचक्र पर आश्रित विवर्तमान 'भवति' रूप है वह है 'ऋत'। इस अर्थ में 'सत्य' तो केवल परमात्मा है, शेष जो है वह भी सत्य ही है झूठ नहीं परन्तु वह परमात्मा का 'ऋत' रूप है जल की भाँति प्रवहमान और पात्रानुसार नामरूप युक्त। परन्तु व्यवहार में 'ऋत' और 'सत्य' का प्रयोग समानार्थी रूप में होता है। बोलचाल की भाषा में सदैव दार्शनिक सूक्ष्मता नहीं बरती जा सकती। 'ऋत' का अर्थ सत्य, जल, परमात्मा, विधि-विधान, नियमचक्र और 'सत्त्व' (right) भी होता है। यह मूलतः आर्यभाषा का शब्द है। इससे मिलता-जुलता अंग्रेजी शब्द 'Right' इसके अर्थ की कई परतों से

जुड़ा हुआ है। 'ऋत' और त्पहीज दोनों शब्द शायद एक आर्यध्वनि खण्ड के विवर्तन हैं। आप्टे महोदय के संस्कृतकोष के अनुसार 'ऋत' के अर्थ इस प्रकार हैं—

ऋत:—(1) उचित, (2) सही, सच्चा, (3) ईमानदार, (4) पूज्य।

ऋतं—(1) धार्मिक या अन्य प्रकार की निश्चित व्यवस्था या विधि, (2) पवित्र-रीति या परम्परा, (3) दैवी नियमचक्र, (4) जल, (5) सत्य, (6) उच्छ वृत्ति से प्राप्त अन्न (7) परमात्मा ऋतधामन् विष्णु (यों वैदिक युग के प्रथम चरण में विष्णु नहीं वरुण को 'ऋतस्य गोप्ता', 'ऋत-सारथी' और 'ऋतवान' कहा गया है।) महाभारत तक आते-आते 'ऋत' का अर्थ निर्गुण ब्रह्म तथा विष्णु दोनों हो गया था। 'ऋत' शब्द सर्वदा क्रियापरक है (मधुवाता ऋतायते) और क्रिया कभी भी स्थितिशील नहीं होती। वह सर्वदा एक गतिशील तत्त्व है। जब 'गति' शून्य हो जाती है तो 'क्रिया' बन जाती है 'परम सत्य' यानी 'सत्य' का 'चिन्मयरूप', बोध या समाधि ! सत्य के दोनों रूपों (अस्ति और भवति, being of becoming) को समान स्वीकृति देने के लिए दोनों शब्द 'ऋत', 'सत्य' हमारी भाषा-संस्कृति के प्रारम्भ से ही चल रहे हैं। 'अनृत' का अर्थ झूठ या मिथ्या कहा जाता है। यह 'ऋत' का अभाव व्यक्त करता है। पण्डितों ने 'ऋत' की व्याख्या तरह-तरह से की है। विण्टरनित्ज के अनुसार 'ऋत' का अर्थ है विश्व-व्यवस्था (order of the universe)। मैकडोनेल के अनुसार यज्ञ-विधान तथा शीलाचार ही इसका अर्थ है (क्योंकि जीवन भी एक यज्ञ है)। कीथ के अनुसार नीति-व्यवस्था या विश्व-विधान (moral order or cosmic order)। राधाकृष्णन के अनुसार यह है 'पन्थ' वत 'विश्व गतिपथ' (the course of things)। 'ऋत' ऐसा 'विधान' (law) है जिसका उल्लंघन देवता भी नहीं कर सकते, जो ध्रुव रहता है। ऋत अलंघ्य है अत: सत्य के समकक्ष है और परमात्मा के भी। वस्तुत: मैकडोनेल और राधाकृष्णन पहले ऋत को मौलिक घटना प्रवाह का नियामक सत्य (या नियमचक्र) मानते हैं फिर उसकी उच्चतर, नैतिक और विश्वगत स्थितियों को एक सार्वभौम 'विधानशक्ति' (power of law) के रूप में स्वीकृत करते हैं। वस्तुओं के 'गुण-धर्म' और क्रियाओं में अन्तर्निहित सक्रिय 'नियम' दोनों ऋत की ही स्थितियाँ हैं। वस्तुत: 'ऋत' भारतीय-ईरानी युग (Indo Iranian period) से ही एक रहस्यमय धारणा है। अत: इसके अर्थ-विकास की खूब स्पष्ट धारणा नहीं बन पाती। परन्तु जीवन और जगत् के क्रिया-प्रवाह के भीतर सर्वव्यापी, सार्वभौम 'नियम-शक्ति', या किसी भी धर्म चक्र और नियम-चक्र के अन्तर्निहित शक्ति को ऋत कहते हैं, ऐसा माना जा सकता है। मनुष्य के उलझे जीवन से लेकर प्राकृतिक घटनाओं तक सब कुछ 'ऋत' द्वारा चलित है अर्थात् 'ऋत' सत्य का ही एक 'भवतिमान' गतिशील रूप है जबकि सत्य (सत्ता) 'अस्तिवान' स्थिर रूप। काका कालेलकर के अनुसार 'चराचर सृष्टि का धर्म' ही 'ऋत' है जिसके अनुसार यह अनादि, अनन्त सृष्टि चल रही है ('ऋ' = चलना)। 'अधमर्षण सूक्तं' में दोनों शब्द साथ-साथ हैं। 'सत्य' अर्थात् 'अस्ति' एवं 'ऋत' अर्थात् 'भवति' यही अर्थ समीचीन है। ऋत के मूल देवता थे वरुण जो 'हिन्द-ईरानी' देवता हैं। 'ऋतस्य गोप्ता' यानी 'ऋत का रक्षक' वरुण के लिए ही आता है। वरुण नदी-जल, वर्षा जल, समुद्र-जल का नियामक है। वह मरुतमार्ग और जलमार्ग का नियामक है

(ऋग्वेद 1/25/7, 9, 11)। प्राणियों का पलकपात वरुण की आज्ञा से होता है (ऋ., 2/28/6)। वह ऋत का सारथी है। उसके वज्र को व्यथा नहीं होती और वह अनृत पर बार-बार टूटता ही रहता है। वरुण 'पाश'—घर है। वस्तुत: यह वरुणपाश ऋतपाश ही है। इस ऋतपाश से सभी बँधे हैं, देवता भी। ग्रीक जीवनदर्शन में जो माहात्म्य 'नियति' का है वही हिन्द-ईरानी जीवन-दृष्टि में 'ऋत' का है। 'ऋत' का ही विकल्प बौद्धयुग में 'शील' हुआ और पौराणिक युग में 'धर्म'। वस्तुत: 'ऋत', 'शील', 'धर्म' तीनों शब्दों में सूक्ष्म भेद भले ही हो उनका व्यावहारिक अर्थ एक है। शील या धर्म का उल्लंघन 'अनृत' कहा जाता है। यह उल्लंघन दण्ड-भोग की प्रतिशोधात्मक शक्ति को जीवन में अनुप्रविष्ट करा देता है। वस्तुत: जीव-जगत् सचराचर व्यापी आचरण-संहिता ऋत का ही स्वरूप है। अत: ऋत, धर्म और शील तीनों एक ही तत्त्व हैं।

इस प्रकार हम देखते हैं कि 'ऋत' सही और सर्वव्यापी क्रिया-शक्ति है जिसे 'धर्म' और 'शील' संज्ञाओं से भी पहचाना जाये तो कोई हर्ज नहीं। ऋत का मार्ग ही सही मार्ग है। वही शीलाचार है। वही धर्म है। वैदिक काल के इस आइडिया को सर्वोत्तम रूप में व्यक्त करते हैं भारतीय महाकाव्य। भारतीय महाकाव्यों का मूल विषय क्या है? धर्म या शील का निरूपण और यह धर्म या शील ऋत-पथ का ही अन्य नाम है। नायक और अन्य पात्रों की जीवनलीला में सक्रिय एक 'ऋत' (विधान या सत्य) का उद्घाटन ही तथा उस ऋत के स्वरूप का विवेचन ही महाकवि का अन्यतम उद्देश्य होता है। यह कार्य चरित्र और घटनाओं की समुचित और सोद्देश्य उपस्थिति द्वारा सम्पन्न किया जाता है। 'ऋत' का ही रूपान्तर है पात्र का शीलाचरण। अत: भारतीय महाकाव्य चरित्र प्रधान होते हैं और वे वस्तुत: चरितकाव्य होते हैं। भारतीय 'रस' प्रधान होता है तो भारतीय महाकाव्य चरित्र-प्रधान। भारतीय महाकाव्य का उद्देश्य 'रस' नहीं 'ऋत' का उद्घाटन होता है। अत: चरितकाव्य होना उनकी वस्तुगत आवश्यकता है। यही कारण है भारतीय दृष्टि अपने महाकाव्यों को अपने चरितनायकों का 'ग्रन्थावतार' मानती है। उद्धव ने कृष्ण से पूछा था, 'सारे गुणों और दिव्यमूल्यों (करुणा, क्षमा, दया, मैत्री, सौन्दर्य, प्रेम आदि) का आधान और आधार यह आपका दिव्यवपु जब पृथ्वी पर नहीं रहेगा, तो ये दिव्य सनातन गुण विश्व में किस आधार पर टिके रहेंगे।' कृष्ण ने तत्काल उत्तर दिया था, 'मेरे ग्रन्थावतार के द्वारा।' अत: श्रीमद्भागवत ग्रन्थरूप में कृष्णावतार है, महाभारत ग्रन्थरूप में नर-नारायण का अवतार है और रामायण शब्दों की आकृति में युग-युग तक जीनेवाला रामावतार है। यही बात बुद्ध और महावीर को लेकर लिखे गये चरितकाव्यों के बारे में भी कही जा सकती है। अर्थात् भारतीय परम्परा में ऋत के आधान चरित्र का शब्दावतार करा देना ही महाकाव्य का मुख्य धर्म क्यों है। इसी अर्थ में ये महाकाव्य श्रुति या पंचवेद हैं कि श्रुति के मूल तत्त्व सत्य और ऋत का वे वाणी के माध्यम से मन में अवतरण करा देते हैं। इस वाणी के स्पर्श में आना, मानो श्रुति के स्पर्श में आना है और भगवद्बोध प्राप्त करना है।

भारतीय दर्शन के मूल में जो जिज्ञासा है वह है ब्रह्म और आत्मा की जिज्ञासा। ब्रह्म और आत्मा की संयुक्त संज्ञा है पुरुष। अत: भारतीय साहित्य का मूल 'अथातो पुरुष जिज्ञासा' ही है। दर्शन में यह जिज्ञासा 'ब्रह्म' की जिज्ञासा हो जाती है तो काव्य में 'व्यक्ति' की। परन्तु महाकाव्य

व्यक्ति के यथार्थवादी स्वरूप की नहीं उसके पुरुषोत्तम स्वरूप की व्याख्या है। आदिकाव्य के आदि में ही यह जिज्ञासा बड़े स्पष्ट रूप में व्यक्त होती है—

'कोन्वस्मिन् साम्प्रतं लोके गुणवान् कश्च वीर्यवान्।
धर्मज्ञश्च कृतज्ञश्च सम्यग्वाको दृढ़व्रत:' —(सर्ग 1, बालकाण्ड)

प्रथम भारतीय महाकाव्य ही इस पुरुष-जिज्ञासा को लेकर प्रारम्भ होता है। पूरा महाकाव्य ही पुरुष की उस आकृति का उद्‌घाटन है जो 'ऋत' का सगुण और सटीक रूप व्यक्त करती है। 'ऋत' का एक अर्थ 'मर्यादा' (औचित्य विधान) भी होता है और यह प्रथम काव्य 'मर्यादा' का चरमरूप उपस्थित करता है अपने पुरुषोत्तम नायक के माध्यम से। भारतीय महाकाव्य यह मानकर चलते हैं कि व्यक्ति की जीवन-लीला' में 'ऋत' और 'अनृत' की लीला चल रही है। परन्तु 'ऋत' अभिव्यक्त हो रहा है उसके पुरुषोत्तम रूपों में। राम, कृष्ण, अर्जुन, युधिष्ठिर ऐसे ही पुरुषोत्तम रूप हैं। ये महज पुरुष या व्यक्ति नहीं, बल्कि 'ऋत' की सगुण आकृति हैं। इनकी लीला ही ऋत का सगुणरूप में उद्‌घाटन है।... महाभारत में 'ऋत' और 'अनृत' अधिक स्पष्ट भाव से द्वन्द्वात्मक रूप में व्यक्त होते हैं। महाकाव्य के प्रारम्भ में कवि इस द्वन्द्व को वृक्ष-प्रतीक द्वारा व्यक्त करता है। युधिष्ठिर, 'धर्मतरु' है तो दुर्योधन 'क्रोधपादप' है। 'क्रोध' शब्द यहाँ पर वृहत्तर अर्थों में प्रयुक्त हुआ है। यहाँ पर यह केवल 'गुस्सा' ही नहीं बल्कि उन सारे मूल्यों का बोधक है जो इससे कार्य-कारण भाव से जुड़े हैं, यथा लोभ, सम्मोह, बुद्धि विपर्यय आदि। महाभारत क्रोध के जिस विशिष्ट स्वरूप की व्याख्या प्रस्तुत करता है उसके लिए सटीक शब्द है 'मत्सर' (malies, डाह)। मत्सर लोलुपता का अवदमितरूप है यानी काम का अवदमन है। दुर्योधन और कर्ण दोनों के अन्दर अवदमित काम ही 'मत्सर' का स्वरूप लेता है, ग्लानि और हताशा का स्वरूप लेता है। ये सब अनृत की ही बहुरूपी स्थितियाँ हैं।...श्रीमद्‌भागवत में 'ऋतधामन्' विष्णु को ही काव्य का नायक बनाया गया है। इसमें ऋत को दशावतारों की योजना के मध्य एक द्वन्द्वात्मक नियमचक्र की तरह क्रियाशील देखते हैं और इस चक्र का नियामक जो है वही परमात्मा है। परन्तु महाभारत और श्रीमद्‌भागवत 'ऋत' के युगलरूप को अलग-अलग व्यक्त करते हैं और 'ऋत' का पूरा स्वरूप दोनों काव्यों को एक साथ देखने पर ही स्पष्ट होता है। रामावतार में 'ऋत' का स्वरूप राम के पुरुषोत्तम रूप द्वारा उद्‌घाटित हो जाता है। त्रेता यज्ञप्रधान युग है और ऋत का स्वरूप प्रकाशधर्मी सूर्य जैसा है जो जीवन, प्राण, तपस् और पुरुषार्थ से तथा यज्ञभाव से जुड़ा है। परन्तु ईश्वर का स्वरूप कुछ और है। वहाँ पर विष्णु अग्नि-सोमात्मक रूप लेकर उतरते हैं। द्वापर के जगत् का स्वरूप अग्नि-सोमात्मक है। यह महाभोग-प्रधान युग है, महावैभव का युग है। अत: ऋत को बाध्य होकर कहीं-कहीं पर दाहक स्वरूप लेना पड़ता है (महाभारत में) तो कहीं-कहीं पर यह अपने प्रकृत आनन्दमय रूप में स्थित है (माथुरलीला में)। वासुदेव 'अग्नि' है और कृष्ण है सोम। दोनों तत्त्व एक साथ एक ही पुरुष में आते हैं। परन्तु ऋत की दाहक और आनन्दमय दोनों भूमिकाएँ भिन्न-भिन्न हैं। ऋत का दाहक स्वरूप 'क्रतु' से जुड़ा है तो आनन्दमय स्वरूप 'काम' से से। रामायण विशुद्ध 'ऋत' की अभिव्यक्ति देता है तो महाभारत उसके केवल दाहक 'क्रतु' स्वरूप की और श्रीमद्‌भागवत (विशेषत: व्रजलीला) उसके आनन्दमय 'काम' स्वरूप की।

भारतीय दृष्टि यह मानती है कि प्रत्येक मनुष्य विशुद्धतम रूप में आत्मा है 'आत्मा वै विष्णुः'। इसी से प्रत्येक पुरुष में विष्णु है। यह वैष्णवी विभूति जिस पुरुष में सर्वोच्च सम्भाव्य सीमा तक उपस्थित रहती है वह पुरुष पुरुषोत्तम या अवतार कहा जाता है। भारतीय महाकाव्य पुरुष में छिपे हुए इसी पुरुषोत्तम का अनुसन्धान करते हैं और उस पुरुष के माध्यम से 'ऋत' के सगुण स्वरूप को वे उपस्थित करते हैं। भारतीय महाकाव्यों में यथार्थ के धरातलीय रूप का चित्रण नहीं। यदि कहीं ऐसा हुआ भी है तो वह 'उद्दीपन' या 'तकनीक' का अंग मात्र है। आलम्बन के मध्य सर्वदा एक दिव्यता या पुरुषोत्तम की खोज यहाँ के साहित्य की मूल दिशा रही है। यहाँ तक कि विशुद्ध मानवीय स्थितियों या चरित्रों में भी ऐसी भव्यता आरोपित की गयी है जो दिव्यता के ही समकक्ष है। उदाहरण के लिए दुष्यन्त, पुरुरवा या कर्ण का चरित्र ले सकते हैं। संक्षेप में भारतीय महाकाव्यों की कुछ विशेषताओं को हम इस प्रकार समझ सकते हैं—

(1) भारतीय महाकाव्य-दृष्टि में काम, क्रतु और ऋत, इन तीनों मूल्यों का केन्द्रीय महत्त्व है और ये तीनों मूल्य वैदिक और ब्राह्मण-संस्कृति के उत्तराधिकार-सूत्र से उन्हें प्राप्त होते हैं।

(2) भारतीय महाकाव्य 'पुरुष' का शब्दों के माध्यम से अवतरण कराते हैं अपनी विषयवस्तु के भीतर। यह 'पुरुष', 'आत्मा' और पुरुषोत्तम (परमात्मा) दोनों की अभिव्यक्ति है। यह यथार्थवादी साहित्य का 'व्यक्ति' नहीं। यह एक ही साथ यथार्थ और दिव्य दोनों हैं।

(3) नाटक 'रसप्रधान' शैली है तो महाकाव्य 'चरितप्रधान' शैली। क्योंकि महाकाव्य में 'रस' गौण है, मूल है पुरुष की सगुण लीला के मध्य ऋत का मांगलिक अनुशासन स्थापित करना।

(4) काम और 'क्रतु' वस्तुतः 'ऋत' के ही क्रमशः आनन्दमय तथा दाहक स्वरूप हैं। 'ऋत' काम और क्रतु के भी मूल में है। जैसे मूल है सविता-शक्ति। उसी से अग्नि-सोमात्मक जगत् का प्रसव और विस्तार होता है। 'ऋत' सविता प्रतीक है तो काम और क्रतु सोमाग्नि हैं। रामकथा की मुख्य भूमिका ऋत से जुड़ी है तो महाभारत की 'क्रतु' से और भागवत की 'काम' से। इसीलिए रामकथा का नायक विष्णु का सवितारूप है तो कृष्णकथा का नायक विष्णु का द्वैत प्रकृतिवाला अग्नि-सोमात्मक रूप।

(5) व्यावहारिक भाषा में 'ऋत', 'शील' और 'धर्म' तीनों शब्द समान हैं। कुछ पण्डितों का तो यहाँ तक कहना है कि वैदिक भाषा में जो ऋत था वही बौद्धों की शब्दावली में हो गया 'शील' तथा पुराणों की भाषा में वही 'धर्म' कहलाया। तीनों का उद्देश्य एक ही है: 'सही ढंग से मनुष्य होने की शिक्षा देना' क्योंकि सही ढंग से मनुष्य होने में एक सौन्दर्य है। सही ढंग से मनुष्य होना क्या है? महाकाव्यों का उत्तर है: सही मनुष्य वह मनुष्य है जिसके जीवन में काम, क्रतु और ऋत का त्रिकोण परस्पर सन्तुलित बिन्दुओं के साथ दृढ़ भाव से सक्रिय है जिसमें सौन्दर्य (काम) और कर्मयोग (क्रतु) दोनों 'ऋत' पथ पर स्थित हैं।

हनुमान-गाथा

पम्पासर और वानर महाजाति

(आर्येतर सौर-गाथा)

कबन्ध ने कहा था, "हे राम, तुम इस समय दीन दशा को प्राप्त हो गये हो। अत: मैं तुम्हें तुम्हारी ही तरह एक हतभाग्य पुरुष सुग्रीव का पता बता रहा हूँ। तुम उससे मैत्री करो। वे वानरराज ऋक्ष के क्षेत्रज पुत्र हैं। सूर्य जहाँ तक तपता है, वहाँ तक वानर सुग्रीव गति है। नदी-मुख, गिरिखात, अरण्य-गर्भ या पाताल कहीं भी, मेरुमन्दर की दुर्गम तलहटी तक, सीता अवरुद्ध हो, तो भी वे पता लगाकर ही छोड़ेंगे। वे अपने ज्येष्ठ भाई बालि के भय से बेहाल होकर तीनों भुवन मारे-मारे फिरे हैं। अत: त्रिभुवन का चप्पा-चप्पा उनकी जानकारी में है।"

कबन्ध की बात सुनकर रामचन्द्र कुछ आश्वस्त हुए। शबरी ने भी तो कहा था, "रघुनाथ, तुम पम्पासर की ओर जाओ और वहाँ सुग्रीव से मिलो !" राम का विचलित धैर्य पुन: आत्मस्थ होने लगा। वे स्वभाव से ही महाधीर थे। "धैर्येण हिमवान् इव।" अत: कबन्ध के बताये मार्ग पर वे चलते हुए पम्पासर की ओर आगे बढ़े। कबन्ध ने ही उन्हें आगे भी बताया था, "राम, पम्पासर के प्रथम दर्शन में ही तुम्हें ऐसा लगेगा कि मानो तुम्हारी थकी-हारी दृष्टि इस जल का पान कर रही है, तुम्हारा मन कहने लगेगा कि यही वह आश्रय है, जिसके लिए तुम भटक रहे थे और जहाँ तुम्हारी सिद्धि का द्वार खुल जायेगा। यहाँ से जाने का रास्ता भी बड़ा मनोरम है। दक्षिण-पश्चिम दिशा का अनुसरण करो। इधर पूर्व की ओर आगे बढ़ने से कोई लाभ नहीं। जैसे-जैसे दक्षिण-पश्चिम बढ़ते जाओगे, तुम्हें फूलों से लदे हुए जंगल एक के बाद एक मिलते जायेंगे। एक के बाद दूसरा वन। उत्तर कुरु के मधुस्रावी वृक्षों की भाँति ये दक्षिणापथ के अरण्य भी बड़े-बड़े मधुचक्रों और मीठे फलों से भरपूर हैं। यहाँ बारहमासी फूलने-फलने वाले जामुन, प्रियाल, रसाल, कटहल, महुए और न्यग्रोध के बड़े-बड़े वन हैं। इनके फलों को तोड़कर खाते हुए, नदी जल का पान करते हुए, शिखर पर शिखर लाँघते हुए तुम आत्मविश्वास को धारण करके आगे बढ़ते जाओ। पम्पा के पड़ोस में माल्यवान गिरि का ऋष्यमूक शिखर है। खड़ा पर्वत है। चढ़ाई कठिन है। पर किसी तरह पहुँच जाओ। वहीं पर सुग्रीव से तुम्हारी मित्रता होगी और उन सारी उपलब्धियों का द्वार खुल जायेगा जिसके लिए तुम्हारा जन्म हुआ है। तुम तो लीला-पुरुष हो और तुम्हारा वर्तमान कष्ट तो इतिहास की कोई बड़ी घटना का वाहन मात्र है।" स्वर्गारोहण के लिए प्रस्तुत विमान पर बैठने के पूर्व कबन्ध ने यह सब बताया था। कबन्ध ने आगे भी इस प्रकार बताया था—

"राम, वह पम्पासर बड़ा ही निर्मल है। उसमें न तो कंकड़ हैं और न कीचड़। तल की भूमि दूमट और बलुई है। दृढ़ है परन्तु कोमल है। पानी बड़ा ही साफसुथरा है। काई, सेवार आदि का नाम नहीं। तो भी यह सुन्दर कमलों और पुष्टपीन मछलियों से भरा हुआ है जिनका स्वाद अपूर्व है। आग में भून देने पर वे घृतपक्व अन्न जैसी स्वादिष्ट लगती हैं। जलपक्षी वहाँ निर्भय होकर विहार करते हैं क्योंकि चिड़ीमारों और व्याधों का आवागमन उधर नहीं है। वे पक्षी मनुष्य को देखकर भय नहीं खाते। उस सरोवर के तट पर मनुष्यों की ही निरामिषभोजी 'वानर' जाति रहती है। वे घरद्वार नहीं बनाते। पास में असंख्य सुरक्षित गिरिकन्दराएँ हैं। उन्हीं में वे सोते हैं। वे सामूहिक जीवन व्यतीत करते हैं। वनपुष्पों की मालाएँ धारण करते हैं और श्वेत कच्छ वस्त्र तथा श्वेत चन्दन लगाते हैं। प्रति सन्ध्या को वे फूलों और फलों से बनी मदिरा का पान कर नृत्य करते हैं। मल्ल क्रीड़ा में बड़े दक्ष हैं और उनकी देह में अगाध बल होता है। वानरवेश इनका गणवेश है। ये कमर में अलंकृत पूँछ धारण करते हैं और जो स्थान तुम्हारे उत्तराखण्ड में शिरोभूषण का है वही स्थान इनमें इस कटिभूषण पूँछ का है। तुम इनसे मिलकर इनकी वीरता और सज्जनता से मुग्ध होगे। जो सज्जन नहीं है, वह पम्पातट का वासी नहीं हो सकता है। इस पम्पातट पर ऐसे-ऐसे फूल हैं जो 'अवानस्पतिक' हैं, अपवित्र मनुष्य के हाथों की छाया या गन्ध मात्र से वे अन्तरीक्ष हो जाते हैं। वे फूलयज्ञसमिधा लाते हुए मुनियों के पसीने से पैदा होते हैं। किसी घास या लता पर जब उन मुनियों का श्रमजल गिरता है तो वही फूल बनकर प्रस्फुटित हो जाता है। राघव, मैं कहता हूँ कि अद्‌भुत है यह पम्पातट। एक बार जाकर तो देखो। सारी तृषा और आर्ति समाप्त हो जायेंगे।... इस पम्पातट के पूर्व भाग में ऋष्यमूक नामक पर्वतशिखर है जो तुम्हारा गन्तव्य है। वहीं तुम्हें जाना पड़ेगा। वहीं पर पुन: शुभ का उदय होगा। यह ऐसा महिमाशाली शिखर है कि इस पर सोया व्यक्ति जो सपने देखता है, जगने पर वह सारा स्वप्न यथार्थ में घटित हो जाता है। यह सिद्धभूमि है। इस पर पापात्मा आरोहण नहीं कर पाता है। यदि जोर-जबरदस्ती आरोहण कर भी ले तो रात्रि में सोते समय यक्षगण उसे उठाकर नीचे पटक देते हैं।... पम्पा के पश्चिम तट पर है महामौनी सिद्ध मतंग मुनि का आश्रम और पूर्वी तट पर है यह दुर्लंघ्य ऋष्यमूक-कूट। यह माल्यवन्त अर्थात् प्रस्रवण गिरि का ही एक शिखर है। मतंग-आश्रम और ऋष्यमूक कूट, इन दो सिद्धस्थलों के बीच यह पम्पासरोवर स्थित है। यह बिल्कुल खड़ी चढ़ाईवाला पर्वत है और शिखर-गात्र से संलग्न बित्ते-दो बित्ते चौड़ा रास्ता है। शिखर की तलहटी और पृष्ठभूमि के अरण्य में श्यामवर्ण आरण्यकजन रहते हैं और स्वर्णलोमश भालू व्याघ्र आदि। ऋष्यमूक की दरियों में भयंकर विषधर नाग भी हैं। सच पूछो तो मातंगवन के दन्तैल हाथियों और व्याघ्रों तथा ऋष्यमूक के विषैले नागों के भय से जनसाधारण का इधर आना-जाना नहीं होता है। इस ओर पैर रखने का साहस जन सामान्य में होना सम्भव नहीं। पर तुममें वह साहस है। अत: चिन्ता की बात नहीं। सीता के सम्बन्ध में चिन्ता और दुराशा ने तुम्हें अतिरिक्त साहस जो दे रखा है। अत: तुम निश्चय ही वहाँ पर पहुँच जाओगे।... अब मैं तो, विमान पहुँच गया है अत: परमधाम की ओर चल रहा हूँ ! तुम भी अपने कार्य सिद्धि के मार्ग पर आगे बढ़ो।"

यही थे उस कबन्ध के अन्तिम वाक्य, जिसकी आत्मा का उद्धार राम के शस्त्र द्वारा हुआ था। ऐसा कहकर वह स्वर्ग-प्रेषित विमान से ऊपर की ओर चला गया।

2

राम और लक्ष्मण कबन्ध के बताये मार्ग पर चलकर पम्पातट पर पहुँचे। जो कुछ कबन्ध ने बताया था, पम्पा का असल रूप उससे भी बढ़कर था, अधिक सुन्दर और अधिक रमणीय ! इतना रमणीय कि राम के सहज मर्यादा पुरुषोत्तम-स्वभाव के भीतर भी रूपान्तर होने लगा। उनके वज्र-संहनन मन में भी शिला-सरोरुह फूटने लगे। पहले शोक-विस्मृति, फिर उल्लास। उल्लास के भीतर उत्तेजना, उत्तेजना में प्रबल कामेच्छा और तत्पश्चात् पुनः शोक-दंशित विवशता। भीतर का हिमालय गलने लगा, प्रवाह बनकर पुनः 'कामना-तरल वारि' के रूप में बहने लगा। भीतर जो सारा का सारा मनोमण्डल महाकाव्य बनकर स्थिरीभूत था, खण्ड-खण्ड होकर गीत काव्य बन गया, राम कहने लगे—

"सुमित्रानन्दन, इस पम्पातट का जल श्यामाभ और स्वच्छ है। श्यामल जल प्रायः पंकिलता का सूचक होता है। परन्तु पम्पासर के तल की जमीन तो बलुई है, इसमें पंक-कीच, फिसलन, दुर्गन्ध, काई-सेवार आदि का नाम नहीं। इस जल की श्यामलता तो वैडूर्यमणि की तरह है जिसके श्यामाभवर्ण में स्वच्छता की चादर स्पष्टतः दृश्यमान होती है। यह श्यामजल स्वच्छता और गहराई का द्योतक है। इसकी तुलना पंकिल वासना की अन्धी आसक्ति से नहीं हो सकती। यह दाम्पत्य-प्रेम के भीतर उठती हुई गहन कामेच्छा का प्रतीक है। इस कामेच्छा के बिना दाम्पत्य निरर्थक होता है। सौमित्र, इस जल को देखकर मेरी विरह-यन्त्रणा और बढ़ गयी। मैं इस समय दुहरी व्यथा से पीड़ित हूँ। भाई भरत का वियोग तो मुझे नित्य सालता ही है, सीता भी अब मेरे पास नहीं। मैं सीता के सम्बन्ध में चतुर्विध चिन्ता से पीड़ित हूँ। 'कारुण्येन, अनृशंसेन, शोकेन, मदनेन च !' करुणा, अनृशंसा, शोक और काम, ये चारों मुझे सन्तप्त कर रहे हैं। निरीह सीता एक क्रूर कामलोलुप बलात्कारी के हाथों में अवश्य पड़ गयी है। यह एक अत्यन्त करुणाजनक स्थिति है ! मेरे मन में उस विवश लाचार सीता के प्रति प्रगाढ़ मोह-माया है, अत्यन्त कोमल भाव हैं, यह दया अर्थात् अनृशंसता मुझे रह-रहकर वेध रही है। परन्तु अपनी असमर्थता मुझे शोक सन्तप्त कर रही है, आखिर करूँ तो क्या करूँ। कुछ पता भी नहीं कि वह कहाँ पर है। उसकी अनुपस्थिति में मेरे अन्दर उसे पाने की तीव्र इच्छा ही वह कामाग्नि है जिसमें मैं इस सुन्दर और रमणीय प्रकृति के बीच आकर निरन्तर दग्ध हो रहा हूँ। करुणा, दया, शोक और काम, इन चारों की विमिश्र अनुभूति ने मुझे विकल कर रखा है।" राम कुछ देर अवरुद्ध कण्ठ रह गये। फिर अपने को सँभालकर बोले, "सौमित्र, पम्पातीरवर्ती इस शुभकानन को देखो। यह कितना मनसायन, कितना गुलजार लगता है। यहाँ न भय है, न प्रतिभय है, न सुनसान है। क्रूर और कोमल दोनों प्रकार के जीवों से भरे होने पर भी यह भय-संचार नहीं करता है, बल्कि यहाँ का वातावरण बड़ा आत्मीय, बड़ा ही बन्धु जैसा लगता है। सारी पुष्करिणी पंकहीन होने पर भी आश्चर्य है कि पवित्र पंकजों से भरी पड़ी है। पद्म, पुण्डरीक, नीलोत्पल और कोकनद चारों जातियों के कमल खिले हैं। यह अद्भुत बात है। चैत्रमास चालू है। सारी वनभूमि कच्ची घासों, फूलों और फलों से ढँक गयी है। वायु जब बहती है तो पुष्प-भार से झुकी शाखाओं से फूल झड़ने लगते हैं। इस पुष्पवृष्टि को देखकर सीता कितनी प्रसन्न होती ! और यह मलय-पवन तो और मादक है। जब हम अयोध्या में थे

तो मलय-मारुत और दक्षिण पवन का वर्णन कवियों के श्लोकों में सुनते थे। यहाँ पर तो प्रत्यक्ष मलय-मारुत है। मलयाचल यहाँ से कितनी दूर है ही ! यह सुगन्धित मलय-मारुत मुझे सीता के मुख-मारुत का, मुख-गन्ध का स्मरण दिला देता है। आह वह देवी कहाँ पर होगी, किस नृशंस के हाथों पड़ी होगी, कहीं वह बची होगी या नहीं, इसका भी क्या ठिकाना है? और यह मत्तकोकिल की कूक तो और अधिक जानमारू है। कितनी प्राणवेधी और कैसी-कैसी तीव्र कामनाओं का संकेत लेकर यह उपस्थित है। वे कामनाएँ मन में कूकती हैं, ऐसी कामनाएँ जो प्रिय द्वारा अकेले-अकेले कान में कही जाती हैं ! सौमित्र, इस वन के रमणीय प्रपात के पास बैठे जल कुक्कुट की ओर ध्यान दो। इसके कूजन में एक रति-संकेत है। एकान्त रात्रि में तो इनकी कल कूजन बड़ी ही कामोत्तेजक होती है। सीता इस पक्षी को 'डाहुक' कहती थी। शायद उसके 'नैहर' की विभाषा में यही संज्ञा चलती है। परन्तु हमारे कोसल देश में इसका संस्कृत रूप 'दात्यूह' ही चलता है। कामविमत्त डाहुकी की कूक सुनकर मेरी प्रिया आनन्द-मग्न हो जाती थी और मेरे पास खिसककर मुझे भी सुनाती थी और इसके आगे और भी बहुत-बहुत कुछ ! तुम्हारे जैसे व्रतबद्ध पुरुष से वह सब क्या बताऊँ। पर इस डाहुक का स्वर तो आज सचमुच डाहने वाला हो गया है ! ये सारे पक्षी, हंस और सारस जोड़े जोड़े विचरण कर रहे हैं। ये सारे दृश्य बड़े दाहक हैं।... सौमित्र, उधर देखो। मयूरगण पंख फैलाकर मोरनियों के सामने नाच रहे हैं। कभी-कभी कोई मयूर अचानक दल से हटकर पंख फैलाये-फैलाये ही किसी एक मोरनी का अनुसरण करने लगता है। यह प्रणय-निवेदन का दृश्य बड़ा मादक है। लक्ष्मण, पक्षियों में भी मनुष्यों की ही तरह परस्पर अनुराग होता है। अनुराग ही नहीं; पूर्व राग, अनुराग और महाराग सब कुछ। ठीक हम लोगों जैसा ही। वह मोरनी काम भाव से उस मोर के सामने अपने को कैसे प्रस्तुत कर रही है !

"सुमित्रानन्दन लक्ष्मण, उस उत्तर दिशा में अशोक वृक्षों की पाँत की ओर देखो। पूरा का पूरा पेड़ एक साथ विकसित हो गया है ! इतने चटक कुसुम्भी रंगवाले फूल शायद ही और कोई हों ! कुसुम्भी रंग दाम्पत्य का रंग है। प्रगाढ़ दाम्पत्य-प्रेम ! पवित्र पीत और अनुराग लालिमा का मिश्रण। मैंने इस किस्म के अशोक को 'सीता-अशोक' की संज्ञा दी है। यह दक्षिणापथ में होता है। वस्तुतः दक्षिण को प्रकृति ने फूल ज्यादा दिया है तो उत्तर को फल। फूल प्रकृति का मंगलाचरण है तो फल उसका भरतवाक्य। उत्तर और दक्षिण दोनों मिलकर ही लीला पूर्ण करते हैं। हमारे उत्तर देश में लहरदार पत्तों वाला एक पेड़ होता है जिसमें पीले सूत्रों जैसे व्यक्तित्वहीन फूल भी लगते हैं। भूल से लोग उसे ही अशोक कह देते हैं। पर असल में है वह 'देवीदारु'। हिमालय के 'देवदारु' की तरह, मैदानी भाग के इस देवीदारु का सौन्दर्य भी पत्तों में ही है। असली अशोक तो दक्षिणापथ में होता है और सीता के मैके की तरफ प्राच्य भूमि में भी। अंगदेश से और पूर्व, नारीराज्य में यह बहुत होता है। वहाँ की गन्धर्व और किरात जातियाँ इसे कामदेव का पुष्प मानकर पूजती हैं। यह जंगलों में उगता है और जब चैत्र में खिलना शुरू होता है तो एक सप्ताह में ही सारा वृक्ष अत्यन्त चटक पीताभ-लाल फूलों से बौरा जाता है ! कामना की लाल चटक शिखा जैसा। जंगल का जंगल पागल हो जाता है। इसकी लालिमा, रक्तजवा से भिन्न, उग्र नहीं बल्कि मांगलिक होती है। सुन्दर कुसुम्भी रंग। इसी से दाम्पत्य-प्रेम की लालिमा कुसुम्भी मानी गयी है। दाम्पत्य-प्रेम तो ऐसा प्रेम

है जो यौवन, प्रौढ़ता और अति प्रौढ़ता तीनों में अरुण-अरुण ही रहता है। हाँ, उस अरुणाई की तासीर भिन्न-भिन्न होती है। कामेच्छा से प्रीति। फिर प्रीति से अनुकम्पा या पारस्परिक कोमलता मात्र। दाम्पत्य-प्रेम तो पवित्र चावल की तरह है। जितना ही पुराना होगा, उतना ही सुगन्धित और मँह-मँह। तुम तो जानते हो लक्ष्मण, कि मेरा समस्त मन वैदेही में प्रतिष्ठित है और उसका सम्पूर्ण मन मुझमें। ऐसी स्थिति में इस प्राण-वेधी चैत्र मास में मेरे साथ विछोह को वह कैसे सहन करती होगी? यही मुझे सालता है।

"सौमित्र, पम्पा के दक्षिण तट-सानु पर पीली कनेर के अट्टहास को देखो ! खिलखिलाकर हँस रही है। पूरा तीर ही पीत पुष्पों से अंकित चित्रसारी बन गया है, गोया सीता ने ही स्नान करके अपनी रेशमी गोट लगी नीलाम्बरी चित्रसारी को धूप में सूखने के लिए फैला दी हो ! सौमित्र, सौमित्र, यहाँ के विकसित कमलकोष सीता के चकित विस्फारित नयनों जैसे हैं। पद्मगन्धी वायु उसके मुख-मारुत जैसी है। चित्र विचित्र कुसुम-कानन उसके अंग-वस्त्र हैं। पर्वत-सानु उसके ढँके हुए नितम्ब हैं। झूमती कदली-स्तम्भ उसकी जंघाएँ हैं। पुष्ट नारिकेल फल उसके स्तनद्वय हैं। उदित होती हुई उषा ही उसका मुख है। सीता के मुख में मुझे भगवती गायत्री के पाँचों मुख मुहूर्त प्रतिमुहूर्त दृश्यमान होते थे। वह एक होकर भी बहुरूपी थी। प्रकृति और नारी में बड़ी समानता है। वह एक होते हुए भी हमारी कामना के अनुसार बहुरूपी होती है। यह सही है कि विधाता ने पुरुष को स्वभाव से ही 'बहुभोगी' बनाया है। पिताश्री का ही उदाहरण लो ! परन्तु दाम्पत्य प्रीति यदि प्रगाढ़ हो तो इसका भी तोष एक ही रमणी दे देती है। प्रगाढ़ प्रेम के परिवेश में एक ही रमणी बहुरूपी बन जाती है। 'नित-नित नूतन होय।' यह तो मेरा निजी अनुभव है। वह भिन्न-भिन्न स्थितियों, भिन्न-भिन्न नायिकाओं की सफल लीला कर लेती है। मैंने इस तथ्य का प्रत्यक्ष अनुभव किया है सीता में ही। बालिका, कुमारिका, षोडशी, महाषोडशी के सारे रूप और स्वाद उतर आते थे मन की कामना के अनुसार उसी एक प्रिया में अद्भुत प्रेमिका थी वह ! अभाव में तो वह अब शतरूपा, विश्वरूपिणी बन गयी है। पम्पा तीर की सारी प्रकृति श्री का द्योतक। देखो लक्ष्मण, वियोग को संयोग से श्रेष्ठतर इसीलिए माना गया है। संयोग में तो एक का अकेले-अकेले भोग होता है। परन्तु वियोग में तो सारी सृष्टि ही हमारे भोग की, हमारी कामना की, हमारी यन्त्रणा की हिस्सेदार बन जाती है।"

इतना कहकर राम कुछ देर चुप रहे। फिर उन्होंने मौन भंग किया: "सौमित्र, यह पम्पा तो दक्षिणापथ की मन्दाकिनी के तुल्य है और गोदावरी से भी अधिक मनोरम और अधिक पवित्र है। इस पम्पा के पद्मसरोवर से फूटकर जो पम्पा नदी जाती है, वह तुंगभद्रा की सहायक नदी है। पम्पा और तुंगभद्रा का जल जाकर इस कीश-प्रदेश की नदी 'कीश-ना' से, जिसे 'कृष्णा' भी कहते हैं, जा मिलता है। इस पम्पातट पर यदि सीता साथ रहे तो चौदह वर्ष बीत जाने पर भी मैं अयोध्या का राज्य ग्रहण करने न जाऊँ। चौदह वर्ष बीतने पर भी मैं यहीं कुटी छाकर रह जाता ! तुम जाकर भरत को बुला लाते और मैं उसे यहीं पर आजीवन के लिए राज्याभिषिक्त कर देता। मैं उस श्यामा-पद्मपलाशाक्षी जानकी के बिना जीवित नहीं रह सकता, नहीं रह सकता ! तुम लक्ष्मण, जाकर भातृवत्सल भरत को यह सब बता दो।"

इसके बाद शोक से विकल बड़े भाई को लक्ष्मण ने सान्त्वना देते हुए कहा, "भैया राम, अपने को स्थिर करें। यह सब आप क्या कह रहे हैं। इतना टूट जाना आपको शोभा नहीं देता। आप सामान्य कामी पुरुष की तरह व्यवहार न करें। आप कृतात्मा हैं, आप महात्मा हैं, आप कृती पुरुष हैं और महापुरुष दोनों हैं। आप अपने जीवनदर्शन 'पुरुषार्थ योग' को न भूलें। जानकी को पुन: प्राप्त करने का एक मात्र उपाय है अवसाद को त्यागकर कर्म-तत्पर होना। अवसाद उत्साह का मारक है। उत्साह ही पराक्रम का आधार होता है। उत्साह ही बलवान करता है। उत्साह ही दुर्दिन का श्रेष्ठ धर्म है। आप इसका परित्याग न करें। इस पम्पासर से आगे जो ऋष्यमूक पर्वत दिखाई पड़ता है, उसके दुर्गम और खड़े मार्ग पर सावधानी से आरोहण करते हुए हम समव्यथी और धीर महात्मा सुग्रीव से भेंट करें। दु:खी ही दु:खी को पहचानता है। वहाँ पर शापवश बालि का आवागमन नहीं। वहीं सुग्रीव निर्भय होकर विचरण करते हैं। कबन्ध के बताये मार्ग के अनुसार हम दोनों ऊपर आरोहण करें।"

तत्पश्चात् वे दोनों पुरुष सिंह, वे दोनों अचिन्त्य पराक्रमी वीर पुन: सावधान चित्त से उसी मार्ग पर आगे बढ़े।

3

'पम्पा', 'किष्किन्धा' और 'लंका' की अवस्थिति को लेकर विद्वानों में शताब्दी-व्यापी विवाद चल रहा है। पम्पा-किष्किन्धा-लंका ही क्यों, अब तक की सुनिश्चित अयोध्या और सरयू की अवस्थिति पर भी इधर भारतीय राजसत्ता के 'सेक्यूलरिज्म' (जो स्वयं में आधुनिक राजनीतिज्ञ का एक धूर्त्त और कट्टर सम्प्रदायवाद बनता जा रहा है) के पोषण में प्रश्नचिह्न लगाया जा रहा है। हम इन दो कौड़ी के लिए भी महँगे निरर्थक श्रम को बहुत महत्त्व नहीं देते और हमारे सामने जो हजार-हजार वर्षव्यापी जन-विश्वास पर आधारित रामकथा है, जिसके कवि वाल्मीकि-कम्बन-कृत्तिवास और तुलसीदास हैं, उसी को महत्त्वपूर्ण मानकर हम चलना समीचीन मानते हैं। एक ही महापण्डित दो साल के अन्तराल में कभी मध्य प्रदेश के किसी गाँव को लंका बताता है, तो फिर उड़ीसा की किसी आदिवासी बस्ती को। केवल 'लंका' ध्वनिखण्ड के आधार पर। वह भूल जाता है कि 'लंका' आदिम निषाद-मालय (कोलमुण्डा) भाषा का ध्वनिखण्ड है 'कूची', 'कोंडी' आदि ध्वनिखण्डों की तरह। इसका अर्थ मात्र 'पुर' या 'नगर' होता है और यह आसेतु हिमाचल ही नहीं, दक्षिण-पूर्व एशिया के अनेक नगर-नामों और स्थान-नामों से जुड़ा है जहाँ की नींव संस्कृति आदिम 'निषाद-मालय' (कोलमुण्डा) रही है। सारे हिन्दुस्तान में 'पुर' और 'नगर' ध्वनिखण्ड स्थान-वाची नामों से जुड़े हैं, तो क्या वे एक ही स्थान माने जायेंगे? सरकार और विश्वविद्यालयों से छत्र-मुकुट और चामर प्राप्त पण्डितों की इन बातों से समस्या और उलझती ही है, सुलझती नहीं। कम-से-कम दो हजार वर्ष से चली आती तमिल और संस्कृत साहित्य की मौखिक और लिखित परम्परा कोई प्रमाण ही नहीं है और इनके उत्खनन में जमीन के नीचे कुछ टूटे-फूटे मिट्टी के बर्तन और एक वानर का खिलौना मिल गया तो वह अचूक प्रमाण हो गया? वानर, घोड़े, हाथी के खिलौने तो आसेतु हिमाचल शताब्दियों से बनते आ रहे हैं। इनकी शैली यह है कि किसी

शब्द के ध्वनि खण्ड या टूटे बर्तन और खिलौने के आधार पर 'लंका' का स्थान निर्धारित करते हैं और अपनी उसी 'निर्धारित' लंका से मेल बैठाने के लिए महाकाव्य के शेष भूगोल को खींचखाँच कर जबरदस्ती आसपास बैठा देते हैं। परन्तु हजार-हजार वर्षव्यापी लोक-विश्वास को तोड़ने के लिए कुछ अधिक ठोस और विश्वसनीय प्रमाण चाहिए। ऐसे ऊहापोहों से महाकाव्य की संस्कृति भूमिका को धक्का पहुँचता है। विविध नस्लों और प्रजातियों के मिश्रण से विकसित हुआ यह राष्ट्र आसेतु हिमाचल तीन तथ्यों के माध्यम से सांस्कृतिक ऐक्य पाता है। वे तीन तथ्य हैं—(1) संस्कृत भाषा, (2) आर्य कर्मकाण्ड (3) रामायण-महाभारत जैसे राष्ट्रीय महाकाव्य। अत: जब तक ठोस प्रमाण न मिले इन महाकाव्यों के सन्दर्भ में लोक-परम्परा-आश्रित इतिहास-भूगोल को ही हम प्रामाणिक मानते रहेंगे। मैं उनकी बौद्धिक ईमानदारी या प्रचण्ड प्रतिभा के बारे में कोई शंका नहीं करता। परन्तु उनकी बातें प्रमाण रूप में स्वीकार करने में कठिनाई है। वैसे मैं यहाँ पर 'पम्पा' और 'किष्किन्धा' के बारे में 'वानर' प्रजाति के बारे में अपने विचार रख रहा हूँ। परन्तु मेरे लिए इतना ही काफी है कि (1) वानर नाम की एक आसेतु हिमाचलयव्यापी आर्येतर प्रजाति थी, जिसकी नस्ल निषाद-मालय (कोलमुण्डा) थी और (2) 'पम्पा' तथा 'किष्किन्धा' विन्ध्याचल के दक्षिण तथा मद्रास के उत्तर आन्ध्र-कर्नाटक में कहीं पर अवस्थित थे। इससे अधिक बारीकी में जाना न मेरा अभिप्रेत है और न सामान्य जन के लिए इसकी आवश्यकता है। ये स्थान दक्षिणापथ में थे और द्राविड़-भूमि में थे। बस इतना ही पर्याप्त है और यही मुझे कहना है।

'पम्पा' शब्द ही पहले आकर्षित करता है। यह सभी विद्वान स्वीकार हैं करते कि आर्य और द्रविड़ दोनों की भारत में पूर्ववर्ती 'नींव-संस्कृति' (bottom culture) थी निषाद (Austric) संस्कृति जिसे आज कोलमुण्डा और मान खमेर (Man Khmer) के रूप में पहचानते हैं। पुराना नाम 'माल' या 'मालय' है। पुराणों में इन्हें और द्राविड़ों, दोनों को ही 'नाग' कहा गया है और 'यक्ष'—'किन्नर' इसी संस्कृति के पौराणिक दिव्य प्रारूप (Divine Archtype) हैं। कश्मीर की 'दरद' भाषाओं से लेकर उत्तर की आर्यभाषाओं तथा दक्षिण की द्राविड़भाषाओं के अनेक और शब्दों का मूल यही सर्वनिष्ठ तथा व्यापक निषाद-संस्कृति ही रही है। 'पम्प 'लंका' शब्दों का मूल आदिम निषादभाषा में ही रहना चाहिए। 'लंका' की चर्चा हम अन्यत्र करेंगे। 'पम्पा' में 'पम्' या 'पाम्' ध्वनि महत्त्वपूर्ण है। कश्मीर की 'दरद' विभाषाओं में 'पाम' शब्द का अर्थ होता है 'केसर' और 'सुगन्ध'। कश्मीरी में आज भी 'पाम फूल' का अर्थ है केसर का फूल। 'पामपुर' तो कश्मीरी केसर की भूमि के रूप में विख्यात ही है। अत: 'पम्पा' शब्द का अर्थ 'गन्ध सरोवर' होगा जो वाल्मीकि के 'किष्किन्धा काण्ड' एवं बाणभट्ट के कादम्बरी में पम्पा के 'पद्म-सरोवर' होने के द्वारा समर्थन प्राप्त करता है। ("पम्पाभिधान: पद्मसर:-कादम्बरी")। 'पम्पासर' और 'पम्पा नदी' दोनों का उल्लेख 'रामायण' में है। सम्भवत: पम्पा नाम की एक लघु जलधारा भी पम्पासर से निकलती थी और तुंगभद्रा में मिलती थी। किष्किन्धा (अणागोंदी या अनागुण्डी) पम्पा (हम्पी) माल्यवान-ऋष्यमूक पर्वत ये सब तुंगभद्रा के तीर पर आसपास ही थे। हम्पी (पम्पा) से अणागोंदी (अनागुण्दी) की दूरी चार मील है। यह स्थान पहले मद्रास के बेल्लारी जिले में था। यह जिला अब कर्नाटक में है और हासपेट से हम्पी नौ या दस मील दूर है। अणागोंदी पहले

विजयनगर स्टेट में था। अब यह कर्नाटक के अन्तर्गत रायचूर जिले में है। वस्तुतः रायचूर और बेल्लारी के बीच सीमारेखा तुंगभद्रा ही बनाती है और ये सटे हुए जिले हैं। क्रौंचारण्य का जंगल बेल्लारी, गुण्टकल, नाड्याल (नादियाल) से लेकर पूर्वीघाट पर्वतमाला तक फैला हुआ था। इसी में मतंगवन था जहाँ शबर क्षेत्र था। क्रौंचारण्य में ही कबन्ध से भेंट हुई थी। इसको पार करते ही पम्पासर का क्षेत्र मिला। रामचन्द्र पंचवटी से दक्षिण-पश्चिम चल रहे थे (यह तभी सम्भव है जब पंचवटी को गोदावरी के मुहाने पर माना जाये और वस्तुतः विमलसूरि तथा भवभूति यही मानते हैं, यद्यपि लोक-परम्परा आधुनिक नासिक को पंचवटी मानती है।)। 'हम्पी' शब्द भी 'पम्पी' का परिवर्तित रूप है। कन्नड़ भाषा में कई शब्दों में 'पा' के स्थान पर 'ह' का उच्चारण होना प्रसिद्ध है। अतः 'पम्पी' का 'हम्पी' बन जाना सहज बात है। वैसे हम्पी का क्षेत्र विरूपाक्ष क्षेत्र कहा जाता है और यहाँ अनेक प्राचीन ध्वंसावशेष तथा विरूपाक्ष शिव का मन्दिर है। वस्तुतः पुराणों ने भी इसी विरूपाक्ष क्षेत्र के अन्तर्गत ही किष्किन्धा, पम्पा, माल्यवान-ऋष्यमूक-प्रस्रवण-पर्वतशिखरों की अवस्थिति मानी है। अतः हम भी इसी को स्वीकार करके चलते हैं। पंचवटी की स्थिति यदि वर्तमान नासिक को मानें तो यह क्षेत्र पंचवटी से दक्षिण पूर्व पड़ेगा और यदि पंचवटी गोदावरी का मुहाना है तो दक्षिण-पश्चिम। प्राचीन साहित्य में गोदावरी के मुहाने के आसपास भी पंचवटी होने के प्रचुर प्रमाण हैं। परन्तु किष्किन्धा क्षेत्र तो परम्परा से यह विरूपाक्ष क्षेत्र ही माना जाता है। कुछ विद्वानों ने इधर मध्य प्रदेश के भीतर ही रामायण के सारे भूगोल को सीमित कर देने का प्रयत्न किया है, मात्र कुछ स्थान नामों के ध्वनिसाम्य के आधार पर। उनका चित्रकूट भी मध्य प्रदेश का ही कोई स्थान है। उनकी गोदावरी भी वर्तमान गोदावरी से भिन्न कोई और पहाड़ी नदी है। उनकी पंचवटी, जटायुगिरि, पम्पासर, किष्किन्धा आदि सब कुछ मध्य प्रदेश के भीतर है। उनका प्रस्रवण (माल्यवान) मध्य प्रदेश के अमरकण्टक की कोई पहाड़ी है और उनका महेन्द्राचल तथा लंका भी मध्य प्रदेश में ही है। मात्र सरयू, अयोध्या और गंगा नदी ही बच पाये हैं। लगता है कि यह कोई और रामायण है जो उस रामायण से भिन्न है जिसके इतिहास-भूगोल की परम्पराएँ दो हजार वर्षों से लोक-विश्वास का अंग बन चुकी हैं। अतः उनके इस प्रयत्न का जो भी बौद्धिक महत्त्व हो, सांस्कृतिक, धार्मिक और साहित्यिक दृष्टि से कोई महत्त्व नहीं। हम संस्कृति, धर्म और साहित्य को बुद्धि-विलास से अधिक महत्त्वपूर्ण मानते हैं और तुंगभद्रा के बायें तट पर स्थित कर्नाटक प्रान्त के विरूपाक्ष क्षेत्र को ही हम किष्किन्धा काण्ड की लीला-भूमि मानते हैं। स्मरण रहे कि ऐसे विद्वानों की सदिच्छा, सुरुचि, सज्जनता और विद्याबल के प्रति मैं ऐसा कहकर कोई प्रश्नचिह्न नहीं लगाता। तो भी दृढ़तापूर्वक कहता हूँ कि उनके इस परिश्रम का न तो कोई सांस्कृतिक मूल्य है और न सामाजिक मूल्य।

पम्पा क्षेत्र के पड़ोस में शबर क्षेत्र था, सम्भवतः कौंचारण्य के भीतर ही। इसके अन्तिम छोर पर मतंग आश्रम था जहाँ शबरी से भेंट हुई थी। और इसके पूर्व कबन्ध का उद्धार घटित हो चुका था। इन दोनों के अनुरोध के अनुसार ही रामचन्द्र ऋष्यमूक पर्वत की ओर चले थे। शबर क्षेत्र निश्चय ही पम्पा का पड़ोसी है। परवर्ती कवि बाणभट्ट भी ऐसा ही मानते हैं और उनके अनुसार "पम्पा का जल स्नान करती शबर-कन्याओं के कुचों से आहत होकर चंचल होता रहता था"

(कादम्बरी)। बाणभट्ट की अपनी शैली और अपनी कविदृष्टि है। सामान्य बात को अपने ढंग से कहते हैं। किष्किन्धा पम्पा से बहुत दूर नहीं तो कुछ दूर अवश्य रही होगी। वाराणसी से सारनाथ तक की दूरी के समान। परन्तु यह सारा क्षेत्र वानर प्रजाति के कब्जे में था और लंका के राक्षसों की यहाँ दाल नहीं गलती थी। उनका प्रभाव जनस्थान तक ही सीमित था। यह विशाल वानर जाति आसेतु हिमाचलव्यापी थी। परन्तु उनका राजा किष्किन्धा में ही रहता था। भण्डारकर और वी.एच. वडेर का अनुमान है कि तुंगभद्रा के तट पर बसा अणागोंदी (अनागुण्डी) ही प्राचीन 'किष्किन्धा' है। 'आणागोंदी' या 'अनागुण्डी' का शब्दार्थ इस बात का संकेत देता है। 'हाणु' और 'आणु' शब्द मूलत: एक ही हैं और द्रविड़-मुण्डा आदिम भाषा से आये हैं और इनका अर्थ होता है पुरुष, शिव, वीर, वानर आदि। 'हनुमान' संज्ञा के मूल में है 'हाणु (आणु) + माल' (देखिए लेखक का निबन्ध 'लोकदेवता हनुमान': 'त्रेता का वृहत्साम' में संकलित)। गोण्डी, गोण्डा, कोंडा आदि एक ही शब्द हैं जो आन्ध्र-कर्नाटक क्षेत्र के कई नगर-नामों के साथ जुड़े हैं। इनका मूल अर्थ तो गिरिशिखर या पहाड़ी होता है। परन्तु आहरित अर्थ होता है बस्ती या नगर। 'नगर' शब्द का सम्बन्ध भी 'नग' (पर्वत) से ही है। उन दिनों में पर्वतशिखरों पर बस्ती बाँधना ही निरापद था। यह शब्द मूलत: कोलमुण्डा (निषाद) आदिम भाषा का होना चाहिए क्योंकि 'गोण्डी' या 'गुण्डी' का ही सहोदर 'गुड़ी' शब्द उत्तर बंगाल और असम के दर्जनों स्थानवाचक नामों से युक्त है, जलपाईगुड़ी; मालगुड़ी, सिलीगुड़ी, शिमुलगुड़ी आदि और इसका अर्थ है 'बस्ती'। इस 'गुण्डी' या 'गुड़ी' का एक अर्थ 'कुरी' या 'ढेरी' (पुंज) भी है जो 'गंज' (भोजपुरी 'गाँज') तथा 'गण्डी' (बांग्ला) में वर्तमान है। अत: 'कोण्डा' ('गोण्डा'/'गोण्डी') का अर्थ भले ही मूलरूप से 'पहाड़ी' हो पर आहरित अर्थ है 'बस्ती' या नगर। 'किष्किन्धा' का आदिमरूप 'कीश-कोंधा' ('कीश-गोण्डा'/'कीश-गोण्डी') है जिसका विवर्तित रूप 'आणु' (कीश) 'गोण्डी' (कोण्डी/कोण्डा) आज 'अणागोण्डी' बना हुआ है। यह मुण्डाकोल-संस्कृति आर्य और द्रविड़ के आगमन के पूर्व आसेतु हिमाचलव्यापिनी थी अत: 'गान्धार' शब्द के मूल में वही ध्वनिखण्ड स्थित लगता है जो 'कोण्डा' या 'गोण्डा' के भीतर है। 'गान्धार' शब्द के मूल में भी आदिम निषाद भाषा का यही ध्वनिखण्ड है। मेरी यह भी धारणा है कि 'किष्किन्धा' का मूल नाम 'कीश-गान्धार' था और 'कीश-गान्धार' से परवर्ती काल में 'कीश-कान्धार' फिर 'किष्किन्धा' बना। ये 'कीश' हैं कौन? ये आसेतु हिमाचलव्यापी वानर प्रजाति की वह शाखा है जो आदिकाल में 'कृष्णानदी' की उपत्यका में अर्थात् कर्नाटक-आन्ध्र में निवास करती थी। नदी का वर्तमान नाम 'कृष्णा' तो इसके मूल नाम 'कीश (या 'किश') + ना' (कीश-ना) का संस्कृतकरण है। मैंने अन्यत्र दिखाया है कि किरात-निषाद भाषाओं में 'नां' और 'ना' ध्वनिखण्डों का अर्थ होता है जलधारा। 'बोडो' झ बोदो झ पोदो' पूर्वी भारत के आदिम किरात हैं जिसकी नस्ल के लोग इतिहास के प्रारम्भ में बिहार-बंगाल तक छाये हुए थे। बंगाल में गंगा और ब्रह्मपुत्र की मिली धार का नाम 'पद्मा' है। परन्तु पुराना और स्थानीय उच्चारण 'पदुना' वस्तुत: 'पोदो + ना' का रूपान्तर है। अर्थ है 'बोडो जाति की नदी'। प्रसिद्ध 'जमुना नदी के नाम के मूल में है 'जम्बू-ना' अर्थात् जम्बू देश या जम्बूद्वीप की नदी। थाईलैण्ड में 'मे-नां' (मेनाम) का अर्थ है 'माता नदी'। इस तरह 'कीश-ना' का अर्थ

होगा 'कीश' जाति की नदी। यह नदी नाम ही इस बात का संकेत देता है कि आन्ध्र-कर्नाटक-अंचल में ही 'कीश' नामक जाति रहती थी। इससे यह भी सिद्ध होता है कि रामायण की घटनाएँ कल्पित नहीं हैं और इस देश की जमीन पर ही घटित हुई हैं। इसमें आयी सारी जातिवाचक और स्थानवाचक संज्ञाएँ तथ्य हैं, कल्पना नहीं है। कपि, कीश, ऋक्ष आदि एक ही 'वानर' महाजाति की उपजातियाँ थीं जो मूलतः निषाद-मालय (कोलमुण्डा) नस्ल की थीं और द्रविड़ों से मिश्रित हो चुकी थीं। अतः इन्हें 'मुण्डा-द्राविड़' कहना ही उपयुक्त होगा। वस्तुतः भाषा और प्रजाति-तत्त्व (नृजाति-तत्त्व) की दृष्टि से समग्र भारतीय भूखण्ड का इतिहास अभी तक प्रकाश में नहीं आया है। अतः इनका सही स्वरूप समझने में कठिनाई होती है। पुराणों की शब्दावली के नीचे यथार्थ ऐतिहासिक विकास के सूत्र हैं। परन्तु आज उन्हें पहचानना कठिन है। रामायण या रामकथा को सांस्कृतिक बल इसलिए मिला है कि यह आसेतु हिमाचलव्यापी भारतीय जाति की सभी नस्लों का, सभी प्रजातियों का किसी-न-किसी रूप में प्रतिनिधित्व करती है। इसमें रघुवंशियों की 'आर्यगाथा' के साथ जुड़ी है उत्तर भारतीय केवट-निषादों की कथा, मध्य तथा दक्षिण भारत के मुण्डा-द्रविड़ विमिश्र संस्कृति के प्रतिनिधि वानरों की कथा, तथा आर्य-मुण्डा संस्कृति के मिश्रण के फलस्वरूप उत्पन्न यक्षों और राक्षसों की कथा। इसके कथाबीजों का उत्स समग्र भारत है। इसके नायक हैं नव्य आर्य रघुवंशीगण। यह नव्य आर्य आदिम एवं शुद्ध उदीच्य (Nordic) आर्यत्व का प्रतिनिधि नहीं बल्कि समन्वित 'देशी' या भारतीय आर्यत्व का प्रतिनिधि है। इसके सांस्कृतिक बल के पीछे यही समग्रता काम कर रही है। इसी से यह शाब्दिक यानी अभिधागत अर्थ में हमारा राष्ट्रीय महाकाव्य है।

यह कहना कठिन है कि दक्षिण भारतीय वानर जाति शुद्धतः निषाद-मालय (मुण्डाकोल) नस्ल की है या मिश्रित 'द्रविड़-मुण्डा' है। सम्भवतः यह 'द्रविड़-मुण्डा' ही है। समस्त दक्षिण भारत का द्रविड़-जगत् द्रविड़ों के आगमन के पूर्व मुण्डाकोल (निषाद-मालय) नस्ल के लोगों से आबाद था और ये ही द्रविड़ों के आगमन के बाद 'दीक्षित द्रविड़' बने अर्थात् अपनी भाषा और संस्कारों को द्रविड़ बनाकर 'दीक्षित द्रविड़' हो गये। आज का सारा दक्षिण भारत ही 'दीक्षित द्राविड़' है और यह द्रविड़ भी, राहुल सांकृत्यायन के 'मध्य एशिया के इतिहास' के अनुसार अपनी द्रविड़ शुद्धता भारत में प्रवेश करने के पूर्व ही वंक्षु की घाटी (सीर और आभू की उपत्यका) में आर्यों के सम्पर्क में आकर खो चुका था। अतः भारतभूमि में न तो शुद्ध आर्य हैं, न शुद्ध द्रविड़ और इनकी नींव में निषाद-किरात सर्वत्र मौजूद हैं। वैदिक युग के उत्तरार्ध से ही, अर्थात् पौराणिक भाषा में त्रेतायुग से ही, एक विमिश्र संस्कृति का उदय और विकास का प्रारम्भ हो जाता है। भाषा, लोकधर्म, लोकशिल्प, लोक-संस्कृति के धरातल पर दक्षिणापथ के वानर भी इसी सांस्कृतिक प्रक्रिया के अधीन रहे हैं। अतः इन्हें 'मुण्डा-द्रविड़' कहना ही उपयुक्त होगा। 'तमिल साहित्य और संस्कृति' नामक ग्रन्थ में डॉ. अवध नन्दन ने, जो दीर्घकाल तक हिन्दी प्रचार सभा के माध्यम से तमिल समाज और संस्कृति से घनिष्ठ रहे हैं, बताया है कि तमिल परम्परा के अनुसार दक्षिणापथ में मूल रूप से तीन जातियाँ रहती थीं-(1) देवर, (2) नागर, (3) वानर। देवरों के वंशज ब्राह्मण हैं और नागरों के वंशज सैनिक वृत्ति, कृषि और

गोरक्षा में लगी जातियाँ हैं शेष लोग वानरों के वंशज हैं। हमारे पुराणों में 'नाग' शब्द 'निषाद-द्रविड़' (मुण्डा-द्रविड़) और 'निषाद-आर्य' दोनों के लिए आया है। यह मिश्रित नस्ल का बोधक है। तमिल वालों का कहना है कि नागरों के पूर्वज द्वारका से आये हैं और वे कृष्ण के यदुवंश से जुड़े हैं। 'आन्ध्र' शब्द के मूल में भी द्वारका के अन्धक-यदुवंशियों का संकेत मिलता है जिनके नेता थे अक्रूर। अर्थात् तमिलनाडु, आन्ध्र और कर्नाटक की क्षत्रिय और कृषिजीवी जातियों की 'आर्य-निषाद' और 'आर्य-द्रविड़' मिश्रित नस्ल में आर्य रक्त प्रधान है। वानरों की पहचान 'मुण्डा-द्रविड़' है और शेष आर्येतर दक्षिणापथ इनका वंशज है। इनमें कुछ शुद्धत: आदिम मुण्डाकाल भी हो सकते हैं। देवरों में आर्य रक्त का प्राधान्य है तो नागरों में आर्य-द्रविड़ और वानरों में मुण्डा-द्रविड़। पुराणों के अनुसार भी चेर पाण्ड्य और चोल आदि यदु के भाई तुर्वसु के वंशज हैं। ये चेर, चोल, और पाण्ड्य शासक। अत: नागरों के बारे में तमिल परम्परा प्रामाणिक मानी जानी चाहिए। भारतीय आर्यों में चन्द्रवंश में रक्त का मिश्रण तो आदिबिन्दु से ही शुरू है। (देखिए लेखक की पुस्तक: 'उत्तर कुरु')। जहाँ तक 'वानर' का प्रश्न है यह एक बहुत बड़ी महाजाति थी जिसमें हिमालय वासी 'ऋक्ष', मध्य देश के 'कपि' (कुवि और कन्ध जातियाँ अब भी मौजूद हैं जो मुण्डाकोल वर्ग में आती हैं), आन्ध्र-कर्नाटक के 'कीश' और कावेरी उपत्यका के 'वानर' सभी आ जाते हैं। किष्किन्धा काण्ड में सुग्रीव का रण-निमन्त्रण इस पूरी महाजाति के नाम से जाना जाता है और तत्कालीन सम्पूर्ण जम्बू द्वीप उसमें आ जाता है। हनुमान का निवास किम्पुरुष देश बताया जाता है। (श्रीमद्भागवत)। 'वानर', 'किन्नर', 'किम्पुरुष' शब्द इनकी एक भिन्न वेशभूषा और प्रकृति का निर्देश करते हैं। आर्यों को इन्हें देखकर अद्भुत भाव का संचार हुआ और इनका नाम ही प्रश्नसूचक पद द्वारा व्यक्त हुआ। 'वानर' (नर है अथवा नहीं), 'किन्नर' (क्या यह नर है ?) शब्द इसी के द्योतक हैं। पर हैं ये 'नर' यानी 'मनुष्य' ही। परवर्ती कवियों ने इनकी संज्ञा को ठीक न समझकर ऊल-जलूल कल्पना कर डाली। पहले भाषा में शब्द कम थे। गोत्रसूचक संज्ञाएँ तो अनेक ब्राह्मणों में पशु-पक्षीसूचक संज्ञाओं पर हैं। शाण्डिल्य अर्थात् चण्डूल पक्षी। 'भरद्वाज' अर्थात् भरदुल पक्षी। वत्स अर्थात् 'बछड़ा'। जिस तरह से इन गोत्रों के ब्राह्मण मनुष्य हैं वैसे ही ये ऋक्ष, कपि, कीश और वानर भी मनुष्य हैं। इस सहज बात को कवियों ने अपने काव्य में अद्भुत रस की सृष्टि करने के लिए विस्मृत कर दिया। फलत: वानर वीर हनुमान को पूँछ देना लोक-कल्पना में आवश्यक हो गया।

ये वानरगण आर्यों से संस्कृति में हीनतर होते हुए भी अत्यन्त बलशाली गुणवान थे। यह एक विकसित और शक्तिशाली जाति थी जो दक्षिण में राक्षसों की प्रतिद्वन्द्वी थी। राक्षसराज रावण ने इनके बल को पहचानकर इनके साथ समानता और बन्धुत्वं का रिश्ता बनाकर रखा था जो सीताहरण के बाद टूट गया क्योंकि दक्षिण की यह विशाल जनशक्ति रामचन्द्र की पक्षधर हो गयी। रामचन्द्र नव्य आर्य का, आर्य-आर्येतर समन्वित भारत का प्रतिनिधित्व करते हैं तो रावण जो मातृकुल से मुण्डाकोल और पितृकुल से ब्राह्मण आर्य हैं आदिम और खूँखार आर्यत्व का।

4

वाल्मीकि रामायण से ही पता चलता है कि वानरकुल समस्त जम्बू द्वीप में बिखरा हुआ था (कि. का./सर्ग 37 और 38)। ये अरण्यों, पहाड़ियों, विशेषत: गुफाओं, गिरिकन्दराओं में वास करते थे क्योंकि भवन निर्माण की कला इनमें विकसित नहीं थी और स्थापत्य-विद्या के सौन्दर्य से अपरिचित थे। ये प्रकृति की सहज सन्तान के रूप में जीवनयापन करते थे परन्तु नृत्य और गीत तथा पुष्प-श्रृंगार एवं माल्य-रचना में प्रवीण थे। मूल्यवान धातुओं, रत्नों एवं आभूषणों से इनका परिचय था। परन्तु साज-सज्जा में ये पुष्प-श्रृंगार को ही महत्त्व देते थे। आर्यों की आश्रम-संस्कृति के प्रभाव से ये विद्या से भी परिचित थे। इनके कई नायक यथा हनुमान और जाम्बवान् विद्याबल से पूर्ण सम्पन्न थे और आर्य भाषाओं पर उनका अधिकार था। ये मांसभक्षी न होकर फलमूल पर तथा धान्य पर निर्वाह करते थे और जीवन अपेक्षाकृत सरल और पवित्र था। इनकी वेशभूषा राक्षसों और मनुष्यों से भिन्न थी। वानर जाति का एक विशेष परिधान था 'पुच्छ' और इस पुच्छ-श्रृंगार पर उन्हें बड़ा गर्व था। यह उसी प्रकार का श्रृंगार है जैसा कि नागालैण्ड और अरुणाचल में समाज के प्रतिष्ठित सरदार सींगों का मुकुट धारण करते हैं। वैसे ऋग्वेद में भी मरुद्गणों का वर्णन 'गोश्रृंग'—भूषणधारी कहकर किया गया है। इन्हें वृक्षवास और वृक्षआरोहण का शौक था और क्रूर श्वापदों से अपनी सुरक्षा के लिए यह आवश्यक भी था। इस दृष्टि से सम्भवत: कमर में रस्सी लपेटे रहते थे जिसका उपयोग वे मध्यकालीन मुगल सैनिकों की तरह 'कमन्द' के रूप में करते थे। सम्भवत: यही 'पूँछ' है और इसके ही अन्तिम सिरे को वे अलंकृत करके रखते थे एवं वानर समाज में 'पूँछ' श्रृंगार और प्रतिष्ठा की द्योतक थी ("कपि कै ममता पूँछ पर..." सुन्दर काण्ड) और उनके समाज में इसकी वही महत्ता थी जो आधुनिक भारतीय समाज में पगड़ी की है। इनके अस्त्र-शस्त्र भी आदिम थे: शिलाखण्ड, काष्ठखण्ड, गदा और मुद्गर। पर सबसे बड़ा हथियार उनकी देह ही थी। प्रत्येक वानर ही 'मल्ल' होता था। लोकभाषा में 'मल्लू' या 'मलुआ' का अर्थ वानर इसी कारण से है। वैसे 'मल्ल' या 'माल' शब्द निषाद प्रजाति का भी द्योतक है। 'हनुमान' संज्ञा के मूल में 'आणु माल' शब्द है जो 'हाणुमाल' बदल 'हनुमान' बन गया। (देखिए 'लोक देवता हनुमान' शीर्षक निबन्ध: लेखक का 'त्रेता का वृहत्साम')। 'मल्ल' और 'वीर' होना उनका जातीय चरित्र था। घूँसे, थप्पड़, शिलाखण्ड और मुद्गर यही उनके शस्त्र थे, जो उनके जातीय चरित्र से मेल खाते हैं। वे अपनी पूँछ से 'पाश' का कार्य भी लेते रहे होंगे। (मुद्गर और पाश भारत के आदिम देवताओं के लांछन रहे हैं)। वानर समाज में 'पूँछ उखाड़ने' का वही महत्त्व था जो मध्यकालीन समाज में 'मूँछ उखाड़ने' का था। वस्तुत: पूँछ-सज्जा उनके 'गणवेष' (Uniform) का अंग थी। लंकायुद्ध का आरम्भ होने पर राम ने आदेश दिया था कि स्वयं दोनों भाई, विभीषण और उनके चार मन्त्री, मात्र ये ही मानुषीवेश में रहेंगे, शेष सारी सेना वानरवेष में रहेगी जिससे युद्ध में शत्रु-मित्र की पहचान हो सके। वानरगण इच्छानुसार वेष परिवर्तन कर सकते थे। वे कामरूपी थे। परन्तु मायावी नहीं थे। 'माया' या 'इन्द्रजाल' राक्षसों की विद्या थी। अपने आरण्यक जीवन के भौतिक विकास की सीमाओं के भीतर कुछ वानरों ने शिल्प और विद्या

में विशिष्टता अर्जित कर ली थी। वे नग्न नहीं रहते थे। परन्तु मात्र अधोवस्त्र ही धारण करते थे। उनके भीतर एक अभिजात वर्ग था जो जूता, छत्र, चामर, सिंहासन और शय्या-उपधान से परिचित था। परन्तु आवास के नाम पर बड़ी-बड़ी विशाल गुफाएँ और दरिया ही थे।

वानर गन्धर्व-अप्सरा गणों के विपरीत एक शौर्य-प्रधान महाजाति थी। रोमाण्टिकता के प्रति विशेष आग्रह से रहित। परन्तु आदिम समाज की सर्वाधिक महत्त्वपूर्ण विशिष्टता 'प्रभु-निष्ठा' (Loyalty to the Lord) इनमें कूट-कूटकर भरी थी। बीसवीं शती के आधुनिक मन के लिए आदिम समाज के भाव को सम्पूर्णतः समझ पाना कठिन है। इस सर्ग में 'स्वतन्त्रता' और 'विद्रोह' ही सर्वश्रेष्ठ मानवीय गुण माने गये हैं। अतः हमें 'प्रभु-निष्ठा' में दास्यभाव या गुलामी की गन्ध मिलती है। परन्तु उस कालखण्ड में 'प्रभु' या 'नायक' समस्त जातीय सत्ता में पवित्र प्रतीक था। उसके प्रति निष्ठा एक पवित्र कर्तव्य और दिव्यता से जुड़ी थी और धर्म का वह सर्वाधिक महत्त्वपूर्ण अंग मानी जाती थी जिस पर उस जाति का संगठन और अस्तित्व टिका था। यह निष्ठा मात्र सामाजिक विधान नहीं थी, बल्कि एक गहरी 'भावना' (Sentiment) का रूप ले चुकी थी। आज के युग में 'देशप्रेम' या 'पार्टी-निष्ठा' का जो भावनात्मक स्वरूप है, उसी किस्म की भावप्रधान निष्ठा आदिम युग में प्रभु या नायक के प्रति थी। आदिम वीरगाथा युग और उससे जुड़े समाज का यह प्रधान लक्षण वानरों में मुख्य रूप से पाया जाता है। सुन्दर काण्ड में (सर्ग 13) हनुमान चिन्ता करते हैं कि यदि मैं सीता का पता नहीं लगा पाया तो इसका परिणाम यह होगा कि राम प्राण त्याग देंगे और राम के प्राण त्याग देने पर सुग्रीव भी जीवित नहीं रहेंगे तथा सुग्रीव के प्राण त्याग देने पर समस्त वानरगण ही प्रभु-शोक में आत्मघात कर लेंगे। 'प्रभु के प्रति एकान्त निष्ठा' और 'प्रभु के बिना जीवन व्यर्थ' का भाव उस सामूहिक भावना की गहराई को बताता है:

> भर्तृजेन तु दुःखेन अभिभूता वनौकसः।
> शिरांस्यभिहनिष्यन्ति तलैर्मुष्टिभिरेव च।। 32।।
>
> सान्त्वेनानुप्रदानेन मानेन च यशस्विना।
> लालिताः कपिनाथेन प्राणांस्त्यक्षन्ति वानराः।। 33।।
>
> न वनेषु न शैलेषु न निरोधेषु वा पुनः।
> क्रीडामनुभविष्यन्ति समेत्य कपिकुंजराः।। 34।।
>
> सपुत्रदाराः समात्या भर्तृव्यसन-पीडिताः।
> शैलाग्रेभ्यः पतिष्यन्ति समेषु विषमेषु च।। 35।।
>
> विषमुद्बन्धनं वापि प्रवेशं ज्वलनस्य वा।
> उपवासमथो शस्त्रं प्रचरिष्यन्ति वानराः।। 36।।
>
> घोरमारोदनं मन्ये गते मयि भविष्यति।
> इक्ष्वाकुकुलनाशश्च नाशश्चैव वनौकसाम्।। 37।।

(तदन्तर स्वामी के दुःख से पीड़ित सारे वानर अपने हाथों से सिर पीटने लगेंगे। यशस्वी

वानरराज ने जिनका दान-मान से लालन-पालन किया था, वे सब वानर अपने प्राणों का परित्याग कर देंगे। ऐसी अवस्था में वानरगण फिर कभी वन, पर्वत या गुहा में इकट्ठे होकर क्रीड़ा करने की सोच ही नहीं सकते। वे अपने राजा के शोक से पीड़ित अपने स्त्री-पुत्र और अमात्यगण के साथ पर्वतशिखरों के सम या विषम स्थानों से नीचे कूदकर आत्मघात कर लेंगे। वे विष पी लेंगे, आत्मदाह कर डालेंगे, गले में फ़ाँसी लगाकर या उपवास करके मर जायेंगे। अथवा आत्मघात कर लेंगे।) (सुन्दर काण्ड: सर्ग 13)

वानर जाति कितनी दूर तक फैली थी, इसका सहज अनुमान 'किष्किन्धा काण्ड' के सर्ग सैंतीस और अड़तीस पढ़ने पर लगता है जब क्रोधाभिभूत लक्ष्मण को शान्त करते हुए सुग्रीव बताते हैं कि वे राम-काज भूले नहीं है। रावण की असंख्य अपार सेना से भिड़ने के लिए उनके पास भी उसी कोटि की संख्याबहुल सेना चाहिए क्योंकि यह लड़ाई द्वन्द्वयुद्ध नहीं है, बल्कि एक दुर्ग पर आक्रमण है। इसके लिए एक बड़ी सेना आवश्यक है। इसीलिए पूरे जम्बूद्वीप के वानर वीरों के पास रण-निमन्त्रण भेजने की व्यवस्था वे हनुमान द्वारा करा रहे हैं और उन्हें दण्ड-भेद या साम-दाम से जैसे भी हो यहाँ तक पहुँचने का आदेश हो चुका है। इस अवसर पर सुग्रीव जिन वानर वीरों और वानर-क्षेत्रों का उल्लेख करते हैं उनमें से मुख्य वानर क्षेत्र इस प्रकार हैं (1) हिमालय, (2) कैलाश-प्रतिवेश (तिब्बत), (3) धूम्रगिरि और उदयाचल, (4) सुमेर (पामीर और उत्तरकुरु) तथा किम्पुरुष वर्ष, (5) गन्धमादन (कुमाऊँ अथवा नेफा), (6) अरुणाचल (तमिलनाडु), (7) महाअरुणाचल (शायद असम-मेघालय?), (8) विन्ध्याचल (मध्यदेश), (9) अस्ताचल (पश्चिमी घाट अथवा हिन्दुकुश), (10) क्षीरोदा नदी (तिब्बत या उत्तरकुरु), (11) अंजनगिरि (पश्चिमी घाट का आरण्यक इलाका), (12) तमालवन के नारिकेल भक्षी वानर प्रदेश (सम्भवत: केरल), (13) भयानक पद्मताल वन इत्यादि। कुछ नाम तो जाने-पहचाने हैं, कुछ की पहचान अस्पष्ट है। परन्तु जितना स्पष्ट है उतना ही इनके विस्तार की स्पष्ट झाँकी दे देता है। इसके आगे भी वानरों के सेनापतियों और उनके रंगरूप का वर्णन है, उससे भी पता चलता है कि इस भारतव्यापी वानर महाजाति की कई उपजातियाँ थीं जिनमें आकार-प्रकार और संस्कारों में भेद था। सम्भवत: इन उपजातियों की संज्ञाएँ ही आगे चलकर भाषा में संस्कृत में 'वानर' शब्द की पर्यायवाची मान ली गयीं और परवर्ती कवियों ने सभी का अर्थ 'बन्दर' लगाकर नख, दाँत और पूँछ का ही वर्णन किया।

कैलाश की तलहटी से आये वानरों का वर्ण श्वेत था। हिमालय के अंचल से आये वानरों का रंग केसरवर्णी, विन्ध्याचल से आये वानरों का वर्ण अरुणाभ तथा अंजनगिरि के वानरों का रंग काला था। सुमेरु पर्वत से आये श्वेताभ केसरवर्णी वानरों के सेनापति थे शतबल। रुमा और तारा के पिता सुषेण के साथ धूसर-सुनहले वर्ण वाले वानर थे। जिनका शरीर पीतवर्ण तथा मुँह लाल था, ऐसे स्वर्ण लंगूरों के सेनापति थे हनुमान के पिता केसरी। काले वर्ण के वानरों के सेनापति थे नील। किष्किन्धा के पड़ोसी मतंगवन के बड़े-बड़े कदवाले (पर्वताकार) वानरों के सेनापति थे पनस। वृक्षवासी अर्थात् पेड़ों पर मंच बनाकर रहनेवाले वानरों के सेनापति थे नल। इसी तरह रह, दधिमुख, द्विविद, मयन्द, शरभ, कुमद, वह्नि, रुमण्वान, इन्द्रभानु जैसे अन्यान्य सेनापति थे जिनके

साथ वानरों का एक-एक 'गण' (ट्राइब) चल रहा था। ये सब धरती पर लड़ सकते थे, हवा में (वृक्ष से वृक्ष पर कूदते हुए) चल सकते थे, इच्छानुसार वेश धारण करने की विद्या जानते थे और इच्छानुसार जहाँ चाहे जा सकते थे। वाल्मीकि के इस वर्णन में काव्य लाने के लिए अद्भुत रस और अतिशयोक्ति की बात को छाँट देने पर भी जो बचता है वह इस वानर महाजाति की विविधता, व्यापकता, विस्तार और आन्तरिक संगठन का एक स्पष्ट संकेत देता है।

रामुकथा में वानर-गाथा का अनुप्रवेश इस कथा की सांस्कृतिक जड़ को और गहरे में जमा देता है। महाभारत का युद्ध नव्य आर्यों की आपसी लड़ाई है। उसमें भी समग्र भारत उपस्थित है। परन्तु राम-रावण युद्ध की विशिष्टता यह है कि उसमें राम और लक्ष्मण ही आर्य हैं। मात्र दो जन। वे भी 'नव्य आर्य' हैं यानी नये समन्वित आर्यत्व के प्रतिनिधि। शेष दोनों ओर के नायक और सेनापति आर्येतर (मुण्डा-द्रविड़) हैं। राक्षस और वानर दोनों ही। अवश्य ही राक्षसों का नेता पितृकुल से तो आर्य ही है। "उत्तम कुल पुलस्त कर नाती।" उसे तो खाँटी ब्राह्मण ही माना जाना चाहिए। परन्तु उसने अपने को आर्येतर राक्षस संस्कृति में दीक्षित कर लिया है और वह आर्येतर संस्कृति मातृप्रधान थी। इसी से वह अपने मातृकुल का उत्तराधिकारी और प्रतिनिधि है। दक्षिण भारत तो पूरा का पूरा रामचन्द्र की सेना बना हुआ है। वस्तुत: यह लड़ाई दो आर्य-आर्येतर नस्लों की अथवा उत्तर-दक्षिण की लड़ाई न होकर दो प्रकार के मूल्यबोधों की लड़ाई है। अनाचार और अनृत के खिलाफ यह सदाचार और मूल्यबोध की लड़ाई है। इसमें रावण-भ्राता विभीषण उच्चतर मूल्यबोध का पक्षधर होकर भ्रातृपक्ष को त्याग देते हैं। यह त्याग उनकी श्रेष्ठतर मनुष्यता और श्रेष्ठतर शील का परिचायक है। महाभारत के सन्दर्भ में भीष्म पितामह और दानवीर कर्ण यही नहीं कर पाये और हीनतर मूल्यबोध के पक्षधर होकर अपने को ट्रैजिक चरित्र बना डाला। राम-रावण युद्ध की प्रकृति ही और है। उसे नीतिबोध और शीलबोध के उच्चतर स्तर पर प्रतिष्ठित करके ही समझा जा सकता है। अन्यथा क्षुद्रतर मूल्यों के भ्रामक प्रवाह में पड़कर उन महिमान्वित चरित्रों के साथ न्याय नहीं हो पाता है। इधर राम को सीता के द्वितीय निर्वासन के लिए गालियाँ देना अत्यन्त प्रगतिशील कर्म माना जा रहा है और शूर्पणखा के अपमान को बीसवीं शती के यौन आदर्शों की कसौटी पर नारीत्व का अपमान घोषित किया जा रहा है। सच्चाई तो यह है कि अपने इस युग के महानायकों और प्रगतिशील मनीषियों के मन में अतृप्त एवं उद्दीप्त रावण बसा हुआ है। अत: वे राम और रामत्व को बरदाश्त ही नहीं कर पा रहे हैं।

5

प्रारम्भ में आर्येतर संस्कृतियाँ मातृसत्ताप्रधान थीं। परन्तु रामायण युग आते-आते मातृसत्ता के स्थान पर पितृसत्ता प्रतिष्ठित हो चुकी थी या हो रही थी। राक्षसकुल में मामा की अपेक्षा भानजे का प्राधान्य मातृसत्ता की ही एक अवशिष्ट प्रवृत्ति का उदाहरण है। रावण राक्षसों का भागिनेय था। परन्तु पूर्ण मातृसत्ता तो आदिम सरल और सहज युग में ही सम्भव है। जीवन जब विकास के उच्चतर स्तर पर जाता है तो उसका रूप उलझा हुआ और ऋजुताहीन हो जाता है। ऐसी स्थिति में समाज को पुरुषप्रधान बनाना अनिवार्य हो जाता है। रामायणकालीन आर्येतर समाज कुछ ऐसी स्थिति से ही

गुजर रहा था। तो भी आर्य जगत् की अपेक्षा आर्येतर जगत् में नारी अपेक्षाकृत बन्धनमुक्त थी। यौन सम्बन्धों के आर्य-संस्कार शत-प्रतिशत उन पर लागू नहीं हो पाये थे। वानर वीरों यथा हनुमान, बालि, सुग्रीव आदि की जन्म कथा में इस समाज स्वीकृत स्वैराचरण का संकेत निहित है क्योंकि अनेक वानर वीर अपने पिताओं के उत्तराधिकारी होते हुए भी उनके औरस पुत्र नहीं थे बल्कि क्षेत्रज पुत्र थे। वैसे तो आर्यों में भी अत्यन्त आदिम काल में क्षेत्रज पुत्र स्वीकार किये जाते रहे होंगे। तारा और चन्द्र के पुत्र बुध का उदाहरण सामने है। परन्तु आर्य-परम्परा में प्रारम्भ से ही नारी की अपेक्षा पुरुष महत्त्वपूर्ण है। नारी तो गर्भाधान का 'मंगलघट' मात्र है, महत्त्व है आधानकर्ता के शुक्र का, ऐसी धारणा प्रारम्भ से ही चालू रही। वशिष्ठ, अगस्त्य, भरद्वाज, व्यास आदि ऐसे ही 'कुम्भज' पुत्र हैं जो आर्य-परम्परा के शीर्षस्थ माने जाते हैं। भार्गव पितरों में तो पत्नियाँ प्राय: ब्राह्मणेतर हैं। अत: आर्य समाज कमोबेश प्रारम्भ से ही पुरुषप्रधान है। परन्तु महाकाव्य-युग तक आते-आते सामाजिक परिवेश और आर्थिक-संस्कृति का रूप ऐसा हो गया था कि आर्येतर गणों को भी प्रत्यक्ष या अप्रत्यक्ष तौर पर पुरुष सत्ता को मान लेने के अतिरिक्त दूसरा उपाय नहीं था। इसी से हम देखते हैं कि वानर महाजाति भी आर्येतर होते हुए भी पुरुषसत्ताप्रधान बन चुकी थी या बन रही थी।

वानरों में मातृप्रधान समाज की एक अवशिष्ट प्रवृत्ति विशेष स्थितियों में समाज-स्वीकृत मानी जाती थी, वह यह कि नारी पति से भिन्न अन्य पुरुष के साथ भी श्रेष्ठ सन्तान पैदा करने के लिए सहवास कर सकती है। ऐसी सन्तानें देवपुत्र मानकर स्वीकृत होती थीं। इसका प्रसिद्ध उदाहरण है अंजना और मरुत की प्रेम-कथा। वाल्मीकि के अनुसार जिस समय मरुत ने अंजना के अंगवस्त्र को उड़ा दिया और बाहुपाश में उसे ले लिया उस समय वह कहती है, "यह कौन है जो (अपने) एक पत्नीव्रत का नाश करना चाहता है ?" ("एकपत्नी व्रतमिदं को नाशयितुमिच्छति"-कि. का.)। 'एक पतिव्रत' नहीं 'एक पत्नीव्रत' शब्द का प्रयोग वानर समाज की स्वीकृत मानसिकता का संकेत देती है कि 'पति' की अपेक्षा 'पत्नी' महत्त्वपूर्ण है। यद्यपि मध्यकालीन टीकाकारों ने मध्यकालीन मूल्यों की दृष्टि से इस शब्द का सम्बन्ध 'अंजना' से स्थापित कर इसका अर्थ 'मेरा एक पतिव्रत' कर दिया है। परन्तु वाक्य का सम्बोधन मरुत के प्रति है और उसका अर्थ 'अपना एक पत्नीव्रत' ही ठीक लगता है। पुरुष की जो पत्नी होती है उसका पुत्र उस पुरुष का सामाजिक दृष्टि से पुत्र कहा जायेगा चाहे वह औरस हो या क्षेत्रज हो। यही कारण है कि केसरी को भी पवन से अपनी पत्नी का पुत्र पैदा करा लेना अनुचित नहीं लगा और उस पुत्र को वह अपना पुत्र और उत्तराधिकारी भी मान लेता है तथा इस कार्य के लिए अंजना वानर समाज द्वारा दण्डित नहीं की जाती है। बालि और सुग्रीव 'कीश' जाति के 'ऋक्ष' नामक वानर श्रेष्ठ के क्षेत्रज पुत्र थे और बालि के पिता थे इन्द्र तथा सुग्रीव के सूर्य। यद्यपि यह कथा कुछ अद्भुत ढंग से घुमा-फिराकर कही जाती है। हो सकता है कि कालान्तर में लोक-कल्पना ने इन नायकों को 'देवपुत्र' घोषित करने के लिए इसे रच डाला हो।

वानर-समाज में आर्येतर रीतियों का प्राधान्य सुग्रीव और तारा के सम्बन्ध द्वारा भी व्यक्त होता है। बालि को मृत मानकर सुग्रीव किष्किन्धा का राज्य ग्रहण करते हैं तो सिंहासन के साथ-

साथ रानी तारा पर भी उनका अधिकार हो जाता है। आर्येतर संस्कृति में यह वैध प्रथा थी। रानी राजा की पत्नी होने के साथ-साथ छत्र मुकुट-चामर और राजकोष की तरह राजसत्ता का प्रतीक भी थी। साथ ही मृत बड़े भाई की पत्नी अर्थात् भौजाई से विवाह कर लेना अनैतिक नहीं माना जाता था। सच तो यह है कि आज भी भारत के अन्दर सारी पिछड़ी जातियों में विधवा भौजाई के साथ विवाह कर लेना, अथवा मृत पत्नी की छोटी बहन को घर पर बिना विवाह-कर्म के ही लाकर रख लेना समाज द्वारा वैध माना जाता है। आधुनिक भारत की पिछड़ी जातियों का मूल आर्येतर भारत है। परन्तु ब्राह्मण, क्षत्रिय, कायस्थ और अग्रवाल-माहेश्वरी आदि उच्च वैश्य वर्ग में अब भी विधवा-विवाह वर्जित है। सुग्रीव ने या बाद में विभीषण ने कोई समाज-विरोधी कार्य नहीं किया था। इसीलिए हनुमान जैसा नीतिवागीश भी इसकी ओर उँगली नहीं उठाता और न राम ही इसका विरोध करते हैं। अवश्य ही अनुज-वधू (भ्रातृ-वधू) के लिए यह छूट नहीं थी। बालि भी मुँह खोलकर इसकी चर्चा नहीं करता है। सुग्रीव भी अपनी कथा जब राम के सामने पहले पहल प्रस्तुत करते हैं तो इसका उल्लेख नहीं करते हैं, शायद लज्जावश अथवा अनावश्यक मानकर। परन्तु मेरी समझ से बालि के भीतर सुग्रीव के प्रति कठोरता और क्रोध के मूल में यह बात रही होगी अवश्य। फिर जब बालि की राम के हाथों मृत्यु होती है, तो तारा और सुग्रीव दो महीने के भीतर ही प्रणयबद्ध हो जाते हैं। तारा तो बिल्कुल ही आत्मविस्मृत हो जाती है। एक युक्ति यह भी इसके समर्थन में है कि वह अपने किशोर पुत्र अंगद की सुरक्षा चाहती है। वर्षाकाल समाप्त होने पर सुग्रीव को धमकाने के लिए लक्ष्मण जाते हैं। उस समय तारा ही उनके सामने आती है। "सा प्रस्खलन्ती मद विह्वलाक्षी" (कि./33/38) अर्थात् उस समय मदपान से उसकी आँखें उन्मत्त थीं और पैर डगमगा रहे थे और किसी तरह अपनी ढीली कटिमेखला को एक हाथ से सँभालते हुए वह लक्ष्मण के सामने आती है। हनुमान एवं शेष वानर वीरों को भी तारा-सुग्रीव के इस प्रणय का खूब पता था। समुद्र तट पर हनुमान अंगद से कहते हैं, "सुग्रीव तुम्हारी हानि कभी नहीं क़रेंगे।" "प्रिय कामश्च ते मातुः तदर्थं चास्य जीवितम्', "सुग्रीव तुम्हारी माँ के प्रिय कार्य करने को तत्पर रहते हैं और उसी के निमित्त जीवन धारण करते हैं, तुम्हारी माँ में ही उनके प्राण बसे हैं" (कि. /54/22)। इससे स्पष्ट है कि विधवा के साथ यदि वह भौजाई हो तो प्रणय करना वानर सभ्यता में निषिद्ध नहीं था। परन्तु अनुज-वधू के लिए यह छूट नहीं थी।

वानरों में बहुपत्नीत्व भी था। परन्तु यह आदर्श नहीं माना जाता था। सुग्रीव की कई भार्याएँ थीं। हनुमान को हम लोग वज्र संयमी और ब्रह्मचारी मानते हैं। परन्तु जैन रामकथा के अनुसार वे 'चन्द्रनखा' (शूर्पणखा) के दामाद थे। चन्द्रनखा की एक पुत्री का विवाह सुग्रीव से हुआ था तो दूसरी का हनुमान से। सीताहरण-प्रसंग के कारण सुग्रीव और हनुमान का अपनी सास शूर्पणखा (जैन संज्ञा 'चन्द्रनखा') से वैर-विरोध हो गया। ('पउमचरिउ': स्वयंभू)। आश्चर्य होता है वाल्मीकि का 'युद्धकाण्ड' (125/44, 45) में यह कथन कि हनुमान जब को रामागमन की सूचना देते हैं तो भरत कहते हैं, "हे सौम्य, इस शुभ संवाद के लिए तुम्हें क्या उपहार दूँ। इसके तुल्य तो कोई महार्घ वस्तु है ही नहीं। तो भी 'शत-सहस्र (एक लाख) गायें, सौ ग्राम तथा शुभ आचारवाली, कुण्डल-अलंकृत, स्वर्णवर्णा, सब भूषणों से अलंकृत, सुन्दर नासिका और जाँघोंवाली चन्द्रमुखी,

कुल और जाति से सम्पन्न सोलह कुमारी कन्याएँ 'भार्या' के रूप में तुम्हें दे रहा हूँ।" केवल कन्याएँ देने की बात नहीं, 'भार्या' शब्द भी स्पष्ट रूप से वाल्मीकि रामायण में है:

"गवां शतसहस्रं च ग्रामाणां च शतं परम्।
सकुण्डलाः शुभाचारा भार्याः कन्यासु षोडश।।
हेमवर्णासुनासोरूः शशिसौम्याननाः स्त्रियः।
सर्वाभरणसम्पन्नाः सम्पन्नाः कुलजातिभिः।।"

एकनिष्ठ रामभक्त, ब्रह्मचारी, हनुमान की हमारी कल्पना के साथ भरत का यह वाक्य मेल नहीं खाता। यहाँ पर स्मरण रखने की बात है कि भरत के सम्मुख हनुमान अभी तक वेष बदलकर 'विप्ररूप' में ही उपस्थित हैं और अपनी असल पहचान अभी तक उद्घाटित नहीं की है। यह वाक्य भरत के उल्लास का द्योतक मात्र है। वाल्मीकि ने यह नहीं लिखा है कि हनुमान ने इन सोलह कन्याओं के झमेले वाले उपहार को मंजूर भी किया। सम्भवतः उनकी असल पहचान पाकर भरत ने इस उपहार पर जोर नहीं दिया होगा। यद्यपि महाकाव्य इस बिन्दु पर मौन है।

वस्तुतः वानरों के स्वभाव में 'कपित्व' और शाखामृग-चंचलता का आवेश है। शाखामृग कपि तो स्वभाव से ही चंचल होता है। देह और मन दोनों से चंचल। अर्थात् वे लड़ते हैं तो लड़ते हैं, पीछे नहीं हटते। मौज-मस्ती में हैं तो उस समय वे मस्त ही हैं। सुग्रीव बालि के निधन पर कहते हैं कि अपने सुख के लिए भाई की हत्या करवाकर मैंने अपने काम, क्रोध और 'बन्दरपना' (कपित्व) का ही प्रदर्शन किया है—"मया क्रोधश्च कामश्च कपित्वं च प्रदर्शितः", कोई बुद्धिमानी का काम नहीं किया है। अतिशय भावुकता, सरलता, मौज-मस्ती, रागरंग, नृत्यगीत, बेफिक्री आदि कपित्व का एक प्रमुख अंग है जो इस वानर जाति में पाया जाता है। डॉ. सुनीतिकुमार चटर्जी ने भारतीय मूल प्रजातियों के स्वभाव का वर्णन करते हुए 'कोलमुण्डा' अर्थात् 'निषाद' (Austric/Austroloid) मानवकुल के मौलिक स्वभाव के विवेचन में इन्हीं विशिष्टताओं का उल्लेख किया है, साथ ही इनकी श्रृंगारप्रियता, माल्य-रचना एवं मद्यपान तथा सहसा उत्तेजित हो जाने वाली निष्कपटता का भी जिक्र किया है: (भारतीय संस्कृति और राष्ट्र का इतिहास: भाग 1: वैदिक युग)। मौज-मस्ती में पड़कर काम को भूल जाना, 'स्वाधिकार प्रमत्त' अथवा इसके प्रतिकूल स्वकर्तव्य-विस्मृत हो जाना, दीर्घसूत्रता कर बैठना, रतिक्रिया में या किसी प्रकार की क्रीड़ा में आत्मविस्मृत हो जाना आदि, कपि-स्वभाव के लक्षणों का संकेत सुग्रीव के अपने बारे में कथन से तो स्पष्ट है ही, सुग्रीव द्वारा अपने दूतों को दी जानेवाली चेतावनी में भी यह बात स्पष्ट है:

"ये प्रसक्ताश्च कामेषु दीर्घसूत्राश्च वानराः।
इहानयस्व तान् शीघ्रं सर्वानेव कपीश्वरान्।"

परन्तु इसी वानर जाति में बालि जैसा पराक्रमी और सुग्रीव जैसे बहुश्रुत, जाम्बवान् एवं अंगद्र जैसे चतुर और नीतिज्ञ, एवं सबसे बढ़कर हनुमान जैसे महावीर, महायोगी और महापण्डित भी मौजूद थे।

वस्तुतः वानर क्रीड़ाप्रिय थे पर भोगासक्त स्वभाव वाले नहीं थे। राक्षस थे भोगी और कामुक। साथ ही राक्षस महत्त्वाकांक्षी, कुटिल और विवेकहीन थे। वे समग्र पृथ्वी पर अपना स्थायी साम्राज्य

चाहते थे। वे पृथ्वी से ही सन्तुष्ट नहीं थे, स्वर्ग और देवलोक पर भी प्रभुत्व चाहते थे। वानरराज बालि राक्षस रावण से कम बलशाली नहीं था। रावण उसे आजमा चुका था। परन्तु रावण जैसी महत्त्वाकांक्षा उसके अन्दर नहीं थी। वह अपनी मौज-मस्ती से बाहर जाकर साम्राज्य स्थापना की महत्त्वाकांक्षा लेकर एक झमेले में पड़ना नहीं चाहता था। वानरगण अपनी सम्मान रक्षा और स्वराज्य रक्षा से ही सन्तुष्ट रहने वाले जीव थे। वे अपने खानपान को भी फलमूल के बाद मधु-मैरेय तक ही सीमित रखते थे। पुष्प, चन्दन, माल्य-श्रृंगार तथा सीमित वस्त्र सज्जा से वे सन्तुष्ट थे। कृत्रिम दुर्गों, समर-घाटियों, भवनों और नगरों की रचना का कष्टसाध्य कार्य उनकी प्रकृति के अनुकूल नहीं पड़ता था। कृषि और पशुपालन का भी कोई संकेत नहीं मिलता। शारीरिक और मानसिक ऋद्धियों के बावजूद यह जाति आदिम स्तर के विकास में ही जी रही थी। लगता है कि जिस प्राकृतिक सम्पदा के परिवेश में वे जी रहे थे उसमें उनके अल्प-सन्तुष्ट मन को कोई अभाव नहीं खलता था, जिससे वे बाध्य होकर कृषि, पशुपालन या पण्य-व्यापार के बारे में सोचें। आवश्यकता और अभाव ही तो मनुष्य को विकास की अग्रिम दिशा की ओर ठेलते हैं।

साथ ही रामायण से यह भी पता चलता है कि यह आसेतु हिमाचल व्यापी वानर-संस्कृति कहीं-कहीं पर आर्यों की आश्रम-संस्कृति के प्रभाव में भी आ जाती थी। आर्य ऋषियों के साथ इनका सम्पर्क होता रहता था और फलस्वरूप इनके अन्दर उच्चतर संस्कारों का प्रवेश होता रहता था। भौतिक दृष्टि से आदिम और अविकसित होते हुए भी बौद्धिक और सांस्कारिक दृष्टि से यह आदिम या अविकसित नहीं थी। आर्य ऋषियों की आश्रम-संस्कृति भी तो नागरिक नहीं, आरण्यक ही थी। भौतिक दृष्टि अर्थात् आवास, भोजन, वस्त्र आदि की दृष्टि से वह भी आदिम ही थी। परन्तु बौद्धिक और सांस्कृतिक दृष्टि से अत्यन्त समृद्ध थी। परन्तु ऋषिगण कृषि और गोपाल से भी जुड़े थे जबकि वानरों से इन वृत्तियों का कोई सम्पर्क नहीं ज्ञात होता। प्राय: ऋषियों और वानरों में सौहार्द रहता था। वानर चंचल और उत्पाती होते थे परन्तु सरल और अहिंसक थे। कुछ श्रेष्ठ आर्य आचारों का भी इनके श्रेष्ठ कुलों में प्रवेश हो गया था। राम और सुग्रीव की मैत्री के समय अग्नि का साक्ष्य, बालि का श्राद्धकर्म, सुग्रीव का राज्याभिषेक, छत्र-चामर-पादुका-सिंहासन-शय्या आदि का प्रयोग, सबसे बढ़कर सुषेण जैसे वैद्य, सुग्रीव जैसे ज्योतिषी और भूगोल शास्त्री और हनुमान जैसे भाषाविद् की इनमें उपस्थिति इस बात का सबूत है कि बाह्य जीवन में वानर-सभ्यता आदिम स्तर पर रुकी हुई होते हुए भी इसका आन्तरिक बिकास उच्च श्रेणी का था।

6

वानर-गाथा स्वयं में एक स्वतन्त्र वीरकाव्य (Heroic Epic) की अपेक्षा करती है, जिसके महानायक होंगे बालि और जिसका उपसंहार होगा, नायक के महिमामय चरित्र के अन्दर निहित एक दोष-कीट के कारण जिसे ग्रीक काव्यशास्त्र में 'Hubris' कहा गया है, नायक का पराभव। रामकथा में वानर-गाथा अपने अन्तिम चरण में ही आकर जुड़ती है अत: यहाँ पर उसकी स्थिति 'संचारी' या सहचारी कथा जैसी ही है। इस कथा को पूर्ण विकास देने का अवसर रामकथा में नहीं था। ऐसा करने से यह पहचानना कठिन हो जाता कि रामकथा का मूलभूत स्थायी भाव क्या है और

दो समानान्तर कथाओं के स्थायी भाव एक ही साथ उपस्थित किये जाने पर उपसंहार में उनका समायोजन कठिन होता तथा रामकथा के मूल प्रतिपाद्य 'रस' में बिखराव आ जाता। वाल्मीकि जो रामकथा के मानक कवि हैं, इस बारे में बहुत सावधान रहे हैं कि किसी अन्य प्रकार के भावों का मूल प्रतिपाद्यरस और मूल स्थायी भाव से टकराव न हो और इसी दृष्टि से उर्मिला-विरह जैसे विषय को उन्होंने पृष्ठभूमि में दबा दिया और पंचाप्सर-तीर्थ की रोमाण्टिक घटना पर दो-तीन श्लोक लिखकर आगे बढ़ गये। (देखिये, 'पंचाप्सरतीर्थ की मारकन्याएँ': 'त्रेता का वृहत्साम')। महाभारत में कथावस्तु की आकृति में यह संयम नहीं बरता गया है। फलतः कथा-रूप की दृष्टि से वह एक कथा न होकर कथाओं का संकलन जैसा हो गया है और प्रभावान्विति (Unity of Impression) बाधित और खण्डित हुई है। वाल्मीकि ने इसी से राक्षस-गाथा और वानर-गाथा को 'अभिव्यक्त' न करके इन्हें उत्तरकाण्ड में मात्र 'सूचित' किया है और पूरी राक्षस-गाथा और वानर-गाथा को अपने 'विषय' का अंग बनाकर चलने के फेर में नहीं पड़े हैं। परन्तु यदि राक्षस-गाथा या वानर-गाथा का स्वतन्त्र विकास किया जाये तो 'वीरकाव्य' (Heroic Poetry) के लक्षणों के अनुसार शुद्ध वीरकाव्य ये दोनों ही सिद्ध होंगी। शुद्ध वीरकाव्य के लक्षण हैं: (1) व्यक्तिगत कीर्ति, (2) स्वाभिमान और शौर्य, (3) वीरधर्म और प्रभुनिष्ठा, (4) कामभोग प्रधान श्रृंगार आदि और इस वीरधर्म में व्यक्तिगत 'कीर्ति' और 'स्वाभिमान' ही मुख्य प्रमूल्य रहते हैं और इस वीरधर्म का सम्बन्ध किसी वृहत्तर आदर्श या जातीय अथवा धार्मिक प्रतिबद्धता से नहीं होता है। शुद्ध वीरकाव्य में श्रृंगार रस की स्थिति भी एक उद्दीपन या 'वीरपान' की तरह ही होती है और श्रृंगार रस की भी व स्वतन्त्र एवं 'स्वयं' में सम्पूर्ण' स्थिति नहीं होती जो रोमाण्टिक काव्यों में होती है। राक्षसराज रावण या वानरराज बालि के लिए श्रृंगार रस 'वीरपान' की तरह' उग्र उत्तेजक की भूमिका ही रखता है। सीताहरण किसी स्वयं सम्पूर्ण प्रेम या अनुराग के वशीभूत होकर नहीं, बल्कि वीरदर्प और उत्तेजक कामासक्ति के कारण ही किया गया है। प्रेयसी तारा के साथ सोये हुए बालि को अर्धरात्रि में जब दुन्दुभी ललकारता है, तब बालि उसी क्षण युद्ध के लिए प्रस्तुत होते हुए कहता है कि नारी-भोग तो वीरों का 'वीर-पान' है, और तारा को यही कहकर सान्त्वना देता हुआ बाहर निकल आता है। इस कोटि का वीरकाव्य है होमर का 'इलियड' और चन्दबरदाई का 'पृथ्वीराज रासो'। ये काव्य किसी वृहत्तर आदर्श या जातीय स्वप्न से नहीं जुड़े हैं और इनका भाव विस्तार व्यक्तिगत 'कीर्ति' और 'स्वाभिमान' तक ही जाता है। रामकथा में वीर रस है और वाल्मीकि ने इसका एक नाम 'पौलस्त्यवध' दिया है। और वध-काव्य होने से स्वाभाविक है कि वीर रस का इसमें प्राधान्य हो। परन्तु इतना होते हुए भी यह शुद्ध वीरकाव्य (Heroic Epic) नहीं। वीर रस और करुण रस तो इसके दो मुख्य संचारी भाव हैं, मुख्य भाव तो इन दोनों को अतिक्रान्त कर एक ऐसे महारस को प्रतिष्ठित करता है जो अर्थ-धर्म-काम-मोक्ष-आश्रित मनुष्य जीवन को दीप्ति और उदात्तता दे। वस्तुतः यह 'चरित'काव्य है और इसका उद्देश्य 'पुरुष'—जिज्ञासा का समाधान है। किसी एक या दो रसों का सम्प्रेषण इसका उद्देश्य नहीं, बल्कि इसके प्रतिकूल 'सम्पूर्ण मनुष्यत्व' का सम्प्रेषण है जो सार्वभौम और सार्वकालिक मनुष्य को पुरुषार्थ की दिशा में प्रचोदित करता है। 'चरितकाव्य' महाकाव्य होते हुए भी आकृति, प्रकृति और चरम प्रभान्विति में

भिन्नतर प्रमूल्यों द्वारा निर्देशित होता है। उन प्रमूल्यों की भूमिका क्रियापरक होती है। वे रसास्वादन से आगे ले जाते हैं और पाठक को पुरुषार्थप्रधान क्रियायोग से जोड़ते हैं।

भारतीय चरितकाव्यों में वीरधर्म की अवधारणा मात्र शत्रुवध जैसे क्रूर कर्म तक ही सीमित नहीं है। यह एक श्रेष्ठतर नैतिक बोध से सम्पन्न होती है। यह सही है कि भारतीय महाकाव्यों का विकास भी 'नाराशंसी' गाथाओं तथा लोकगाथाओं की सम्मिलित भूमि पर हुआ है। डॉ. सुकुमार सेन ने 'नाराशंस' के मूल में 'नृशंस' शब्द को माना है जिसका अर्थ होता है 'क्रूर कर्म' और आदिमयुग में 'वीरता' और 'क्रूर कर्म' में बहुत प्रभेद नहीं था। होमर के महाकाव्य में 'वीरता' मात्र व्यक्तिगत कीर्ति और अभिमानबोध से चलित होती हुई क्रूर कर्म मात्र है। वैदिक इन्द्र की गाथाओं में इस क्रूर कर्म की ही अभिव्यक्ति मिलती है और भारतीय वीरकाव्य का शुद्ध रूप ऋग्वेद के आदिम मन्त्रों में संकेत रूप से व्यक्त है। परन्तु 'रामायण' और 'महाभारत' आदिम युग की रचनाएँ नहीं। आर्य जाति सौन्दर्यबोध और नीतिबोध के श्रेष्ठतर स्तरों तक विकसित हो चुकी थी, उस समय की रचनाएँ हैं ये महाकाव्य। अतः इनमें नायक 'व्यक्ति' न होकर किसी 'वैश्विक' या 'जातीय आदर्श' का प्रतीक है और इनमें 'वीरधर्म' भी आदर्श-सम्मत रूप लेकर उपस्थित है तथा इस वीरधर्म की भूमिका महाकाव्य में प्रस्तावित आदर्श के सम्प्रेषण के लिए है। इसकी अपनी निजी स्वतन्त्र अपेक्षाएँ नहीं हैं। रावण-गाथा और वानर-गाथा की वीरता व्यक्तिनिष्ठ है और किसी जातीय या वैश्विक जीवन दृष्टि की कसौटी पर रावण या दुर्योधन के वीरधर्म की भूमिका निषेध प्रधान ही कही जायेगी। श्रेष्ठतर आदर्श की दृष्टि से इसका वीराचारी मूल्य तुच्छ सिद्ध होता है। 'रामायण' की प्रकृति बहुत कुछ वर्जिल के 'ईनीड' (Aeneid) से मिलती-जुलती है। वर्जिल के महाकाव्य का नायक 'ईनियास' लैटिन राष्ट्र के संस्थापक की भूमिका ग्रहण करता है और उसकी जीवनगाथा इस जातीय लक्ष्य की पूर्ति की गाथा है। व्यक्तिगत कीर्ति या स्वाभिमान नहीं, बल्कि नयी जाति के बीजारोपण का दैवी आदेश ही उसकी सारी यातना भोग के मूल में है। उसकी अपनी यातना और अपना रोमाण्टिक प्रेम (मृत्युलोक की यात्रा एवं रानी 'दीदो' का प्रसंग) उसके लिए महत्त्वपूर्ण नहीं है और उसका सारा जीवन ही एक 'उदास करुण रस' से आक्रान्त चलता है। वर्जिल का यह नायक वाल्मीकि के राम और व्यास के युधिष्ठिर की मनोभूमि के निकट पहुँचता है। परन्तु होमर के नायक किसी वैश्विक 'ऋत' या जातीय आदर्श के प्रतीक नहीं और उनका वीरधर्म एक तरह से तटस्थ, मूल्य-निरपेक्ष और व्यक्तिनिष्ठ वीरधर्म है। वह ग्रीक जाति का जातीय महाकाव्य मात्र इसी अर्थ में है कि इसमें ग्रीक जाति के पितरों की कीर्ति का गान है। परन्तु इसमें ग्रीक जाति के 'जीवनादर्श' को प्रस्तावित किया गया है उत्तरकालीन ग्रीक पीढ़ियों के लिए ऐसा हम नहीं कह सकते। यह बहुत कुछ 'पृथ्वीराज रासो' या 'आल्हा खण्ड' (जगनिक भट्ट) या 'लोरिक-गाथा' की प्रकृति है। स्मरण रहे कि मैं विषय की प्रकृति के सन्दर्भ में ही यह कह रहा हूँ एवं अन्य दृष्टि से होमर के 'इलियड' की तुलना 'रासो' या 'आल्हा खण्ड' से करना उचित नहीं। 'रासो', 'आल्हा खण्ड' और 'लोरिक' लोकगाथा द्वारा सामूहिक जीवन में मात्र आनन्द-परिवेशन या रस-भोग का वितरण हो सकता है। परन्तु इनके माध्यम से मनुष्य को उच्चतर धर्म-पथ पर प्रचोदन करने या किसी राष्ट्र के निर्माण करने की बात नहीं सोची जा सकती।

'शुद्ध वीरकाव्य' या 'शुद्ध श्रृंगारकाव्य' के द्वारा यह सम्भव नहीं। शुद्ध वीरकाव्य (जैसे 'रासो' या 'आल्हा खण्ड') या शुद्ध श्रृंगार काव्य (जैसे 'बिहारी सतसई' या 'मेघदूत') स्वयं में प्रथम श्रेणी का साहित्य हो सकता है, काजी और लोक समादृत भी हो सकता है, परन्तु उत्तरकालीन इतिहास के निर्माण में या जातीय-विकास में उसकी प्रत्यक्ष सकारात्मक भूमिका नहीं होती। वैसे तो प्रत्येक कालजयी रचना जीवन को एक सन्देश देती है, अन्यथा वह कालजयी नहीं होगी। परन्तु प्रश्न यहाँ प्रत्यक्ष और हाँ-धर्मी रूप में उस सन्देश को प्रतिष्ठित करने का है। एक उदाहरण लें। होमर के महाकाव्य 'इलियड' का भी एक अप्रत्यक्ष सन्देश है "जीवन नियतिचक्र के अधीन है और मनुष्य की वीरता इसी में है कि नियतिचक्र के नीचे दबा हुआ होकर भी वीरधर्म का पालन करते हुए जिए।" यह महाकाव्य में अभिव्यक्त हुआ सन्देश है। परन्तु यह प्रत्यक्षत: अभिव्यक्त नहीं हुआ है। यह आलोचकों और टीकाकारों द्वारा आहरित अर्थ है। व्यास ने युद्धकाव्य को लेकर ही घटनाओं और चरित्रों के आचरण में जिस प्रकार श्रेष्ठतर प्रमूल्यों को स्थापित करके सारे द्वन्द्व को 'धर्म' और 'अधर्म' का द्वन्द्व बना दिया है, वैसी प्रचेष्टा होमर में नहीं है।

वैसे तो ग्रीक और आदिम जर्मन मिथकों की व्याख्या भी सौर-गाथा के रूप की जाती है क्योंकि ये मिथक आर्यों के समूहमन से निकले हैं और आर्यों का जातीय मानस सूर्य-प्रतिबद्ध रहा है। 'ओडेसी' को सूर्य-प्रधान काव्य के रूप में निरूपित भी किया गया है। परन्तु ये सारी बातें बुद्धि का आरोपण मात्र हैं और प्रत्यक्ष अभिव्यक्ति का अंग नहीं हैं। कारण यह है कि ग्रीक और भारतीय महाकाव्यों की 'अधिष्ठान भूमि' में ही प्रभेद है। जिस बिन्दु और वृत्त पर होमर खड़ा होकर अपने विषय को देख रहा है, वह बिन्दु और वृत्त अत्यन्त आदिम है और उसके काव्य की अधिष्ठान भूमि उसके मंगलाचरण में ही व्यक्त होती है: "हे देवी, नायक एकिलीज (Aeneid) के उस क्रोध का गान करो जिसके कारण असंख्य ग्रीक वीरों का सर्वनाश घटित हुआ।" अर्थात् व्यक्तिगत क्रोध, व्यक्तिगत आसक्ति, व्यक्तिगत आत्माभिमान और दर्प ही कथावस्तु का मुख्य केन्द्र है। इसके प्रतिकूल वाल्मीकि की अधिष्ठान भूमि 'पुरुष-जिज्ञासा' को लेकर "को न्वस्मिन् साम्प्रतं लोके गुणवान् कश्च वीर्यवान्..." से शुरू होती है और पुरुषोत्तम पुरुष' ('नर-चन्द्रमा') का साक्षात्कार उपस्थित करना ही इसका उद्‌देश्य है। रामायण का उत्स है शोक या करुणा। परन्तु व्यक्तिगत करुणा को 'महाकरुणा', पुरुष को 'महापुरुष' और पृथ्वी को सार्वभौम शाश्वत 'महापृथिवी' बनाकर उपस्थित करना ही कवि का उद्‌देश्य है। महाकाव्यों में 'चरितकाव्य' की स्थिति ही भिन्न और अद्वितीय है और इस कोटि में सीधे तौर पर रामायण, भागवत, हरिवंश, रघुवंश और 'बुद्धचरित' (अश्वघोष) आते हैं। बाइबिल का 'न्यू टेस्टामेण्ट' भी चरितकाव्य की ही कोटि में है और पश्चिमी जगत् में 'New Testament' की भूमिका भी वही है जो भारत में रामायण और भागवत की है। 'ओल्ड टेस्टामेण्ट' (Old Testament) महाभारत की ही तरह 'काव्येतिहास' है तो 'न्यू टेस्टामेण्ट' चरितकाव्य है।

वानर 'महाजाति' (राष्ट्र) की निजी लोकगाथा पर यदि महाकाव्य की रचना की जाये तो उसके निम्नलिखित पर्व होंगे: (1) वानर महाजाति की उत्पत्ति और उपजातियों के विविध नायक, (2) ब्रह्मा के मानसपुत्र (नेत्र-कीच से उत्पन्न) 'ऋक्षरज' महाकीश का जन्म-माया-सरोवर

में यौन परिवर्तन-इन्द्र और सूर्य से प्रणय तथा बालि सुग्रीव का जन्म, (3) बालि-सुग्रीव का विवाह, महानायक बालि के विविध वीर-कर्म, असुर, राक्षस, दानव वीरों से संघर्ष, एवं पराक्रम, (4) दुन्दुभी-उपाख्यान एवं सुग्रीव निष्कासन, (5) बालिवध और सुग्रीव का अभिषेक। इस प्रकार इस वीरगाथा का अन्त बहुत कुछ महाभारत जैसा होगा। इसकी अन्त:प्रकृति भी महाभारत जैसी ही होगी। वस्तुत: बालि का जो व्यापक चरित रामायणोत्तर साहित्य और जैन साहित्य में लब्ध है, उसके आधार पर एक वीरगाथा बालि को केन्द्रित करके कल्पित की जा सकती है। मेरी धारणा है कि वानर जाति में बालि और हनुमान को केन्द्रित करके बहुत-सी कथाएँ प्रचलित रही हैं जो रामकथा के घटित इतिहास या मुक्त इतिहास का वास्तविक अंश नहीं रही है। परन्तु उन्हें रामायण में वानर नायकों के उदात्तीकरण के लिए समाविष्ट कर लिया गया है। अवश्य ही वे उत्तरकाण्ड के परिशिष्ट अंश में 'सूचित' भर की गयी हैं, महाकाव्य के घटना-व्यापार (Action) का वे अंग बनकर नहीं उतरी हैं। ऐसी कथाओं में 'लोककथात्मक अभिप्रायों' (Folk Love Motifs) का समावेश स्पष्ट रूप से देखा जाता है जो स्वाभाविक ही है क्योंकि ये कथाएँ घटित इतिहास कम हैं और लोक-कल्पना ज्यादा हैं। महाकाव्य युग की प्राचीन वानर जाति (गन्धर्व-किन्नर-यक्ष की ही तरह) वर्तमान भारतीय जाति में इस तरह घुल-मिलकर एक हो गयी है कि अब उसकी अलग से शिनाख्त कर पाना मुश्किल है और मात्र इतना ही कहा जा सकता है कि इस वानर जाति के वर्तमान वंशधर उत्तर और दक्षिण की पिछड़ी जातियों के भीतर वर्तमान हैं और अपने रक्त को अन्य वर्गों से साथ मिश्रित कर चुके हैं, एवं अपनी लोक-संस्कृति के संस्कारों को अखिल भारतीय लोक-संस्कृति का अविभाज्य अंग बना चुके हैं। उनकी जातीय गाथाएँ भारतीय साहित्य के 'मार्गी' और 'देशी', क्लासिकल और लौकिक रूपों में घुलल-मिल चुकी हैं। परन्तु महाकाव्यों और पुराणों में सुरक्षित वानर-कथाओं में, बालि-सुग्रीव-जन्मकथा में या हनुमान के जन्म की कथा में लोककथात्मक 'रूढ़ियों' अर्थात् 'अभिप्रायों' (Motifs) की स्पष्ट झलक मिलती है।

बालि-सुग्रीव के जन्म की कथा का सूत्रपात उनके पिता वानरराज 'ऋक्षरज' के दिव्य जन्म से होता है। दिव्य से मेरा तात्पर्य अयोनि-जन्म है जो स्वयं में एक 'रहस्य' है। ब्रह्मा ने एक बार अपने नेत्र-कीच को धरती पर गिरा दिया या यह स्वयं गिर पड़ा। देवताओं के आँसू या पसीने या शरीर की मैल में भी दिव्य प्रजनन-शक्ति निहित है। देवता दृष्टि या करस्पर्श से ही गर्भाधान कर सकते हैं। ऐसी लोककल्पना अनेक कथाओं के मूल में सर्वत्र विश्व में पायी जाती है। गणेश के जन्म की कथा अथवा मकरध्वज के जन्म की कथा इसका दृष्टान्त है। फिर प्रजापति ब्रह्मा की तो और बात है। वे चाहें तो इच्छा मात्र से ही सृष्टि कर सकते हैं। विधाता के नेत्र-कीच (कीचड़) से वानरराज 'ऋक्षरज' की उत्पत्ति में 'रहस्य' और अलौकिकता का संकेत है और यह वस्तुत: किसी प्रचलित कथारूढ़ि (अभिप्राय) का लोककल्पना द्वारा प्रयोग है। फिर कथा आगे बढ़ती है। यह वानर वीर समग्र वानर जाति का राजा बनता है। एक दिन अरण्य में घूमते समय उसे प्यास लगती है। एक मायाजल से पूरित सरोवर मिलता है। ऋक्षरज उसमें उतरने से पूर्व अपनी छाया देखकर उसे दूसरा वानर समझ कर पकड़ने के लिए उसमें कूद पड़ता है। पर वह तो उसका अपना ही 'प्रतिबिम्ब' था। अत: उसे न पाकर अपनी तृषा की तृप्ति कर के बाहर निकलता है।

बाहर निकलने पर वह अपने को एक तरुणी युवती के रूप में पाता है और अपनी सारी पूर्व स्मृति गँवा बैठता है। इस प्रकार का 'माया सरोवर' और 'सेक्स परिवर्तन' के 'अभिप्राय' लोककथाओं में मिलते हैं। चन्द्रवंशीय आर्यों की अपनी लोकगाथा में भी एक ऐसी घटना है 'इल' के सन्दर्भ में। 'इल' बन जाते हैं 'इला' नामक सुन्दरी और चन्द्रमापुत्र बुध से प्रणय के फलस्वरूप ऐल पुरुरवा का जन्म होता है जो मे प्रथम के नाम से चन्द्रवंश के प्रथम पूर्वज होते हैं। यहाँ पर भी वैसी ही घटना दुहरायी जाती है। तरुणी ऋक्षरजा पहले इन्द्र की प्रेमिका बनती है, फिर सूर्य की। इन्द्र का शुक्र उसके बालों पर गिरने से बालि का, एवं सूर्य का शुक्र उसकी ग्रीवा पर गिरने से सुग्रीव का जन्म होता है।

"बालेषु पतितं बीजं बाली नाम बभूव सः।
ग्रीवायां पतितं बीजं सुग्रीव समजायते।"

—उत्तरकाण्ड (क्षेपक)।

इस कथा का 'क्षेपक' अंश में सम्मिलित किया जाना इस बात का प्रमाण है कि वानर जाति में अपने नायकों के अति मानवीय या दैवी उत्स के प्रमाण के रूप में गढ़ी गयी कथा का यह संस्कृतकरण मात्र है। पुराणों ने इसी तरह की लोक कथाओं को संस्कृत श्लोकों में ढालकर प्रामाणिकता दी है। इस देश में किसी बात को प्रामाणिकता देने की यह जानी-पहचानी पद्धति है और उन्नीसवीं शती तक किसी जाति की प्रशंसा या निन्दा में नये-नये श्लोक बनाकर पुरानी पोथियों में प्रायः अनुस्यूत किया गया है। जहाँ तक पुराणों का प्रश्न है उनमें वैदिक गाथाओं के साथ मेल बैठाते हुए विष्णु और शिव तथा महाकाव्यों के नायकों के सन्दर्भ में ऐसी लोककथाओं के 'अभिप्रायों' का जमकर प्रयोग किया है।

सोलहवीं शती तक 'ब्रह्मवैवर्त्त' और 'कालिका पुराण' तक यह प्रक्रिया बेरोक-टोक चलती रही है। बालि-सुग्रीव की जन्म कथा में (1) ऋक्षरज की अयोनि-सम्भवा उत्पत्ति, (2) माया सरोवर में प्रवेश, (3) सेक्स में परिवर्तन, (4) बालि-सुग्रीव का देव-पुत्र के रूप में जन्म, (5) जन्म-प्रक्रिया भी असामान्य और अलौकिक, बिना संगम और गर्भधारण के-ये पाँचों तथ्य सीधे-सीधे वानर-लोकगाथा की लोक-प्रचलित कथारूढ़ियों से उतरे हैं। पुराने लोग अपने पूर्वजों और अपने जातीय नायकों के बारे में ऐसी बातें सहज ही कल्पित कर लेते थे। ऐसा करने से उनके चरित्र में एक दिव्यता की स्थापना सहज ही हो जाती थी जो जातीय आत्मगौरव को प्रामाणिक बनाती थी। इसके अलावा एक और बात ध्यान देने की यह है कि आदिम काल में सामान्य प्रसव या जन्म भी पुरुष के लिए 'रहस्य' बना हुआ था। कुछ प्रजातियों में पुरुष के लिए इस 'रहस्य' का ज्ञान निषिद्ध था और यह ज्ञान नारियों की अधिकार सीमा में था। आदिम ग्रीकों का विश्वास था कि गर्भाधान 'जल' या 'पवन' द्वारा होता है, पुरुष-शुक्र द्वारा नहीं। अनेक आरण्यक जातियाँ भी आदिम युग में ऐसे विश्वास की कायल थीं। अतः उनके लिए ऐसी बातें अलौकिक नहीं थीं और उनके अपने निजी 'यथार्थवाद' का उसी तरह अंग थीं जैसे आज हमारे लिए बन्दूक-पिस्तौल और 'बूथकैप्चरिंग' के मध्य सम्पादित चुनाव का 'जनादेश' (People's Verdict) माना जाना अथवा उच्च अर्थशास्त्र (High Finance) की आँकड़ा-आश्रित जादूगरी, बिल्कुल प्रामाणिक और यथार्थ सत्य है।

वानर-गाथा ही नहीं राक्षस-गाथा, आर्यगाथा या कोई भी जातीय गाथा अपने मूल रूप में मौखिक और लोक-आश्रित ही रही है। सर्वत्र ही वे अलौकिकता और रहस्य से सम्पृक्त हैं। आदिम मन ही कुछ इस प्रकार का था। यह घटित इतिहास के उदात्तीकरण की एक तकनीक थी। 'कीच' जाति का अर्थ कालान्तर में 'बन्दर' मान लिया गया। मुझे तो लगता है कि ब्रह्मा के नेत्र-कीच (आँखों का कीचड़) की कथा में 'कीच' शब्द महत्त्वपूर्ण है। 'कीच' या 'कीचक' कोई आदिम जनजाति रही होगी। जो मल्लविद्या और शारीरिक बल में विख्यात रही होगी। हमारे महाकाव्यों में प्राय: जातिवाचक संज्ञाओं को व्यक्ति मानकर प्रयुक्त करने की प्रथा रही है। महाभारत की 'कीचक' और रामायण काल के 'कीच' या 'कीचक' जो कालान्तर में 'कीस' या 'कीश' कहे गये ('च' और 'स' का परस्पर रूपान्तर तो प्राय: देखा जाता है), हो सकता है कि एक ही हो। 'नन्द' का अर्थ होता है गोपों का सरदार, 'द्रोण' का अर्थ होता है तराई या घाटी, 'इडुम्बी' (हिडिम्बा) का अर्थ होता है गर्वीली नारी, परन्तु ये जातिवाचक संज्ञाएँ व्यक्तिवाचक बन गयी हैं। 'कीच' का 'कीश' होकर किसी प्रभावशाली दाक्षिणात्य जनजाति का फिर वानर बन जाना आश्चर्य की बात नहीं। वैसे मेरी इस कल्पना के लिए कोई ठोस आधार तो नहीं है। परन्तु निश्चय है कि वानर महाजाति के ये वीर हम लोगों जैसे मनुष्य ही थे, जो भारत की आदिम सन्तान थे, और बन्दर वे निश्चय ही नहीं थे। हो सकता है कि वह प्राणी विशेष, जिसे आर्यभाषा में वानर कहा जाता था, इन विविध जनजातियों का सर्वनिष्ठ 'टोटम' था और इसके लिए 'कपि' 'कीश' 'ऋक्ष' एवं 'मर्कट' शब्द इन भिन्न-भिन्न जनजातियों में चलते थे और बाद में ये सारे शब्द जब संस्कृत में आये तो पर्यायवाची बन गये।

7

पश्चिम में यह उक्ति चलती है कि जिसने होमर के काव्य को नहीं पढ़ा है उसने समुद्र नहीं देखा है और जिसने दान्ते को नहीं पढ़ा है उसने 'तारा' नहीं देखा है। होमर को पढ़ना माने समुद्र को देखना और दान्ते को पढ़ना माने तेजपुंज नक्षत्र को देखना। होमर की 'ओडेसी' समुद्र-काव्य है, तो दान्ते की 'डिवाइन कामेडी' तारा काव्य।

उसी तरह से हम कह सकते हैं कि जिसने वाल्मीकि को नहीं पढ़ा है उसने सूर्योदय नहीं देखा है और जिसने व्यास को नहीं पढ़ा है उसने अँधरी रात में धधकती हुई अग्निशिखा को नहीं देखा है। रामायण दिवस की प्रसन्नश्री की तरह सुन्दर और निरुज कविता है तो महाभारत अस्तित्व के अन्धकार में निरन्तर धधकती हुई अग्निशिखा है। बौद्ध स्तूपों की परिकल्पना भी रात्रि के पथहीन, दिशाहीन परिवेश में धधकती आग की 'दहाड़ी' (अग्नि-स्तूप) के रूप में की गयी है। महाभारत में अस्तित्व की अग्नि का निरन्तर धू-धू करके जलता हुआ हाहाकार है। परन्तु रामायण में निरन्तर परिवर्तित अस्तित्व के पीछे 'अस्ति' का प्रसन्न और शुभ प्रकाश है। इसका स्वाद सूर्योदय-दर्शन का स्वाद है। रामायण पढ़ना माने सूर्योदय के सुख का आस्वादन करना।

हमने अपनी पुस्तक 'त्रेता का वृहत्साम' में इस तथ्य की व्याख्या की है कि रामकथा एक 'सौरकथा' है और रामायण नाक्षत्रिक महाकाव्य (Astral Epic) है। रामायण में कथा का

'हाँ-धर्मी', सकारात्मक पक्ष सौर-बिम्बों और सूर्य-आश्रित बिम्बों के द्वारा प्रस्तुत किया गया है और उसमें सौर प्रतीकवाद का प्राधान्य है। वानर-गाथा भी महाकाव्य के सकारात्मक पक्ष से जुड़ी है। अत: महाकाव्य में सारे वानरगण सौर-तत्त्वों के प्रतीक हैं। महाकाव्य का नायक सूर्यवंशीय है। वह सविता-प्रतीक है और आदित्य (विष्णु) का अवतार है। सावित्री के चारों रूपों की स्थापना महाकाव्य के भीतर अहल्या, सीता, अनसूया और त्रिजटा के रूप में की गयी है। महाकाव्य में सावित्री मन्त्र के चौबीस अक्षरों के समानुरूप 24 हजार श्लोक हैं। मूल आर्य कथा रूढ़ि 'दैवासुरम्' के पैटर्न पर इसकी वीरगाथा आयोजित है जिसमें इन्द्र की भूमिका में हैं राम, अमृत-तत्त्व सीता हैं और रावण असुर-समूह का प्रतीक है। इस महाकाव्य के सौन्दर्यबोध में तेज, तपस और ब्राह्मीश्री के प्रतीक सौर-बिम्ब बुने गये हैं। इसका नीतिशास्त्र 'तपस' और 'क्रतु' की प्रकृति को दृष्टि में रखकर प्रतिष्ठित किया गया है और इसकी 'मेटाफिजिक्स' (दर्शन) है सौर रहस्यवाद। यह कथा वैदिक विश्वविद्या का रूपक है। वानर जाति भी महाकाव्य के इस सूर्य-पक्ष का अंग बनकर ही सक्रिय होती है। अत: 'वानर' भी रामायण में सौर प्रतीक ही हैं। 'सौर' अर्थात् सविता और अग्नि दोनों ही। जो द्युलोक में सविता है, वही अन्तरिक्ष में आदित्य है और वही पार्थिव-मण्डल में अग्नि बनकर विराजमान हैं—सवितृ-उपासक आर्यों का यही विश्वास था कि सारे तेज तत्त्व 'सविता' 'आदित्यगण' और 'अग्नि' (वसु और रुद्र) एक ही मूल देवता की भिन्न-भिन्न प्रकृतियाँ हैं। ये ही वैदिक आर्यों के मूल तैंतीस देवता हैं: द्वादश आदित्य + दो अश्विद्वय + एकादश रुद्र + अष्ट वसु। ये सभी सौर तत्त्व हैं और सूर्य प्रतीक हैं। रामायण के बालकाण्ड में यह प्रसंग आया है कि प्रजापति ब्रह्मा ने देवताओं को आदेश दिया था कि वे लोग भी वानररूप में अवतरित होकर, अपने-अपने अंशावतारों से नररूप विष्णु के आगमन की प्रतीक्षा करें और वे स्वयं जाम्बवान के रूप में अपना अंश धरती पर उतार चुके हैं:

"पूर्वमेव मया सृष्टो जाम्बुवान् ऋक्षपुङ्गवः।
जृम्भमाणस्य सहजा मम वक्रादजायत।।" (1 /17/ 7)

ब्रह्मा सोते नहीं। वे नित्य सचेत भाव से सृष्टि रचना में तल्लीन हैं। ब्रह्मा के सोने का अर्थ है ब्रह्म रात्रि का आगमन अर्थात् प्रलय। परन्तु श्रमित ब्रह्मा की जँभाई के क्षण में, ऋक्षराज जाम्बुवान की सृष्टि हुई है। यह मानसी सृष्टि है। यद्यपि टीकाकार ने लिखा है कि जाम्बुवान ऋक्षराज गद्गद के ब्रह्मा द्वारा उत्पन्न क्षेत्रज पुत्र हैं। उनके दूसरे औरस पुत्र थे धूम्र जो सहस्रवानर-रीछ-सेना से आवृत होकर राम के पक्ष में लड़ने आये थे। 'ऋक्ष' शब्द 'तारा' का भी द्योतक है। परन्तु यह शब्द यहाँ पर वानरों की ही 'रीछ' प्रजाति का द्योतक है। जाम्बुवान के पास युवाकाल में अतिमानुषी शक्ति थी और उन्होंने पृथ्वी की इक्कीस बार प्रदक्षिणा की थी। सतयुग और त्रेता की सन्धि में जब वामन अवतार हुआ था तो भगवान के त्रिविक्रम रूप की उन्होंने दो घड़ी में सात बार प्रदक्षिणा कर डाली थी। तब वे तरुण थे। परन्तु लंका अभियान के समय जो त्रेता के युगान्त बिन्दु पर घटित हुआ था वे अत्यन्त वृद्ध हो चले हैं। रूप-रंग से वे प्रकाशमान कज्जल गिरि की तरह हैं। ऐसी कालिमा जिससे किरणें फूटती हैं। "तेजस्वी नीलांजनचयोपमः"। वे अपनी तीक्ष्ण बुद्धि के लिए विख्यात हैं और उनमें प्रजापति का तेज निहित है। अपने अंजन वर्ण के बावजूद वे

सविता-तत्त्व के प्रतीक हैं। शेष वानरों में भी अनेक देवांशी शक्तियाँ हैं। बालि इन्द्र पुत्र हैं। सुग्रीव सूर्य-पुत्र, नील अग्नि-पुत्र, नल वरुण-पुत्र, द्विविद-मन्द अश्विद्वय के पुत्र और गन्धमादन कुबेर के पुत्र हैं। हनुमान ग्यारहवाँ रुद्र के अवतार ही हैं और शिव तथा मरुत के पुत्र हैं। ये सभी वानर वीर सौर और अग्नि की विविध प्रकृतियों के प्रतीक होने के साथ-साथ उनके अवतार भी हैं। रामकथा वैदिक विश्व-विद्या अर्थात् वैदिक सृष्टिशास्त्र का प्रतीकाश्रित रूपक है। घटित इतिहास के सामान्य, परिचित और मानुषी रूपों तथा परिवेशों में वैदिक सौर प्रतीकों को प्रतिष्ठित करके कथा के स्तर को अतिमानुषी और द्विव्य ऊँचाइयों तक उठाया गया है। वानरों के रूप वर्णन में कवि ने (1) आकृति में अतिमानुषी आयाम और (2) रूप में तेजस्विता, यथा हिरण्य, अग्नि, या सूर्योदय जैसी द्युति और शोभा का वर्णन। इसी से ये रामायण के वानर देवता कोटि के माने जाते हैं। बालि "हेमगिरि प्रख्यं तरुणार्क-निभाननम्" (7/34/12) 'कनक प्रभं' 'दंष्ट्रा करालम्' 'दीप्तास्यां हरिलोचनम्' अर्थात् हिरण्यमय पर्वत की तरह, कराल दंष्ट्रा वाले, प्रदीप्त व्याघ्र चक्षुवाले, सोने के वर्ण वाले महानायक हैं। सुग्रीव को 'हेम पिंगलम्' तथा 'दीप्यमानमिवानलम्', पीत स्वर्ण के वर्ण वाले और अग्नि की तरह प्रदीप्त बताया गया है। हनुमान के पिता का वर्ण कमल केसर जैसा स्वर्ण-पीत था और मुख उगते हुए तरुण सूर्य जैसा लाल। हनुमान का रूप-रंग भी ऐसा ही बताया जाता है। 'कनक बरन तनु तेज बिराजा। मानहु अपर गिरिन्ह कर राजा।' 'हेमशैलाभदेहं' और 'बालार्क-अरुण मुख' की बात कई जग आयी है। सुन्दरकाण्ड में वे अपने लघुरूप में भी "वेष्ठितार्जुनवस्त्रं विद्युत्संघातपिंगलम्" दिखाई देते हैं और अपने विराट् रूप में तो वे साक्षात् रुद्र ही हैं:

"पिंगे पिंगाक्षमुखस्ये वृहती परिमण्डले।
चक्षुषीसं प्रकाशेते चन्द्रसूर्यविव स्थितौ।।" —(5/1/51)

वैदिक भाषा में अग्नि, विद्युत्, सूर्य, तेज, द्युति, दीप्ति, श्री आदि सगोत्र शक्तियाँ हैं। ये 'द्यु' 'भुवः' और 'भू' में व्याप्त हैं। इनके ही रुद्ररूप को हनुमान उपस्थित करते हैं अपने व्यक्तित्व और कर्म के द्वारा। परन्तु साम्यावस्था में भी उनका रूप "कंचन-शैलाभः, तरुणार्क-निभाननः" ही है।

वाल्मीकि ने न केवल नायकों की आकृति-प्रकृति में बल्कि सारी वार महाजाति की आकृति और प्रकृति में सविता-तत्त्व अर्थात् सूर्य-तत्त्व को प्रतिष्ठित किया है। नायकों की तो कोई बात ही नहीं, सामान्य वानरों के वर्णन में भी। उदाहरण के लिए कुपित लक्ष्मण को शान्त करते हुए सुग्रीव बताते हैं कि उन्होंने सम्पूर्ण वानर राज्य में, जो आसेतु हिमाचल फैला है, अपने दूतों को भेज दिया है और उन भिन्न-भिन्न वानरकुलों के रूप-रंग का संकेत हुए जो वर्णन प्रस्तुत किया गया है उससे स्पष्ट होता है कि किष्किन्धा के प्रतिवेश के अंजनगिरि के वानरों को छोड़कर शेष सभी का रंग कपिश, पिंगल, स्वर्णधूसर, हेमवर्ण, तप्त कांचन वर्ण अथवा पद्मकेसर वर्ण या पाण्डुर है अथवा लाल या तरुणादित्य अरुण-पीतवर्ण है। ये सारे रंग सूर्य के रूप प्रतिरूप का संकेत देते हैं: (4/37/2-9)

"महेन्द्र-हिमवद् विन्ध्य-कैलाश-शिखरेषु च।
मन्दरे पाण्डुशिखरे पंचशैलेषु स्थिताः।।
तरुणादित्य वर्णेषु भ्राजमानेषु नित्यशः।
पर्वतेषु समुद्रान्ते पश्चिमस्यां तु ये दिशि।।

आदित्यभवने चैव गिरौ सन्ध्याभ्र सन्निभे।
पद्माचल वनं भीमा: संश्रिता हरिपुंगवा:।।
अंजनाम्बुद संकाशा कुञ्जरेन्द्र महौजस:।
अंजने पर्वते चैव ये वसन्ति प्लवंगमा:।।
महाशैलगुहावासा वानरा: कनकप्रभा।
मेरुपार्श्वगताश्चैव ये च धूम्र गिरिश्रिता:।।
तरुणादित्यवर्णाश्च पर्वते ये महारुणे।
पिबन्तं मधुमैरेयं भीमवेगा प्लवंगमा।।
वनेषु सुरम्येषु सुगन्धिषु महत्सु च।
तापसाश्रम-रम्येषु वनान्तेषु समन्तत:।।"...

इसी तरह अन्य स्थलों पर भी वानरों के रूप वर्णन में ऐसा दृश्य उपस्थित किया गया है, मानो वानर सेना न चल रही हो, बल्कि सूर्य की किरणें ही काले-काले राक्षसों से युद्ध करने के लिए चल रही हों।

वाल्मीकि ने केवल अंजनगिरि के आसपास के वानरों को मत्तगयन्दों जैसा अतिकाय और कृष्णकाय बताया है। ये नील के अधीन थे। लंकायुद्ध में भी राम की सेना के सेनापति सुग्रीव या हनुमान नहीं, वानरराज नील ही हैं। अंजन पर्वत सम्भवत: मैसूर-केरल में या पश्चिमीघाट की पर्वतमाला में स्थित है, अंजनीवर्णी हाथियों का प्रदेश है और वहाँ के वानर दक्षिणापथ के स्थानीय वानर थे। घाटबाट की जानकारी इन्हें ज्यादा रही होगी। इनके नायक नील ही प्रमुख सेनापति बनाये गये थे। मुण्डाकोल या निषाद-मालय नस्ल के मध्यदेश या दक्षिणापथ के निवासी श्यामवर्ण होते हैं। परन्तु हिमालय अंचल या पूर्वी भारत में इनका वर्ण आज भी पीत है, अपने पड़ोसी किरातों की तरह ही। इसके अलावा इस नस्ल की ही 'मानखमेरु' शाखा ('कशेरु-मान': 'विष्णु पुराण') बर्मा, मलाया, जावा, सुमात्रा, कम्पूचिया आदि में है, जो पीताभ हैं। वानर जाति रामायणकालीन वृहत्तर भूगोल को ध्यान रखकर देखा जाये तो वाल्मीकि का वर्णन स्थूल दृष्टि से भी सटीक ही माना जाना चाहिए। जिस किन्नर-किम्पुरुष देश के वासी 'केसरी' संज्ञक वानर थे, वहाँ पर किसी व्यक्ति का कृष्णकाय होना अस्वाभाविक है, केसरवर्णी और अरुणवर्णी मानुषी प्रजा ही वहाँ पायी जाती है। परन्तु हमारा तात्पर्य यहाँ वाल्मीकि के स्थूल वर्णन से नहीं है। हम यहाँ पर 'वानर' को रामकथा के भीतर सौर प्रतीक-व्यूह के एक अंग के रूप में दिखाना चाहते हैं और हमारा तात्पर्य इतना ही है कि इनके रंगरूप, आचरण, चरित्र और काव्यगत भूमिका में सूर्यतत्त्व अर्थात्, तेज, कर्मनिष्ठा, ज्ञान, पुरुषार्थ और सद् का आवेश प्रस्तुत किया गया है और रामायण में 'वानर' सूर्य प्रतीक के रूप में उपस्थित है। वानर-पक्ष देव-पक्ष का अंग है अत: स्वाभाविक है कि महाकाव्य में इनकी अभिव्यंजना में 'द्युति' और 'दिव्' के तत्त्वों का प्राधान्य हो। इसीलिए हमने कहा है कि रामायण पढ़ते समय सूर्योदय के प्रकाश में स्नान करने जैसा अनुभव होता है और जिसने यह मानस स्नान नहीं किया है, उसने सूर्योदय को देखकर भी, ठीक से पूरा-पूरा नहीं देखा है, वैसे ही जैसे कि जिसने ग्रीक आदिकवि होमर को नहीं पढ़ा है, उसने समुद्र नहीं देखा है है।

वृषाकपि से हनुमान तक

वृषाकपि-सूक्त। ऋग्वेद (10/86)-यह सूक्त भारतीय लोकधर्म की किसी खोयी हुई लुप्त कड़ी का संकेत देता है जिसका रूपान्तर आज के 'नृ-पशु' (आधा मनुष्य-आधा पशु) आकृति वाले देवताओं की उपासना में हो गया है। गणपति और हनुमान तथा विष्णु का नृसिंहरूप इस वृषाकपिरूप के आधुनिक प्रतिनिधि हैं। 'वृषाकपि' कोई आदिम आर्य अथवा आर्येतर लोकधर्म का देवता था। इन्द्र के साथ उसकी मैत्री का अर्थ यह है कि वह भारतीय देवतामण्डल में प्रवेश पा रहा था। सूक्त में प्रथम इन्द्राणी विरोध करती हैं, बाद में सहमति और आशीर्वाद देती हैं अर्थात् वैदिक धर्म का शुद्धतावादी दल प्रथमतः इसका विरोधी था। बाद में लोकधर्म के दबाव से इसे स्वीकृति मिल गयी। इन्द्र वैदिक आदित्य हैं। विष्णु और उनके अवतार राम भी सौर देवता हैं।

इन्द्र और वृषाकपि की मैत्री का बिम्ब रामकथा में राम और हनुमान के सम्बन्धों में उतर आया है। दूसरी ओर 'वृषाकपि' एकादश रुद्रों में भी स्थान पा जाता है। आर्य/आर्येतर लोक देवताओं का समाहार प्रायः वैदिक धर्म ने रुद्र और अम्बिका (रात्रि और श्री) के साथ 'महाभारतीय समन्वय पद्धति' के तहत लिया है। हनुमान इन्द्र-मित्र, वृषाकपि तथा एकादश रुद्रों के वृषाकपि दोनों के सम्मिलित प्रतिनिधि हैं। मेरे एक संकलन 'त्रेता का वृहत्साम' में एक निबन्ध है 'लोक देवता हनुमान'। इसमें मैंने दिखाया है कि जिस प्रकार त्रेतायुग के एक नायक रामचन्द्र को वैदिक देवता विष्णु के साथ एकीकृत करके उदात्त रूप दिया गया, वैसे ही उनके एक समकालीन वानर वीर को भी किसी पूर्ववर्ती लोक-प्रचलित आदिम उपासना से जोड़ा गया है। हनुमत्-उपासना की इस वर्तमान व्यापकता के मूल में यह तत्त्व है कि इसकी जड़ें वैदिककालीन लोकधर्म में हैं और यह भारतीय लोक-संस्कृति की सामग्रिकता/विकसित उपासना है, जिसको अपने भीतर अधिगृहीत करके रामोपासना अधिक बलवती और मूल संश्लिष्ट (rooted) हो गयी।

1

"विश्वस्मादिन्द्र उत्तरः। इन्द्र सबसे ऊपर है, सर्वश्रेष्ठ है।"—इस टेक के प्रत्येक मन्त्र के अन्त में समवेत उच्चारण के साथ निम्नलिखित सूक्त का गान चलता है जिसके ऋषि और देवता दोनों ही इन्द्र, इन्द्राणी और वृषाकपि हैं। शैली संवाद की है। ऐसे ही संवाद-प्रधान सूक्तों से भारतीय

नाटक का जन्म हुआ है। प्रत्येक सूक्त में वक्ता देवता स्वयं है और 'मैं' की शैली में बोलता है। अतः यह सूक्त 'अध्यात्म-सूक्तों' की श्रेणी में आता है। व्यवहार में उद्गाताओं की संख्या तीन रही होगी जो अलग-अलग संवाद सूक्त बोलते रहे होंगे।

नाटक के 'विष्कम्भक' की ही तरह इन्द्र-इन्द्राणी के बीच दो अति अश्लील कथोपकथन हैं (जिन्हें यहाँ छोड़ दिया गया है)। वस्तुतः यह सूक्त उर्वरता और कृषि सम्बन्धी लोक-यज्ञ में प्रयुक्त होता रहा होगा। उर्वरता की वृद्धि के लिए अश्लील कथोपकथन अभिचारमूलक परम्परा थी। हिन्दू विवाह में लोक-धर्म की परम्परा में यह बात आज भी स्वीकृत है: गाली गाना तथा 'डोमकच्च' (पूर्वी उ. प्र. में 'जलुआ नाट्य' जिसे स्त्रियाँ करती हैं) इसके ही अन्तर्गत आते हैं। वृषाकपि की उपासना लोकधर्म से आती है।

अतः सूक्त की प्रकृति भी लोकधर्मी है। यहाँ हम उक्त अश्लील मन्त्रों (मन्त्र 16 और 17) को छोड़ रहे हैं। ऋग्वेद के सारे मन्त्र आध्यात्मिक और दार्शनिक प्रकृति के ही नहीं हैं। इसमें ऐतिहासिक और लौकिक प्रकृति के मन्त्र भी अन्तर्भुक्त हैं। यह आर्य जाति के आध्यात्मिक चिन्तन और लौकिक जीवन दोनों का अभिलेख है। दिक्कत यह है कि इसके परम्परावादी व्याख्याकार सभी कुछ को आध्यात्मिक दिखाने की चेष्टा करते हैं तो ठीक इसके विपरीत पाश्चात्य और वामपन्थी व्याख्याकार सब कुछ को खींच-खाँचकर भौतिकवादी रूप में प्रस्तुत करना चाहते हैं। दोनों ही अतिरेकवादी दृष्टियाँ हैं। ऋग्वेद आर्य जाति के मूल आदिम स्तर की कृति नहीं है कि इसमें देहवाद से ऊपर की चिन्ता सम्भव ही न हो। साथ ही यह जीवन के अर्थ, काम, धर्म त्रिवर्ग का अभिलेख भी है। इन मन्त्रों की रचना आदिमबोध से कहीं अधिक ऊपर की विकसित प्रज्ञा की रचना है। सूक्त इस प्रकार है:

(इन्द्र): "मैंने स्तोताओं से सोम का अभिषव (निष्पीड़न) करने को कहा था। उन्होंने वृषाकपि की स्तुति की। इन्द्र की नहीं। सोम से प्रवृद्ध इस यज्ञ में वृषाकपि मेरे सखा होकर सोमपान से हृष्टपुष्ट हुए (तो भी मैं इन्द्र ही सर्वश्रेष्ठ हूँ।")।। 1।।

(इन्द्राणी): "हे इन्द्र, तुम अत्यन्त गमनशील होकर वृषाकपि के पास जाते हो। तुम सोमपान के लिए नहीं जाते (इन्द्र सर्वश्रेष्ठ है।") ।। 2।।

"हे इन्द्र, वृषाकपि ने तुम्हारा कौन-सा ऐसा उपकार कर दिया है कि तुम उदार होकर उस हरितवर्ण मृग (वृषाकपि) को पुष्टिकर अन्न देते हो।"।। 3।।

"हे इन्द्र, तुम अपने प्रिय वृषाकपि की रक्षा करते हो, जबकि वराह अभिलाषी कुक्कुर उसके कान को काटता है (इन्द्र ही सर्वश्रेष्ठ है।")।। 4।।

"यजमानों ने जो घृतयुक्त सामग्री मेरे लिए रखी थी उसे इस वृषाकपि ने दूषित कर दिया (जूठा कर दिया)। मैं, इन्द्राणी इस दुष्ट कर्म करने वाले को सुखी नहीं रहने देना चाहती। मैं इसका सिर काट डालना चाहती हूँ (इन्द्र ही सर्वश्रेष्ठ है।")।। 5।।

"कोई भी स्त्री मुझसे बढ़कर सौभाग्यवती नहीं, सुपुत्र वाली नहीं। कोई भी स्त्री मेरे समान अपने स्वामी के पास शरीर को आकर्षक नहीं बना पाती है (इन्द्र ही सर्वश्रेष्ठ है।")।।6।।

(वृषाकपि): "हे माता (इन्द्राणी), तुमने सौन्दर्य को उपलब्ध किया है। तुम्हारे मस्तक, सक्थि

(जाँघ) आदि अंग आवश्यकतानुसार आकर्षक बन जाते हैं। अपने प्रेमालाप से तुम पिता (इन्द्र) को प्रसन्न कर लेती हो (इन्द्र ही सर्वश्रेष्ठ है।")।। 7।।

(इन्द्र): "इन्द्राणी, सुन्दर भुजा, सुन्दर उँगलियों, लम्बे बालों और पृथुल जाँघों वाली सुन्दरी और शूरपत्नी इन्द्राणी, तुम इस वृषाकपि पर क्रुद्ध क्यों होती हो (इन्द्र ही सर्वश्रेष्ठ है।")।। 8।।

(इन्द्राणी): "यह वृषाकपि मुझे 'अवीरा' (पति और भाई या पुत्र से रहित) जैसी तुच्छ समझता है। मैं मरुद्गणों की 'वीरणी' (बहन, सहचरी) हूँ और इन्द्र की पत्नी हूँ (इन्द्र ही सर्वश्रेष्ठ है।")।।9।।

(वृषाकपि): "जिस समय हवन या आहुति कर्म होता है तो पति-पुत्र वाली इन्द्राणी (ही) वहाँ जाती है। वह यज्ञ की विधात्री है। और सभी उसकी पूजा करते हैं (इन्द्र ही सर्वश्रेष्ठ है।")।। 10।।

"इन्द्राणी को मैंने सबसे अधिक सौभाग्यवादी समझा है क्योंकि अन्य पुरुषों की तरह उसका पति जराजीर्ण नहीं होता है। वह अजर-अमर है (इन्द्र ही सर्वश्रेष्ठ है।")।। 11।।

(इन्द्र): "हे इन्द्राणी, यह वृषाकपि मेरा परम हितैषी है। उसके बिना मैं प्रसन्न नहीं होता। उसकी ही हवि अन्य देवताओं के पास जाती है (इन्द्र ही सर्वश्रेष्ठ है।")।। 12।।

(इन्द्राणी): "वृषाकपि की स्त्री (वृषाकपायी)। तुम सुपुत्रवती, धनवती और (मेरी) पुत्र-वधू हो। तुम्हारे द्वारा अर्पित हवि का इन्द्र भक्षण करें अर्थात् तुम्हारी आहुति स्वीकृत हो। (इन्द्र ही सर्वश्रेष्ठ है।")।। 13।।

(इन्द्र): "इन्द्राणी द्वारा प्रेरित याज्ञिक मेरे लिए पन्द्रह-बीस 'उक्षा' (साँड़) पकाते हैं जिसे खाकर मैं 'पीवर' (मोटा) हो गया हूँ। मेरी कुक्षियों को याज्ञिक लोग सोम से भर देते हैं (इन्द्र ही सर्वश्रेष्ठ है। ")।। 14।।

(स्तोतागण): "हे इन्द्र गोवृन्द के बीच रमण करते हुए तीक्ष्ण श्रृंग वृषभ की तरह शब्द करो। इस (सोम) मन्थन की ध्वनि तुम्हारे हृदय को आनन्दित करे। जिस सोम को भावाभिलाषिणी इन्द्राणी अभिषव कर रही हैं वह कल्याणकर हो (इन्द्र ही सर्वश्रेष्ठ है।")।। 15।।

(विष्कम्भक: मन्त्र 16 और 17 अत्यन्त 'ग्राम्य' यानी अश्लील हैं अत: उन्हें छोड़ दिया जाता है। ये मन्त्र-वाक्य वस्तुत: कर्मकाण्ड-अभिचार के अंग रहे होंगे जिनका लक्ष्य उर्वरता को उन्मेष देना रहा होगा। अन्यथा ये संवाद में खपते नहीं। मन्त्र 15 तक वृषाकपि और इन्द्राणी के द्वन्द्व का समाहार हो जाता है। आगे के मन्त्र उसी समाहार या सन्धि के द्योतक हैं)

× × ×

(इन्द्राणी): "इन्द्र, यह वृषाकपि दूसरों का धनहरण करने वाले दस्युओं के धन को अपने लिए प्राप्त करे। यह खड्ग, फाल (हल का फाल, 'सून'), नया चरु (चरु अन्न या चरु पात्र) और काठ शकट प्राप्त करे (इन्द्र ही सर्वश्रेष्ठ है।")।। 18।।

(इन्द्र): "मैं इन्द्र हूँ। यजमानों को देखते हुए, आर्यजनों (श्रेष्ठजनों) को खोजते हुए, शत्रुओं को भगाते हुए इस यज्ञ में आ रहा हूँ। सोमाभिषव करने वाले तथा हवि पकाने वाले को सोम ग्रहण करता है। बुद्धिमान मेधावी जनों को देखता हूँ (इन्द्र ही सर्वश्रेष्ठ है।")।। 19।।

(इन्द्र-इन्द्राणी-संयुक्त): "हे वृषाकपि, तुम समीपस्थ गृह में निवास करो। जलहीन मरुभूमि

और कृषि उर्वर भूमि में कितने योजनों का अन्तर होता है (अत: तुम दूर न रहकर समीपस्थ रहा करो)। (इन्द्र ही सर्वश्रेष्ठ है।")

इसके बाद के तीन सूक्त यजमान की ओर से बोले जाने लायक स्तोताओं के वाक्य ज्ञात होते हैं जो इन्द्र और इन्द्राणी तथा वृषाकपि को सम्बोधित हैं। अन्तिम मन्त्र में किसी मनु-पुत्री पर्शु का उल्लेख है जिसने बीस पुत्रों को पैदा किया था। इस उल्लेख का वृषाकपि-प्रसंग से क्या सम्बन्ध है, यह स्पष्ट नहीं होता। आर्यों की जिस शाखा में इस सूक्त ने प्रतिष्ठित स्थान प्राप्त कर रखा था, यहाँ उस शख का कोई ऐतिहासिक सन्दर्भ है जो कालक्रम से विस्मृत हो चुका है।

2

संस्कृत वाङ्मय में 'वृषाकपि' और इसके स्त्रीलिंग रूप 'वृषाकपायी' के प्रयोग प्राप्त होते हैं। 'वृषाकपि' प्राय: सूर्य, विष्णु, शिव, अग्नि और इन्द्र का विशेषण या पर्याय रूप में आया है तो 'वृषाकपायी' उषा (सूर्यपत्नी), लक्ष्मी, गौरी, स्वाहा और शी (इन्द्राणी) के अर्थ में। इस शब्द को यह व्यापक स्वीकृति बाद में मिली है। उपर्युक्त सूक्त इस स्वीकृति का प्रारम्भ बिन्दु व्यक्त करता है जब लोक-देवता 'वृषाकपि' वैदिक आदित्य या अग्नि-प्रतीकी देवताओं से जुड़ रहा था। इसी सूक्त में बारहवें मन्त्र में ऐसा लगता है कि यह यज्ञाग्नि का प्रतीक है जो हव्य को देवताओं तक पहुँचाता है। अग्नि-शिखा और समिधा दोनों मिलकर एक युग्म रचते हैं जो 'वृषाकपि' रूप का संकेत देता है। वृषाकपि का अग्नि से सम्बन्ध इस तथ्य से भी सिद्ध होता है कि पार्थिव देवता रुद्र अग्नि-प्रतीक माना गया है और एकादश रुद्रों की सूची में वृषाकपि भी सम्मिलित है: 'हर, बहुरूप, त्र्यम्बक, अपराजित, वृषाकपि, शम्भु, कपर्दी, रैवत, मृगव्याध, सर्प और कपाली' (अग्नि पुराण)। शिव पुराण की एकादश रुद्रों की सूची में वृषाकपि नहीं है, परन्तु सहस्रनामों की सूची में है। यह शब्द रुद्र या शिव के परिवेश में विशेष रूप से खपता है क्योंकि लोक-देवताओं के अद्भुत रूपों का समाहार ही उनका वर्तमान प्रचलित रूप है। बाद में महाकाव्य परम्परा में हनुमान को एकादश रुद्रों में से किसी एक का अवतार मानते हैं। सम्भवत: इस कल्पना के मूल में है रुद्र की वृषाकपि संज्ञा। शिव-पार्वती के साथ-साथ शिव के नर्म सखा के रूप में नन्दिकेश्वर वृषाकपि आकृति वाले हैं। गणपति और कार्तिकेय भी आकति से अद्भुत और वृषाकपि हैं। शिव परिवार के भीतर उमापार्वती को छोड़कर सभी तो वृषाकपि ही हैं। स्वयं शिव शक्ल-सूरत से चरम सुन्दर होते हुए भी सारे वृषाकपियों को अद्भुत भयानक रसों के क्षेत्र में मात देने वाले हैं। रुद्रगणों में एक 'वृषाकपि' नामक गण भी है। सो उनके खानदान के लायक यह वृषाकपि अवश्य है। उनके अनेक नामों में वृषभ, वृषकेतु, पशुपति आदि सर्वजन विदित हैं। वृष शब्द का अर्थ 'पुरुष' होता है और यह कामशक्ति का आधान है। शिव का ऊर्ध्वरेतस रूप इस वृष शक्ति का उग्र तेजस्वी रूप है। यह ब्रह्मचर्य एवं तपस का प्रतीक है। अत: यह वृषतत्त्व का संयमशील एवं योगारूढ़ रूप है। वृषाकपि रुद्र का अवतरण हनुमान भी इसी के अनुरूप तेजस्वी ब्रह्मचारी है।

परन्तु वैदिक वृषाकपि का सम्बन्ध रुद्र से नहीं इन्द्र से है। 'वृष' या 'वृषा' अर्थात् सेचन-समर्थ साढ़ इन्द्र का भी विशेषण है। विशेषत: कामशक्ति का सेवन और क्षरण रूप इन्द्र में प्रतिष्ठित है।

'वर्षण' और 'वृष्टि' के मूल में यही सेचन की आइडिया है जो पर्जन्य रूप इन्द्र से जुड़ी है। यह मेघों द्वारा धरती का सेचन करता है। इसी से इन्द्र की कल्पना कामुक देवता के रूप में है। पर इन्द्र है स्वयं में सौर देवता। वह सूर्य, आदित्य, विष्णु का ही अन्य रूप है। एक ही आदित्यतत्त्व संवत्सर में द्वादश रूप लेता है। इन्द्र सिंह राशि का सूर्य है तो विष्णु मीन राशि का। सिंह राशि भाद्रपद का द्योतक है तो मीन राशि चैत्र का। सिंह राशि का 'मघा' नक्षत्र 'मघवन' इन्द्र के नाम पर ही है। चैत्र की 'मधु' संज्ञा विष्णु की भी संज्ञा है। अत: विष्णु सौर देवता होने के कारण 'वृषाकपि' से भी जुड़ जाते हैं। 'विष्णु सहस्रनाम' में 'वृषाकपि' शब्द आता है। उनके मत्स्य, कच्छप, वराह और नृसिंह अवतारों की आकृति ही 'वृषाकपि' है। आधा पशु और आधा मनुष्य। तो ऐसी स्थिति में विष्णु की 'वृषाकपि' संज्ञा होना स्वाभाविक है। स्वयं सूर्य की संज्ञा वृषाकपि है और उनकी सहचारिणी उषा को वृषाकपायी कहते हैं। 'वृषाकपायी' उषा का प्रथम उद्भास है जिसे 'नीलारुण' या 'झलफला' कहते हैं। जब अन्धकार को विद्ध कर प्रकाश उद्घटित हो रहा है, आसमान में शुक्र तारा अब भी चमक ही रहा है, अरुणाई का आगमन हुआ नहीं है, पर होने ही वाला है, उसको 'नीलारुण' कहते हैं और उस काल का सूर्य है वृषाकपि और उषा है वृषाकपायी। इसकी आकृति में अन्धकार की नीलिमा और अरुणाई का उद्भास दोनों का मिश्रण रहता है। इन सारे सन्दर्भों से सिद्ध होता है कि यह वृषाकपि लोकायत धर्म साधना से आकर वैदिक सौर देवताओं से घनिष्ठ भाव से जुड़ गया। लौकिक अभिचारप्रधान उत्सवों में इसे भी आहुति दी जाती थी, वैदिक शास्त्रीय यज्ञों में भले ही इसका कोई स्थान न हो। हर समूह या जाति का एक लोकधर्म होता है जिसकी दिशाएँ उसके शास्त्रीय धर्म की तुलना में उन्मुक्त रहती हैं और इससे सांस्कृतिक समन्वय और विस्तार सम्भव होता है। यक्षों, गन्धर्वो, किन्नरों, किरातों और निषादों की लोक-संस्कृति और भाषा का बल आर्य-संस्कृति और आर्यभाषा में इसी प्रकार अन्तर्भुक्त हुआ है। इसे आर्ष-चिन्तन परम्परा ने सादर स्वीकार भी किया है।

'लोक-संस्कृति' शब्द देखते हुए ही कुछ लोगों के मन में 'आर्येतर' शब्द से इसका एकीकरण हो जाता है जो आधुनिक बुद्धिजीवी का अन्ध रूढ़िवाद मात्र है। कोई भी जाति किसी भी स्तर पर लोक-संस्कृति से विहीन नहीं होती। संस्कृति के शास्त्रीय और लौकिक दो रूप सर्वत्र मिलते हैं। इन्हें ही कभी-कभी 'मार्गी' और 'देशी' भी कहा गया है। मार्गी का मूल भी देशी ही में रहता है। अत: आर्यों की अपनी लोक-संस्कृति थी और उसका रूप आर्य-आर्येतर विमिश्र रूप था। 'वृषाकपि' मूलत: आर्येतर स्रोत से आया है अथवा आर्य लोक-संस्कृति का अंग है, यह कहना कठिन है। परन्तु यदि यह शुद्धत: आर्य लोकायत का अंग होता तो पूषन्, रुद्र या रात्रि की तरह इसे स्वतन्त्र महत्त्व मिलता। परन्तु वैदिक धर्म के उत्तरार्ध काल में एक सहचर देवता के रूप में ही यह स्वीकृत हुआ, इसका संकेत तो उपर्युक्त सूक्त में ही है। पौराणिक युग में इसे रुद्र या रुद्र सहचर एवं विष्णु या विष्णु सहचर के रूप में स्वीकृति मिली। 'वृषाकपि सूक्त' में वृषाकपि इन्द्र को पिता और इन्द्राणी को माता कहता है। 'ब्रह्मपुराण' (अध्याय 127) में यह 'वृषाकपि' इन्द्र और इन्द्राणी का एक पुत्र बताया है जो 'महाशनि' संज्ञा वाले असुर को मारने के लिए वरुण के आशीर्वाद से उत्पन्न होता है। उसी पुराण में मार्जारतीर्थ के वर्णन के प्रसंग में अद्रिका और

अंजना की कथाएँ भी दी गयी हैं। अद्रिका और अंजना पूर्व जन्म में अप्सराएँ थीं। शापवश अद्रिका मार्जारी हुई और अंजना वानरी। कालान्तर में अंजना के प्रेमी हुए। मरुत और अद्रिका के र्निऋति अर्थात् यम। अंजना से हनुमान की उत्पत्ति हुई और अद्रिका से 'प्रेतराज' की। दोनों ने मार्जारतीर्थ में स्नान करके शापमुक्ति प्राप्त की। लगता है कि लोक-कल्पना में इन तीनों चरित्रों का बाद में एकीकरण हो गया। ब्रह्म पुराण का असुर 'महाशनि' लोक-कल्पना में सूर्यपुत्र शनि ग्रह के साथ एकीकृत हो गया और उसके पराजित करने वाले देवता वृषाकपि एवं आंजनेय हनुमान दोनों एक मान लिये गये एवं इसे केन्द्र बनाकर शनि और हनुमान के द्वन्द्व की कथाएँ कल्पित कर ली गयीं। 'प्रेतराज' सारे भूतों-प्रेतों, 'वीर' 'बरम' के अधिशासक देवता थे। अत: 'महावीर' उन्हीं की संज्ञा हो सकती है। लाल लँगोट, खड़ाऊँ, सिन्दूर आदि वीर-बरम पूजा के द्रव्य हनुमान के साथ जुड़ गये क्योंकि कालान्तर में ये ही 'महावीर' बन गये थे और इस 'शासक' का नाम सुनते ही इनकी भूत-प्रेत-प्रजा उपद्रव छोड़कर शान्त हो जाती है। 'नियामक' और 'मर्दनकारी' में एक ही पग का तो अन्तर होता है। प्रजा यदि दुष्ट प्रकृति की हो तो नियामक को प्राय: ही मर्दनकारी-भूमिका लेने को बाध्य होना पड़ता है। वस्तुत: लोक-कल्पना एक विचित्र शक्तिशाली भट्ठी है और तरह-तरह के विजातीय अवधारणाओं को गलाकर नया रूप देती रहती है। तो भी प्रत्येक रूप में मूल धातु की पहचान का कोई न कोई संकेत विद्यमान अवश्य रहता है।

'हनुमान' और 'वृषाकपि' शब्दों में भी अद्‌भुत समानता है। 'वृषा' या 'वृष' तथा 'कपि' दोनों के अर्थों का मेल 'हनु' और 'मान' शब्दों में है। पार्जीटर महोदय मूल शब्द 'हनुमन्त' मानते हैं। 'हनु' का मूल रूप है 'हाणु' जो 'आणु' शब्द में 'ह' जोड़कर बना है। आर्येतर शब्द (प्राचीन तेलुगु में) 'इडुम्बी' का अर्थ है गर्वीली नारी या मदोन्मत्त नारी। इसमें 'ह' जोड़कर 'हिडुम्बी' झ 'हिडुम्बा' शब्द संस्कृति में बना है जो महाभारत के भीम की नायिका थी। आर्येतर असुर वंश की तो थी ही, जो उन दिनों आसेतु हिमाचल विस्तीर्ण था। वैसे ही मूल 'आणु' का 'हाणु' बन गया है। 'आणु' शब्द का मूल प्राचीन द्राविड़ भाषा में है जिसका अर्थ होता है 'पुरुष'। पार्जीटर 'मन्त' को प्राचीन तेलुगु के 'मण्डी' शब्द से जोड़ते हैं जिसका अर्थ था 'वानरी' और उसी का पुलिंलग रूप 'मण्ड' लेकर 'आणुमण्ड' झ 'हाणुमण्ड' झ 'हनुमन्त' की कल्पना करते हैं। वैसे यह व्याख्या चालू हनुमान शब्द की व्याख्या से ज्यादा विश्वसनीय लगती है। चालू व्याख्या है कि इन्द्र के वज्राघात से हनुमान की ठुड्डी टेढ़ी हो गयी, इसी से 'हनूमान' या हनुमान कहे जाने लगे। शुद्ध संस्कृत वाले तो 'हनूमान' ही लिखते हैं। पर हिन्दी उच्चारण के अनुसार मैं 'हनुमान' ही शुद्ध मानता हूँ। जो हो, परन्तु यह चालू व्याख्या मुझे आश्वस्त नहीं कर पाती। पहले तो 'हनू' का अर्थ जबड़े की हड्डी होता है, ठुड्डी के लिए संस्कृत शब्द है 'चिबुक'। 'हनुमान' का अर्थ मात्र 'ठुड्डी या जबड़े वाला' ही होता है। 'वक्र हनू' का कोई संकेत इस शब्द में नहीं है।

अत: असलियत कुछ और होनी चाहिए और पौराणिक व्याख्या को एक कामचलाऊ एवं भ्रान्त विकल्प से ज्यादा महत्त्वपूर्ण मानने का कोई कारण नहीं। अत: पार्जीटर की व्याख्या एक सही संकेत देती है। पर उसे भी हम एक संशोधन के साथ ही स्वीकार करते हैं। 'मण्डी' और 'मण्ड' के सहारे 'हनुमन्त' तक न जा कर हम सीधे-सीधे 'हनुमान' शब्द को ही पकड़ते हैं। अपनी पुस्तक 'त्रेता का वृहत्साम' (जिसका विषय 'रामकथा' ही है) हमने 'हनुमान' शब्द की व्याख्या

की है। मूल शब्द का स्रोत आर्येतर यानी 'मुण्डा-द्रविड़' ही है। दक्षिण भारत की (उत्तर भारत की ही तरह) बुनियादी संस्कृति 'मुण्डाकोल' ही रही है। द्रविड़ की पर्त्त बाद में चढ़ती है। यह 'मुण्डाकोल' ही आज भाषा विज्ञान में 'आस्ट्रिक' या 'आस्ट्रोलॉयड' के रूप में पहचाना जाता है।

जिनके लिए आज चालू शब्द 'निषाद' या 'निषादोपम' है। इस निषाद-नस्ल और भाषा के पुराने साहित्य में अन्य नाम हैं: माल, मालय, नाग और 'कशेरुमान'। 'कशेरु-मान' = 'क्ष्मेरु-मान' = मान्-ख्मेर (Man-khmer)। पुराणों में 'निषाद' एक व्यापक शब्द है। आज हिन्दी में इसका अर्थ संकुचित होकर 'मल्लाह' हो गया है। यह 'मल्लाह' उक्त निषाद (आस्ट्रिक) नस्ल की ही एक दीक्षित 'आर्य-ट्राइब' मात्र है। मूलत: ये निषाद हैं जो आर्यधर्म और आर्यभाषा में दीक्षित हो गये हैं। 'मल्लाह' शब्द भी अरबी का नहीं है जैसा कि भ्रमवश माना जाता है। अरबी भाषा में यह बैबीलोनीय भाषा के 'मल्लुहा' शब्द का रूपान्तर है जो प्राचीन बैबीलोन में भारतीय नाविकों की संज्ञा थी। अत: यह भी मूलरूप में भारतीय शब्द है।

'हनुमान' शब्द का मूल है 'आणु + माल' इसमें 'ह' जुड़कर 'हाणुमाल' से हनुमान बना है। 'आणु' का अर्थ 'पुरुष' होता है। दक्षिण में 'माल'/'मल' का अर्थ विकसित होकर 'वीर' हो गया है। उत्तर में भी 'मल्ल' वीर या योद्धा के लिए ही आता है। अत: 'हाणुमाल' का मौलिक अर्थ हुआ 'वीर पुरुष'। दक्षिण की 'वानर' जाति अपने शारीरिक बल के लिए विख्यात थी। ये 'वानर' मुण्डाकोल (या द्राविड़ संस्कृति में दीक्षित होने पर 'मुण्डा-द्राविड़', क्योंकि दक्षिण की संस्कृति और भाषा भी विमिश्र है।) जाति के ही थे। अत: 'माल' या 'मल्ल' का अर्थ 'वीर' या 'नायक' (hero) वहाँ पर भी विकसित हो गया होगा। अत: 'माल' या 'मल्ल' का अर्थ 'वानर' जुड़ गया लगता है। अन्यथा दक्षिण की भाषाओं में 'माल' या 'मल्ल' का बड़ा उदात्त अर्थ है। 'श्रीमाल' या 'माल' तमिलभाषा में विष्णु की संज्ञा है। इसी का एक प्रचलित रूप है 'थिरुमाल'। 'श्री' (थिरू) का 'नायक' (पति)। आखिर ये 'वानर' थे कौन? श्रीअवध नन्दन ने आजीवन तमिलनाडु में 'दक्षिण भारत हिन्दुस्तानी प्रचार सभा' में काम किया है, 'तमिल संस्कृत' पर एक पुस्तक लिखी है। उन्होंने बताया है कि प्राचीन तमिल विश्वास के अनुसार तमिलदेश में तीन मुख्य जातियाँ थीं: देवर, नागर और वानर। देवर शुद्ध आर्यवंशीय थे। इनके वंशज ब्राह्मण हैं। नागर द्वारका के समुद्र में डूब जाने पर दक्षिण आने वाले यदुवंशी हैं और ये अपने को अनिरुद्ध का वंशज कहते हैं। ये कृषक और गोपालक हैं। शेष जनसमूह है वानरों का वंशज। ये वानर मनुष्य थे। जाति की संज्ञा 'वानर' होने के मूल में इनकी वेशभूषा की विचित्रता थी। 'नर है या नहीं' का आश्चर्य भाव। यही भाव 'किं पुरुष' और 'किन्नर' में भी है। हमारी समझ से 'देवर' आर्य हैं 'नागर' (नाग) द्रविड़ या मुण्डा-द्रविड़ और वानर भी शुद्ध मुण्डाकोल या मुण्डा द्रविड़ हैं। सम्भावना 'मुण्डाकोल' की ज्यादा है। यह एक अखिल भारतीय जाति थी। दक्षिण में इसकी संज्ञा 'कीश' थी। इसकी राजधानी थी 'कीश-गान्धार' ('कीश-कन्धार' झ किष्किन्धा)। इनकी नदी थी 'कीश-ना' (कृष्णा)। 'ना' ध्वनि खण्ड का अर्थ निषाद-किरात भाषाओं में 'जलधारा' या नदी होता है। मध्य प्रदेश और विन्ध्याचल के काँठे में इस जाति की संज्ञा थी 'कपि'। मध्य प्रदेश अब भी 'कुवि' जनजाति है। हिमालय या उत्तरी क्षेत्र में ये 'ऋक्ष' और 'केसरी' कहे जाते थे तो तमिलनाडु के 'वानर' इसी 'मुण्डाकोल' या 'माल' या 'मालय' जाति के वीर थे। इस

नस्ल के लोग ही सम्पूर्ण दक्षिण एशिया और दक्षिण-पूर्व एशिया की बुनियादी मानव-संस्कृति रचते हैं। बर्मा, मलाया, हिन्देशिया एवं कम्पूचिया में ये 'मानख्मेर (पुराणों का 'कशेरुमान) कहे जाते हैं। ये वे ही क्षेत्र हैं जहाँ राम-गाथा और हनुमान-कथा का प्रचलन अपने-आप हो गया। संस्कृति धर्म परिवर्तन से मरती नहीं है। बुनियाद में वह जीवित रह जाती है। अत: हम कह सकते हैं कि हाणुमाल (आणुमाल) का अर्थ 'पुरुष-वीर', 'पुरुष-नायक' और 'पुरुष-वानर' तीनों होता है। एक तरह से 'वृषाकपि' शब्द का यह द्राविड़ संस्करण है।

3

'त्रेता का वृहत्साम' में मैंने अपना एक 'अटकल' प्रस्तुत किया था कि रामकथा के क्षितिज-विस्तार और सांस्कृतिक मूल में अतल सन्निवेश का रहस्य यह है कि इसमें राम-गाथा के साथ आर्येतर वानर-गाथा भी जुड़ गयी है और जिस प्रकार राम के प्रभामण्डल का विस्तार विष्णु के साथ जुड़ जाने के कारण घटित हुआ है वैसे ही राम के सहयोगी त्रेता युग के एक वानर वीर (आंजनेय) के साथ पूर्वगामी हनुमान-गाथा की स्मृतियाँ भी आकर जुड़ गयी हैं और 'हनुमान' को केन्द्र करके चलने वाले पहले के लोक-विश्वास एवं पूर्ववर्ती किंवदन्तियाँ उसकी महिमा का अंग बन गयी हैं अर्थात् गणपति और अम्बिका की तरह हनुमान भी इस देश के आदिम देवता हैं। उनके दिव्य जन्म और उससे जुड़े कर्मों की किंवदन्तियाँ विविध जातियों में पूरे दक्षिण एशिया में फैली थीं। वे आ करके रामकथा के एक प्रमुख वानर वीर के चरित्र के साथ जुड़ गयीं। रामकथा में ही एक क्षीण संकेत है। समुद्र-लंघन से पूर्व हनुमान को अपने दिव्य जन्म और दिव्य बल की स्मृति नहीं थी। जाम्बवान् ने उन्हें स्मरण दिलाया कि वे वायुपुत्र हैं और जन्मते ही सूर्य का ग्रास करने वाले वीर हैं तथा सारे देव-मण्डल का आशीर्वाद और वरदान प्राप्त असाधारण व्यक्ति हैं। यदि हनुमान वायुपुत्र या एकादश रुद्र वृषाकपि के अवतार थे, तो बालि द्वारा अपने मित्र और स्वामी सुग्रीव की वैसी दुर्दशा क्यों होने दी? रामायण के अनुसार वे अपने दिव्य बल और दिव्य जन्म को विस्मृत कर चुके थे। रामायणकार ने एक कामचलाऊ समाधान दिया है। इस समाधान में ही यह संकेत है कि 'हनुमान' एक अलौकिक दिव्य शक्ति के रूप में 'आंजनेय हनुमान' से पूर्व ही लोक-कल्पना में मौजूद थे और लोक-कल्पना ने जैसे विष्णु का सप्तम अवतार राम को बना दिया, वैसे ही सारी पूर्व गाथाओं द्वारा इस वानर वीर को भी महिमामण्डित कर दिया। सत्य तो यह है कि वे इन्द्र, विष्णु और रुद्र के साथ जुड़े 'लोकायत' आर्य देव-मण्डल या भारतीय देव-मण्डल के एक देवता थे। उन्हीं की वैदिक संज्ञा है 'वृषाकपि'। इन्द्र सहचर वृषाकपि के रुद्र-वृषाकपि, फिर अन्त में इन्द्र या विष्णु की सौर शक्ति के अवतरण राम-सहचर हनुमान, इस प्रकार उनके मिथकीय चरित्र की विकास-रेखा चलती है।

मैंने यह अटकल या प्रस्ताव नृतात्त्विक और भाषावैज्ञानिक दृष्टि से ही किया था। सारा नृतत्त्व और तुलनात्मक भाषाविज्ञान ही अँधेरे में की गयी तीरंदाजी है। लहे तो तीर नहीं तो तुक्का। तुक्का से कोई नुकसान नहीं है, यदि 'ना-धर्मी' या चरित्र-हनन की दृष्टि से न किया जाये। राम-गाथा पर आधुनिक बुद्धिजीवी जब लिखता है तो सौ में नब्बे का उद्देश्य होता है राष्ट्रीय संस्कृति

से मूल संश्लिष्ट इस गाथा का चरित्र हनन। मैं न तो आधुनिक हूँ और न बुद्धिजीवी बनने का साहस करता हूँ। मैं भारतीय लोक-मानस में प्रतिष्ठित इस देवता को इस देश की आदिम धर्मोपासना की एक दिव्य शक्ति के रूप में ही देखता हूँ। इधर अपनी बात के लिए एक शास्त्रीय प्रमाण भी मुझे मिला है। 'कल्प भेद हरि चरित सुहाये' वाली बात का हनुमान-गाथा के सन्दर्भ में शास्त्रीय प्रमाण 'पाराशर संहिता' में है। यह ग्रन्थ मैंने स्वयं देखा नहीं है क्योंकि जहाँ तक मुझे ज्ञात है नागरी अक्षरों में यह उपलब्ध नहीं है। वैष्णव संहिताओं का सत्तर प्रतिशत अभी भी तमिल या तेलुगु लिपि में प्राप्त किया जा सकता है। एक चौथाई ही नागरी में उपलब्ध है। 'कल्याण कल्पतरु' (अंग्रेजी) के हनुमान-विशेषांक में एक लेख है: 'हनुमान इन पाराशर संहिता'। यह एक आगम ग्रन्थ है। ये पाराशर वशिष्ठ पौत्र पौराणिक पाराशर से भिन्न हैं। इस ग्रन्थ में 150 पटल हैं। आन्ध्र प्रदेश के वैष्णव विद्वान श्री अन्नदानम् चिदम्बर शास्त्री तेलुगू में इसे 15 खण्डों में प्रकाशित कर रहे हैं। इसके 13 खण्ड प्रकाशित भी हो चुके हैं। कहते हैं कि तेलुगु भाषा के मध्ययुगीन संगीतकार अन्नमाचारी ने अपने गीतों में इसी ग्रन्थ का आधार लिया है। उक्त लेख के लेखक डॉ. वी. वी. बी. राव का कथन है, "इस ग्रन्थ के प्राप्त न होने तक हनुमानगाथा वाल्मीकि रामायण की सीमा में ही समाप्त हो जाती थी। परन्तु वाल्मीकि रामायण के अनुसार तो 'वानर आंजनेय' हैं जो आदि हनुमान के नौवें अवतार थे" अर्थात् अपने परिचित राम-सहचर त्रेता वीर हनुमान के पूर्व आठ और हनुमत्-अवतार हो चुके थे। दक्षिण के वैष्णव आचार्य मध्वाचार्य हनुमान को 'मुख्य प्राण' (मरुत) का अवतार मानते थे। मुख्य देवशक्ति है 'मरुत' जिसका पूर्णावतार त्रेता के आंजनेय हैं, द्वापर में भीम और कलियुग में मध्वाचार्य एवं समर्थगुरु रामदास मात्र आंशिक अवतार ही थे। यह बात तो सारे भारत में प्रचलित है। परन्तु 'पाराशर संहिता' के कुछ पटलों में दी गयी सूचना हनुमान के नौ दिव्य अवतारों का वर्णन करती है और हनुमान स्वयं में एक दिव्य शक्ति के रूप में प्रस्तुत किये गये हैं।

'पाराशर संहिता' में हनुमान के जिन नौ अवतारों की चर्चा है। वे इस प्रकार हैं: (1) प्रसन्न आंजनेय, (2) वीर आंजनेय, (3) विशान्ति भुज आंजनेय: इनके बीस हाथों में शिव, विष्णु, दुर्गा, इन्द्र, वरुण आदि सारे देवताओं के आयुध हैं यानी ये समग्र देव-मण्डल की यौधेय शक्ति के प्रतीक हैं। (4) पंचमुखी आंजनेय: यह मूर्ति भी भारत में बहु प्रचलित है, यद्यपि रामकथा में इसका कहीं उल्लेख नहीं है। (5) अष्टादश भुज आंजनेय, (6) सुवर्चलापति आंजनेय: ये सूर्य-पुत्री सुवर्चला के पति हैं। जैन रामायण 'पउम चरिउ' में हनुमान शूर्पणखा की पुत्री के पति हैं। अवश्य ही वहाँ पर 'शूर्पणखा' ही रावण-भगिनी 'चन्द्रनखा है। परन्तु ये छठे आंजनेय सूर्य-पुत्री सुवर्चला के पति हैं। तुलसी और वाल्मीकि ने उन्हें ब्रह्मचारी ही है। परन्तु तीन वैष्णव संहिताओं- खगेन्द्र संहिता, शौनक संहिता और सुदर्शन संहिता-में हनुमान के ब्याह का उल्लेख है। यह ब्याह ज्येष्ठ शुक्ल दशमी को माना जाता है। मन्त्रशास्त्र में हनुमान का एक मन्त्र "ऊँ सुवर्चलापतये नमः हुं" को भी हम पाते हैं। (7) सातवें अवतार हैं 'चतुस्कन्ध आंजनेय' जिनके चार कन्धे हैं। (8) आठवें हैं 'बत्तीस भुज आंजनेय', (9) नौवें अवतार हैं द्विभुज आंजनेय जो सुग्रीव-सखा और राम-सहचर हैं। अखण्ड ब्रह्मचर्य तेज और राम-भक्ति के परम पावन प्रतीक। विद्यार्थियों और मल्लों के देवता। ये रामावतार के समय केसरी वानर के क्षेत्रज पुत्र हैं। 'अंजना' यानी कालिकाशक्ति से

ही सारे आंजनेय उत्पन्न हुए हैं। अत: केसरी वानर की पत्नी को भी लोक-परम्परा ने अंजना ही कहा। मरुत से प्रणय की कथा भी आकर जुड़ गयी। इन बातों को जाम्बवान् 'किष्किन्धाकाण्ड' में समुद्र-लंघन के पूर्व हनुमान को स्मरण दिलाते हैं ('कल्याण कल्पतरु', गीताप्रेस, वार्षिकांक, 1992 के आधार पर)। रामावतार के हनुमान अब भी किम्पुरुष-वर्ष में निवास करते हुए बताये जाते हैं और विभीषण की तरह चिरंजीवि हैं। इस नौवें अवतार को ही वरदान मिला है कि वे कल्पान्त के बाद मुख्य प्रजापति (ब्रह्मा) होंगे और इनका एक मन्त्र है "ॐ भविष्य चतुराननाय नमः।" विश्व के सृजन के लिए परमेष्ठी शक्ति एक सनातन शक्ति है। हनुमान से जुड़े इस प्रवाह में भी यह संकेत है कि वे दिव्य अनादि शक्ति हैं। इनके निवास किम्पुरुष वर्ष, गन्धमादन का कदलीवन और पम्पासर तीनों बताये जाते हैं। गन्धमादन और किम्पुरुष वर्ष यक्षों का क्षेत्र है। डॉ. कुमारास्वामी के अनुसार जिस तरह से आर्यजन का दिव्य पौराणिक प्रारूप है देवता वैसे ही 'निषाद' (आस्ट्रिक) जाति का दिव्य प्रारूप है यक्ष। इस तथ्य में भी 'वानर' जाति का आदिम दक्षिण भारतीय 'निषाद' (मुण्डाकोल) होने का संकेत है। वैसे भारतीय निषाद भी अंचल-भेद के अनुसार विमिश्र होता गया है। पुराणों में 'नाग' शब्द सारे आर्येतरों के लिए आता है। सारा दक्षिण भारत तो राम के साथ था। उत्तर के केवट और दक्षिण के वानर दोनों राम-सहचर थे। ब्राह्मण पुत्र रावण के विपरीत। तो भी पेरियार महोदय वहाँ पर दक्षिण वालों को 'रावणलीला' का आयोजन करने की प्रेरणा देते हैं। कैसी विसंगति है ! आज भी तमिलनाडु के 'रामनाडपुरम्' स्टेट के राजा अपने को सुग्रीव का वंशज मानते हैं।

4

ऊपर के वर्णन से ज्ञातव्य है कि हनुमान एक चतुर्युगव्यापी देवता हैं। वे त्रेता तक ही सीमित नहीं। उनका सम्बन्ध सौर देव-मण्डल से है। वे इन्द्र के खा वृषाकपि हैं। सौर देवता विष्णु के अवतार राम के सहचर और भक्त हैं। यही नहीं, जब ऐतिहासिक बुद्ध का महायान चिन्तन संस्कृति द्वारा 'लोकोत्तर बुद्ध' या 'अनादि बुद्ध' में रूपान्तर हुआ तो उनकी जीवनलीला और रूप-कल्पना को वैदिक सौरबिम्बों के आधार पर ही प्रस्तुत किया गया। वे सूर्यवंशीय (इक्ष्वाकु) तो थे ही। उनका कल्पित रूप भी सौर प्रतीकों से निर्मित हुआ है और अन्त में जाकर वे सौर देवता विष्णु के अवतार भी बन गये। बुद्ध की जीवनलीला में भी एक वानर का उल्लेख है। बुद्ध अपने शिष्यों से अलग होकर स्वतन्त्र चर्या में विचरण कर रहे थे। विन्ध्यारण्य या मध्य प्रदेश के किसी जंगल में ग्रीष्म की एक प्रखर दुपहरी में बुद्ध थककर श्रान्त पड़े थे। सामने कोई सुगन्धित पद्म-सरोवर था। चारों दिशाओं से चार विशाल गज आते हैं और अपने शुण्ड में सुगन्धित जल को लेकर बुद्ध का अद्भुत गजाभिषेक करते हैं। बुद्ध अपने चीवर को निचोड़कर धूप में डाल देते हैं और प्रसन्नचित्त वृक्ष मूल में बैठ जाते हैं। इतने में एक ओर से एक दीर्घदेही वानर आता है। उसके हाथ में है एक बड़ा-सा मधु का छत्ता ! बुद्ध शान्त दृष्टि से उसकी ओर देखते हैं। फिर अपना भिक्षापात्र फैला देते हैं। वानर चुपचाप अपनी हथेलियों से मधुधारा उनके पात्र में निचोड़ देता है। यह अप्रत्याशित घटना थी। परन्तु बुद्धलीला में वानर द्वारा मधुदान के रूप में यह एक महत्त्वपूर्ण कला-अभिप्राय (Motif) बन गयी !

हनुमान-गाथा

(हनुमान भारतवर्ष के लोक-देवता हैं। चण्डी, गणपति और शिवलिंग की तरह वे भी उस भारतीयता के प्रसव क्षणों में उदित हुए हैं जो आर्य एवं आर्येतर अर्थात् आदिम निषाद-किरात-द्रविड़ और आर्य के चतुरंग समन्वय से उत्पन्न हुई हैं। अपने विकसित रूप में यह भारतीय लोकाश्रयी और वेदाश्रयी दोनों हैं। परन्तु इसकी प्रसव भूमि है आदिम लोक-संस्कृति ही। हनुमान एक ऐसे लोक देवता हैं जो भारतीय धर्म-साधना के प्रस्थान बिन्दु पर खड़े हैं और वहाँ से प्रारम्भ करके उसके चरम बिन्दु वैष्णव धर्म तक वे विकसित होते गये हैं। अपने आदिम रूप में वे 'महावीर' अर्थात् 'बड़का बरम बाबा' और 'प्रेतराज' हैं जबकि भारत का आदिम निषाद वीर-पूजा, यक्ष-पूजा तथा प्रेत-पूजा का विश्वासी था। अपने चरम रूप में वे विष्णु की दुधर्ष शक्ति वेग और बल के प्रतीक हैं तथा एक ही साथ वराह-नृसिंह-ताक्ष्र्य एवं हयग्रीव तत्त्वों को अपने भीतर समाविष्ट करके वे अपराजित एवं अपराजेय वैष्णवी शक्ति के रूप में प्रतिष्ठित हैं। साथ-ही-साथ दुर्गा, स्कन्ध और गणपति की तरह वे रुद्रतत्त्व 'अग्नि' के प्रतीक हैं और पार्थिव मण्डल एवं मूलाधार चक्र के देवता भी हैं। देह के भीतर वे 'मरुत' अर्थात् पंचप्राणों के प्रतीक हैं और वायु-पुत्र होने के कारण वे मरुत-शक्ति भी हैं। उनके जन्म की कथा स्कन्द जन्म के समरूप है और एक ही कथारूढ़ि 'शुक्र का स्थानान्तरण' का दोनों में प्रयोग हुआ है। अत: महाकाव्य उन्हें वैष्णवी शक्ति के रूप में प्रतिष्ठित करते हैं तो पुराण रुद्र-शक्ति के रूप में। पुराणों में 'स्कन्द' और 'हनुमान' दोनों की जन्मकथाएँ एक ही कथारूढ़ि का प्रयोग करती हैं और दोनों का जनक रुद्र या महेश्वर हैं। यद्यपि स्कन्द जन्मकथा का स्रोत निषाद-किरात (Austro-Mangoliod) लगता है तो हनुमान जन्मकथा का (Austro-Dravidian) निषाद-द्रविड़। पुराण इन सारी परम्पराओं के लिए एक सर्व व्यापक एवं संयुक्त भूमि प्रस्तुत करते हैं। महाकाव्यों ने, हनुमान के चरित्र में वैदिक सुपर्ण का आवेश स्थापित किया है और उनका समुद्र मन्थन भी सीतान्वेषण, वैदिक सुपर्ण द्वारा सोम का आहरण एवं अमृत कलश के अनुसन्धान के समरूप है। कहने का तात्पर्य हनुमान केवल रामकथा के एक मात्र पात्र नहीं। वे एक वृहत्तर व्यक्तित्व वाले देवता हैं जिनसे आदिम, लोकायत, वैदिक, पौराणिक आदि अनेक-अनेक परम्पराएँ जुड़ी हुई हैं। विष्णु और शिव तथा दुर्गा के समानान्तर वे लोक और वेद दोनों का बल लेकर प्रतिष्ठित हैं और उनकी जड़ें इतिहास के पाताल तक गयी हैं। हम यहाँ पर उनकी विमिश्र एवं समृद्ध दिव्यता के कुछ सूत्रों की चर्चा उपस्थित कर रहे हैं।)

यह कथा भौगोलिक जम्बूद्वीप से अधिक मनोमय जम्बूद्वीप से जुड़ी लगती है। महाकाव्य और पुराण जम्बूद्वीप की मनोमय भूमि है। पुराणों में ही यह कथा मिलती है कि हनुमान मरुत के औरस और केसरी के क्षेत्रज पुत्र थे। कदली गाछों से ढकी हुई भालभूमि। आर्येतर भारत, सम्भवत: निषाद-द्रविड़ भारत का कोई अंचल। वनफूलों की गन्ध से हवा विमत्त हो उठी है। उसी वातावरण में कच्चे कदलीगाछ जैसी एक सुन्दर नारी विचरण कर रही है। इतिहास-दृष्टि से वह नारी किसी 'वानर' संज्ञा 'टोटेम' वाली जनजाति की रानी थी। परन्तु दर्शन और आगम की दृष्टियाँ कुछ और ही संकेत देती हैं। उसका नाम है 'अंजना'। नाम से स्पष्ट है कि वह गौरी-शुक्ला आर्य कन्या नहीं, बल्कि 'नीलोत्पलदल श्यामा' शुद्ध देशी सौन्दर्य का प्रतिनिधित्व करती है। परन्तु नाम से क्या आता-जाता है ! पास-पड़ोस के किसी काने व्यक्ति का नाम भी 'पद्मलोचन शर्मा' हो सकता है। भाषाविज्ञान के अनुसार 'अंजना' मूलत: 'अंगना' भी हो सकता है। डॉ. सुकुमार सेन एक जगह बताते हैं कि मूल शब्द है 'गमदग्नि', परन्तु बाद में वह 'जमदग्नि' हो गया। वैसी ही कोई जिह्वागत दुर्घटना इस नाम के साथ भी हो सकती है और 'अंगना' का 'अंजना' हो गया ऐसा भी सम्भव है। 'अंग' शब्द का अर्थ होता है 'भग'। कर्नाटक के वीर शैव सम्प्रदाय के आचार्य कहते हैं कि सृष्टि के मूल में दो ही तत्त्व हैं—'लिंग' (लिङ्ग) और 'अंग' (भग) अर्थात् योनि। इसी से सृष्टि का परमदेव प्रतीक है गौरीपट्ट (अंग) में ऊर्ध्व प्रतिष्ठित शिवलिंग। अत: अंगना माने 'भगवती'। मुझे लगता है कि यही अर्थ ठीक है। यदि वह नारी 'भगवती' शक्ति नहीं होती तो रुद्रतेज का आधान कैसे बनती? अत: 'अंजना' अर्थात् 'भगवती' अर्थात् महाकाल की प्रेमिका। 'अंजना' शब्द का एक अर्थ कालिका भी होता है। आगम दृष्टि से वह 'अंजना' रुद्र की महाकाल शक्ति का अवतरण थी। अपनी मानवी सत्ता के रूप में वह केसरी नामक वानर की पत्नी थी। वाल्मीकि रामायण के अनुसार वह 'पुंजिकस्थला' नामक अप्सरा का अवतार थी। शिवपुराण के अनुसार वह गौतम ऋषि की कन्या थी। परन्तु उसकी देह में जिस दिव्य विभूति का निवास था वह उसे मानवोपति ऊर्ध्वतर भूमियों में प्रतिष्ठित करता था। जम्बूद्वीप के आदिम कदलीवनों में विहार करने वाली वह नारी उसी सत्ता को व्यक्त करती है जिसे सामवेदी ब्राह्मण 'कन्यां शिखण्डिनी युवतीं पाशहस्ताम्' कहकर नमस्कार करते हैं। वही वनदुर्गा के रूप में सुरमा और ब्रह्मपुत्र की घाटी के महाकान्तर में अर्धरात्रि में आठ-आठ साँपों को एक साथ खिलाती है। वही कश्मीर की केसर क्यारियों में सन्ध्या को कभी-कभी दिख जाती है अचानक, एक झलक मात्र और तब पवन उसकी दिव्य देह गन्ध से मह-मह सुवासित हो उठता है। वही जनस्थान और दण्डकारण्य के एकान्त में विचरण करती है और भीलकन्याएँ अरण्य के आदिम एकान्त कोनों में उसके बजते नुपूरों का स्तोत्र सुनकर भयचकित हो जाती हैं। पश्चिमी घाट के चन्दन-वनों में कभी-कभी एक दूरागत वंशी ध्वनि जो सुनाई पड़ती है वह उसकी ही अदृश्य बाँसुरी का स्वर है। तो वह नायिका अंजना और कोई नहीं, इस जम्बूद्वीप की आदिचामुण्डा ही थी जो मर्त्य देह धारण करके 'अंजना' नारी के रूप में विहार कर रही थी। फूटते केतकी पुष्प जैसे वातावरण को सुगन्धित करता हुआ यौवन, रस से टस-टस भरी चतुरंग पूर्ण देहश्री, केश-चूड़ा से मयूरपंखों का मुकुट, कण्ठ में अरुणप्रवालों की माला और अरुण अंगवस्त्र, दोनों विशाल नेत्रों में क्षुरधार तेज।

कभी गिरिसानु की फटिक शिलाओं के बीच, कभी मृगपथ पर तो कभी हस्तिपथ पर वह रूपसी अकेली विहार कर रही थी। उसका रूप तान्त्रिकों की वनदुर्गा जैसा था कि वह अचानक सामने पड़ जाये तो उसकी चटक लाल सिन्दूर रेखा को देखकर भय से आँखें मुँद जायेंगी। ऐसी अंगना से कौन छेड़खानी करेगा? तो भी उसे देखकर सृष्टि का रुद्रप्राण मरुत काम विकल हो गया। उस चंचल-चपल पवन ने ही उसका वस्त्र आखिर उड़ा ही दिया और सृष्टि-प्राणरूप तेज को उसके गर्भ में स्थापित कर दिया। उस महातेजस्वी गर्भाधान से उत्पन्न हुआ रुद्र का ही नया संस्करण त्रेतायुग की लीला के निर्वाह के लिए। गणपति और स्कन्द का तीसरा भाई पैदा हुआ हनुमान। प्रत्यक्ष भाव से प्रणय-क्रीड़ा में रुद्र नहीं मरुत उतरा था, माध्यम के रूप में, अत: उसका नाम 'मारुति' भी हुआ। यों भी रुद्र और मरुत अभेद हैं। दोनों प्राणशक्ति के प्रतीक हैं। विविध सम्बन्धों के कारण हनुमान को हम आंजनेय, पवननन्दन, शंकर-सुवन, केसरीनन्दन, मारुति आदि कहकर पुकारते हैं। देहलीला के सन्दर्भ में ये सभी नाम सार्थक हैं। परन्तु तात्त्विक दृष्टि से हनुमान साक्षात् महेश्वर ही हैं।

हनुमत्-जन्म की कथा में भारतीय मिथ-शास्त्र की अति प्रचलित कथारूढ़ि 'शुक्र बीज का स्थानान्तरण' (transference of seed) का प्रयोग हुआ है। हनुमत्-जन्म की कथा स्कन्द-जन्म की समरूपी है। दोनों रुद्र बीज से जन्म लेते हैं। दोनों 'कुमार' हैं। दोनों सेनापति हैं। दोनों मंगलमूर्ति हैं। कुमार-जन्म में माध्यम बनता है अग्नि, हनुमत्-जन्म में मरुत। कुमार अर्थात् स्कन्द के जन्म की कथा के अनेक संस्करण मिलते हैं। वैसे ही हनुमत्-जन्म की कथा के भी देश और देशान्तर में अनेक संस्करण प्रचलित हैं। सम्भवत: ये दोनों जन्मकथाएँ आदिम लोकायत संस्कृति से उपजी हैं और देश-भेद के कारण इसकी आन्तरिक आकृति में विभिन्नता है। परन्तु कथा की केन्द्रीय रेखा 'रुद्र-तेज के स्थानान्तरण से रौद्री शक्ति' का जन्म एक ही है। उसमें कोई परिवर्तन नहीं। 'महाभारत' में ही स्कन्द-जन्मकथा के एक से अधिक संस्करणों का संकेत है। इस कथा का एक प्रचलित संस्करण है जिसके अनुसार रुद्रबीज को अग्नि ग्रहण करके गंगा को देते हैं और गंगा षड् कृत्तिकाओं को दूसरा गौण संस्करण इस प्रकार है: अग्नि सप्तर्षियों की पत्नी पर काममोहित थे। उधर दक्ष की कन्या अग्नि के रूप पर मोहित थी। उस दक्षकन्या का नाम था 'स्वाहा'। स्वाहा ने कपटपूर्वक सप्तर्षियों की पत्नियों का एक-एक करके रूप धारण किया और अग्नि धोखे में आकर उससे संभोग करते रहे। परन्तु वह तेजस्वी सती अरुन्धती का रूप धारण न कर सकी। अत: उसे यह कृत्य छोड़ना पड़ा। स्वाहा अपने गर्भ के साथ गरुड़ी पक्षी का रूप धारण कर उस स्थान से उड़ी और रुद्रगणों द्वारा सेवित किसी हिरण्यमय शैलशिखर पर जाकर उस गर्भ को गिरा दिया। उसी गर्भ से कार्तिकेय स्कन्द का जन्म हुआ। बाद में उक्त छह ऋषि पत्नियाँ भी वहाँ पहुँचीं जिनका रूप धारण करके उसने अग्नि को आकर्षित किया था। उनके पतिगण ने सन्देहवश अपनी पत्नियों का परित्याग कर दिया था। उन्होंने स्कन्द का पालन-पोषण किया और वे ही कृत्तिका नक्षत्र मण्डल की ताराएँ बनीं। (महाभारत पर्व 3, अध्याय 213-214)। इसी कथा का एक अन्य रूप 'शिवपुराण' में भी मिलता है: अग्नि सप्तर्षियों की पत्नी पर काम मोहित थे। परन्तु शापभय से ऋषियों के देवदास वन में जा नहीं पाते थे-अत: उन्होंने उनकी आकृतियों की

रचना की और अपने शुक्र का पात किया। परन्तु सातवीं ऋषिपत्नी भगवती अरुन्धती का रूप वे नहीं रच सके। अपने पतित शुक्र को उन्होंने एक हिरण्यमय पात्र में स्थापित किया और गरुड़ पक्षी का रूप धरके उसे पर्वतशिखर पर ले जाकर स्थापित कर दिया। फलस्वरूप जिस देवता का जन्म हुआ वह कार्तिकेय कहलाया और पार्वती के पुत्र के रूप में विख्यात हुआ। गणेशपुराण के एक संस्करण में मिलता है कि पार्वती के विवाह के अवसर पर जब वधू मण्डप में लायी गयी तो उसका रूप आवरण में था परन्तु उसके बायें पैर का अँगूठा बाहर झलक गया। वही इतना सुन्दर था कि सारे देवता काममोहित हो गये और रुद्र के ही एक प्रतिरूप मृत्युदेवता के अन्दर कामावेश इतना अधिक हुआ कि शुक्र बह निकला। उस शुक्र को अग्नि ने धारण किया। अग्नि से कृत्तिकाओं ने ग्रहण करके स्कन्द को जन्म दिया। 'ब्रह्मपुराण' में भी यही कथा आती है परन्तु यहाँ नायक हैं विवाह के पुरोहित ब्रह्मा स्वयं और पतित शुक्र से बाल्यखिल्यों का जन्म होता है। कहने का तात्पर्य यह कि "शुक्र का अन्य माध्यम द्वारा अन्य क्षेत्र में स्थानान्तरण" यह कथा-रूढ़ि किसी-न-किसी रूप में स्कन्द-जन्मकथा के प्रत्येक संस्करण में वर्तमान है और 'रुद्र' बीज का स्रोत है तथा 'अग्नि' संवाहक माध्यम। हनुमत्-जन्मकथा के भी एक से अधिक संस्करण हैं। उनमें यही कथारूढ़ि प्रयुक्त हुई है। सम्भवत: स्कन्द-जन्मकथाओं का स्रोत हिमालय की किरात-संस्कृति है और हनुमत्-जन्मकथा मूलरूप से निषाद-द्रविड़ नस्ल की 'वानर'—संस्कृति का दान है। पुराण वैदिक और अवैदिक दोनों तथ्यों का उपबृंहण और समन्वय करते हैं 'अग्नि' और 'मरुत' जैसे आर्य देव-मण्डल के देवता को बीच का माध्यम या संवाहक बनाकर।

हनुमत्-जन्मकथा का प्रचलित संस्करण है अंजना-मरुत की प्रणय कथा। वाल्मीकि रामायण में यही कथा दी गयी है। ब्रह्मपुराण में भी यही कथा कुछ भिन्न रूप से है। शिवपुराण में हनुमान को महेश्वर का अवतार बनाने के लिए यह कथा इस रूप में दी गयी है। विष्णु ने शिव को रक्षा के लिए 'मोहनी' का रूप धारण किया था। मोहनीरूप धारण करके उन्होंने भस्मासुर से उनकी रक्षा की। परन्तु उसी रूप को देखकर शिव स्वयं इतने कामविकल हो गये कि उन्होंने उसका आलिंगन करना चाहा। कामावेश में शिव का शुक्रपात हो गया। उस शुक्रबीज को मरुत ने धारण किया तथा गौतम ऋषि की पुत्री अंजना में स्थापित किया। फलत: हनुमान का जन्म हुआ। हमें लगता है कि हनुमत् जन्म की मूलकथा अंजना-मरुत परकीया-प्रणय की ही कथा है। शायद यह कथा आदिम लोकायत संस्कृति से चलती है जब 'जन्म' एक रहस्यावृत घटना था। 'गर्भाधान' और 'जन्म' का रहस्य और पुरुष की उसमें भूमिका का ठीक-ठीक ज्ञान उन दिनों मनुष्य को नहीं था। आदिम लोक-विश्वास में 'मरुत' या 'जल' या विशेष प्रकार की वनस्पतियों के सम्पर्क में आ जाने पर गर्भाधान हो जाना आदिम लोक-विश्वास के अंग थे। आर्यपूर्व आदिम ग्रीक लोककथाओं के कुछ प्रारूप होमर-पूर्व ग्रीक मिथों में भी अवशिष्ट हैं। आर्यों के ग्रीस में प्रवेश के पूर्व कोई अन्य भूमध्यसागरीय जाति वहाँ रहती थी जो मातृसत्ता प्रधान थी। कुछ इतिहासकारों की राय में ये लोग उसी नस्ल के थे जिसे भारत में द्रविड़ कहा जाता है। कुछ के अनुसार आस्ट्रिक या निषाद मानव गोष्ठी के थे। जो हो, परन्तु उनकी सृष्टि-कथा के अवशिष्ट प्रारूप आदि ग्रीक मिथों में मिलते हैं जिनमें एक मिथ यह भी है कि सृष्टि की उत्पत्ति अन्धकारमयी रात्रि में मरुत के गर्भाधान द्वारा हुई।

हनुमत्-जन्मकथा की अंजना भी कालरात्रि या सृष्टि-प्रसव की रात्रि का प्रतीक है और इस संकेत का विकास बाद के शैव पुराणों में हनुमत् को रौद्री शक्ति का अवतरण बनाकर किया गया है। परन्तु आदिम स्तर पर यह है आर्य-पूर्व किसी मातृसत्ताप्रधान लोकायत संस्कृति की कथा, जो भूमध्य सागर के दक्षिण एशिया के ही आदिम लोकायत देवता थे और वे उन क्षेत्रों में ही पहले उपास्य थे जहाँ शिव और स्कन्द (सुब्रह्मण्यम्) की पूजा चलती थी। अत: स्कन्द की जन्मकथा के समानान्तर बाद में इनकी कथा को भी विकसित किया गया। प्रथम स्तर पर मरुत स्वयं नायक था। द्वितीय संशोधित स्तर पर वह माध्यम और उपनायक बन गया। प्राधान्य हो गया शिव या रुद्र का। लोकदेवता के रूप में हनुमत्-उपासना वीरपूजा और यक्षपूजा जैसी रही होगी। 'वीर' एवं 'यक्ष' देवताओं का, सांस्कृतिक समन्वय के पथ पर शैवोपासना में अन्तर्भाव हो गया और 'महावीर' हनुमान का महेश्वर रुद्र से जुड़ जाना एक स्वाभाविक प्रक्रिया के फलस्वरूप घटित हो गया होगा। बाद में रामकथा के अन्दर जुड़ जाने से उनके वैष्णवरूप का विकास हुआ। रामकथा के एक विशिष्ट 'ऐतिहासिक' (legendary) चरित्र पर इस आदिम लोकदेवता महावीर का आरोपण हो गया। रामायण में भी इसका अस्पष्ट संकेत है। रामायण से ही पता चलता है कि रामकथा के बहुत पूर्व हनुमान का जन्म हो चुका था और रामकथा वाले हनुमान को अपना 'सही स्वरूप' विस्मरण हो चुका था। जाम्बवान् को स्मरण दिलाना पड़ा कि वे कौन हैं? वे ही हैं जो युगों पूर्व अंजना और मरुत के प्रणय के फलस्वरूप जन्मे थे और जन्म लेते ही सूर्य का ग्रास कर गये, इत्यादि। यह 'पूर्व स्वरूप का प्रत्यभिज्ञान' वस्तुत: रामकथा के इस वानरवीर पर आदि हनुमान या उस आदिम लोकायत देवता का आरोपण मात्र है जो उस संस्कृति के भीतर विख्यात और वरेण्य रहा होंगा।

रामकथा में वे नारायणीय भूमिका में उतारते हैं, उनके चरित्र की अवधारणा में नया विकास होता है और वे वैदिकसुपर्ण तथा विष्णु के घोर वृषाकपि अवतारों के समाहार बन जाते हैं पंचमुखी 'हनुमत्' के रूप में। आदिम लोकायत से लेकर वैदिक-पौराणिक, शैव, वैष्णव, भक्तिपरक सारे सांस्कृतिक विकासों तक यह लोकदेवता क्रमश: उन्नततर और ऊर्ध्वतर उठता रहा है निगम और आगम दोनों क्षेत्रों में। गहराई, विस्तार, ऊर्ध्वत्व और रोचकता, इन चारों आयामों में देशकाल के विकास के साथ हनुमान-कथा विकसित होती रही है।

2

आंजनेय हनुमान को वाल्मीकि ने पराक्रम की चरम सीमा के रूप में उपस्थित किया है। तुलसीदास ने पराक्रम के साथ भक्ति को जोड़ दिया। लोकदेवता आदिम महावीर, रुद्रावतार हनुमान अब वैष्णवता और भक्ति का चरम वाहन बन जाता है। रामकथा के वृहत्साम का महर्षि यही अभिनव रुद्र हनुमान ही माना जाता है। वाल्मीकि ने किष्किन्धा काण्ड के 66वें सर्ग में हनुमान जन्म की जो कथा दी है उसका मर्म इस प्रकार है:

"तब जाम्बवान् ने उपस्थित वानरों के सम्मुख हनुमान से कहा, 'हे वीर, हे सर्वशस्त्रविद्, तू चुप क्यों है? तू स्मरण कर कि तू कौन है। वैनतेय ताक्ष्र्य के पंखों में जो बल है, पराक्रम है,

वेग है, वही बल-पराक्रम तेरी भुजाओं में भी है। क्या तू अपने को नहीं पहचानता कि समस्त भूतों से अधिक बुद्धि, बल, तेज और पराक्रम को धारण करके तू उतरा है ?"

तत्पश्चात् जाम्बवान् ने हनुमान जन्म की कथा को कहना प्रारम्भ किया: "स्वर्ग की अप्सरा पुंजिकस्थला धरती पर अवतरित हुई थी कपीशकुंजर की पुत्री के रूप में। वही अंजना नाम से वानरश्रेष्ठ केसरी की पत्नी हुई। उसका यौवन वर्षा ऋतु की सघन घटा की तरह अंग-अंग में उमड़ रहा था। एक दिन वह मानुषी सज्जा धारण करके विभिन्न माल्याभरण तथा श्वेत क्षौमवस्त्र धारण करके पर्वत सामु पर विहार कर रही थी। मरुत देवता की दृष्टि उस पर पड़ी। उसने चंचल पवन का रूप धारण करके उसके साथ छेड़खानी की और उसके वस्त्रों को उड़ा दिया। शायद पहले वह देवता स्वभाव की चपलतावश छेड़छाड़ भर ही करना चाहता था, अधिक नहीं। परन्तु जब उसकी दृष्टि अंजना के अनावृत अंगों पर, उन्नत कुचों और परस्पर सटी जाँघों, विस्तीर्ण नितम्बों और क्षीण कटि पर पड़ी तो उसके अंग-अंग उसे रति निमन्त्रण देते हुए ज्ञात हुए। तब विश्वप्राण का अधिदेवता मरुत भी अपने को सँभाल नहीं सका। वह कामातुर हो उठा। उसकी आतुरता के प्रभाव से सारी धरती ही आतुर हो उठी। सृष्टि का जीव-जीव कामबिद्ध हो उठा। मरुत ने पवन रूप से ही उसके सारे अंगों को सहला दिया। तब अंजना सचेत हुई और रोषपूर्वक कहा, 'यह कौन अदृश्य पापी है जो अपने 'एक पत्नीव्रत'[1] को भंग करने पर तुला हुआ है।' अदृश्य आतुर प्रेमी ने अंजना के कान में कहा, 'अंजना, मैं हूँ मरुत-प्राण विश्व के प्राणों का अधिदेवता। मैं स्वयं रुद्र ही हूँ। तेरी इस अंगश्री के प्रति मैं कामासक्त हूँ। तू मेरे प्रस्ताव को स्वीकार कर। मैं अपने ही समान महापराक्रमी पुत्र तुम्हें प्रदान करूँगा।'"

जाम्बवान् ने आगे बताया, "तत्पश्चात् महापराक्रमी हनुमान, तेरा जन्म हुआ। तू जन्मते ही उस महाकान्तार के पूर्व क्षितिज पर उदित सूर्य को लाल फूल समझ कर उछला था। तेरी वह उछाल तीन सौ योजन ऊपर की थी। इन्द्र ने तुझ पर वज्रपात किया। तू नीचे गिरा। परन्तु तुझे कोई चोट नहीं आयी। केवल पर्वतशिखर पर गिरने के कारण तेरी वाम ठुड्डी टेढ़ी हो गयी। तब तेरा पिता क्रुद्ध हुआ और विश्व के प्राणों को ही अवरुद्ध कर दिया। सबकी श्वास-प्रश्वास बन्द हो गयी। तीनों लोक क्षुभित हो गये। सारे देवता घबरा गये। तब सभी भुवनेश्वर देवताओं ने तुझे मनाया। सभी ने तुझे वरदान दिया। उनके वरदान के फलस्वरूप तू 'वज्रदेह' हुआ और तेरी काया को सारी सिद्धियाँ बिना किसी साधना के अचानक लब्ध हो गयीं। तेरा पराक्रम तीनों भुवनों में अनिरुद्ध हो गया। जरा-मरण तेरी इच्छा के अधीन हो गये। अत: हे पवनात्मज, तू अपने को पहचान।"

जाम्बवान् ने पूर्वस्वरूप का अभिज्ञान कराने के बाद पुन: आह्वान किया, "हे पुरुषसिंह, तू अपने बल-विक्रम का स्मरण कर और इस शतयोजन समुद्र को लाँघ जा। तू इन थके-हारे उत्साहहीन वानर वीरों सम्मुख अपने 'अति विक्रम' को प्रकट करने के लिए तत्पर हो जा।"

वाल्मीकि ने 'किष्किन्धा काण्ड' के 66वें सर्ग में जो कथा दी है, उसका यही सारांश है। सारा किष्किन्धा काण्ड ही पराक्रम की चित्रशाला है। ताल ठोंककर धरती और आकाश मथ

1. 'एक-पत्नीव्रत-मिदं को निशयितुमिच्छति' (वाल्मीकि) पुरुषप्रधान संस्कृति में 'पत्नीव्रत' नहीं, 'एक पतिव्रत' पर जोर रहा है। अंजना का यह वाक्य इस कथन का द्योतक है कि वह मातृसत्ताप्रधान आर्येतर संस्कृति की नारी थी।

डालनेवाले वीरों की अतिमानवीय छवियाँ एक के बाद एक प्रस्तुत की गयी हैं। दुन्दुभि, बालि, सुग्रीव, जटायु, सम्पाती आदि एक से एक असाध्य साधन करने वाले वीरों की छवियाँ महाकवि वाल्मीकि प्रस्तुत करते जाते हैं। सुन्दरकाण्ड में हनुमान ने जो असाध्य साधना की थी उस महान घटना की मानसिक प्रस्तुति के लिए ये सारे चित्र पाठक को तैयार करते हैं। सम्पाती का सूर्य-यात्रा का विश्व और अद्भुत वर्णन तो सुन्दरकाण्ड के समुद्र-सन्तरण का 'कथा-सूचक' जैसा लगता है, ठीक वैसे ही जैसे खाण्डवदाह की कथा पूरे महाभारत का सूचक है या क्रौंचवध की घटना पूरी रामकथा का। 'लंकाकाण्ड' में अतिकाय महापराक्रमी और चराचर विजयी वीरों का जो अखाड़ा उपस्थित किया जानेवाला है उसकी मानसिक प्रस्तुति प्रारम्भ हो जाती है 'किष्किन्धा' से ही, जिससे अयोध्याकाण्ड की चरम करण के बाद लंकाकाण्ड का अमित विक्रम पाठक को अस्वाभाविक झटका न दे। कथा में रस-विकास की दृष्टि से इतनी सावधानी बरतना वाल्मीकि की महाकवि-दृष्टि की सूक्ष्मता का परिचायक है। इस असाध्य साधना करने वाले नायकों के लीलामंच पर जो वीर पराक्रम की आखिरी हद स्थापित करता है, वह है यही आंजनेय हनुमान। इसलिए वाल्मीकि ने इस वीर की अतिमानवीय जन्मकथा को समुद्र सन्तरण वाले प्रसंग के ठीक पूर्व स्थापित किया है। यह जन्मकथा आनेवाली घटना की मानसिक पूर्वपीठिका जैसी है। इस घटना से दो निष्कर्ष निकाले जा सकते हैं। प्रथम तो यह कि हनुमान की रामावतार से बहुत युगों पूर्व की 'सत्ता' है। दूसरी बात यह है कि काव्य में पूर्वस्वरूप का स्मरण दिलानेवाली बात एक नृतत्त्वपरक ऐतिहासिक संकेत भी दे सकती है कि यह 'अभिज्ञान' या 'पूर्वस्वरूप' वस्तुत: एक समकालीन वानर वीर के साथ वानर संस्कृति में प्रतिष्ठित एक आदिम लोकायत देवता या लोकदेवता का समीकरण (identification) मात्र है, ठीक वैसे ही जैसे मानव तनुधारी राम का समीकरण विष्णु और उनके वैदिक अवतारों वामन-वराह आदि से किया गया है। रामकथा में रामावतार के पूर्व से ही प्रतिष्ठित एक महान देवता विष्णु का सहयोगी बनता है एक आदिम संस्कृति का लोकदेवता मारुति हनुमान और इस प्रकार कथा वेद और लोक दोनों क्षेत्रों की परम्पराओं का बल लेकर एक अत्यन्त सुदृढ़ भूमि पर स्थापित हो जाती है।

हनुमान की उत्पत्ति-कथा का मूल प्रारूप यही है। अंजना और मरुत के प्रणय के फलस्वरूप हनुमान की उत्पत्ति। ब्रह्मपुराण में इस कथा का रूप अल्प परिवर्द्धन कर लेता है जो लोक-संस्कृति और लोकोपासना के एक विशेषादिक पर प्रकाश डालता है। वहाँ पर कपिराज केसरी की दो पत्नियाँ हैं अंजना और अद्रिका। दोनों पूर्वजन्म की अप्सराएँ ही थीं। परन्तु शापवश अंजना का मुँह वानरी जैसा हो गया और अद्रिका का बिल्ली जैसा। इन दोनों देवियों ने क्रमश: वायु और नैऋत की उपासना की थी। वायु अर्थात् वैदिक मरुत और नैऋत अर्थात् प्रेतों के देवता। नैऋत यम का ही एक रूप है और नैऋत्यकोण में इनका निवास माना जाता है। ये भूत, प्रेत, वीर, बरम आदि लोक-संस्कृति के अपदेवताओं के नायक और नियामक हैं। इन देवियों ने इन देवताओं के प्रति अपने यौवन को समर्पित किया और फलस्वरूप अंजना ने वायुपुत्र 'हनुमान' को जन्म दिया तथा अद्रिका ने नैऋत पुत्र 'प्रेतराज' को। देवताओं के साथ यह प्रणय, उपासना और पुत्र प्रसव घटित हुआ था गोदावरी और फेनगंगा के संगम पर अर्थात् जनस्थान 'दण्डकारण्य' और

लंका के बीच, जो रामकथा के अनुसार, 'वानर-संस्कृति' का क्षेत्र है। दक्षिण भारत के आदि निवासी गुहामानव युग और प्रस्तर युग में किस नस्ल के थे, कहना कठिन है। किष्किन्धा की वानर-संस्कृति परवर्ती निषाद-द्रविड़ (Austro Dravidian) स्तरों से सम्बन्धित ज्ञात होती है। जिस तरह परवर्ती आर्य ने पूर्ववर्ती आर्येतर की धर्मोपासना और जीवन प्रणाली की बहुत-सी बातों को ग्रहण कर लिया, वैसी ही घटना उक्त संस्कृति के साथ घटित हुई होगी और आदिम मानव के अनेक उपकरणों और विश्वासों को उन्होंने भी ग्रहण कर लिया होगा। हनुमान के विग्रह में गुहामानव और प्रस्तर युग के संकेत मिलते हैं। यह भी सम्भा है कि यह निषाद-द्रविड़-संस्कृति, जो पूजाप्रधान थी, अपने ही आदिम स्तर की अनुस्मृति को हनुमान संज्ञावाले लोकदेवता के रूप में वहन करती आ रही हो। उस देवता की संज्ञा 'हनुमान' न होकर 'महावीर' रही हो। 'वीर' शब्द को यहाँ आर्येतर अर्थ 'शक्तिधर अर्धदेवता' के रूप में लेना होगा। आदिम उपासना भयमिश्रित थी और अपदेवताओं (यक्ष, गन्धर्व, वीर, बरम आदि) की उपासना थी। 'बरमधान' और 'वीरथान' की उपासना-पद्धति महावीरचैत्यों की उपासना से मिलती है और इसमें भी लँगोट, खड़ाऊँ, ध्वज, लड्डू का प्रसाद तथा तैल और सिन्दूर का प्रयोग होता है। ये सारी बातें संकेत देती हैं कि यह किसी आदिम 'महावीर' की लोकायत उपासना थी जो रामकथा के एक वानर वीर जा जुड़ी।

तत्पश्चात् हनुमान ने अपनी दोनों माताओं को गोदावरी और फेनगंगा के संगम पर स्नान कराया और वे शापमुक्त हुईं। उस तीर्थ को आज तीन नामों से पुकारते हैं 'अंजना तीर्थ, मार्जार तीर्थ और पैशाच तीर्थ।' 'ब्रह्मपुराण' की इस कथा में हनुमत्-उपासना की उस लोकायत धारा का संकेत है जो पौराणिक धारा से प्राचीनतर रही होगी। सुनता हूँ राजस्थान में जयपुर से कुछ दूर कहीं पर मेहँदीपुर है। वहाँ पर एक भारत प्रसिद्ध मारुति पीठ है। राजस्थानी हनुमान को 'बालाजी' कहते हैं। कहा जाता है कि जो लोग भूत-प्रेत या अपदेवताओं के संकट का शिकार होते हैं वे वहाँ जाकर नीरोग हो जाते हैं। हनुमान का संकटमोचन नाम से जुड़ा हुआ एक संकटमोचन तीर्थ काशी में भी है। परन्तु यहाँ पर उपासना-पद्धति शुद्ध वैष्णव है। मेहँदीपुर वाले तीर्थ में तीन मन्दिर हैं। बालाजी का मन्दिर ही मुख्य मारुतिपीठ है। पास में हैं प्रेतराज और भैरव के मन्दिर। प्रेतराज भी हनुमान ही हैं। तीसरा है भैरव। पहले दिन संकटग्रस्त पुरुष या नारी प्रथम मन्दिर में लिखित अर्जी पेश करता है और वहीं पर विचार होता है कि व्यक्ति का रोग प्राकृतिक है या प्रेतबाधा। दूसरे दिन भैरव को माष (उर्द के सादे बड़े) और भात की बलि अर्पित की जाती है। तीसरे दिन पिशाचराज और हनुमान का समीकरण हनुमान रूप 'वीर' या महावीर का संकेत देता है और ब्रह्मपुराण की कथा इस आदिम रूप का संकेत करती है। सम्भवत: लोकमुखी परम्परा से आती हुई पिशाचराज और हनुमान की कथारूढ़ि ही ब्रह्मपुराण में श्लोकबद्ध हो गयी है। लोकान्तर में आदिम वीर देवता तथा पौराणिक रुद्रभूतेश्वर देवता का रूपान्तर वैष्णव सन्दर्भ पाकर बिल्कुल भिन्न हो गया। 'संकट' का देवता 'संकट-उद्धारक' भी होता है। बाद में 'उद्धारक' रूप इतना मांगलिक होता गया कि उसकी प्रकृति ही बदल गयी और वह मूलरूप विलुप्त हो गया। अब वह प्रेतराज न रहकर प्रेत-अपसारक, प्रेत-संहारक हो गया। "भूत पिशाच निकट नहिं आवैं। महावीर जब नाम सुनावैं"। तथ्य तो यह है कि हनुमान-मिथ के अन्तर्गत आदिम भयभीत गुहामानव की—'भय'

पूजा से लेकर आधुनिक भक्तिप्रधान वैष्णव-संस्कृति की परतें दर परतें निहित हैं प्याज के छिलके की तरह। भारतीय धर्म-साधना के सांस्कृतिक विकार के साथ प्रत्येक कालक्रम में यह हनुमान मिथ परिष्कार पाती गयी और इसका रूप मांगलिक होता गया। हनुमान-रामकथा के सन्दर्भ में विकसित होते-होते 'अभिनव गणेश' 'अभिनव विघ्न अपसारक' 'संकटमोचन' और 'मंगलमूर्ति' बनते गये। वे सांस्कृतिक मंगल चिह्नों में गणपति विग्रह की तरह वैष्णवों के द्वारतोरण पर बैठ गये और रन में वन में भारतीय जन उनकी दुहाई देने लगे।

हिन्दू धर्म की सीमा से बाहर भी, भारतीय साहित्य और द्वीपान्तर भारत के साहित्य में रामकथा के बल पर हनुमान एक विशिष्ट साहित्यिक प्रतीक और विशिष्ट चरित्र के रूप में प्रतिष्ठित हैं। परन्तु इन स्थलों पर उनकी प्रकृति और जीवनलीला अल्प भिन्न स्वरूप ले लेती है। उदाहरण के लिए जैन रामकथा में वे वीर पराक्रमी और उदार तो हैं परन्तु वे ब्रह्मचारी नहीं हैं। वहाँ पर वे शूर्पणखा के दामाद हैं (देखिये स्वयम्भू का 'पउमचरिउ')। बाद में वे सुग्रीव की दो पुत्रियों के भी पति हैं। जैन रामायण के राक्षसगण विद्याधर हैं, गन्धर्व किन्नरि कोटि के जीव, दैत्य दानव नहीं हैं। वहाँ पर नाम भी शूर्पणखा नहीं 'चन्द्रनखा' है, चन्द्रमा जैसे सुन्दर नखोंवाली। परन्तु सनातनी रामायण में वह एक खूँखार राक्षस महिला है। कामुक तो वह जैन रामायण में भी है। वह काम पीड़ित होकर राम के पास जाती है और नाक-कान कटवाती है। जैन रामायण के अनुसार हनुमान पहले राम के सहायक नहीं थे। परन्तु सुग्रीव के साथ मन्त्री होने के कारण वे राम की सज्जनता तथा उनके पक्ष में निहित न्याय से प्रभावित होते हैं। वे शूर्पणखा को अधर्म और अन्याय के पथ पर रहने के कारण त्याग देते हैं और राम के पक्षधर बनते हैं। शेष बातें वैसे ही हैं जैसे सनातनी रामायण में। इसमें भी वह समुद्र पार करके लंका जाते हैं, सीता से भेंट होती है और राम-रावण युद्ध में अपनी महत्त्वपूर्ण भूमिका निभाते हैं।

दक्षिणपूर्व एशिया के 'द्वीपान्तर भारत' या 'वृहत्तर भारत में भी हनुमान एक जनप्रिय चरित्र और अधिदेवता के रूप में पूज्य हैं। यहाँ पर हनुमान के प्रति आस्था का स्वरूप धार्मिक न होकर सांस्कृतिक और साहित्यिक है। हिन्देशिया मलय और कम्पूचिया की रामायण अल्प स्थानीय क्षेपकों के रहते हुए भी भारतीय रामायण से काफी मिलती-जुलती है। परन्तु लाओस (लवदेश) की रामकथा में अनेक नयी बातें आ गयी हैं और हनुमान के प्रसंग में नयी कल्पनाओं का समावेश हो गया है। लाओस की रामायण के दो मुख्य संस्करण हैं (1) द्रवाङ् लुआङ् और (2) विसनेत्यान। द्रवाङ् लुआङ् के अनुसार हनुमान एक ऋषि-कन्या के पुत्र हैं जिसका नाम 'अंजना' नहीं 'स्वाहा' है। महाभारत में प्राप्त स्वाहा और अग्नि के गुप्त प्रणय के फलस्वरूप स्कन्द-जन्म की चर्चा हम कर चुके हैं। सम्भवत: एक ही आदिम कथारूढ़ि से इनका विकास हुआ है अथवा स्कन्द मिथ की अस्पष्ट अनुस्मृति ही हनुमत् प्रसंग में उतार दी गयी है। यहाँ पर भी पिता वायु देवता (फ्रां-फाइ) ही हैं। दूसरे संस्करण 'विसनेत्यान' के अनुसार हनुमान की जननी अपनी माँ के शाप से वानरी हो गयी। एक ऋषिवधू कायश्री (कायसी) ने फ्रा-अथित (प्रभुआदित्य) से प्रणय किया और 'सुक्रीप' (सुग्रीव) का जन्म हुआ। इसी तरह फ्रा-चान (प्रभुचन्द्र) से गुप्त प्रणय के फलस्वरूप 'फाली' (बालि) का जन्म हुआ। ये वानर नहीं मनुष्य हैं। ऋषि ने स्वयं एक तीसरी सन्तान कन्या उत्पन्न की।

उसका नाम 'फोङसी' था। यही 'फोङसी' हनुमोन (हनुमान) की माता हुई। जब फोङसी बालिका थी तभी उसने अपनी माता कायश्री के गुप्त प्रणय का भेद ऋषि को बता दिया। फलतः ऋषि क्रुद्ध हुए और सुग्रीव तथा बालि को समुद्र में फेंक दिया। दोनों बच्चे बहते-बहते कुक्कुटवती नगरी के तट पर जा लगे। वहाँ के पुत्रहीन राजा ने उन्हें अपना पुत्र बनाया। वह कुक्कुटवती ही भारतीय रामायण की किष्किन्धा है। परन्तु फर्क यही है कि सुग्रीव बड़ा भाई है और बालि छोटा। राम सुग्रीव का वध करते हैं और बालि की भूमिका भारतीय रामायण के सुग्रीव जैसी ही है। उधर इनकी बहन फोङसी को उनकी माता ने शाप दे दिया। 'जा तू वानरी हो जा।' वह वानरी होकर घूमती-घामती जम्बूद्वीप के 'वाराणसी नखोन' के उपखण्ड में आ पहुँची। वहाँ पर 'थट्टरथ' (दशरथ) राजा था। उसके दो बेटे 'फालाक' और 'फालाम' घोड़े पर मृगया क्रीड़ा करते हुए उसी स्थल पर जा पहुँचे जहाँ एक अद्‍भुत पेड़ था। उसकी ही एक शाखा पर फोङसी रहती थी। वह पेड़ ऐसा था कि उसमें दो डालें थीं। एक डाल पर जाने पर कोई भी जीव बन्दर हो जाता था, दूसरी पर जाने पर उसे अपना पुराना प्रकृत स्वरूप प्राप्त हो जाता था। 'फालाक' (लक्ष्मण) तथा 'फालाम' (राम) को यह तथ्य ज्ञात नहीं था। बाल-चपलतावश ही फालाम संयोगवश उस पेड़ की पहली डाल पर चढ़ गये और वानर हो गये। वे पूरे एक मास उसी डाल पर भटकते रहे। वहीं उसी वृक्ष पर फोङसी भी थी। अतः वानर फालाम और फोङसी में प्रणय प्रेम घटित हुआ और बाद में फोङसी ने जिस शिशु को जन्म दिया वही बाद में 'हनुमान' वानर वीर के रूप में विख्यात हुआ। इधर एक मास बाद फालाम दूसरी डाल पर कूद गये। संयोगवश ही। अन्यथा जिन्दगी भर वानर ही रह जाते और रामायण बनती ही नहीं। वे दोनों भाई घर लौटे। कालान्तर में उनका विवाह 'सीडा' (सीता) से हुआ। आगे की कथा भारतीय रामायण जैसी है। परन्तु फालाम के 'सीडा' को छोड़कर और सोलह पत्नियाँ भी बतायी गयी हैं। फालाम से हनुमान की भेंट कुक्कुटवती के पड़ोस के वन में होती है। वहाँ 'हनुमान' वानरी क्रीड़ा करते हुए राम का धनुष छीन लेता है और मानुषी भाषा में अपना परिचय देता है जो उसकी माँ फोङसी ने बताया था। इस प्रकार लाओसदेशीय रामायण के राम-हनुमान अर्थात् पितापुत्र का मिलन सीताहरण के बाद घटित होता है। लुआङ् प्रवाङ् रामायण में भारतीय रामायण की तरह बालि बड़ा और सुग्रीव छोटा है तथा किष्किन्धा भी कुक्कुटवती न होकर 'किटकिन्न' नगरी है। जिस ऋषि की पुत्री वियेनत्यान रामायण की फोङसी को बताया गया है उसका नाम 'तोतम' है। यह गौतम से मिलता-जुलता है। शिवपुराण के अनुसार अंजना गौतम की पुत्री थी और मरुत ने रुद्रबीज को ले जाकर उसी के गर्भ में स्थापित किया था। लगता है कि द्वीपान्तर भारत में पुराणों की जो कथाएँ हैं बौद्धों द्वारा गढ़ी गयी उनमें उसी तरह का घालमेल हो गया। लाओस रामायण के वियेनत्यान संस्करण पर तो स्पष्टतः बौद्ध छाप है। इसी से दशरथ वाराणसी के राजा बताये गये हैं। लाओस रामायण के 'हनुमोन' भी ब्रह्मचारी नहीं बल्कि वीर पराक्रमी राजपूत की तरह वीर और श्रृंगार दोनों रसों के क्षेत्र में उतरते हैं और राक्षसी सुन्दरियों के चन्द्रवदन उन्हें कामविकल कर देते हैं। कहीं पर उन्हें 'हनुमोन' कहा गया है तो कहीं पर 'हल्लुमान'। इस तरह वे रामचन्द्र के बड़े बेटे ही साबित होते हैं। इधर दक्षिण भारत में एक लोकप्रवाद है कि वे रामचन्द्र के बड़े बेटे नहीं बल्कि सौतेले भाई थे। अग्नि ने जो चरु

दशरथ की रानियों को दिया था उसमें कैकेयी के हाथ से उसका एक अंश एक चील अपने चोंच में लेकर भाग गयी। वह उड़ती-उड़ती एक जंगल के ऊपर पहुँची और असावधानी से वह चरु उसकी चोंच से नीचे एक फल पर जा गिरा। उस फल को संयोगवश अंजना नाम की वानरी खा गयी और हनुमान इसी के फलस्वरूप पैदा हुए।

इस प्रकार हम देखते हैं कि हनुमान की कथा रामकथा के प्रसार के साथ-साथ देश-देशान्तर फैलती गयी। देशान्तर में जाकर उसमें नाना प्रकार के सही-गलत, ऊटपटाँग परिवर्तन हुए। परन्तु मिथ की 'रीढ़' या मेरुदण्ड अपरिवर्तित रहा। भारतीय मिथों की यह एक विशिष्टता है कि केन्द्रीय 'रीढ़' या अस्थिपंजर सुरक्षित रखते हुए इसमें आन्तरिक विवर्तन होते रहे हैं। स्कन्द-जन्मकथा, हनुमत-कथा, रामकथा इसी प्रकार की व्यापकता और आन्तरिक विवर्तनोंवाली कथाएँ हैं। पुराणों में इसी से परस्पर विरोधी बातें आ गयी हैं जो भिन्न-भिन्न प्रकृति की जातियों और देश के योगदान के कारण हैं। परन्तु इस सीधी बात को परम्परावादी स्वीकार न करके इसका एक भिन्न उत्तर देते हैं 'कलप भेद हरिचरित सुहाये'। कल्प-प्रतिकल्प ये बातें घटित होती हैं, इसी से कुछ भेद आ जाता है। परन्तु असल कारण 'कल्प-प्रतिकल्प' नहीं 'देश-प्रतिदेश' 'जाति दर जाति' के सूत्र में हैं। भारतीय मिथपात्र में एक ही मिथ की अनेकरूपता तथा एक निश्चित दृढ़ आकृति के अभाव पर श्रीमती ओ फ्लेहार्टी ने एक स्थल पर लिखा है—'भारतीय मिथोलोजी के सन्दर्भ में किसी निश्चित रूप या आकृति (Form) की बात करना ही निरर्थक है। यहाँ पर तो प्रथम अनुभव जो होता है वह रूपहीनता या अनिश्चित आकृति का ही। गोया भारतीय मिथ एक ऐसा पदार्थ हो जिसकी आकृति बाह्य रेखाएँ बदलती चलती हों, जिसके सिरे सदैव विगलित होकर अपना कोण बदलते चलते हों। परन्तु इसी के भीतर मिथ की मूल आकृति-प्रकृति (essence of myth) छिपा रहता है।' हनुमान-कथा की रीढ़ अथवा दैवी सत्ता के गुप्त प्रणय के फलस्वरूप उनका दिव्य जन्म और रामकथा में उनका देवताओं के टक्कर का पराक्रम तथा प्राधान्य देश-देशान्तर के द्वारा आरोपित विविधता के बावजूद सुरक्षित है।

यक्ष और राक्षस

शालकटंकट पर्व

आर्य साहित्य की मूलभूत और लोकप्रिय कथारूढ़ि (Motif) है 'देवासुरम्' यानी देवासुर-कथा और यह कथा मूलत: दो शुभ और अशुभ तत्त्वों के द्वन्द्ध की है। यह 'देवासुरम्' ही आर्य वीरगाथा (Heroic Saga) का केन्द्रीय तत्त्व रहा है। वैदिकोत्तर संस्कृति में या बाद में आने वाले महाकाव्य रामायण, महाभारत अथवा लोक-प्रचलित आख्यान जो 'देवी' और 'असुर' से जुड़े हैं, इसी की काट प्रस्तुत करते हैं। न केवल महाकाव्य बल्कि नाटक का सूत्रपात भी इसी से हुआ है। भरतमुनि के 'नाट्यशास्त्र' के प्रारम्भ में नाटक की उत्पत्ति कर आख्यान दिया हुआ है। प्रथम नाटक अभिनीत हुआ था देवों की विजय के उपलक्ष्य में किसी 'इन्द्र-मख' उत्सव में और इसकी कथावस्तु थी असुरों पर देवताओं की विजय। दर्शकों में असुर भी बैठे थे और उन्हीं की पार्टी में 'विरूपाक्ष' आदि विघ्न-देवता गण भी थे। यह बात कुछ संकेतपूर्ण है जिसका मतलब आगे साफ होगा। तो उस नाटक के अभिनय को देखकर असुर एवं उसके दल वाले क्रुद्ध हो गये और 'न क्षमिष्यामहे', 'इसे क्षमा नहीं करेंगे हम' की घोषणा करते हुए वहीं पर जमकर मारपीट हुई। अन्त में इन्द्र ने अपनी विशेष शक्ति द्वारा असुरों को पराजित किया, परन्तु नाटक तो 'फ्लाप' हो ही चुका था। तब ब्रह्मा ने असुरों को समझाया, "अरे भाई यह नाटक है। इसके भावों का शुद्धरूप से आस्वादन करो, इसे अपने से जोड़कर मत देखो। यह तो निर्वैयक्तिक आस्वादन है।" इस बार स्वयं ब्रह्मा ने एक नाटक लिखा 'समुद्र मन्थन' और इसमें मन्थन के द्वारा प्राप्त लक्ष्मी को नायिका बनाकर लक्ष्मी स्वयंवर की कथा को अभिनीत किया गया था। इसमें लक्ष्मी ने विष्णु का कैसे वरण किया था, यही मुख्य बात थी। इस बार मन्थन शान्तिपूर्वक सम्पन्न हुआ। इस बार विरूपाक्ष आदि विघ्नगणों ने कोई बाधा नहीं डाली। ये विरूपाक्ष एवं विनायकगण विघ्नकर्ता हैं और इनका नियन्त्रण शिवपुत्र गणेश करते हैं। गणेश स्वयं पहली बार या दूसरी बार उपस्थित थे या नहीं, पता नहीं चलता। कहते हैं कि 'लक्ष्मी स्वयंवर' की 'थीम' देवसभा में बहुत लोकप्रिय थी और एक बार लक्ष्मी का अभिनय करते हुए 'उर्वशी' के मुँह से 'पुरुषोत्तम' (यानी विष्णु) के स्थान पर उसके मानव प्रेमी 'पुरुरवा' का नाम निकल आया। फलत: उसे मर्त्यलोक में आकर सजा के रूप में कुछ समय रहना पड़ा और इस घटना के फलस्वरूप चन्द्रवंशीय आर्यों की वंश-परम्परा में गन्धर्व-रक्त का समागम हुआ।

भरतमुनि के नाट्य शास्त्र में स्पष्ट भाषा में कहा गया है कि देवासुर-कथा का मतलब मात्र देवताओं की कथा या कीर्ति नहीं, बल्कि देवासुरों का शुभ "और अशुभ कर्मभाव, यानी मंगल

और अमंगल का द्वन्द्व (युग्म) है और भारतीय परम्परा देवतत्त्व की असुर तत्त्व पर विजय दिखाते हुए भी 'असुर' यानी अमंगल का सम्पूर्ण विनाश नहीं घोषित करती क्योंकि सत्त्व और तमस दोनों परमा प्रकृति के समान रूप से स्थायी गुण हैं। देवताओं की विजय का मात्र अर्थ यही होता है कि इन दोनों तत्त्वों का पारस्परिक सन्तुलन पुन: अपने सही बिन्दु पर स्थापित हो गया। इतिहास-प्रवाह में बार-बार सन्तुलन बिगड़ता है, बार-बार वासुर संग्राम होते हैं और बार-बार विष्णु को अवतार लेना पड़ता है। इस तथ्य को जानते हुए भी हम 'शुभ' को यानी देवतत्त्व को वरेण्य और आदर्श मानते रहे क्योंकि यह तत्त्व जीवन की-हाँ-धर्मी यानी पॉजिटिव शक्तियों का स्रोत होता है। अत: 'देवासुरम्' या 'देवासुर'—कथा का अर्थ मात्र देवों और असुरों की लड़ाई नहीं। यह दो प्रकार की शक्तियों का परस्पर युग्म प्रदर्शन है और इसका उपसंहार 'अतिरिक्त' या 'अनुपातहीन' असुरत्व या तमोगुण का नाश तथा पुन: समरसता स्थापन है जिसे मैंने अन्यत्र 'रचनात्मक सन्तुलन' (Creative Balance) कहा है। भारतीय मनीषा सारी घटना को एक उच्चतर ब्रह्म-बोध (ब्रह्म का मूल अर्थ 'ज्ञान' या बोध ही होता है) के रूप में लेती रही है। अन्त में 'समरस' स्थिति की स्थापना का बोध एक ब्रह्म बोध है। सत्त्व, रजस और तमस तीनों को अतिभ्रान्त करते हुए इनकी 'समरस' स्थिति का बोध जो प्रसादजी की 'कामायनी' का उपसंहार है।

महाकाव्य और नाट्य-वेद दोनों का जन्म यज्ञ-संस्कृति से हुआ है और दोनों को 'पंचमवेद' कहा गया है। अत: दोनों की चिन्तन-पद्धति समानान्तर चले, ऐसा होना स्वाभाविक ही है। भरतमुनि ने आठ नाट्य रसों का उल्लेख किया है जिनमें मूलरस चार को ही माना है। श्रृंगार, वीर, बीभत्स, और रौद्र। श्रृंगार का सहचर है वीर। बीभत्स का रौद्र। 'श्रृंगार-वीर' के जोड़े को उन्होंने 'हृद्य' (वांछनीय, कमनीय) माना है और बीभत्स-रौद्र को 'अहृद्य' (अवांछनीय या अकमनीय)। श्रृंगार का उलटा है बीभत्स और वीर का रौद्र। श्रृंगार अर्थात् 'कूटस्थ' (श्रृंग-गिरि) प्रारम्भ में श्री या सौन्दर्यबोध के आस्वादन के लिए ही आता था। उसका 'कामोत्तेजक' अर्थ बाद का विकास है। यह आस्वादन 'शुभ' से जुड़ा है। कामोत्तेजना से जुड़कर तो यह 'अशुभ' में पतित भी हो सकता है। वर-कन्या या प्रेमी-प्रेमिका का युग्म शोभा-श्री और शुभ का बोध कराता है। वर 'विष्णु' हैं कन्या 'लक्ष्मी'। विवाह के वैदिक मन्त्र इसे स्पष्ट भाषा में कहते हैं। लोक मानस इसे 'सीता-राम' के रूप में देखता है। प्रेमी-प्रेमिका 'राधा-कृष्ण' हैं। ये कामोत्तेजना नहीं राग-अनुराग के प्रतीक हैं। 'श्रृंगार' शब्द का मूल अर्थ आज भी हिन्दी में सुरक्षित है। श्रृंगार करना अर्थात् सुशोभित करना, सजाना, अलंकृत करना। यह सृष्टि के 'सोम' तत्त्व की अभिव्यक्ति है। इससे घनिष्ठ भाव जुड़ा है अग्नितत्त्व या तेज प्रकाश और 'ज्ञानतत्त्व' यह वीररस में स्थापित होता है। सृष्टि को वैदिक दृष्टि अग्नि-सोमात्मक मानती है। इसी से ये श्रृंगार-वीर परस्पर सहयोगी हैं। श्रृंगार का उलटा है बीभत्स यानी फूहड़ और कुदृश्य। वीर का उलटा है रौद्र यानी क्रूर और नृशंस ! यह सही है कि भरत मुनि का नाट्यशास्त्र बहुत बाद में बना होगा। परन्तु नाट्य-वेद की मौखिक परम्परा तो यज्ञ-संस्कृति का अंग रही है। यज्ञ-संस्कृति के नाट्य धर्मी उत्सवों से नाटक का विकास हुआ है और यज्ञ-संस्कृति के ही सुपर्णों यानी गाथाविदों के गाथा-गान से महाकाव्य का। अत: दोनों की प्रकृति समानधर्मी है।

कहने का तात्पर्य यह है कि आर्यगण सृष्टि और सृष्टि-प्रक्रिया की अग्नि-सोमात्मक शक्ति के साथ अग्नि (तेज) और सोम (प्राण और माधुर्य) की विपरीत शक्ति तमस और जड़ता के द्वन्द्व और सन्तुलन के रूप में देखते थे। देवता इस सृष्टि-प्रक्रिया का 'हाँ' धर्मी पक्ष है तो असुर 'ना' धर्मी पक्ष ! इनका द्वन्द्व सनातन है और यही 'देवासुरम्' है। राम-कथा भी इसी पैटर्न पर ढाली गयी है। इसे मैं कई बार कह चुका हूँ। यहाँ पर जो बात प्रस्तुत की जा रही है वह यह है कि इस कथा के प्रतिपक्ष 'राक्षस-वीरगाथा' का प्रस्थान बिन्दु भी एक 'देवासुरम्' ही है। पुराणों के अनुसार एक नहीं अनेक देवासुर संग्राम हुए हैं। एक महा संग्राम में कई खण्ड संग्राम होते थे। अकेले वराह अवतार में विष्णु को एकादश सहस्र खण्ड संग्राम करना पड़ा था। प्रत्येक संग्राम के नेता हैं इन्द्र और नायक हैं विष्णु। परन्तु प्रतिपक्ष असुरों के नेता और नायक बदलते रहे हैं। कभी दैत्य, कभी असुर, कभी राक्षस तो कभी कंस और दुर्योधन जैसे मनुष्य। रामायण की राक्षस-गाथा का प्रस्थान बिन्दु भी इसी प्रकार का एक देवासुर संग्राम ही है। वह था प्रसिद्ध तारकामय-संग्राम जिसके असुर प्रतिपक्ष थे रावण के 'नाना' यानी मातामह दैत्यगण, माली-सुमाली और माल्यवान। यह दैत्यों का 'शालकटंकट' वंश था जिसकी चर्चा हम करने जा रहे हैं। सच तो यह है कि राम-रावण-समर प्रकारान्तर से उसी तारकामय संग्राम का उपसंहार है। इतिहास की अनेक समानधर्मी घटनाओं का प्रतीकात्मक निचोड़ होता है मिथक यानी 'इतिहासोपाख्यान (Legend)। मिथ और इतिहासोपाख्यान में यही भेद होता है कि 'मिथ' ऐतिहासिक भी हो सकता है और कल्पित भी। परन्तु इतिहासोपाख्यान इतिहास आश्रित होता है। यद्यपि आज के प्रचलित अर्थ में वह हूबहू इतिहास नहीं होता है। इतिहासोपाख्यान के लिए भारतीय शब्द है पुरावृत्त या 'पुराण'। देवी-महिषासुर-द्वन्द्व शुद्ध 'मिथ' है। परन्तु रामकथा 'मिथ' नहीं इतिहासोपाख्यान है। यद्यपि रामकथा के सन्दर्भ में हम 'मिथ' शब्द का प्रयोग भी कर बैठते हैं। परन्तु उस स्थिति में तात्पर्य 'इतिहासोपाख्यान' से ही होता है। स्थूल घटनाओं के भावप्रवण एवं कल्पनामिश्रित प्रतीकीकरण करके इतिहासोपाख्यान और पुराण रचे जाते हैं। हमारे देश में पुराण दसवीं शती तक लिखे गये हैं। परन्तु उनकी कथावस्तु द्वापर के अन्त तक आकर समाप्त हो जाती है। गौतम बुद्ध को केन्द्रित करके पालीभाषा में पुराण रचा गया है। 'ललित-बिस्तर' एक तरह से पुराण ही है। पुराण बनने के लिए इतिहास को मात्र 'प्राचीन' ही नहीं 'सुदूर प्राचीन' बनना होता है। यदि इस देश में इस्लाम नहीं आया होता और पौराणिक रचना-परम्परा चल रही होती तो बुद्ध ही नहीं, चन्द्रगुप्त, चाणक्य, विक्रम शालिवाहन और गोरखनाथ-भरथरी के चरित भी पुराणों के अंग हो गये होते। तत्कालीन या निकट इतिहास पुराण या मिथ नहीं बन पाता है। साथ ही, यह भी स्मरण रखना चाहिए कि इतिहास के सारे चरित्रों और सभी घटनाओं की अन्त:प्रकृति ऐसी नहीं होती कि उन्हें 'मिथ' का रूप दिया जा सके। यदि मुगलकालीन इतिहास का रूपान्तर पुराण में किया जायेगा तो यही कहा जायेगा कि बाबर का पुत्र अकबर हुआ, अकबर का जहाँगीर, जहाँगीर का शाहजहाँ, शाहजहाँ का औरंगजेब और औरंगजेब का पुत्र बहादुरशाह हुआ। बीच-बीच के चरित्र अनुपस्थित रहेंगे। मिथ या पुराण या इतिहासोपाख्यान जो कहें; यह सर्वदा स्थूल इतिहास का 'मधु' या निचोड़ ही होता है।

रामायण में आयी राक्षस-गाथा का पुराण भी एक देवासुर संग्राम की परम्परा का अन्तिम अंक है। इस राक्षस-गाथा के स्पष्टत: दो पर्व हैं। एक है 'शालकटंकट' पर्व, दूसरा है 'पौलस्त्य पर्व' यानी रावण पर्व। रावण के तीन नाना (मातामह) थे। माली, सुमाली और माल्यवान। इन्हें शालकटंकट वंशीय राक्षस कहा जाता है। इस वंश का ऐसा नामकरण उनके पूर्व पुरुष विद्युत्केश की पत्नी 'शालकटंकटा' के नाम पर हुआ है। दिति के पुत्रों में हेति और प्रहेति भाई थे। हेति राजा बना और प्रहेति धार्मिक स्वभाव का होने के कारण तपोवन चला गया। हेति का पुत्र विद्युत्केश था जिसकी पत्नी सन्ध्या की पुत्री 'शालकटंकटा' थी। इनका पुत्र हुआ सुकेश। सुकेश के पुत्र हुए माली, सुमाली और माल्यवान ! अर्थात् शालकटंकटा इस वंश की पितामही थी। परन्तु मुझे लगता है कि वास्तविकता में यह व्यवधान महज तीन-चार पीढ़ियों का नहीं है, ज्यादा है, जैसा कि मिथ के भीतर इतिहास को ढालते समय हो जाता है। 'शालकटंकटा' एक अद्‌भुत नाम है। इस नाम के पीछे कुछ रहस्य होना चाहिए। प्राचीन रामायण में इस नाम के सन्दर्भ में एक संकेत मिलता है। गृह्य सूत्र में चार विनायक हैं, शालकटंकट, कुष्माण्ड, राजपुत्र स्मित और देवजयन। 'याज्ञवल्क्यस्मृति' में छह विनायक आते हैं, मित, सम्मित, कुष्माण्ड, शाल, कटंकट और राजपुत्र। इस 'स्मृति' के अनुसार एक विनायक अम्बिका-पुत्र भी हैं। जो विनायकगणों के अधिपति 'गणेश' कहे जाते हैं। विरूपाक्ष, विनायक आदि विघ्नकर्ता शक्तियाँ हैं। नाट्य-वेद के जन्म की कथा में विघ्नों और विरूपाक्ष आदि का असुरों के साथ तालमेल का उल्लेख हम ऊपर कर चुके हैं। ये शिव के अनुयायी गण थे और असुर भी इसी देवता के अनुयायी थे। इनके ऊपर नियन्त्रण शिव और अम्बिका के पुत्र गणेश का माना जाता है। इसी से वे विघ्नेश्वर और विनायक भी कहे जाते हैं। इस सारी मिथकीय भाषा के पीछे यह संकेत मिलता है कि 'शाल कटंकट' या अलग-अलग शाल और कटंकट, व्यक्तिनाम नहीं गणनाम हैं और इनकी जीवन पद्धति वैदिक आर्यों से भिन्न थी। ये उत्पाती और विघ्नकर्ता स्वभाव के थे। इनका शिव से सम्बन्ध होते हुए भी स्वभाव अपदेवता का था। अत: असुरों से इनका प्रिय सम्बन्ध होना स्वाभाविक ही है। इसी विनायकगण की 'शालकटंकट' शाखा की कन्या होने के कारण विद्युत्केश की पत्नी का नाम 'शालकटंकटा' कहा गया है और सम्भवत: यह कौशल्या-कैकेयी की तरह ही व्यक्तिवाचक संज्ञा न होकर जाति या गोत्रवाचक संज्ञा है। शिव से प्रिय सम्बन्ध होने के कारण ही इसके वंशज पर उमा-महेश्वर की विशेष कृपा हुई थी। इसकी चर्चा हम आगे करेंगे। परन्तु ये सारी घटनाएँ राम या दशरथ के बहुत पूर्व घटित हुई थीं। तारकामय संग्राम सतयुग में हुआ था और रामायण की कथा त्रेता के अन्त की है। इसी से हम मानते हैं कि रावण के मातामहों और शालकटंकटा के बीच अधिक पीढ़ियों का व्यवधान रहा होगा। मिथ में ऐतिहासिक सूचनाओं का संकोचन और सरलीकरण हो जाता है।

रावण स्वयं तो आर्यपुत्र था, ब्राह्मण था, वेदों की ही आदिम और आगमप्रधान परम्परा का विश्वासी था। उसके पिता विश्रवा ऋषि थे और पितामह थे महर्षि पुलस्त्य। पुलस्त्य का नाम आदि पितरों में आता है। यही नहीं, रावण में इक्ष्वाकु वंश का रक्त भी है। इक्ष्वाकुवंशीय तृणबिन्दु की कन्या ही विश्रवा ऋषि की माता थी। अर्थात् रावण की पितामही इक्ष्वाकुवंशीय थी। ऐसी स्थिति में नस्ल से आर्य तो वह था ही। परन्तु चरित्र और संस्कारों से वह राक्षस था। जन्म-सूत्र से वह

जिस वंश का यानी अपने मातुल कुल का उत्तराधिकारी बनता है वे राक्षस संस्कृति दीक्षित थे। वाल्मीकि ने इस वंश के बारे में जो कथा दी है (उत्तरकाण्ड, सर्ग 4-8), वही कथा अल्प हेरफेर के साथ अन्यत्र भी मिलती है। हम पुन: यायावरीय राजेश्वर की बात का स्मरण दिलाते हैं कि भारतीय साहित्य में दैत्य, मानव, असुर आदि भिन्न जातियाँ होते हुए भी ये संज्ञाएँ पर्यायवाची रूप में ग्रहण की जाती हैं और नस्ल से ज्यादा चरित्र और संस्कार की अवधारणा पर आश्रित (राक्षस) शब्द सबके लिए चलता है। लोकमानस इन सबको 'राक्षस' ही मानकर ग्रहण करता है। वैसे भी यह ठीक है क्योंकि 'राक्षस' संज्ञा प्राचीनतर है और अधिक मूलभूत तथ्य की ओर इशारा करते हैं। यह संज्ञा एक विशेष प्रकार के चरित्र के लिए सामान्य शब्द के रूप में प्रचलित थी। 'उत्तरकाण्ड' में राम महर्षि अगस्त्य से पूछते हैं, "प्रभो, मैंने तो सुना था कि राक्षसकुल की शुरुआत पुलस्त्य कुल से ही है। परन्तु आप बता रहे हैं कि इनके पूर्व भी राक्षसों का कोई कुल था जिनके अधिकार में लंका थी और जिन्हें पराजित करके इन्द्र ने लंका यक्षों को दे दी थी। वे उत्कट बलशाली पूर्वज कौन थे ?" इसके उत्तर में महर्षि अगस्त्य राक्षस-वीरगाथा के पूर्वार्द्ध पर्व 'शालकटंकट' वंशीय राक्षसों की कथा इस प्रकार कहते हैं (उत्तरकाण्ड सर्ग 4-8)।

रघुपति रामचन्द्र, सब जानते हुए भी पूछ रहे हो तो जगत् के कल्याण के लिए पुन: बताता हूँ। पुराकाल में पद्मसम्भव प्रजापति ने पार्थिव जल की सृष्टि की और उसमें अनेक जीवों को पैदा किया। यह था सृष्टि का प्रथम युग जलज युग। इसमें उन्होंने जल की रक्षा के लिए एक विशेष प्रकार के जीवों की सृष्टि की। उस आदि सृष्टि के पुरुषों ने अपने जन्म के बाद पितामह पद्मयोनि ब्रह्मा से पूछा, 'भगवन्, हम क्या करें।' उनको प्रजापति ने आदेश दिया 'यत्नेन रक्षध्वन' यत्नपूर्वक रक्षा करो। इस आदेश को उनके एक वर्ग ने 'रक्षध्वम्' के रूप में ग्रहण किया, तो दूसरे ने 'यक्षध्वम्' के रूप में। (आधुनिक भाषाविज्ञान भी बताता है कि हिमालय अंचल की किरात-निषाद भाषाओं में 'र' का उच्चारण कहीं-कहीं पर 'य' में बदल जाता है। अन्यथा आदेश एक होने पर उन्होंने दो अर्थों में क्यों ग्रहण किया? इसका उत्तर पुराणों में नहीं मिलता। पर इस अनुस्मृति के पीछे भाषाविज्ञान का एक तथ्य है जो सम्भवत: पुराणकार को ज्ञात था) एक ने उत्तर दिया, 'वयं रक्षाम:'। 'रक्षाम:' कहने वालों का नाम 'राक्षस' हुआ और 'यक्षाम' कहने वालों का यक्ष। (इस पौराणिक श्रुति के अनुसार न केवल रावण और कुबेर दोनों परस्पर भाई थे, बल्कि इनकी जातियाँ राक्षस और यक्ष भी एक-दूसरे के दायाद हैं। राक्षस क्षत्रियोचित वीरता और नृशंसता के धारक बने तो यक्ष ब्राह्मणोचित और वैश्योचित शान्त वृत्तियों के धारक हुए। परन्तु हैं ये मूलत: सगोत्र)।

"रक्षाम इति यैरुक्तं राक्षसस्ते भवन्तु व:।
यक्षाम इति यैरुक्तं यक्षा एव भवन्तु व:।।"

(उत्तरकाण्ड 4/13)

राक्षस जाति की कथा को आगे बढ़ाते हुए महर्षि अगस्त्य बताते हैं: "उन राक्षसों में ही बहुत आगे चलकर दो प्रधान नायक उत्पन्न हुए-हेति और प्रहेति। तब तक देव-सृष्टि, मानव-सृष्टि और दक्ष प्रजापति की पुत्रियों द्वारा उत्पन्न गन्धर्व-किन्नर-नाग-सर्प आदि जातियाँ भी विकसित हो चुकी थीं। तो भी सृष्टि का प्रथम युग ही था। इन दो राक्षसों में प्रहेति तो धार्मिक स्वभाव का था।

अत: वह तपोवन में चला गया-हेति गृहस्थ बना और काल की पुत्री भया से विवाह किया। हेति का पुत्र हुआ विद्युत्केश जो बड़ा ही तेजस्वी निकला। उसके तप और तेज से प्रभावित होकर सन्ध्या ने अपनी पुत्री 'शालकटंकटा' का विवाह उसके साथ कर दिया। यही शालकटंकट वंशीय राक्षसों की माता बनी। विद्युत्केश सन्ध्या के ही समान उग्र तेजस्वी उसकी पुत्री को पाकर उसके साथ वैसे ही रमण करने लगा जैसे शची के साथ इन्द्र रमण करते हैं। (यह सन्ध्या शिवपत्नी उमा का प्रतिरूप सन्ध्या नहीं, कोई और ही चरित्र है)। कुछ काल बाद राक्षसी शालकटंकटा ने कार्तिकेय के समान एक परम तेजस्वी पुत्र को जन्म दिया। परन्तु राक्षसी-वृत्ति के अनुसार अपने शिशु को मन्दराचल पर प्रसव करके बिना किसी मोह-छोह के अपने पति के साथ क्रीड़ा करने अन्यत्र चली गयी।" अब कथा में एक ऐसी कथारूढ़ि का प्रवेश होता है जो लोककथाओं में प्राय: आती है। वह है समस्या के यान्त्रिक समाधान के लिए हर-पार्वती या किसी देवता का हस्तक्षेप। आदिम आर्येतर लोक-साहित्य से लेकर भोजपुरी-मैथिली आदि तक यह 'कथारूढ़ि' अविच्छिन्न रूप में आयी है। आर्येतर जनजातियों के लोक-साहित्य में ऐसे अवसरों पर गौरा पार्वती और महादेव का आगमन एक टिपिकल घटना है क्योंकि वर्तमान आर्येतर आरण्यक या पार्वतीय जनजातियाँ उसी आदिम आर्येतर लोकसंस्कृति की उत्तराधिकारी हैं।

'शालकटंकटा' द्वारा व्यक्त गर्भ अब बालक बनकर गम्भीर मेघस्वर में रुदन करने लगा। (बालक इन्द्रजीत भी जन्म के समय मेघ गर्जनस्वर में रोया था और इसी से उसका नाम मेघनाद पड़ा था।) उसी समय आकाश मार्ग में शिव और पार्वती वृषभ पर सवार होकर कहीं जा रहे थे। पार्वती के कानों में अनाथ बालक की रुदन ध्वनि आयी और करुणा से आर्द्र होकर देव-दम्पती नीचे उतर पड़े। पार्वती जी के अनुरोध से भूतभावन शिव ने बालक को तत्काल युवा बना दिया और उसे अमरत्व का वरदान देकर एक आकाशचारी विमान भी दिया जो नगराकार था, आशुतोष जो ठहरे ! अकारण ही सही जब कृपा बरसाने लगे तो फिर कृपणता कैसी। यही नहीं पार्वती ने भी राक्षस जाति की एक बड़ी समस्या, शिशु-पालन की समस्या, का भी स्थायी समाधान कर दिया समूची राक्षस जाति को वर देकर—

"उमयापि वरो दत्ता राक्षसीनां नृपात्मज।
सद्योपलब्धिं गर्भस्य प्रसूति: सद्य एव च।
सद्य एव वय: प्राप्ति मातुरेव वय: समम्।"

"हे नृपात्मज राम, भगवती उमा ने भी राक्षसियों को यह वर प्रदान कर दिया कि आज से राक्षसियाँ शीघ्र गर्भधारण कर लेंगी, उसी तरह तुरन्त प्रसव कर देंगी और उनका प्रसूत बालक तुरन्त ही माता के समान वयस्क हो जायेगा।"

भगवती को चाहिए था कि इस उत्तरदायित्वहीनता के लिए शालकटंकटा को डाँटें। पर उल्टे उसे ही नहीं, उसकी समूची जाति को वरदान दे डाला। ऐसी ऊटपटाँग बातें लोककथाओं में प्राय: आती हैं। वस्तुत: मिथकों और लोककथाओं का एक दिक् यह भी है कि तत्सम्बन्धी जाति या समूह की विशेष प्रथाओं को अलौकिक उक्तियों द्वारा युक्तिसंगत करना। वस्तुत: राक्षस जाति में पुत्र-प्रसव करके नारी पालन-पोषण का दायित्व नहीं लेती थी। राक्षस एक भोगवादी जाति थी।

राक्षस धर्म की चालू प्रथा को यहाँ युक्तिसंगत किया गया है। मिथकीय प्रमाण द्वारा आ जीवन-दर्शन में पुरुष-नारी का संयोग पितृऋण से उद्धार अर्थात् सन्तानोत्पादन होता है। परन्तु राक्षस जीवन-दर्शन में यह रमण तृषा मिटाने का साधन मात्र है। इसमें कोई दायित्वबोध नहीं। तो भी ध्यान देने की बात है कि इस उपेक्षा के बावजूद इस वंश का नाम मातृ-संज्ञा के आधार पर 'शालकटंकट वंश' ही कहलाया क्योंकि आर्येतर जातियाँ मातृसत्ताप्रधान व्यवस्था मानती थीं। विश्रवा ऋषि का आर्य कन्या से उत्पन्न पुत्र कुबेर 'वैश्रवण' कहलाया पिता के नाम पर। परन्तु इसी ऋषि का राक्षस कन्या से उत्पन्न पुत्र रावण का परिचय 'वैश्रवण' नहीं बना और वह अपनी माता के गोत्र नाम के अनुसार मामा और मातामह की तरह 'राक्षस' कहलाया।

फिर अगस्त्यजी कथा को आगे बढ़ाते हैं, "वह व्यक्ति राक्षस-पुत्र सुकेश कहलाया। उसने गन्धर्व-कन्या देववती से विवाह किया। देववती भुवन विख्यात रूप-यौवनशालिनी थी और द्वितीय लक्ष्मी की तरह शोभना थी। धर्मात्मा शिवभक्त सुकेश ने देववती को राक्षसकुल की मूर्तिमान लक्ष्मी की तरह प्रतिष्ठित किया। उसे देववती द्वारा तीन सन्तानें प्राप्त हुईं जो त्रेताग्नि की तरह धधकते हुए तेजस्वी थे। वे तीनों भाई माल्यवान, सुमाली और माली तीनों लोकों की तरह स्थिर और अविचल, तीनों अग्नियों (गार्हपत्य, आहवनीय और दक्षिणाग्नि) की तरह जाज्वल्यमान, तीनों मन्त्रों (वैदिक, तान्त्रिक और शबर) की तरह उग्र और तीनों रोगों (वात, पित्त और कफ) की तरह अमोघ शक्ति से सम्पन्न थे। ये तीनों कुमार कालक्रम से राक्षस गुण के नायक बने।" (ये तीनों ही लंका के प्रथम अधिकारी हैं। इनके ही द्वारा देवासुर-संग्राम पुनः थोपा जाता है। इस भयावह संग्राम में विष्णु को छोड़कर और कोई देवता इनसे टकरा नहीं पाता। अन्त में विष्णु माली का वध कर देते हैं। माल्यवान और सुमाली भागकर पाताल में जा छिपते हैं। लंका यक्षों के अधिकार में दे दी जाती है। देवताओं से प्रतिशोध लेने के लिए ये ही अपनी पुत्री कैकसी को ऋषि विश्रवा के पास भेजते हैं। जिससे रावण, कुम्भकर्ण और विभीषण का आविर्भाव होता है और लंका पुनः राक्षसों के कब्जे में आ जाती है। इनका ही कुटुम्ब भागिनेय रावण का कुटुम्ब बनता है। इनके ही पुत्र-पौत्र (प्रहस्त, अकम्पन, विकट, सुपार्श्व, विरूपाक्ष, दुर्मुख आदि) रावण के मुख्य योद्धा और सेनानायक बनते हैं। शालकटंकट वंश की पराक्रम गाथा का वर्णन करते हुए महर्षि अगस्त्य आगे बताते हैं कि ये पूर्ववर्ती राक्षसगण रावण आदि से भी अधिक दुर्धर्ष थे। इससे यह भी पता चलता है कि ये राक्षसगण मूलतः यक्षों के दामाद थे। परन्तु उनकी अगली पीढ़ियों में गन्धर्व-किरात-किन्नर रक्त से भी मिश्रण हुआ और भारत भूमि में जिस प्रकार आर्य शुद्ध आर्य न रहकर 'विमिश्र' आर्य बना, उसी तरह इनकी आर्येतरता भी विमिश्र होती गयी और आर्यों के साथ इनका विरोध रक्त या जाति के आधार पर नहीं, विपरीत जीवन-दृष्टि और जीवन पद्धति को लेकर था। साथ ही राक्षसवंश के इन नायकों के नामों-माल्यवान, सुमाली, माली-में 'माल' ध्वनि खण्ड का अस्तित्व भी बड़ा संकेतपूर्ण है। प्रायः देखा जाता है कि प्राचीन मिथों में व्यक्तिवाचक संज्ञाओं में भी जातिवाचक संकेत रहते हैं। 'रघु', 'पुरु', 'नारद', 'व्यास' इसी तरह के शब्द हैं। 'माल' या 'मालय' एक ऐतिहासिक शब्द है जो उसी नस्ल के लिए आता है जिसे आस्ट्रिक, निषाद, मुण्डकोल आदि कहा जाता है और आनन्द के. कुमार स्वामी के अनुसार 'यक्ष' इसी

प्रजाति के पौराणिक प्रारूप व्यक्त करते हैं। महर्षि अगस्त्य के मुख से वाल्मीकि ने शालकटंकट वंश के इन राक्षसों का जो वर्णन दिया है उसके अनुसार ये हीन, कुरूप या कदाकार नहीं थे। ये बड़े ही तपस्वी और तेजस्वी थे। ये विद्याधर पुरुष थे और अनेक सिद्धियों से सम्पन्न थे। विष्णु को छोड़कर अन्य कोई देवता इनकी समता में नहीं था। हर दृष्टि से ये वीरगाथा के उचित नायक थे। परन्तु इनका सामाजिक विधान मातृ प्रधान था और इनका नीतिशास्त्र आर्य सिद्धान्तों के विपरीत था। इनमें मुक्त कामाचार और नरमांस-भक्षण की प्रथा थी। इनके ज्वलन्त तेज के भीतर एक अमांगलिकता थी। इनके सौन्दर्य के भीतर उग्र अशुभ का निवास था। नृशंसता, कामुकता और उग्रता के कारण ये अदिव्य और अशुभ माने गये। इसका एक गलत परिणाम यह हुआ कि बाद की अनुभूतियों में इनका विरूपकरण (Caricature) ही उपस्थित किया गया जो इनके सही मूल्यांकन में बाधक बनता रहा। ये देहवादी थे। इनका विश्वास था कि देह ही आत्मा है, भोग ही चरम पुरुषार्थ है, फलत: भारतीय मनीषा इनके प्रति एक विरूप मनोभाव का पोषण करने लगी और इनकी पराक्रम गाथा, इनका बल प्रताप इन्हें महिमा-मण्डित नहीं कर पाया। वाल्मीकि की भाषा में यह द्वैत मनोभाव स्पष्ट हो जाता है उसके द्वारा प्रयुक्त परस्पर विरोधी शब्दावली के द्वारा। जैसे "त्रेताग्नि के समान वे तीनों तेजस्वी वैसे ही बढ़ने लगे जैसे उपेक्षित की गयी महाव्याधि बढ़ती है।" धीरोद्धत नायक की महिमा के भीतर कवि निरन्तर 'अशुभ' का संकेत देता चलता है। परन्तु शताब्दियों से पोषित मनोभाव और 'राक्षस' शब्द से जुड़े भावों से तटस्थ होकर देखा जाये तो रामायण शुद्ध वीरगाथा-काव्य है जिसका लक्ष्य 'वीरता' के लिए वीरता हो राक्षस-गाथा में ही मिलता है। महर्षि अगस्त्य कथा को पुन: आगे बढ़ाते हुए कहते हैं:—

"तत्पश्चात् उन तीनों भाइयों ने अपने तपस्वी पिता के अनुकरण पर महाघोर तप करना प्रारम्भ किया 'विचेहस्ते तपोघोरं सर्वभूत भयावहम्'। उनका तप सत्य, सरलता और शम-दम से युक्त होने पर भी तीनों लोकों को सन्तप्त करने वाला था। मानो विश्व प्रकृति के ऋतचक्र के विपरीत कोई अभिचार कर्म साध रहा हो। प्रकृति विकृति का रूप लेने लगी। उस उग्र तप को देखकर चतुरानन स्वयं उपस्थित हुए और उन्होंने कहा 'वर माँगो'। तब उन तीनों वीरों ने काचित गात होकर अंजलिबद्ध प्रार्थना की 'हम अपराजेय हों, हम चिरजीवी हों, तथा हमारा भ्रातृप्रेम अटूट बना रहे।' प्रजापति ब्रह्मा ने कहा 'तथास्तु'।

"वर पाकर वे तीनों वीर उन्मत्त हो उठे। उनका तमोगुणी स्वभाव इस अर्जित महिमा को संयमपूर्वक धारण करने में असमर्थ था। फलत: मनुष्य और देवता ही नहीं, असुरगण (राक्षसों से भिन्न दैत्य-दानवादि) भी घबरा उठे। फिर एक दिन उन्होंने जाकर विश्वकर्मा से निवेदन किया कि वे उनके रहने के लिए अमरावती के तुल्य एक पुरी का निर्माण कर दें। हिमालय मेरु या मन्दराचल तक कहीं भी एक ऐसी पुरी का निर्माण कर दें जो श्री सम्पन्न हो और अपराजेय रण-दुर्ग भी हो। तब विश्वकर्मा ने उन्हें बताया, 'दक्षिण महोदधि के तीर पर त्रिकूट और सुवेल दो पर्वत हैं। त्रिकूट के मध्य शिखर पर जहाँ पक्षी भी उड़ान नहीं मार सकता, देवराज की आज्ञा से हमने लंका नामक एक नगरी बनायी है जो सौ योजन चौड़ी और तीस योजन लम्बी है। इसके प्राकार और द्वार स्वर्णमण्डित हैं। दुधर्ष वीरों, तुम लोग उसी लंकापुरी में हस्तक्षेप करो।'

वहाँ जाकर वे तीनों अपने श्रेष्ठ योद्धाओं के साथ बस गये और नर्मदा नामक गन्धर्वी की तीन अपूर्व लावण्यमयी कन्याओं के साथ उत्तराफाल्गुनी नक्षत्र में प्राजापत्य रीति से विवाह कर लिया। इनके नाम थे सुन्दरी, केतुमती और वसुदा जो ज्येष्ठ क्रम से माल्यवान, सुमाली और माली की पत्नियाँ बनीं। उन्होंने इनसे अनेक पराक्रमी पुत्रों और 'पवित्र मुस्कानवाली' (शुचिस्मिता) कन्याओं को जन्म दिया। इन कन्याओं में कैकसी की भूमिका रामकथा के प्रतिपक्ष के बीज स्थान के रूप में है। कैकसी को ही इन वीरों ने राक्षसश्री और राक्षस महिमा के उद्धार के लिए पराक्रमी पुत्र पैदा करने हेतु महर्षि विश्वामित्र के पास भेजा था। कैकसी सुमाली की पुत्री थी। राक्षस सेनापति प्रहस्त इसका सहोदर भाई था।

"अपने सैकड़ों पुत्रों, पौत्रों एवं भूमण्डल से एकत्रित किये गये सहस्रों दैत्य दानव, राक्षस अनुगतों की भयंकर सेना लेकर वे तीनों भाई वायु की तरह सर्वत्रगामी और अपराजेय होकर विचरण करने लगे और समस्त सृष्टि के लिए महासन्त्रास बन गये। मनुष्यों की बस्तियाँ उजड़ गयीं, ऋषियों के गुरुकुल नष्ट हो गये, स्वर्ग से देवता भाग चले और उन तीनों ने 'हम ही विष्णु हैं, हम ही इन्द्र हैं, हम ही वरुण हैं' कहते हुए स्वर्ग पर एकाधिकार कर लिया। देवगण त्रस्त होकर भगवान शिव के पास गये। उन्होंने साफ जवाब दे दिया कि सुकेश के पुत्रों का वध करना मेरे लिए युक्तिसंगत नहीं, नारायण ही इस अवसर पर कुछ कर सकते हैं। देवगण विष्णु के पास गये और उनकी प्रार्थना पर पद्मपलाशलोचन श्री हरि ने इस राक्षस कुल का वध करने की प्रतिज्ञा की।"

तत्पश्चात् महर्षि अगस्त्य ने इन राक्षस वीरों के साथ भगवान् विष्णु के उस युद्ध का वर्णन किया जो त्रैलोक्य को विकम्पित कर देने वाला था। इस युद्ध में तृतीय वीर माली की गदा की चोट खाकर विनतानन्दन गरुड़ भी पीड़ा से रणक्षेत्र में विमुख होकर पलायनमुखी हो गये। यह अद्भुत घटना थी। जिस वैनतेय पर इन्द्र के वज्र का भी कोई असर नहीं हुआ था और वे वज्र का सम्मान करने के लिए ही अपना एक पंख गिरा देते थे, वही विनतानन्दन गरुड़ राक्षस वीर माली की गदा की चोट सँभाल न सके और तब विष्णु ने भागते हुए गरुड़ की पीठ से अपना अमोघ सुदर्शन चक्र पीछे मुड़कर चलाया था जिससे माली का सिर कटकर गिर पड़ा। तत्पश्चात् माल्यवान और सुमाली ने विष्णु से भयंकर युद्ध किया और उस सर्वशक्तिमान देवता का वक्षस्थल शक्ति से क्षत-विक्षत कर डाला। परन्तु विष्णु के प्रबल पराक्रम के आगे अन्त में ये दोनों राक्षस वीर प्राण लेकर भागे और लंका के सारे वीरों के साथ पलायित होकर पाताल में जा छिपे। लंका पर देवताओं ने अधिकार करके उसे यक्षराज कुबेर को दे दिया। इस संग्राम के उपसंहार का लोमहर्षक वर्णन करते हुए अगस्त्यजी ने बताया, "हे श्रीराम, तुमने जिन राक्षसों को मारा है, उन रावण आदि की तुलना में ये पूर्ववर्ती राक्षस वीर कई गुना बलवान थे। माल्यवान, सुमाली, माली और उनके अगले दस्ते में चलने वाले वे 'महाभाग' राक्षसवीर ऐसे थे कि एक मात्र विष्णु को छोड़कर और किसी में सामर्थ्य नहीं कि उन्हें पराजित कर सके। वही भगवान् विष्णु आप स्वयं हैं। आप राक्षसों का वध करने के लिए ही इस भूतल पर अवतीर्ण हुए हैं। जब जब धर्म-व्यवस्था नष्ट हो जाती है, तब तब विष्णु मानुषी तनु धारण करते हैं। यह है उन राक्षसों की कथा जो इन पौलस्त्यवंशीय रावणादि के पूर्वाधिकारी थे और देवासुर संग्राम के प्रतिनायक थे।"

राक्षस जाति के शालकटंकट वंश की यह वीरगाथा पौलस्त्यवंशीय राक्षस-गाथा की बीजभूमि बनकर समाप्त हो जाती है। दोनों को जोड़ने वाली कड़ी है सुमाली राक्षस की कन्या और दोनों की अधिष्ठान भूमि है लंकानगरी। सुमाली-कन्या कैकसी के गर्भ से उत्तर राक्षस-गाथा का अशुभ आरम्भ होता है। यह उत्तर राक्षस-गाथा ही पौलस्त्य-गाथा है और आदि काव्य की कथावस्तु बनती है। वैसे देखा जाये तो यह अपनी महिमा में स्वतन्त्र रूप से खड़ी है और इसमें शुद्ध वीरगाथा काव्य के सारे प्रमुख लक्षण विद्यमान हैं। परन्तु इसे कोई व्यास या कालिदास नहीं मिला जो 'हरिवंशम्' या 'रघुवंशम्' की तरह 'राक्षसवंशम्' शीर्षक से महाकाव्य लिखता। ऐसा होना सम्भव भी नहीं है क्योंकि इसकी सबसे बड़ी कमजोरी है इसकी विश्वदृष्टि और जीवनदर्शन। यह अशिव और अशुभ है अतः यह अपनी सारी अन्तर्निहित महिमा के बावजूद पराजय का महाकाव्य होगा क्योंकि साहित्य में अशिव और अशुभ को पराजित ही दिखाया जा सकता है। हद से हद ऐसे विषय को ट्रेजडी तक ही उन्नत किया जा सकता है। 'ना-धर्मी' (Negative) नायक को लेकर ट्रेजडी भले ही लिख ली जाये, महाकाव्य सम्भव नहीं। भारतीय महाकाव्य-दृष्टि इसे स्वीकार नहीं कर पायेगी। ग्रीक दृष्टि जीवन को ट्रेजिक तथ्य मानकर चलती है और उसका प्रमुख महाकाव्य भी एक तरह से ट्रेजडी है। होमर का 'इलियड' महाकाव्य की विधा में प्रस्तुत एक ट्रेजडी है। परन्तु भारतीय परम्परा में ऐसी ही जीवन-दृष्टि स्वीकार्य नहीं। यहाँ के महाकाव्य चरितप्रधान हैं और उनके मूल में रहती है 'पुरुष-जिज्ञासा' 'कोन्वस्मिन् अशुभ से नहीं जुड़ता।' माइकेल मधुसूदन दत्त ने एक विपरीत प्रयत्न किया है बांग्ला में 'मेघनादवध' लिखकर। परन्तु वह सर्वथा असफल प्रयत्न है। वीरगाथा और महाकाव्य में भी एक प्रभेद होता है। राक्षस-गाथा को लेकर 'पृथ्वीराज रासो' जैसी वीरगाथा लिखी जा सकती है। परन्तु भारतीय महाकाव्य नहीं। वीरगाथा काव्य की दृष्टि से यह शालकटंकट वंशीय राक्षसों की कथा अवश्य ही उपयुक्त विषयवस्तु है। गाथा 'घटना' को महत्त्व देती है परन्तु महाकाव्य चरित्र को। चरित्र को केन्द्रीय तत्त्व बना देने पर शुभ और अशुभ का प्रश्न महत्त्वपूर्ण हो जाता है।

दशग्रीव पर्व

दैत्य विष्णु से मार खाकर बहुत दिन रसातल में छिपे रहे। बहुत काल बीतने पर एक दिन दैत्य सुमाली अपनी कन्या को लेकर वैसे ही बाहर निकला जैसे नीलांजन मेघ की बगल में सौदामिनी चपला ! कन्या क्या थी, राक्षस कुल की लक्ष्मी 'निऋति' ही थी ! उसी समय उसकी दृष्टि आकाशगामी पुष्पक यान से जाते हुए विश्रवा के पुत्र कुबेर पर पड़ी जो अपने तेज से अग्नि देवता की तरह अन्तरिक्ष को प्रकाशित करते हुए चल रहे थे। उन्हें देखकर सुमाली उदास हो गया। वह वहीं से कन्या को लेकर रसातल को लौट आया। उसके मन में कन्या के माध्यम से ऐसा ही तेजस्वी कुमार प्राप्त करने की प्रबल इच्छा जग उठी। अपने पुत्रों से या पौत्रों से उसे ऐसी आशा नहीं थी कि वें खोयी हुई राक्षस-राजलक्ष्मी का उद्धार कर सकें। उनमें क्षत्रबल तो था, पर तपोबल नहीं था। अपने निहितार्थ की सिद्धि के लिए बड़े भाई माल्यवान से परामर्श करके उसने एक सन्ध्या को उसी तेजस्वी ऋषि विश्रवा के पास भेजा जो महायक्ष कुबेर के जनक थे।

कैकसी सन्ध्या की दारुण वेला में जब ऋषि होमाग्नि में पवित्र आहुतियाँ डाल रहे थे, उनके सामने काम-भाव को लेकर उपस्थित हुई। "देवि, सविता अस्तमान है, निशाचरों की प्रिय प्रदोष वेला उपस्थित है" महर्षि ने कहा, "काल का मुहूर्त, परमाप्रकृति और मनुष्य तीनों जब मिलकर रचते हैं तो कुछ रचा जाता है ! तुम्हारा सौन्दर्य उग्र और उत्तेजक है, रूप रम्य-दारुण है, तुम दारुण वेला में उपस्थित हुई हो जब मायावी शक्तियाँ और उपदेवता विचरण करने के लिए बाहर निकलने को उद्यत हैं। तुम्हारे द्वारा इस निषिद्ध वेला में यहाँ प्रवेश करने से 'रक्षोहा-मन्त्रों' की गति कुण्ठित हो गयी है। अत: ऐसे में तुम्हें जो सन्तान होगी वह भी दारुण होगी, उसकी आकृति दारुण होगी, उसकी महिमा दारुण होगी, और वे दारुण सहचरों से घिरे होकर अत्यन्त मायावी और क्रूरकर्मा होंगे। तो भी मैं तुम्हें वंचित नहीं करूँगा। तुम्हें तुष्ट करूँगा।"

कैकसी ने आर्त स्वर में कहा, "भगवन्, मैं नीच दुराचारी पुत्र नहीं चाहती ! मुझे तपस्वी और बलशाली पुत्र चाहिए !"

ऋषि ने कहा, "तुम्हारी कामना पूरी होगी। उनके उग्र तप से परमेष्ठी ब्रह्मा का आसन डगमगा जायेगा। उनके विक्रम के आगे काल का बल-विक्रम झख मारेगा। वे परम धार्मिक भी होंगे। परन्तु उनका धर्म अनात्मवादी होगा, 'प्रतिधर्म' होगा। वे परम विद्वान होंगे। परन्तु उनकी विद्या आत्मा-विहीन होगी। तुम्हारा तीसरा पुत्र अवश्य ही हमारे धर्म पथ का पथिक होगा, वह आत्मा की उपासना करेगा, उसे जन्मजात ब्रह्मास्त्र-सिद्धि मिलेगी। परन्तु तुम्हारे प्रथम दोनों पुत्र

दशों दिशाओं को विजय करेंगे और उनका चरित्र महाभयंकर होगा। उनके माध्यम से मैं तुम्हारी योनि को इतिहास की प्रसव-भूमि बना रहा हूँ !" ऐसा कहते हुए ऋषि ने कैकसी के उग्र-उत्तेजक यौवन को अंगीकार कर लिया! उसी सन्ध्या को परमा प्रकृति के हृदय में घाव हो गया और ऋत-चक्र में गाँठ पड़ गयी !

कैकसी की तीन सन्तानें हुईं। प्रथम का नाम हुआ 'दशग्रीव'। शायद इसी नाम के भ्रम से कालान्तर के कवियों ने दशशीश और बीस भुजाओं की कल्पना कर डाली। जो हो, परन्तु उसका असल नाम 'दशग्रीव' ही था। इसे ही कहीं-कहीं 'दशकण्ठ' और 'दशकन्धर' कहा गया है। 'दश' का अर्थ होता है 'बहुत'। दश, शत, सहस्र आदि कभी-कभी भाषा में 'बहुत' के अर्थ में आते हैं। आज भी तो कहते हैं "दस आदमी जो कहें, वही ठीक है !" 'ग्रीव' या 'शीश' का अर्थ है नायक या प्रधान ! 'दशग्रीव' या 'दशशीश' एक ही बात है। अवश्य ही 'रावण' नाम बाद में आया। यह भगवान शिव ने उसे विरुद के रूप में दिया था। यह बात तो 'रामायण' से ही स्पष्ट है। आधुनिक विद्वानों की राय है कि यह लंका के राक्षस-अधिराज की वंशानुगत उपाधि थी, जैसे रूस के 'जार' या जापान के 'मिकाडो' या रामायण कालीन मिथिला 'जनक'। यदि यह बात मान ली जाती है तो रामायण की राक्षस-गाथा की कालक्रम सम्बन्धी अनेक अनर्गलताएँ समाप्त हो जाती हैं। तब राम से कई पूर्व के इक्ष्वाकु राजाओं यथा अनरण्य या ककुत्स्थ से जूझनेवाला रावण और था, एवं दशरथकालीन रावण और ! मिथकों की रचना-प्रक्रियाओं में ऐसा होता है कि कभी-कभी कई चरित्रों का 'मधु' या 'निचोड़' एक ही चरित्र में उतार दिया जाता है। परन्तु इस ऐतिहासिक दृष्टि से महाकाव्य का अलौकिक रस-बोध दुर्बल हो जायेगा। रावण के चरित्र का 'घनत्व' ही कम हो जायेगा। उसकी ब्रह्माण्ड विजयी छवि विखण्डित हो जायेगी। हम समूची रामकथा को एक संश्लिष्ट 'अनुभव-खण्ड' के रूप में ग्रहण करने के पक्षपाती हैं। उसके प्रतिपक्ष की भावात्मक अनुभूति का घनत्व क्षीण होने पर रामकथा के वैश्विक अनुभव का बल क्षीण हो जायेगा। रामायण का केन्द्रीय अनुभव है अलौकिक और 'अतिमानवीय 'अशुभ' के साथ शुभ और सहज मनुष्यत्व की लड़ाई। सहज और सदाचारी मनुष्य अशुभ की विराट शक्ति से लोहा ले सकता है और अपने शुभ आचरण से विजय प्राप्त कर सकता है। यही 'महाअनुभव' रामायण का सन्देश है। इसी अर्थ में जातीय मिथक हमारे यथार्थ जीवन में अक्षय प्रेरणा-स्रोत के रूप में सामान्य इतिहास की तुलना में अधिक सार्थक होते हैं और उनकी भूमिका त्रिकालजीवी होती है। एक ओर 'प्रेस' और मीडिया, धनबल, बाहुबल और जनबल से सुसज्जित विमत्त राज-शक्ति है, दूसरी ओर है मनुष्य, आचरण ही जिसका कवच है, विवेक ही जिसका रथ है, शुभबुद्धि ही जिसका हथियार है। इतिहास सदैव उसके पक्ष में रहता है जिसके पास शक्ति है ! पर मिथक उसका सखा और समव्यथी होता है जिसके पास अन्तरात्मा की आवाज है। रामायण हमारा जातीय मिथक है। और वह तभी सार्थक है जब रावण पूरा-पूरा रावण हो ! उसे विश्लेषित करके पाव-भर या छटाँक-भर कर देने से काव्य का सांस्कृतिक बल क्षीण हो जायेगा ! रावण की महिमा के घनत्व और वजन पर ही राम की महिमा के आयामों का विस्तार भी निर्धारित होता है। राम तभी ईश्वर सिद्ध होते हैं जब कि उनका प्रतिपक्ष रावण 'प्रतिईश्वर' की क्षमता से सम्पन्न हो।

महर्षि विश्रवा के ब्रह्म-तेज और महातामसी कैकसी के संयोग से तीन सन्तानें हुईं। पहला दशग्रीव जो बाद में सारे लोकों को रुलाने वाला हुआ और लोक-मुख से 'रावण' नाम से कुख्यात हुआ। इस लोक-मुख का ही रामायण में 'शिव' के रूप में मिथकीय रूपान्तर हो गया है। दूसरा हुआ अतिकाय और अमानुषिक बल का धारक कुम्भकर्ण। तीसरा हुआ विवेकशील और सौम्य विभीषण। इनके अतिरिक्त एक कन्या भी हुई। अपनी माँ के समान ही उग्र-उत्तेजक सौन्दर्य को धारण करने वाली होने के कारण उसे सुन्दर नाम मिला 'चन्द्रनखा'। पर बाद के कवियों ने उसके आचरण के कारण उसे 'शूर्पणखा' कहा और यही नाम विख्यात हो गया। माता की प्रेरणा से तीनों भाइयों ने अत्युग्र तपस्या की। सर्वाधिक कठिन और लोमहर्षक तप रावण ने ही किया। दस हजार वर्षों तक उपवास-व्रत धारण करके वह साधनारत रहा। प्रत्येक सहस्त्र वर्ष के बाद वह अपना मस्तक काटकर आहुति देता था। प्रत्येक बार उसे नवीन सिर प्राप्त हो जाता था। दस बार में दस नये-नये सिर प्राप्त हुए और लोक में वह 'दशग्रीव' से 'दशशीश' के रूप में ख्यात हुआ। वस्तुत: उसके व्यक्तित्व के ये दस मुख्य रूप थे जिन्हें वह इच्छानुसार धारण कर सकता था। कुम्भकर्ण वीरासन पर लगातार दस हजार वर्ष तक पंचाग्नि के बीच अविचल बैठा रहा। विभीषण ने भी पाँच हजार वर्षों तक पैर पर खड़े होकर प्रजापति की आराधना की और पाँच हजार वर्ष तक चिन्तन-मनन-स्वाध्याय के द्वारा आदित्य की उपासना की। व्रत पूरा हो जाने पर परमेष्ठी ब्रह्मा ने आकर उन्हें अभीष्ट वर दिया। रावण ने देवासुर-सचराचर द्वारा अबध्य एवं दिग्विजयी होने का वर माँगा। पितामह ने 'तथास्तु' कहकर स्वीकृत कर लिया पर नर-वानर दो जातियों को इसका अपवाद रखकर एक छिद्र की रचना कर दी। इसकी क्षतिपूर्ति में रावण को इच्छा रूप धारण करने की अतिरिक्त शक्ति भी प्रदान की। कुम्भकर्ण को षट्मास की निद्रा और मात्र एक दिन के जागरण का वर मिला। विभीषण को उनकी सौम्य प्रकृति के अनुरूप धर्ममार्ग में अविचलित शुभ बुद्धि का वर प्रदान करके पितामह परमेष्ठी ब्रह्मलोक लौट गये। ये तीनों महाप्राण वीर अनुत्तर शक्ति सम्पन्न होकर माता के पास लौटे।

रसातल में यह समाचार पहुँचते ही सुमाली अपने दैत्य-राक्षसकुल के वीरों और अपने बन्धुओं को लेकर रावण के पास पहुँचा। पुरानी कथा बताकर समस्त राक्षसकुल का सम्राट् बनने और राक्षसकुल की राजधानी लंका को पुन: अपने अधिकार में लेने का प्रस्ताव किया। लंका उस समय रावण के सौतेले भाई कुबेर के अधिकार में थी। पहले तो रावण को कुछ संकोच हुआ। परन्तु बाद में प्रस्त के समझाने पर धनाध्यक्ष कुबेर के पास अपना दूत भेज ही दिया। देवशील से सम्पन्न कुबेर ने कहा, "हम दोनों तो भाई हैं ! मेरा सारा धन-धान्य तुम्हारा भी है। आओ, यहीं पर साथ-साथ रहेंगे।" इतना कहने के बाद पुन: पिता विश्रवा से परामर्श लेने गये तो महर्षि ने उस वैश्रवण कुबेर को उपदेश दिया, "प्रिय पुत्र, रावण भी हमारे पास आकर इस इच्छा को व्यक्त कर गया है। मैंने बहुत समझाया। परन्तु वह क्रूर प्रकृति का है। इस समय ब्रह्मा से वरदान पाकर विमत्त भी हो गया है। अत: वह किसी की सुनेगा नहीं। तुम उससे दूर ही रहो। इसी में तुम्हारा कल्याण है। 'कदली-बदरी' का संग कैसा? वह अपनी मौज में डोलेगा और तुम्हारे अंगों में खरोंच आती रहेगी। रोज-रोज लहूलुहान होने से अच्छा है कि उससे बहुत दूर, ठीक उसकी उल्टी दिशा में

तुम उत्तर में आ बसो। मेरे पास ही। यहीं नजदीक त्रैलोक्य पावन कैलाश पर्वत के पादमूल में। इस क्षेत्र में यक्षों का भी बाहुल्य है जिनके तुम अधिपति हो और किन्नर-गन्धर्व-अप्सरागण भी आसपास बसते हैं। ये स्वभाव से दिव्य प्राणी हैं। इस देव भूमि में, इनके प्रतिवेश में बसना ठीक है। दुष्ट बुद्धि रावण और उसके राक्षस सहचरों से जितना ही दूर रहो उतना ही अच्छा।" कुबेर को पिता की बात जँच गयी और वे लंका से ठीक धुर-उत्तर में 'अलंका' (यानी 'अलका) नगरी को बसाकर उसे रूप-गुण-दान-मान से अलंकृत करते हुए वे सुखपूर्वक अपने वीरों के साथ रहने लगे। लंका पर रावण ने अधिकार जमा लिया। वहीं पर राक्षसराज लंकेश्वर का विरुद धारण कर वह रहने लगा। मय दानव ने उसे ब्रह्मकुल का तेजस्वी वीर मानकर अपनी सुन्दरी कन्या मन्दोदरी को पत्नीरूप में प्रदान किया। रावण तब दैत्यराज बलि की दौहित्री से कुम्भकर्ण का तथा शैलूष गन्धर्व की कला-कुशल कन्या सरमा से विभीषण का ब्याह रचाकर सुखपूर्वक रहने लगा। रावण का इन्द्रजित् पुत्र मेघनाद इसी मन्दोदरी की सन्तान था। इस प्रकार इन तीनों भाइयों के जीवन का प्रथम चरण समाप्त होता है। तत्पश्चात् प्रारम्भ होती है उनकी भयावह और अविराम-अविच्छिन्न जय-यात्रा। अपूर्व वीरता और अनुत्तर नृशंसता का जीवन। पौलत्स्य-वीरगाथा का असली प्रारम्भ यहीं से होता है। यह वाल्मीकि रामायण के उत्तरकाण्ड के सर्ग 14 से सर्ग 34 तक चलती है। दक्षिण की लोक-परम्परा में उसकी विजयगाथा के अन्य अंश भी प्रचलित थे। वे दाक्षिणात्य संस्करणों में क्षेपक बनकर प्रविष्ट हो गये हैं। उन सबको मिलाकर राक्षस-वीरगाथा का समग्र रूप सम्पन्न होता है। यहाँ उसे संक्षेप में प्रस्तुत किया जा रहा है।

रावण की इस विजययात्रा का पहला शिकार उसका सौतेला भाई कुबेर ही हुआ।

कुबेर अब लंका छोड़कर अलका में रहने लगे थे। उन्होंने कुछ काल के लिए रुद्र-व्रत को धारण कर लिया था और तपस्या-आरूढ़ हो गये थे। इसी बीच में एक घटना घट गयी। इस व्रत-काल में ही वे देवी की विहारभूमि में अनजाने प्रवेश कर गये और अनजाने में ही देवी के नग्न अनावृत सौन्दर्य पर उनकी दृष्टि चली गयी। त्रिपुर सुन्दरी के इस अनावृत सौन्दर्य को तो शिव-चक्षु ही सँभाल पायेगा। वैसे कुबेर भी बड़े संयमी थे। उनके संयम और विवेक के कारण ही उन्हें धनाध्यक्ष और उत्तरदिशा का दिग्पाल बनाया गया था। परन्तु उनकी दृष्टि में वह योगबल नहीं था कि देवी की उस आवरणहीन छवि को सँभाल पाते। जो सत् और चित् से परे आनन्द की शाम्भवी मुद्रा को धारण करने की क्षमता रखता हो वही इस चरम दृश्य को सँभाल पायेगा। फलतः यक्षेश्वर कुबेर का वाम चक्षु जलकर नष्ट हो गया और दायीं आँख भी झुलसकर पीली पड़ गयी। कारण ज्ञात होने पर उन्हें बड़ा सन्ताप हुआ। उन्होंने तत्काल ही पार्वती-परमेश्वर की उपासना आरम्भ कर दी। आशुतोष शिव प्रसन्न हुए, "वत्स, चिन्ता मत करो। तुमने सकामभाव से जान-बूझकर देवी के उस दीप्त रूप पर नजर थोड़े डाली है। तुमने कोई पाप नहीं किया है। इस रूप का दर्शन पाने का अधिकार तो एक मात्र मुझे ही है। तुम्हें यह परम अलभ्य दर्शन हो गया। अतः इसके पुण्यफल के रूप में मैं तुम्हें अपना सखा बनाता हूँ। देवी के इस रूप को

देखना चैतन्य का महाजागरण है। तुम्हारे दुर्बल चक्षु इस अवलोकन की दीप्ति से झुलस गये। अब कोई उपाय नहीं। पर अब हम-तुम मित्र हुए। तुम इस घटना की स्मृति के फलस्वरूप विश्व में 'एकाक्षपिंगली' नाम से प्रसिद्ध होगे और मैं तुम्हारे नगर के बाह्य उद्यान में तुम्हारा द्वार-रक्षक बनकर नित्य निवास करूँगा।"

तो, 'एकाक्षपिंगली' कुबेर ऐसा वर लब्ध कर प्रसन्नचित्त अलका लौट आये। बहुत क़ाल तक रुद्र-व्रत में दीक्षित रहने के कारण वे एक तरह से दीन-दुनिया से कट गये थे। विश्व में क्या-क्या घटित हो गया है, यह उन्हें ज्ञात नहीं था। उन्हें पता नहीं था कि उनका छोटा भाई लंकेश रावण लंका में सुखपूर्वक शान्ति से बैठा नहीं रह सका है। वह अपनी अशुभ और भयंकर ऐतिहासिक भूमिका प्रारम्भ कर चुका है। नरमांस-लोभी राक्षसों द्वारा ऋषियों के आश्रम मण्डल उजाड़े जा चुके हैं। पूरे जम्बू द्वीप में उनकी ध्वंसलीला चालू है। सारे राजवंश पदाक्रान्त हो चुके हैं। देवताओं का यजन बन्द हो चुका है। देव-दानव-मनुष्य सभी त्रस्त हैं। किसी की बहू-बेटी सुरक्षित नहीं रह गयी है। दिशाओं से दिन-रात कोलाहल और हाहाकार उठा करता है। विद्या की आर्ष परम्पराएँ, शील के आर्ष आचरण, शब्दों की सच्चाई, एक-एक करके तिरोहित हो रही हैं। यह सब सुनकर यक्षेश्वर कुबेर ने बड़े भाई के कर्तव्य के अनुसार उसे शुभ उपदेश देना निश्चित किया और अपनी उन्मत्तता पर नियन्त्रण रखने का अनुरोध करते हुए सन्देश भेजा।

पर फल हुआ उलटा। दशग्रीव रावण ने काफी गाली-गलौज करने के बाद सदा से अवध्य दूत का सिर कटवा लिया और इस उपदेश देने के लिए कुबेर को दण्डित करने हेतु अपनी राक्षस-सेना के साथ तत्काल प्रस्थान कर दिया। यक्ष और राक्षस दोनों जातियों के नेता ब्राह्मणवंशीय ही थे। वस्तुत: ये दोनों जातियाँ एक ही जाति की दो शाखाएँ हैं। इनके बीच देवभूमि की छाती पर तुमुल संग्राम छिड़ गया। यक्षगण बड़े ही बलशाली और माया-पटु थे। परन्तु राक्षस उनकी तुलना में अधिक कर्कश पड़ते थे। फलत: यक्षों के पैर उखड़ गये। उनके मुख्य मुख्य नायक लहूलुहान होकर गिर पड़े। अन्त में महायक्ष मणिभद्र सामने आया। उसने तुमुल संग्राम किया। यक्ष और राक्षस फिर भिड़ गये। एक-दूसरे पर बाज पक्षी की तरह, उन्मत्त शूकरों की तरह झपटने लगे, साँप की तरह दाँव बचाकर एक-दूसरे को घेरने लगे, कोई पीछे हट नहीं रहा था कि इसी बीच रावण के एक सेनापति धूम्राक्ष की गदा की चोट से मणिभद्र का माथा घूम गया, वे चक्कर खाकर बैठ गये और मुकुट सिर से च्युत होकर बगल में लटक गया। तभी से महायक्ष मणिभद्र का नाम 'पार्श्वमौलि' हो गया। (बौद्ध और हिन्दू यक्षमूर्तियों में इसी से मणिभद्र को 'पार्श्वमुकुट' या 'टेढ़ी टोपी के साथ' अंकित करने की प्रथा है)। इस बीच रावण यक्षों की सेना को चीरता हुआ सीधे, बेरोक-टोक कुबेर के सिंहासन के सामने पहुँचकर ललकारने लगा, "आ जा ! तुझे उपदेश देने का मजा अभी चखाता हूँ।" उस महासंयमधारी दिग्पाल को बाध्यत: संयम तोड़कर क्रोधाविष्ट होना पड़ा और वे गदा लेकर उतर पड़े ! उन्होंने अनेक राक्षस सेनापतियों को अकेले ही धराशायी कर डाला और दशग्रीव को पुन: फटकारा। पर रावण कब सुनता है? अन्त में दो वीरों का 'न भूतो न भविष्यति' भयंकर गदायुद्ध हुआ। आकाश-मण्डल झनझना उठा, चोट की धमक से तारे टूट-टूट कर गिरने लगे। उत्तर दिशा थराथरा उठी। कवियों का कथन है कि ऐसा गदायुद्ध समूचे

त्रेतायुग में शायद ही हुआ हो। यक्ष जाति गदापाणि के रूप में विख्यात है। भारतीय धर्म-साधना के समन्वय जब यक्षोपासना के कुछ तत्त्व वैष्णवधर्म में स्वीकृत हो गये तो यक्षों का प्रमुख अस्त्र गदा भी विष्णु का प्रमुख लांछन बन गया। एक ओर गदापाणि यक्षेश्वर दूसरी ओर सर्वशास्त्र-विशारद राक्षसेश्वर रावण ! अन्त में रावण के बल-विक्रम के आगे उत्तरदिशा के दिग्पाल को पराजित होना पड़ा। वे रावण के गदाघात से बेहोश हो गये ! तत्काल ही पद्मशंख आदि निधियों के अधिष्ठाता देवताओं ने उनके अचेत शरीर को वहाँ से उठाकर नन्दनवन में छिपा दिया। इधर रावण और उसकी सेना ने अलका को जी भर कर लूटा और पुष्पक विमान का अपहरण करके लंका ले गये। यह विमान स्वयं में एक अपूर्व निधि था। "मनोजवं, कामगं, कामरूपं, विहंगमम्"। इस विमान को प्राप्त कर रावण ने छोटी-मोटी वस्तुओं पर ध्यान नहीं दिया और यक्षशक्तियों को सर्वथा चूर्ण करके कैलाश की भूमि से नीचे उतर आया।

तत्पश्चात् उस विमान पर सवार होकर वह साक्षात् कालाग्नि रुद्र की तरह चला और महासेन कार्तिकेय के उस शरवण वन में उतरा जो रात्रि में भी अपनी सुनहरी प्रभा से सूर्य की तरह प्रकाशित रहता है। उस वन के पास ही कोई पुष्प-तरु से आच्छादित रमणीय पर्वत था। रावण का विमान उसकी ओर आरोहण करने लगा, तभी अचानक विमान की गति रुक गयी। तब रावण के सहचर बुद्धिमान मारीच ने कहा, "राजन्, इस इच्छाचारी विमान की गति अवरुद्ध कैसे हो गयी? ऐसा तो नहीं होना चाहिए था। कोई न कोई कारण अवश्य है। "इस तरह की बातें हो ही रही थीं कि नाटे कद के वानरमुख नन्दीश्वर दूसरे शिव की भाँति त्रिशूल लेकर मार्ग रोके हुए दृष्टिगोचर हुए। उनका चेहरा और कद देखकर रावण के मुँह से अट्टहास निकल पड़ा। अपने ऊपर उपेक्षापूर्वक ठहाका लगाते हुए रावण को देखकर भगवान नन्दीश्वर ने शूल उठाकर शाप दे दिया, "मूर्ख दशग्रीव ! तुमने मेरे वानरमुख का तिरस्कार किया है। मैं तुझे शाप देता हूँ कि इसी मुखाकृति को धारण करके असंख्य वीर पैदा होंगे जो तुम्हारा समूल विनाश कर डालेंगे। अब आगे मेरा आदेश सुनो ! यद्यपि मैं तुम्हें यहीं समाप्त कर देने की पूरी क्षमतां रखता हूँ तो भी प्रजापति के वरदान के कारण तू अवध्य है। अत: मेरी बात सुनो। यह पर्वत भगवान शंकर की विहार भूमि है। इसके एकान्त में भगवान शिव और भगवती उमा क्रीड़ा करते हैं। यहाँ शब्द की भी गति नहीं है तो कोई जीव पर मार सके, इसका प्रश्न ही नहीं उठता। आगे की भूमि 'अगति' की भूमि है, शान्त अनिर्वाच्य विश्राम की भूमि है, समाधि की भूमि है। इस भूमि के भीतर काल की भी गति नहीं, तो तुम क्या हो? काल भी यहाँ पर स्थिर-शान्त बिन्दु बनकर ठहरा हुआ है।"

रावण ने क्रोध से कहा, "कौन है यह शंकर? मैं समूचे पर्वत को ही जड़ से उखाड़ फेंकता हूँ।" कहकर उसने नन्दीश्वर गिरिकानन, उमा-शिव समेत समूचे पर्वत को उखाड़ लिया और अपने बीसों हाथों पर उसे स्थापित करके खड़ा हो गया। पर्वत इस क्रिया में डगमगा गया था और भगवती डरकर शिव से लिपट गयी थीं। शिव को इस अप्रत्याशित आलिंगन से बड़ा सुख मिला। कीट सदृश जीव रावण की इस शरारत से उन्हें बड़ी मौज मिली। परन्तु उसे शिक्षा देने के लिए बायें पैर के अँगूठे से पर्वत को दबा दिया। फलत: मारे भार के बीसों भुजायें पीड़ा से फटने लगीं। रावण दर्द के मारे त्रैलोक्य विकम्पित स्वर में आर्तनाद कर उठा। उसके आर्तनाद से दिशाएँ गूँज उठीं।

समुद्र में ज्वार आ गया। चकित विद्याधर एवं सिद्धगण आकाश पथ पर ठिठककर खड़े हो गये। परन्तु समझ नहीं पाये कि यह क्या है ! उधर रावण पीड़ा से छटपटा रहा था। तब मन्त्रियों ने समझाया, "प्रभु लंकेश ! शीघ्र भगवान नीलकण्ठ की स्तुति करो !" रावण तो संस्कृत विद्या का पण्डित था। सरस्वती उसके वशीभूत थी। तुरन्त आर्तस्वर में श्लोक पर श्लोक ठोंकने लगा। शिव तो पहले ही उमा के आलिंगन का अप्रत्याशित सुख लूटकर मौज थे, इस स्तुति को सुनकर तो वे कृपा-विगलित होकर बह चले। "वाह बेटा दशग्रीव ! वाह, वाह, क्या ही आनन्द दिया।" यह सुनकर भगवती ने कृत्रिम क्रोध प्रदर्शित कर तिरछी नजर से देखा फिर लज्जा से लाल होकर अर्थपूर्ण मुस्कान के साथ सिर झुका लिया। उधर शिव आनन्द से बहकते हुए अन्त में बोले, "प्रिय दशग्रीव, तुम्हारी इस कौतुक-क्रीड़ा से मैं बहुत प्रसन्न हूँ। तुमने जो आर्तस्वर में भीषण 'राव' ('रव') किया है उस 'राव' यानी चिल्लाहट के कारण आज से तुम्हारा नाम 'रावण' हुआ। तीनों लोकों में तुम्हारा यही नाम विख्यात हो। अब आगे वर माँगो !" रावण ने नतशीश होकर उत्तर दिया, "प्रभो, पितामह ने मुझे दीर्घायु का वर दिया है। अत: अब तक जो आयु बीत चुकी है, वह भी इस शेष आयु में जुड़ जाये। इस नये नाम के साथ मेरी सम्पूर्ण आयु का प्रारम्भ हो ! और प्रभो आप मुझे कोई अमोघ अस्त्र दें।" शिव ने कहा 'तथास्तु' और साथ ही आकाश-मण्डल से एक चमाचम खड्ग उतरा और रावण की प्रदक्षिणा करने लगा। रावण ने उसे झपटकर पकड़ लिया। शिव ने कहा, "यह चन्द्रहास खड्ग है। इसे कभी भूमि पर गिरने मत देना। इसका वार अमोघ है। देवता दानव कोई भी हो, इसके वार से कटकर ही रहेगा।" रावण ने परम प्रसन्न होकर उस शस्त्र को ग्रहण किया।

इस प्रकार नन्दीश्वर का शाप और शिव का वरदान दोनों प्राप्त कर रावण हिमालय से नीचे उतर आया।

रावण भगवान नीलकण्ठ से वर पाकर और अधिक उन्मत्त हो उठा। अब उसकी मदोन्मत्तता और लालसा का कोई अन्त नहीं था, गोया वह अपने को भूमण्डल में अँटा नहीं पा रहा हो, धरती उसके लिए छोटी हो गयी थी। जम्बूद्वीप के राजन्यगण, ऋषिगण ही नहीं वैश्विक जड़ सत्ताएँ हिमालय, मेरुमन्दर, महाबलशाली समुद्र 'त्राहि' बोल गये ! अपनी ही उन्मत्तता का शिकार वह स्वयं हो गया। वह एक ऐसी भूल कर बैठा जो उसके विध्वंस की मूल भूमि बन गयी। हमारा तात्पर्य वेदवती-प्रसंग से है।

सभी जीव जड़ चेतन-विमिश्र सत्ता हैं। बच्चा जब जड़ देह की प्ररोचनाओं को दबाकर आसन पर किताब लेकर बैठता है, तभी उसे विद्या आती है, उसके चैतन्य का विस्तार होता है। दशग्रीव रावण ने दस हजार वर्षों के तप की क्रिया में अपने भीतर के जड़तत्त्व को दमित कर चेतनाशक्ति का अपरिसीम विस्तार कर डाला था और तत्फलस्वरूप अतुलनीय सिद्धियों को प्राप्त कर सका था। पर सत्ता पाकर वह उल्टा जीवन जीने लगा, उसके भीतर जड़वादी शक्तियों की माँग इतनी प्रबल होती गयी कि वह आत्मविस्मृत होता गया और अपनी ही आत्मा का हनन करता गया। वह महान पण्डित होते हुए भी 'आत्महन्ता' बनता गया। 'काम' उसकी सबसे बड़ी कमजोरी थी। उसकी इस दुर्बलता से ही उसका विध्वंस जन्म लेता है। महाकाव्य के कथानक की 'धुरी' है सीताहरण।

इसके मूल में कामग्रस्त अहं है। चण्डी-कथा में महिषासुर की उक्ति 'रत्नभुजोवयम्' ('रत्न को भोगने का अधिकार हमें ही है') इस 'कामग्रस्त अहं' का दूसरा उदाहरण है। महाप्रतापी के सर्वनाश के मूल में यही रहता है। इसका एक संकेत रावण के जीवन के आदि पर्व में ही वेदवती-प्रसंग में स्थापित किया गया है। वैसे लगता है कि यह कथा बाद में जोड़ी गयी है। परन्तु महाकाव्य की अन्त:प्रकृति के यह सर्वथा अनुकूल है। हमने 'त्रेता का वृहत्साम' में यह दिखाया है कि रामायण में गायत्री के चारों रूपों की स्थापना गोपन शैली में की गयी है। वहाँ पर सीता मध्याहगायत्री है जिसे 'सावित्री' कहते हैं। वेदवती विद्या ही 'सावित्री' कही जाती है। क्योंकि वैदिक विश्व-विद्या 'सविता' को केन्द्र मानकर चलती है। यही 'निगम' भी कहलाती है। आगम के केन्द्र में है 'प्रकृति' और निगम के केन्द्र में है 'सविता'। (देखिए लेखक की पुस्तक 'चिन्मय भारत')।

रामायण में वेदवती ऋषिकन्या है जो नारायण को पतिरूप में पाने के लिए तपस्यारत है। निराभरण पवित्र तापस सौन्दर्य में भी प्रबल आकर्षण होता है। रावण की दृष्टि उस पर पड़ती है और वह बलात्कार उन्मुख होकर उसका केश पकड़ लेता है। कन्या का बायाँ हाथ अचानक खड्ग बन जाता है और वह केश को काट कर मुक्त हो जाती है तथा रावण के हाथ में पड़े केश-गुच्छ की ओर संकेत करके कहती है कि 'यही तुम्हारा काल बनेगा'!' तत्पश्चात् कन्या योगाग्नि प्रकट कर उसमें अपना दाह कर लेती है। दूसरे जन्म में यह कन्या अयोनिजा अर्थात् पद्म-मुकुल से उत्पन्न होती है। पद्मा-लक्ष्मी के अवतार के रूप में। रावण उस शिशुकन्या का भी अपहरण करता है। परन्तु उसके ब्राह्मण ज्योतिषी बताते हैं कि यह कन्या पास रहेगी तो समूल विनाश कर डालेगी। रावण उसे सागर में निक्षिप्त कर देता है। तीसरी बार वह पुन: भूमि-पुत्री के रूप में मिथिला के जनक को प्राप्त होती है और वही सीता बनती है। इस प्रकार रामकथा में देवी के तीन चरित्रों का संकेत है: वेदवती (सावित्री), पद्मालक्ष्मी और पार्थिवी (पार्वती)। सीता के भीतर इन तीनों का समाहार है। यह कथा मूलत: 'परमा प्रकृति' के अवतरण की कथा है। यह महाकाव्य का द्वितीय 'सूचक' है। प्रथम सूचक है 'क्रौंच-वध'।

रावण की इस दिग्विजय यात्रा में भू-मण्डल के सारे राजा पराजित दिखाए गये हैं। कैलाश-गन्धमादन से लेकर किष्किन्धा-कन्याकुमारी तक के इस अभियान में रावण दो स्थलों पर पराजित भी होता है। किष्किन्धा के कीश-राज बालि और माहिष्मती के सहस्रार्जुन से। शेष अन्य राजा या तो लड़कर हत हो जाते हैं, अथवा पराभव स्वीकार करते हैं। इसी पृथ्वी विजय के सिलसिले में राजा मरुत्त के यज्ञ की कथा, जो बाद में घटित हुई है (सम्भवत: देवलोक पर विजय के पश्चात्), को भी ले सकते हैं। वस्तुत: यह बाद में जोड़ी गयी है और इसकी 'कथारूढ़ि' ('मोटिफ') लोककथाओं से मिलती-जुलती है। रामायण में मूलकथा की प्रकृति को व्यापक बनाने के लिए बाद में लोकधर्मी कथाओं की बातें भी इसमें जुड़ती गयी हैं। शताब्दी दर शताब्दी विकासमान किसी गाथा में ऐसे योग होते रहते हैं। यह लोकमन की स्वाभाविक प्रवृत्ति है। लोकमानस अपने प्रश्नों के उत्तर में लोक कथाएँ (Folk love) कल्पित कर लेता है। विविध पक्षियों का रंग भिन्न-भिन्न क्यों है? मयूर के कलाप में चमकीली आँखें क्यों हैं? इसके उत्तर में एक घटना कल्पित कर ली गयी कि राजा मरुत्त यज्ञ कर रहे थे तो अचानक रावण पहुँचा। उसके भय से देवतागण

विविध पक्षियों के भीतर छिप गये। इन्द्र मयूर पक्षी के भीतर छिप गये और रावण के चले जाने पर उसे वरदान दिया कि उसका रूप सुन्दर श्यामवर्ण हो जायेगा और उनके सहस्त्रनयनों की छवि उसके कलाप में अंकित हो जायेगी। इसी प्रकार प्रजापति, वरुण और कुबेर क्रमश: काग, हंस और गिरगिट में छिपकर अपनी रक्षा करते हैं और बाद में उन्हें सुन्दरवर्ण का आशीर्वाद देते हैं। रामकथा में वेदवती-प्रसंग किसी विदग्ध साहित्यिक परम्परा से आता है तो मरुत्त के यज्ञ का यह प्रसंग लोकप्रिय-लोककथा-परम्परा से। आगे चलकर रावण की रसातल-विजय की कथा है और यह दाक्षिणात्य संस्करणों में ही क्षेपक रूप में लब्ध है। ऐतिहासिक शोध-दृष्टि से ये सब कथाएँ अवान्तर मानी जायेंगी। परन्तु महाकाव्य के 'महाअनुभव' की समग्रता (Totality) को ये परिपुष्ट करती हैं। अत: लोक-प्रसूत 'वाल्मीकियों' द्वारा जोड़े गये ये अनुभव अपने रसात्मक (aesthetic) लक्ष्य में सार्थक हैं और महाकाव्य के 'घनत्व' (Density) को इनसे पुष्टि मिलती है। अत: रस-दृष्टि से इस 'पाताल-विजय' की सार्थकता को हम स्वीकार करते हैं। इस मर्त्यलोक को विजित करने के बाद रावण ने पाताल-विजय का अभियान प्रारम्भ किया।

इस प्रकार भूमण्डल-विजय के सिलसिले में नन्दीश्वर का शाप, वेदवती का शाप, अनरण्य का शाप, सारे ऋषियों का शाप, अभागिनी कुल कन्याओं का शाप बटोरता हुआ बेपरवाह रण पर रण करता हुआ दावानल की भाँति आगे बढ़ता गया। रावण पुष्पक विमान पर सवार होकर अपनी रणयात्रा पर चल रहा था। तभी आकाशपथ पर विश्वकल्याण के कल्पवृक्ष-स्वरूप देवर्षि से उसकी भेंट हो गयी। एक ओर पुष्पक पर तनकर बैठा हुआ रावण, दूसरी ओर मेघ-मण्डल से बाहर निकलते हुए पैदल तेजस्वी नारद। दोनों आमने-सामने। भौतिक श्री के सम्मुख ब्राह्मी श्री। नारद को उस दुर्विनीत रावण ने भी झुककर नमस्कार किया और नारद ने उसे कुछ कहने का अवसर दिये बिना स्वयं कहने लगे, "वत्स विश्रवा-कुमार ! जरा ठहरो। तुमसे कुछ कहना है। पहले यह जान लो कि तुम्हारे बल प्रताप को देखकर यह कपर्दकहीन नारद अति प्रसन्न है। युद्ध देखना मेरी प्रिय आदत है। वीरों का बल-विक्रम देखने में अपूर्व आनन्द आता है। क्या ही सुन्दर दृश्य होता है। चोट पर चोट, घूँसे पर घूँसे। यह सब देखकर मेरी आँखें आनन्द से तृप्त हो जाती हैं, ठीक वैसे ही जैसे परस्पर गाली-गलौज के संवाद मेरे कान तृप्त करते हैं ! वस्तुत: या तो विष्णु ने अथवा तुमने मुझे अपने बल विक्रम प्रदर्शन से परमानन्द प्रदान किया है। परन्तु वत्स, तुमसे एक बात कहना चाहता हूँ। तुम इतने वीर हो, इतने शक्तिशाली हो कि देवगण भी तुम्हारा रोआँ टेढ़ा नहीं कर सकते। तब तुम भूमण्डल के इन दीन-दु:खी राजाओं से क्यों लड़ने जाते हो। ये तो मर्त्य हैं, क्या तुम्हें शोभा देता है कि तुम इन मरे हुओं को मारने जाओ। ये मनुष्य तो सर्वदा विपत्तियों, रोग और शोक से, बुढ़ापे से त्रस्त रहते हैं। भला इनसे लड़ने में क्या बहादुरी है ?"

फिर नारद ने कहा, "यह मनुष्य तो रोग, शोक, जरा-मरण और भूख-प्यास का निरन्तर शिकार होता रहता है। ये क्षुद्र-स्वार्थों के लिए आपस में लड़ मरते हैं। इन्हें जीतने में क्या यश या पुरुषार्थ है। यदि जीतना ही है तो अपने अनुरूप किसी बलवान से जाकर जूझो और उसे पराजित करके यश का भागी बनो। वत्स वैश्रवण ! तुम्हें तो अब दिग्पालों से और स्वर्ग पाताल के नायकों से अपना लोहा मनवाना चाहिए। तुम विश्व-विजयी ही न होकर दिग्विजयी बनो, इसी में तुम्हारी

शोभा है। तुमने उत्तर दिशा के दिग्पाल को तो परास्त कर ही दिया। अब शेष तीनों को जीतकर चौदहों भुवनों को भी जीत डालो। तुम्हारे अन्दर तो ब्रह्माण्ड-विजय की क्षमता है।"

रावण यह सुनकर अत्यन्त पुलकित हुआ। भला देवर्षि ने उसके मन की बात तो कही। उसने कहा, "आप ठीक कहते हैं। मैं इस समय रसातल-पाताल को ही जीतने जा रहा हूँ।"

नारद ने उत्तर दिया, "परन्तु हे वीर, यह तो रसातल का मार्ग नहीं है। उसका मार्ग तो यमपुरी से होकर जाता है। तुम्हें पहले दक्षिण और पश्चिम के दिग्पालों को जीतना होगा। दक्षिण के दिग्पाल की पुरी संयमनी तुम्हारे रास्ते में पहले आयेगी। यह बड़ा ही दुर्गम मार्ग है।"

रावण ने कहा, "तो ठीक तो है। पहले यमराज का ही वध कर लूँ। तब आगे बढ़ूँगा। भगवन्, तुमसे मैं विनयपूर्वक बता रहा हूँ। मैंने क्रोधपूर्वक प्रतिज्ञा की है कि चारों दिग्पालों से मैं पानी भरवा कर रहूँगा। अब मैं संसार के जीवों को मृत्यु देने वाले उस सूर्य-पुत्र यम को ही मृत्यु प्रदान करने दक्षिण की दिशा में जा रहा हूँ। बच्चू को पता चलेगा। 'परेउ कठिन रावण के पाले।' कहते हुए उसने विमान की दिशा दक्षिण की ओर मोड़ दी।

देवर्षि को बड़ा आश्चर्य हुआ कि यह रावण उनके कथन का व्यंग्य न समझकर सचमुच बेवकूफ की तरह यमराज से ही लड़ने जा रहा है। जो देवता इन्द्र समेत समस्त जीवों को कालपाश से दण्डित करते हैं, मृत्यु जिसका अनुचर मात्र है, जो प्राणों के अधिपति साक्षात् शिव-स्वरूप हैं, जो जीवों के दान और आचरण के, धर्म-कर्म के नित्यसाक्षी हैं, जिस महात्मा से चेतना पाकर विश्व की 'संज्ञा' (चेतनाशक्ति) में क्रिया होती है (लब्ध संज्ञा विचेष्टन्ते लोका यस्य महात्मनः) उस कालदेव मूर्तिमान धर्म को यह कैसे जीतेगा? काल को महाकाल के अतिरिक्त और कौन जीत सकता है? ये विचार देवर्षि के मन में आने लगे। कौतूहलप्रिय और शाश्वत तमाशबीन नारद मन-वेग से रावण से पहले ही यमराज के सम्मुख उपस्थित हो गये। यम को सावधान करते हुए उन्होंने समाचार दिया, "महाराज, निशाचर दशग्रीव आप को परास्त करने के लिए आँधी की तरह इधर ही चढ़ा आ रहा है !" बातें हो ही रही थीं कि वाणवेग से हरहराता हुआ पुष्पक विमान का ध्वज दिखाई देने लगा और कुछ मुहूर्तों में ही रावण यमलोक में प्रवेश कर गया।

यमलोक के शाश्वत अन्धकार को उस विमान ने अपने अमोघ तेज के द्वारा प्रकाशित कर दिया। युगों का घनीभूत अन्धकार विदीर्ण हो गया। चारों ओर इस अप्रत्याशित आक्रमण से खलबली मच गयी। विमान से उतरकर राक्षस वीरों ने पापियों की बेड़ी तोड़कर उन्हें मुक्त कर दिया ! प्रत्येक पापी लंकेश की जय-जयकार करता हुआ नाचने लगा। उधर यमदूतों और राक्षस सैनिकों में भयंकर मारकाट होने लगी। भीषण युद्ध छिड़ गया। यमदूतों की टिड्डीदल-सी असंख्य सेना को राक्षसों ने बुरी तरह पीटा। रावण के महापराक्रमी मन्त्री खून से लथपथ होकर भी भीषण आक्रमण कर रहे थे। दाँतों तले उँगली दबाने लायक दृश्य था। यमदूतों के अनवरत प्रहार के बावजूद देवशक्ति के बल पर पुष्पक विमान जरा भी क्षतिग्रस्त नहीं हो सका। वह अमोघ तेज धारण करके रणभूमि में द्रुतगति से चक्राकार विचरण कर रहा था। राक्षस वीरों ने संयमनी पुरी के काले पत्तों वाले विशाल शालवन को उखाड़ उखाड़ कर और भवनों को ध्वंस करके उनके शिलाखण्डों से वृक्ष-युद्ध और शिला-युद्ध करना प्रारम्भ कर दिया। महाप्राण राक्षस वीरों द्वारा यह

अपूर्व और अनुत्तर समर था। 'न भूतो न भविष्यति'। ऐसी स्थिति की किसी ने कल्पना तक नहीं की थी। सारा आकाश-मण्डल सिद्धों, साध्यों, विद्याधरों और देवताओं से भर गया। सभी चकित थे। सभी इस महाप्राण रावण के शौर्य से आश्चर्य में पड़ गये। सैकड़ों घाव खाकर भी वह पुष्पक पर आसीन पुष्पित अशोक वृक्ष जैसा लग रहा था और सेनापतियों को पुकार-पुकारकर उत्साहित कर रहा था। इधर यमदूतों का टिड्डीदल कम ही नहीं होता था। एक झुण्ड गिर पड़ता था, तो दूसरा अचानक प्रकट हो जाता था। अचानक यमराज की सारी यमदूत सेना एक ही साथ प्रकट हो गयी और उनके महासमुद्र में राक्षस वीर फँसने ही वाले थे कि रावण धनुष लेकर विमान से कूद पड़ा और पाशुपत अस्त्र चढ़ाकर कहा, "कहाँ है वह यमराज ! सामने आये !" यह कहते हुए धनुष की प्रत्यंचा तान ली। सिद्धों और महर्षियों के कण्ठों से हाहाकार उठा, "अरे लंकेश, अरे वीर, इस 'पाशुपत' का सन्धान न कर ! सृष्टि लय हो जायेगी !" सभी चिल्लाने लगे ! पर रावण कब मानने वाला था ! महाकाल की अमोघ-अव्यर्थ शक्ति धारण करने वाला वह तेजस्वी अस्त्र उसकी प्रत्यंचा से छूटा और यमपुरी की सारी सेना दग्ध होकर भस्मीभूत होने लगी ! चारों ओर त्राहि त्राहि मच गयी। सारे यमदूतों का संहार कर अस्त्र रावण के तूणीर में लौट आया ! संयमनी पुरी श्मशान बन गयी। बच गये यमराज और मृत्यु, जो रणभूमि में नहीं उतरे थे।

अपनी सारी सेना के विनाश का समाचार पाकर यमराज अत्यन्त क्रुद्ध होकर अपने रथ पर सवार होकर सामने आये। बगल में कालदण्ड था। आगे मृत्यु सारथी बनी थी ! रावण मानो इसी के इन्तजार में था। वह तत्काल गाली-गलौज करते हुए भिड़ गया। घमासान युद्ध होने लगा। रावण ने यमराज के दिव्यरथ के घोड़ों को भस्मीभूत कर दिया। मृत्यु को चार बाणों से बींध दिया और यमराज पर एक लाख बाणों का सन्धान किया। बाण-पीड़ित होकर देवता का क्रोध भभक उठा और उन्होंने अपना अव्यर्थ कालदण्ड उठा लिया। यह देखकर तीनों लोकों में हाहाकार हो गया। सूर्य, चन्द्र और तारागण अचानक कान्तिहीन हो गये। दिशाएँ भयभीत हो गयीं। तत्काल आकाशमण्डल में पितामह परमेष्ठी वहाँ उपस्थित होकर बोले, "वत्स यम, रुक जाओ। इस निशाचर को मैंने देवताओं से अवध्य होने का वर दिया है। साथ ही यह कालदण्ड भी मैंने ही निर्मित किया है। यह सचराचर अमोघ और अव्यर्थ है। यदि दशग्रीव मारा जाता है तो मेरा वचन मिथ्या होगा और यदि यह नहीं मारा जाता है तो कालदण्ड व्यर्थ सिद्ध होगा। दोनों स्थितियों में मैं मिथ्यावादी सिद्ध होऊँगा। वत्स, यदि मैं मिथ्या हो जाऊँगा तो सर्वदा के लिए सत्य और ऋत मिथ्या हो जायेंगे। मेरी रची हुई त्रिलोकी मिथ्या हो जायेगी। तुम और सारा देव-मण्डल मिथ्या हो जायेंगे। यह दोष तुम अपने ऊपर मत लो। यह राक्षस तो संयमहीन है। पर तुम तो विश्व-व्यवस्था में संयम का उत्स हो। संयम की चरम प्रामाणिकता के आधार तुम्हीं हो। अत: तुम ही अब संयम करो और क्रोध का संवरण करो।"

पितामह के ऐसा कहने पर यमराज ने कहा, "यदि यह निशाचर अवध्य ही है, तो फिर युद्ध क्या करूँ ?" ऐसा कह वे अन्तर्धान हो गये।

रावण ने पहले तो बार-बार ललकारा। जब कोई सामने नहीं आया, तो उच्चकण्ठ से अपने जय की घोषणा स्वयं की। सारी राक्षससेना उस जय-जयकार को दुहराती हुई पुष्पक पर सवार हो गयी।

तत्पश्चात् महाप्राण रावण पश्चिम दिशा के दिग्पाल वरुण को जीतने के लिए अपनी आकाशचारी सेना के साथ चल दिया। रास्ते में निवातंकवच दैत्यों से एक संवत्सरव्यापी भयानक समर हुआ। ये निवातकवच दैत्य रसातल के उपकण्ठ में रहते हैं। पितामह ब्रह्मा से वर पाकर ये भी अवध्य थे। दोनों तरफ पलड़ा समान था। अन्त में पितामह के आदेश से रावण और निवातकवचों में सन्धि हो गयी। ये निवातकवच दैत्यगण माया-विद्या में प्रवीण थे। रावण ने उनका अतिथि बनकर सौ प्रकार की माया विद्याएँ सीखीं।

इसके बाद रावण का सामना कालकेयों से हुआ। विद्युज्जिह्व कालकेय रावण का परिचित था। वह लंका में रह चुका था और शूर्पणखा से गन्धर्व विवाह कर चुका था। रावण के हाथों सारे कालकेयों का संहार हो गया। विद्युज्जिह्व भी मारा गया। वस्तुत: रावण उसकी भीतरी महत्त्वाकांक्षा से परिचित था। वह दैत्य स्वयं लंका को अपने अधिकार में करने का उच्चाकांक्षी था। रावण ने बिना मोह-छोह के उसका वध कर डाला और शूर्पणखा की लंका में ही रहने की व्यवस्था की। इस घटना का दूरगामी प्रभाव पड़ा। शूर्पणखा भी मन-ही-मन रावण का विनाश चाहती थी। पर वह मौन रही। समय अनुकूल नहीं था। लंका में शूर्पणखा ने प्रतिशोध के रूप में अति स्वच्छन्द जीवन बिताना आरम्भ कर दिया और तब रावण ने बाध्य होकर उसे पंचवटी में खर-दूषण के संरक्षण में रख दिया। ये सारी घटनाएँ बहुत बाद की हैं। दक्षिण भारत की लोकानुश्रुतियों में शूर्पणखा के एक पुत्र जम्बूमाली का प्रसंग आता है जो वाल्मीकि की रामायण में नहीं है। पर दक्षिण की रंगनाथकृत तेलुगू रामायण में अन्तर्भुक्त कर ली गयी है। कहते हैं कि जब जम्बूमाली को यह ज्ञात हुआ कि रावण ने उसके पिता का वध किया है तो वह प्रतिशोध लेने के लिए भगवान सूर्य की तपस्या करने लगा। शूर्पणखा की भी सम्मति थी। वह बाँस के एक कुंज के भीतर व्रतबद्ध होकर सूर्यमन्त्र का जप करता था। अन्त में सूर्य ने प्रसन्न होकर एक अमोघ खड्ग उसे दिया। सूर्य-मण्डल से खड़खड़ाता हुआ खड्ग उतरा और उस बाँसकुंज के चारों ओर चक्कर काटने लगा। जम्बूमाली का अहंकार जाग्रत हुआ कि देवता स्वयं उपस्थित होकर उसके हाथों में दे, तभी वह लेगा। वह शान्त बैठा रहा। उधर रामावतार हो चुका था। राम वनवास में पंचवटी में रह रहे थे। लक्ष्मण फलमूल के सन्धान में उधर से गुजरे और चक्कर काटते खड्ग पर उनकी दृष्टि पड़ी। उन्होंने झपटकर उसकी मूठ पकड़ ली और धार आजमाने के ख्याल से बाँसकुंज पर प्रहार किया। बाँसकुंज और उसके भीतर बैठे जम्बूमाली कटकर दो टुकड़े हो गये। यह वही खड्ग था जिससे बाद में शूर्पणखा की नाक काटी थी। इस प्रकार यह खड्ग रावण के संहार का कारण बना। यह सारी घटना बाद की है। अभी तो हम रावण के पराक्रम के प्रथम चरण की ही चर्चा कर रहे हैं।

कालकेयों का दमन करके रावण अन्त में वरुणलोक जा पहुँचा। वरुण 'ऋतस्यधाता', ऋत यानी विधान के नियामक हैं। इन्द्र, सूर्य, विष्णु की ही तरह एक आदित्य हैं। वरुण की एक वैदिक संज्ञा महाअसुर भी है। असुर वस्तुत: ईरानी आर्य के देव-प्रारूप हैं, जैसे सुर भारतीय आर्य के हैं। 'असुर' शब्द का अर्थ होता है प्राण-धर या महाप्राण। इस शब्द का मूल अर्थ विदूषण मुक्त है। यह कभी एक सुन्दर शब्द था। वेदों में कहीं-कहीं इन्द्र को भी 'असुर' इसी शुभ अर्थ में कहा गया है इस हिन्दू-ईरानी (Indo-Irani) शब्द का अर्थ ऐतिहासिक कारणों से बाद में बदल

गया जब ईरानी और भारतीय आर्यों में वैचारिक द्वन्द्व शुरू हुआ। वरुण और मित्र ईरानी और भारतीय आर्यों के संयुक्त देवता हैं। वरुणलोक की कल्पना पश्चिम दिशा में रसातल के भीतर की गयी है। यहाँ पर यह स्पष्ट कर देना ठीक होगा कि स्थूल भूगोल और मिथकीय भूगोल या इतिहास में अन्तर होता है। मिथक में स्थायी भाव महत्त्वपूर्ण है, स्थूल भूगोल या इतिहास नहीं। अत: मिथकीय भूगोल तथ्य और कल्पना का मिश्रण लेकर चलने को स्वतन्त्र है। उदाहरण के लिए यहाँ पर रावण के धीरोद्धत-अलौकिक महाप्राणरूप का रसबोध ही वांछित भाव है। यहाँ वीर रस की विराट भंगिमा ही अभिप्रेत है। पर यथार्थ भूगोल क्या है, इसका महत्त्व नहीं। यथार्थ भूगोल की बात तो तब युक्तिसंगत होगी जब यह साढ़े तीन हाथ के यथार्थ आदमी की कहानी होती। मूल चरित्र के आयाम के अनुसार ही उसके देश-काल के रूप कल्प (Paradigm) कल्पित किये जायेंगे। महाकाव्य-कथा में मनुष्य नहीं 'महामनुष्य' का कर्मकलाप उतरता है। रसबोध के सूक्ष्म सिद्धान्त ही यहाँ पर सत्यासत्य की कसौटी हैं। साधारण यथार्थवादी या वस्तुवादी दृष्टि नहीं। महाअसुर को महाआसुरी भूगोल-खगोल के बीच विचरण कराना होगा, तभी वांछित रस सिद्ध हो सकता है। वरुणलोक या रसातल कहाँ है, आज के भूगोल की किताब में नहीं मिलने से ये असत्य नहीं। ये नायक की प्रकृति की कसौटी पर सत्य है। यही पर्याप्त है। इसके प्रतिकूल सीमित स्थूल भूगोल में उस महाअसुर को सीमाबद्ध करना अभीष्ट स्थायी भाव के घनत्व और विस्तार में कटौती करने जैसा होगा।

वह वरुणलोक अगम अथाह मकरालय के भीतर अवस्थित था और वह हमारी ठोस पार्थिव भूमि पर नहीं था बल्कि अगम अगाध जल के भीतर था। चारों ओर उत्ताल तरंगों के बीच भयंकर जल जन्तुओं से संकुल उस अगम प्रदेश में पुष्पक विमान को छोड़कर कोई गति नहीं थी। पर रावण इस साधन से सम्पन्न था। अत: वह हरहराता हुआ पहुँच गया और उसके सौभाग्य से वरुण देवता अनुपस्थित थे। वे ब्रह्मा की सभा में भगवती सरस्वती का वीणा-वादन सुनने गये थे। वरुणलोक के द्वार पर परम पवित्र शाश्वती गौ 'सुरभी' स्थित थी जो क्षीर सागर की माता है। यह सृष्टि श्री की परमा धेनु है। कामधेनु इसी की पुत्री है। इसी के थनों से दूध बहता है जो धारा बनकर सागर के उस प्रदेश की ओर जाता है जिससे क्षीर सागर का निर्माण हुआ है। यह समुद्र के भीतर-भीतर अन्तर्वाहिनी क्षीरधारा है। चन्द्रमा, लक्ष्मी, अप्सराएँ, कल्पवृक्ष, अमृत आदि की जन्म-योनि यही क्षीर सागर है, जो वरुणलोक से पर्याप्त दूर है। रावण ने इस सुरभी को परम पूज्य मानकर विमान द्वारा ही सात बार प्रदक्षिणा की। तत्पश्चात् उसे दाहिने रखते हुए उस भयंकर वरुणालय के भीतर विमान प्रेरित कर दिया और ससैन्य वरुणालय में प्रवेश कर गया। वरुण के रत्नभवन के भीतर प्रवेश कर मारकाट मचाने लगा। वरुण के पुत्रों ने कुछ समय तक लोहा लिया। पर बुरी तरह आहत होकर लौट गये। वरुण के मन्त्रियों ने विपत्ति टालने के लिए आगे आकर पराजय स्वीकार कर ली। रावण ने मणि-मुक्ताओं को जी भर कर लूटा और वरुण-कन्या वारुणी को भी लूटकर अपने जय की घोषणा करता हुआ वह मकरालय से बाहर आ गया। समुद्र भयभीत होकर नतमस्तक हो गया। लहरें दब गयीं। रावण अट्टहास करता हुआ चला गया।

× × ×

(महर्षि अगस्त्य राम से रावण के इस अभियान की कथा को उत्तरकाण्ड में कह रहे हैं। इसके बाद पाँच प्रक्षिप्त सर्ग आते हैं जो रामायण के उत्तर भारतीय संस्करणों में नहीं हैं। वैसे तो आधुनिक विद्वानों की धारणा है कि पूरा का पूरा उत्तरकाण्ड ही प्रक्षिप्त है। हमें भी ऐसा ही लगता है क्योंकि महाकाव्य की मूल थीम तो घोषित रूप से 'पौलस्त्यवध' ही है जो 'लंकाकाण्ड' में ही घटित हो जाता है। यह 'उत्तरकाण्ड' (परिशिष्ट भाग) अन्त में जोड़ा गया लगता है। परन्तु रसबोध की दृष्टि से इसकी आवश्यकता थी। प्रतिनायक रावण का 'रावणत्व' प्रस्तुत करना आवश्यक था। तभी राम के रामत्व का घनीभूत अनुभव सम्भव है। इस दृष्टि से प्रक्षिप्त अंश भी युक्ति-संगत है क्योंकि ये भी रामकथा की मूल प्रसव-भूमि 'जातीय स्मृति' (Racial Memory) से ही उद्भूत होते हैं। ये वाल्मीकि के महाकाव्य के मूल अंग भले ही न माने जायें पर उस 'रामकथा' के अंग तो हैं ही जिसकी रचना लोकमानस शताब्दी दर शताब्दी करता रहा है। वाल्मीकि ने एक रामायण रच दी। इसके बाद अनेक वाल्मीकियों की श्रृंखला है और अन्त में हमें रामायण का वर्तमान सिद्धरूप प्राप्त होता है। परन्तु इस सिद्धरूप के बाहर भी भारत का पूरे दक्षिण एशिया के विविध जातियों और ट्राइबों (tribes) में रामायण निरन्तर रची गयी है और लोक-कल्पना ने नये-नये प्रसंगों की उद्भावना की है जो मूल रामायण से बाहर है। अपनी-अपनी स्थानीय परम्परा और सामाजिक रुचि के अनुरूप नये प्रसंग रचे जाते रहे हैं। कुछ श्लोकबद्ध होकर क्षेपक के रूप में रामायण में प्रवेश भी कर गये हैं। वस्तुतः रामायण का कवि तो समस्त भारतवर्ष है। आज कहना कठिन है कि कितना वाल्मीकि ने रचा है और कितना शेष भारत ने। परन्तु ये सब रामकथा के अंग हैं। अतः हम इन प्रसिद्ध सर्गों की भी चर्चा कर रहे हैं जिनमें रावण के पाताल-विजय का प्रसंग है। इन प्रक्षिप्त सर्गों का क्रम है: सूर्यलोक, चन्द्रलोक फिर पाताललोक, पर यह क्रम ठीक नहीं। हम रसातल के बाद पाताल को ले रहे हैं। तत्पश्चात् ऊर्ध्व लोकों की यात्रा के सन्दर्भ में चन्द्रलोक और सूर्यलोक की कथा रहे हैं। इस पाताललोक की कथा में रावण की टकराहट हिरण्यगर्भरूप सिद्ध कपिल और असुरराज बलि से होती है। पाताललोक में ही विष्णु की हिरण्यगर्भ-मूर्ति का निवास है जिसका ध्यान श्लोक है 'शान्ताकारं भुजगशयनं...' इत्यादि ! रावण शेषशायी मूर्ति का दर्शन करके वहाँ से लौटता है।)

× × ×

तत्पश्चात् रावण अश्म नगर में प्रवेश करता है। 'अश्मन' का अर्थ होता है पत्थर या पर्वत-शिला। यह हिन्दू-ईरानी शब्द है जिसका ईरान में एक रूप बना 'आसमान' और भारत में 'पर्वत' के 'आकाश' से सम्बन्धित होने के कारण 'प्रस्तर' या शिला। रसातल के इस अश्मनगर में मृत्तिका का अस्तित्व नहीं था। गन्धवती मृत्तिका (माँटी) के जीव और वनस्पतियों का कोई चिह्न नहीं था। न कोई तरु लता-वीरुध, न घासें, न पक्षी, न गन्ध न गान ! कोमल गन्धवती धरती के हृदय से ही जीवन प्रस्फुटित होता है। निर्मम कठोर शिलाखण्डों के पास तो हृदय ही नहीं है। घोर सुनसान एकान्त ! कोई शब्द नहीं। कोई कोलाहल नहीं। भयंकर परन्तु तेजस्वी स्तब्धता। चमचमाती वैदूर्य

शिलाखण्डों और मणि-माणिक के भवन थे ! स्तब्ध मौन गलियाँ थीं जो हीरक खण्डों से पटी थीं। यह रोदन और करुणा से विहीन संयमदग्ध ज्योतिर्मयी भूमि थी। सारा प्रदेश ही एक कठोर स्तब्ध ध्यान में लीन था। रावण ने एक मेरुमन्दर सदृश्य विशाल भवन की ओर इंगित कर वस्तुस्थिति का पता लगाने के लिए प्रहस्त को भेजा।

प्रहस्त बेरोकटोक द्वार के भीतर प्रवेश कर गया। एक प्राचीर और एक द्वार। दूसरा प्राचीर और दूसरा द्वार। इसी क्रम से छह फाटकों को पार कर सातवें खण्ड के द्वार पर प्रहस्त के सामने एकाएक एक विशाल वपुधारी द्विभुज पुरुष सामने पड़ गया ! उसके हाथ में एक मूसल था ! उसके आरक्त दीर्घनयन बड़े सुन्दर थे जिनसे रोब झड़ता था। कम्बुग्रीव, वृषभस्कन्ध, कज्जलवर्ण, तालप्रमाण कदकाठी के उस पुरुष की जटाओं में चन्द्रमा चमक रहा था। उसकी जटाएँ दाढ़ी-मूँछें सभी लपलपाती ज्वालाओं जैसी थीं। उसके पद्मपलाश लोचन अर्धमुदित थे। उसके सिर के चारों ओर सूर्य जैसा तेजस्वी प्रभा-मण्डल था जिसकी तीव्रता के कारण उसके चेहरे पर नजर डालना कठिन था। उससे नजर मिलाने का साहस प्रहस्त को हो नहीं पाया। प्रहस्त को देखते ही वह पुरुष अट्टहास कर उठा तो लगा कि धरती दलक जायेगी। दिशाएँ थर्रा उठीं और प्रहस्त के रोंगटे खड़े हो गये। वह मारे के लौट आया और दशग्रीव रावण को सारी बातें बता दीं। सुनते ही रावण ने विमान को सातवें फाटक तक बढ़ा दिया और हाथ में विशाल गदा को लेकर धम्म से कूद पड़ा।

रावण भी उस परमपुरुष का सामना होते ही थर्रा गया। बोल नहीं फूट पा रहे थे। इसी बीच वह पुरुष बोल उठा, "दशग्रीव, क्या सोच रहे हो? यहाँ पर दैत्यराज बलि रहते हैं। क्या उनसे युद्ध करने आये हो? वे महाभाग दैत्यराज परमवीर परम उदार और परम यशस्वी हैं। वे त्रिलोकी को धारण करने वाले हैं। स्वयं अपने तप से सूर्य बन कर तप सकते हैं, सोम बनकर प्रवाहित हो सकते हैं, वायु बनकर गति कर सकते हैं। वे पूर्वकाल में सारे देव-मण्डल को पराजित कर प्रत्येक देवता की वैश्विक भूमिका का अकेले-अकेले निर्वाह कर चुके हैं और अब भी कर सकते हैं। युद्ध में उनकी पराजय होती ही नहीं क्योंकि वे महासंयमवान और धीर व्यक्ति हैं। वे अत्यन्त सत्यवादी हैं और वेदाध्ययन में लीन रहते हैं। इस गुणों की खान, विक्रम के समुद्र, तेज की महाराशि से तुम लड़ोगे? तुम? तुम एक क्षुद्र जीव ?... तुम्हारे साहस की प्रशंसा करनी पड़ती है। खैर, जाओ, भीतर जाओ !" कहते हुए उस पुरुष ने पुनः धरती-आकाश-व्यापी एक अट्टहास किया !

भय से ग्रस्त दशानन कुछ बोल नहीं पाया और चुपचाप बगल से भीतर घुस गया ! धीरे-धीरे अपनी आत्मविस्मृति पर नियन्त्रण करके मन को स्थिर किया। पुराना आत्मविश्वास पुनः लौटा। वह मन्दगति से अगल-बगल का ध्यान से निरीक्षण करते हुए दैत्यराज बलि के सामने जा खड़ा हुआ। वैसे लड़ने-भिड़ने का उसका जोश अब गायब हो चुका था।

रावण के प्रवेश करते ही अपनी काया-सिद्धि का प्रदर्शन करते हुए महाराज बलि ने विपुल शरीर धारण कर लिया और अपने हाथों से रावण को उठाकर गोद में बैठाकर वे पूछने लगा, "हे पराक्रमी दशग्रीव, तुम्हारी कौन-सी इच्छा पूर्ण करूँ ?"

रावण ने उत्तर दिया, "महाभाग दैत्यराज ! मेरा प्रणाम स्वीकार करें। इस समय भूमण्डल पर समस्त दैत्य-दानव-असुर-राक्षसजनों का नेता मैं ही हूँ। मुझसे बड़ा कोई नहीं है। जैसे पहले आप

थे वैसे ही आज मैं हूँ। मैं समर-तृषा से विकल हूँ। पंचभूतों वाली सृष्टि में प्रतिभट खोजता हुआ इधर से निकला तो सोचा कि आपको बन्धन मुक्त करता चलूँ और आपका बन्धनकर्ता विष्णु यदि सामने आकर बाधा दे तो लगे हाथ उसे भी विजित करता चलूँ।"

बलि ने सुनते ही अट्टहास किया और कहा, "दशग्रीव, वह जो सामने चक्राकार विशाल स्वर्णखण्ड पड़ा है, जरा उसे उठाकर एक बार हमारे पास तो ले आओ !"

दशग्रीव गोद से उतरकर असली सोने के बने हुए चक्के को पहलवानों के उठाने की नाल समझकर जोर आजमाने लगा। पहली बार वह उसे टस से मस नहीं कर पाया। दूसरी बार दम साधकर भूमि से आधा ही उठा पाया था कि रक्त वमन करते हुए धराशायी हो गया ! फिर तीसरी बार चेष्टा न करके लज्जित होकर दैत्यराज बलि के सामने खड़ा हो गया तो तेजस्वी बलि ने वात्सल्य का प्रदर्शन करते हुए पीठ ठोंकी और आगे कहा, "बेटा दशानन, जानते हो वह स्वर्ण-चक्र क्या है? वह है दैत्यराज हिरण्यकशिपु के एक कान का कुण्डल। विष्णु के नृसिंह रूप के साथ युद्ध करते समय दैत्यराज का यह कुण्डल यहाँ पाताल में आ गिरा। तभी से वह यहीं है। उस महाबलाढ्य दैत्यराज से विष्णु का बाहुयुद्ध हुआ और श्री हरि ने खेल खेल में उन्हें पटककर अपनी जाँघ पर सुला दिया और विदीर्ण कर डाला। तो ऐसे हैं वे भगवान विष्णु जिस मुसलधारी पुरुष से तुम्हारी भेंट द्वार पर ही हुई थी, वे ही भगवान विष्णु हैं, जो संकर्षणरूप में हमारे द्वारपाल हैं। यही वर मैंने उनसे माँगा था। उनको पराजित करके ही तुम मुझे मुक्त कर सकते हो।...वे समस्तभूतों के कर्ता, कारयिता, धाता, भुवनेश्वर एवं संहर्ता महाकालरूप हैं। वे ही इस सृष्टि के सारे दान, सारी आहुतियों, सारे कर्मों, सारी तपस्या और सारे स्वाध्याय के कर्माध्यक्ष और साध्य हैं। सब कुछ वही करते-कराते हैं। वही कर्मफल भी प्राप्त कराते हैं। वे ही स्वर्गलोक में मरुत, भूलोक में शिव तथा रुद्र और पाताललोक में संकर्षण बनकर विराजते हैं। तीनों लोकों के विख्यात 'महत्' या 'वृहत्' संज्ञक ब्रह्म वही हैं। वे ही उनचास मरुतों के रूप में गोश्रृंग भूषण धारण करके समस्त अन्तरिक्ष में विचरण करते हैं और प्रत्येक प्राणी में पंच-प्राण बनकर स्थिति हैं। माया उनकी ही रस्सी है जिससे बाँधकर प्रत्येक जीव को पशु की तरह वे कर्म मार्ग पर ले चलते हैं। उस सृष्टि के धारक पुरुष से जूझने की बात छोड़ो और घर जाओ। हाँ, यदि ऋक्षराज जाम्बवान से कभी भेंट हो तो उनके वामनरूप के बारे में जरा पूछ लेना। मुझे पराजित करने के लिए कितना विराट वपु उन्होंने धारण किया था ! सोचता हूँ तो रोमांच आ जाता है ! वह महाबलशाली ऋक्ष तब जवान पट्ठा था और महज दो घड़ी में उस विराट विग्रह की सात बार प्रदक्षिणा कर डाली !" कहते हुए दैत्यराज ने श्रद्धापूर्वक हाथ जोड़कर माथे से लगाया।

यह सुनते ही रावण बोला, "यदि वे प्रतिहारी ही विष्णु हैं तो उन्हीं को तो मैं खोज रहा था। दानवराज, अब तुम भी मेरे तपोबल का तमाशा आज देख लो ! मैं ऐसा ही प्रतिभट खोज रहा हूँ !" कहकर गदा लेकर वह द्वार की ओर झपटा !

परन्तु द्वार पर का वह परमपुरुष उसके देखते-देखते ही अन्तर्धान हो गया। रावण ने तीन बार जमीन पर गदा ठोंकी, तीन बार जंघा पर ताल देकर हँकड़ा, "हिम्मत हो, तो आ जा!" फिर तीन बार सिंहनाद किया। पर कोई सामने नहीं आया। रावण ने स्वयं अपनी जय घोषणा की और बाहर

निकल आया। पुनः अपने सेनापतियों के साथ पुष्पक विमान पर सवार होकर पाताल की निचली गहराइयों में उतरता गया ! वस्तुतः धरती की मानुषी भाषा में ही ऊपर-नीचे की बात उठती है। वास्तव में न ऊपर है न नीचे। सम्पूर्ण ब्रह्माण्ड गोल है और ब्रह्माण्डवलय की दृष्टि से ऊपर उठना यानी नीचे उतरना जैसा कुछ भी नहीं। भू-दृष्टि से पृथ्वी के नीचे है रसातल और फिर तलातल, वितल अतल, पाताल आदि आते हैं एवं भुवन (सोम लोक-सूर्यलोक) एवं स्वर्ग (द्युलोक) ऊपर आते हैं। पौराणिक विश्व-विद्या भी इस गणना में अस्पष्ट है। रावण की अभी पातालमुखी यात्रा ही चल रही है। यह अघो अन्तरिक्ष की यात्रा है। ऊर्ध्व अन्तरिक्ष तो 'भुवः' (सोम-सूर्यलोक) है जिसकी चर्चा हम आगे करेंगे। ऊर्ध्व अन्तरिक्ष में जो पूर्व है, वही अधो अन्तरिक्ष में उल्टा पश्चिम हो जाता है।

रावण पश्चिम अन्तरिक्ष समुद्र से होते हुए पाताल के पूर्वी तट पर उतरा था। वहाँ से चलकर एक प्रवाल द्वीप मिला जहाँ पावक प्रभा जैसी दीप्ति वाले हिरण्यगर्भ के द्वितीय रूप तेजस्वी भगवान कपिल का वज्रासन है। ये ही ईश्वरवादी सांख्ययोग के केन्द्रीय देवता हैं। हिरण्यगर्भ कपिल का सांख्य ही आदि सांख्य है। प्रकृति कारणवादी अनीश्वर सांख्य के प्रवर्तक दार्शनिक कपिल तो मनुष्य हैं। इन्होंने कर्दम और देवहूति के पुत्र के रूप में अवतार लिये थे। परन्तु अपने हिरण्यगर्भरूप में विष्णु ही है जिनके हाथों में चक्र योग-प्रतीक है और शंख सांख्य-प्रतीक। रावण उन्हें पहचान नहीं सका क्योंकि वे अपने मानुषीरूप में नहीं विश्वरूप में स्थित थे। कैलाशशिखर जैसी ऊर्ध्व उनकी काया थी। मुँह पर सिंह जैसी तेजस्विता और भयानकता थी। उनका ललाट वेदों के प्रकाश से धधक रहा था। उनके कन्धे पर बिना धनुष का ही तूणीर था और हाथ में घण्टियोंयुक्त चामर ! तूणीर विक्रम-प्रतीक है तो चामर तीर्थंकर प्रतीक। वे सहस्र-सहस्र बलवेगों का आश्रय बनकर वैसे ही स्थित थे जैसे वेद-वर्णित विराट पुरुष। तप, दान, धर्म और विद्या की अभिमानी शक्तियाँ सूर्य, चन्द्र, ऋतुचक्र और काल के अधिदेवता उनके अंग-प्रत्यंग में विराजमान थे। भगवान कपिल के गले में शाश्वतगन्धी पद्मफूलों की माला थी, कन्धे पर चर्म यज्ञोवतीत तथा कटि में मुंज-मेखला। इसके सिवा उनके शरीर पर कोई आभरण या आच्छादन नहीं था। सांख्य-शास्त्र के पिता होने पर भी वे मूर्तिमान योग-शास्त्र ज्ञात होते थे। ये भगवान कपिल ही वैदिक और अवैदिक ज्ञान के प्रस्थान बिन्दु हैं।

विद्या के इस धधकते कुण्ड जैसे महापुरुष के सामने जाकर रावण ने दुर्विनीत भाषा में कहा, "उठ, मेरे साथ युद्ध कर !" रावण सामान्य अवस्था में एक शीर्ष पुरुष था। पर उत्तेजना और युद्धोन्माद में उसके दस सिर प्रकट हो जाते थे। यहाँ पर भी युद्धोन्माद के कारण उसके दस चेहरे क्रमशः व्याघ्र, वृक, भालू, महिष, साँढ, सर्प, शूकर, श्रृगाल और अश्व तथा गर्दभमुख एक ही साथ गर्जना कर उठे। उसकी बीसों आँखें एक पंक्ति में चिनगारी छोड़ने लगीं। परन्तु मनस्वी कपिल के चेहरे का शान्त भाव ज्यों-का-त्यों बना रहा। उन्होंने अपनी काया-सिद्धि के बल पर अपना बायाँ हाथ रावण तक विस्तारित कर दिया और एक थप्पड़ मारा। उस थप्पड़ की ध्वनि वज्रपात जैसी हुई। रावण गिरकर बेहोश हो गया। भगवान कपिल अपने आसन से उठकर अपनी 'गम्भीरा' में चले गये। 'गम्भीरा' अर्थात् योगियों का भूगर्भ-स्थित गृह। विष्णु के दो रूप संसार के

मंगल के लिए निरन्तर तप कर रहे हैं। ऊपर हिमालय पर नर-नारायण युग्मरूप और नीचे पाताल में कपिलरूप। वैष्णव गण कहते हैं कि इन्हीं के तपोबल से सृष्टि टिकी हुई है।

कुछ देर बाद होश में आने पर रावण ने देखा कि उसका दुश्मन गायब ! और आसन खाली है। वह और उसके साथियों ने इसे अपनी जीत माना और उच्चकण्ठ से जय-जयकार किया। पर रावण को इतने से ही सन्तोष नहीं हुआ। वह पूरी सेना को प्रतीक्षा करने का आदेश देकर अकेले ही गदा लेकर भगवान कपिल की गम्भीरा में उतर गया। भीतर तमसा-भक्षी तमस की तह-पर-तह थी। परन्तु रावण भी तो कोई सामान्य पुरुष नहीं था। उसने अपने विद्याबल से पावकास्त्र को उत्पन्न किया। उसकी ज्योति आगे तमसा को विदीर्ण करती हुई चलती थी और पीछे-पीछे वह अकुतोभय योद्धा रावण। अन्त में चलते-चलते वह ज्योति अचानक बुझ गयी। सारी विद्याओं और महाविद्याओं के बल की सीमा उसके आगे की भूमि में समाप्त हो जाती थी। परन्तु वहाँ पर एक स्निग्ध कोमल प्रकाश फैला था। उसी प्रकाश में शून्य में स्थित उसने एक शय्या देखी। सहस्रफण नाग की शय्या। श्वेत चमकीली द्युतिवाले हजार-हजार मणिधारी फणों का छत्र जैसा बिस्तर और नीचे वलयाकार भोग-प्रदेश। उस पर एक मुदित-वक्षु विशालदेह चतुर्भुज पुरुष शयन कर रहा था। 'प्रबुद्ध' नहीं, योगनिद्रा में लीन 'पुण्डरीकाक्षं बालातप सन्निभम्'। प्रातः की सुखद पहली धूप जैसा स्निग्ध निर्मल प्रकाश उसी पुरुष की देह आभा का विकीरण था। दसों दिशाओं में कोई अदृश्य मृदंग बज रही थी। तीन कोटि पुरुष स्तब्ध मौन उस शयान पुरुष की आरती उतारते हुए नृत्यलीन थे। न कहीं स्तोत्र पाठ, न शब्द-ध्वनि ! केवल मौन ध्यान भाषा में ही सब कुछ चालू था। पता नहीं क्या हुआ कि दशानन रावण की निजी इच्छा शक्ति स्वत: विलीन हो गयी और वह अवश की भाँति उस शयान मूर्ति के आगे प्रणिपात हो गया।

दूसरे ही क्षण वह आपे में आया, चेतना लौटी, मनबुद्धि को प्रयत्न करके पूर्वस्मृति में स्थापित किया और पूरे परिदृश्य पर दृष्टि डाली। उसने देखा कि उस शयान पुरुष के पैरों के पास एक परम सौन्दर्यशाली चामरधारिणी देवी खड़ी है जिसके हाथ में बाल-व्यजन है। वह त्रिभंग मुद्रा में खड़ी होकर निरन्तर चँवर डुला रही है। मणिमुक्ताओं से अलंकृत पर निरावरण देह ! देवी की नग्न देहकान्ति ही उसकी लज्जा का परिधान थी। उस देहकान्ति की प्रभा ही दृष्टि का हरण कर लेती थी और नेत्र मुँद जाते थे। उसका त्रैलोक्य मोहन सौन्दर्य ही उसका लज्जाकवच बन गया था। रावण की कुण्डलिनी के भीतर स्थित उसकी कामकला थरथरा उठी। मूलाधार से मणिपूरक चक्र तक विद्युन्मय हो उठा। रावण चेष्टापूर्वक सँभलकर आत्मस्थ हो गया। और उसकी तमोगुणी प्रकृति का आन्तरिक जागरण हो गया। पूरे दृश्य पर विचार करते हुए उसकी दुर्बुद्धि में यह बात उदित हुई कि क्यों न इस नारीरत्न का अपहरण करके लंका ले चलूँ। यह विचार मन में आते ही वह अन्तर्यामिनी मूर्ति बोल उठी, "दशग्रीव, मैं नारी नहीं, त्रिपुरसुन्दरी हूँ ! मैं ही ऊर्ध्वलोक में महालक्ष्मी हूँ, वैकुण्ठ में ऐश्वर्य लक्ष्मी और प्राणियों के हृदय में धर्मयुक्त कामकला बनकर मैं ही कामलक्ष्मी के नाम से जानी जाती हूँ। यह सोया हुआ महापुरुष जो वेद, धर्म और तप का आधारभूत देवता है, मेरा पति है। तेरे अन्दर इसी महापुरुष की ऐश्वर्य कला का एक क्षुद्र अंश स्थापित है। इसी से अपनी प्रकृति के अनुरूप तू मेरे इस महाआकर्षणकारी रूप का दर्शन पा सका है। मेरी ही एक कला

का अवतरण जब धरती पर होगा तब तू मेरा कामुक स्पर्श करेगा। उस समय यही शयान पुरुष तेरा संहार करेगा। पर अभी नहीं। अभी वह नियति बहुत दूर है। तब तक तू अजेय है ! बड़े-बड़े महायोगी अपने मन को इस रूप की कल्पना से तद्गत करके भी बड़ी कठिनाई से जो दर्शन पाते हैं, वह तुमने बैरभाव में मन को तद्गत करके पा लिया। इस दुर्लभ दर्शन को पहचानो। मैं तुम्हारी दृष्टि में विद्या की एक कला प्रतिष्ठित कर रही हूँ। अन्यथा तुम इस पाताल-मूर्ति का पूरा-पूरा दर्शन नहीं पा सकते। सारे देश और काल के मूलाधार में स्थित इसी पुरुष का वर्णन 'पुरुष सूक्त' में सांकेतिक भाषा में किया गया है।" रावण ने देवी द्वारा प्रदत्त दिव्यदृष्टि द्वारा उस शेषशायी पुरुष का दर्शन किया। वह देखता ही रह गया। बोल नहीं फूटे। उसने उस देवता के अंगों में सारे नक्षत्रों का दर्शन किया। दक्षिणबाहु में धर्म, तपस्, वेद और आगम के देवता थे। वामबाहु में दान, वाक्, रूप, संयम और साहस-शौर्य की शक्तियाँ थीं। नासिका में अश्विनीकुमार, नेत्रों में सूर्य-चन्द्र और हृदय देश में दस महाविद्याओं से संवलित पार्वती परमेश्वर का युगनद्ध रूप था। नाभि से उद्भूत पद्म पर ब्रह्मा परमेष्ठी स्थित थे। रावण किंकर्तव्यविमूढ़-सा देखता रहा। देखते-देखते सारा दृश्य विलीन हो गया। कहीं कुछ नहीं रहा, केवल अन्धकार को छोड़ कर।

रावण ने अपनी सिद्ध विद्या का प्रयोग करके उस गम्भीरा में ऊपर आरोहण करना प्रारम्भ किया। बाहर आकर देखा-वही द्वीप है और पुष्पक विमान के साथ उसके अनुचर खड़े थे। रावण ने उपर्युक्त महानुभव के बारे में चुप रहना ही ठीक समझा। उसकी तर्कबुद्धि ने सुझाया कि वह महादर्शन भ्रान्ति मात्र था और वस्तुत: उसने पाताल को जीत लिया है।

रावण उत्तर दिशा के दिग्पाल कुबेर को तो पहले ही जीत चुका था। अपने पाताल अभियान के सिलसिले में दक्षिण के यम और पश्चिम के वरुण को भी पराजित कर दिया था। पाताल जीतकर उसने सोचा कि लगे हाथों इसी यात्रा में ऊर्ध्व अन्तरिक्ष के सूर्य और चन्द्र के ऊर्ध्वलोकों को भी विजित कर लिया जाये। अन्त में चारों ओर से निश्चिन्त होकर पूर्व दिशा और उसके दिग्पाल इन्द्र को जीता जायेगा। पहले इन स्फुटलोकों का हिसाब कर लूँ तो आखिरी हिसाब तो इन्द्र के साथ होगा ही। बच्चू बचकर जायेंगे कहाँ? अत: उसने अपने सचिवों की सम्मति से विमान के अधिदेवता (चालक शक्ति) को पाताल से ऊपर उठाते हुए ऊर्ध्व संचरण का आदेश दे दिया।

दशग्रीव का विजय-अभियान 'भू' और 'भुव:' (भुवन अन्तरिक्ष) तक ही सीमित था। सारे लोक और लोकपाल 'भू' और 'भुव:' के ही भीतर अवस्थित हैं। 'भुव:' के ऊर्ध्वतम बिन्दु पर है 'वैकुण्ठ'। 'स्वर' लोक वेदों में सवितृ का 'धुलोक' ही है। ब्रह्मा की बनायी सृष्टि के बड़े से बड़े जीव की गति 'भुव:' या अन्तरिक्ष तक ही है। अन्तरिक्ष-वलय भू को चारों ओर लपेटे हुए गोलाकार कल्पित है। इसमें ही रसातल (भू-तल) के नीचे हैं यम एवं वरुण के लोक। ऊपर हैं अर्यमा (पितर) सूर्य और चन्द्र के लोक, तथा इन्द्र का स्वर्ग। यम, वरुण, अर्यमा, सूर्य, विष्णु, इन्द्र आदि द्वादश आदित्य तथा चन्द्रमा इसी 'भुव:' में स्थित हैं। अवश्य ही 'ऊपर-नीचे' वाली बात स्थानीय भू-दृष्टि से ही है।

दशग्रीव अन्तरिक्ष-मण्डल में सबसे पहले सूर्यलोक की ओर बढ़ा। आधुनिक खगोल बताता है कि चन्द्र सूर्य की अपेक्षा धरती के नजदीक है। पहले चन्द्रमा से भेंट होगी तब सूर्य से।

परन्तु पौराणिक भौगोलिक दृष्टि प्रत्यक्ष इन्द्रियगोचर पर आश्रित नहीं है। उसके अनुसार पहले सूर्यलोक है तब सोम या चन्द्रमा का सोम लोक। वस्तुतः पौराणिक सोम और सूर्य इस पार्थिव सूर्य और चन्द्र से भिन्न हैं। दोनों दो तरह की चीजें हैं। प्रातः काल जो गोल अरुण चक्का हम देखते हैं वह स्थूल मूर्ति है उस दिव्य अति सूर्य की। जैसे पत्थर का शिवलिंग एक स्थूलमूर्ति है भगवान शिव की ! ठीक वैसे ही। उसी तरह आकाश विष्णु नामक दिव्य सत्ता की चाक्षुष दृश्यमान स्थूल मूर्ति है। हमारी भाषा की प्रकृति ही दिव्य (Divine) और मिथकीय (mythological) है। अतः वैज्ञानिक या वस्तुवादी विवरणों में भी एक दिव्यता की झंकार आ ही जाती है। अपने लिए नयी भाषा तो गढ़ नहीं सकते।

रावण ने अपने सेनापतियों से पाताल की 'गम्भीरा' के अन्तिम दृश्य को छोड़कर शेष सारी बातों को ताल ठोंक-ठोंक कर वर्णित किया। बीच-बीच में उसकी सेना 'लंकेश दशग्रीव की जय' का ठेका भरती रही। विमान अपने निर्धारित पथ पर सूर्यलोक की ओर तेजी से बढ़ रहा था। वह 'पुष्पक' रावण के हाथों पड़कर अब एक महाभयंकर 'युद्धक' का काम दे रहा था। विश्व के अप्रत्याशित दुर्भाग्य की तरह वह सूर्य की ओर लक्ष्य करके आगे बढ़ रहा था। जब पुष्पक सूर्य-मण्डल की बाहरी सीमा पर पहुँच गया तो लगा कि सूर्य और राहु आमने-सामने आ गये।

रावण ने दूर से देखा कि लोकसाक्षी आदि-मध्य-अन्त रहित, जगत्-मित्र भगवान मरीचिमाली अपने दिव्य रथ पर निर्धारित गति से क्रमशः आगे बढ़ते आ रहे हैं। सहस्त्र-सहस्त्र किरणों से आवृत्त वह सूर्य का भगवद्यान एक चक्र यान है। आगे सप्त वर्णों के अश्व उसे अत्यन्त द्रुतगति से खींच रहे हैं और पीछे उलटी दिशा में श्वेत वर्ण उच्चैश्रवा विरोधी दिशा में खींचते हुए उनकी गति को निश्चित माप में रखते हुए नियमन कर रहा है। वह भगवद्यान अपने अप्सरा-गन्धर्वयक्ष-नाग-ऋषि और साध्यगणों से घिरा चलता है और प्रत्येक मास के व्यूह में ये अप्सरादिक बदलते रहते हैं। उस रथ के आगे-आगे बालखिल्य ऋषिगण वेदपाठ करते हुए चलते हैं। वह श्रेष्ठ देवता अपनी नपी-तुली निर्धारित गति से निरन्तर चल रहा है। सृष्टि के जन्म से आज तक अविराम, अथक और निरन्तर गतिमान सूर्यरथ विश्राम या निद्रा से रहित है। निरन्तर प्रकाश और प्राणमधु का वितरण ही उसकी तपस्या है। वह न भीत होता है, न घबराता है और न हिचकता है। वह निरन्तर धीवमान है। अखण्डित नियमानुवर्त्तिता और निरन्तर कर्मयोग में लीन उस महादेवता को देखकर भी दशग्रीव रावण के मन में श्रद्धा का संचार नहीं हुआ। वह सृष्टि के सारे सत्य को, सारे सुन्दर को अपना गुलाम बनाकर चलाने की अशुभ प्रतिज्ञा को लेकर चल रहा था। इधर उसकी सेना क्रमशः नजदीक होते हुए सूर्य के ताप से दग्ध-बेहाल हो रही थी। रावण ने अपना विमान रोककर प्रहस्त से कहा, "प्रहस्त, जाओ और सूर्य से कहो कि वह रणभूमि में उतरे।" प्रहस्त ने जाकर कुछ दूर से ही उच्चकण्ठ से जयध्वनि करके रावण के आमन्त्रण को दुहरा दिया। सूर्य ने अपने दो अंगरक्षी देवताओं-दण्डी और पिंगल-से कहा, "दण्डी और पिंगल, यह दशग्रीव युद्ध चाहता है। पितामह के वर के कारण यह अवध्य है। यदि तुम दोनों कुछ देर तक जूझना चाहो तो जाकर दो हाथ लड़ लो। अन्यथा जाकर पराजय स्वीकार कर लो। मुझे अपने कर्तव्य से ही फुरसत कहाँ है कि जय-पराजय या निजी मान-अपमान के बारे में सोचूँ।" यह सुनकर दोनों सूर्यगण सामने आये

और रावण से अपने प्रभु की बात कह दी। रावण ने मूँछों पर ताव देते हुए 'भीरु, कायर' आदि दस गालियाँ देवता को दीं और स्वयं अपनी जय-जयकार करते हुए विजय की घोषणा कर दी। तत्पश्चात् वह सोमलोक की ओर उन्मुख हो गया।

आगे बढ़ते-बढ़ते मेरुशिखर आ गया। सन्ध्या हो चली। मेरुशिखर की चोटी पर रावण ने पड़ाव डाला। उस समय रात्रि में आकाशमार्ग पर विहार करते हुए सिद्धों की टोलियाँ दिखाई दीं। उनके साथ उनकी सिद्धांगनाएँ भी थीं। सिद्ध और साध्य देव कोटि की दो जातियों की संज्ञाएँ हैं। रावण ने पितरलोक की ओर धूमयान पथ पर उन्मुख अनेक जीवात्माओं के विमानों को भी देखा। लोक-विश्वास है कि शुक्लपक्ष में मरनेवाले जीव सीधे ज्योतियान पथ से ब्रह्मलोक की ओर चले जाते हैं, और कृष्णपक्ष में मरनेवाले जीव धूमयान पथ पर चलकर पितर लोक में जाते हैं। वहाँ वे सोमपान करते हैं और पुन: धरती पर आकर पुनर्जन्म लेते हैं। "पीत्वा चाम्बर पीयूष: पुनरायाति पुन: पुन:।" यदि कृष्णपक्ष में कोई जीवात्मा, जो स्वर्ग या मोक्ष के लायक है, मरती है तो वह भी धूमयान में पक्षान्त तक पड़े रहते हैं और शुक्लपक्ष के आते ही ज्योतिर्मय रास्ते से परमधाम को गमन कर जाते हैं। रावण उस रात्रि को मेरुशिखर पर बैठा तरह-तरह की आत्माओं का आवागमन देखता रहा।

रावण के पास से एक सुसज्जित विमान गुजरा जिस पर एक दिव्य माल्याम्बर धारी पुरुष नग्न देह अप्सराओं से घिरा हुआ चल रहा था। वह निरन्तर सुरत क्रीड़ा में लीन था। जब वह रतिक्रिया से थककर किसी अप्सरा की गोद में गिर पड़ता था तो वह अप्सरा उसका चुम्बन करके उसे होश में ले आती और सोमपान करा कर पुन: उसे उसी क्रिया में प्रवृत्त करती। इस प्रकार अनवरत रतिक्रीड़ा चल रही थी। रावण जैसे तमोगुणी काम-लोलुप को भी वह यानआरूढ़ पुरुष महा निर्लज्ज लगा। उसकी इच्छा उसे दण्डित करने की हुई। साथ ही उत्कण्ठा उठी कि यह है कौन जो इतना निर्लज्ज आचरण कर रहा है। इतने में आकाश से उतरते हुए तारे की तरह उसे महर्षि पर्वत आते दिखाई दिये। रावण ने ऋषि को रोककर उस पुरुष का परिचय पूछा। महर्षि ने उत्तर दिया, "महाभाग दशग्रीव, यह एक महातपस्वी और अत्यन्त धर्मात्मा राजा था। यह तुम्हारे ही समान प्रतापी था। यह पुण्यकर्मा राजा निरन्तर कर्म में लीन रहा और किसी प्रकार के भोग की, विशेषत: काम-भोग की उसे फुरसत ही नहीं मिली, पर इसकी तीव्र कामना उसे थी और मृत्यु के समय यही इच्छा उसके मन में उठी। मरने के बाद उसे उत्कृष्ट लोक की प्राप्ति हुई है, साथ ही अवदमित कामना की तुष्टि करना भी उसकी बाध्यता है। स्वर्ग तो वासना-तुष्टि का लोक है। वासना-मुक्त पुरुष ही स्वर्ग से ऊपर उठ जाता है। इस राजा की कामना अन्तिम क्षण में नारी की कटिमेखला से जुड़ी थी। अत: उसी से बद्ध होकर असहाय जीव जैसा सुख लूट रहा है। यह सुख का बन्धन उसकी बाध्यता है।" यह सुनकर दशग्रीव ने उस तुच्छ काम-कीट जैसे पुरुष का मान-मर्दन करना निरर्थक समझा। इस बीच दो-एक और विमान आसपास से गुजरे जिनमें स्वर्णकुण्डलधारी पुरुष देवांगनाओं और नृत्यगीत के साथ विहार करते हुए जा रहे थे। किसी में गीत चल रहा था, तो किसी में नृत्य चालू था। एक पुरुष के विमान में गन्धर्वगण उसकी कीर्ति का पाठ कर रहे थे। पर उसमें कोई विलास सज्जा नहीं थी। रावण ने पूछा, "यह कौन है?" महर्षि ने

उत्तर दिया, "यह युद्ध में प्राण त्याग करने वाला कोई वीर क्षत्रिय है। इसकी यश-गाथा भूमण्डल और आकाश में व्याप्त हो रही है।" 'युद्ध' शब्द सुनते ही रावण जैसे सोते से जग उठा। उसने कहा, "हे महर्षे, इनमें से कोई मेरे अनुरोध पर युद्ध द्वारा मेरा आतिथ्य कर सकेंगे? मेरे अन्दर लड़ने की बड़ी लालसा है।" महर्षि ने उत्तर दिया, "महाभाग दशग्रीव, सप्त द्वीपों सहित ससागरा धरा को जीतने वाले इक्ष्वाकुवंशीय महाराज मान्धाता प्रतिदिन इसी मार्ग से विहार करते हैं। अब उनका विमान आता ही होगा। यदि वे सम्मत हों तो तुम्हारे जोड़े के वीर वही हैं। अन्य कोई नहीं। उनसे ही प्रस्ताव कर सकते हो ?" कहकर महर्षि ने वहाँ ठहरना उपयुक्त न मानकर तत्काल अपनी पदयात्रा आरम्भ कर दी।

सचमुच ही अल्पकाल बीतने पर ही महाशूर मान्धाता का रथ हरहराता हुआ दिखाई दिया। रावण पथ-अवरोध करके खड़ा हो गया। इस भय से कि वह महाशीलवान राजा द्वैरथ समर से उसे वंचित न कर दे। रावण ने गाली-गलौज की भाषा का उपयोग करना ही समयानुकूल उचित माना और पास आते ही "दुष्ट, बेहूदा, मूर्ख" आदि का उच्चारण करते हुए ललकारा। यह 'आ बैल, मुझे मार' जैसी बात थी। मान्धाता पहले तो इस अशोभनीय आचरण पर चकित हो गये, दूसरे क्षण ही परिचय पाकर अपना धनुष उठा लिया। दो घड़ी तक उन वीरों का लोमहर्षक युद्ध हुआ। जैसे-जैसे युद्ध बढ़ता जाता था, दशग्रीव आनन्द से उन्मत्त होता जा रहा था और राक्षस सेनापति जयघोष का चीत्कार करते जाते थे। अन्त में मान्धाता ने ऊबकर धनुष पर महाभयंकर पाशुपतास्त्र चढ़ा लिया और अस्त्र-शक्ति का जप करने लगे। उस अस्त्र-सन्धान के पूर्व उपसर्ग के रूप में वातावरण का चेहरा भयावह हो उठा और ग्रहों-नक्षत्रों की कक्षाएँ विचलित होने लगीं। महर्षि गालव और महर्षि पुलस्त्य, दोनों को अपने-अपने स्थानों से ध्यान के भीतर इस स्थिति की सूचना लब्ध हो गयी। उन्होंने मनवेग से चलकर तत्काल वहाँ उपस्थित होकर राजा को पाशुपत-सन्धान से रोका तथा पुलत्स्य ने अपने पौत्र दशग्रीव को बड़ी कड़ी भाषा में फटकारा, "तू जीवित प्राणियों को तो परेशान कर ही रहा है। मरे हुए लोगों के भी पीछे पड़ने जा रहा है।" रावण ने सिर झुकाकर अपने पितामह की सारी बातें सुन लीं। मान्धाता भी अपने रास्ते चले गये। फिर दोनों ऋषिगण भी चले गये।

रावण ने पुन: अपना अभियान प्रारम्भ किया। अब उसका लक्ष्य सीधे चन्द्र-मण्डल था। पहले उसने दस हजार योजन के वायु मार्ग को पार किया जिसमें सिद्धविद्याओं के वाहन हंसगण विहार करते हैं और यह हंस-मार्ग कहा ही जाता है। फिर प्रत्येक दस-दस हजार योजन के मेघ-मार्ग, सिद्धचारण-मार्ग, विनायकगण-मार्ग को पारकर आकाश के पाँचवें आवरण में उसने स्वर्ग गंगा मन्दाकिनी का दर्शन किया जिसमें कुमुद और नाग संज्ञावाले गज नित्य जलक्रीड़ा करते हैं। यह दृश्य बड़ा ही मनोरम था। पर रावण के पास इस दृश्य का आनन्द लेने की फुरसत कहाँ थी? वह इसके ऊपर छठे आकाश में उठ गया जहाँ तार्क्ष्यगण निवास करते हैं और महाभाग गरुड़ का शासन चलता है। इसके ऊपर आकाश के सातवें मार्ग में पुण्यकीर्ति ऋषियों की आत्माएँ विचरण करती हैं और कभी-कभी तार्क्ष्यों का वृहत्साम-संगीत सुनने छठे आकाश में भी उतरते हैं जहाँ उषा और रात्रि दोनों बहनों की रूप-कथा और विष्णु की कीर्ति का निरन्तर गान वे तार्क्ष्य या

सुपर्णगण करते ही रहते हैं। आठवें आकाश में तारांकित छायापथ है जिसे भूलोक के वासी भूल से आकाशगंगा मान बैठते हैं। छायापथ के एक ओर है अभिजितनारद का वीणा नक्षत्र-मण्डल और दूसरे पार है 'तार्क्ष्य' संज्ञावाला तीन ताराओं का व्यूह जिसका मध्यतारा श्रवण नक्षत्र है। रावण इस प्रकार अस्सी हजार योजन ऊपर उठकर चन्द्र-मण्डल की सीमा पर पहुँच गया। चन्द्र मण्डल के केन्द्र में है पितरलोक और उसके चारों ओर है सोम-धारा का दीर्घ वलय। रावण चन्द्र मण्डल की सीमा के उपान्त पर आकर रुक गया।

वहाँ पर भयंकर शीत थी। चन्द्रमा द्विजराज है, ब्राह्मण है, वह अपनी शीतलता से ही दग्ध करता है, जबकि सूर्य राजर्षि है, क्षत्रिय है, और अपने उत्तप्त कर्मयोग से तप्त रहता है और तापदग्ध करता है। हिमशीतल, तीक्ष्ण धारदार चन्द्र-किरणें मारे ठण्ड के हड्डी फोड़ रही थीं। हाथ-पैर ठिठुरकर जड़िमाग्रस्त हो रहे थे। प्रहस्त आदि सेनापतियों ने शीत-भय से आगे जाने से इनकार कर दिया। तब रावण क्रोध करके तीक्ष्ण बाणों से चन्द्र मण्डल को वेधने लगा। वह पावकास्त्र से चन्द्र की सोम-धारा को ही सुखाने लगा। यह देखकर सारे ऋषिगण हाहाकार करने लगे। "यह सोम तो ब्राह्मणों का राजा है, समस्त जगत् का हित करता है, इसके नाश हो जाने पर समस्त औषधियों और रसों का नाश हो जायेगा ! प्रजा कैसे जीवन धारण करेगी? धरती ऊसर हो जायेगी, नारी बन्ध्या हो जायेगी, न जन्म होगा, न वृद्धि, न विकास। यह दशग्रीव जीवन के मूल पर ही कुठाराघात करने पर तुला है।" आकाशीय कोलाहल को सुनकर पितामह परमेष्ठी तत्काल वहाँ पर उपस्थित हो गये। उन्होंने कहा, "वैश्रवण रावण, तू इस सर्वभूत-हितकारी चन्द्रमा को अब आगे पीड़ित मत कर। तेरे दुष्ट कर्म से पृथ्वी की अनेक औषधियाँ मर चुकी हैं और अनेक प्रकार के रसों का नाश हो गया है। वे अब पुनः उत्पन्न नहीं होंगे। कितने ही अन्न और फल जो पहले मधुर थे अब उनका स्वाद कटु और तिक्त होगा। उनके आकार और प्राणशक्ति में क्षीणता आ जायेगी। वत्स, यहाँ से लौट जा। तूने कितनी बड़ी हानि कर दी है, इसका तुझे पता नहीं।" रावण प्रजापति ब्रह्म को इष्ट देवता मानता था। उनकी बात का ख्याल कर विमान को वापसी की दिशा में प्रेरित कर दिया और चलते-चलते अपनी जीत की घोषणा कर दी। सारे राक्षसों ने जय-जयकार किया।

वह दुरात्मा महापुरुष वापस लौटने लगा। अब इन्द्र का स्वर्ग और पूर्व दिशा ही जीतने को बची थी। रावण ने सोचा, घर लौटकर थोड़ा विश्राम कर लिया जाये, थोड़ी शासन-व्यवस्था और गृह-व्यवस्था को सुगठित कर लिया जाये, तो पूर्णतया ताजा होकर पूरी तैयारी से देवराज पर चढ़ाई करें। विश्राम के लिए चाहिए आसव और नारी। इसलिए वह रास्ते भर प्रचुर संख्या में ऋषिकन्याओं, देवकन्याओं गन्धर्वों, यक्षों और मनुष्यों की कन्याओं अथवा विवाहिता नारियों का अपहरण करता हुआ अपनी राजधानी लंका पहुँचा। नारी कुमारी हो या विवाहिता, यदि वह सुन्दर है, तो रत्न है और प्रजा के सारे 'भगों' यानी सम्पत्ति, और नारी को अबाध भोगने का अधिकार राजा को है। अपनी उन्मत्त बुद्धि द्वारा यही सोचता हुआ वह चलता रहा कि विश्व-विजेता तो विश्व के सचराचर भोग का अधिकारी है। यही पुराना न्याय धर्म है। यही आदिम 'ऋत' है। ऐसे तर्कों से अपने को निरन्तर आश्वस्त करता हुआ रावण आगे बढ़ता गया और वे विवश नारियाँ निरन्तर अश्रुपात करती हुई, अभिशाप देती रहीं। किसी का पिता मारा गया था, किसी का पति छूट गया था,

कोई अपने सद्योजात शिशु से विच्छिन्न कर दी गयी थी। राक्षसी यौधेय धर्म में वीरता और नृशंसता दोनों समानार्थक थे। परन्तु आर्य यौधेय धर्म दोनों में गुणात्मक ही नहीं तत्त्वात्मक भेद मानता है। उन सती-साध्वी नारियों का विलाप और अभिशाप सुनते हुए भी रावण के नृशंस मन में परिवर्तन नहीं हुआ। सहस्त्र-सहस्त्र व्यथितकण्ठों से निकला शाप विश्वमन में जिसे पौराणिक भाषा में हिरण्यगर्भ (Cosmic Mind) कहा गया है, एकीकृत होकर एक भयावत् नियति के रूप में वर्द्धमान होता गया। उन नारियों का दु:ख हिरण्यगर्भ का दु:ख बन गया। उनका शाप हिरण्यगर्भ के हृदय से निकला शाप बन गया। उन दु:खी कातर नारियों ने शाप दिया, "परस्त्री के प्रति आसक्ति ही इस दुरात्मा राक्षस के संहार का कारण बने ! कोई महातेजस्वी सती इसके विनाश के लिए अवतीर्ण हो !" हिरण्यगर्भ विश्वमन ने इस शाप को मौन स्वीकृति दी। आकाश के गर्भ से अदृश्य देव-दुन्दुभी बज उठी !

परन्तु रावण सोचता रहा, यम-वरुण-सूर्य-चन्द्र को पराजय की धूल चटा देने वाला रावण इन निरीह वाक्यों की क्यों चिन्ता करे। नारी-अपहरण तो राक्षसी यौधेय धर्म और आदिम 'ऋत' दोनों के द्वारा समर्थित है ! इसमें दोष कहाँ है? और तब पश्चात्ताप कैसा ?

असुर दृष्टि इस बात को पहचानने में असफल रही कि 'ऋत' का रूपकल्प बदल चुका है। आश्रम मण्डलों से नया ऋतचक्र चालू हो गया है।

× × ×

लंका पहुँचते ही नगर के प्रत्यन्त में यज्ञशाला के भीतर रावण की भेंट अपने पुत्र मेघनाद एवं उसके यज्ञ-पुरोहित 'कराल शुक्र' से हुई जो भार्गवगोत्री ब्राह्मण थे। रावण जब अभियान पर चला था तो मेघनाद मात्र शिशु था। अब वह शिशु नाना प्रकार की विद्याओं और सिद्धियों को धारण करने वाला तपोबल से सम्पन्न पूर्णांग योद्धा बन चुका था। रावण ने उसकी अनुत्तर 'सिद्धियों' के बारे में जानकारी प्राप्त कर, परम सन्तोष के साथ उसे आदरमान दिया। तप में, बल में, तेज में, बुद्धि में, नृशंसता में वह द्वितीय रावण ही था और इसके अतिरिक्त यदि मेघनाद में कुछ था तो वह था इन्द्रिय-संयम और चारित्रिक दृढ़ता। परन्तु इन सारे गुणों के बावजूद के वह उसी दुष्ट चक्र का अंग था जिसका संचालन दशग्रीव रावण कर रहा था। महाभारत के कर्ण की तरह मेघनाद भी अशुभ के हाथों में खेलने वाली शक्ति बन कर अपनी निजी महिमा को समष्टिगत स्तर पर निरर्थक कर देता है ! भीष्म, द्रोण, कर्ण की तरह ही मेघनाद भी आत्मा के वृहत्तर धर्म से च्युत होकर आत्महन्ता बन जाता है।

कुछ दिन विश्राम के बाद रावण ने पूरी तैयारी के साथ देवलोक पर आक्रमण कर दिया। कैलाश के पास की यक्षभूमि में अलका के पास उसकी सेना ने रात्रि विश्राम के लिए पड़ाव डाला। देखते-देखते पूरा क्षेत्र ही राक्षस सेना के प्रतिनिवेश में बदल गया। रावण अपने शिविर से हटकर एक एकान्त गिरिशिखर पर बैठकर निर्मल चन्द्रोदय में पुष्पाच्छादित गिरि-कानन और गन्धवाही

शीतल पवन का उपभोग करने लगा। कहीं से विद्याधरों और गन्धर्वों की संगीत-ध्वनि उसके कानों में आ रही थी। शब्द स्पष्ट नहीं थे। परन्तु मस्तिष्क पर उसका मादक प्रभाव वह अनुभव करने लगा। कामोत्तेजक संगीत का प्रेमी था रावण। उसने स्वयं एक वाद्य यन्त्र का आविष्कार किया था। आजकल भी वह खूब चलता है। उसे 'सारंगी' या 'सारंग-वीणा' कहते हैं। इसका एक नाम लोक भाषा में 'रावण-हत्था' भी है। गीत, चारों ओर कुसुमित वनानी, शीतल वायु, चाँदनी रात, पर्वत की शोभा इन सबका मिलाजुला प्रभाव यह पड़ा कि यह एकान्त, यह अकेलापन उसे खलने लगा और किसी नारी के संग की उत्कट कामना जग गयी। वह लम्बी साँसें लेकर चन्द्रमा की ओर देखने लगा। उसे चन्द्र-मुख में नारी मुख का भान होने लगा। इसी समय नियति के अदृश्य धूर्त शर सन्धान की तरह एक घटना घटित हो गयी। परम सुन्दरी अप्सरा रम्भा अभिसार-सज्जा से पूर्ण सोलहों श्रृंगार कर उसके शिविर के मध्य मार्ग से होकर जा रही थी। तब ऐसे में जो होना था, घटित हो गया। रम्भा ने बार-बार अनुनय किया कि वह कुबेर-पुत्र नलकूबर की अभिसारिका बनकर जा रही है, इस हिसाब से वह रावण की पुत्र-वधू हुई और उसका प्रेमी अधीर प्रतीक्षा कर रहा होगा। रावण ने उसकी एक भी नहीं सुनी और बलपूर्वक उसके सम्पूर्ण श्रृंगार का अवमर्दन करके उसके साथ सम्भोग किया। जैसे सदमत्त गजेन्द्र किसी नदी का मन्थन कर डालता है वैसे ही रतिक्रिया द्वारा मथित और श्रृंगारभ्रष्ट होकर वह काँपती हुई नलकूबर के पास पहुँची। सारा वृत्तान्त जान लेने पर उस महात्मा यक्ष ने मन्त्राभिषिक्त जल को अंजलि में लेकर रावण को घोर शाप दे डाला, "आज के बाद मदन से पीड़ित होकर यह रावण किसी निरिच्छ, अकामा नारी के साथ बलपूर्वक रमण करेगा, तो उसके मस्तक के उसी क्षण सात टुकड़े हो जायेंगे !" यह प्रज्वलित अग्नि के समान तीक्ष्ण शाप था। तत्काल ही उसके अनुमोदन में आकाश गर्भ में दुन्दुभी बजने लगी और अदृश्य शक्तियों ने नलकूबर पर पुष्प-वृष्टि की ! इस शाप का समाचार देवलोक तक पहुँच गया ! नन्दिकेश्वर और वेदवती के बाद यह तीसरा शाप था जिस पर देव-दुन्दुभी बजी थी। परन्तु रावण जरा भी विचलित नहीं हुआ !

कैलाश पर्वत को लाँघकर, अपने प्रतापी पुत्र मेघनाद और सारे शूरवीरों के साथ रावण उद्वेलित समुद्र की तरह देवलोक की ओर बढ़ा। देवताओं ने अनुभव किया गोया कोई गरजता हुआ क्षुब्ध और क्षुधित समुद्र उनके समीप आ रहा हो। रावण के आगमन की बात जानकर इन्द्र ने वहाँ उपस्थित रुद्रों, वसुओं, मरुद्गणों, साध्यों और आदित्यों को आदेश दिया कि वे आगे बढ़कर मोर्चा लें। स्वयं इन्द्र विष्णु की शरण में गये और उनसे युद्ध में उतरने को कहा। विष्णु ने अस्वीकार कर दिया, "देवराज, वह राक्षसु पितामह के वर के कारण अभी दीर्घकाल तक अवध्य है ! मैं देवता हूँ। किसी देवता के द्वारा वह उस वर के कारण मारा नहीं जा सकता ! इसके लिए मुझे ही मनुष्य बनकर एक दिन धरती पर अवतार लेना होगा। यही नियति है। मैं अपनी देव-स्मृति का लोप करके जब मनुष्य बनूँगा तभी मैं भी उसे मार सकता हूँ। वर्तमान में अपने देवता होने का बोध ही मेरी दुर्बलता है।" इन्द्र का आशय सम्भवत: यह भी था कि इसे यदि मार न सकें, तो खदेड़ ही दें ! पर विष्णु ने साफ-साफ कहा, "नहीं, यह भी सम्भव नहीं। मेरी एक संज्ञा अपराजित है और संग्राम में शत्रु का वध किये बिना विष्णु पीछे नहीं लौटता है। यह तुम भी जानते हो।"

सत्य तो यह है कि विष्णु की दृष्टि में एक वृहत्तर विधान था। वे प्रत्येक सत्यवादी के सत्य की रक्षा करते हैं। विधाता के वरदान, गौतम ऋषि के शाप, नन्दिकेश्वर का शाप, वेदवती का शाप आदि जो वचन थे वे रावण की मृत्यु की विशेष स्थिति परिभाषित कर चुके थे। इन्द्र को भी अपने दुष्कर्मों की सजा भोगनी थी। एक निमित्त के साथ दूसरा निमित्त जुड़ा था ! त्रिकालदर्शी विष्णु के मन में इन निमित्तों की संरचना स्पष्ट थी। रावण स्वयं एक ऐतिहासिक निमित्त बनकर इन्द्र का मान-मर्दन करने के लिए उतरा था। सृष्टि के सारे कर्म प्रवाह के सूत्रधार और कर्माध्यक्ष विष्णु के मन में सारा विधान स्पष्ट था क्योंकि वे 'ऋतस्य गोपा' ('ऋत' के संरक्षक) कहे गये हैं। अत: इन्द्र को खाली हाथ लौटना पड़ा।

इधर भयानक संग्राम चल रहा था। देवसेना वैसे ही तितर-बितर हो गयी जैसे झपटते सिंहों के सामने श्रृगाल। त्राहि-त्राहि मच गयी। उसी समय आठवें वसु 'सावित्र' ने (जो द्वापर युग में अप्रतिहत योद्धा भीष्म पितामह के रूप में अवतीर्ण हुए थे) देवसेना की कमान सँभाली। साथ में 'त्वष्टा' और पूषन् संज्ञा वाले आदित्य भी थे। सावित्र के शर-सन्धान से राक्षस सेना विकल हो उठी तो दैत्यराज सुमाली ने प्रत्याक्रमण किया। सावित्र और सुमाली में रोमांचक भयंकर युद्ध हुआ। दोनों महाप्राण योद्धा थे। दोनों टस से मस होने वाले नहीं थे। अन्त में सावित्र की तेजस्वी गदा के आघात से सुमाली का मस्तक चूर-चूर हो गया। यह सुमाली रावण का नाना था। इसका पहला भाई माली महातारकामय संग्राम में विष्णु के हाथों मारा जा चुका था। (देखिए 'शालकटंकट-पर्व')। तीसरा भाई माल्यवान था वह बचा रहा। वह राम-रावण के युद्ध के समय उपस्थित था। अतिशयवृद्ध होने के कारण वह लड़ने नहीं आया। वह रावण का सचिव बना हुआ था। सही उपदेश देने के कारण विभीषण की तरह वह भी अपमानित हुआ था। परन्तु ये सब प्रसंग बहुत आगे के हैं।

सुमाली के निधन का समाचार पाकर मेघनाद अपने मायामय रथ पर सवार हुआ, जो इच्छानुसार दृश्य या अदृश्य हो सकता था। अत्यन्त तेजस्वी दिव्यास्त्रों के साथ-साथ इस मायावी रथ को उसने भगवान पशुपति से तपस्या द्वारा प्राप्त किया था। मेघनाद के माहेश्वर व्रत की समाप्ति के अवसर पर भगवान ने स्वयं प्रकट हो इसे उस तपस्वी महातेजा राक्षस युवक को प्रदान किया था। इस दिव्य सज्जा के साथ मेघनाद रण में उतर पड़ा। जिस दिशा में उसका रथ निकलता, मारे भय के कोई प्रतिद्वन्द्वी टिकता नहीं था। इन्द्र ने भागती हुई देवसेना को पुकारकर इकट्ठा किया और अपने पुत्र जयन्त के नेतृत्व में मेघनाद के सामने भेजा। मेघनाद मायामय युद्ध कर रहा था। माया तो देवता भी जानते थे। इन्द्र को भी मायावी कहा जाता है। पर यह माया-युद्ध और कूट-युद्ध राक्षसी रण-कला की अपनी निजी विशेषता रहा। मेघनाद का मायामय रथ और उसके दिव्यास्त्रों के लिए तो भगवान पशुपति का वरदान था कि इसकी माया का भेदन देवता-दानव कोई नहीं कर सकता। कालान्तर में घटित हुए राम-रावण-समर के अवसर पर भी अन्य माया-कलापों को रामचन्द्र शर-सन्धान द्वारा नष्ट कर देते थे। परन्तु मेघनाद का यह अदृश्य विजय रथ उनके द्वारा भी अभेद्य रहा ! तो इस संग्राम में तो मेघनाद के सामने कोई देवता ठहर ही नहीं पाया। इन्द्रपुत्र जयन्त मेघनाद की मार से तत्काल अचेत हो गये और उनके नाना पुलोमा असुर तत्काल जयन्त

के क्षत-विक्षत हो जाने पर उन्हें संग्राम से अपहृत करके भाग गये और समुद्र में अपने दौहित्र को छिपा दिया! जयन्त के इस प्रकार लुप्त हो जाने पर देवता आर्तस्वरों में इन्द्र को समाचार दे आये। अपने पुत्र का पता न लगने पर देवराज इन्द्र दु:ख और क्रोध से पीड़ित होकर स्वयं युद्धार्थ निकल आये। इन्द्र अपनी सुरक्षित सेना के अतिरिक्त महाभयंकर रुद्रों, वसुओं, आदित्यों और उनचास मरुद्‌गणों के व्यूह के साथ समरभूमि में उपस्थित हो गये।

इन्द्र तो फिर इन्द्र ही हैं ! पुरों का दरण करने वाले, अमोघ वज्रधर और देव-मण्डल के सर्वाधिक शक्तिशाली देवता हैं। भारतीय वाङ्‌मय में वे वीररस के अधिदेवता हैं। परन्तु वे अहल्या प्रसंग के कारण तेजहत हो गये थे। पुत्र के समरभूमि से अचानक गायब हो जाने के प्रसंग से विचलित थे। तो भी इन्द्र तो इन्द्र ही हैं। रावण तपोबल-लब्ध शक्ति से आक्रामक के उन्माद में था। इधर इन्द्र सुरक्षात्मक लड़ाई लड़ रहे थे। विधाता के वरदान के कारण शत्रु अवध्य है, यह भी जानते थे। अत: उन्होंने देवताओं को आदेश दिया कि रावण-वध के निरर्थक उद्योग में वे न पड़ें और उसे जीवित पकड़कर वैसे ही बन्दी कर लेने का प्रयत्न करें तब वे बलि की तरह उसे बाँध कर रखेंगे। परन्तु बलि के सन्दर्भ में विष्णु का बल उन्हें प्राप्त था। इस समय वे उस बल से रहित थे। अत: हुआ उलटा क्योंकि भगवद्‌शक्ति इन्द्र का साथ नहीं दे रही थी। तब भी उन्होंने दारुण भयंकर समर किया। राक्षसवीरों की लाशों से रणभूमि पट गयी। रक्त की नदी बह चली। इन्द्र और उनके सहचर देवताओं के प्रचण्ड प्रहार से राक्षससेना के पैर उखड़ गये।

तभी रावण ने दूर से यह दृश्य देखा और इन्द्र की ओर घूम पड़ा। रावण के बाणों से दिशाएँ ढँक गयीं। अन्धकार छा गया। देवता-दानव दोनों को हाथ नहीं सूझ रहा था। तब रावण ने अपने सारथी को आदेश दिया, "तू शंका मत कर ! मेरे रथ को पूरी देवसेना को चीरते हुए यहाँ से वहाँ तक ले चल ! आज मैं सारे देवताओं का वध कर डालूँगा। हम जहाँ खड़े हैं, वह नन्दनवन का एक भाग है। यहाँ से उदयाचल तक देवसेना है ! इसके मध्य फाड़ते हुए तू निर्भय ले चल !" सारथी ने आज्ञा का पालन किया। उधर देवता भी रावण को अपने दल के भीतर अकेले धँसा हुआ देखकर उसे बन्दी बनाने के लिए चारों ओर से घेरने लगे। उत्तर की ओर चला रावण और ठीक उत्तर से देवराज इन्द्र ! रावण के द्वारा की गयी दिव्यास्त्रों की वर्षा से सारी देवसेना ढँक गयी। इन्द्र और रावण आमने-सामने आ गये। दोनों ने एक-दूसरे के प्रति मारक आक्रमण किया। इधर देव सैन्य के बीच रावण के धँस जाने से राक्षस भ्रमवश आर्तनाद करने लगे, "इन्द्र द्वारा महाराज दशग्रीव ग्रस्त हो गये ! हम ख़त्म हो गये !" मेघनाद, जो अन्य किसी प्रान्त में लड़ रहा था, यह सुनते ही तत्काल उस महाभयंकर देवव्यूह में प्रवेश कर गया और भगवान पशुपति द्वारा दिये गये मायाबल द्वारा सारी देवसेना को स्तम्भित करके, क्रुद्ध काल की भाँति देवराज इन्द्र पर टूट पड़ा। तत्काल ही उसने इन्द्र के रथ और सारथी को नष्ट कर डाला। इन्द्र इस अप्रत्याशित आक्रमण को सँभाल नहीं पाये। वे टूटे रथ को छोड़ तत्काल ऐरावत पर सवार हो गये। मेघनाद ने अपने रथ को अदृश्य कर, अपने को भी अदृश्य करके इन्द्र को तीक्ष्ण बाणों से बींध डाला। फिर ऐरावत पर कूदकर अपने मायावी पाश में इन्द्र को बाँध लिया। उन्हें अपने रथ में लेकर बलात्कारपूर्वक लेता गया। यह दृश्य देखकर देवताओं का मनोबल टूट गया। वे मैदान छोड़कर भागे। मेघनाद ने

चिल्लाकर कहा, "तात, युद्ध बन्द कीजिए। आपकी विजय हो चुकी है। मैंने देवराज को बन्दी बना लिया है। अब देवताओं को खदेड़कर युद्ध करने से कोई लाभ नहीं।"

रावण के आदेश से मेघनाद बन्दी शत्रु इन्द्र को लेकर लंका की ओर चला। पीछे रावण भी अपने मन्त्रियों और वीरों को सहेजता हुआ एवं आनन्द मनाता हुआ पुष्पक विमान पर सवार होकर लौट पड़ा।

पितामह ब्रह्मा देव-मण्डली के साथ रावण के दरबार में हाजिर हुए, इस याचना को लेकर कि वह देवराज इन्द्र को अनुग्रहपूर्वक छोड़ दे ! "वत्स, दशग्रीव, मैं तुम्हारे उदार-पराक्रम पर प्रसन्न हूँ ! तुम दिग्विजयी और त्रैलोक्य-विजयी हुए। तुम धन्य हो। तुम्हारा तपोबल और विद्याबल धन्य है। तुम्हारा पराक्रम भी धन्य है, यद्यपि तुम्हारी नीति का मैं समर्थन नहीं करता। तुम्हारा पुत्र भी तुमसे बढ़कर ही है। वह विश्व में 'इन्द्रजित्' नाम से विख्यात होगा।" प्रजापति ब्रह्मा ने इन्द्रजित् को सम्बोधित करते हुए कहा, "तात, मैं तुम्हें वर देना चाहता हूँ !" मेघनाद ने कहा, "भगवन्, मुझे अमरत्व प्रदान करें।"

ब्रह्मा ने कहा, "यह ऋत के प्रतिकूल होगा। ईश्वर भी जब देह धारण करता है, तो उसके शरीर का भी पात होता है ! अमरत्व के अतिरिक्त, इस इन्द्र मुक्ति के बदले तुम दूसरा वर माँग लो !"

मेघनाद ने उत्तर दिया, "तब मुझे ऐसा वर दें, कि जब मैं समन्त्रक आहुतियों से अग्नि की अर्चा करके संग्राम में जाऊँ तो अग्नि मेरे लिए ऐसा दिव्य रथ उपस्थित करे जिस पर जब तक मैं सवार रहूँ, सचराचर सर्वथा अवध्य रहूँ। अग्नि सम्बन्धी जप-होम के बिना संग्राम में उतरने पर ही मेरी मृत्यु सम्भव हो, अन्यथा नहीं।"

ब्रह्मा ने कहा 'तथास्तु' और इन्द्र को छुड़ाकर देवताओं के साथ वे विदा हुए इस प्रकार मेघनाद को पराक्रम से अर्जित आंशिक अमरत्व का वर मिला। वह अमर हो गया, परन्तु एक शर्त के साथ उस शर्त का प्रस्तावक भी वह स्वयं था। मर्त्य जीवन की प्रकृति ही ऐसी है कि कहीं न कहीं कोई छिद्र रह ही जाता है। जिससे होकर काल सर्प उसके जीवन में प्रवेश कर सके ! सर्वोच्च पुरुषार्थ और पराक्रम के बावजूद कहीं न कहीं अधूरापन रह ही जाता है। अपूर्णता में ही मानुष जीवन का ट्रैजिक सौन्दर्य है !

राक्षस-पराक्रम गाथा के दोनों पर्वों, शालकटंकट पर्व और दशग्रीव पर्व को महर्षि अगस्त्य 'उत्तरकाण्ड' में राम से विस्तारपूर्वक वर्णित करते हैं। वाल्मीकि ने राम का चित्रण 'नर चन्द्रमा' या 'नरोत्तम' पुरुष के रूप में ही किया है और प्राय: उनके मनुष्यरूप को ही वे महत्त्व देते हैं। इसी से आधुनिक विद्वान इस प्रकार कहते हैं कि बालि के राम अवतारी पुरुष नहीं, मात्र महापुरुष हैं जबकि 'अध्यात्म रामायण' और 'रामचरितमानस' के राम विष्णु के अवतार, परब्रह्म का मानुषी रूप हैं और ऐसा सम्भव इसलिए हुआ है कि राम का देवताकरण या उनमें ईश्वरीयता का आरोपण इतिहास का परवर्ती विकास है। परन्तु वाल्मीकि में राम के चरित्र चित्रण में मनुष्यत्व का गहरा रंग

देने के बावजूद उस काव्य में ही इस बात का संकेत है कि राम का ईश्वरत्व कुछ विशिष्ट लोगों यथा वसिष्ठ, विश्वामित्र और अगस्त्य को ज्ञात था। उनके जन्म की प्रक्रिया भी दिव्यता से जुड़ी है और उनके कर्म प्रारम्भ से ही अलौकिक और अति मानवीय हैं। इतना होते हुए भी महाकवि का बल उनके मनुष्यत्व पर ही है और ऐसा जानबूझकर किया गया। इसका कारण बड़ा ही सूक्ष्म है। वह कारण है "रावण मरन मनुज कर जाँचा", रावण ने मनुष्य के हाथों ही, मरने का वर माँगा था। वह अपने अहंकार में मनुष्य को तुच्छ प्राणी मानकर ही ऐसा वर माँगता है। 'मनुष्य मेरा क्या कर लेगा ?' यह भाव उसके मन में था। यही बात रामावतार की मूल शर्त बन जाती है और वाल्मीकि जैसा महाकवि इस मूलशर्त के प्रति असावधान नहीं रहता है और आद्योपान्त राम के मनुष्यत्व को ही उभारकर रखता है। स्वयं विष्णु इसी शर्त के अधीन होकर अवतरित होते हैं। अवतार एक 'लीला' है। 'लीला' अर्थात् अभिनय। अभिनेता यदि सम्पूर्णत: भावानुप्रवेश में नहीं जाता है, सम्पूर्णत: अपनी निजी सांसारिक सत्ता को नहीं भूल जाता है, तो उसका अभिनय 'शिथिल समाधि' दोष से अपूर्ण और खण्डित होगा। इसी से विष्णु भी जब रामरूप से अवतरित होते हैं तो अपनी देवसत्ता या देवस्मृति को सम्पूर्णत: विस्मृत करके उतरते हैं। यह आवश्यक था। अन्यथा रावण जैसी तपोसिद्ध और अलौकिक बल सम्पन्न सत्ता को मारना सम्भव नहीं होता। अधूरे खण्डित लीला-बोध के साथ वे यदि समर में उतरते तो यह तथ्य रावण को प्रकारान्तर से सबल करता। जैसा 'नाच' वैसा ईश्वरत्व की पहच ही 'काछ' धारण करना ईश्वर की भी मजबूरी थी। इसी से राम कभी भी प्रदर्शित नहीं करते कि वे ईश्वर हैं। सदैव मानुषी भाव के अन्दर ही अपने को रखते हैं। वस्तुत: अपने ही विधान के तहत उन्होंने आत्मविस्मृति धारण कर ली है। जब 'लंकाकाण्ड' में नागपाश काटने के लिए विनतानन्दन गरुड़ आते हैं तो वे उन्हें पहचान नहीं पाते कि ये उनके ही पार्षद और वाहन हैं। वे परिचय पूछते हैं, तो विनतानन्दन इतना ही कहते हैं कि हे नरश्रेष्ठ, आप समय आने पर जान जायेंगे, अभी नहीं। अन्य स्थलों पर भी उनका ऐसा ही व्यवहार है। इसी से रामायण के उपसंहार भाग में अर्थात् 'उत्तरकाण्ड' में राज्याभिषेक के बाद महर्षि अगस्त्य राम को उनके वास्तविक ईश्वरीय रूप की स्मृति दिलाते हैं। राम को अपने अन्तर्निहित कराने के लिए यह आवश्यक था कि उनके प्रतिपक्ष रावण और मेघनाद के अतिमानवीय व्यक्तित्व का सघन बोध उपस्थित किया जाये। रावण-मेघनाद की महिमा के सघन प्रगाढ़ बोध के द्वारा ही सम्भव है राम के ईश्वरीय गौरव और दिव्यमहिमा का प्रतिपादन इसी से 'उत्तरकाण्ड' में रावण-वध के बाद यह तत्त्व प्रकट किया जाता है और राम अपनी सत्ता के महत्त्व के प्रति आश्वस्त होते हैं। महर्षि अगस्त्य को इस दिव्यतत्त्व का बोध सर्वाधिक था। रामोपासना का आधारभूत जो वाङ्मय है उसमें वाल्मीकि रामायण, अध्यात्म रामायण, रामतरपनी उपनिषद के साथ-साथ अगस्त्य-संहिता को भी प्रमाण-ग्रन्थ के रूप में माना जाता है, विशेषत: उसका वह अंश जो 'राम-पटल' की संज्ञा से विख्यात है। मध्ययुग में स्वामी रामानन्द ने सगुण-निर्गुण दोनों धाराओं का समन्वय 'राम' को ही केन्द्र में रखकर किया है। रामानन्द स्वामी से भी पहले सन्तमत और अखिल भारतीय लोक-परम्परा में 'राम' निर्गुणब्रह्म के रूप में शताब्दियों पूर्व से ही प्रतिष्ठत हो चुके थे। इस परम्परा को शास्त्र-सम्मत मानने के लिए जिन प्रमाण-ग्रन्थों की ओर मुड़ना पड़ता है उनमें यह अगस्त्य-

संहिता प्रमुख है। इसी से वाल्मीकि ने अगस्त्य के मुख से ही राम के ईश्वरीयरूप का विवरण यहाँ पर करवाया है, और उसकी महिमा को ही सघन बोध देने के लिए दशग्रीव-पराक्रम एवं शालकटंकट-दैत्यों की कथा को वे उपस्थित करते हैं, और रामायण की पूरी थीम को 'दैवासुरम्' का ही एक संस्करण बताते हैं, जिसका बीज 'शालकटंकट पर्व' में निहित है। इस प्रकार राम-रावण द्वन्द्व उस 'महातारकामय देवासुर संग्राम' से जुड़कर एक वृहत्तर आयाम धारण कर लेती है। बिना इस समूची इतिहास-श्रृंखला को ध्यान में रखे रामायण के चरित्रों और उसकी मूल-घटना का सही-सही मूल्य समझा नहीं जा सकता। रामायण का सही मर्म ज्ञान राम-अगस्त्य-संवाद के माध्यम से उद्घाटित होता है जो अभिषेक-प्रसंग का ही परिशिष्ट है। राज्याभिषेक, अगस्त्य-संवाद और राम राज्य के प्रकरण 'उत्तर चरित' के अंग नहीं हैं। ये मूल थीम का उपसंहार रचते हैं। उत्तरकाण्ड का यह भाग पूरी 'थीम' की युक्तिसंगत परिणति है। 'उत्तर चरित' है सीता वनवास और लवकुश-कथा। इसकी प्रामाणिकता विवादास्पद है और लगता है कि प्राच्य भारतीय लोक-परम्परा के एक अंश का परवर्ती संस्कृतकरण है। राम लोक-जीवन में इतने घनिष्ठ रूप में उतर गये थे कि वह पारिवारिक जीवन के सम्बन्धों के प्रतीक बन गये। भारतीय नारी की विवश नियति का दर्द लोक-साहित्य में सर्वत्र उपस्थित पाया जाता है। उसी दर्द की अनुभूति को एक संस्करण ने श्लोकत्व प्राप्त कर लिया है किसी परवर्ती वाल्मीकि द्वारा। 'रामचरित मानस' में जिस प्रकार किसी परवर्ती साधु ने 'लवकुश काण्ड' जोड़ दिया, ठीक वैसे ही बहुत पूर्व 'उत्तर चरित' जोड़ा गया है। परन्तु यह प्रस्तावित महाकाव्य 'पौलस्त्यवध' का विशुद्ध अंग नहीं है। 'रामायण' के प्रारम्भ में वाल्मीकि शिष्य भरद्वाज का उल्लेख है। परन्तु लवकुश का विशेष उल्लेख नहीं है। जब लोक-परम्परा से सीता वनवास की कथा इस काव्य जुड़ गयी तो इस काव्य में नाटकीय प्रभाव डालने के लिए कथा का मूल गायक 'लव' और 'कुश' को बनाकर पेश किया। प्रसिद्ध भाषा वैज्ञानिक डॉ. सुकुमार सेन ने 'कुशीलव' को एक गाथा-गायक जाति या सम्प्रदाय माना है। गायक नट नर्तक और शैलूष को परवर्ती सामन्त परम्परा में जिस हेय दृष्टि से देखा जाता था उसी के परिणामस्वरूप संस्कृत वालों ने इसका अर्थ 'दु:शील' वाला करना शुरू कर दिया। परन्तु शब्द उस पेशा से तकनीक भाव से जुड़ा है। बहुत सम्भव है कि वह शब्द रहा होगा 'कुशलव' जो बाद में 'कुशी-लव' हो गया। डॉ. सेन ने अपनी पुस्तक 'नट, नाट्य, ओ' नाटक' (बांग्ला) में दिखाया है कि ये गायकगण गाथागान करते समय एक 'चामर दण्ड' (आजकल के जैन साधुओं या सूफी फकीरों की तरह) हाथ में लेकर गाते थे। 'कुशी' शब्द का अर्थ 'दण्ड' है और 'लव' उस दण्ड का चामर या कलाप है। (वैसे भोजपुरी में 'कुशी' का रूपान्तर 'कूची' छोटी झाड़ू के लिए अब भी चलता है)। रामायण के अत्यन्त अर्वाचीन संस्करण (बंगीय पाठ, चतुर्थ सर्ग) के प्रक्षिप्त अंश में 'कुशीलव' शब्द आता है। कालिदास ने तो 'कुशलवी' का ही प्रयोग किया है (रघु, 15/32)। कुशीलव शब्द का अर्थ होता है गान का परिवेशन करने वाला सूत्रधार का चामर दण्ड। यह मूलत: उस पेशे की प्रतीक वस्तु 'चामर' है। डॉ. सेन के शब्दों में "उस काल में 'कुशी' में का अर्थ होता था 'कुश दण्ड' ('कुशा') या शरदण्ड ! औपचारिक रूप में आख्यान या गाया गाते समय वाचक या गायक के हाथ में 'कुशी' रहती थी। इसका उल्लेख वैदिक गद्यग्रन्थ

(मैत्रायणी संहिता और पंचविश ब्राह्मण) में मौजूद है। बाणभट्ट में यम-गीतों के गायकों के हाथ में शरदण्ड या 'गूँज' (शर, सरकण्डा) के दण्ड का जो उल्लेख किया वह 'कुशी' का ही एक रूप है। यहाँ जादूगरों की मयूरपिच्छिका या दण्ड भी स्मरणीय है। 'लव' का अर्थ होता है 'गुच्छा' (काश फूलों का गुच्छ 'लव' है) 'लव' का अर्थ है 'पशम या अन्य बालों का गुच्छा। (अर्थात् 'चँवर' या चामर)। 'कुशी' और 'लव' एक साथ मिलने पर अर्थ होगा सवृन्त चामर। आज भी हम जानते हैं कि रामायण या विविध मंगल-काव्यों (बांग्ला) के गान करते समय गायक चामर लेकर गाता है। कोई नहीं कह सकता कि यह नयी विधि है (अर्थात् पुरानी परम्परा है)। यदि एक हाथ में चामर लेकर गायक गाता है तो वह 'कुशीलव' है और यदि दोनों हाथों में दो रंग के चामर लेकर गान करता है तो वह 'कुशीलबौ' हुआ। यह वस्तु उसके गायन-अनुष्ठान की एक विशिष्ट सामग्री है।...रामायण के कवि को 'कुशीलव' क्या वस्तु है, ज्ञात थी। उन्होंने यदि राम के दोनों बेटों का नामकरण इसके आधार पर किया हो, तो विशेष उद्देश्य रहा होगा।" (हमारी समझ से इसका निहितार्थ यही है कि ये दोनों पुत्र मिलाकर पिता के यश के लिए 'चामर दण्ड' स्वरूप होंगे।) (च. 26-27 'नट नाट्य, ओ' नाटक')। अत: राजपुत्रों के जन्म के पूर्व से ही यह शब्द 'कुशीलव' विद्यमान था। सीता-वनवास और लवकुश-प्रसंग लोक-साहित्य की प्रतिभा से आर्ष साहित्य में प्रविष्ट हुआ है। इसका अलग से और इस दृष्टि से अध्ययन होना चाहिए। रामकथा का सूक्ष्म और विशुद्ध मर्म तुलसी से अधिक कोई क्या जान पायेगा? और तुलसीदास ने अपने महाकाव्य में इसे स्थान नहीं दिया है।

तुलसीदास सीता-वनवास, लवकुश-प्रसंग और शम्बूक-प्रसंग को निश्चय ही शंका की दृष्टि से देखते थे और इनकी प्रामाणिकता को सन्दिग्ध मानते थे। उन्होंने इनका खण्डन तो नहीं किया है। पर इन्हें अपने महाकाव्यों में स्थान नहीं दिया है।

दशग्रीव की लंका

"गिरि त्रिकूट ऊपर बस लंका" (लंका त्रिकूट पर्वत पर बसी है), यह वाक्य 'रामचरितमानस' में मिलता है। परम्परागत विश्वास के अनुसार त्रिकूट पर्वत की तीन शाखाएँ हैं। लंका और अशोकवन मध्यकूट पर अवस्थित थे। तीनों शाखाओं के नाम रामकथा के व्यासों के अनुसार सुबेल, सुन्दर और नीलकूट थे। लंका 'सुन्दर कूट' पर स्थित थी और सुन्दर काण्ड की 'सुन्दर' संज्ञा के कई कारणों में से एक कारण यह भी है कि इसकी घटना का सम्बन्ध सुन्दर कूट स्थित अशोक वन से है, जहाँ सीता को बन्दिनी बनाकर रखा गया था। मुझे लगता है कि यह मध्यकूट ही असली 'त्रिकूट गिरि' है और इसकी 'त्रिकूट' संज्ञा के मूल में है इसका द्रविड़ रूप 'तिरुकूट' या 'थिरुकूट'। 'थिरु' द्रविड़ (तमिल) में 'श्री' का रूपान्तर है। अत: यह 'त्रिकूट' या 'थिरुकूट' वस्तुत: 'श्रीकूट' है और इसी 'श्रीकूट' का एक नामान्तर है 'श्रीलंका'। 'लंका' शब्द का मौलिक अर्थ 'नग' या 'कूट' ही है। बाद में इसका अर्थ 'पहाड़ी बस्ती' (पुरी) हो गया। रामायण की लंका एक द्वीप है। अत: रामकथा के प्रचलन के बाद इस शब्द का अर्थ प्राचीन तमिल तेलुगू में 'द्वीप' भी बन गया है। परन्तु 'लंका' शब्द निश्चय ही व्यक्तिवाचक स्थान-नाम नहीं है, 'पुर', 'पुरी', 'नगर' या 'गंज' की तरह जातिवाचक संज्ञा है। रावण की लंका थी 'श्रीलंका' (श्रीकूट या थिरुकूट)। पर, इस शब्द का प्रयोग 'पुर' या 'नगर' की तरह अनेक स्थानवाचक नामों के अन्त में जुड़ा हुआ मिलता है। इस शब्द 'लंका' के ही आधार पर रावण की नगरी 'श्रीलंका' की भौगोलिक अवस्थिति निर्धारित करने का प्रयत्न वैसे ही है जैसे 'गाजीपुर' नामक नगर की भौगोलिक स्थिति को केवल 'पुर' शब्द के आधार पर निर्धारित करना। रामायण की ऐतिहासिकता के सन्दर्भ में 'लंका' की भौगोलिक पहचान को विवादास्पद बनाकर इधर बहुत कुछ लिखा गया है। कभी मध्य प्रदेश, तो कभी उड़ीसा, तो कभी सुदूर आस्ट्रेलिया तक विद्या बुद्धि का घोड़ा विद्वान दौड़ाते रहे हैं। परन्तु उनके तर्क इतने सबल नहीं लगते कि परम्परागत विश्वास में सहस्राब्दियों से स्थापित 'लंका' (यानी वर्तमान सिंहल या श्रीलंका) की बात को हम विस्थापित मान लें। उन विद्वानों की बौद्धिक क्षमता और उनकी ईमानदारी के प्रति मुझे रत्तीभर भी शंका नहीं। परन्तु वे पुराने विश्वास के प्रति सन्देह पैदा करने में भले ही सफल हो जायेँ, परन्तु विकल्प रूप में ऐसी स्थापनाएँ नहीं दे पा रहे हैं जो पूर्णतया विश्वसनीय लगे। आधुनिक दृष्टि यदि दो हजार वर्ष से श्रीलंका और भारत दोनों देशों के लोक-मानस में गहराई से स्थापित किसी तथ्य का उद्घाटन करना चाहती है तो मात्र अटकल या कुछ शब्द सादृश्य एवं दो-एक मिट्टी के खिलाने या टूटे मृद्भाण्ड के आधार पर एक

पूर्वकल्पित थीसिस के युक्तिकरण से कहीं कुछ अधिक ठोस प्रमाण लेकर सामने आये। भारत में और श्रीलंका में वर्तमान श्रीलंका या सिंहल द्वीप को ही रावण की लंका माना जाता है। आधुनिक नृतत्त्व शास्त्र के अनुसार, श्रीलंका के मूल निवासी 'वेदो' आज भी सिंहलियों के द्वारा अधिकृत क्षेत्र को ही 'सिंहल' कहते हैं जो इस द्वीप की अर्वाचीन संज्ञा है, पूरे द्वीप के लिए आज भी वे 'लंका' या 'लंकवा' शब्द का प्रयोग करते हैं। डॉ. जयचन्द्र विद्यालंकार ने 'इतिहास-प्रवेश' में लिखा है कि लंका की प्राचीन राजधानी का नाम 'पौलन नावरु' है जो 'पौलत्स्य-पुरु' का अपभ्रंश है। अत: लंका के प्राचीन विश्वास के अनुसार रावण की पुरी उसी द्वीप में थी जो आज 'श्रीलंका' है। 'सिंहल' नाम को नयी सरकार ने इसीलिए अस्वीकृत कर दिया कि इसका सम्बन्ध 'सिंहबाहु' नामक 'लाठ' (राठ) के गुर्जर देशीय राजकुमार से है जिसने लंका को 'उपनिवेश' बनाया था, यद्यपि भाषा का नाम सिंहली अब भी है। पर, देश का नाम पुरानी संज्ञा 'श्रीलंका' रखी गयी है। अंग्रेजी का शब्द 'सीलोन' 'श्री' (सी) 'लङ्' (लोन्) भी इसी पुराने शब्द पर आश्रित है। भारत का लोक-विश्वास तो इसी को रावण-पुरी परम्परा से मानता आ रहा है जो सर्वजन विदित तथ्य है।

डॉ. ए. बी. कीथ ने जैकोबी के मत का अनुसरण करते हुए 'लंका' की वर्तमान अवस्थिति पर सन्देह प्रकट किया है। परन्तु स्वयं जैकोबी का कथन है—"अन्त में लंका शब्द के बारे में एक बात कहना चाहेंगे। संस्कृत में 'लंका' कोई शब्द नहीं है। ब्राउन की 'तेलुगू डिक्शनरी' में 'दिउ' और 'लंका' दोनों शब्द 'द्वीप' के अर्थ में प्रयुक्त होते हैं। यदि सिद्ध हो जाये कि यह विशुद्ध (देशज) तेलुगू शब्द है तो लंका शब्द की व्याख्या दिलचस्प होगी।" परन्तु जैकोबी आगे चलकर इस सम्बन्ध में सावधानी बरतने को कहता है क्योंकि तेलुगू बहुत बाद की भाषा है। इस सन्दर्भ में डॉ. टी. पी. वर्मा लिखते हैं, "यहाँ पूछा जा सकता है कि जैकोबी का तात्पर्य 'तेलुगू साहित्य' से है या तेलुगू भाषा से। हमारी राय में तेलुगू या अन्य दक्षिण भारतीय भाषाएँ अपने साहित्य से कहीं बहुत बहुत अधिक पुरानी हैं, और प्रागैतिहासिक काल से समुद्र तट से जुड़े रहने के कारण उनकी भाषा में 'द्वीप' के लिए 'लंका' या 'लंकवा' शब्द चलता था। ऐसी स्थिति में यह मानने में क्या बाधा है कि वे राक्षसगण, जिनकी दक्षिण (जनस्थान आदि प्रदेश) में छावनियाँ थीं, अपने उस सदरमुकाम या केन्द्रीय सत्ता के लिए 'लंका' शब्द का प्रयोग करते थे जो समुद्र से घिरा हुआ था। हमारी स्थापना है कि 'लंका' शब्द संस्कृत में उसी तरह दक्षिण भारतीय भाषाओं से आया है जैसे 'रावण' शब्द आया है, जिसकी व्याख्या 'रोनेवाला' या 'रुलानेवाला' कहकर की जाती है। 'रावण' शब्द प्राचीन तमिल के 'इरैवण' का संस्कृतकरण है, जो 'ईश्वर' या 'राजा' के अर्थ का द्योतक है।...अत: वर्तमान 'श्रीलंका' (सीलोन) को 'लंका' मानने सम्बन्धी कीथ की आपत्ति का कोई आधार नहीं है।"

श्री वर्मा के उपर्युक्त कथन से हम सहमत हैं कि 'लंका' शब्द आर्य भाषा का न होकर, द्रविड़ या इसकी मूलाधार 'मुण्डा-द्रविड़' (निषाद-द्रविड़) भाषा से आता है। रावण स्वयं आर्य-निषाद (आर्य-मुण्डा) विमिश्र रक्तवाला है। ये ही अपने आदिम रूप में 'यक्ष' कहे जाते थे एवं 'यक्ष' तथा 'राक्षस' सगोत्र हैं। परन्तु मुझे लगता है कि यह द्रविड़ शब्द 'इरैवण' भी मूलत: आर्य शब्द 'रयिवान' का अपभ्रंश है। 'रयि' और 'प्राण' दो शब्द उपनिषदों में कई बार जोड़े के रूप में आये हैं। 'रयि' दैहिक या भौतिक समृद्धि है तो 'प्राण' आत्मा या आत्मिक ऋद्धि का द्योतक है। असुर 'रयि' को महत्त्व देते थे तो सुर 'प्राण' को। असुर 'रयि' की उपासना करता था तो देवता 'प्राण' की।

आसुरी और दैवी प्रकृति के युग्म को व्यक्त करने के लिए 'रयि' और 'प्राण' को जोड़ा कहा गया है। अत: प्राचीन तमिल या प्राचीन द्रविड़ का 'इरैवण' या 'इ-रयिवन' भी 'रयिवान' का विवर्तन है और अर्थ 'राजा' या 'श्रीमान' ही होगा। जहाँ तक 'लंका' शब्द का प्रश्न है, हम इसे भी दक्षिण की भाषिक संस्कृति के मूलाधार से जोड़ते हैं। भारत के आदिम जन 'वेद्दो' नस्ल के थे, जो आज भारत में घुल-मिलकर अस्तित्वहीन हो चुकी है। केवल अन्दमान-निकोबार द्वीप तथा वर्तमान श्रीलंका में अत्यल्प संख्या में अवशिष्ट हैं। दक्षिण और उत्तर दोनों की नींव में हैं आसेतु हिमाचल एशियाई 'आस्ट्रिक' जिन्हें कभी निषाद, कभी मालय, कभी मुण्डाकोल के रूप में आज पहचाना जाता है। इसके ऊपर दक्षिण में द्रविड़ तथा उत्तर में आर्य-संस्कृति की प्रभावी परतें हैं। अत: जब हम प्राचीन तमिल की बात करते हैं तो उसका मूल भी आदिम निषाद ही है, जिसके दिव्य प्रारूप 'यक्ष' और 'राक्षस' हैं। 'लंका' इन्हीं की भाषा का शब्द है। प्राचीन तेलुगू में या मध्य भारत में इस शब्द का अर्थ है 'द्वीप'। परन्तु यह भी मूल अर्थ नहीं लगता है। बल्कि एक अर्थ-विकास की प्रक्रिया में प्राप्त मूल अर्थ का नया विकास है और इसके पीछे रामायण की कथा का व्यापक प्रभाव है, जिसमें लंका एक द्वीप है। मेरे विचार से लंका का मूल अर्थ 'नग' 'कूट' या 'नगर' है।

डॉ. हीरालाल शुक्ल ने 'लंका की खोज' नामक परिश्रमपूर्वक लिखे गये शोध ग्रन्थ में लंका को गोदावरी के डेल्टा में स्थित बताया है और रामकथा की अरण्यकाण्ड से लंकाकाण्ड की सारी घटनाओं को उड़ीसा-मध्य प्रदेश-विदर्भ के भीतर ही समेट दिया है। निस्सन्देह डॉ. शुक्ल का प्रतिपादन विद्वत्तापूर्ण है। परन्तु उनकी पद्धति ऐसी है कि अन्तिम प्रतिपादन का निर्णय पहले से ही निश्चित करके अपने शोध के सारे बिन्दुओं को खींच-खाँचकर उसी पर घटाने की चेष्टा करते हैं। यह प्रक्रिया सचेत युक्तिकरण (रशनलाइजेशन) जैसी है। इसे युक्तिसंगत विमर्श नहीं कहा जा सकता। इसमें चित्रकूट, दण्डकारण्य, जटायु गिरी, गोदावरी, पंचवटी, पम्पा, किष्किन्धा, प्रवर्षण गिरी, क्रौंचारण्य सब कुछ पुरानी पहचान खो देते हैं, सारे स्थानों को नये परिवेश में प्रतिष्ठित कर दिया जाता है, और इस शैली में तो कहीं भी, कुछ भी सिद्ध किया जा सकता है। इतना अधिक द्रविड़ प्राणायाम लेखक की क्षमता का प्रतीक भले ही माना जाये, पर उसके निष्कर्ष इतने विश्वसनीय नहीं लगते कि सहस्र-सहस्र वर्षों का विश्वास खण्डित हो सके। डॉ. शुक्ल गोदावरी-डेल्टा के लघु द्वीपों के दो दर्जन नामों के साथ लंका शब्द जुड़ा पाते हैं और उनमें 'मूर लंका' को वे 'मूल लंका' मानकर, उसे ही रावण की लंका घोषित करते हैं। उन्होंने इस क्षेत्र की लोकानुश्रुतियों के आधार पर उस स्थल पर मूल लंका की कल्पना की है। वे स्वयं लिखते हैं कि गोदावरी-डेल्टा की स्थानीय भाषा में लंका शब्द का अर्थ 'द्वीप' होता है। दक्षिण की आदिम बोलियों में 'लंका' का अर्थ द्वीप तो जैकोबी को भी मालूम था। पार्कर के अनुसार सिंहली आदि भाषी भी 'लंका' या 'लंकवा' माने 'द्वीप' लगाते हैं। अत: 'लंका' शब्द एक जातिबोधक शब्द है, जो समूचे दक्षिणापथ से सिंहल (सीलोन) तक चालू था। इससे मात्र इतना ही निष्कर्ष निकाल सकते हैं कि जिस भाषिक संस्कृति का सम्बन्ध रावण की लंका से था, उसकी व्यापकता पूरे दक्षिणापथ में थी। रामायण से ही ज्ञात होता है कि विन्ध्य मेखला के आसपास और दक्षिण में राक्षस जाति की कई बस्तियाँ थीं। वे दक्षिण कोसल (बस्तर) में भी घुसपैठ करते ही थे। उनकी घुसपैठ तो अक्सर विश्वामित्र

ऋषि के आश्रम तक हो जाती थी। परन्तु गोदावरी अंचल, दण्डकारण्य, जनस्थान में तो उनकी बड़ी सबल स्थिति थी। लंका के शालीन राक्षसों के अतिरिक्त कुछ घुमन्तू आदमखोर (विराध) राक्षस भी इन अंचलों में मूल निवासी की तरह रहते थे। वे नागरिक नहीं, मृगयाजीवी थे। वस्तुत: लंका के राक्षस यक्ष-राक्षस थे। परन्तु आरण्यक बनैले राक्षसों की भी उपस्थिति थी, जो असुर प्रजाति के थे और उनकी अन्त्येष्टि क्रिया की पद्धति में भूमि में शवाधान तथा उसे प्रस्तर खण्ड से ढँकने की प्रथा शामिल थी। इन दोनों प्रकार के राक्षसों को रावण ऋषियों की आश्रम-संस्कृति के विरोध में संगठित कर चुका था। खर-दूषण के माध्यम से वह इनका भी नेतृत्व करता था। इन सबका नेता था दशग्रीव रावण। गोदावरी-डेल्टा की द्वीप संज्ञाएँ उन छावनियों की संज्ञाएँ हैं जिनमें 'लंका' शब्द व्यष्टि सूचक नहीं समष्टि सूचक (जातिवाचक) शब्द जुड़ा है उसी तरह जैसे आज के अनेक स्थान-नामों के साथ 'पुर', 'नगर' या 'आबाद' शब्द जुड़ा हुआ मिलता है। नगरों के नामकरण में शासक की भाषिक संस्कृति का प्रभाव पड़ता ही है। मुस्लिम काल के नये नगरों के नाम से 'आबाद' शब्द का जुड़ना इसी का द्योतक है। जहाँ तक 'मूर लंका' का प्रश्न है, इसमें 'मूर' शब्द जनजातीय संज्ञा है। राक्षसों में 'मूर' एक सबल जनजाति रही है। कृष्ण ने इनका दमन किया। इसी से वे मुरारी कहे जाते हैं। वैसे 'मूर' पूर्वी भारत में ज्यादा सबल थे। परन्तु उत्कल पास होने पर उनका एक टुकड़ा वहाँ भी रह सकता है। केवल शब्द 'मूर' को 'मूल' रूप से देखने के लिए डॉ. शुक्ल रामायण के पूरे भूगोल को बदल देते हैं। यह कुछ वैसे ही है जैसे एक उँगली को ही समूचा शरीर सिद्ध करने के लिए पूरी देह को तोड़कर सारे अंगों को एक नये रूपकल्प में बैठा देना। इससे किसी का लाभ नहीं होता और नाहक रामायण की सांस्कृतिक भूमिका का भूगोल छोटा हो जाता है। इसकी आसेतु हिमाचल भूमिका क्षीणतर हो जाती है।

उस समय दक्षिण भारत में कर्नाटक और अंशत: तमिलनाडु में प्रतापी वानर राष्ट्र रहता था। वैसे वानर आसेतु हिमाचल फैले थे। मध्य प्रदेश में 'कपि', कर्नाटक में 'कीश' और तमिलनाडु में 'मर्कट' (मक्कड़) और 'वानर' संज्ञाओं से तथा हिमालय में रीक्ष, गोलांगूल एवं केसरी संज्ञाओं से ये जाने जाते थे। परन्तु कर्नाटक अंचल में इनकी केन्द्रीय शक्ति थी। वैसे ही राक्षसों का दक्षिणापथ में उपनिवेश था और वर्तमान श्रीलंका या सिंहल उनका सदरमुकाम या केन्द्र था। इतनी बात तो प्रकारान्तर से रामायण द्वारा ही ज्ञात होती है। राक्षसों और वानरों से पहले मैत्री थी। रावण और बालि के बीच सन्धि स्थापन की कथा इसी का द्योतक है। तो राक्षस-राष्ट्र के सांस्कृतिक क्षेत्र में 'लंका' शब्द से जुड़ी दर्जनों बस्तियों का यही रहस्य है। सम्भवत: यही कारण है कि डॉ. हरमुख सांकलिया; जो प्रसिद्ध पुरातत्त्वविद् हैं, को एक खास संस्कृति (जिसे वे रामायणकालीन 'राक्षस-संस्कृति' कहते हैं) के 'परिश्रम चिह्न' के अवशेष मध्य प्रदेश के बस्तर से लेकर उड़ीसा तक मिलते गये। यही कारण है कि पहले उन्होंने कहा कि रावण की लंका बस्तर थी। फिर उन्होंने ही कहना शुरू किया कि लंका उड़ीसा में थी। भिन्न तर्कों के आधार पर इसी किस्म का भ्रम डॉ. शुक्ल को भी है।

वस्तुत: 'लंका' शब्द का 'द्वीप' अर्थ भी उसका मूल अर्थ नहीं है, बल्कि उससे नि:सृत नया अर्थ है। इस शब्द का अर्थ होना चाहिए 'नग' या 'नगर'। 'त्रिकूट' शब्द में भी यही संकेत है। इस शब्द का प्रयोग दक्षिण-पूर्व एशिया तथा पूर्वी भारत (असम) में 'जनबस्ती' (पुर या नगर) के

अर्थ में हुआ है और वहाँ 'द्वीप' की बात खप नहीं पाती। लंकानगरी एक द्वीप थी। अत: लंका का अर्थ 'द्वीप' दक्षिण की भाषाओं में प्राचीनकाल में ही स्थिर हो गया। यह अर्थ राक्षस-बस्तियों के बारे में भी पूरा-पूरा नहीं खपता है। वहाँ भी यह बहुलांश में 'पुर' या 'नगर' का ही द्योतक है। 'नगर' शब्द स्वयं ही 'नग' (पर्वत की चोटी) से जुड़ा है। आदिम आरण्यक युग में नगर ऊँची भूमि या भरसक शिखर-भूमि पर बनते थे। मूल शब्द होना चाहिए 'लं' या 'लङ्'। यह यक्ष-राक्षस (निषाद) भाषा का शब्द है। दक्षिण-पूर्व एशिया में काम रंका (काम लंका) शुक रंका (शुक लंका) जैसे नगर थे। कम्पूचिया की पुरानी राजधानी का नाम है 'नंकोर' अर्थात् 'नङ् कोर'। 'न' यही लं (लङ) है और 'कोर' है 'कोट' या 'कूट'। कूट→कोट→कोड़→कोर। अर्थ हुआ 'नग कूट'। 'ल' के दो ध्वनि विवर्तन हैं। 'न' और 'र'। मेरी धारणा है कि दक्षिण भारत की 'श्रीरंग' मूर्ति, जिसका सम्बन्ध विभीषण से जोड़ा जाता है, मूलत: 'श्रीलं' (श्रीलङ्) है, जो एक स्त्री देवता थी जिसको बाद में विष्णु का पुरुषरूप दिया गया है। 'ल' का रूपान्तर है 'नङ्' (नंग) जो संस्कृत में 'नग' बन गया है। हिमालय की एक पर्वतश्रेणी का नाम 'नंगा पर्वत' है। यह मूलत: 'नं' या 'लं' ही है। 'का' ध्वनिखण्ड निषाद भाषा की 'मानख्मेर' गोष्ठी में (जिसे पुराण 'कशेरु मान' कहते हैं) स्त्रीलिंग शब्दों के साथ आदरसूचक 'आर्टिकिल' है। इस प्रथा का अवशेष अब भी खासी (मेघालय) भाषा में मिलता है जो शब्द के पहले जोड़ा जाता है। हो सकता है कि पुरानी-राक्षस संस्कृति में यह आदरसूचक ध्वनि बाद में जोड़ी जाती रही हो। इसी 'लं' के साथ 'का' जुड़कर 'लंका' बन गया है। 'का' अर्थ ही 'श्रीमयी'। 'लंका' अर्थात् श्रीमयी नगरी या पुरी। यही अर्थ मुझे समीचीन लगता है। असम प्रदेश में एक स्थान का नाम 'लं-सिलहट्ट' (लं-श्रीहट्ट) है। उत्तर-पूर्व रेलवे का अन्तिम स्टेशन है 'लामडिंग'। इसका मूल रूप होना चाहिए 'लङ्-छींग'। छींग अहोम जाति की एक प्रसिद्ध शाखा है। नवगाँव (असम) में भी कुछ स्थान-नामों के साथ 'लं' या 'लंका' शब्द जुड़े हैं। ये सारी बातें संकेतपूर्ण हैं और 'लंका' शब्द का भूगोल व्यापक है। इसका अर्थ जनबस्ती द्योतक शब्द नगर, नगरी, पुर या पुरी लेना ही ठीक होगा। जैसे 'पुर' शब्द से जुड़ी कई दर्जन स्थानवाचक संज्ञाएँ भारत में हैं, वैसे ही 'लंका' शब्द से जुड़ी स्थानवाचक संज्ञाओं का भूगोल भी विस्तृत है। अत: मात्र इस शब्द के अन्यत्र पाये जाने से परम्परा से स्वीकृत रावण की लंका जो आज 'श्रीलंका' कही जाती है (वस्तुत: उस देश में यही इसका पूरा नाम रहा है) अन्यत्र स्थापित नहीं की जा सकती और न राक्षससंस्कृति के दो-चार फूटे मृद्भाण्ड या मिट्टी के खिलौने ही इसके लिए पर्याप्त प्रमाण माने जा सकते हैं। जहाँ तक लोक-कथाओं और लोक-विश्वासों में 'रावण' की उपस्थिति का प्रश्न है, मध्य प्रदेश एवं उड़ीसा के जिन क्षेत्रों में राक्षस संस्कृति का कभी दबदबा था और उनका उपनिवेश था, उन क्षेत्रों के आदिवासियों की परम्परागत स्मृति में यह नाम स्थानीय लोकानुश्रुतियों में उतर गया हो, तो क्या आश्चर्य है? हिमाचल प्रदेश के 'कन्नौर जिले में भीम और दुर्योधन देवता हैं और वहाँ की लोकानुश्रुति में उनसे जुड़ी अनेक बातें प्रचलित हैं। तो इससे यह तो नहीं सिद्ध होता कि महाभारतीय वीरों की रंगभूमि कुरुपाँचाल नहीं, हिमालय का 'कन्नौर' जनपद है।

"कोलम्बो से प्रकाशित एक साहित्यिक पत्रिका 'गण दर्शय' के सम्पादक गुणशेखर मुदालियर ने हाल में एक सिंहली अक्षरों में लिखी गयी एक पाण्डुलिपि निकाली है। इसमें रावण से लेकर

विजय सिंह की लंका-विजय तक का प्राचीन इतिहास है। ऐसी पाण्डुलिपि में प्रत्येक आर्यजन को दिलचस्पी होगी, श्रीलंका और भारत परस्पर निकट आयेंगे। अब तक रामायण के अतिशयोक्तिपूर्ण वर्णनों को छोड़कर रावण के राज्य के बारे में कोई प्रमाण नहीं था। अत: इस सिंहली पाण्डुलिपि का आविष्कार अत्यन्त महत्त्वपूर्ण है। इस पुस्तक का नाम 'कदाइम-पोटा' (कदेंपोटा) है।" यह सूचना शताब्दी के प्रारम्भ की है। तब से अब तक इतना राजनीतिक परिवर्तन हो चुका है कि भारत-सीलोन की मैत्री आदि की बातों का भविष्य और बातों पर निर्भर है। इस सूचना को यहाँ देने का तात्पर्य यही है कि श्रीलंका के लोक-विश्वास में रावण स्थापित है। परन्तु वर्तमान बौद्ध जनता (जिनका बहुत-सा भाग ईसाई भी बन चुका है) अपनी ऐतिहासिक स्मृति की शुरुआत सिंहबाहु से करती है और उसमें रावण-मिथक के प्रति सचेतना का अभाव स्वाभाविक है। तो भी, आज भी श्रीलंका की पुरानी राजधानी को 'पौलस्त्यपुर' कहा जाता है। निष्कर्ष रूप में निम्नलिखित बिन्दु पुन: विचारणीय हैं।

1. रावण की लंका वही है जिसे वाल्मीकि ने दिखाया है और जो लोकविश्वास के अनुसार वर्तमान श्रीलंका ही है। 'लंका' शब्द यक्ष-राक्षस (निषाद) भाषा का शब्द है। जिसका मूल अर्थ होता है 'नग' या 'कूट' और इस मूल अर्थ से विकसित अर्थ है 'नगरी' या 'पुरी'। 'त्रिकूट' या 'श्रीकूट' भी इसका अर्थ होता है।
2. 'लंका' में 'लङ्' ध्वनिखण्ड महत्त्वपूर्ण है जिसका एक रूप 'नं'/'नंग्' होगा जो संस्कृत भाषा में 'नग' बना है। इसी से 'नगर' शब्द भी निकला है। सामान्य रूप में इसे किसी तरह की जन-बस्ती का अर्थ दे सकते हैं।
3. लोकजीवन में रामायण के व्यापक प्रचार हो जाने के बाद 'लंका' को 'द्वीप' का पर्याय मानकर 'द्वीप' के अर्थ में प्राचीन द्रविड़ भाषाओं में यह ग्रहण किया गया है। यह पुराने अर्थ 'जनबस्ती' की तुलना में नया अर्थ है।
4. 'लंका' स्वयं में व्यक्तिवाचक संज्ञा नहीं, जातिवाचक संज्ञा है। रावण की राजधानी का पूरा नाम है 'श्रीलंका' और 'श्रीलंका' व्यक्तिवाचक संज्ञा है। यह तथ्य श्रीलंका के निवासियों की लोकस्मृति में सुरक्षित रहा है। परन्तु भारतीय काव्यों में 'श्रीलंका' की जगह 'लंका' व्यक्तिवाचक संज्ञा की तरह चला। भारत अथवा दक्षिण एशिया के अनेक स्थानवाचक नामों के अन्त में 'लंका' शब्द का जुड़े रहना इसी कारण से है। पर वे सब 'लंका' शब्द के ही कारण रावण की पुरी नहीं माने जा सकते।
5. 'लंका' शब्द में दो ध्वनिखण्ड हैं 'लङ् + आ (का)'। 'का' का प्रयोग स्त्रीलिंग कृदन्त के रूप में है। 'लंका' का अर्थ 'पुरी' होगा।
6. 'लंका' को वर्तमान 'श्रीलंका' से बाहर अन्यत्र खींच लाने के प्रयास बहुत ठोस तर्कों पर आश्रित नहीं हैं कि दो हजार वर्षों के दृढ़ लोक-विश्वास को विस्थापित किया जाये। ऐसा करने का प्रयत्न सांस्कृतिक दृष्टि से हानिकारक भी है। इससे रामायण की सांस्कृतिक भूमि हीनतर और लघुतर हो जाती है। व्यर्थ नयी-नयी भ्रान्तियों और द्वन्द्वों का जन्म होगा जिनके लिए हमारे साहित्य में कोई आधार नहीं है।

यक्ष और राक्षस

ऐतिहासिक दृष्टि का अपने सन्दर्भ में महत्त्व है, परन्तु साहित्य, संस्कृति और जन सामान्य के जीवन की दृष्टि से उसका महत्त्व सीमित है और उसका क्षुद्रतर एवं दुरभिसन्धिपूर्ण प्रयोग भी राजनीति के द्वारा होता है, जो उसकी बौद्धिक युक्ति संगतता को मलिन और दोषपूर्ण कर देती है।

ऐतिहासिक दृष्टि उपयोगी होती है मात्र इस बात को समझने के लिए ही कि रामकथा और कृष्णकथा जैसे मिथकोपाख्यान क्यों और कैसे भारतीय और वृहत्तर भारतीय मन पर इतना दृढ़ और गम्भीर रेखापात कर सके हैं। इसकी आन्तरिक बुनावट और संचरना की विकासमान पद्धति में जुड़ते गये मिथकीय लोककथात्मक एवं भाषिक तत्त्व के पीछे इतिहास के कौन से हाँ-धर्मी (पॉजिटिव) बीज रहे हैं और किस प्रकार भारतीय जाति की मनोभूमि क्रमशः नस्ल, रक्त, प्रजाति आदि की क्षुद्र सीमाओं से मुक्त होती रही और महासमन्वय की प्रक्रिया में इन मिथकीय उपाख्यानों को अपने स्रोतों से ऋद्धि और संचेतना प्रदान करती गयी। इसी महासमन्वय को समझने के लिए इनके भीतर के इतिहास-बीजों का, आर्य एवं आर्येतर स्रोतों का वैज्ञानिक अध्ययन अपेक्षित है, सहयोग और समन्वय के दृष्टिकोण से न कि द्वन्द्व और संघर्ष की दृष्टि से।

आज की राजनीति (विश्व राजनीति एवं क्षेत्रीय राजनीति दोनों ही) द्वारा उपस्थित व्याख्याएँ जो द्वन्द्व आश्रित हैं, इसे एक ना-धर्मी (निगेटिव) ऐंठन देती है जो विकासमान राष्ट्रीय संहति के साथ-साथ वृहत्तर मानस संहति के भी प्रतिकूल होती है। यदि रामकथा और कृष्णकथा आर्य-अभियान की कथाएँ ही होतीं तो इनका स्वरूप कुछ भिन्न होता। तब इन कथाओं के नायक राम या कृष्ण या शिव होते ही नहीं। तब यह पुरन्दर इन्द्र की वीरगाथा होती ! सच्चाई तो यह है कि 'इन्द्र' को तिरस्कृत करके महाकाव्यों के ऋषि कवियों ने राम और कृष्ण को जो उनके स्थान पर प्रतिष्ठित किया, वह स्वयं में एक प्रमाण है कि भारतीय मनीषा ने आर्य-आर्येतर क्षुद्रतर सीमाओं को तिरस्कृत करके एक नयी मनोभूमि की संरचना की है जहाँ द्वन्द्व या संघर्ष की बात बेमानी हो चुकी है और 'रक्त' या 'नस्ल' की जगह 'शील' और 'गुणधर्म' को ही वह मनीषा प्रतिष्ठित कर चुकी है। अब इन कथाओं को इनकी इस अधिष्ठान भूमि से उखाड़कर इनके पूर्व की दो हजार वर्ष पुरानी मनोभूमि रखकर इन्हें ऐतिहासिक अनुसन्धान का विषय बनाना इनके अर्थ को गलत ऐंठन देकर प्रस्तुत करना है और इनके सही मर्म को भ्रान्त करना है। जबकि वास्तविकता तो यह है कि रामकथा और कृष्णकथा आर्येतर और आर्य दोनों मनोभूमियों की समन्वित उपलब्धि है और क्षुद्रतर एवं संकीर्णतर सीमाओं की अस्वीकृति तथा वृहत्तर और उदार भूमावृत्ति की स्वीकृति है।

अत: जब हम इन कथाओं का आधुनिक दृष्टि से अध्ययन करें तो उसका लक्ष्य इस महासमन्वय की प्रक्रिया की ओर संकेत करना ही होना चाहिए। ऐसे अध्ययनों का उद्देश्य उस सर्वसारग्राही (Ecclactic) और 'महाभारतीय दृष्टि के उद्घाटन में अँधेरे कोणों को स्पष्ट करना ही होना चाहिए। यही उनका सही रूप होगा।

इसके विपरीत क्षुद्र अर्धसत्यों की स्थापना करना विगत चार-पाँच हजार वर्षों से प्रवहमान अविच्छिन्नता को वर्तमान के दैनिक जीवन के तत्त्वों में खानपान, रुचिबोध, वेशभूषा, वास्तुशिल्प लोकशिल्प में, लोकधर्म और लोक संस्कृति में, उच्चतर साहित्य और शिल्प में, दर्शन-चिन्तन में पायी जानेवाली व्यापक अखिल भारतीय समशीलता को झुठलाना होगा। हम रामकथा में वानर संस्कृति और राक्षस संस्कृति के विवेचन को इसी सर्वसारग्राही और महाभारतीय दृष्टि को ध्यान में रखकर ही प्रस्तुत कर रहे हैं।

राम गाथा मात्र आर्यगाथा नहीं है। आर्य-वीरगाथा का मूल और आदिम रूप इसमें प्रतिष्ठित करने की चेष्टा नहीं है। ऐसा प्रयत्न न केवल वाल्मीकि बल्कि उनके किसी उत्तराधिकारी द्वारा नहीं हुआ है। उनका उद्देश्य था महामनुष्य का प्रारूप उपस्थित करना और जातीय मानसिक संस्कारों से लब्ध भाषिक संस्कृति और बिम्ब-संस्कृति का उन्होंने जो आश्रय लिया तथा 'दैवासुरम्' के पैटर्न पर अपनी कथा को ढाला तो उनका उद्देश्य आर्य अभियान या आर्य विजय का चित्रण नहीं था। बल्कि उत्तरकालीन मनुष्य के लिए वे आर्य-परम्परा से लब्ध उदात्त संस्कारों का आश्रय लेकर 'असतो मा सद्गमय' की प्रार्थना का ही उपवृंहण कर रहे थे। भारतीय साहित्य में 'देवता' और 'असुर' बिम्ब हैं। वे वेदोक्त काल से ही अर्थात् उपनिषद युग से ही मात्र 'काव्य-बिम्ब' हैं, दो परस्पर विरोधी मानसिकताओं का और जीवन-वृत्तियों का।

सद्, ज्योति और अमृत एक ओर है तो इसके प्रतिपक्ष में हैं 'असद्, तमस और मृत्यु'। 'देव' और 'असुर' दो प्रकार के शील, दो प्रकार के गुण-धर्म और दो प्रकार की वृत्तियों के प्रतीक हैं उपनिषद-युग तक आते-आते यह बिम्बार्थ पूर्णत: प्रतिष्ठित हो चुका था और इसी कालखण्ड में रामकथा का बीजारोपण भी होता है। अत: 'दैवासुरम्' वाले आर्य 'अभिप्राय' (Motif) का अर्थ इसी रूप से ग्रहण करना चाहिए न कि किसी क्षुद्रतर प्रजातिगत या नस्लगत अर्थ में। स्वभावगत एकता और क्रियागत एकता के कारण किसी पात्र को 'देव' वर्ग में रखा जाता है तो उसके विपरीत पात्र को 'असुर' वर्ग में। इस बात को मध्यकालीन भारतीय बुद्धिजीवी भी पूर्णत: समझता है।

मध्यकालीन साहित्य-मर्मज्ञ राजशेखर (दशम शती ए.डी.) अपनी 'काव्य मीमांसा' में इसी की 'समझ' को 'कवि-समय' (यानी कवि-परम्परा) की संज्ञा देते हैं। वे लिखते हैं: "दैत्य-दानव-असुराणामैक्यम् यथा तत्र हिरण्याक्ष-हिरण्यकशिपु प्रहाद-विरोचन-बलि-बाणादयो दैत्या:; विप्रचित्ति-शम्बर-नमुचि-पुलोमा प्रभृतयो दानवा:; बल-वृत्र-चिक्षुर अस्त-वृषपर्वादया असुरा:।" अर्थात् साहित्य में 'कवि-समय' के अनुसार दैत्य-दानव-असुर को एक ही माना जाता है जो वस्तुत: भिन्न-भिन्न हैं जैसे-हिरण्याक्ष, हिरण्यकशिपु, प्रह्लाद, विरोचन, बलि, वाण आदि दैत्यवंशीय हैं, विप्रचित्ति, नमुचि, शम्बर, पुलोमा आदि दानव हैं, बल, वृत्र, चिक्षुर, वृषपर्वा आदि असुर हैं, तो भी कवियों ने इनको एक ही प्रकार में रखा है। (अध्याय षोडश: स्वर्ग-पातालीय

कवि रहस्य—'कवि-समय विवेचन')। यह एकीकरण स्वभावगत एकता (तमोगुणी प्रकृति) एवं क्रियागत एकता (देव-विरोध) के आधार पर हुआ है। मधु-दानव है, उसका पुत्र लवण 'असुर' कहा जाता है। दैत्यराज बलि का पुत्र वाण 'असुर' कहा जाता है। इससे स्पष्ट है कि भारतीय दृष्टि में वंशगत या नस्लगत कसौटी को कभी मान्यता नहीं थी।

इसकी एक मात्र कसौटी रही है 'ॠत' अर्थात् मर्यादा का विधान। जो 'ॠत' के प्रतिकूल है वह 'अनृत' है। उस अनृत को ही अन्धकार, तमस, राक्षस, असुर, दानव आदि से जोड़कर देखा गया है। जो 'ॠत' के अनुकूल है वह 'देव' या 'आर्य' कहलाया। लोक-परम्परा में 'आर्य' और 'देव' शब्दों का लोक-प्रचलित रूप 'जी' अब भी विद्यमान है और श्रद्धेय व्यक्ति के साथ हम स्वभावत: इसे आज भी जोड़ देते हैं।[1] तथाकथित आधुनिक इतिहास-आश्रित दृष्टि की तुलना में यह अधिक मानववादी दृष्टि है। आधुनिक दृष्टि का उपयोग इस मानववादी दृष्टि के अस्पष्ट कोणों को प्रकाशित करने के लिए ही होना चाहिए। इसके विखण्डन या विघटन के लिए नहीं। दिक्कत तो यह है आधुनिक दृष्टि अपनी सारी वैज्ञानिकता को द्वन्द्वाश्रित और विश्लेषणमुखी रखने का 'साम्प्रदायिक' हठ लेकर खड़ी है। परन्तु भविष्य के भारत ही नहीं भविष्य के विश्व की आवश्यकता है, सहयोग आश्रित एवं संश्लेषणमुखी आधुनिकता को विकसित करने की। अपने इस आग्रह को स्पष्ट करते हुए ही हम वानर-संस्कृति या राक्षस-संस्कृति की आधुनिक दृष्टि से अल्प चर्चा कर रहे हैं।

आदिम भारत की अनेक प्रजातियाँ पुराणों और महाकाव्यों में नाग, असुर, यक्ष, राक्षस, किन्नर, गन्धर्व आदि संज्ञाओं से वर्णित हैं। इनके वंशधर आज भी पर्वतीय एवं आरण्यक अंचलों में अपने परम्परागत रूप को चालू रखे हुए हैं परन्तु मैदानी भागों में ये आर्य-संस्कारों और आर्य भाषाओं को धारण करके नव्य आर्य या दीक्षित आर्य व्यवस्था में अन्तर्भुक्त हो गये हैं। आधुनिक विद्वानों ने इनकी पौराणिक संज्ञाओं की पहचान करने की चेष्टा की है। पुराणकारों ने इन संज्ञाओं का उपयोग बहुत ढीले-ढाले और अस्पष्ट ढंग से किया है। ठीक ऐतिहासिक कथन के 'यवन' शब्द की तरह। पहले यह संज्ञा ग्रीक और ईरानी बहिरागतों (Outsiders) के लिए प्रयुक्त होती थी जो नस्ल के हिसाब से 'आर्य' ही थे। परन्तु भारतीय 'आर्य' को ही, जो स्वयं शुद्ध आर्य न होकर 'विमिश्र' या 'दीक्षित' आर्य था, 'आर्य' कहा गया और विदेशी आर्य को 'यवन' (जो ग्रीक शब्द 'इयोनिअन' का अपभ्रंश है)। पर बाद में 'यवन' संज्ञा पश्चिम से आये मुसलमानों के लिए भी चलने लगी और इसका सटीक नस्लगत अर्थ कभी भी ध्यान में नहीं रखा गया। यही स्थिति नाग, यक्ष, राक्षस आदि शब्दों की भी रही है। गन्धर्व, नाग, असुर, यक्ष, राक्षस, किन्नर,

1. 'जी' को कुछ विद्वान 'आर्य' शब्द का अपभ्रंश मानते हैं। आर्य→अज्ज→अज्जू→'जू' से 'जी' बना। परन्तु मेरी धारणा भिन्न है। पूर्वी भारत में 'जी' का प्रयोग नहीं होता है। उसके स्थान पर 'देव' शब्द चलता है। मेरी धारणा है कि 'जी' 'देव' शब्द का ही अपभ्रंश है। 'द' का 'ज' में रूपान्तर प्राय: होता है। देव→देउ→जेउ→'जू' से 'जी'। डिंगल काव्य तथा राजस्थान में चालू 'जू' इसी 'जी' का पूर्ववर्ती रूप है। वैसे संस्कृत नाटकों के संवादों को प्रमाण माना जाए तो श्रद्धेय के लिए 'आर्य' और परमश्रद्धेय के लिए 'देव' दोनों चालू थे। 'आर्य' शब्द हिन्दी भारतीय 'अर्'-धातु से बना है जिसका अर्थ होता है 'कृषक'। मध्ययूरोप की 'उदीच्य' (नार्डिक) जाति के लिए आज 'आर्य' शब्द चलता है परन्तु उनके प्राचीन साहित्य में इसके स्थान पर एक भिन्न शब्द है और वह है 'Wiros' (वीरस्) अर्थात् योद्धा।

किरात, निषाद आदि शब्दों का अर्थ होता है आर्येतर भारतीय या आर्येतर 'देशी' जनसमूह। इनमें से कुछ का सम्बन्ध आर्यों से प्रियतर था जैसे गन्धर्व, किन्नर, यक्ष और इनके लोक देवताओं को आर्य देव-मण्डल के पौराणिक विकास में स्वीकृत करके अपना भी लिया गया। जिस तरह 'देव' या 'सुर' दिव्य प्रारूप है और इनका मानुषी प्रारूप था भारतीय आर्य। उसी तरह यक्ष, गन्धर्व भी पुराणों में मानुषी प्रजातियों के दिव्य प्रारूप की तरह स्वीकृत हो गये और उनकी देवकथाएँ, लोक-विश्वास वृहत्तर आर्य लौकिकी 'श्रुति' का अंग बनती गयी। आदिम भारत के मुण्डाकोल और द्रविड़-मुण्डा प्रजातियों में प्रचलित यक्षपूजा और नागपूजा को आर्य लोकधर्म का अंग बना लिया गया। नाग, यक्ष और राक्षस जिन जातियों के मिथकीय प्रारूप (Mythical Prototype) हैं उन्हें विद्वानों ने 'आस्ट्रिक'/'आस्ट्रोलायड' नस्ल के अन्तर्गत रखा है। इस नस्ल के लिए पहले 'मुण्डाकोल' शब्द चलता था। अब इनके सम्पूर्ण दक्षिण एशियाव्यापी अस्तित्व को देखते हुए 'माल', 'मालय' या 'निषाद' शब्द चलता है।

पुराणों में भी इनको हिमालयीय शाखाओं के लिए 'यक्ष', 'राक्षस' तथा अन्य शाखाओं के लिए, जो नदी उपत्यका और दक्षिण मैदानों और अरण्यों में रहती थी। 'नाग' शब्द का प्रयोग है। परन्तु यह बात ध्यान में रखनी चाहिए कि जिस प्रकार भारतीय आर्य भारत की भौगोलिक सीमा में आकर 'शुद्ध आर्य' न होकर 'विमिश्र' आर्य हैं वैसे ही आर्येतर जातियाँ भी विमिश्र ही हैं। 'निषाद' (आस्ट्रिक) जनों का हिमालय-अंचल और प्राच्य भारत में किरातों (मंगोल या भोट) से मिश्रण हो गया है और विन्ध्य के दक्षिण में 'द्रविड़ों' से। इसी से इन्हें 'मुण्डा द्रविड़' या 'निषाद द्रविड़' भी माना जा सकता है। नस्लगत शुद्धता भारत में भाषा और संस्कृति के क्षेत्र में कभी भी बरती नहीं गयी। महाकाव्यों में पारस्परिक रक्त सम्बन्ध के प्रचुर उदाहरण विद्यमान हैं। यहाँ तक कि 'आर्य' और 'आर्येतर' प्रभेद भी शत-प्रतिशत सही प्रभेद नहीं हैं। केवल भाषा और सामाजिक जीवन के संस्कारों की दृष्टि से ही यह प्रभेद सार्थक है। रक्त या नस्ल का प्रभेद तो कोई अर्थ ही नहीं रखता। (देखिए लेखक का निबन्ध 'अनार्यावर्त', 'उत्तरकुरु' नामक संकलन में)। जहाँ तक रामकथा का प्रश्न है, इसमें प्रतिपक्ष के रूप में 'राक्षस'—संस्कृति आती है। यहाँ पर ऊपर कही गयी सीमाओं को ध्यान में रखते हुए हम इस 'राक्षस-संस्कृति' पर ही इस समय कुछ विचार प्रस्तुत करना चाहेंगे। राक्षस-गाथा इस महाकाव्य की संरचना में प्रयुक्त आर्येतर गाथा का दूसरा रूप है। अन्य रूप है 'वानर-गाथा' जिसकी चर्चा अन्यत्र की गयी है और जो इस राक्षस-गाथा से विपरीत धुरी से जुड़ी है। रामायण में 'वानर' तेज या ज्योति-पक्ष से जुड़ा है और 'राक्षस' अन्धकार या तमस-पक्ष से। परन्तु हैं दोनों ही आर्येतर वीरगाथाएँ। दोनों रामकथा में एक-दूसरे की 'एण्टीथीसिस' के रूप में प्रयुक्त हुई हैं। परन्तु सांस्कृतिक विचित्रता तो यह है कि प्रतिपक्ष 'राक्षस' वर्ग का नेता स्वयं राक्षस नहीं है, राक्षस-दौहित्र है और रक्त से आर्य पुत्र है। उसके कार्यकलाप में आदिम आर्य संस्कृति का समावेश है। उनके देवता हैं प्रजापति और वैश्वानर (अग्नि), उनका उपासना विधान है कृष्णयजुर्वेद से जुड़ा हुआ, उनकी लोक देवी है निकुम्भिला देवी ('निकुम्भ' गणपति के ही एक रूप हैं !)। अर्थात् आर्येतर आगम और आर्यों के कृष्णयजुर्वेद का सम्मिलित रूप एवं आर्यत्व का ही एक अनगढ़ आदिम रूप। यही है राक्षस-संस्कृति।

'सुन्दरकाण्ड' में वर्णित इस राक्षस-संस्कृति का चित्र कुछ ऐसा है कि यहाँ पर आर्य-आर्येतर का आधुनिक द्वन्द्वात्मक सामान्यीकरण पूरा-पूरा खप नहीं पाता है।

आधुनिक नृतत्त्वशास्त्र और भारतीय पुराण दोनों ही एकमत हैं कि लंका नगरी पहले राक्षसों की थी, बाद में यक्षों के हाथ में गयी, फिर रावण ने पुनः राक्षसों को प्रतिष्ठित किया इसे यक्षराज कुबेर से छीनकर। रावण राक्षसराज है; कुबेर यक्षराज। पर दोनों सौतेले भाई हैं। अर्थात् यह मिथक संकेत देता है इस तथ्य का कि यक्ष और राक्षस परस्पर सम्बन्धी प्रजातियाँ हैं। पुराण बताते हैं कि प्रजापति ने यक्ष और राक्षस की सृष्टि एक साथ की। उद्देश्य था प्रजापति की प्रथम सृष्टि 'जल' की रक्षा करना। एक वर्ग ने कहा 'वयं रक्षामः' (हम रक्षा करेंगे) और दूसरे ने कहा 'वयं यक्षामः' (हम पूजा करेंगे)। यह 'यक्ष' धातु का प्राचीन प्रयोग है जिसका एक अन्य प्रयोग गीता में है 'यक्ष्ये' (यजन करूँगा) (अध्याय 16, श्लोक 15)। 'यक्षण' का आदिम अर्थ यजन-पूजन आदि होता है। प्रारम्भ में यक्षों का सम्बन्ध लोकधर्म और उपासना से था। बाद में ये संचय और भोग की वृत्तियों से जुड़े। तब इनका सम्बन्ध संचय और धन से हो गया। यक्ष आर्येतर प्रजाति की वह शाखा थी जो आर्यधर्म और संस्कृति के लौकिक रूप में आगे चलकर दाखिल हो गयी। 'केनोपनिषद्' से पता चलता है 'यक्ष' शब्द कि न केवल आर्य-साहित्य में प्रविष्ट हो चुका था, बल्कि यह आदिम आर्येतर जातियों का यह दिव्य प्रारूप इन्द्र, मरुत और अग्नि आदि वैदिक देवताओं से भी ऊपर 'ब्रह्म' की श्रेणी में स्वीकृत हो गया था। वस्तुतः 'ब्रह्म' शब्द के मूल में भी यक्षपूजा का अधिदेवता ही है जो आज भी लोकभाषा में 'बरम' बाबा बना हुआ है। यक्षों के साथ आर्यों का समन्वय इस है सीमा तक चला गया। उनके अधिनायक (सम्भवतः महादेवता) 'दक्ष' को 'प्रजापति' की संज्ञा दी गयी। 'दक्ष' और 'जक्ष' एक शब्द के दो रूपान्तर हैं। हिमालय तथा उत्तरकुरु के अंचल में नवागत आर्यों ने वहाँ के निवासियों की आर्येतर कन्याओं को ग्रहण करना शुरू कर दिया था। इस तथ्य का संकेत पुराण इस प्रकार देते हैं कि दक्ष प्रजापति की असंख्य पुत्रियों का विवाह मानव वंश के आदिम पितरों (महर्षियों) और देवताओं से हुआ था। दक्ष की कन्याओं से ही देवता, पक्षी, नाग, गौ, दैत्य, दानव, गन्धर्व-अप्सराएँ एवं अन्य जातियों के प्राणी आदिम पितरों द्वारा पैदा हुईं। मैथुनी सृष्टि का विधान दक्ष प्रजापति से ही चलता है। वे स्वयं चन्द्रमा के अंश से उत्पन्न मारिषा नामक कन्या के पुत्र थे और पिता थे दस प्रचेतागण। आर्येतर जातियाँ चन्द्र पूजक थीं, मातृप्रधान सभ्यता वाली थीं, 'गण' (समूह) ही पिता होता था। ये सारी बातें संकेतपूर्ण हैं। हिमालय से दक्षिण की ओर की दिशा का नाम 'दक्षिण' (यक्षिण) दिशा इसलिए पड़ा है कि नृतत्त्वशास्त्र और इतिहास के अनुसार आसेतु हिमाचल जो जाति पहले निवास करती थी उसे मुण्डाकोल, नाग, मालय, निषाद (अंग्रेजी में 'आस्ट्रिक' और आस्ट्रोलायड) इत्यादि कहा जाता था और 'यक्ष' इन्हीं जातियों का दिव्य प्रारूप (Divine Prototype) उसी तरह है जैसे भारतीय आर्य का दिव्य प्रारूप 'देव' है।

महाभारत में 'ब्रह्म मह' (ब्रह्म मख) का अर्थ 'यक्ष-मख' अर्थात् 'यक्ष-मेला' या यक्ष-उत्सव ही होता है। यह बात ध्यान में रखनी चाहिए कि प्रारम्भ में 'यक्ष' एक शक्तिधर 'अप देवता' (निम्नतर देवता) मात्र था जो लोकधर्म में ही प्रतिष्ठित था। परन्तु बाद में उपनिषदों के

बनते समय यह 'यक्ष' सर्वोच्च शक्तिधर देवता के रूप में यानी 'ब्रह्म'रूप में प्रतिष्ठित हो गया और इसका ही एक पर्यायवाची शब्द वेदान्त में 'ब्रह्म' बनकर घुसा। फिर इस अर्थ-उन्नयन को व्याकरण की 'वृह' धातु से जोड़कर युक्ति सम्भव कर लिया गया। पर इसका लोकधर्मी रूप आज भी 'बरम बाबा' बनकर प्रतिष्ठित है। (देखिए 'उत्तरकुरु' के निबन्ध: 'जाखिनीत्थान' और 'धर्मक्षेत्रे कुरुक्षेत्रे' आदि)। आज इस बात पर विश्वास करना ही कठिन है कि भारतीय दर्शन के केन्द्रीय शब्द 'ब्रह्म' के मूल में आदिम आर्य-आर्येतर समन्वित लोकधर्म का 'यक्ष' बैठा हुआ है। आर्यों ने स्थानीय लोकधर्म के प्रबल प्रवाह के साथ यह सामंजस्य प्रारम्भ में ही बैठा लिया था। 'केनोपनिषद' के 'यक्ष' 'और 'हैमवती उमा' के प्रसंग उस आदिम सामंजस्य का स्पष्ट प्रमाण देते हैं। यह 'हैमवती उमा' जो यक्ष की विद्याशक्ति के रूप में वैदिक देवताओं को ब्रह्मविद्या का उपदेश देती है। पुराणों में दाक्षायणी सती बन जाती है।

आर्येतर यक्षों के अधिदेवता का उन्नीत रूप 'दक्ष' प्रजापति है। इनके अतिरिक्त यक्षों के राजा 'कुबेर' का नाम भी पौराणिक देव-मण्डल वैदिक देवताओं के समकक्ष हो गया। भारतीय देव-मण्डल में कुबेर का आगमन बाद में होता है सम्भवत: त्रेता युग में। तब तक यक्ष-संस्कृति भारतीय आर्यों की दृष्टि में पूर्णत: श्रद्धेय हो चुकी थी। उनका नाम 'कुबेर' भी अजीब है और लोक-विश्वास में उनकी आकृति बेडौल थुलथुल मानी गयी है। भरहुत और साँची की यक्ष मूर्तियों में भी यह स्थूलता मिलती है। 'कुबेर' अर्थात् असुन्दर 'बेर' (मूर्ति या विग्रह) वाला। 'बेर' प्राचीन शब्द है। इसका अर्थ मूर्ति या शरीर होता है। इसी से इनकी एक संज्ञा 'कुतनु' है। कालान्तर में यक्षगण गुह्य धन रत्नों और गुप्त सम्पत्ति के रक्षक और स्वामी माने गये। धन से जुड़े लोगों का शरीर तो बेडौल होता ही है। लोक-विश्वास में कुबेर पालकी पर चढ़कर चलते हैं जिन्हें मनुष्य ढोता है। अत: ये 'नरवाहन' भी कहे गये। वैसे तो पुष्पक विमान भी आकाशचारी पालकी ही है परन्तु आगम और तन्त्रग्रन्थों में 'कुबेर' को पृथ्वी तत्त्व का पुलिं्लग देवता कहा गया है। 'कु' का अर्थ पृथ्वी है। 'कुबेर' अर्थात् 'पृथ्वी विग्रह'। इसका स्त्रीलिंग रूप है 'भू-देवी' जिसका विकसित रूप लक्ष्मी और अन्नपूर्णा है। प्राचीन लोकधर्म में दीवाली के दिन 'लक्ष्मी कुबेर' की पूजा होती थी। बाद में जब यक्षोपासना शैवोपासना में बदल गयी तो यह पूजा 'लक्ष्मी गणपति' की पूजा हो गयी। स्वयं कुबेर एवं उनके मातहत यक्ष देवता गणपति के विविध रूप बन गये। कुबेर की कुछ प्राचीन मूर्तियों में जो, शक कुषाणकाल से सम्बन्धित हैं, उन्हें लक्ष्मी और हारीति इन दो देवियों के बीच दिखाया गया है। लक्ष्मी धन की अधिष्ठात्री है। हारीति प्राचीन लोकधर्म में नन्हे शिशुओं की धात्री और सन्तान की देवी मानी जाती थी। सम्भवत: यह 'यक्षिणी' देवता थी। कालान्तर में गणपति के अगल-बगल ऋद्धि-सिद्धि देवताओं की कल्पना का मूल स्रोत भी यही है। कुबेर को देवताओं का धनपति माना गया। उन्हें 'राजाधिराज' और 'वैश्रवण' की उपाधि मिली। वे विश्रवा ऋषि के पुत्र हैं। अत: रावण की ही तरह ब्राह्मण हैं। उन्हें यज्ञ-भाग भी मिलने लगा क्योंकि प्रत्येक यज्ञ-कर्म और हवन-कर्म के अन्त में 'प्रसह्य साहिने राजाधिराज वैश्रवणाय स्वाहा !' कहकर आहुति देने का विधान किया गया है।

हिन्दू पुराणों और बौद्ध पुराणों में वे 'चतुर्महाराजिक' देवताओं में से एक हैं और उन्हें उत्तर

दिशा का दिग्पाल माना गया है, इन्द्र-यम और वरुण के समकक्ष। उनकी उपाधि 'राजराज' या 'राजाधिराज' इसलिए है कि 'यक्ष' की ही एक संज्ञा 'राजा' बन गयी। राजा का अर्थ ही है शोभायमान, चमकने वाला, द्युतिधर ('राजते') अर्थात् दिव्य। इसका 'प्रशासक' अर्थ तो बाद में विकसित हुआ। 'यक्ष' क्रूर आदिम अपदेवता से हटकर धन, रत्न, सम्पत्ति, भोग, आमोद-प्रमोद, मधुपान, पुष्पमाल आदि से जुड़ गया। 'यक्ष-कर्दम' का अर्थ होता है चन्दन ! यक्ष 'राजा' है और शायद 'रावण' शब्द के मूल में भी यही 'राजा' अर्थ का प्रतिपादक शब्द है जिसकी चर्चा यथास्थान की जायेगी। वरुण को भी 'महाअसुर' और 'राजा' कहा गया है। यक्ष और राक्षस दोनों ही एक प्रकार के मानव-समुदाय की दो शाखाएँ हैं जिनका सांस्कृतिक विकास विपरीत दिशाओं में हुआ और एक भारतीय आर्य की दृष्टि में प्रिय से प्रियतर बनता गया, प्रतिपक्ष के रूप में। एक प्रतिधर्म ('अधर्म' नहीं 'प्रतिधनी') का पोषक बना और तो दूसरा भारतीय मत में उसका 'ना-धर्मी' (निगेटिव) बिम्ब बनता गया। परन्तु दोनों ही आसेतु हिमाचल वासी की ही प्रजाति की दो शाखाएँ थीं जिनकी उत्तर में राजधानी थी 'अलका' (अ-लंका) और दक्षिण में थी 'लंका' जो अपनी महिमा के कारण 'श्री-लंका' भी बाद में कही गयी। श्रीलंका के ही एक रूप 'स्त्री-लंक' (श्री लङ्) का अंग्रेजीकरण है 'सी-लोन' (Cylone)। 'लंका' पहले की है और उससे मित्रता दिखाने के लिए 'अ-लंका' (अलका) की कल्पना की गयी होगी अथवा 'स्थान' (हिन्दी) एवं 'अस्थान' (भोजपुरी) की तरह एक ही शब्द का यह विवर्तित उच्चारण है परन्तु इस शब्द का अर्थ 'पुर' या 'नगर' या 'बस्ती' ही होना चाहिए और यह एक मूल भाषा का शब्द है जिसका सम्बन्ध यक्ष और राक्षस दोनों से था और दोनों ही एक ही मानव गोष्ठी की दो शाखाएँ हैं।

डॉ. भगवानदास ने 'राक्षस' को 'किरात' माना है और महापद्मनन्द के मन्त्री 'राक्षस' को बौद्ध और 'महाचीन' (तिब्बत) का निवासी। परन्तु उन्होंने अटकल मात्र पेश किया है, कोई खास प्रमाण नहीं दिया है। मेरी समझ से राक्षस और यक्ष दो मूल रूप से आदिम निषाद या कोलमुण्डा (Austric या Austroloid) ही थे जो हिमालय से नीचे उतरकर आसेतु हिमाचल व्याप्त हो गये। यही संस्कृति भारतवर्ष और सम्पूर्ण दक्षिण-पूर्व एशिया (मलय, कम्पूचिया, हिन्देशिया आदि) की नींव संस्कृति थी। पूरे दक्षिण एशिया में इनका बोलबाला था। बाद में उत्तर में ये आर्य से मिलकर अंशतः नव्य आर्य (दीक्षित आर्य) बन गये और दक्षिण में नव्य द्रविड़ (दीक्षित द्रविड़)। उत्तर भारत 'निषाद-आर्य' है तो दक्षिण भारत 'निषाद-द्रविड़' या 'मुण्डा-द्रविड़'। आज की जनजातियों में मुण्डाकोल चेरो और मेघालय के खासी तथा कम्पूचिया के मानख्मेर (Man-Khmer) जिन्हें पुराण 'कशेरुमान' कहते हैं आदि इस जाति के लोगों के अविकृत शुद्ध रूप हैं। इसी से भाषाविद् इन्हें माल, मालय, मुण्डाकोल आदि भी कहते हैं। 'चेर', 'चोल', 'चूल', मालय, माल ध्वनिखण्डों से इसी मानवकुल का बोध होता है। आज 'चेर' और 'चोल' को द्रविड़ मानते हैं। पर वस्तुतः ये शुद्ध द्रविड़ न होकर 'मुण्डा-द्रविड़' हैं। 'चेर' और 'चेरो' तो स्पष्टतः एक ही शब्द हैं। 'चोल' भी उत्तर भारतीय 'कोल' का ही एक रूप हो सकता है। 'चूल' (द्रविड़ 'ल' के 'ळ' रूप) और 'चूड़' (चोटी, चूड़ा) एक शब्द ज्ञात होता है। 'चूल' का अर्थ 'केश' तथा 'चोटी' होता है। इसका एक प्रयोग 'शिखर-चूड़ा' (शिखर-शीर्ष) में 'चूड़' वस्तुतः द्रविड़ 'चूल' का ही

भिन्न रूप है। इसका अर्थ वही होगा जो 'नग' (शिखर) का अर्थ है। अत: 'चोल' का अर्थ भी 'नाग' ('नग'—वासी) या पार्वतीय है। वही अर्थ 'माल' (पर्वत भूमि) से निकले 'मालय' का भी होता है। असम में 'चूटिया' जाति रहती है। दक्षिण बिहार (हजारी बाग) में भी 'चूटिया' रहते थे। 'चूटिया' वस्तुत: 'चोटिया' है। हिन्दी 'टोपी' 'रोटी' आदि पूर्वी भारत में 'टूपी', 'रूटी' हो जाते हैं। उसी तरह से 'चूटिया' मूलत: 'चोटिया' ही है और 'चोटिया नागपुर' का ही रूपान्तर आज 'छोटा नागपुर' (हजारी बाग) बन गया है। अत: सिद्ध है कि इन सारे शब्दों चूल, चोल, चोटिया, मालय, नाग आदि का अर्थ होता है 'पार्वतीय'। इन शब्दों का सम्बन्ध उस आदिम प्रजाति से होना चाहिए जो भारत के प्रथम निवासी थे और 'यक्ष' तथा 'राक्षस' इन्हीं से जुड़े थे। इसी नस्ल के लोगों में यक्षोपासना 'वीर' और 'बरम' के रूप में होती थी और इस उपासना के अवशेष आज भी लोक-संस्कृति में हैं। कोई शक्तिधर लोकदेवता 'महावीर' इनसे पूजित था जो रामकथा के वानर-नायक 'हनुमान' में संश्लिष्ट हो गया। 'हनुमान' का मूल रूप होना चाहिए 'हाणु माल' जो अपने आदि रूप में 'आणु माल' रहा होगा। 'आणु' का अर्थ 'पुरुष' है और 'माल' का अर्थ है 'वीर' या 'नायक'। 'लंका' और 'अलका' यों क्रमश: राक्षस और यक्ष से जुड़े शब्द हैं। इनकी ही भाषा का शब्द होना चाहिए। 'अलका' अनुस्वारविहीन 'अ-लंका' ही लगती है।

अपनी इस मान्यता पर कि यक्ष और राक्षस एक ही आदिम प्रजाति की दो शाखाएँ हैं, भाषाविज्ञान की दृष्टि से भी विचार करना चाहते हैं। आधुनिक भाषा वैज्ञानिक आचार्य सुनीतिकुमार चटर्जी ने 'असम' शब्द के उद्‌भव पर विचार करते हुए लिखा है कि हिमालय की आदिम जनजातीय 'निषाद' (माल या मुण्डाकोल) और 'किरात' (भोट-तिब्बती) बोलियों में 'र' (R) ध्वनि का रूपान्तर 'इ य' या 'य' (Y) में हो जाता है। असम प्रदेश की 'असम' संज्ञा 'अहोम' (अह'म) से आयी है। अहोम जाति मूलत: दक्षिण चीनांचल शान-टाई अंचल से पटकोई गिरि श्रृंखला पार करके असम प्रदेश में तेरहवीं शती में उतरी और ये ही अंग्रेजों के शासन के पूर्व तक असम प्रदेश के शासक रहे। सुनीतिकुमार ने बताया है कि इनकी मूल संज्ञा थी 'Rham। फिर इसी Rhyam का परिवर्तित रूप हुआ 'yham 'यहाम' झ अहाम। असमिया लोग 'स' को 'ह' जैसा ही बोलते हैं। आज भी 'असम का उच्चारण वे 'अह'म' जैसा ही करते हैं। अब इस 'R→Y के परिवर्तन-सूत्र को 'राक्षस' और 'यक्ष' पर लागू करें तो स्पष्ट हो जाता है कि ये मूलत: एक ही शब्द है। 'राक्षस' और 'यक्षस्'। Rkaxus अथवा Raxus का परिवर्तित रूप 'yaxus एक ही किसी मूल शब्द का विवर्तन है। इससे 'यक्ष' और 'राक्षस' की एकता सिद्ध होती है जिसका संकेत पुराणों की सृष्टिकथा के प्रारम्भिक मिथक में है। वस्तुत: प्राचीन मिथक किसी सामूहिक ऐतिहासिक अनुभव (Collective experience) के बिम्ब होते हैं और प्रकारान्तर से किसी तथ्य के प्रतीक होते हैं। मिथक को आमूलचूल कपोलकल्पना कहकर टाला नहीं जा सकता। वे अपने उत्स में प्रत्यक्षत: या अप्रत्यक्षत: किसी तथ्य के बीजांकुर हैं और उनके पल्लवन में यथार्थ के किसी क्षुद्र बीज का अवश्य अस्तित्व रहता है। अत: पुराणों में वर्णित यक्ष-राक्षस के सहजात भातृत्व (वयं रक्षाम:-वयं यक्षाम: ' की कथा), लंका का राक्षसों की आदि पुरी होना, फिर यक्षों का अधिकार, फिर राक्षसराज रावण द्वारा दखल, राक्षराज और यक्षसराज

का परस्पर भाई होना आदि बातें व्यक्तिवाचक स्थितियाँ इतिहास हों या न हों, अपनी जातिवाचक स्थिति में घटित इतिहास की ही अनुस्मृतियाँ हैं।

भारतीय साहित्य में यक्ष और राक्षस का जोड़ा इसके प्रस्थान बिन्दु से ही चल रहा है। भारतीय मनीषा ने समस्त सृष्टि को सद्-असद्, प्रकाश-तम, मृत्यु-अमृत और शुभ-अशुभ के सन्तुलन के रूप में देखा है। इस सूत्र के अनुसार देवता और मनुष्य के साथ यक्ष-किन्नर-गन्धर्व और अप्सरागणों को एक गुट में सम्मिलित कर लिया है और इनके प्रतिपक्ष के रूप में असुर-दानव-दैत्य-राक्षस-पिशाच आदि को रखा है। किन्नर, किम्पुरुष, गन्धर्व, नाग, सुपर्ण आदि को दक्ष प्रजापति की पुत्रियों और मनुष्य जाति के मूल पितरों (कश्यप, मरीचि आदि) अथवा देवताओं का वंशज माना है अर्थात् इन संज्ञाओं के धारक जो मानवकुल थे, उनसे आदिम आर्यपितरों ने रक्त-सम्बन्ध स्थापित किया था। दक्ष प्रजापति भी मूलत: यक्ष लोकदेवता ही हैं। अत: किन्नर-गन्धर्व आदि जातियाँ भी यक्ष वर्ग का विस्तार ही है। वस्तुत: देवता, मनुष्य, यक्ष और राक्षस ये ही चार मौलिक कोटियाँ हैं। अवश्य ही यह बात हम साहित्य की दृष्टि से ही कह रहे हैं। आदिम भारत के नृतत्त्व और इतिहास की सटीक जानकारी तो दुर्लभ है। परन्तु साहित्य और लोकानुस्मृतियाँ इतिहास का निचोड़ (मधु) प्रस्तुत करती हैं और विगत चार हजार वर्षों से हमारे नित्य अनुभूत जीवन में सत्य (Reality) बनकर ये ही सक्रिय हैं।

इसी अर्थ में डॉ. राममनोहर लोहिया ने 'इतिहास-चक्र' नामक अपनी पुस्तक में मिथक और लोक-अनुस्मृति को स्थूल इतिहास की तुलना में अधिक सत्य (Greater reality) माना है। देवता, मनुष्य, यक्ष और राक्षस इन चारों कोटियों में 'यक्ष' की अवधारणा का ऐतिहासिक विकास स्वयं में एक मनोरंजक तथ्य है। 'यक्ष' पर सर आनन्दकुमार स्वामी ने अपने ग्रन्थ 'यक्ष' (The yakshas) के दोनों भागों में विशेष अध्ययन प्रस्तुत किया है। पुराणों की सृष्टि-कथा का अनुगमन करते हुए उन्होंने भी माना है कि 'यक्ष' जल से जुड़ा देवता है। 'वयं यक्षाम:' का अर्थ उन्होंने लगाया है कि 'हम खायेंगे' अथवा 'हम भोग करेंगे। कालान्तर के लोक-विश्वास में यक्षेश्वर कुबेर के धनाध्यक्ष होने के कारण यक्ष को सम्पत्ति और भोग से जुड़ा पाया जाता है। भारतीय साहित्य और कला में यही विश्वास चलता है। इसी तथ्य से प्रेरित होकर उन्होंने ऐसा अर्थ लगाया है। परन्तु अन्य विद्वानों की धारणा है कि 'वयं यक्षाम:' का अर्थ होगा 'हम यजन करेंगे' डॉ. वासुदेवशरण अग्रवाल लिखते हैं, 'वैदिक 'यक्ष' धातु भोजन करने के अर्थ में न होकर, सम्मान करने और पूजा करने की धार्मिक क्रिया के अर्थ में प्रचलित थी।' ए. बी. कीथ आदि कुछ विद्वान 'यज्' धातु से 'यक्ष' बनाते हैं, अत: इसका अर्थ होता है 'यजनीय या पूजनीय' (प्राचीन लोकधर्म, पृष्ठ 120)। प्राचीन वैदिक साहित्य और ब्राह्मण-साहित्य में इनकी धार्मिक महिमा देखकर लगता है कि यजन-पूजन वाला अर्थ ही युक्तिसंगत है। कुछ विद्वानों ने यह भी सुझाव दिया है कि 'यक्ष' शब्द निषाद भाषाओं के किसी शब्द की संस्कृत अनुकृति है। ऐसा होना भी सम्भव है क्योंकि 'यक्ष' निषाद (मुण्डाकोल) जाति का दिव्य प्रारूप (Divine Archtype) वैसे ही है जैसे 'देवता' मनुष्य का है। परन्तु उस मूल निषाद शब्द के बारे में कोई सुझाव सामने नहीं आया है। अत: हम आर्ष स्रोत से प्राप्त अर्थ पर ही निर्भर रहें, यही ठीक है।

वैदिक चिन्तन के प्रारम्भ में 'यक्ष' अद्‌भुत, सुन्दर, विचित्र, परन्तु भयावह और विजातीय जैसा है। कालान्तर के साहित्य में यक्ष अर्धदैवी अपदेवता है और यक्षिणी दुर्निवार कामना और बहुरूपी सौन्दर्य के प्रतीक के रूप में मनुष्य के लिए विभ्रान्तिकर और भयावह मानी गयी है ! एक मन्त्र में कहा गया है—"हे अद्‌भुत ऋतु (मित्रावरुण) हम अपने शरीर में यक्ष का आविर्भाव न देखें।" (ऋग्वेद 5/70/6)। अन्य मन्त्र में कहा गया है—"यदि हमारा कोई पड़ोसी यक्ष-स्थान को जाता है तो हे अग्नि, तुम उसके यहाँ छिपकर भी मत जाना।" (ऋग्वेद 4/3/13)। इन मन्त्रों में यक्ष के आर्येतर देवता होने के कारण एक भय और एक बेगानेपन का भाव है। अर्थात् यक्ष शक्तिधर है, पर त्याज्य है। परन्तु 'केनोपनिषद्' बनते-बनते यह बेगानापन और अजनबीपन बढ़ते हुए सांस्कृतिक समन्वय के कारण समाप्त हो चुका था और 'यक्ष' से प्रिय सम्बन्ध स्थापित हो चुका था। 'महायक्ष' को इन्द्र, वरुण, अग्नि और मरुत से भी श्रेष्ठतर, इन सारे देवताओं के शक्ति-स्रोत मूल देवता (ब्रह्म) के रूप में ग्रहण किया गया। 'यक्ष' की एक संज्ञा 'ब्रह्म' भी थी। यक्षों के सर्वोच्च लोकदेवता 'ब्रह्म' के अर्थ का विस्तार हुआ और वह वेदान्त दर्शन का केन्द्रीय शब्द बना। परन्तु पुराना अपदेवता या अर्धदेवता वाला आदिम अर्थ आज भी लोकभाषा में 'बरम' बाबा के रूप में सुरक्षित चल रहा है। उपनिषत्काल तक आते-आते यक्ष प्रिय और सुशोभन बन चुका था। बाद के बने मन्त्रों में 'ये मरुद्‌गण यक्षों की तरह सुशोभित हैं' (ऋग्वेद 7/56/16) या 'यक्ष की तरह प्रियदर्शन बनो' ('यक्षमिव यक्षुषः प्रियो भूयासम् गृह्य सूत्र) जैसी उक्तियाँ कही गयी हैं। 'महाभारत' तक आते-आते यक्ष रमणीयता, सुन्दरता के साथ-साथ भयावह शक्तिधरता का संयुक्त प्रतीक बन जाता है। अथर्ववेद में अमृत से घिरी 'ब्रह्मपुरी' में जिसकी संज्ञा 'अपराजित' थी, वपुष्मान महाकाय यक्ष का उल्लेख है जो परमात्मा प्रतीक है। विष्णु के लिए अप्रतिहत 'अपराजित' आदि संज्ञाएँ, जो विष्णु सहस्रनाम में आती हैं, मौर्यकाल में बहुत प्रचलित थीं और मूलरूप में ये यक्ष के लिए प्रयुक्त संज्ञाएँ हैं जो अवध्य, अपराजित, अयोध्य, ब्रह्मपुरी का स्वामी माना जाता था। 'यक्ष-वाटिका' (यक्ष-मन्दिर) की अनुकृति पर ही वैष्णव धर्म में वासुदेव संकर्षण आदि देवताओं के लिए 'नारायण-वाटिका' (ठाकुर बाड़ी) का प्रचलन हुआ। आगे चलकर बौद्ध और जैन धर्मों में भी लोक-विश्वास ने महावीर को यक्ष के रूप में देखा है। बौद्धों के चतुर्महाराजिक देवताओं में यक्षराज और बुद्ध वैश्रवण (कुबेर) को उत्तर दिशा का महाराजिक देवता कहा गया है। वैसे 'राज-राज', महाराज, महाराजिक आदि शब्दों का अर्थ 'यक्ष' ही होता है। परन्तु बौद्ध-साहित्य में 'महाराजिक' का प्रयोग दिग्पाल-देवता के अर्थ में किया गया है। डॉ. वासुदेवशरण अग्रवाल अपनी पुस्तक 'भारतीय लोकधर्म' में लिखते हैं—"यह स्मरण रखना चाहिए कि यक्ष पूजा का भी एक विशेष प्रकार था। इसके अंग थे-पुष्प, माल्य, धूप, दीप, गन्ध और नैवेद्य (वर्तमान पंचमोपचार)। शनैः शनैः ब्राह्मण देवताओं के लिए भी यही प्रकार चालू हो गया। गीता में इसे ही-पत्रं पुष्पं फलं तोयम्' कहा गया है। देव-पूजा की वैदिक विधि यज्ञ-कर्म थी, परन्तु अन्त में लोकधर्म की रीति को ही विजय प्राप्त हुई !" (पृष्ठ 131 132)। कहने का तात्पर्य यह कि 'यक्ष' और उसकी सम प्रकृति के अन्य आर्येतर देवता किन्नर-गन्धर्व आदि आर्य-धर्म के प्रिय अंग बन गये। इसी से भारतीय साहित्य में इनकी भूमिका देव-पक्ष और 'शुभ-शील' से

जुड़ी है। इस प्रक्रिया में अन्तिम कड़ी है किम्पुरुष और वानर देवता। उनके लोकदेवता 'महावीर' ही 'रामायण' में हनुमान नामक वानर नायक के साथ एकाकार होकर देव-मण्डल के अन्दर आ गये। 'महावीर' और 'महायक्ष' दोनों शब्द समानार्थक हैं। वानर जाति के नायकों की जन्मकथाएँ भी देवताओं से जोड़कर देखी जाने लगीं।

इसके प्रतिकूल 'राम' के प्रति आर्य-धर्म और आर्य-साहित्य में एक विरूपभाव प्रारम्भ से हो रहा है। यद्यगि अथर्ववेद में प्राप्त देवता-सूची में यक्ष-गन्धर्व के साथ राक्षस भी है। आगे चलकर 'दैत्य-असुर-दानव-राक्षस' एक किस्म के 'शील' के बोधक हो गये। (राजशेखर)। राक्षस की भूमिका सदैव 'अशुभ' और 'भय' से जुड़ी मानी गयी। और जिन प्रजातियों का देवों से द्वन्द्व था जैसे दैत्य-दानव और असुर, उन्हीं के साथ राक्षस को जोड़कर देखा गया है और लोकमानस में इन सबके लिए 'असुर' या 'राक्षस' सामूहिक संज्ञा बन गयी। राजशेखर ने 'काव्य-मीमांसा' में स्पष्ट मोषणा की कि इन जातियों में वंशगत प्रभेद होते हुए भी ये साहित्य में समानार्थी हैं। दूसरे शब्दों में भारतीय लोकमानस और साहित्य दोनों में 'राक्षस' संज्ञा की कसौटी जाति, कुल या जन्म नहीं 'शील' और 'आचरण' रहा है। यह तथ्य सारे ऊहापोहों के ऊपर एक सर्वमान्य तथ्य है। राक्षस-धर्म का अपना स्वरूप था। वह एक 'प्रतिधर्म' था जो मूलत: देहवादी अनात्मवादी था। वैरोचन और इन्द्र की कथा (छान्दोग्य उपनिषद्) में इस 'प्रतिधर्म' का स्पष्ट संकेत है। राक्षस-वर्ग में पर-नारी अपहरण अनीति नहीं था। रावण ने रामायण में स्वयं कहा है कि यह तो राक्षस-धर्म ही है। किसी प्रकार का नीति-बोध नहीं बल्कि शक्ति और बल-पौरुष ही उनकी चरम युक्ति थी। राक्षस नारी में स्वैराचरण तथा सन्तान-पालन के प्रति उत्तरदायित्वहीनता को कलंक नहीं माना जाता था। वे न केवल मांस भोगी थे, बल्कि नर मांस खाने की प्रथा भी उनमें थी। वे प्रकृति से क्रूर और नृशंस थे। उनके एक वर्ग में शव-निखात (मिट्टी में शव गाड़ना) की प्रथा भी थी। इसी 'प्रतिधर्म' के कारण, जो आर्य दृष्टि से 'अधर्म' था, वीरोचित गुणों एवं तपबल मायाबल के बावजूद वे 'अशुभ' के प्रतीक माने गये। उन्हें जड़वादी, प्राण-विरोधी, अनृत ओर तामसिक शक्ति के प्रतीक के रूप में देखा गया। कालान्तर के कवियों ने उनके इन्हीं अशुभ गुणों के कारण उनकी आकृति की विरूप और अनर्गल कल्पना भी कर डाली।

ऐतिहासिक दृष्टि से माना जा सकता है कि 'राक्षस' कभी एक विशिष्ट जनगोष्ठी या कबीला रहा होगा। परन्तु बाद में वह कबीलाई अर्थ छूट गया और यह शब्द एक खास किस्म के आचरण या शील का द्योतक हो गया। रामायण में ही कई किस्म के राक्षसों का कम या ज्यादा वर्णन मिलता है। (1) दैत्य शाखा-दिति के वंशज जिनमें शालकटंकट कुल के माली, सुमाली, माल्यवान आदि आते हैं। (2) रक्ष शाखा-जो यक्षों के सगोत्र हैं। रावण का कुल इसी में आता है। (3) दनु शाखा-जो प्राचीन दानव हैं, जैसे हिरण्यकशिपु, बलि, वाणासुर (4) विराध शाखा-यानी आदिम 'असुर' जो दण्डकारण्य या दक्षिण की वनांचल भूमि में मृगया जीवी एवं अर्धसभ्य स्थिति में रहते थे। ये रावण की 'राक्षस या' रक्ष शाखा से संगठित रूप में जुड़े नहीं थे, पर उनके समानधर्मी थे। (5) शापग्रस्त दु:शील जन भी राक्षस बन जाते थे जो मूलत: मनुष्य (इक्ष्वाकु राजा कल्माषपाद) या गन्धर्व (कबन्ध) या यक्ष-गन्धर्व (ताड़का-मारीच) थे। राम को विराध शाखा के छिटपुट राक्षसों

और रक्ष शाखा संगठित एवं उन्नत भौतिक सभ्यता वाले लंकावासी राक्षसों से ही जूझना पड़ा था। इनका नेता था दशग्रीव रावण। इस दशग्रीव की राजधानी श्रीलंका थी। परन्तु इनके छिटपुट दुर्ग और छावनियाँ दण्डकारण्य जन-स्थान तथा गोदावरी-प्रदेश में भी थीं। 'लंका' शब्द 'पुर' या 'पुरी' वाचक है। अत: उनकी छावनियों या दुर्गों के स्थानवाचक नामों से यह जुड़ा है। सर्वत्र यह राजधानी श्रीलंका का द्योतक नहीं। अथवा यह भी हो सकता है कि 'रक्ष' जाति विन्ध्यारण्य के दक्षिण में पहले रहती हो और बाद में उन्होंने अपना सदरमुकाम सामरिक दृष्टि से दुर्जेय लंका द्वीप को बनाया हो। द्वापर में भी ऐसी घटना घटित हुई थी। मूल यादव-भूमि तो शूरसेन-प्रदेश (मथुरा-मण्डल) में थी। परन्तु सुरक्षा की दृष्टि पूरी यादव जनगोष्ठी दूर गुजरात में स्थानान्तरित हो गयी और द्वारका को एक समुद्र-दुर्ग के रूप में बसाया। तब यादव-संस्कृति का केन्द्र द्वारका बन गयी। 'लंका' यक्ष-राक्षस भाषा का शब्द है। यक्ष-राक्षस अर्थात् निषाद (मुण्डाकोल) भाषा और संस्कृति। कभी यह आसेतु हिमाचलव्यापी थी। बाद में उत्तर में 'आर्य' का आवरण चढ़ गया और दक्षिण में 'द्रविड़' का। ये उत्तर में दीक्षित आर्य बन गये और दक्षिण में दीक्षित द्रविड़। राम को जिस दशग्रीव रावण के राक्षसों से जूझना पड़ा था, वे श्रीलंका (सिंहल) के राक्षस थे। जनस्थान और दण्डकारण्य में उनके उपदुर्ग अवश्य थे जहाँ खर-दूषण राज-प्रतिनिधि बनकर रहते थे।

कहने का तात्पर्य यह है कि राक्षस मनुष्य ही थे। उनका विस्तार विन्ध्यारण्य से श्रीलंका तक था। बीच में स्वतन्त्र वानर राष्ट्र रहता था। उनकी ऐतिहासिक पहचान सम्भव नहीं क्योंकि उनमें अर्धसभ्य बर्बर मृगयाजीवी स्तर से लेकर अत्युन्नत समृद्ध नागरिक स्तर की जनगोष्ठियाँ शामिल थीं। वे भारतीय महामानव-समुद्र में अपनी पहचान खोकर एक 'शील' या आचरण प्रतीक के रूप में अथवा काल्पनिक मानवेतर देवकोटि के जीव के रूप में भारतीय भाषा और साहित्य में पहचाने जाते हैं। ऊपर के विवेचन से स्पष्ट है कि कबन्ध, एवं मारीच-माता ताड़का जाति से नहीं प्रकृति (चरित्र) से राक्षस थे। यही बात रावण के बारे में भी है। रावण-कुम्भकर्ण-शूर्पणखा की धमनियों में आर्य ब्राह्मण मारीच रक्त ही ज्यादा था। न केवल इनके पिता महर्षि विश्रवा पौलस्त्य ब्राह्मण थे बल्कि उनकी माता यानी रावण की पितामही इक्ष्वाकुवंशीय कन्या थी। पार्जीटर के अनुसार पुराणों से ज्ञात होता है कि वैशाली के इक्ष्वाकुवंशीय मरुत्त की आठवीं पीढ़ी में तृणबिन्दु हुए थे। उनकी कन्या इल्विला से विश्रवा ऋषि की उत्पत्ति हुई। विश्रवा को ही विश्रवस् ऐलविल भी कहते हैं। इनकी प्रथम पत्नी देववर्णिनी (वृहस्पति-पुत्री) से यक्षेश्वर कुबेर पैदा हुए और दैत्यकन्या कैकसी से रावणादि राक्षस। (पार्जीटर: ऐंशिएण्ट इण्डियन हिस्ट्री ट्रेडीशन, पृष्ठ 241)। लंका के राक्षस आर्य राक्षस थे। मारीच गन्धर्व राक्षस था। विराध शुद्ध आदिम राक्षस लगता है जो मूल राक्षस जाति के बिखरे असंगठित अवशेषों का प्रतीक है। पूरे दण्डकवन और जनस्थान में ऐसे राक्षस अकेले-अकेले निर्भय विचरण करते थे। ये लंका के राक्षसों की तरह दलबद्ध नहीं थे। परन्तु इनके क्रियाकलाप लंका के दैत्य राक्षसों और ब्राह्मण राक्षसों के समान थे। लंका में ब्राह्मणधर्म का ही एक आदिम और अविचार-प्रधान रूप भी चालू था। उनमें राक्षसी यज्ञ (अभिचार कर्म) की प्रथा थी और भौतिक सिद्धियों के लिए जप-तप भी था। वे देहवादी थे, पर अनीश्वरवादी नहीं थे। कृष्ण यजुर्वेद और आगमप्रधान उपासना उनमें लोकप्रिय थी। मेघनाद ने तो राक्षसी यज्ञों की परिधि से

बाहर जाकर ऐन्द्र याग और माहेश्वर याग का भी अनुष्ठान किया था जिसके लिए रावण ने उसे फटकारा भी। वैश्वानर अग्नि की उपासना और विविध यज्ञों के द्वारा मेघनाद ने अपूर्व सिद्धियों को उपलब्ध किया था।

अन्त में 'रावण' शब्द के बारे में दो शब्द। पार्जीटर एवं अन्य कुछ विद्वानों की धारणा है कि रावण किसी व्यक्ति की संज्ञा नहीं बल्कि लंका के राजा की परम्परागत उपाधि थी-मिथिला के जनक की तरह। अथवा आधुनिक युग में रूस के 'जार' या जापान के 'मिकाडो' की तरह। जो रावण रामचन्द्र से लड़ा था उसका व्यक्तिनाम 'दशग्रीव' था। 'रावण' शब्द का मूल द्रविड़ भाषा में है और शायद प्राचीन तमिल के 'इरैवण' (जिसका अर्थ है 'राजा' या ईश्वर) का सिंहली रूप है पार्जीटर का यही मन है। ऐतिहासिक दृष्टि से यह बात जँचती है। क्योंकि जो रावण राम से उनतीस पीढ़ी पूर्व अनरण्य से लड़ा था या ककुत्स्थ से लड़ा था वही राम से भी लड़ा यह युक्तिहीन बात लगती है। अत: ऐतिहासिक दृष्टि से यह संशोधन स्वीकार्य है। परन्तु मिथकीय दृष्टि से हम 'सम्पूर्ण' रावण को ही ग्रहण करेंगे। इतिहास ही परिपाक पाकर 'मिथक' बन जाता है जिसमें इतिहास की अनेक बूँदें घनीभूत होकर मिथक की एक बूँद बनती है। इसी से इतिहास बुद्धि मात्र को ही छूता है, परन्तु मिथ मन बुद्धि से आत्मा की गहराई में प्रतिष्ठित होता है अत: मिथकीय दृष्टि से रावण के 'घनत्व' को कम करने के हम पक्षपाती नहीं हैं क्योंकि राम का 'वजन' या उनकी महिमा रावण के वजन और घनत्व के ही सापेक्ष है। विष्णु के अवतार का प्रतिद्वन्द्वी मिथकीय रावण ही होगा जो कई रावणों की 'घनीभूत अनुभूति' देता हो। दूसरी बात यह है कि यह प्राचीन तमिल का 'इ-रैवण' भी द्राविड़ नहीं आर्य शब्द है। 'इ-रैवण' में 'रैवण' वस्तुत: संस्कृत 'रयिवान' का द्राविड़ या सिंहली (आर्यभाषा) रूप है। 'रयि' भूत-तत्त्व है और 'प्राण' आत्मा-तत्त्व। 'रयि' और 'प्राण' का जोड़ा उपनिषदों में बार-बार चर्चित है। 'प्राणवान' अर्थात् 'आत्मवान' और 'रयिवान' अर्थात् भौतिक समृद्धि से युक्त। अत: यह आर्य स्रोत से तमिल और लंकाई बोलियों में गया है।

आधुनिक मन और श्रीराम

राम ही पूर्णावतार थे

'चरन्वै मधु विन्दति' चलने वाला ही मधु प्राप्त करता है। इसी से वेदों का हुकुम है 'चरैवेति चरैवेति' और वोल्गा से दक्षिण कश्यप सागर से उत्तर के मूल स्थान से चलकर 'भरत नदी' (Enphrates) के उत्तरी भाग में सुमेरिया के पड़ोस में हमारा काफिला उतरा, 'मित्तानी' और छित्ती नगरों की खुदाई इस बात का सबूत है। पर हम वहीं रुके नहीं। फिर पूर्व की ओर अग्रसर हुए और इक्कीस नदियों त्रि सप्त-सिन्धु को पार कर सरस्वती के तट पर पहुँचे। हम शताब्दी-दर-शताब्दी चलते रहे। आगे-आगे अग्नि और पुरोहित, पीछे-पीछे सजे हुए धनु-बाण, नर-नारी, गोधन और रथ तथा अश्व। हम निरन्तर चलते हुए सरस्वती-तट पर आकर ठहर गये सप्त-सिन्धु प्रदेश में। एक बार फिर उमंग आयी चलने की। राजा 'रहूगण' के मुख से अग्नि निकली। आगे अग्नि पीछे पुरोहित और पाँचाल, कोसल, मगध के पार सदानीरा गण्डक के तट पर हम पहुँच गये। मुझे सन्देह है कि यह 'रहूगण' शब्द व्यक्तिवाचक संज्ञा नहीं। 'रहू' 'रघु' का ही प्राकृत रूप है। और 'गण' शब्द स्पष्टत: Republic है। अत: रघुओं के गण का यह महाअभियान था। जो कोसल से मिथिला तक पुन: फैल गया। रघुगणों ने स्थानीय विवादों के सहयोग से जिस संस्कृति की नींव डाली वही आज की वर्णाश्रम-संस्कृति या हिन्दू-संस्कृति है। वही भारतीय संस्कृति का प्रधान चेहरा भी है। इसी वंश का सर्वश्रेष्ठ पुरुष था 'रामचन्द्र' और इसी पुरुष की जीवनगाथा हमारा राष्ट्रीय महाकाव्य है।

बाद में 'रघुगण' ने राजतन्त्र की व्यवस्था स्वीकार कर ली। परन्तु इसी रघुगण की एक शाखा थी 'शाक्यगण'। जिसने कपिलवस्तु में अपनी गणजीवन पद्धति को बनाये रखा। इसी शाक्यवंश में पैदा हुए गौतम बुद्ध। उन्होंने पुन: 'चरैवेति' का आह्वान किया। पर इस बार 'संस्कृति' नहीं 'धर्म' के नाम पर। 'चरति भिक्षवे बहुजनहिताय बहुजनसुखाय' के साथ उन्होंने कहा 'दो-दो करके जाओ।' अकेले अकेले मत जाओ। चीवर और भिक्षापात्र लेकर चलो। धर्म के सही 'पथ' पर चलते जाओ। 'उनका 'चलना' इतना मशहूर हो गया कि उन्हें लोग 'सुगत' 'तथागत' कहने लगे। 'तथागत' माने इसी भाँति जो चले थे। पर यह बौद्धधर्म था जीवन का निषेधवाद। यह कर्मकाण्ड का ही विरोध करती, तो ठीक था। कर्मकाण्ड धर्म को 'जड़ीभूत' करता था। पर यह 'कर्म' का भी विरोध करने लगी। तो भी इसकी पताका के नीचे सारा जम्बूद्वीप आ गया। दो ही केन्द्र बाकी बचे। एक तो काशी बौद्धों द्वारा पराभूत नहीं हुई और दूसरा केन्द्र था वृन्दावन का मथुरा-मण्डल। वहाँ अमीरों में एक 'लोकायत धर्म' चालू था। एक आनन्दवादी, गीत-संगीत वाला धर्म।

इसका संकेत पातंजलि के महाभाष्य में प्राप्त है। यही लोकमत धर्म कालान्तर में पौराणिक वैष्णवाचार्य का मुख्य अंग बना। इस लोकायत धर्म के नदी देवता कालिन्दी कृष्णोपासना में उनकी पटरानी बनकर अन्तर्भुक्त हुए। इस लोकायत धर्म की वनदेवी भगवती वृन्दा उनकी अन्य पत्नी मान ली गयी। इस लोकायत धर्म का रासनृत्य उनकी जीवनलीला में रहस्यवादी अंग बनकर जुड़ गया। इस लोकायत धर्म की 'वृक्ष-पूजा' उनकी लीला का वंशीवट बनकर विख्यात हुई। कुछ इसी प्रकार का विचार कृष्ण Cult के लोकायत विकास पर डॉ. कोसाम्बी महोदय का है। कृष्ण की उलजी गीतवाद्य प्रधान थी, मनोरंजन और रसास्वादन के पर्याप्त अवसर थे। अत: इस myth के आकर्षण का उपयोग उस युग की माँग को देखते हुए वैष्णव साधना ने भरपूर किया।

क्योंकि बौद्ध धर्म का मूलाचार था 'इच्छा का अवदमन'। बौद्ध-जैन धर्म अवदमनों पर आधारित है। दु:ख सत्य है। दु:ख क्यों है? क्योंकि इच्छा। अत: दु:ख से मुक्ति यानी निर्वाण का मार्ग है कामना का दमन। इस प्रकार की जीवन विरोधी निषेध-प्रधान दृष्टि लेकर बौद्ध धर्म आगे आया। चारों ओर जीवन का तिरस्कार। चारों ओर अर्थ और काम के पुरुषार्थों को धिक्कार। फलस्वरूप ब्राह्मण धर्म को ज्यादा से ज्यादा सहारा लेना पड़ा 'इच्छाशक्ति' का पक्षधर कृष्ण बनसज से। और इस प्रकार 'कृष्ण' सारे अवतारों में विशिष्ट बनते गये। कृष्ण इच्छाशक्ति के पूर्ण प्रतीक हैं। 'क्लीं' बीज कामाख्या और कृष्ण दोनों का है। इसे कामबीज कहते हैं। तो कृष्ण का जोर बढ़ने का यही मुख्य कारण हुआ। यह एक विशेष ऐतिहासिक स्थिति थी कि कृष्णावतार अन्य अवतारों की अपेक्षा विशिष्टतर होता गया है।

फिर युगों के दूसरे दौर पर आये शंकराचार्य। शंकराचार्य को घनघोर वैष्णवगण प्रच्छन्न 'बौद्ध' कहते हैं। क्योंकि उनका मायावादी शुष्क वेदान्त भी इच्छाशक्ति का तिरस्कार ही है। परमा प्रकृति उसमें 'शून्य' तो नहीं, परन्तु 'मिथ्या' अवश्य है। यह एक तरह से 'शून्य' के आसपास की ही चीज है। विद्वान इसका सूक्ष्म अन्तर भले ही समझे, पर मोटी बुद्धिवाले लोकमत के लिए यह भी निषेधवादी शून्यवाद ही था। तो इसकी प्रतिक्रिया हुई रामानुज में। भगवान रामानुजाचार्य ने इसके प्रतिकूल स्थापना कर दी कि प्रकृति भी सत्य है। 'प्रकृति' भगवान की शक्ति है अत: मिथ्या नहीं। जड़चेतनमय परमा प्रकृति की वकालत करते समय उन्हें भी इच्छाशक्ति के बड़े पक्षधर अवतार को प्रोत्साहन देना पड़ा है। फलत: कृष्ण का पलड़ा भारी पड़ता गया। भागवत का दशम स्कन्ध 'मोटा' होता गया। अन्य अवतारों के प्रसंग पतले होते गये। और निम्बार्क-वल्लभ तक आते-आते कृष्ण बन गये पूर्णावतार इच्छाशक्ति, कामबीज के प्रबल गीतात्मक आकर्षण के कारण।

फिर इतिहास ने पलटा खाया। यवनों का राज कायम हुआ। मुसलमान बादशाह आये। इस बार राजनीतिक कारणों से भी इच्छाशक्ति के देवता का आसरा लेना पड़ा। जनता का आकर्षण नये धर्म की ओर न उन्मुख हो, इसलिए, गीतनृत्य श्रृंगारप्रधान धर्म, साज-सज्जाप्रधान धर्म का आश्रय लेना पड़ा। मुगल बादशाह के ताज पर बड़ा कीमती हीरा लगा है, तो उतना ही कीमती हीरा बाँके बिहारी के मुकुट में भी हम लगायेंगे। मुगल बादशाह की साजपोशाक जैसी है उससे बढ़कर हमारे मोर मुकुटधारी की है। मुगल बादशाह भले ही देह पर शासन करें, दिल का राजा तो माखनचोर ही बना रहे। इस तरह के बनाव श्रृंगार के लिए भी कृष्ण ही ज्यादा उपयुक्त जान

पड़े फिर सूफियों ने बड़े प्रबल ढंग से संगीत को माध्यम बनाकर धर्म-प्रचार शुरू किया था, तो कृष्ण की उपासना का माध्यम गीत-संगीत बन गया। कहने का तात्पर्य यह कि इस नाम के रोबदाब और आकर्षण को हीन तथा विकर्षित करने के लिए भी कृष्ण ही उपयुक्त आश्रय जान पड़े। फिर सबसे बढ़कर यह बात हुई कि हिन्दू जाति का धनुष टूट चुका था, तलवार हार चुकी थी, राजनीति में कोई जगह नहीं थी, ब्राह्मणों की अदूरदर्शिता से समुद्र यात्रा निषिद्ध हो गयी थी अत: व्यापार व्यवसाय में भी क्षेत्र सीमित था, शिल्पी ज्यादातर राज्याश्रय के लोभ से मुसलमान बन चुके थे, तो मानसिक वृत्तियों के विस्तार के लिए एक संगीतात्मक धर्म-साधना के सिवा और कोई मार्ग नहीं था। इसके भी उपयुक्त माध्यम थे कृष्ण ही। अत: कृष्ण का जोर बढ़ता गया। साथ ही उनका पूर्णावतार होने का दावा भी मजबूत होता गया। फलत: सोलहवीं शती तक आते-आते-ब्रह्मवैवर्तपुराण तक आते-आते कृष्ण पूर्णावतार हो गये। 'कृष्णास्तु भगवान् स्वयम्'। पूर्ण परात्पर ब्रह्म अर्थात् कृष्णावतार। यह बात मान्य हो गयी।

× × ×

परन्तु वैष्णव गुरुओं की पाँतें मुझे क्षमा करें। मुझे इस दावे में पूरा सन्देह है। एक विशेष ऐतिहासिक परिस्थिति थी जिसमें इच्छाशक्ति कामशक्ति 'क्लीं' का आश्रय लेने के सिवा और कोई उपाय नहीं था। अत: कृष्ण पूर्णावतार घोषित हो गये। परन्तु मैं आज के युग का जीव हूँ। मैं बीसवीं शती के घोर मौलिकवादी युग का पुरुष हूँ, और आज मैं देख रहा हूँ कि समाज में इच्छाशक्ति का उन्मत्त नर्तन हो रहा है और आज की सामाजिक स्थिति, समाज की तृषाएँ और आकांक्षाएँ बदल चुकी हैं। एक ओर हम वैज्ञानिक कर्मयोग के अरण्य में फँस गये हैं, दूसरी ओर उद्दाम भोग की संस्कृति हमारा ग्रास करने जा रही है। 'यूनान मिस्र रोमाँ मिट गये जहाँ से। बाकी है अब भी नामोनिशाँ हमारा।' ठीक बात है, परन्तु इस बाकी रह जाने का, बच जाने का, इस दीर्घ जीवन का रहस्य क्या है? वह है हमारी समाज व्यवस्था में Sex की पवित्रता पर जोर। दुनिया की किसी जाति ने नारी के सतीत्व पर इतना जोर नहीं दिया है जितना हमारे पूर्वजों ने दिया है। दुनिया की और किसी जाति ने ब्रह्म मार्ग को इतना बड़ा आदर्श नहीं बताया है जितना हमारे ग्रन्थों ने बताया है। दुनिया की किसी जाति ने दाम्पत्य जीवन को लेकर महाकाव्य नहीं रचा जबकि हमारा Natural Epic, राष्ट्रीय महाकाव्य ही पवित्र दाम्पत्य जीवन का महाकाव्य है। मेरा तात्पर्य 'रामायण' से है। मुझे एक विद्वान की उक्ति का स्मरण आता है। उसने कहा है कि जिस जाति की Sexual life जितनी ही पवित्र होती है वह जाति उतनी ही दीर्घजीवी होती है। तो आज के सन्दर्भ में जब American Culture हम पर बुरी तरह से हावी होने जा रहा है, अंग्रेज हमें जीत नहीं सका पर अमेरिका की भोगवादी संस्कृति हमारा गला पकड़ चुकी है, उसकी Affluent Society का आदर्श हमारा स्वप्न बन गया है—(स्वप्न इसीलिए कि इसे वास्तविक बनाने के साधन हमारे पास नहीं), जब हमारी नजरों में भी अब नारी परोसे हुए मांस से ज्यादा नहीं, उस हालत में हमारी Sexual Life कब तक पवित्र रह सकेगी? विशेषत: जब गर्भपात कानूनी हैं, गोलियाँ, दवाएँ और निरोध नमक-तम्बाकू की दूकानों पर भी लभ्य है। ऐसी हालत में, परकीया प्रेम पर आधारित 'कृष्ण' मुझे व्यक्तिगत रूप से हमारे सांस्कृतिक जीवन की सुरक्षा के लिए नहीं जँचते।

यह मैं अपने दिल की बात बता रहा हूँ। यह सही है कि भागवत में रास की व्याख्या जो की गयी है वह अत्यन्त पवित्र है। उसमें भगवान ने 'सुख-निरुद्ध' भाव से, काम का अपने अन्दर निरोध करके, रास किया है, वह काम का मानमर्दन था ! परन्तु इसका जो रूप जनसाधारण को लब्ध होता है वह इस दार्शनिक गरिमा से हीन होता है। हीन होगा ही, क्योंकि यह तो पण्डितों और दार्शनिकों की चीज है। कृष्णोपासना एक Mystry है, एक रहस्यवाद है, यह एक 'पारमंसी संहिता' है और इसे सड़क पर ठेलकर हमने सस्ता और हीन बना दिया है। यह बात परीक्षित के मन में उठी थी। उसने उसी सभा में शुकदेव जी से प्रश्न भी किया था कि जनसाधारण इस लीला को अनुकरण करके पथभ्रष्ट हो सकता है। 'भागवतकार' ने एक सवाल बड़े साफ ढंग से उठाया है। श्री शुकदेव जी का उत्तर भी सही है कि साधारण मानुष का अलौकिक पुरुष की लीला का अनुकरण करना अपराध है। यह सम्भव नहीं। पर मानता कौन है। इस लीला का लोकरंजक पक्ष सही है। इसका आध्यात्मिक पक्ष महान है। परन्तु आज के बदलते सन्दर्भ में जब इच्छाशक्ति उन्मत्त हो चुकी है हमें पुन: इस विषय पर चिन्ता करनी है। मैं कितनी ही चिन्ता करता हूँ मुझे स्पष्ट लगता है कि हमारी नाव डूबने जा रही है, न केवल Sexual Life में बल्कि संस्कृति और समाज व्यवस्था के हर क्षेत्र में।

हम चाहे Democracy में विश्वास करें या Totalitarian पद्धति में, चाहे Socialist State में जिएँ या Communism में, हर हालत में हमें ईमानदार नागरिक चाहिए, ईमानदार सेवक चाहिए, अच्छा भाई चाहिए, सदाचारी पति चाहिए, सती पत्नी चाहिए, आदर्श भाई-पिता-माता-पुरजन-परिजन चाहिए। राजनीतिक व्यवस्था और अर्थव्यवस्था बदलने में ये आवश्यकताएँ बदल नहीं जातीं। अत: ये सब चाहिए ही। इस दृष्टि से भी हम सोचें तो लगता है हमारी नाव डूबने से बच सकती है यदि 'रामचन्द्र' हमारे आदर्श हो, यदि राम का आदर्श ही हमारा आदर्श हो। और यह बात मुझे प्रेरित करती है यह कहने के लिए कि सामाजिक और ऐतिहासिक अवस्था बदल चुकी है, अत: आज हमें श्रीकृष्ण को नहीं... राम को ही पूर्णावतार मानना चाहिए। रामचन्द्र ही पूर्णावतार हैं श्रीकृष्ण नहीं। श्रीकृष्ण का जीवन अवतार की पूर्णता का द्योतक है ही नहीं।

2

जब में कहता हूँ कि श्रीकृष्ण का जीवन पूर्णावतार का द्योतक नहीं तो ये बात मेरी कोरी भावुकता पर आधारित नहीं। मैंने राम को पूर्णावतार मानने की नयी ऐतिहासिक आवश्यकता (Present Historical Need) की बात कही है। पर मेरी इस धारणा का आधार केवल यह उपयोगिताबाद ही होता तो मैं यह प्रस्ताव करने नहीं जाता। नहीं। मैं इस निष्कर्ष पर पहुँचा हूँ शास्त्रीय चिन्तन के आधार पर भी और मुक्त चिन्तन के आधार पर भी। केवल 'शास्त्र' को पीटने से काम नहीं चलेगा। शास्त्र की लगाम ठीक है। पर लगाम ऐसी न हो कि घोड़ा एक पग आगे न बढ़े। 'मक्षिका स्थाने मक्षिका' वाली नीति और शास्त्र की दु:सह लगाम का ही फल हुआ है कि रामानुजाचार्य के बाद और उन्नीसवीं शती के पूर्वार्ध तक-750 वर्षों की लम्बी अवधि तक विश्व-सभ्यता को कोई अवदान हम नहीं दे सके। फिर उन्नीसवीं शती के उत्तरार्ध में लगाम कुछ ढीली हुई, तो हमने

विश्व-सभ्यता को अपना विशिष्ट अवदान देना प्रारम्भ किया लगाम चाहिए। बिल्कुल न हो, मैं इसका पक्षपाती नहीं। लगाम न रहने से हम पथभ्रष्ट हो जायेंगे। खाई खन्दक में गिर जायेंगे। पर साथ ही हमें मुक्त चिन्तन का अवकाश चाहिए, आकाश चाहिए, जिससे डाल-पत्ते का फैलाव हो सके। देखिए शास्त्र जमीन भर है। शास्त्र वह आत्मबल है, वह Ground है जिस पर हम खड़े हैं, जिसमें हमारी जड़ें हैं। पर जमीन के ऊपर है वातावरण-हवा का घेरा, उसके ऊपर है नील व्योम। शास्त्र जमीन बना रहे यह तो उचित है। पर शास्त्र हवा का घेरा भी बने, शास्त्र आकाश भी बने, यह शास्त्र की असंगत महत्त्वाकांक्षा है। हम इसे मानने को तैयार नहीं। वातावरण की हवा के घेरे का मालिक है कालपुरुष। व्योम का मालिक है सनातन ईश्वर जो आस्तिक-नास्तिक, हिन्दू-इस्लामी-ईसाई सारे शास्त्रों को समान रूप में स्वीकृत करके बैठा है। अत: कालपुरुष यानी युगधर्म भी विश्वात्मा यानी समग्र विश्व ये दोनों भी उतने ही महत्त्वपूर्ण हैं जितनी कि जमीन। इस वैज्ञानिक सभ्यता में जब विश्व एक होता जा रहा है, दूरियाँ खत्म होती जा रही हैं, युग चेतन और बाहरी विश्व के दबाव से हमारे विचारों में संशोधन होगा ही। अत: जो मैं कहने जा रहा हूँ वह शास्त्र पर आधारित होते हुए भी एक तरह का मुक्त चिन्तन है।

सारे अवतारों में रामावतार की यह विशेषता है कि यह पूर्णत: 'मानवीय' है। मत्स्य, कच्छपनृसिंह आदि 'अमानवीय' हैं तो कृष्णावतार—'अतिमानवीय', 'Superhuman। परन्तु पूर्णतया human रामचन्द्र ही हैं। अवतार का सिद्धान्त हिन्दुओं के अतिरिक्त ईसाइयों में भी प्रचलित है। अवतार की ईसाई Theory बाइबिल के सेण्ट जॉन के गॉस्पेल के प्रथम पैराग्राफ में ही दी गयी है—In the beginning there was Word. The Word was the Word, and the Word was with the Word. The Word came on Earth, took flesh and walked among men- ईसाई मत के अनुसार ईश्वर की तीन प्रकृतियाँ हैं या रूप हैं। वे वस्तुत: एक ही हैं। परन्तु क्रियायोग में तीन रूप लेते हैं। प्रथम परमात्मा पिता, दूसरा जीव-जीव में निवास करने वाली पवित्र आत्मा (Holy Ghost), तीसरा परमात्मा-पुत्र या पुरुषोत्तम। यही तीसरा रूप अवतरित होता है। वैष्णव भी मानते हैं परमात्मा एक निर्गुण सत्ता है जो नित्य और ध्रुव है, विश्व-प्रपंच के परे है। दूसरी सत्ता विश्व के अणु-अणु में है, वह विश्वात्मा है। तीसरी सत्ता है, पुरुषोत्तम जिसे ईसाई Personal God या सगुण पुरुष कहते हैं, यही मनुष्य जाति पर करुणा करने के लिए अवतरित होता है और यही अवतरण है: The Word came on Earth, took flesh, moved among men- वह निराकार 'शब्दरूप' परमात्मा धरती पर उतरता है, आकृति और देह धारण कर लेता है, और मनुष्यों के बीच मानवी चर्या करता है। अवतार में मूल बात है ईश्वर का मानुषीकरण। ईश्वर द्वारा 'मानुषी चर्या' का धारण। ईश्वर द्वारा मनुष्य की सीमाओं का वरण। और यह मानुषी सीमाओं का वरण चरमरूप में रामचन्द्र ही करते हैं। आदि से अन्त तक अपनी मानुषी चर्या का क्षणभर के लिए भी परित्याग नहीं करते, कहीं भी अलौकिक शक्ति, अद्‌भुत अतिमानवीय ईश्वरीय शक्ति के प्रदर्शन द्वारा Police Action की तरह, सुदर्शन चक्र मँगाकर काम नहीं करते, सब कुछ को सहज मानुषी ढंग से विकसित होने देते हैं और इस कठोर मानुषी जीवन की सीमाओं के भीतर, ईश्वर की दिव्यता का चरम रूप उद्‌घाटित

कर जाते हैं अत: 'अवतारत्व' उनमें पूर्णत: शतप्रतिशत प्रतिष्ठित हो जाता है। अन्य किसी अवतार में यह दृष्टिगत नहीं। अन्य सारे अवतारों का 'अवतारत्व'—यानी ईश्वर का मानुषीकरण-अधूरा रह जाता है। मनुष्यत्व को छोड़कर अलौकिक ईश्वरत्व की मदद लेनी ही पड़ती है। अत: ईश्वरावतरण के 'अवतारत्व' के अर्थ में राम ही एकमात्र पूर्णावतार ठहरते हैं अन्य नहीं।

इस मानवीयता के कारण राम को मानुष अस्तित्व के तीनों सोपानों पर (यानी Aesthetic, ethical and spiritual level पर) अपनी ईश्वरीय विभूति को स्थापित करना पड़ता है। अस्तित्ववादी दार्शनिक कीर्केगार्द ने सत्ता के विकास का तीन स्वर माने हैं। रसात्मक (aesthetic), नैतिक (ethical) और आध्यात्मिक (spiritual) ! रस, शील और अध्यात्म ये ही सत्ता के क्रमिक विकास-सोपान हैं। इन तीनों सोपानों पर हम पाते हैं रामचन्द्र के जीवन में पूर्णता की चरमस्थिति। पूर्णता की उस सीमा में जो सीमाबद्ध मनुष्य जीवन में सम्भव हो सकती है या कल्पित हो सकती है। रामचन्द्र से अधिक सुन्दर, अधिक शीलवान और अधिक आध्यात्मिक होना किसी भी काल के मनुष्य के लिए सम्भव नहीं। मनुष्यता जिस सीमा तक जा सकती है, उसका चरमबिन्दु राम में प्रतिष्ठित है। वाल्मीकि के प्रथम सर्ग में ही उनका यह portrait प्रस्तावित होता है और सही रामायण उस portrait को उत्पन्न करने की साहित्यिक चेष्टा है। अवतार का ग्रन्थावतार ! परन्तु यहाँ पर हम स्मरण दिलाना चाहते हैं कि रामचन्द्र की पूरी आकृति 'वाल्मीकि' द्वारा रेखांकित नहीं हो पाती और जो छूट जाता है वह है आध्यात्मिक पक्ष। इसे स्पष्ट करने के लिए अध्यात्म रामायण है। अत: जब हम कहते हैं कि रामचन्द्र पूर्णावतार हैं तो हमारा तात्पर्य वाल्मीकि के राम और 'अध्यात्म रामायण' के राम के संयुक्त रूप से है। वाल्मीकि की रामायण रसात्मक और शीलाचारिक पक्ष को उद्घाटित करती है तो अध्यात्म रामायण उसके आध्यात्मिक या दार्शनिक पक्ष को। यह मेरी बात नहीं। यह गोसाँईं जी की बात है। 'रामत्व' के गूढ़तम मर्म की गोसाँईं जी से ज्यादा समझने वाला आज तक पैदा नहीं हुआ। और उन्होंने यह निर्णय लिया था कि राम की जो आकृति वे प्रस्तुत करेंगे वह वाल्मीकि और अध्यात्म रामायण की समन्वित छवि होगी और यही छवि 'पूर्णावतार' है। वे भी इसी छवि को पूर्णावतार मानते रहे। रामाख्यमीशं हरिम्।

जब मैं राम को पूर्णावतार मानता हूँ तो मेरा तात्पर्य वाल्मीकि की अध्यात्म रामायण के समन्वित 'राम' अर्थात् 'मानस' के 'रामाख्मीशं हरिम्' से ही है। और इसका कारण यह है कि यह 'सत्ता' के तीनों सोपानों, रस, शील और अध्यात्म पर अपनी चरम पूर्णता के साथ प्रतिष्ठित है। कृष्ण में यह बात नहीं मिलती है। वे 'रस' और अध्यात्म के क्षेत्र में पूर्णता पर अवश्य हैं। पर शीलाचारिक स्तर पर हीन हो जाते हैं। उनका शीलभाव और आध्यात्मिक महिमा उनके चरित्र और क्रियाकलापों से फूटती नहीं ज्ञात होती है। यह औरों के आप्त प्रमाण तथा स्वयं के उद्घोष पर ही आधारित है। कृष्ण 'पूर्णावतार' का पिंगल शास्त्र उपस्थित करते हैं, परन्तु पूर्णावतार के तीनों सोपानों को रामचन्द्र की तरह जीते नहीं। कृष्ण की सारी महिमा, भीष्म, व्यास और उद्धव की गवाही पर निर्भर है या उनकी घोषणाओं पर कि 'मैं अमुक हूँ, अमुक।' पर रामचन्द्र की महिमा किसी आप्त प्रमाण या स्वयं घोषणा की अपेक्षा नहीं करती। वे वैसा जीवन जीकर इस महिमा को प्रतिष्ठित कर देते हैं। 'कथन' से 'जीवन', कहने की अपेक्षा कर दिखाना, अधिक विश्वसनीय

होता है। कथन प्रोपेगैण्डा हो सकता है, पर जिया हुआ जीवन एक बिंज है, उसकी साक्षी अधिक प्रामाणिक है। यही कारण है कि यदि हम भूल जायें कि हम हिन्दू हैं और कृष्ण के जिये हुए जीवन पर विचार करें तो वे अति साधारण हो जाते हैं और उनका सारा पराक्रम और विलास साधारण कोटि का हो जाता है। पर राम हर दशा में प्रभावित करते हैं। चाहे आप हिन्दू हों, या न हों, उनके जीवन की पूर्णता आपको कायल कर देती है। यह पूर्णता किसी के 'कथन' पर नहीं बल्कि जीवन के सत्यों पर आधारित है। इसी से मैं कृष्ण की अपेक्षा रामचन्द्र को पूर्णावतार मानता हूँ।

हम इस बात को जरा कुछ विस्तार से देखें। पहले रसात्मक पक्ष लीजिए। कृष्ण सुन्दर हैं अपनी रूपमाधुरी में, अपने श्रृंगार रस में, अपने वात्सल्य रस में आदि आदि। राम भी उसी सीमा तक सुन्दर हैं। पर सुन्दर होना, मोहक होना कोई बड़ी बात नहीं। अथवा यह बड़ी बात मान भी ली जाये तो भी यह कोई बड़ा पुरुषार्थ नहीं है। बड़ी बात और बड़ा पुरुषार्थ है दिव्य होना, दीप्त होना और निर्मल होना। कृष्ण और राम की सुन्दरता की 'धातु' भिन्न है। रीतिकाल का ऐतिहासिक ऐश्वर्य कुछ ऐसा था कि लोगों ने कह दिया श्रृंगार रस रसराज है। परन्तु हम यह नहीं मानते। 'रस' माने 'चरम सौन्दर्यबोध'। जीवन की चरम सुन्दरता उसकी चरम महिमा उसके पुरुषार्थ में है। योग में नहीं। श्रृंगार रस भोगवृत्ति है। देवता लोगों की यह चरम महिमा भले ही हो मनुष्य की चरम महिमा नहीं। अत: 'रसराज' होगा 'पुरुषार्थ रस' और यह पुरुषार्थ रस तीन रूपों में व्यक्त होता है—'वीर' 'करुण' और 'शान्त' ! वीरता, करुणा और ध्यानयोग! बुद्ध का एक वचन मुझे याद आता है 'धम्म पद' से—

"चन्दनं तगरं वापि उप्पलम् अथ वस्सिकी
एतेसं गन्ध जातानं शीलगन्धो अनुत्तरो।"

ब्राह्मण जब ध्यान में बैठता है सूर्य बन जाता है, तपने लगता है, त्रिकाल से परे सनातन काल में स्थित हो जाता है। क्षत्रिय जब कवच पहन लेता है तो सूर्य बन जाता है, उसके सिर पर कालिका सवार हो जाती है। तब वह सारे देवताओं से ऊपर उठ जाता है। वीर, करुण और शान्त ये ही तीन रस हैं जिनके सन्दर्भ में मनुष्य के सामने भोगी देवतागण बार-बार मलिन हो गये हैं। रामचन्द्र सुन्दर हैं। रूपमाधुरी में रामचन्द्र का श्रृंगार 'दाम्पत्य-श्रृंगार' है। परकीया रति नहीं। अत: उसमें कोई काम प्रलोभन या अवदमन नहीं। इस स्थल पर भवभूति की एक उपमा मुझे याद आती है। विवाह के बाद की सीता के कर-पल्लवों की ओर देख रहे हैं रामचन्द्र और उनके मुख से निकलता है 'मूर्तिमान महोत्सव इव तव कर:'—तुम्हारे हाथ गोया मूर्तिमान महोत्सव है। अपनी नववधू के हल्दी और मेहँदी अरुण कर-पल्लव को देखकर यह उक्ति उनके मन में उदित होती है। किसी प्रेमिका या वधू के हाथों की इससे सुन्दर व्यंजना और क्या हो सकती है ! इसमें सम्मोहन के साथ-साथ विवाहोत्सव का पवित्र संकेत भी निहित है। कहीं कोई तृषा नहीं, अवदमन नहीं, काम मृगया की जलन नहीं। शीतल, शान्त, पवित्र और अत्यन्त सुन्दर श्रृंगार रस: 'मूर्तिमान महोत्सव इव तव कर:। परन्तु श्रृंगार रस या रूपमाधुरी वाला पक्ष राम ने जीवन की पृष्ठभूमि पर रखा था, मंच पर बाहर नहीं आने दिया, क्योंकि यह पृष्ठभूमि में ही रखने की चीज है। जबकि कृष्ण के लिए यही मुख्य बन जाता है। यह बात 'धनुर्भंग' के प्रसंग में ही स्पष्ट हो गयी। विवाह की शर्त थी

'धनुर्भंग। धनुष के तीन टुकड़े हो गये-एक चला गया व्योम में, पाताल में, मध्यम का खण्ड धरती पर उन्होंने रख दिया। ज्ञान, क्रिया और इच्छा, दूसरा जीवन के धनुष की रचना इन तीन वृत्तियों से होती है। मध्य की कड़ी है क्रियायोग या कर्मयोग, जिसका एक सीमान्त ज्ञान से जुड़ा है दूसरा इच्छा से। धनुष का मध्य खण्ड इसी क्रियायोग का प्रतीक है। राम ने ज्ञानयोग को व्योम में स्थित कर दिया, इच्छायोग को पाताल में दबा दिया, और संकेत दे दिया कि इस बार अवतार की मुख्य शैली होगी क्रियायोग। इसी से इच्छायोग यानी श्रृंगार रस मंच पर प्रायः उपस्थित नहीं होता है। पर जब व्यक्त होता है तब बड़े ही पवित्र और गम्भीरतम रूप में। किष्किन्धा काण्ड की विप्रलम्भ श्रृंगार की उक्तियाँ इस श्रृंगार की, प्रेम की, गहनता की सबूत हैं।

कहने का तात्पर्य है कि राम रूपमाधुरी और श्रृंगार रस में हीन नहीं, श्रेष्ठतर पड़ते हैं। तो भी उनकी सुन्दरता सही ढंग से व्यक्त होती है वीर, करुण और शान्त रस की स्थितियों में। वीर तो ऐसे थे कि उनके जैसा आदर्श वीर हुआ ही नहीं। 'राम दुबारा वचन को नहीं बोलता और दूसरी बार बाण नहीं मारता।' अमोघ कथन और अमोघ बाण। उनकी वीरता का आदर्श पूरे जीवन में दो बार हीन हुआ था। इसे हम मनुष्य तनु की सीमा के रूप में समझ सकते हैं। शतप्रतिशत पूर्णता मनुष्य तनु को धारण कर सम्भव नहीं। शतप्रतिशत पूर्णता ईश्वर में सम्भव है, 'अवतार' में नहीं क्योंकि 'अवतार' मानुषी तनु की सीमाओं का स्वेच्छावरण है। अतः रामचन्द्र की वीरता समस्त जीवन में सिर्फ दो बार ही हीन हुई है। एक बार बालि को पेड़ की आड़ लेकर मारते समय। इसके पूर्व एक बार खर-दूषण से युद्ध में साढ़े तीन पग पीछे हटते समय-वह भी वे बिना पीठ दिखाये हटे थे। 'जिनके लहहिं न रिपु रन पीठी। नहिं लावहिं परतिय मन दीठी।' वाला आदर्श उनके ही जीवन में खरा उतरता है। आदर्श वीरता के वे अनुपम मानवी उदाहरण हैं।

आदर्श वीरता के साथ-साथ आदर्श करुणा। आदर्श करुणा वह करुणा है जो किसी वृहत्तर आदर्श को लेकर यन्त्रणा भोगते समय उद्‌घाटित होती है। ऐसी करुणा जो ईसा मसीह ने सलीब पर भोगी थी। ऐसी करुणा जो राम ने अपने उत्तर चरित्र में भोगी थी। लोग छिछली दृष्टि से विचार करते हैं और उन्हें लगता है कि राम पत्नी के साथ अन्याय कर रहे हैं, नारी का अपमान कर रहे हैं। परन्तु गम्भीर दृष्टि से देखा जाये तो राम सीता को दण्डित करके अपने को उनसे अधिक दण्डित कर रहे हैं और यह दण्ड एक वृहत्तर राजा के द्वारा लोकमत के समादर की तुष्टि के लिए है। यह यन्त्रणा का स्वयं वरण है। यह दुःख सीता से भी गहनतर रूप में राम के लिए त्रासदी है। सीता पति से वंचित होती है। राम अपने को पत्नी और भावी सन्तान दोनों से वंचित करते हैं। पत्नी को ऐसा दण्ड ईर्ष्या या शंकाबोध के कारण नहीं एक आदर्श की स्थापना के लिए करते हैं। वृहत्तर दृष्टि से देखने पर व्यक्तिगत सुख-दुःख का कोई मूल्य नहीं रह जाता। 'पुट पाक प्रतीकाश रामस्य करुणो रसः' की उत्पत्ति नहीं हो पाती यदि महादुःख उन्हें झेलना न पड़ता। इस दुःख में महाकाव्य के नायक की उपयुक्त गरिमा निहित है। इस यन्त्रणा भोग से वे और सुन्दर हो उठते हैं। यन्त्रणा की अग्नि उनकी सुन्दरता की छवि को और चमका देती है। तुलसी ने इस प्रसंग को इसलिए नहीं लिखा कि उनका उद्‌देश्य वीर रस का महाकाव्य प्रस्तुत करना था। परन्तु उत्तरचरित राम के जीवन का महत्त्वपूर्ण अंग है। उनकी आन्तरिक सुन्दरता को दिव्यता तक पहुँचाने का यह

माध्यम है। राम शुरू से ही दु:ख पर दु:ख भोगते हैं और उत्तरचरित चरम दु:ख की कथा है। कृष्ण में ऐसा कुछ भी हम नहीं पाते। कृष्ण 'पराजय' और 'यन्त्रणा' का स्वाद क्या होता है, कभी जाने ही नहीं। ऐसा अवसर भी आया तो निर्लिप्त रहे। 'अवतार' में जो महत्त्वपूर्ण बात है वह है ईश्वर के द्वारा मनुष्यता की सीमा का वरण। कृष्ण में यह मानुषी देह की व्यथा अपूर्ण रही। कृष्ण पूर्ण ब्रह्म हो सकते हैं, (यद्यपि मैं इससे भी सहमत नहीं-ब्रह्म तनुता की देह की 'सीमा' को ले लिया तो पूर्ण और असीम कैसे रहा ?) यदि मान भी लें कि कृष्ण पूर्ण ब्रह्म हैं तो भी मानना पड़ता है कि कृष्ण 'अधूरे अवतार' हैं। अवतारत्व की पूर्णता है उसकी सीमाओं का सम्पूर्ण वहन और उसी के मध्य चरम ईश्वरीयता का उद्घाटन। यह राम में ही दीखता है, कृष्ण में नहीं। राम की करुणा भी आदर्श है, क्योंकि यह व्यक्ति की लिजलिजी करुणा नहीं, रूमानी भावुकता की करुणा नहीं। यह वृहत्तर आदर्श के लिए सहे जाने वाले वृहत्तर विषाद से उद्भूत होती है।

इस अवतार की पूर्णता के ही कारण रामचन्द्र में सत्ता के नैतिक सोपान में भी पूर्णता आ जाती है। शील-सौन्दर्य की ऐसी चरम मूर्ति विश्व-साहित्य में नहीं। अत: रस के स्तर पर राम कृष्ण से पूर्णतर लगते हैं और 'शील' यानी नैतिकता के स्तर पर राम और कृष्ण में कोई तुलना नहीं हो सकती। जहाँ तक आध्यात्मिक स्तर का सम्बन्ध है भागवत (दशम) के कृष्ण और अध्यात्म रामायण के रामंचन्द्र समान भाव से प्रतिष्ठित ज्ञात होते हैं। अत: रामचन्द्र 'रस' के स्तर पर, अधिक व्यापक और पूर्णतर हैं, 'रामत्व' का रस अधिक 'परिपक्व' और 'गम्भीर' तथा उदात्त है। शील के स्तर पर वे अप्रतिम हैं। उनका कोई मुकाबला नहीं। अध्यात्म के स्तर पर दोनों समान हैं। भागवतकार और अध्यात्म रामायणकार दोनों अपने-अपने नायकों को एक ही ऊँचाई पर प्रतिष्ठित करते हैं। तो यह मानना पड़ता है कि कृष्ण की तुलना में रामचन्द्र ही पूर्णावतार हैं।

वस्तुत: रामकथा और कृष्णकथा की तुलना करने पर ज्ञात होता है कि रामकथा और कृष्णकथा दोनों में mystery, miracle और metaphysics समान है। कृष्णलीला में एक विशेष बात यह हो जाती है उसमें रहस्यवाद (mystecism) है। रासलीला को रहस्यवाद माना जाता है। पर राम में कुछ भी रहस्यवाद नहीं। पर इसके स्थान पर राम के जीवन में 'शीलाचारिकी' है, और वे साक्षात् 'विग्रहवान धर्म' हैं। पं. श्रीनिवास शास्त्रसी कहा करते थे—"Ramachandra is our religion in flesh & blood-" (रामचन्द्र भारतीय धर्म के जीवन्त विग्रह हैं)। आज अक्सर लोग कहते हैं कि हिन्दू धर्म की परिभाषा क्या है? भारतीयता की परिभाषा क्या है? मैं उत्तर देता हूँ 'परिभाषा' की जगह एक जीवित उदाहरण ले लो, उसका जीवन ही हिन्दुत्व या वृहत्तर अर्थ में भारतीयता की परिभाषा है। वह जीवन है रामचन्द्र का जीवन। 'भारतीयता' माने 'रामत्व'। सही ढंग से भारतीय होने का अर्थ ही है 'राम' जैसा होना। प्रत्येक सही भारतीय की यही महत्त्वाकांक्षा होती है। गलत भारतीय की बात मैं नहीं कह सकता।

इसका अर्थ यह नहीं कि मैं कृष्णोपासना का विरोधी हूँ। इसका अर्थ यह नहीं कि मैं कृष्ण का उपासक नहीं बनना चाहता। परन्तु आज जब भौतिकवादी समृद्धि के युग में पाश्चात्य संस्कृति के प्रबल आकर्षण में, इच्छाशक्ति उन्मत्त होती जा रही है, हमें एक ऐसा आदर्श चाहिए जो संयम और पुरुषार्थ का आदर्श हो। वे हैं रामचन्द्र। रामचन्द्र क्रियाशक्ति के प्रतीक हैं। उनका

जीवन सही माने में मनुष्य के द्वारा वरण करने लायक 'कर्मयोग' है। अतः आज के युग के सही नारायणावतार, सही नारायण मूर्ति राम की है। श्रीमद्भागवत को ही देखें। यद्यपि उसमें कृष्ण को ही मुख्यत: प्रतिपादित किया गया है, तो भी जम्बूद्वीप के लिए नारायण मूर्ति मानी गयी नर-नारायण की और उसकी आराधना के लिए जो दो श्लोक दिये गये हैं वे रामावतार से सम्बन्धित हैं, कृष्णावतार से नहीं।

मैं यह नहीं कहता कि कृष्णोपासना का वर्जन हो। कृष्ण भी हमारे उतने ही आराध्य रहें। परन्तु मैं दो बात यहाँ पर कह रहा हूँ। (1) अवतारत्व की पूर्णता और उपलब्धि राम में ज्यादा है। रस, शील और अध्यात्म तीनों स्तरों पर, कृष्ण की तुलना में अधिक पूर्णावतार हैं। (2) सामाजिक दृष्टि से 'राम' की उपासना और आदर्श ही हमारी डूबती नाव को बचा सकता है। कृष्ण का आदर्श उस समय उपयोगी था जब इच्छाशक्ति के निषेध का आन्दोलन चल रहा था। पर आज इच्छाशक्ति के उन्मत्त नर्तन का युग है।

× × ×

आज की वैष्णव मण्डली इस प्रश्न पर पुनर्विचार करे। सामाजिक दृष्टि से रामायण पर ही जोर देने की जरूरत है। राम नाम व्यक्ति और समाज दोनों के लिए भवसागर की नाव है। भागवत के जिन टीकाकारों ने कृष्ण को ही दशावतारों में 'पूर्ण' घोषित किया था, वह भी मनुष्य ही थे। मानवेतर नहीं थे। उस समय के लिए वही बात उपयुक्त भी थी। पर आज युगकर्म बदल चुका है, युगपुरुष की परिभाषा बदल चुकी है। समाज की आकांक्षाओं का रूप भिन्नतर होता जा रहा है है। अतः जरूरी हो गया है कि 'नयी वैष्णवता' का 'महायान' चालू किया जाये। जैसे बौद्धों में शास्त्रवादियों का दल 'हीनयान' कहलाता था, और मुक्त चिन्तन करने वालों का 'महायान'। वैसे ही वैष्णव धर्म का 'महायान' भी चालू हो चुका है। इस महायान के पैगम्बर हैं महात्मा शंकराचार्य और इसका केन्द्रीय उपास्य देवता है मर्यादा, त्याग और संयम का मूर्तिमान विग्रह 'रामचन्द्र'। आखिर वैष्णवता है क्या चीज? विष्णु की उपासना के माध्यम से मनुष्य जीवन को शिवतर और सुन्दरतर बनाने का मार्ग। अतः जहाँ कहीं शिव और सुन्दर है, वहाँ वैष्णवता है। केवल सुन्दर होने से नहीं चलेगा, उसे स्वस्थ और मंगलमय भी होना होगा, एक शब्द में उसे 'शिव' होना होगा। अवदमनप्रधान, कामतृषाप्रधान, वैष्णवता नहीं। साथ ही नीरस, उत्पादनप्रधान अर्थशास्त्र जो शिव तो है, पर सुन्दर नहीं, वैष्णवता नहीं हो सकता। Erasmus के पुनर्जागरण का गुरु था। उसने ईसाइयत की एक उदार परिभाषा दी है—"Whatever is Good, is Christianity" परन्तु वैष्णव 'रसो वैसः' विष्णु के उपासक हैं। अतः सुन्दर के साथ 'शिव' और शिव के साथ 'सुन्दर' को जरूर जोड़ेंगे। इसी से वैष्णवता की उदार परिभाषा होगी जो कुछ 'शिव' और 'सुन्दर' है, वैष्णवता है। रामचन्द्र ही इस नयी वैष्णवता के केन्द्रीय देवता हो सकते हैं। क्योंकि 'शिव' तत्त्व का मूलाधार है 'शील' अर्थात् 'चरित्र'। रामचन्द्र 'शील'—सौन्दर्य के चरम प्रतिमान हैं।

शील-सौन्दर्य की इससे अधिक उच्चतम मानवी कल्पना नहीं हो सकती। इसी से गाँधी जी कृष्ण के नहीं राम के उपासक थे। मीरा के भजन उन्हें पसन्द थे। क्योंकि उनमें निर्मल भक्ति है। पर 'गीतगोविन्द' को वे निकृष्ट कोटि का काव्य मानते थे।

रात्रि, ऋषि-कवि और आधुनिक मन

हिमालय से दक्षिण उतरने पर ऋषि की महा कल्पना में रात्रि अपने गहनतर संवेदन के साथ प्रस्तुत हुई। उत्तर अर्थात् 'उत्-तर' ऊँचे हिमालय से भी आगे की भूमि, देवभूमि ! हिमालय के दक्षिण में है यक्षभूमि जो 'कुमारिका खण्ड' की त्रिकोणभूमि है। शायद 'दक्षिण' शब्द के मूल में 'यक्षिण' (जक्षिण) रहा हो। 'ज' का 'द' हो जाना एक स्वाभाविक विवर्तन है। जैसे 'यक्ष प्रजापति' का दक्ष प्रजापति हो गया। अलका से लंका तक यक्षभूमि का विस्तार है। इसी भूखण्ड के आकाश में सप्तर्षि और अगस्त्य तारा संवत्सर के कुछ दिनों में साथ-साथ दिखाई पड़ते हैं। अन्यत्र कहीं भी नहीं। इस भूखण्ड में रात्रि प्रतिपदा से पूर्णिमा तक चन्द्रमा की एक-एक कला का विस्तार है और फिर एक-एक कला का संकोचन करते हुए अमावस्या को नि:शेष कर देती है। परन्तु ऋषि यह नहीं मानता है। चन्द्रमा सोम है, अमृत है। अमृत भी कभी मरता है? अत: उसकी एक षोडशी कला भी है जो अमावस्या के गर्भ में सोम-बीज की तरह पलती है और पुन: नये प्रतिपद में प्रत्यक्ष अंकुरित होती है ! सारी सृष्टि के भीतर इसी तरह अक्षय प्राण की वानस्पतिक चेतना काम कर रही है। इसी से पुन: चन्द्रमा जन्म लेता है। मास-प्रतिमास पुनर्जन्म का सनातन जीवन-प्रवाह। दक्षिण भूमि के यक्ष इसे 'सिनीवाली' कहते हैं। इसी तरह तमस की भी एक अमृता कला है 'अनुमती' जो पूर्णिमा के हृदय में निवास करती है। यक्ष भाषा में पूर्णिमा को 'राका' कहते हैं और 'अमावस्या' को 'कुहू'। ऋषि ने यक्षभाषा के इन चारों शब्दों को अपनी भाषा में दाखिल कर लिया। उसका तो जीवन-सूत्र ही था: "आ नो भद्रा क्रतव: यन्तु विश्वत:" 'चारों ओर से भद्र शब्द, भद्रभाव हमारे पास आयें !' ऋषि ने अपनी इतिहास यात्रा में बहुतों से बहुत कुछ लिया, पर झाड़-पोंछकर लिया, अपना बनाकर लिया। 'कुहू' शब्द से 'कुहक' निकला है जिसका अर्थ होता है 'माया' या 'इन्द्रजाल'। माया असुरों की विद्या थी। पर इसे इन्द्रं और वरुण भी जानते थे। इसी से इन्हें भी कभी-कभी 'मायावी' कह दिया गया है। माया वस्तुत: प्रकृति-विद्या है जिसका प्रतीक है रात्रि। उसी तरह जैसे ब्रह्म-विद्या का प्रतीक है सूर्य। यक्षों और गन्धर्वो की रात्रि-विद्या को ऋषि ने ग्रहण किया, परन्तु उसे सूर्यविद्या से गर्भित करके। इसी को 'आगम' कहते हैं। इन यक्षों, गन्धर्वों और नागों के सम्पर्क में आने पर अथर्वांगिरस के शिष्यों ने, भार्गव ऋषियों ने राका, कुहू, सिनीवाली, अनुमती और अरण्यानी आदि प्रकृति के बहुरूपों पर सूक्तों की रचना की है। इन भार्गवों को ही यज्ञ-संस्कृति को पूरे आसेतु हिमाचल फैलाने का श्रेय है। ऋचीक, यमदग्नि, शुक्राचार्य, विश्वामित्र, परशुराम, च्यवन, वाल्मीकि आदि या तो भार्गव हैं अथवा भार्गवों से जुड़े हैं।

इन्होंने ही यक्षों-नागों और गन्धर्वों की प्रकृति-विद्या को जिसका केन्द्र है 'रात्रि', आदिम ऋषि की सूर्य-विद्या से जोड़कर पूर्णांग 'निगमागम' ज्ञान प्रस्तुत किया दक्षिण भूमि में रात्रि इतने रम्य और इतने भयावह, दोनों किस्म के रूपों में अनुभूत होती है। रात्रि के कुहक में सामान्यजन का मन भी तरंगायित हो जाता है। तो ऋषि-मन तो असामान्य था। उसका मन इसकी माया के भीतर पड़कर सहज ही उद्बुद्ध हो जाता था। अब उस उद्बोध को उद्गीथ का रूप देना उसकी बाध्यता थी। अन्यथा उसे भीतर की प्रजापति आत्मा का शाप लगता और बाहर के विश्व-चैतन्य में घाव हो जाता ! ऐसा ही ऋषि का विश्वास था कि उद्बोध या प्रातिभ ज्ञान तो देवता का दान है, परमेष्ठी का आशीर्वाद है, उसकी उपेक्षा करने पर वाणी रूठ जाती है। अत: बोध को गीत का रूप देना होता है जिससे वाणी अपना ऐश्वर्य व्यक्त कर सके।

दक्षिण की घनी वनानी और पयस्विनी धाराओं की भूमि में रात्रि का रूप बड़ा ही सुन्दर, बड़ा ही मायावी होता है। ज्योत्स्ना और अमा दोनों का अपना-अपना स्वाद है, अपनी-अपनी शोभा है। मायाविनी तो दोनों होती हैं गोरी हों या साँवली। जो विवेक-दृष्टि का हरण कर ले वही अन्धकार है। तमिस्रा ही अन्धकार नहीं, रोशनी की चकाचौंध भी अन्धकार है। श्यामवर्ण तो और सहज ही दृष्टि का हरण कर लेता है। खुली आँखें रहने पर भी। भारतीय दृष्टि तो साँवले के साथ ही 'सलोने' को जोड़ती है। 'गोरी' को 'सलोनी' कहने का मुहावरा ठीक से बैठता नहीं है। पर सुन्दर तो दोनों हैं, ज्योत्स्ना और अमा। ज्योत्स्ना रात्रियों में एक भुवनव्यापिनी अशब्द वीणा बजने लगतीं है। कान सुनते नहीं। पर मन स्पष्ट सुनता है। वह भीतर-भीतर पंचप्राणों के तार पर बजती है। ज्योत्स्ना रात्रियों में जल-थल, सुषुप्त ग्राम-नगर, अरण्य-पर्वत स्नान करके दिव्य रूपान्तर पा जाते हैं और सृष्टि बिन्दु-सर से स्नान करके निकलती हुई देवहूति बन जाती है। कर्दम और देवहूति की प्रणय-लीला इस माया के भीतर अभिनीत होने लगती है। पर है यह माया ही। सत्य नहीं। चिरपरिचित ग्राम-पल्ली, पथ के जाने-पहचाने वृक्ष, वट-पीपल-बबूल सब बदल जाते हैं ! ऐसी मायाविनी ज्योत्स्ना उत्तर की तुषाराच्छन्न देवभूमि में कहाँ मिलेगी? वहाँ तो चन्द्रमा दक्ष-शाप से नित्य पीड़ित और बीमार रहता है। दक्षिण में उतरने पर ही चन्द्र-ज्योत्स्ना की भेंट उस नदी से होती है जो बाहर-बाहर नहीं भीतर हमारे मग्न चैतन्य में बहती है। हमारे दिवास्वप्नों की सारी नग्न रेखाएँ सजीव अंग बन जाती हैं और हमारी देह एक पंचाप्सर तीर्थ बन जाती है ! सुनते हैं कि कोई शातकर्णी नामक ऋषि था। दर्भाकुर मात्र का भक्षण करते हुए, अपनी कठोर तपस्या में लीन था। इन्द्र ने पाँच-पाँच अप्सराओं को भेजकर उस सरलचित्त ऋषि को उनके यौवन की कूट मेखला से बाँध दिया और वह पंचाप्सर सरोवर में जलगृह बनाकर उनके साथ, तृषा-रति-आर्त्ति के अतृप्त सुख में, अब भी पड़ा हुआ आत्मविस्मृति भोग रहा है। कहा जाता है कि मध्य देश के अरण्य को पार करते हुए रात्रि के एकान्त क्षणों में वहाँ पर तालबद्ध नूपुर-ध्वनि और मृदंग के बोल यदा-कदा पथिकगण अब भी सुन लेते हैं। यक्षगण ज्योत्स्ना रात्रि को 'राका' कहते हैं। उनके पड़ोसी गन्धर्वो का विश्वास है कि यह रात्रि पाँच-पाँच फूलों के बाण चलाती है ! अपना मन ही उसका धनुष बन जाता है और अपना मन ही उसका शरविद्ध मृग भी। तब स्तब्धता भाषा बन जाती है। अनजाने, अनचीन्हे अनुभवों की 'अबोध-पूर्वा स्मृतियाँ', जन्मान्तर की पोंछी-मिटायी

गयी स्मृतियाँ, शब्द और रूप बनकर, कभी-कभी स्पर्श बनकर दस्तक देने लगती हैं। तब एक पूर्णतर जीवन की, परिपूर्ण जीवन की उत्कट लालसा हमें विकल कर देती है। जन्मान्तर की प्राण सत्ता का वानस्पतिक रूप व्यक्त होने लगता है ! अन्तर्मन में जो बीजरूप स्थापित है, वह अंकुरण और पल्लवन की लालसा का रूप ले लेता है। ऐसी रातों में तो साधारण मन भी कवि हो जाता है तो ऋषि-मन का क्या कहना ! वह तो इसमें मन्त्र का दर्शन करेगा ही !

पर रात माने ही होता है अँधेरी रात। 'रात' शब्द सुनते ही पहला सहजबोध घन-घुप्प-अन्धकार का ही होता है। केवल रात कहें तो मान लेना होता है अँधेरी रात। अत: रात्रि का मौलिक रूप तमस ही है जैसे सूर्य का मौलिक रूप प्रकाश है। ज्योत्स्ना रात्रि का प्रकाश भी प्रकाश कहाँ है? वह तो माया है। वह दृष्टि-विभ्रम रचता है। जो दृष्टि को भ्रमित करे और चेतना के एक अपरिचित, अर्ध स्पष्ट संसार में हमें ठेल दे, वह अन्धकार ही है, बाहरी रूप-रंग से क्या होता है? मायावी प्रकाश भी अँधेरा ही है। वैसे है यह भी बड़ा जरूरी ! यह रात्रि न रहे तो दिवस के क्षुरधार पथ पर नित्य कटते हुए, विखण्डित होते हुए मन, प्राण और चेतना को कौन पुष्टि, शान्ति और भैषज्य करेगा? कौन आहत और थके चैतन्य के कल प्रात: के लिए निरुज और तरोताजा करेगा? दिवस तो हमें सीमित नामरूप के चौखटे में कसकर दीन-हीन और क्षुद्र कर देता है। रात्रि में ही हमारा 'आत्म' या 'स्व' हमारा रहता है और यह रात्रि उसे दिवस के आरोपित बन्धनों से मुक्त करती है। यह रात्रि माया ही हो, तो भी प्रत्येक जीव का जिया हुआ आधा जीवन इसी में विश्राम करता है। अत: यह माता, धात्री, बान्धवी, हमदर्द, प्रेमिका और वात्सल्यमयी पुत्री सब कुछ है। दिवस के भीतर बार-बार कर्म के कोड़े का प्रहार है, बजते हथौड़ों की ठक-ठक है, दुर्विनीत शब्दों का कोलाहल है। इनके भीतर अपना निजी मन, अपना आत्मरूप खो जाता है। अत: रात्रि नमस्य, रात्रि धन्य, रात्रि चिरप्रणम्य! ऋषि का चित्त बड़ा था। उसका चित्त विश्वचैतन्य 'हिरण्यगर्भ' के प्रवाह का अंग बन चुका था। वह सहज ही मन और अहंकार की सीमाओं से ऊपर उठ जाता था। उसने भी इस रात्रि का बोध वैश्विक महाशक्ति, परमाप्रकृति, मायाशक्ति के रूप में ही किया था। वह भी यही बात कहता है: 'ॐ रात्रिं प्रपद्योपुनर्भू। मयोभू। कन्यां शिखण्डिनीं। कुमारी पाशहस्तायुवतीम् !' के बिम्बों से उस वैश्विक शक्ति की सम्पूर्ण भूमिका व्यक्त कर देता है। यह प्रातिभबोध है। वह ऋषि प्रातिभ दृष्टि की धार पर एक हस्त-प्रवाह से वृहत्तर वैश्विकबोध की पूरी की पूरी फसल उतार लेता है महज नौ शब्दों द्वारा। "इस रात्रि की दुहाई है। मैं उसकी शरण में जाता हूँ। वह गोधूलि में अन्धकार उतरते समय बालिका कन्या है। पहर रात बाद सम्मोहनकारिणी, मयूर पुच्छ धारण किये कुमारी किशोरी है जो हमें रागबद्ध करती है। पलकें भारी होने लगती हैं। हम जम्हाई लेने लगते हैं। आराम, सुख, विश्रान्ति की तृषा हमारे अन्दर उदित होती है। गोया हम सुनसान अरण्य में भटक रहे हों और एक श्यामवर्ण मयूर पुच्छधारिणी की कुहकी वंशी को सुन रहे हों, जो ध्वनि-संकेत दे रही है। पास बुला रही है। फिर निशीथ-बिन्दु आते-आते हम अवश हो जाते हैं। निशीथ में वह रात्रि चतुरस्त्रपूर्ण युवती है जिसके हाथ में सम्मोहन पाश हैं और सारे जगत् को उससे बाँधकर निद्रा के अधीन कर देती है ! वह 'पुनर्भू' है, वह अमर्त्य है, वह मरती नहीं, बार-बार आती है, हमें नया बनाती है। वह 'मयो भू' है। 'मय' अर्थात् विमत्त सुख की वारुणी का वह आधान है।

हम उस 'मय' में उस विमत्त सुख के उन्माद में मुदित चक्षु सो जाते हैं ! आत्मा का वैश्वानर रूप सो जाता है और उसका हिरण्यगर्भ रूप स्वप्नदेश में विहार करता है। अपने दिवस के सीमित परिचय से मुक्त हम हिरण्यगर्भ आत्मा बन जाते हैं और 'हिरण्यगर्भ' विश्वमन के गन्धर्वलोक में विहार करते हैं। यह प्राणों को हमारे निजी संस्कारों के अनुरूप अलग-अलग अपना 'मय' अर्थात् वारुणी, सोम या मधु का पान कराती है जिससे वे अगले दिवस के प्रांशु कर्म-प्रहार के सहने योग्य पुष्ट और सबल हो जाये !" साम विधान ब्राह्मण के एक मन्त्र के केवल नौ शब्द बीजों द्वारा इतना सब कह दिया गया है। मन्त्र-भाषा संक्षिप्त होती है। उसमें शब्द नहीं 'शब्दबीज' रहते हैं। हम ध्यान के मध्य, चित्त का विस्तार करके उन बीजों के पूरे मर्म को उपलब्ध कर सकते हैं।

दिवस कर्म-यज्ञ है, रात्रि भाव-यज्ञ। बिना भाव से जुड़ा कर्म और कर्मविहीन भाव, दोनों ही जघन्य स्थितियाँ हैं। भावरहित कर्म मात्र क्लान्ति है और कर्मरहित भावना क्षुद्र आत्मविलास है। दोनों ही आत्मक्षय की स्थितियाँ हैं। इसी से कालपुरुष दोनों को एक साथ मिलाकर दैनिक अहोरात्र यज्ञ कर रहा है। यह दिवस अग्नि है और रात्रि है सोम। अग्नि में सोम की आहुति पड़ती है तो वह भभककर जल उठता है और प्रकट हो जाता है। अन्यथा वह भीतर-भीतर सुलगता हुआ राख बन जाता है, हवन-कर्म या यज्ञ-कर्म नहीं बन पाता। इसी से कालपुरुष प्रतिदिन दिवस की अग्नि में सोम का हवन कर रहा है। किसी दिन नागा नहीं करता। वैदिक शब्द सोम बहुअर्थी है। जल, रस, मधु, घृत, वारुणी, अमृत, भावना, नारी, चन्द्रमा, कोमल भाव, सुख, आनन्द आदि सभी 'सोम' के ही विभिन्न रूप हैं। कहीं भी जहाँ रस हो, आनन्द हो, सौन्दर्य हो, सहजता हो उसके मूल में सोम-तत्त्व की अवस्थिति है। उसी तरह अग्नि तेज, प्रकाश, ज्ञान, बल, विवेक, तपस, त्याग, कर्म, साहस, शौर्य, परिश्रम आदि सब कुछ का द्योतक है। अग्नि क्षुधा है। सोम अन्न है। बिना सोम की आहुति के अग्नि निर्जीव रहता है। सोम ही उसमें हुत होकर उसे जीवन और ऊर्जा देता है। दिवस का प्रतीक है अग्नि और रात्रि का सोम। एक अन्य मन्त्र में ऋषि कवि कहता है: "रात्रि 'सरघा' है अर्थात् मधु-चक्र है जिसमें दिवस का सोम बनता है और रात्रि के सोम से ही दिवस का कर्म-संकुलरूप मधुमय होता है।" वैदिक भाषा में अग्नि हिरण्यवर्ण है। यह तो समझ में आनेवाली बात है। परन्तु वैदिक ऋषि सोम का वर्ण श्याम बताता है, रात्रि के वर्ण के अनुरूप। यह वारुणतत्त्व है। वरुण श्यामल महाअसुर है ! रात्रि को 'वारुण-मण्डल' कहा गया है। सोम का वर्ण श्याम है। महाकाल शिव की अर्धांगिनी 'सोमा' भी कालिका है। रात्रि स्वयं में ज्योत्स्ना रात्रि ही क्यों न हो पर उसकी अनुभूति तो श्यामल ही होती है। विवेक का वर्ण तीव्र प्रकाश जैसा है तो आनन्द या रस का वर्ण श्यामल ही है जिसमें मारे सुख के आँखें मुदित हो जाती हैं, आसपास क्या है, यह हम भूल जाते हैं। इस आनन्द की कई कोटियाँ हैं। इसका चिन्मयरूप है 'रस'। इस 'रस' का अवतरण जब वृन्दावन में होता है तो इसका वर्ण होता है उज्ज्वल श्याम और नाम होता है उज्ज्वल रस। "ज्यों ज्यों बूड़े श्याम रँग, त्यों त्यों उज्ज्वल होय !"

ऋषि खूब जानता है कि 'मूल' तो एक है। पर वह मूलतत्त्व उस 'एक' रूप में अभिव्यक्त नहीं

होता है। एक से 'सत्य' और 'ऋत' का जोड़ा (युग्म) बनना उसके लिए भी व्यावहारिक विवशता है। अग्नि-सोम, दिन-रात, क्रतु-काम, शुभ-अशुभ, शिव-रुद्र, रम्य-दारुण, पुरुष-नारी, विवेक-भावना आदि ये सारे जोड़े उसी के विवर्तन या रूपान्तर हैं। ये बाह्यत: भिन्न अथवा विपरीत लगने पर भी विपरीत नहीं बल्कि परस्पर पूरक हैं और जो तत्त्व इन्हें सामंजस्य में रखता है वह है 'ऋत'। ये युग्म ऋत-बद्ध होकर ही जीवन, गति और सौन्दर्य का छन्द रचते हैं, अकेले-अकेले ये छन्दहीनता और बाहुल्य में पतित हो सकते हैं। ऋत का अर्थ है 'विश्वव्यापी प्राण' (जीवन) का मांगलिक छन्द'। इस पद में 'विश्वव्यापी' और 'मांगलिक' दोनों ही महत्त्वपूर्ण शब्द हैं। 'ऋत' एक हिन्दू-ईरानी (इण्डो-ईरानी) शब्द है। 'ऋ' का 'उ' कार उच्चारण होगा 'रुत'। ईरानी 'जिन्द-अवेस्ता' में 'अस-उर्त्त' शब्द है। 'अस' का अर्थ है 'प्राण'। 'असुर' अर्थात् प्राणधर। महाअसुर अर्थात् 'महाप्राण'। वरुण को 'जिन्द-अवेस्ता' में तथा ऋग्वेद में भी 'महाप्राण' कह गया है। 'अस-उर्त्त' का अर्थ है प्राण-धर्म या प्राण-छन्द। इसी 'उर्त्त' का वैदिक रूप है 'ऋत' (उ-र्उत→र्उत→ऋत)। जो 'ऋत' से जुड़ा नहीं है वही 'अनृत' है। अकेले-अकेले ऋत-विछिन्न रूप में विद्या, ज्ञान, विवेक, साहस, शूरता और सौन्दर्य भी 'अनृत' हो जाते हैं। ये श्रेष्ठ गुण होते हुए भी अपने तीव्र रूप में प्रकाश की चकाचौंध हैं, प्रकाश अपने तेजस्क्रिय रूप में चकाचौंध बनकर दृष्टि का हरण कर लेता है और सहज सत्य देखने में हम असमर्थ हो जाते हैं। इसका उदाहरण है परम्परागत हिन्दू चिन्तन का घोर पवित्रतावाद जो मूढ़ता की सीमा पर पहुँचा देता है अथवा आधुनिक युग में भौतिकवादी ज्ञान का महाविस्फोट। आधुनिक ज्ञान के महाविस्फोट में मनुष्य की अन्तर्दृष्टि यदि फूट नहीं गयी है, तो इसकी चकाचौंध में मुँद अवश्य गयी है। ऋषि ने 'ईशावास्य उपनिषद्' में बड़ी स्पष्ट भाषा में विद्या और अविद्या दोनों की 'तमस्' स्थितियों के बारे में कहा है। ऋषि था प्राण-वादी। प्राणधर्म के मांगलिक छन्द को ही वह 'ऋत' कहता है। 'सत्य' का ही, व्यावहारिक उसी स्तर पर, रूप 'ऋत' हो जाता है। यह 'ऋत' जुड़ा है 'सत्य' से। जुड़ा क्या, का विवर्तित रूप ही है। तो यह 'प्राण-धर्म' भी जुड़ा है परम सत्य से जिसे 'ब्रह्म' या 'आत्मा' के रूप में ऋषि ने पहचाना था। ऋत सत्य का ही विवर्तित रूप है तो प्राण भी आत्मा का, और विश्व-प्राण 'विश्व-आत्मा' का विवर्तन है ! ऋषि को प्राणवादी कहने का अर्थ भौतिकवाद के स्तर पर घसीटा नहीं जा सकता ! यहाँ प्राण वैश्विक जीवनी शक्ति है ! यह महज भौतिक प्राण-क्रिया नहीं है ऋषि की मानस-यात्रा प्राण से आत्मा तक होती है। उसका पथ 'ऊर्ध्वमूल' की ओर उन्मुख रहता है। वह प्राण-धर्म के ऋत के अनुरूप परस्पर विरोधी तत्त्वों में सामंजस्य या सामरस्य (समरसता) का उपदेश देता है। अग्नि और सोम, क्रतु और काम, दिन और रात्रि, प्रकाश और तमस्य के सामंजस्य पर सृष्टि का प्राण प्रवाहित और पल्लवित हो रहा है। यह सामंजस्य ही जीवन को पूर्णांग बनाता है। हमारी शताब्दी राजनीतिक सिद्धान्तवाद (आइडियोलोजी) की एकमुखी अतिशयता भोग चुकी है और उसकी यन्त्रणा से परिचित है। मनुष्य को पूर्णांग जीवन प्राप्त करने का एकमात्र पथ यही सामंजस्य है। एक साधारण उदाहरण लें। दात्पत्य जीवन वही पूर्ण माना जायेगा जिसमें रतिक्रिया और ब्रह्मचर्य का क्रमिक सामंजस्य हो। अर्थ का धर्म से, काम का मोक्ष से सामंजस्य और फिर अर्थ-धर्म-काम-मोक्ष का सामंजस्य ही जीवन का श्रेष्ठ विधान है। ऋषि की यह बात आज भी अकाट्य है।

ऋषि-चिन्तन की दूसरी विशेषता है बहुरूपों में 'एक' 'मूल' को आविष्कृत करने की प्रवृत्ति। वह रात्रि और सूर्य के द्वैत को एक मूल अद्वैत के रूप में देखता है। वह है अग्नि और सोम का अद्वैत सम्बन्ध। वह भूत में अधिभूत, अधिभूत में अधिदैवत् और अधिदैवत् में परमदेवता, 'परमसत्य' को देखता है। उसकी इस चिन्तन-पद्धति को समझकर ही उसकी बात का असली मर्म समझा जा सकता है। अन्यथा नहीं। वह वैदिक ऋषि निसर्ग के प्रति गहरे रागबोध से सम्पृक्त था, इतना गहरा रागबोध कि वह अन्तश्चैतन्य के भीतर के 'चैत्य पुरुष' (श्रीअरविन्द का शब्द) को दस्तक देता था जिससे 'आवरण-भंग' भले न हो पाये परन्तु आवरण से निबद्ध उस चैत्य पुरुष में थरथराहट और कम्पन तो पैदा हो ही जाती थी और उस थरथराहट का संकेत ऋषि-भाषा के मान्त्रिक शब्दों में उतर आता था। ऋषि की संवेदना प्राण स्तर से उठकर चैत्य पुरुष को ढँकनेवाले आवरण तक टकराती है और अध्यात्ममुखी है। उदाहरण के लिए उसके रात्रि-बोध को लें। 'कन्यां, शिखण्डिनीं-तरुणीं' और 'युवतीं पाशहस्तां' के तीन बिम्बों द्वारा एकीकृत विश्व-सम्मोहनी महामाया शक्ति का बोध-उद्‌बुद्ध किया गया है, जो 'पुनर्भू' और 'मयोभू' के विरुदों द्वारा परिभाषित की गयी है 'रात्रि' में 'महारात्रि', 'महारात्रि' में 'महामाया' और 'महामाया' में वैश्विक 'मय' (आनन्दोन्माद) तत्त्व की स्थापना करके भगवती के सद् और चिद् तत्त्व से ऊपर 'आनन्द'—तत्त्व का संकेत यह मन्त्र करता है। यह मन्त्र भौतिक रात्रि अथवा भय-काम के सम्मोहन का स्रोत सनातन नारी से ऊपर किसी देवता-तत्त्व से हमारे ध्यान तरंगायित मन को जोड़ देता है। यहाँ भौतिक रात्रि नहीं, जिसका दैनिक आस्वादन हम करते हैं। यह तो महारात्रि, कालरात्रि, मोहरात्रि से भी ऊपर के आनन्द-तत्त्व का प्रतीक है जो परम 'सत्य' के प्रवाहशील रूप 'ऋत' का संचालक है। प्राण-धर्म का मांगलिक रूप हमें आनन्द की ओर ले जाता है और यह 'मय' के द्वारा ही संचालित है। जीवन का ऋत 'मय'—धर्मी है। यही आज की भाषा में 'जिजीविषा-मधु' कहा जायेगा। हम जघन्य से जघन्य स्थिति में भी पतित होकर जीवन से जुड़े रहते हैं। मरना कोई नहीं चाहता। जीवन के प्रति आसक्ति दीन से दीनतर जीव में भी रहती है। यह रात्रि इस तत्त्व का स्रोत है और ऊपर से एक शुभ प्रतीक है। उसका 'पाश' जीवन के प्रति आसक्ति का पाश है। पुत्र-स्त्री, घर-परिवार, समाज-राष्ट्र के प्रति जो माया-रज्जु से हम बँधे हैं, वह इसी 'मय' या 'आनन्द' के लिए। सारी सभ्यता-संस्कृति की यात्रा का लक्ष्य इसी ओर उन्मुख है। यही है महामाया का वैश्विक रूप। उपनिषद् कहते हैं कि ध्यान में चित्त का विस्तार होता है। चित्त में भौतिक रात्रि की प्राण-स्तर पर लब्ध संवेदना का ध्यान में विस्तार करते-करते हम उस संवेदना को बुद्धि और अहंकार की भूमि के आगे की भूमि, चिन्मय की भूमि से जोड़ देते हैं। मन्त्र अपने मर्म का उद्‌घाटन बुद्धि के व्याकरण द्वारा नहीं करते। उनका मर्म बुद्धिलब्ध अर्थ को प्रस्थान-बिन्दु बनाकर ध्यान के तरंगायित प्रवाह पर तैरने पर मिलता है। जो जितना तैर सके, उतना लब्ध करेगा।

यह सही है कि वैदिक संहिता के सारे मन्त्रों में यह बात नहीं। वस्तुत: संहिताएँ तो जीवन के अर्थ-काम-धर्म-मोक्ष चारों क्षेत्रों का अभिलेख प्रस्तुत करती हैं। अत: इनमें समाज है, कर्मकाण्ड है, इतिहास है साथ ही दर्शन और गहन-गम्भीर आध्यात्मिक बोध भी है। सभी कुछ है। केवल एक अंश को पूरे जीवन-सन्दर्भ से काटकर इसे 'अर्थ-काम' (आधुनिक भाषा में 'भौतिकवाद')

का साहित्य घोषित करना शुद्ध राजनीति है। वैदिक ऋषि से लेकर गाँधी-अरविन्द तक किसी ने यह नहीं कहा कि अर्थ और काम का अस्तित्व नहीं है और जैविक आवश्यकताएँ, भोजन-वस्त्र, रतिक्रिया, सन्तानोत्पादन आदि वह सब जिसे भौतिकवादी एक मात्र लक्ष्य मानते हैं, निरस्त कर दी जानी चाहिए। भारतीय मनीषा का मात्र यही कहना है कि ये अर्थ और काम, धर्म और मोक्ष के साथ 'ऋत'—बद्ध होकर ही चलें। यह पश्चिमी अर्थ में भौतिकवाद (वस्तुवाद) नहीं है और न तो पश्चिमी अर्थ में अध्यात्मवाद (प्रत्ययवाद) है। यह 'ऋत'—बद्ध जीवन-साधना है जिसमें देह-प्राण से लेकर आत्मा तक के कोषों का रचनात्मक सन्तुलन स्थापित होता है। यही व्यावहारिक रास्ता है। यह प्राणवाद से लेकर आदिम अध्यात्मवाद तक जाता है ! भारतीय 'दर्शन' पाश्चात्य दर्शन की तरह बुद्धि-विलास मात्र नहीं। उससे व्यवहार-शास्त्र जुड़ा रहता है। 'दर्शन' के मूल में है 'दिदृक्षा' यानी 'देखने की उत्कट इच्छा'। उत्कट आसक्ति से देखने के माने ही है रचने को उन्मुख होना। सिसृक्षा के मूल में है दिदृक्षा। सामान्यजन भी किसी वस्तु, दृश्य या व्यक्ति को उत्कट आसक्ति या लगाव से देखने लगता है तो उसका मन रचनात्मक हो उठता है, तो ऋषि-मन तो असामान्य और विकसित मन था। उसका देखना ही 'दर्शन' बन जाता है। हमारे यहाँ ऐसे 'दर्शन' (अध्यात्म-बोध) को अर्थ-काम और धर्म के व्यावहारिक जीवन से 'ऋत' के छन्द में जोड़कर रखा गया है। पश्चिम की दार्शनिक शब्दावली में इस स्थिति को नहीं समझा जा सकता। वहाँ तो 'क' बनाम 'ख' का, 'थीसिस' बनाम 'एण्टी थीसिस' का चिन्ता-पैटर्न ही प्रमुख है। पश्चिम नस्ल से आर्य होकर भी मन बुद्धि से 'सेमेटिक' है जिसमें 'मोमिन बनाम काफिर' या 'हीथेन बनाम ईसाई', जैसे 'चिन्ता-कल्प' (थिंकिङ् पैटर्न) ही बुनियादी कल्प हैं। महायुद्ध के बाद से इस शताब्दी के अन्त तक पश्चिम में भी इस 'सेमेटिक' द्वन्द्वशास्त्र के प्रतिकूल एक प्रतिक्रिया हुई है, और यह अनुभव किया जाने लगा है कि 'वाद-प्रतिवाद' बदलते विश्व और एकीकृत होते हुए भूमण्डल के परिवेश में उपयुक्त चिन्ता-कल्प नहीं है और इसके प्रतिकूल हमें 'परस्पर पूरकता' और 'रचनात्मक सन्तुलन' को प्रमुखता देनी होगी। इसी बात को भारतीय मनीषा 'ऋत-छन्द' के रूप में अपनी सभ्यता के उदय काल से पहचानती है।

इधर कुछ भारतीय बुद्धिजीवी भी पश्चिमी चिन्तन की अपरिचित, घटाटोप शब्दावली द्वारा उसी चिन्तन के 'औजारों' (वे चिन्तन कर्म को भी शायद यान्त्रिक रूप में ही देखते हैं) से भारतीय चिन्तन के संश्लिष्ट रूप को टुकड़े-टुकड़े विच्छेदित करके अपने तात्पर्य के अनुरूप किसी टुकड़े के आधार पर सारी भारतीय विचारधारा को सनातन भौतिकवाद घोषित कर रहे हैं और वैदिक चिन्तन को 'आदिम' (प्रोटो) भौतिकवाद। इस तर्क-पद्धति के पीछे राजनीति का एक कूट मनोविज्ञान है। 'भौतिकवाद' शब्द सामान्य पाठक के मन में एक खास प्रकार के भाव-संस्कार पैदा करता है और उस संस्कार का उपयोग आदिम 'भौतिकवाद' से भौतिकवाद और फिर उससे वैज्ञानिक या आधुनिक भौतिकवाद तक संस्कारपथ तैयार करने में या बरगलाने में विशेष असुविधा नहीं होती ! उन्हें अपने सिद्धान्त के 'आन्तरीकरण' करने में इस संस्कार-पथ की अप्रत्यक्ष सहायता मिलती है। पाठक बहुत सावधान न रहे तो आसानी से गच्चा खा जाता है। आज बुद्धिजीवी चाहे 'वाम-पन्थी' हो या 'दक्षिण-पन्थी' (यद्यपि ये शब्द आज अर्थहीन हो गये हैं।

पर भारतीय परिवेश में अब भी चालू हैं), चिन्तन-पद्धति और उसके औजार तथा उसकी भाषा एक है। वस्तुगतता का चिन्तन के भीतर दबाव या आग्रह एक सर्वग्रासी रूप ले चुका है। आज के बुद्धिजीवी को यह समझाना कठिन हो गया है कि बहुत-सी बातें हैं जो 'वस्तु' नहीं 'बोध' हैं या 'प्रमूल्य' हैं और उन पर यान्त्रिक 'औजार' आश्रित दृष्टि तथा तर्कबुद्धि की मापतौल वाली विश्लेषणवादी पद्धति लागू करना कुतर्क और दुधर्ष दुराग्रह है। सत्य, शील, सौन्दर्य, करुणा, ईमानदारी, सुरुचि, भलमनसाहत, शुभ, अशुभ, दया, सहानुभूति आदि वस्तु नहीं, सौन्दर्यबोध, भावबोध मन की आत्मिक स्थितियाँ हैं, वस्तु नहीं। सर्वतः वस्तुवादी दृष्टि नहीं खप सकती। यह सही है कि ऋषि मूलतः प्राणों की पुष्टि-तुष्टि के लिए प्रार्थना करता ज्ञात होता है। पर वैदिक प्राणवाद आत्मवाद का प्रथम सोपान है अतः यह 'आदिम अध्यात्मवाद' है। इसे जड़वाद या देहवाद का आदि रूप सिद्ध करना एक धूर्त वाकपटुता द्वारा गलत फहमी पैदा करना है। बीज की पहचान अंकुरित पौधे के पल्लव और फल-फूल से होती है। धरती राजनीति नहीं करती, इमली बोओ तो आम नहीं उगाती है, वह बड़ी सच्ची है। वैदिक प्राणवाद का उत्कर्ष जिस चिन्ता में हुआ, उसका वानस्पतिक विकास, यानी अंकुरण-पल्लवन आदि जिस रूप में हुआ, उसका स्वरूप, ब्राह्मण-आरण्यक उपनिषद के चिन्तन में जिस रूप में स्पष्टतर हुआ है, वह उसके बीजरूप का संकेत दे देता है। यदि बीज भौतिकवाद या लोकायत होता तो उससे अध्यात्म का वह महावृक्ष नहीं उत्पन्न होता जिसका विस्तार वेदान्त, बौद्धधर्म-जैनधर्म, शैव-वैष्णव-शाक्तमत, सन्तमत, सिक्ख मत से होते हुए रामकृष्ण-विवेकानन्द-गाँधी-अरविन्द तक अविच्छिन्न रूप से होता रहा है। नये बुद्धिजीवी तर्क के तिकड़म के बल पर इमली से आम पैदा कर रहे हैं। वैदिक प्राणवाद से एक ओर वेदान्त विकसित हुआ, दूसरी ओर योग और तन्त्र। योग का प्रथम सोपान प्राण-साधना है। चरम है निर्विकल्प समाधि के मध्य ब्रह्म-साक्षात्कार या बोध-सायुज्यता। तन्त्र का भी चरम लक्ष्य वही है जो योग का है। ध्यान-सायुज्यता द्वारा 'भागवती तनु' की प्राप्ति ! जड़वाद और दैहिक प्राणवाद को ऋषि ने असुर-दर्शन घोषित करके निरस्त कर दिया है। देहवाद या भौतिकवाद देह-सर्वस्व दर्शन है और इसे कसौटी मान लेने पर नैतिकता, कर्तव्य-बोध, एवं किसी भी प्रकार की निष्ठा (देश, समाज, परिवार किसी के प्रति) की युक्ति ही नहीं रह जाती। इसके आधार पर किसी भी प्रकार की सभ्यता, संस्कृति, समाज गढ़ा नहीं जा सकता? यह दर्शन 'स्वैराचार' पर जाकर समाप्त हो जाता है ! जिन मनीषियों ने इसके ऊपर आधारित यूटोपिया कल्पित की है वह उनके ही अवदमित स्वैराचार की अभिव्यक्ति मात्र है। ऋषि-परम्परा ने इसकी अन्तर्निहित 'अभाव' वादी कमजोरी को ठीक ही पहचाना है। ऋषि जानता है कि मनुष्यत्व की बुनियाद ही है वस्तुगत और भौतिक सीमाओं से ऊपर आरोहण करने की प्रवृत्ति में। वह रात्रि, सूर्य, चन्द्र, आकाश, जल, अग्नि आदि में इनकी भौतिक मूर्ति के पीछे इनके पास परारूप का ही संवेदन प्राप्त करता है। प्राण में विश्व-प्राण और विश्व-प्राण में कोई परम देवता स्थित है जिसकी ही अभिव्यक्तियाँ हैं, रात्रि-दिन, सूर्य-चन्द्र, भू र्भुवः स्वः, जल-अग्नि, मरुत-आकाश ! यह प्राणवाद वस्तुतः अध्यात्मवाद है, इसको अत्यन्त स्पष्ट रूप में 'ब्रह्मसूत्र' में ही स्थापित किया गया है। यह सही है कि 'छान्दोग्य' या 'वृहदारण्यक' के कुछ अंशों में सृष्टि का मूल उपादान, जल अथवा आकाश अथवा तेज एवं

प्राण आदि भौतिकतत्त्व कहे गये हैं, परन्तु उसी वाक्य में या उसके ऊपर-नीचे के सन्दर्भ में उस जल या आकाश या तेज आदि के जो व्याख्यापरक ब्योरे दिये गये हैं, वे भौतिक आकाश, जल, या तेज पर खप ही नहीं सकते ! ऐसे स्थलों पर 'ब्रह्मसूत्र' सन्दर्भ के साथ समन्वित करके अर्थ निकालने का आदेश देता है। "तत्तु समन्वयात्" 1/1/4 'ब्रह्मसूत्र' के (1/1/22, 23, 24, 28 व 29) सूत्रों में स्पष्ट किया गया है कि प्राण (छा. उ. 1/11/5) या आकाश (छा. 1/9/1) या ज्योति (छा. उ. 3/13/7) आदि का अर्थ पूर्वापर सन्दर्भों से समन्वित करके देखने पर पराभौतिक सत्ता 'ब्रह्म' ही हो सकता है क्योंकि सन्दर्भ में व्यक्त लक्षण उसी पर बैठते हैं। सभ्यता के प्रथम चरण में ही ऋषि ने वस्तुगतता की सीमाओं को पहचाना था और पशुत्व से उत्क्रान्ति की दिशा में चलना प्रारम्भ कर दिया था-आत्मा की दिशा में, अध्यात्म की दिशा में।

"वाङ्मय: प्राणमय: मनोमय एष आत्मा"। यहाँ 'मनोमय आत्मा' का अर्थ शरीर के भीतर स्थित 'पुरुष' या जीवात्मा है, 'अन्तर्यामी' आत्मा नहीं जो ब्रह्म का अणुरूप है। 'वाक्' का अर्थ यहाँ 'शब्द' प्रतीक से आख्यायित पंच भौतिक सत्ता है। इसके अन्दर प्राणमय सत्ता है और उससे भी गहनतर तल में उसका मनोमयरूप है। धर्म-साधना, साहित्यकला, संस्कृति इसी मनोमय रूप की अभिव्यक्तियाँ हैं। मन, बुद्धि, अहंकार एवं उससे भी परे 'आत्मसत्ता' इन चारों का चतुष्टय यह मनोमय पुरुष। 'अन्तर्यामी' आत्मा इससे भी भिन्नतर है। आत्मा ही चैतन्य का स्रोत है। वही अहंकार, बुद्धि और मन पर चैतन्य प्रवाह की तरंगें भेजती हैं। मन-बुद्धि और अहंकार तीनों संयुक्त रूप से साधारण स्थिति में कार्यशील होते हैं। 'स्व' या 'आत्म' की चेतना इनकी संयुक्त क्रिया का फल है। परन्तु चैतन्य प्रवाह की कुछ तरंगें ऐसी भी होती हैं जो मन को बुद्धि और अहंकार के माध्यम से, उनसे होती हुई न आकर, सीधे मन तक पहुँचती हैं और मन तथा आत्मा के बीच एक संवाद जुड़ जाता है। ऐसी तरंगें ही हैं प्रातिभज्ञान या प्रज्ञान, जिन्हें आधुनिक भाषा में 'इनट्यूशन' कहा जाता है। आधुनिक मनोविज्ञान 'प्राण' और 'मन' की संयुक्त सत्ता को एक सीमित अर्थों में ही पहचानता है। 'प्रातिभज्ञान' या 'प्रज्ञान' का स्पष्ट आइडिया वह दे नहीं पाता, क्योंकि 'आत्मा' की सत्ता के बारे में वह सन्देहशील है। अत: 'प्राण' की भौतिक क्रिया से आगे की भूमि के बारे में वह मौन है। मन की 'अवचेतन' की 'उच्छृंखल' प्रकृति को वह आविष्कृत कर चुका है। परन्तु मन के 'ऊर्ध्वचेतन' की समाधि द्वारा 'अनुशासित' भाषा को वह पढ़ पाने में असमर्थ है। आत्मा की चैतन्य-तरंग का सम्बन्ध ही 'ऊर्ध्व-चेतन' से है। अत: प्रज्ञान, प्रातिभज्ञान, दिव्य दृष्टि आदि उसके लिए विश्वसनीय मुहावरे नहीं हैं। परन्तु दिक्कत की बात यह है यह 'अविश्वास' उसका 'वैज्ञानिक अन्धविश्वास' बन गया है और इसके प्रति वह 'बन्द दिमाग' से ही सोचता है।

आधुनिक मनोविज्ञान और आधुनिक चिन्तन अपनी इस निषेधवादी दृष्टि से जब भारतीय प्रतीकों पर विचार करने चलता है तो 'दमित काम' और 'अवचेतन' के मुहावरों से अधिक सूक्ष्मतर उसके पास कुछ है नहीं, जो इन प्रतीकों से जुड़े उच्चतर बोध की सही व्याख्या कर सके। फलत: 'रात्रि' जैसे प्रतीक में वह कालरात्रि, मोहरात्रि, महामायाशक्ति, महाकालिका, महाकाल-सहचरी के शुभाशुभ द्वन्द्वातीत बिम्बों को वह अनुभूत करने में असमर्थ है। वह अपनी 'अवचेतन विज्ञान' की पूँजी के बल पर इनकी निषेधवादी व्याख्या करके रह जाता है।

'भवति' प्रवाह के पीछे जो 'अस्ति' तत्त्व है उसे पकड़ पाने की क्षमता उसमें है ही नहीं। वह इसे भय, अवक्षय, मृत्यु, नृशंसता, महामारी, काम-मृगया, काम-प्रलोभन, उत्पीड़न-सुख, स्वपीड़न-सुख आदि के विभावों के रूप में, जो आधुनिक सभ्यता के काम-ग्रस्त अवक्षयी मन की प्रवृत्तियाँ हैं इस 'कालिका' प्रतीक को व्याख्यायित करता है। धर्म से जुड़ी हर एक बात ही उसे आदिम भय या आदिम आश्चर्यबोध से अधिक नहीं लगती। उसके प्रतीकों में कोई उदात्त, दिव्य, या शुभ बोध है वह इसे पकड़ पाने में सर्वथा असमर्थ रह जाता है। फलत: उसकी सारी व्याख्याएँ चरित्र हनन से ऊपर नहीं उठ पातीं। एक आधुनिक चित्रकार मनजीत बाबा की एक कृति है 'काली' जो एक लाख रुपये में बिकी है। (दैनिक जागरण, रविवारीय, पृष्ठ 14, अप्रैल 1996)। एक विरूप मोटी, नाटे कद की काली औरत, जिसकी नग्न पीठ और नग्न भद्दा नितम्ब विशेष रूप से व्यक्त है। वेणी आधुनिक अश्वपुच्छ शैली में है। हाथों की उँगलियाँ बिल्ली के पंजों की तरह। जीभ लाल बाहर निकली हुई और उससे टपकता हुआ खून। पैरों के नीचे एक लेटी हुई मानव-आकृति सामान्य व्यक्ति की। यह आधुनिक दृष्टि से प्रस्तुत काली है। यह काली आधुनिक मनोविज्ञान के व्यक्ति-मानस के अवचेतन की उच्छृंखल एवं लोलुप तामसी वृत्तियों को व्यक्त करती है जो पाशविक भय और पाशविक खूँखार-हिंसक वृत्ति का प्रतीक है। सारा बोध एक दैहिक पाशविकता से ऊपर नहीं उठ पाता। भय भी यहाँ पर, अत्यन्त दीन, दरिद्र किस्म का व्यक्ति-मन का भय है। इसकी तुलना कीजिए इन ध्यान श्लोकों में जिनमें मात्र भय नहीं, भय का वैश्विक रूप, सृष्टि की संचालक शक्ति की एक विशेष भंगिमा के रूप में व्यक्त होता है जो उसका शुभ रूप है क्योंकि यह नवसृजन की मंगल पीठिका रचता है। यहाँ न कोई काम-लोलुपता है और न हिंसक अवदमन। यह भयानक होते हुए भी 'ऋत' की ही एक दिव्य भंगिमा है। अत: यह पवित्र है, शुचि है और मन को प्रक्षालित करता है। कहीं कोई अशुचि नहीं, कहीं कोई बीभत्सता या अवदमन या जुगुप्सा नहीं जो उपर्युक्त चित्र की मुख्य संवेदना ही है।

(1) "वामे कर्णे मृगांकं प्रलयपरिगतं दक्षिणे सूर्यबिम्बं
कण्ठे नक्षत्रहारं वर-विकट-जटाजूटे मुण्डमालाम्।
स्कन्धे कृत्वोरगेन्द्र-ध्वज-निकर-युतं ब्रह्म-कंकालभारं
संहारे धारयन्ती मम हरतु भयं भद्रदा भद्रकाली।

(2) श्यामा कराला विमल-वरतनु: शम्भु-वक्षाभिरूढा
दिग्वस्त्रा खड्ग-कोटि-स्खलित-खल-शिरोलीलया धारयन्ति।
वामे दक्षे वराभी: वितरण-कुशला भैरवी भीमरूपा
मुण्डाली रक्तधारा-लहलह-रसना पातु काली कराली।"

(देवी के वामकर्ण में प्रलयकाल में मृत चन्द्रबिम्ब और दक्षिण में सूर्यबिम्ब है, कण्ठ में सारे नक्षत्रों की मालिका है, विकट जटाजूट में मुण्ड गँथे हुए हैं, कन्धे पर फण उठाये शेषनाग पर मृत ब्रह्मा, सृजनकर्ता का शव है। सृष्टि-संहार-काल में व्यक्त भगवती की यह कल्याणकारिणी मूर्ति हमें भय से मुक्त करे !

भगवती का विमल-निष्पाप तनु कराल और श्यामवर्ण है। वह शम्भु के वक्ष पर आरूढ़ है, दिग्वस्त्रा है, खड्ग की नोक पर दुर्जनों अर्थात् दुष्टों के शीश को धारण करती है, उसका वाम हस्त 'वर' को और दक्षिण हस्त 'अभय' को बाँटता हुआ चल रहा है। यह भीमा-भैरवी, मुण्डमालिनी, रक्त से लहलह जीभवाली भवानी कालिका हमें पवित्र करे, पाप और अवदमन से मुक्त करे, हमारा जीवन निर्मल करे !)

इस मूर्ति के आयाम इतने चिन्मय और विराट हैं कि व्यक्ति-मानस की क्षुद्र वासना, भय और काम के लिए कोई स्थान ही नहीं। किसी मन्दिर में काली-मूर्ति देखिए, जीभ के साथ तीन आँखें हैं जो त्रिकाल और त्रिभुवनव्यापिनी दृष्टि की प्रतीक हैं, साथ ही सूर्य-चन्द्र और अग्नि की प्रतीक हैं। जीभ 'वाक्' प्रतीक है, साथ ही लज्जा-प्रतीक भी। भारतीय लोकमन इसे परम्परागत रूप से जानता है कि भारतीय नारी जब लज्जित होती है तो जीभ दाँतों तले दबा लेती है। लज्जा को भारतीय संस्कृति चरित्र का रक्षाकवच और शील का भूषण मानती है। भगवती की कढ़ी हुई जीभ भाषा, वाङ्मय के साथ-साथ लज्जा की प्रतीक है। यह रक्त टपकाती या क्षुधा से टमटमाती क्षुधित हिंसक खूँखार जीभ नहीं है। यह उपर्युक्त चित्र में अंकित काम-बाघिनी की लपलापाती अतृप्त जीभ नहीं है। यह 'वाणी' और 'शील' का प्रतीक है। भारतीय मनोभूमि से जिनका परिचय है वे इसे समझते हैं। इसे अपनी आधुनिक दमित वासना से जोड़कर देखना एक स्थापित प्रतीक का चरित्र-हनन करना है। परन्तु आधुनिक चिन्तन में यह चरित्र हनन पद्धति ही यश और प्रतिष्ठा का सिद्ध मार्ग है। अन्यथा, पेरियार या सलमान रुशदी जैसे लोग इतना 'महान' कैसे घोषित होते? आधुनिक रुचि-बोध में विकृति के प्रति एक सहज आकर्षण है और यही कारण है कि असद् और अशुचि उसे इतना स्वादिष्ट लगते हैं। थोड़ा-बहुत इसका पुट दिये बिना इसमें श्रेष्ठता अर्जित ही नहीं हो पाती। यही कारण है कि आधुनिक बुद्धिजीवी को मेघनाद-रावण या दुर्योधन अधिक दिलचस्प लगते हैं और राम या युधिष्ठिर फिर फीके-फीके प्रेरणाहीन ! ऐसी स्थिति में वे रात्रि के उस अर्थ को जो महाकाल के साथ कण्ठलग्ना भगवती शक्ति तक विस्तृत है कैसे ग्रहण कर पायेंगे, उनके लिए भौतिक स्तर की देहलग्न प्राण की संवेदनाएँ ही आख़िरी बात हैं। ऋषि-बोध जो प्रातिभज्ञान और प्रज्ञान पर आश्रित रहा है, उसका अवमूल्यन वे करेंगे ही !

हमारी आधुनिक यूटोपिया है 'भारतीय समाज' के स्थान पर 'आधुनिक सोयायटी' प्रतिष्ठित करने की और इसके बीज हमारे चिन्तन में 1857 में ही डाल दिये गये थे। यद्यपि इसकी परिभाषा में हेर-फेर होता रहा है तो भी एक बात हर हालत में सर्वनिष्ठा भाव से वर्तमान रही है और वह यह कि इसकी प्रथम बौद्धिक-मानसिक शर्त होगी छिन्नमूल होना। लोग तर्क देते हैं—देश तो आगे बढ़ रहा है ! देश का अर्थ सरकारी प्रशासक, ठेकेदार अभियन्ता, कालाबाजारी और सबका शिरोमणि राजनीतिज्ञ ही हो और शेष जनसमूह 'देश' नहीं, मात्र 'मतदाता सूची' हो तो देश अवश्य आगे बढ़ रहा है। पर राष्ट्र टूट रहा है। हम सेक्यूलरिज्म की राजनीति द्वारा संस्कृति रचने जा रहे हैं और समाजवाद की राजनीति द्वारा समाज ! पर संस्कृति और समाज जो राष्ट्र का व्यक्तित्व रचते हों आज तक कहीं भी मात्र राजनीति के आधार पर गढ़े नहीं गये। जहाँ कहीं सम्भव हुआ है वहाँ राजनीति अपने को संस्कृति और समाज से जोड़कर चली है। प्रशासक व्यापारी और राजनीतिज्ञ

का 'स्वैराचार' प्रगति के विशेषण से मण्डित नहीं किया जा सकता। ये आत्माविहीन लोग हैं जो मात्र अहंकार और उत्कट इच्छा के जोर से आगे बढ़ रहे हैं और उनकी उन्मत्त कर्मलीला आत्माहीन पुतुलों का नाच है जिसका सूत्रधार या तो उनका निजी अहं अथवा किसी राजनीतिज्ञ का अहं ! अपनी जड़ों से कटे हुए मानव-समुदाय के द्वारा कोई महत् साधना असम्भव है। यह आधुनिक सोसायटी जो शुद्धत: आधुनिक होगी, एक यन्त्र-चालित समूह होगी जो खाएगा, जिएगा, अखबार पढ़ेगा, मल त्याग करेगा, साहित्य और संस्कृति पर बहस करेगा, जुलूस में जायेगा, शबाना आजमी, ऐश्वर्या राय और मदर टेरेसा की भिन्न-भिन्न अवसरों पर तारीफ भी करेगा, गाँधी को गाली देगा, रवीन्द्रनाथ की कुत्सा करेगा, परन्तु यह सब आत्माविहीन काठ के पुतलों का सन्ध्या-उत्सव मात्र होगा और इसका एकमात्र जीवन-दर्शन होगा स्वैराचार और 'सिनीसिज्म'। सिनीसिज्म बुद्धि का स्वैराचार है। इससे कोई जीवन-दर्शन या नियति-बोध प्राप्त नहीं हो सकता है।

प्रिय पुत्र, अमृत लेकर ही लौटना

रामायण का प्रथम शब्द है 'तप'। तितिक्षा तप का ही एक रूप है। तितिक्षा अर्थात् सहन करने की, अपनी दु:खद नियति को स्वीकार करके धैर्य धारण करने की और धैर्यपूर्वक सब कुछ बरदाशत करते रहने की क्षमता। मनुष्य के मन में, उसके गहन गम्भीर अन्तर के आखिरी तल में कोई देवता बैठा है, मूलाधार के नागपर्यंक पर कोई भगवती शक्ति है जो निरन्तर तप कर रही है और उसी के तपोबल पर जीवन टिका हुआ है। मनुष्य अपनी हताशा के चरम अन्ध क्षणों में डूबता-डूबता इसी देवता से जा जुड़ता है और इस तरह वह सर्वथा समाप्त होने से बच निकलता है। वही देवता उसके धैर्य और उसकी विविक्षा के मूल में है। उसी का बल पाकर वह शील का पथ नहीं छोड़ता और नियति द्वारा आरोपित सब कुछ बरदाश्त कर जाता है। रामायण का प्रत्येक सही पात्र तपता है। सूर्य की तरह अपने को दग्ध करता है और इस तप के भीतर वह निरन्तर मधुमय होता जाता है, और अपने आसपास के सम्पर्क को वह मधुमय करता रहता है। सूर्य अन्तरिक्ष में माधवी कला का जिस प्रकार विस्तार करता है वैसे ही जीवन मूल में बैठी हुई वह सविता शक्ति भी जीवन के प्रत्येक क्षण को काल की मधु नाड़ी में परिवर्तित करती रहती है। सारी रामकथा इसी जीवन-सूत्र को अभिव्यक्त करती है। यह क्रिया ही महाकाव्य की करुणा में महिमा को प्रतिष्ठित करती है। मानवीय स्तर पर एक से एक करुणाजनक दृश्य और करुणाधीर चेहरे उपस्थित होते हैं जिनके भीतर सूर्य तप रहा है और उन्हें मधुमय करता जा रहा है। ऐसे ही करुण चेहरों में एक चेहरा है राम की माँ का। कौशल्या के लिए तुलसी का एक वाक्य आता है 'जिमि करुणा धरि देह बिसूरति', मानो साक्षात् करुणा ही देह धारण करके बिसूर रही हो। कौशल्या अपने व्यक्तिगत दु:ख या व्यक्तिगत करुणा का प्रतीक न होकर साक्षात् करुण रस हो गयी है और उसकी करुणा किसी सार्वभौम 'अनुभाव' का रूप धारण कर चुकी है। अनुभव नहीं 'अनुभाव'। अनुभव व्यक्तिगत होता है तो 'अनुभाव' सार्वभौम। जब अनुभव अनुभाव बन जाता है तो वह 'रस' रूप धारण कर लेता है। वात्सल्य रस एक करुणा निहित है और इसका प्रतीक है सवत्सा गौ। सवत्सा गौ करुण रस की नहीं, बल्कि सकरुण वात्सल्य रस की प्रतिभा होती है। कौशल्या एक ऐसी ही प्रतिभा बनकर अयोध्याकाण्ड के राम-वनगमन के अवसर पर कवि द्वारा उपस्थित की जाती है। सीता के वर्णन को पढ़कर बहुत कम लोगों को अपनी पत्नी का स्मरण होगा, परन्तु कौशल्या के वर्णन को पढ़कर सबको, चाहे वह राजा हो या रंक, अपनी माँ का अनायास स्मरण हो जाता है, अपने निजी जीवन के कुछ प्रसंग बरबस याद आ जाते हैं। यह है उसकी सार्वभौमता का प्रमाण। कौशल्या वात्सल्य की तथा पुरुष

प्रधान समाज में निरन्तर व्रत धारण करके तपोरत रहनेवाली भारतीय माँ और भारतीय नारी का सार्वभौम प्रतीक है। इसी से मैं कहता हूँ कि वह रामायण में रस-रूप हो गयी है।

जब वह कहती है, "हे राम! जैसे दुर्बल गाय अपने बछड़े के पीछे-पीछे वन में चलती है वैसे ही मैं भी तुम्हारे पीछे-पीछे वन चलूँगी" (अ.का./20/54) तो हमारे सामने एक सवत्सा धेनु का दीन करुणा-बिम्ब उभरता है जो उसके पूर्व जीवन और वर्तमान के अन्दर निहित सारी बेबसी, सारी त्राहि और सारी ममता को गम्भीर रूप में व्यक्त करता है। राम जब अपने वनवास का प्रथम संवाद स्वयं उसे देते हैं तो वाल्मीकि के अनुसार, 'तीक्ष्णधार परशु से काटे गये कदली-वृक्ष' की तरह वह ढह पड़ती है और दीर्घ जीवन-यात्रा में मर्यादा और मौन विविक्षा का भार ढोते-ढोते थकी हुई वह धूल में वैसे ही लोटने लगती है जैसे दीर्घ श्रम से थंकी हुई, धूल में हाथ-पाँव पटकती हुई घोड़ी ! वह प्रथम आघात को सँभाल नहीं पाती और जो प्रथम भाषा उसके मुख से निकलती है वह एक प्रतापी सम्राट के अन्तःपुर में निहित अव्यक्त त्राहि और दैन्य की प्रथम अभिव्यक्ति है। "राम, मैं बन्ध्या नारी से भी अधिक अभागिन हो गयी। श्रेष्ठसती रहते हुए भी मुझे जीवन में कोई सुख नहीं मिला।" दशरथ के अन्तःपुर में तीन सौ पचास रानियाँ और रक्षिताएँ थीं (अयोध्याकाण्ड, श्लोक 36/सर्ग 39) सबसे ज्येष्ठ और वरिष्ठ राजमहिषी के बाहरी सम्मान के बावजूद पति के आकर्षण और प्रीति का कितना पात्र वह रह सकी होगी, यह कल्पना सहज ही की जा सकती है। सारा जीवन मुँह बन्द कर वह सब करती रही। वह कहती है, "मैं आजीवन सौतों के व्यंग्य वचनों से बिद्ध होती रही। तो भी सन्तोष था कि शायद पुत्र द्वारा कुछ सुख प्राप्त हो। आज जब मेरी देह यौवनहीन हो चुकी है, मैं पुनः दासी कोटि में विधाता द्वारा डाल दी गयी।" साढ़े तीन सौ सुन्दरियों के अन्तःपुर में जो हिंसा-द्वेष और आत्मपीड़न का वातावरण रहा होगा उसका हल्का संकेत कौशल्या की इन उक्तियों से मिल जाता है। रामायण में यह प्रसंग कहीं भी उभरकर सामने नहीं लाया गया है। ऐसा करना महाकाव्य के घोषित उद्देश्य के प्रतिकूल 'विरोधी रस' की सृष्टि करता। महाकाव्यकार को सर्वत्र ही विषयगत अनुशासन बरतना पड़ता है। परन्तु इन उक्तियों से भीतरी स्थिति का सम्पूर्ण संकेत मिल जाता है।

तत्पश्चात् आते हैं लक्ष्मण के रोष और राम के सान्त्वना प्रयास के प्रसंग। अल्पकाल बाद ही यह महीयसी नारी अपनी शान्त और धैर्यभरी महिमा में पुनः स्थित हो जाती है और सारी नियति को स्वीकार करके अपनी भावनाओं का कण्ठ दबाकर उन्हें वहीं शान्त कर देती है। अन्तर का देवता जो आत्मा के अतल में बैठा हुआ निरन्तर तितिक्षा और धैर्य का अमृत आजीवन देता रहा है, पुनः सक्रिय हो उठता है और उसे अपने कर्तव्य का स्मरण हो आता है। वह पुत्र को साश्रुकण्ठ आशीर्वाद देती हुई कहती है, "हे पुत्र, जब तुमने सत्यरक्षा के लिए वन जाने का संकल्प कर ही लिया है तो उससे मैं तुम्हें किस प्रकार विचलित कर सकती हूँ? काल ही बलवान है। तुम भी उसी काल के प्रति नतमस्तक होकर वन को जाओ। भाग्य की गति प्रबल है। तुम मेरी अनसुनी करके वन जाने पर तुले ही हो तो जाओ, फिर कल्याणपूर्वक घर लौटो। इससे अधिक क्या कहूँ? तुम्हारे फिर लौट आने पर तुम्हारा मुख देख पाऊँगी या नहीं यह तो नहीं जानती। परन्तु इस वन-यात्रा के अवसर पर मैं तुम्हारे लिए स्वस्तिवाचन करती हूँ।"

ऐसा कहकर राम की माँ ने उनकी यात्रा की मंगलकामना करते हुए एक अद्भुत स्वस्तिवाचन किया जो पूरे महाकाव्य में कई दृष्टियों से बहुत महत्त्वपूर्ण है। कौशल्या ने सबसे पहले देवता को नहीं शीलाचरण और पौरुष का स्मरण किया और कहा:

> "न शक्यसे वारयितुं गच्छेदानीं रघूत्तम।
> शीघ्रं च विनिवर्तस्व वर्तस्व च सतां क्रमे।।
> यं पालयसि धर्मं त्वं प्रीत्या च नियमेन च।
> स वै राघवशार्दूल धर्मस्त्वामभिरक्षतु।।
> येभ्यः प्रणमसे पुत्र देवेष्वायतनेषु च।
> ते च त्वामभिरक्षन्तु वने सह महर्षिभिः।।
> यानि दत्तानि तेऽस्त्राणि विश्वामित्रेण धीमता।
> तानि त्वामभिरक्षन्तु गुणैः समुदितं सदा।।"

—अयोध्याकाण्ड (25/2-5)

(हे राम, तुम्हें रोका नहीं जा सकता। पर शीघ्र लौटना और मेरी इस बात का सर्वदा ध्यान रखना कि तुम सदा सद्मार्ग पर चलोगे, तुम उसी पथ पर विचरण करोगे जिस पर सद्पुरुष विचरण करते आये हैं।

हे रघुकुल सिंह, जिस धर्म का तुमने पालन किया है वह धर्म अर्थात् तुम्हारा आचरण ही तुम्हारी रक्षा करे।

जिन देवस्थानों और ऋषिकुलों को तुमने अपनी श्रद्धा अर्पित की है वे देवता और ऋषि तुम्हारी रक्षा करें।

जिन अस्त्रों की तुमने गुरुओं से शिक्षा ग्रहण की है, वे अस्त्र तुम्हारी रक्षा करें।)

रामकथा 'ऋत' (धर्म या विधान) का महाकाव्य है। 'ऋत' ही 'सत्य' है। ऋतानुसार आचरण का नाम है शील। यों 'शील' शब्द स्वयं में एक विस्तृत शब्द है। हिन्दी में इसका लौकिक प्रयोग इसके सीमित अर्थ 'भद्रता', 'संकोच' या 'मुरौवत' के अर्थ में होता है। परन्तु इसका व्यापक अर्थ है चरित्र का सौन्दर्य या आचरण-सौन्दर्य। सुन्दर या भव्य वही है जो 'ऋत' या 'सत्य' के अनुकूल हो, जो धर्म या विधान के प्रतिकूल न हो।

बौद्धों ने तो इसे 'धर्म' के प्रतिशब्द के रूप में देखा है। किसी वस्तु का प्राकृतिक सहज धर्म उसका स्वभाव रचता है। इसी से शील का अर्थ 'आचरण' के साथ 'स्वभाव' भी हो गया। कर्म का स्रोत है मन और मन स्वभाव का जनक होता है। अतः व्यक्तिगत सन्दर्भ में शील का अर्थ होता है स्वभाव-सौन्दर्य और सामूहिक सन्दर्भ में इसका अर्थ होता है आचरण-सौन्दर्य। स्वभाव और आचरण एक-दूसरे से जुड़े हैं और शील शब्द दोनों को व्यक्त करता है और दोनों की भव्यता की कसौटी है 'ऋत'। वस्तुतः 'ऋत' शब्द का जो वैदिक साहित्य में स्थान है 'शील' का वही स्थान है बौद्ध साहित्य में और पुराणों में 'ऋत' एवं 'शील' के ही समगोत्र 'धर्म' शब्द को व्यवहृत किया है। व्यवहारतः ये तीनों एक ही अर्थ देते हैं। 'ऋत' एवं 'धर्म' की तरह 'शील' शब्द का भी अनुवाद अभारतीय भाषा में असम्भव है। डॉ. कृष्णचैतन्य ने इसको 'सोशीओ कलचरल ब्यूटी'

कहा है। परन्तु केवल 'ब्यूटी' से काम नहीं चलता क्योंकि इस 'शील' शब्द में 'गुडनेस' का भाव भी अन्तर्निहित है। आसुरी जीवन की 'सोशीओ कलचरल ब्यूटी' को 'शील' नहीं माना जा सकता।

रामायण स्वभाव और आचरण की भव्यता और दिव्यता का महाकाव्य है। इसी से इसे शीलप्रधान महाकाव्य कहते हैं। इस तथ्य का संकेत कौशल्या के जीवन के एक चरम महत्त्व के क्षण पर आशीर्वाद देते हुए प्रथम वाक्यों में ही कहती है, "पुत्र, तुम सद्पुरुषों के मार्ग पर चलोगे, धर्म का पथ तुम्हारा पथ होगा, तुम्हारा आचरण ही सर्वत्र तुम्हारी रक्षा करेगा।" ऐसा कहकर कौशल्या एक बहुत बड़े सिद्धान्त का प्रतिवाचन कर देती है कि मनुष्य का रक्षक, उसके अभय का स्रोत उसका 'शील' ही है।

तत्पश्चात् आते हैं उसकी उपासना का पुण्य और उसकी अर्जित विद्या का बल। वह स्वस्तिवाचन के प्रारम्भ में यह नहीं कहती कि भगवान तुम्हारी रक्षा करें। बल्कि वह कहती है, "पुत्र, तुम्हारा शील तुम्हारी रक्षा करे, तुम्हारी उपासना का पुण्य तुम्हारी रक्षा करे और तुम्हारी अर्जित अस्त्र-विद्या तुम्हारी रक्षा करे।" शील, उपासना और विद्या ये ही तीन मनुष्य के प्रथम रक्षक हैं। इनके बाद आती है देवताओं की कृपा या करुणा। रामायण वीरगाथा है। अत: आशीर्वाद के प्रारम्भ में ही पौरुषवाद की स्थापना कर दी गयी। परन्तु शील और उपासना से रिक्त हुई शुद्ध 'सेक्यूलर' दृष्टि से किया गया पौरुष दिव्य या भव्य नहीं होता। शील निरपेक्ष और उपासना निरपेक्ष विद्या-बल, अस्त्र-बल, और पौरुष उस मंगल की भूमि से नहीं जुड़ पाता जो रामकथा का अभिप्रेत है। आधुनिक 'सेक्यूलर' मानववाद की पराजय का यही रहस्य है। आधुनिक सभ्यता की सारी उपलब्धियों का पतन अवदमनों और शोषण प्रक्रियाओं के पुनरार्वतन में इसीलिए हो जाता है कि इसमें शील और उपासना का तुलसी दल नहीं पड़ा है। वाल्मीकि का नायक जिस पौरुष योग या 'पुरुषार्थ योग' का प्रतीक है वह प्रत्येक स्तर पर शील और उपासना से जुड़ा हुआ है। कौशल्या इन तीन तत्त्वों का संकेत करके आगे के स्वस्तिवाचन में तत्कालीन देव-मण्डल के प्रति अपने पुत्र की रक्षा के लिए अपनी प्रार्थना व्यक्त करती है तत्पश्चात् कौशल्या अपने प्रिय पुत्र के कल्याण के लिए जड़चेतन व्याप्त वैदिक देव-मण्डल के प्रति अपनी प्रार्थना अर्पित करती है। यह देव-स्तवन अनेक दृष्टियों से महत्त्वपूर्ण है और 'रामायण' कालीन धार्मिक चेतना पर प्रकाश डालता है। यह प्रार्थना इस तथ्य की द्योतक है कि काव्य की रचना पौराणिक युग के पूर्व के और वैदिक युग के बाद सम्भवत: ब्राह्मण काल में हुई होगी। पुराणों की वरेण्य उपासना मूर्तियों, शिव, विष्णु, दुर्गा, लक्ष्मी आदि का इसमें स्तवन नहीं है। इस प्रार्थना की प्रकृति मूलत: वैदिक है और वैदिक लोकायत धर्म (आर्य और आर्येतर) के देवता ही इसमें मुख्य रूप से आते हैं। लोकायत धर्म जो आर्य-आर्येतर जन-समाज का विमिश्र लोकधर्म था-वृक्ष-पूजा, नदी-पूजा, ऋतु-पूजा, संवत्सर की शक्तियों, ग्रह, नक्षत्र, वीर—'बरम', यज्ञ-किन्नर आदि की पूजा से जुड़ा था। आर्य लोकधर्म में वेदी, कुशा, होमाग्नि आदि भी देव-प्रतीक थे। इन सबके प्रति राम-माता साश्रुकण्ठ से पुत्र के कल्याण की याचना करती है।

"हे पुरुषोत्तम ऋषियों की होमाग्नि तुम्हारी रक्षा करे, उनकी कुशा उनकी होमवेदी और उनके आहूत देवता तुम्हारी रक्षा करें।

"सारे पर्वत तुम्हारी रक्षा करें, सारे जलाशय तुम्हारी रक्षा करें, सारे वृक्ष, कीट-पतंग, हाथी-सर्प और सिंह तुम्हारी रक्षा करें।

"हे राम, सघन वन में दिशाओं के लोकपाल तुम्हारी रक्षा करें, षट् ऋतुओं के अभिमानी देवता तुम्हारी रक्षा करें, दिवस, मास, संवत्सर आदि कालखण्डों के देवता तुम्हारी रक्षा करें, चन्द्रमा और सूर्य तुम्हारी रक्षा करें, नक्षत्रों की कलाएँ, ग्रहों की कक्षाएँ तुम्हारी रक्षा करें, सप्तर्षि-मण्डल तुम्हारी रक्षा करें, विविध नक्षत्र-मण्डलों के देवता तुम्हारी रक्षा करें, व्योम के ज्योतिष्क चक्र की सारी गतियाँ, आकृतियाँ और सम्पूर्ण काल-चक्र ही तुम्हारी रक्षा करता चले।

"मैं कुमार कार्तिकेय, चन्द्रमा, इन्द्र और वृहस्पति से याचना करती हूँ कि वे तुम्हारी रक्षा करें। मैं वरुण, कुबेर आदि दिशाओं के अधिपतियों से, सारे सिद्धगणों से तुम्हारी रक्षा की भीख माँगती हूँ। शुक्र, चन्द्र, सूर्य, ग्रहगण तुम्हारी रक्षा करें। मृत्यु का अभिमानी देवता यम तुम्हारी रक्षा करे।

"हे पुरुष सिंह, पृथ्वी, आकाश, पवन, चर और अचर जीवगण तुम्हारी रक्षा करें।... घोर अरण्य में घूमते हुए क्रूर अपदेवता और पिशाचगण तुम्हें न सताएँ। जो मांसभक्षी हैं, वे तुम्हें न पीड़ित करें। वानर, बिच्छू, मच्छर, सर्प, हाथी, सिंह, वृक, वाराह और तीक्ष्ण धारदार सींगों वाले महिष तुमको पीड़ा न दें। ये सभी मेरे द्वारा पूजित हों, इनके नियामक देवगण मेरे द्वारा पूजित हों। मैं इन सबकी आराधना करती हूँ। ये तुम्हें पीड़ा न दें।

"हे राम, जल में स्नान करते हुए ऋषियों द्वारा अघमर्षण सूक्तों और मन्त्रों में जो बल है, सुगन्धित होम में जो बल है, वायु और अग्नि में जो बल है, वे सारे बल तुम्हारी रक्षा करें।

"सर्वभूतों का कर्ता, सर्वलोकों का प्रभु ब्रह्मा या प्रजापति तथा ऋषि कुल तुम्हारी रक्षा करें।

"और अन्त में मेरा आशीर्वाद है कि तुम्हारे द्वारा पढ़ा गया समस्त आगम शास्त्र तुम्हारा कल्याण करे, तुम्हारा पराक्रम सिद्ध हो, वन में तुम्हें ऐश्वर्य प्राप्त हो, तुम्हारा पथ कल्याणमय हो।"

(अयोध्याकाण्ड)

इस स्वस्तिवाचन से ज्ञात होता है कि 'प्रजापति' ब्रह्मा ही रामायण काल के मुख्य देवता थे और इन्द्र-अग्नि आदि का महत्त्व पीछे चला गया था। संहिताकाल के मुख्य देवता थे मित्र, वरुण, इन्द्र, सोम और अग्नि। ब्राह्मण-आरण्यक काल में कर्मकाण्ड का विस्तार हुआ और सर्वदेवोपरि 'प्रजापति' 'गणाधिपति' 'वृहद्पति' आदि संज्ञाओं से प्रजापति ब्रह्मा ही मुख्य देवता बने। इसी से कौशल्या अपनी मंगलप्रार्थना के उपसंहार में 'सर्वलोक प्रभुर्ब्रह्मा तथर्षय: ' का स्पष्ट उल्लेख करती है। वाल्मीकि महाकाव्य के प्रारम्भ में ही ब्रह्मा प्रजापति को ही अपने प्रेरणा-स्रोत बनाते हैं। रामायण का प्रतिनायक रावण प्रजापति का और मेघनाद वैश्वानर (अग्नि) का उपासक है। विष्णु के अवतारों में त्रिविक्रम वामन अवतार का मूल 'संहिता' में है। परन्तु मत्स्य और वराह-अवतारों का मूल ब्राह्मण-ग्रन्थों में है ('वृषाकपि' और 'वराह' का उल्लेख वेदों में है परन्तु वे स्पष्टत: विष्णु के अवतार के रूप में उल्लिखित नहीं) इस अवतार का स्पष्ट उल्लेख 'तैत्तिरीय संहिता' और 'शतपथब्राह्मण' में है।

'प्रारम्भ में केवल जल था, महासमुद्र था। प्रजापति ने मरुत का रूप धारण किया और समुद्र पर संचरण करने लगा। प्रजापति ने पृथ्वी को देखा, 'वराह' रूप धारण करके उसे ग्रहण

कर लिया। तब प्रजापति ने विश्वकर्मा का रूप लिया, उसे स्पर्श किया, फैलाया जिससे कि वह विस्तीर्ण हो जाये! वह पृथुल हो गयी। इसी से पृथ्वी कहलायी। प्रजापति ने उसके भीतर अपने को रिक्त कर दिया (जैसे पत्नी में पति अपने को रिक्त कर देता है) और (इस प्रकार) वसुओं, रुद्रों और आदित्यों तथा देवताओं को जन्म दिया।'

(तैत्तिरीय संहिता)

"प्रारम्भ में पृथ्वी बित्ते भर की थी। एक वराह ने उसे ऊपर उठा लिया। उसे 'एमूष' कहा गया। वह वस्तुतः प्रजापति ही था। वही पृथ्वी का प्रिय पति था। वह उसकी प्रिय भार्या थी तथा प्रिय अधिष्ठान थी।"

(शतपथब्राह्मण)

वराह की 'यज्ञ वराह' के रूप में कल्पना के पीछे यही हेतु है कि वह मूलतः यज्ञ का प्रधान देवता प्रजापति ही था। यह भाव पौराणिक युग में भी समाप्त नहीं हुआ था 'विष्णुपुराण' तक। विष्णु पुराण में भी वराह-अवतार को 'नारायण' संज्ञा वाले ब्रह्मा का अवतार बताया गया है और यज्ञपुरुष के रूप में वराह ('वर' श्रेष्ठ 'आह' आहरण-भक्षण करने वाला अर्थात् 'यज्ञपुरुष') की स्तुति की गयी है।

"प्रजाः ससर्ज भगवान् ब्रह्मा नारायणात्मकः।
प्रजापतिः पतिदेवो तथा तन्मे निशामय।।

....

तोयान्तः स्यां महीं ज्ञात्वा जगत्येकार्णवीकृते।
अनुमानात्तदुद्धारं क्रतुकामः प्रजापतिः।।
अकारयत्स्वतनुमन्यां कल्पादिषु यथा पुरा।
मत्स्यकूर्मादिकां तद्वद् वाराहं वपुरस्थितः।।
वेदयज्ञमयं रूपमशेष-जगतः स्थितौ।
स्थितः स्थिरात्मा सर्वात्मा परमात्मा प्रजापतिः।।"

(वि. पु. 1/4/2-9)

(प्रजापतियों के स्वामी नारायणात्मक ब्रह्मा ने जिस प्रकार प्रजा की सृष्टि की वह मुझसे सुनो।... सम्पूर्ण जगत् जलमय हो रहा था। इससे प्रजापति ने अनुमान से पृथ्वी को जल में स्थित मानकर उसके उद्धार के लिए एक दूसरा शरीर धारण किया और पूर्वकल्पों में जैसे मत्स्य, कूर्म आदि वपु ग्रहण किया था उसी भाँति (इस वाराहकल्प में) वाराहवपु को प्रजापति ने धारण किया और वे सर्वात्मा प्रजापति जो वेद-यज्ञमय हैं सम्पूर्ण जगत् की स्थिति में तत्पर हो स्थित हो गये।

प्रजापति के बाद तैंतीस वैदिक देवताओं को (12 आदित्य, 11 रुद्र, 8 वसु, 2 अश्विद्वय) ब्राह्मण काल में वरेण्य और ज्येष्ठ माना जाता था। रामायण में इनकी उपासना ही आर्यधर्म का मूल स्वरूप थी और उपासना-पद्धति थी यज्ञकर्म। परन्तु इनके अतिरिक्त चन्द्रमा, सप्तर्षि, नारद, दिग्पालगण, ग्रह-नक्षत्र आदि का उपास्य देवों में स्थान था जो 'आर्यलोकायत धर्म' के अंग थे। इस

स्वस्तिवाचन के पूर्व अयोध्याकाण्ड में ही उन्नीसवें सर्ग में एक प्रसंग आता है। वहाँ पर कैकेयी अपने वरदान के साक्षी के रूप में जिन देवताओं का नाम लेती है उनकी सूची भी कौशल्या के स्वस्तिवाचन प्रसंग में आयी सूची से मेल खाती है।

"तच्छृण्वन्तु त्रयस्त्रिंशद् देवा: सेन्द्रपुरोगमा:।

....

चन्द्रादित्यौ नभश्चैव ग्रहा रात्र्यहनी दिश:।
जगच्च पृथ्वी चेयं सगन्धर्वा: सराक्षसा:।।
निशाचराणि भूतानि गृहेषु गृहदेवता:।
यानि चान्यानि भूतानि जानीयु: भाषितं तव।।"

(अयोध्याकाण्ड 11/13-15)

अयोध्याकाण्ड में एक स्थान पर राम और सीता द्वारा नारायण-अर्चना का वर्णन है। यों भी 'रामायण' एक वैष्णव काव्य है। परन्तु न तो कैकेयी के साक्ष्य और न कौशल्या के स्वस्तिवाचन में शिव और विष्णु का उल्लेख है। इसका अर्थ यही है कि रामायण के रचनाकाल में विष्णु महज एक आदित्य थे। रुद्र की स्थिति भी प्रधान नहीं गौण थी। यह ब्राह्मण-ग्रन्थों का काल था जब विष्णु प्रतिष्ठित होने की दिशा में उन्मुख थे परन्तु अभी सर्वोपरि परमरूप में प्रतिष्ठित नहीं हुए थे जैसा कि पुराणों और 'महाभारत' में उन्हें हम पाते हैं। 'महाभारत' के मंगलाचरण में ही हम पाते हैं:

"आद्यं पुरुषमीशानं पुरुहूतं पुरुषत्तमम्।
ऋतं एकाक्षरं ब्रह्म व्यक्ताव्यक्तं सनातनम्।।

....

मांगल्यं मंगलं विष्णु वरेण्यं अनघं शुचिम्।
नमस्कृत्यं ऋषीकेशं चराचरगुरुं हरिम्।।"

'महाभारत' में सर्वत्र निर्गुण और सगुण दोनों रूपों को विष्णु माना गया है। परन्तु रामायण में इस प्रक्रिया की शुरुआत ही है जो स्पष्टत: कहीं भी व्यक्त नहीं होती। वस्तुत: यह तथ्य भी एक बहुत बड़ा प्रमाण है इस बात का कि रामायण महाभारत से प्राचीनतर रचना है। महाभारत तक आते-आते विष्णु-तत्त्व अपनी चरम प्रतिष्ठा लब्ध कर लेता है। पर रामायण काल में वे वैदिक देव-व्यूह, साध्यगण, मरुद्गण, धाता, विधाता, अर्यमा, पूषा भग का ही प्राधान्य है। विष्णु और इन्द्र भी रामायण काल में पूज्य थे। परन्तु विष्णु अपनी सीमित वैदिक कालीन महिमा में ही थे। उन्हें सर्वोपरि और सर्वव्यापी महिमा अभी प्राप्त नहीं हुई थी।

विष्णु की एक मूर्ति जलशायी नारायण की उपासना का उद्‌भवकाल भी यही युग था। नारायणरूप को चरम प्रतिष्ठा व्यास के द्वारा 'महाभारत' और पुराणों के माध्यम से मिलती है। इस मूर्ति का स्पष्ट उल्लेख रामायण में उपास्य देवता के में नहीं है। परन्तु रघुकुल में नारायण संज्ञक देवता की आराधना भी चलती थी, ऐसा महाकाव्य के अयोध्याकाण्ड से ही प्रमाणित होता है। राज्याभिषेक के पूर्व कृत्यों का वर्णन करते हुए वाल्मीकि ने राम के व्रत-उपवास के साथ-साथ 'ध्यान्नारायणं देवं स्वास्तीर्णे कुशसंस्तरे' ('अयोध्या' सर्ग 6/ श्लो. 3) का उल्लेख किया है। यह

नारायण-उपासना के अस्तित्व का संकेत है। कुछ पण्डितों की राय में यह श्लोक प्रक्षिप्त हो सकता है क्योंकि नारायणोपासना ब्राह्मण-ग्रन्थों के कर्मकाण्डी युग में प्रचलित नहीं थी। किन्तु ऐसा मानने का कोई कारण नहीं। उपासना लौकिक और वैदिक दोनों तरह की होती है। नारायण भारतव्यापी लोक-संस्कृति के देवता रहे होंगे। मूर्तिपूजा एवं देवमूर्ति की कल्पनाएँ आर्येतर लोकपक्ष, से आकर बाद में अभिजात शास्त्रीय उपासना बनी हैं। शैव और वैष्णव उपासना के अनेक प्रधान सूत्र और कल्प लोकपथ से उपासना के 'वृहत्साम' या 'लोकसाम' से ग्रहण करके विकसित किये गये हैं, परन्तु उनकी प्रकृति को वैदिक धर्म के अनुकूल संशोधित करके जब उत्तर भारत में आर्य-आर्येतर लोकधर्मों का समन्वय हो रहा था, उसी काल में रामायण की रचना हुई। सम्भवत: यह 'नार' (जल) में 'अयन' (शयन) करने वाला देवता जिस सगुणरूप में कल्पित है 'शेष शय्या पर की नारायण मूर्ति', वह विशुद्ध आर्य स्रोत से न आकर अवैदिक एवं आर्येतर कल्पना की उपज है। यह आर्येतर स्रोत निषाद-द्रविड़ स्रोत है। निषाद (आस्ट्रिक) और द्रविड़ दोनों समुद्र से जुड़ी जातियाँ हैं और क्षीरसागर, समुद्रसम्भवा लक्ष्मी, जलाशायी विष्णु की मूर्ति-कल्पनाएँ उनकी ही लोकाश्रयी श्रुतियों का पौराणिक विस्तार है। परन्तु आर्यों ने उन्हीं आर्येतर लोकानुश्रुतियों को पुराणों में प्रयुक्त किया है, जिनका बीज या बिम्ब संहिताओं के मन्त्रों के प्रचलित बिम्बों में खप सकता था। उन्होंने अपने आदित्यरूप हिरण्यमय विष्णु को सगुणमूर्ति में श्याम रंग दे दिया आर्येतर सौन्दर्य-कल्पना के दबाव से तो इसलिए कि उनके भीतर भी पहले से ही 'कृष्ण सूर्य' (रात्रि सूर्य) की कल्पना विद्यमान थी। उन्होंने शिव में अनेक महायज्ञ या महाभूतरूप निषाद-किरात देवताओं को अन्तर्भुक्त किया। परन्तु रुद्र, पूषन और मरुत की अवधारणाओं से समरूपता रखते हुए। इसी तरह नारायण की सगुण मूर्ति का प्रचार आर्येतर कल्पना से ग्रहण किया गया, परन्तु इसके साथ ही एकार्णव जल में स्थित 'प्रजापति' और 'सहस्र शीर्षापुरुष' के वैदिक बिम्ब आर्य-कल्पना में पहले ही से मौजूद थे। इन वैदिक बिम्बों से मेल खाती हुई आर्येतर लोकायत कल्पना की शुद्धियाँ ग्रहण की गयी हैं। अत: नारायण-विग्रह एक समन्वय का प्रतीक है।

जलशायी या शेषशायी मूर्ति का सबसे प्रसिद्ध विग्रह भारत में श्री रंग-विग्रह है। यह वैष्णव धर्म के प्रधान श्री विग्रहों में से एक है। इसके बारे में एक लोकापवाद है कि यह रघुकुल की इष्ट-देवता मूर्ति थी। इसे राम ने विभीषण को प्रदान किया था। वे इसे लंका ले जा रहे थे। परन्तु मैसूर (विरुचि-कर्नाटक) में ही यह मूर्ति अचल हो गयी। विभीषण वहीं पर इसे स्थापित करके लंका लौट गये। परन्तु वे प्रतिदिन अदृश्य रूप से इसका पूजन करते हैं। यह किंवदन्ती तो रामकथा के महत्त्व की प्रतिष्ठा के बाद चलायी गयी है। परन्तु इसके प्रत्यक्ष संकेत बड़े मार्के के हैं। पहली बात तो यह कि यह मूल रूप में रामायणकालीन वानर-प्रदेश और राक्षस-प्रदेश का लोकायत देवता ज्ञात होता है। नाम को लें। 'श्रीरंग', यह शब्द 'श्रीलंका' का मूल रूप हो सकता है। 'लंका' ध्वनिखण्ड यदि 'राक्षस पुरी' के अर्थ में केवल विदूषण, विद्रूप और विकृति का द्योतक होता तो मलेशिया के अनेक प्राचीन नगरों का नाम 'काम रंका' (रंका-लंका) नहीं होता। मलेशिया के निवासी निषाद (आस्ट्रिक, मालय या नाग) जाति के हैं। यह यक्षपूजा की लंका भी पहले 'यक्षपुरी' थी, यह सूचना भी संकेतपूर्ण है। 'रंङ्' और 'लङ्' ध्वनिखण्ड मूल रूप से एक ही हो सकते

हैं और यह 'श्री लंका' भी मूल रूप से 'श्री रंगा' (रंगिनी, मनोरम) हो सकती है। वानर-संस्कृति (आस्ट्रो-द्रविड़ जनसमुदाय की संस्कृति) कभी लंका तक रही होगी। राक्षसों ने उन्हें खदेड़ दिया होगा। (कुबेर के यक्ष अनुचरों को रावण ने मार भगाया था) और श्री लंका पर अपना दखल जमा लिया होगा। राक्षसों के शासनकाल में यह 'श्री रंग' देवता भी उपेक्षित रहा होगा और राक्षस अपने लोकदेवता 'निकुम्भिला' या वैदिक प्रजापति एवं वैश्वानर की उपासना करते होंगे। सुन्दरकाण्ड में राक्षस वेदपाठियों का वर्णन मिलता है।

मुझे लगता है कि यह राक्षस-संस्कृति आदिम अनगढ़ आर्य-संस्कृति ही थी। राम विकसित एवं प्रगतिशील आर्य-संस्कृति के प्रतीक हैं जो स्थानीय आर्येतर से समन्वित करके भिन्न संस्कारों को विकसित कर रही थी। वे नये संस्कार ही पौराणिक भारतीय संस्कृति और वैष्णव-भागवत या शैव-संस्कृति के रूप में 'महाभारत' तक आते-आते प्रतिष्ठित हो गये। राम 'नव्य आर्य' थे, तो रावण 'आदिम आर्य' जिसके खूँखार और पौरुषप्रधान रूप का चित्र होमर के ग्रीक महाकाव्यों में सुरक्षित है। नव्य आर्यधर्म में सविता और विष्णु प्रमुख हो रहे थे और वह आर्येतर लोकधर्म की गंगानदी एवं गांगेय संस्कृति को वरेण्यता प्रदान कर रहा था। इस नयी सांस्कृतिक धारा के नेता थे विश्वामित्र और अगस्त्य। दोनों का आशीर्वाद और दोनों की प्रेरणा राम के जीवन में अभिव्यक्ति पाती है। ऐसी अवस्था में दक्षिण भारतीय लोकदेवता 'श्री रंग' की नारायण-मूर्ति को रघुकुल देवता मानकर विभीषण द्वारा उसे दक्षिणापथ ले जाना लोक-कल्पना होते हुए भी ऐतिहासिक संकेतों से पूर्ण है। नारायण-उपासना लोकपथ से आयी होगी और भारतव्यापी रही होगी। उसका संकेत रामायण में उतना स्पष्ट नहीं जितना 'महाभारत' में। यह सत्य होते हुए भी उसके अस्तित्व का आभास और उसकी पृष्ठभूमि में धार्मिक उदारदृष्टि का आभास रामायण में पर्याप्त स्पष्ट है। यद्यपि इस स्वस्तिवाचन में इस नारायणाख्य मूर्ति का उल्लेख नहीं। परन्तु उसका वैदिक-ब्राह्मण-आरण्यकरूप 'प्रजापति' का ही उल्लेख है। वैदिक प्रजापति जलशायी देवता है और सृष्टि बीजों की योनि है। यही वैदिकेतर नारायण का समानान्तर वैदिक रूप है। बाद में यह देवता और यह मूर्ति विष्णु से जुड़ गये। ब्राह्मण का प्रजापति 'वाराह' या 'यक्षवाराह' अवैदिक आर्येतर जलशायी नारायण के बिम्ब से जुड़कर अपना असली परिचय खो बैठा और 'विष्णु-वाराह' बन गया।

इसके अतिरिक्त कौशल्या का स्वस्तिवाचन तत्कालीन लोकधर्म किरातों की सर्प-पूजा, वृक्ष-पूजा, निषादों की नदी-पूजा, पर्वत-पूजा, गन्धर्व-यक्ष आदि अपदेवताओं और अर्धदेवताओं की पूजा का स्पष्ट संकेत प्रस्तुत करता है। कौशल्या अपने पुत्र के कल्याण के लिए समस्त जम्बूद्वीप की वैदिक-लोकायत, क्रूर-सौम्य देव-शक्तियों के प्रति अपनी विनती अर्पित करती है।

इस स्वस्तिवाचन के सर्वाधिक महत्त्वपूर्ण अंश हैं प्रारम्भ के चार श्लोक जो महाकाव्य की 'शीलदृष्टि' को उपस्थित करते हैं और अन्तिम पाँच श्लोक जो महाकाव्य की 'विषयवस्तु का 'संकेतबीज' प्रस्तुत करते हैं। प्रथम की चर्चा हो चुकी है। अब इन अन्तिम पाँच श्लोकों को देखें।

"यन्मंगलं सहस्राक्षे सर्वदेवनमस्कृते।
वृत्रनाशे सम्भवत् तत्ते भवतु मंगलम्।। 32।।

यन्मंगलं सुपर्णस्य विनताऽकल्पयन् पुरा।
अमृतं प्रार्थयानस्य तत्ते भवतु मंगलम्।। 33।।
अमृतोत्पादने दैत्यान् घ्नतो वज्रधरस्य यत्।
अदितिर्मंगलं प्रादात् तत्ते भवतु मंगलम्।। 34।।
त्रिविक्रमान् प्रक्रमतो विष्णोरतुलतेजस:।
यदासीन्मंगलं राम तत्ते भवतु मंगलम्।। 35।।
ऋषय: सागरा द्वीपा वेदा लोका दिशश्च ते।
मंगलानि महाबाहो दिशन्तु शुभमंगलम्।।" 36।।

—(अयोध्याकाण्ड, सर्ग 25)

इन पाँच मन्त्रात्मक श्लोकों को पढ़ते हुए उस करुणामयी राममाता ने विशल्यकरणी नामक लता का एक खण्ड राम के मणिबन्ध में उनकी सुरक्षा के लिए बाँध दिया और साश्रुकण्ठ वन जाने की अनुमति दे दी।

ये पाँच श्लोक रामायण के 'कथाबीज' को प्रतीक शैली में व्यक्त करते हैं। कौशल्या यहाँ पर चार वैदिक कथा-रूढ़ियों का उल्लेख करते हुए अपना आशीर्वाद देती है: (1) वृत्र-इन्द्रद्वन्द्व (2) अमृत के लिए 'दैवासुरम्' (देवासुर संग्राम), (3) सुपर्ण द्वारा अमृत आहरण, (4) त्रिविक्रम विष्णु का 'स्वराज्य' और यक्ष के लिए विक्रम।

उपर्युक्त चारों वैदिक गाथाओं का रामकथा के मूल रूप 'पौलत्स्यवध' की 'थीम' से एक भावात्मक सम्बन्ध है। इनमें वृत्रवध और दैवासुरम् तो स्पष्टत: रामकथा का ही वैदिक प्रारूप व्यक्त करते हैं। वैदिक विद्या मूल रूप से 'शाश्वत सृष्टि-विद्या' (कोसमोगोनी) है जिसमें सृष्टि के प्रसव, स्थिति और प्रलय की शक्तियों का विवेचन है। देवगण इसी की शाश्वत, कल्प-प्रतिकल्प, दुहरायी जानेवाली क्रियाओं और कर्ताओं के प्रतीक हैं। यह अर्थ का 'प्रतीकात्मक' स्तर है। इसी सृष्टि विद्या को वैदिक कल्प (रिच्यूअल) 'यज्ञ' द्वारा भी व्यक्त किया जाता है। सारे यज्ञ कर्म 'पुरुष सूक्त' का क्रियात्मक रूप ही अभिनीत करते हैं शाश्वत स्वर पर रामकथा सविता-कथा है। वारुण-मण्डल का 'तमस' उसका प्रतिरोधक है और उसकी माधवी शक्ति को अवरुद्ध कर देता है। फल होता है द्वन्द्व। यही द्वन्द्व रामकथा में 'अपहरण-उद्धार' की 'थीम' का रूप लेता है। वैदिक विद्या अर्थ के दूसरे स्तर पर 'देव-कथा' (थीओगोनी) है और इसमें इन्द्र आदि शक्तियाँ 'व्यक्तित्व' धारण कर आती हैं। यह अर्थ का कथात्मक (माइथोलोजिकल) स्तर है। रामकथा में रामचन्द्र 'प्रच्छन्न इन्द्र' की भूमिका में उतरते हैं। रावण 'प्रच्छन्न वृत्र' और 'प्रच्छन्न असुरसेना' का प्रतिनिधि है। सीता 'स्वराज्य' और 'अमृत' है। कौशल्या का आशीर्वाद इसी कथात्मक स्तर से जुड़ा हुआ है। यह आशीर्वाद महाकाव्य के चरम संकट के मुहूर्त में वाल्मीकि द्वारा कौशल्या के मुख से व्यक्त कराया गया है। इस आशीर्वाद की भाषा भी ऊपर के स्वस्तिवाचन की श्लोक-भाषा से भिन्न वैदिक धातु से गढ़ी गयी भाषा है। इस आशीर्वाद के माध्यम से कवि संकेत कर रहा है कि रामकथा का स्नायुमण्डल वैदिक मनोभूमि से गया है। वैदिक बिम्बों और वैदिक तथ्यों का उपबृंहण रामकथा में तरह-तरह से बुना किया गया है।

त्रिविक्रमकथा और सुपर्णकथा से 'सुन्दर' और 'लंका' काण्ड का विषय ध्वनित होता है। विष्णु के अमित तेज और बल का प्रतीक है त्रिलोकी सृष्टि को तीन पगों से मापा जाना। हनुमान का समुद्र-लंघन और राम का सेतु द्वारा समुद्र-बन्धन ऐसा ही असाध्य साधन है। त्रिविक्रम विष्णु ने यह पराक्रम किया था 'यज्ञभूमि' (स्वराज्य) के विस्तार के लिए। और उन्होंने इस प्रकार कीर्ति रूपी 'अमृत' का आहरण करके अदिति को गौरवशाली बनाया। सुपर्ण ने माँ के उद्धार के लिए अमृत का आहरण किया था। यह एक अद्‌भुत पराक्रम था। महाभारत में वर्णित अन्तरिक्ष-मण्डल का सन्तरण हनुमान के सुन्दरकाण्ड के समुद्र-सन्तरण के समानान्तर है। सीता-अन्वेषण और अमृतकुम्भ-अन्वेषण समान परिस्थितियाँ रचते हैं। अवश्य ही प्रतिपक्ष एक में स्पष्ट है। गरुड़ की माता कौशल्या की ही तरह यात्रा के आरम्भ में स्वस्तिवाचन करती हैं:

"प्रीता परमदु:खात्र नागैर्विप्रकृता सती।
पक्षौ ते मारुत: पातु चन्द्रसूर्यौ च पृष्ठत:।।
शिरश्च पातु वह्निस्ते वसव: सर्वतस्तनुम्।
अहं च ते सदा पुत्र शान्ति-स्वस्ति-परायणा।।
इहासीना भविष्यन्ति स्वस्तिकारे रता सदा।
अरिष्टं ब्रज पन्थानं पुत्र कार्यार्थसिद्धये।।"

—महाभारत (1/27/14-16)

गरुड़ की आकाश-यात्रा, अपने चंगुल में कछुए और हाथी को लेकर उड़ना, पिता कश्यप के आदेश से 'नि:पुरुष शैल' पर यात्रा के मध्य अवतरण, शैल का पटकर विदीर्ण होना, वृक्षों का गिरना, इन्द्र के वज्र का इस धक्के के तरंगाघात से जल उठना, देवताओं के विश्वव्यापी अस्त्र-शस्त्रों का परस्पर टकराने लगना, प्रलय जैसा दृश्य, तत्पश्चात् अमृत दुर्ग में अतिलघु रूप ('अंगुष्ठकाय') बनकर प्रवेश करना आदि कर्म, सुन्दरकाण्ड के प्रारम्भ में वर्णित अनेक घटनाओं के समानान्तर हैं। सुपर्ण क़द को बुद्धि द्वारा छानते हैं तो हनुमान सुरसा को। सुरसा भी सर्प-माता ही है। सुपर्ण विष्णु के वाहन हैं और विष्णु के बृहत्साम के भी। उसी भाँति हनुमान अप्रत्यक्षत: राम के वाहन और रामकथा के भी वाहन हैं। सुपर्ण का बिम्ब मूल रूप से सविता-शक्ति से जुड़ा हुआ है। भारतेतर सूर्योपासना में भी सुपर्ण एक सूर्यपक्षी है इजिप्ट और बैबीलोन में। हनुमान 'वृषाकपि' हैं। सूर्य, विष्णु और रुद्र के लिए भी वृषाकपि शब्द आता है। सुपर्ण और हनुमान के बीच बिम्बगत और कथात्मक समानताएँ स्पष्ट हैं। सूर्य, वस्तुत: सुपर्ण के पौराणिक मिथ (जो महाभारत में प्राप्त है) के अतिरिक्त ऋग्वेद के दशममण्डल के मन्त्रों में भी सुपर्ण या गुरुत्मन के बिम्ब को सोम या अमृत के आहरण से जोड़ा गया है। 'गरड़ी' का रूप धारण करके सोम लाती है। 'इस सुपर्ण ने व्योम से सोम का आहरण किया और देवताओं को दिया।' (ऋ. वे. 10/............)। यहाँ सुपर्ण सूर्य (सविता) का प्रतीक है जो 'वारुण-मण्डल' के 'सोम' ('मधु') को अन्तरिक्ष मण्डल (देव-मण्डल) को देता है चन्द्रकिरणों के माध्यम से। सुपर्ण के द्वारा सोम या अमृत का आहरण कर बिम्ब महाभारत की कद्रू-विनता मिथ के बाहर भी वैदिक कथाशास्त्र (माइथोलोजी) में प्रयुक्त हुआ है। यह एक बहुरूपी और बहुअर्थवाला बिम्ब था। इस बिम्ब का प्रयोग वाल्मीकि

ने यहाँ पर अपनी कथा की मूल रूढ़ि 'सीता (स्वराज्य, अमृत कीर्ति) का अवरोध से उद्धार' की मानसिक प्रस्तुति और दिशा-संकेत के लिए किया है। वस्तुतः रामकथा उस 'रिक्थ' से जन्म लेती है जिसका आदिम मूल आर्यों की जातीय 'लोक-संस्कृति' में है और विकसित रूप है संहिता के मन्त्रों और ब्राह्मण-ग्रन्थों की संक्षिप्तकाय गाथाओं में। यह 'रिक्थ' अर्थात् परम्परा द्वारा प्राप्त 'ऋद्धि' का अनुदान है। यह 'रिक्थ' सतही स्तर पर वही है जिसे आज की शब्दावली में 'लोक-साहित्य' कहा जाता है। परन्तु, जैसाकि आनन्द के. कुमारस्वामी ने स्पष्ट किया है कि इस (रिक्थ) के लिए जो 'परमा स्मृति' की अभिव्यक्ति है 'लोक-साहित्य' एक हीन और क्षुद्र शब्द है। 'लोक-साहित्य' आज के जनतान्त्रिक युग में कल्पना-प्रसूत कथा-कहानियों-गीतों के लिए आता है जो निर्वैयक्तिक रूप में लोककवियों-कथाकारों द्वारा रचा जाता है। इसका उद्देश्य मात्र मनोरंजन होता है और कथा-रस से आगे, आत्मिक और मानसिक ऋद्धियों के संचयन एवं अन्तर्वहन से इसका कोई खास सरोकार नहीं। परन्तु 'रिक्थ' का अर्थ ही है 'परम्परा प्राप्त मानसिक और आत्मिक ऋद्धि', जिसमें 'प्रज्ञा' और 'प्रतिभा' का समान सहयोग और निर्वहन होता है। इसके लिए 'लोक-साहित्य' शब्द छोटा पड़ जाता है। इसके लिए वस्तुतः सही शब्द है 'ऋति' और यह अपौरुषेय परमास्मृति अवदान है। रामकथा श्रुति के 'रिक्थ' का अवदान है अतः श्रुति के विकसित रूप मन्त्र-साहित्य और ब्राह्मण-साहित्य के भाव-बिम्ब, तथा 'कथा-प्रारूप' इसमें अपने-आप बिना किसी प्रयत्न के उतरते गये हैं। रामकथा में वैदिक आर्य के उत्तराधिकारी नव्य आर्य की जातीय परमा स्मृति बोलती है। कौशल्या के आशीर्वाद के ये पाँच श्लोक वही संकेत देते हैं।

कौशल्या अपने पुत्र को केवल सौत का पराभव और राज्य की पुनःप्राप्ति के लिए ही आशीर्वाद नहीं देती है। इन वैदिक गाथाओं का संकेत है कि वह पुत्र को वृहत्तर विजय और वृहत्तर उपलब्धियों का आशीर्वाद देती है, "हे पुत्र, इन्द्र की तरह, त्रिविक्रम की तरह और सुपर्ण की तरह स्वराज्य, कीर्ति और अमृत लेकर घर लौटना। तुम इन्द्र की तरह प्रतिपक्ष का हनन करके स्वराज्य और अमृत को जीतो। तुम त्रिविक्रम विष्णु की तरह अपने यश-पुरुष का त्रिलोकव्यापी विस्तार करो। तुम सुपर्ण की तरह असाध्य साधन करके घर लौटो।" यह आशीर्वाद के साथ-साथ संकेत भाषा में एक परम आह्वान है। जिस तरह एक क्षुद्र शंख के भीतर सम्पूर्ण समुद्र के कण्ठ का वज्रोपम आह्वान छिपा रहता है वैसे ही आशीर्वाद के इन अन्तिम पाँच श्लोकों में सम्पूर्ण महाकाव्य का उदात्त आह्वान छिपा हुआ कौशल्या प्रकारान्तर से राम से कहती है, "प्रिय पुत्र, जब जाना ही चाहते हो तो जाओ। परन्तु इन्द्र की तरह लौटना, विष्णु की तरह लौटना, सुपर्ण की तरह लौटना, असाध्य साधन करके स्वराज्य, कीर्ति और अमृत लेकर ही घर लौटना। मैं इसीलिए तुम्हारी प्रतीक्षा करती रहूँगी।"

महाकाव्य की 'काठी' (देहयष्टि) कालजयी होती है। मूलतः दो कारणों से। प्रथम तो यह कि यह 'समूहमन' की आकांक्षा को 'बिम्बित' और 'अनुप्रेरित' दोनों करता है। महाकाव्य समूहमन की आकांक्षाओं का बिम्ब होता है तो उपन्यास समूह मन के अवदमनों का। उपन्यास की भूमि वास्तविक जीवन से जुड़ी होती है और यथार्थ जगत् में आकांक्षाओं का अवदमन ही अधिक व्यापक अनुभव है। महाकाव्य की भूमि परावास्तव या कालमुक्त 'वास्तव' की भूमि है। इसमें

समूहमन की आकांक्षाएँ एवं समूहमन की सिसृक्षात्मक दिशाएँ व्यक्त होती हैं। विषयवस्तु की 'काठी' (देहयष्टि) दीर्घकालीन और शाश्वत होने के कारण महाकाव्य की देहयष्टि भी दीर्घजीवी होती है, कालप्रवाह में जल्दी गलती-पचती नहीं, 'हीर' ज्यों का त्यों सुरक्षित रह जाता है। भारतीय महाकाव्यों का वस्तुतत्त्व समूहमन की जिस आकांक्षा को सर्वाधिक व्यक्त करता है वह एक शब्द 'अमृत' द्वारा दर्शाया जा सकता है। भारतीय जाति की सर्वोच्च लालसा या आकांक्षा 'अमृत' के बिम्ब से जुड़ी है। अमृत का पार्थिव रूपान्तर अपने मूल में 'सोम' था। सोमपान द्वारा देवोपम मनोभूमि के आहरण का अनुभव भारतीय आर्यों को अमृत की कल्पना का दान करता है। इसके बाद इसके अनेक उपअर्थों का विस्तार हुआ जैसे-मधु, जल, दुग्ध, सोम अथवा तेज-मधु, प्राण-मधु, जीवनी शक्ति, संजीवन रस, अथवा आनन्द, सुख, भूमा, श्री, देवत्व, और विद्या। अमरत्व का अर्थ भी आर्य दो तरह से लगाते हैं। (1) असुर दृष्टि से देह की मृत्यु को अवरुद्ध कर देना ही अमरत्व है। परन्तु यह तो सीधे-सीधे 'ऋत'—चक्र में दखलन्दाजी हुई। (2) वस्तुतः इसका अर्थ है 'देवोपम' हो जाना, अपनी मानसिक और आत्मिक ऋद्धियों को इतना विकसित कर देना कि मानवीय कषाय या अवदमन कोई पीड़ा न दे सकें। भारतीय दृष्टि की विकसित अवस्था में माना गया कि मरण तो ध्रुव है प्रत्येक जीव के लिए। देवताओं और इन्द्र की भी मृत्यु होती है। अनन्तकाल प्रवाह में सहस्रों-सहस्र इन्द्रों की पाँत चींटियों की तरह उतरती है और विलीन हो जाती है। ब्रह्मा, विष्णु, शिव का तिरोधान हो जाता है। फर्क यही है कि कीट-पतंग से दीर्घजीवी है वनस्पति और वनस्पति से दीर्घजीवी है मनुष्य। मनुष्य की तुलना में इन्द्रादि देवगण विराट दीर्घजीवन जीते हैं। परन्तु अन्त उनका भी होता है। वस्तुतः 'मृत्युहीनता' के चरम अर्थ में एक ही 'अमृत' है। वह है परमात्मा स्वयं। 'अमृत' की आदिम धारणा। 'मृत्युहीनता' तो असुरों की देहवादी दृष्टि का प्रतिफलन है। बाद में इस धारणा का संशोधन करके अमृत के उपअर्थों का विकास हुआ। अमृत का अर्थ स्थूल (सोम, दूध, मधु) से विकसित होता हुआ सूक्ष्मतर रूपों में प्रतिष्ठित हुआ देवोपम मानसिकता, ब्रह्म-विहार (मुदिता मैत्री करुणा-उपेक्षा मुक्त दिव्य मनोदशा), आनन्द, सुख, विद्या के साथ-साथ श्री, कीर्ति-भूमा आदि। बड़ी विचित्र के बात है कि अन्य जातियों ने 'मृत्यु' पर चिन्तन किया तो भारतीयों ने मृत्यु-बोध पर विजय के लिए। 'अमृत' पर मृत्यु के चिन्तन द्वारा अन्य जातियों ने जीवन में 'ट्रेजडी' की विडम्बना का आविष्कार किया, तो भारतीयों ने अमृत-चिन्ता द्वारा जीवन में 'रस' का, सद्-चित्-आनन्द-बोध का और दिव्यता का आविष्कार किया। यह कोई मामूली प्रभेद नहीं। भारतीय आकांक्षा के इसी केन्द्रीय बिम्ब 'अमृत' का उल्लेख कौशल्या अपने आशीर्वाद में करती हैं और रामकथा में 'अमृत' के अनेक उपअर्थों का सगुण अस्तित्व इसके पात्रों के जाति के समूहमन की केन्द्रीय आकांक्षाओं से जुड़ा है और इसकी 'काठी' (देहयष्टि) बड़ी दीर्घजीवी साबित हुई है।

दूसरा कारण यह है कि महाकाव्य की काठी का 'हीर' (हृदय) संकल्पप्रधान होता है। 'हीर' (भोजपुरी) काष्ठखण्ड के केन्द्रीय भाग को कहते हैं। हवा, पानी के असर से परिधि के भाग भले ही गल जायें पर 'हीर' जल्दी गलता नहीं है। महाकाव्य का 'हीर' संकल्पप्रधान होता है। संकल्प और इच्छा में भेद होता है ! काव्य की अन्य विधाओं में 'भाव' या 'इच्छाशक्ति' की रूमानी

तरलता मुख्य होती है, परन्तु महाकाव्य में संकल्प का ही प्राधान्य होता है। संकल्प ही चरित्रों को ठोसपन तथा कथा के आकार को सुदृढ़ता देता है। संकल्प का काठिन्य चाहे वह सत्संकल्प हो या दुष्ट संकल्प रामायण के पात्रों में कूट-कूटकर भरा है। संकल्प की यह दृढ़ता राम के चरित्र में अनोखी है। राम का संकल्प 'अमृत' से जुड़ा है। अमृत-तत्त्व के सारे उपअर्थ राम के संकल्प में अभिव्यक्ति पाते हैं। दुष्ट संकल्प वारुणी है। वह आसुरी आकांक्षा से जुड़ी है। परन्तु सद् संकल्प अमृत है और इससे जीवन में दिव्यता का प्रवेश होता है। राम संकल्प-सिद्धि के पथ पर दिव्यतर होते-होते देवोपम बन जाते हैं और अन्त में विष्णुरूप में प्रतिष्ठित होते हैं। माँ की यह आकांक्षा कि 'प्रिय पुत्र अमृतजयी बनो' महाकाव्य के उपसंहार में राम को विष्णुरूप में प्रतिष्ठित पाकर पूर्णतोष को प्राप्त करती है। संकल्पप्रधान चरित्र होने के कारण ही रामचन्द्र जातीय जीवन क्या, सार्वभौम मनुष्य जीवन के लिए प्रेरणास्रोत बन जाते हैं। कहने का तात्पर्य यह कि रामायण समूहमन की चरम आकांक्षा 'अमृत' की 'संकल्पप्रधान' अभिव्यक्ति है। कौशल्या के आशीर्वाद में 'अमृत-आहरण' और 'अमृत-विजय' के बिम्बों का स्मरण इस तथ्य का संकेत भी देता है। संकल्पप्रधान होने के कारण ही रामायण के पात्र जातीय उत्प्रेरणा एवं संवेग के स्रोत आज तक बने हुए हैं।

❑❑